ro
ro
ro

Kay Cordes, geboren 1960, hat Musikwissenschaften in Tübingen studiert und darin auch promoviert. Im Rowohlt Taschenbuch Verlag erschien bislang sein Roman «Die Tochter des Hexenmeisters» (rororo 24354). Der Autor lebt mit seiner Familie bei Lüneburg.

Kay Cordes

Das Gesicht des Teufels

Historischer Roman

Rowohlt Taschenbuch Verlag

Originalausgabe
Veröffentlicht im Rowohlt Taschenbuch Verlag,
Reinbek bei Hamburg, März 2010

Umschlaggestaltung any.way, Barbara Hanke/Cordula Schmidt
(Foto: any.way, Barbara Hanke;
Summerfield Press/Corbis; Alinari)
Satz aus der Berthold Walbaum Book, InDesign, bei
Pinkuin Satz und Datentechnik, Berlin
Druck und Bindung CPI – Clausen & Bosse, Leck
Printed in Germany
ISBN 978 3 499 24734 7

PROLOG

Endlich Fastnacht! Pfeifen schrillten, Schellentrommeln schepperten, Dudelsäcke orgelten. Rothenburg hatte sich in einen brodelnden Hexenkessel verwandelt. Masken und Narren hatten das Kommando in den Straßen und Gassen übernommen, vollführten Luftsprünge, johlten, brüllten und fegten mit ihren Reisigbesen böse Wintergeister von den Hauswänden.

Alle hatten sie ein und dasselbe Ziel: den Rothenburger Marktplatz, wo die Patrizier auf der Rathaustreppe darauf warteten, den Sieger des Narrensprungs zu ermitteln. Versuchten die einen, mit akrobatischen Sprungtänzen zu überzeugen, setzten andere auf Jonglierkünste, wieder andere traten in wilden Reisigbesen-Gefechten gegeneinander an.

Hanna war es egal, wer als Sieger ausgerufen wurde. Sie wollte nur für ein paar Stunden die Mühsal ihres Köhlerdaseins vergessen. Dafür hatte sie mit ihrem Bruder Arndt und ihrer kleinen Schwester Marie in aller Herrgottsfrühe die Einsamkeit ihrer Köhlerhütte verlassen. Der Lohn für den weiten Weg war: Heute würden sie das Spektakel vor dem Patriziat das erste Mal von der vordersten Reihe aus erleben können.

«Schulter», jammerte die kleine Marie. «Huckepack, Arndt.»

Nun wurde es Marie doch zu viel. Wieder hatte eine

schaurige Maske sie angeheult. Arndt hob Marie auf seine Schultern, während Hanna mit ihrer Schürze versuchte, eine Duftwolke aus faulen Eiern fortzuwedeln. Trotz der Kälte war die Luft zum Schneiden dick, und als eine Abordnung Narren mit Klappern und Rätschen vorüberzog, war es so laut, dass Hanna sich die Ohren zuhalten musste.

Ein Raunen ging durch die gaffende Menge, als sich das Narrengericht schließlich von den Stühlen erhob. Rothenburgs Patrizier waren allesamt in weite schwarze Mäntel gehüllt, trugen weiße Masken mit schwarzen Augenschlitzen, roten Pausbacken und zahnlosen Strichmündern.

Hannas Herz begann schneller zu schlagen.

Irgendwas lag plötzlich in der Luft. Sie spürte es.

Nein, redete sie sich ein. Es ist nur der Anblick dieser glatten, leeren Larven. Sie sehen von allen am unmenschlichsten aus. Sie machen Angst ... viel mehr als all die grinsenden Teufels- oder Hexenmasken.

«Marie? Geht es?»

Lächelnd, aber auch besorgt schaute Hanna zu ihrer Schwester hoch.

Marie nickte.

«Natürlich. Ich hab dich sicher. Keiner kann dir was!»

Arndt kitzelte Marie am Oberschenkel und brachte sie zum Lachen. Beruhigt wandte Hanna sich wieder dem Narrengericht zu und schrak auf der Stelle zusammen: Einer der Narrenrichter schaute geradewegs in ihre Richtung. Das Weiß seiner Maske schien das der anderen plötzlich zu überstrahlen. Und als würde ein Regentropfen von einem Lichtstrahl getroffen, blitzte es scharf hinter den toten Augenschlitzen auf.

Hanna hätte am liebsten geschrien, doch ihre Kehle war wie zugeschnürt. Ihr Herz raste, und gleichzeitig hatte sie das Gefühl, ihr Kopf würde mit einer Eisschicht überzogen werden. Noch nie in ihrem Leben hatte sie solch ein Blick getroffen.

«Herr Jesus, steh mir bei.»

Zitternd bekreuzigte sie sich. Doch es war zu spät. Hanna wusste im selben Augenblick, dass ihr Leben von nun an anders verlaufen würde.

Denn niemand kam ungeschoren davon, wenn ihn der böse Blick traf.

TEIL 1

Neusitz, Sommer 1524

1

Der Tag begann mit einem vereinzelten Vogelruf. Er zauberte Hanna ein Lächeln auf die Lippen, doch schon im nächsten Augenblick schreckte sie aus dem Halbschlaf. Da erklang der Ruf ein zweites und drittes Mal.

«Heiliger Apostel Kilian, steh uns bei.»

Hanna bekreuzigte sich. Sie hielt den Atem an, ihr Herz schlug schneller. Ein Kuckuck ruft nicht im Oktober. Und wenn doch, hat es etwas zu bedeuten. Ihr Blick glitt durch das Dämmerlicht der Köhlerhütte zu ihrem Vater. Er schlief noch tief, aber nur zu gut erinnerte sie sich, was er ihr und ihrer Schwester Marie erzählt hatte: dass der Kuckuck der Wächter des Waldes sei und immer dann rufe, wenn Unheil drohe.

Hanna lauschte mit angehaltenem Atem, doch jetzt war es still.

Vielleicht habe ich mich ja auch getäuscht, sagte sie sich, schlug die verfilzte Decke zurück und erhob sich von ihrem Strohlager.

Goldenes Morgenlicht drang durch die Türritzen der Köhlerhütte am Rothenburger Wachsenberg, die sie sich mit ihrem ein Jahr jüngeren Bruder Arndt, ihrer kleinen Schwester Marie und ihrem Vater Tilman Völz teilte. Auch Marie schlief noch, Arndt hingegen war längst bei den Kohlenmeilern. Alle vier Stunden musste man nach ihnen schauen, sie behutsam anlüften und prüfen, ob sie noch dicht waren.

Hanna trat ins Freie hinaus. Nicht weit von ihr entfernt entdeckte sie Arndt bei einem der Meiler. Da er beschäftigt war und sie nicht sehen konnte, beschloss sie, ein paar Minuten dieser frühen Morgenstunde ganz für sich allein zu genießen.

Sie sann darüber nach, dass jeder, der sie kannte, ihr zu verstehen gab, dass sie anders war als die Mädchen Rothenburgs. Ihr eigener Bruder verspottete sie wegen ihres feinen Gesichts gar als Madonna vom Wald. Trotzdem verrichtete sie die gleiche Arbeit wie die beiden Männer. Ihre Hände waren genauso von Brandblasen gezeichnet und nach einer Schicht genauso schmutzig. Natürlich bekam auch sie kein Stündchen mehr Schlaf, dafür hatte sie aber zusätzlich das Kochen und die Wäsche am Hals. Und wenn Marie, die gerade zehn Jahre alt geworden war, Langeweile hatte, war sie es allein, die sich um sie kümmerte. Dennoch machte sie klaglos ihre Schichten und quälte sich sommers wie winters hoch, um nach den Meilern zu schauen.

Zuweilen gab es Tage, an denen sie keinen Funken Kraft mehr in den Knochen spürte. Sterbensmüde sank sie dann ungewaschen auf ihr Lager. Das waren die Stunden, in denen sie froh war, keinen Spiegel wie die feinen Rothenburger Damen zu haben. Sie wusste nur zu gut, wie sie aussah: übernächtigt, mit geröteten Augen und einer Haut voller Asche und Ruß.

Noch aber war sie jung, gerade einmal neunzehn Jahre alt, und erholte sich rasch. Ihr Vater sagte gerne: Hanna, du bist wie eine Wildrose, schön und lebensstark.

Doch wie lange blühte eine Wildrose?

Ihr Blick streifte über Holunder- und Hagebuttensträucher, die in diesem Herbst nur vertrocknete Beeren hervorgebracht hatten. Seit Ende Juni hatte es nicht mehr geregnet, seit Juli stach die Sonne von einem fleckenlos blauen Himmel herunter, und jetzt, Anfang Oktober, begann bereits das Laub zu fallen. Die Erde war rissig, das Gras strohig, sämtliche Heckenfrüchte der Rothenburger Landhege waren verkümmert. Äpfel und Birnen faulten schon am Baum, und auf den Feldern war so gut wie alles Getreide verdorrt. Nur wer unter unsäglichen Mühen Wasser aus der Tauber schleppte, fuhr wenigstens eine magere Getreideernte ein. Ihnen selbst war seit Wochen der Brunnen ausgetrocknet. Jeden Tag musste deswegen einer von ihnen nach Neusitz laufen. Es war eine echte Schinderei.

Dabei war es bis in den Mai hinein viel zu kalt und regnerisch gewesen. Und jetzt? Während Hanna auf Arndt zuging, knackten abgestorbene Zweige unter ihren Füßen, so trocken war es.

Arndt stand mit verschränkten Armen vor einem seit drei Tagen schwelenden Meiler. Müde stierte er auf den weißen Rauch, der sich unter der Decke aus Zweigen, Laub und Erde hervorkräuselte und anzeigte, dass das Holz noch nicht vollständig verschwelt war. Nur bei blauem Rauch war es fertig, erst dann konnten die armlangen Kohlestämme geerntet werden.

«Arndt?»

«Ja.»

«Hast du es auch gehört?»

«Was?»

«Na, den Kuckuck!»

«Na, den Kuckuck», äffte er sie aufgebracht nach. «Hört das denn alles gar nicht mehr auf? Den ganzen Sommer geht es schon so. Was ist los mit dir? Gestern flüsterte die Krone der Eiche, heute ist es der Kuckuck. Was kommt morgen? Nein, sag nichts, ich ahne es: unsere Tauber. Mit einer Geisterstimme, die nur du verstehst, gluckst dir das Wasser zu: Mensch, gib acht, es ist bald Mitternacht.»

«Jaja, du kannst immer nur spotten», gab Hanna nicht minder heftig zurück, griff nach ihrem langen blonden Haar, holte es nach vorn und flocht einen dicken losen Zopf. «Besser wär's, du würdest mal aufs Geld schauen. Damit wir mehr für unsere Kohle bekommen. Vater muss in die Stadt zum Bader, aber das hast du schon wieder vergessen, wie? Seinen faulen Zahn?»

«Nein! Glaubst du, ich riech's nicht? Und Marie braucht Tuch für ein Winterkleid. Aber was ist wichtiger? Beides auf einmal geht nicht. Wartet eben noch ein wenig …, bald … dann hab ich das Geld. Für beides.»

«Wartet eben noch ein wenig …» Jetzt äffte Hanna ihren Bruder nach. «Bald, wann ist das? Und wenn: Hast du bis dahin zaubern gelernt, oder wie?» Entschlossen warf sie ihren Zopf nach hinten und stemmte die Arme in die Seiten.

«Zaubern? Am besten Geld herbeihexen, wie?» Auf Arndts breitem bäurischen Gesicht schien sich ein Gewitter zusammenzubrauen. Plötzlich jedoch lachte er lauthals auf. Doch bevor er etwas sagte, wandte er sich mit einer raschen Bewegung dem Meiler zu, dichtete eine qualmende Stelle ab und trat dann direkt vor Hanna. Er stieß seine Schaufel in die Erde und faltete seine Hände über dem Stiel. In seinen Augen blitzte der Schalk.

«Weißt du, du bist am hübschesten, wenn du böse bist. Das hab ich auch dem Müller gesteckt.»

«Welchem Müller? Was soll das heißen?»

«Dem Jobst Gessler. Von der Herrenmühle.»

Arndt klang bemüht arglos, aber Hanna verstand sehr wohl, worauf er anspielte. Obwohl er jünger war als sie, glaubte er seit diesem Sommer, den großen Bruder spielen zu müssen. Doch sie hatte keine Lust, sich jetzt auch noch darüber zu streiten. Sollte Arndt ruhig glauben, er könne sie an den blatternarbigen Müller verschachern wie einen Sack Holzkohle an den Hufschmied. Sie würde ihm noch beizeiten den Kopf waschen. Schließlich war sie nicht seine Leibeigene, ganz davon abgesehen, dass das Oberhaupt der Familie immer noch ihr Vater Tilman war.

Ohne auf Arndts versöhnliche Rufe zu achten, lief sie um den Meiler herum und auf die Lichtung zu. Als sei nichts gewesen, breitete sie die Arme aus, drehte sich nach ein paar Schritten einmal um sich selbst und tat, als wäre es ihr das Wichtigste, so viel wie möglich von der Morgensonne einzufangen.

Ob sie wohl wieder zu mir spricht?

Hanna eilte auf die alte Eiche zu. Diese mochte an die fünfhundert Jahre alt sein. In ihrem Schattenfeld, unter ihrer Krone zu stehen, ihren Stamm zu berühren, hatte etwas Unerklärbares an sich. Etwas Mystisches. Selbst Arndt hatte das einmal zugegeben.

Hanna schloss die Augen und holte tief Luft. Soll ich den Stamm umarmen?

Antwort bekam sie vom Kuckuck, aber auch von Eichelhähern, Elstern und Krähen. Ein Rudel Rehe sprang über die Lichtung. Die Eichenkrone über ihr rauschte bedrohlich. Ihre Äste knarzten, als böge eine fremde Kraft sie zur Seite.

Für die Dauer eines Lidschlags hatte Hanna das Gefühl, ihr würde schwindelig und der Boden löse sich von ihren Füßen. Du hast nicht gefrühstückt, beruhigte sie sich. Sich über den Bruder zu ärgern, macht nicht satt.

Da bebte die Erde ein zweites Mal. Die Eiche stöhnte auf, und in ihrer Krone krachte es. Hanna fuhr zusammen. Aber es war nur ein großer toter Ast, der dumpf auf die Erde schlug.

Dann war alles vorbei.

2

Einen Tag später, die Sonne wärmte bereits, ritten zwei Männer, von Rothenburg kommend, auf den Wald zu.

Kann es Schöneres geben, als durch einen Herbstwald zu reiten?, fragte sich Ulrich von Detwang. Zumal bei solch goldenem Oktoberwetter?

Ulrich schaute sich nach dem Obstbaumpelzer um, der auf seiner Fuchsstute eingeschlafen zu sein schien, so gemächlich wie sie dahintrottete. Dieser Krämer, dachte er spöttisch. Nur weil's nicht sofort um Geld geht, tut er's den Siebenschläfern gleich. Verärgert setzte er seinem Rappen die Sporen. Sand und Gras wirbelten unter dessen Hufen hervor, vertrocknete Eicheln flogen durch die Luft. Mühelos nahm er den Anstieg zum Wachsenberg. Ulrich freute sich über die Kraft seines Hengstes, den er erst vor kurzem frisch hatte beschlagen lassen. Sein Ärger verflog. Er zügelte sein Pferd, drehte sich um und wartete, bis der Baumpelzer auf Rufweite aufgeschlossen hatte.

«Warum immer so langsam?», stichelte er. «Meint Ihr, weil Ihr Obstreiser aufpfropft, muss unsereins genauso langsam vorankommen wie ein ungenügend gegossener Baum?»

«Und Ihr, Ritter? Wozu so schnell? Der Tag ist noch jung. Hättet Ihr so ein Weib zu Hause wie ich, würdet Ihr auch jedes Stündchen genießen.»

Ulrich lachte und zupfte sich seinen bestickten Mantel zurecht. Das schwarze Prankenkreuz auf weißem Grund wies ihn als Ritter des Deutschen Ordens aus, mehr noch: Ulrich von Detwang war im Gespräch, der neue Komtur oder Statthalter des Ordens in der freien Reichsstadt Rothenburg zu werden. Damit wäre er der Herrscher über einhundert Familien, die innerhalb des Rothenburger Territoriums lebten, und hätte sogar das Recht der Hochgerichtsbarkeit inne, mithin die Entscheidungsgewalt über Leben und Tod. Damit versuchte ihn zumindest der Mergentheimer Landkomtur Wolfgang von Bibra zu locken. Ulrich aber zögerte. Mit seinen fünfundzwanzig Jahren fühlte er sich noch nicht reif, eine solche Bürde auf sich zu nehmen. Ihm lag nichts an Macht, und in diesen Zeiten schon gar nicht. Denn seit Jahrzehnten standen die Rothenburger Komture mit der Stadtregierung in einer gespannten Beziehung, sie waren sich spinnefeind.

Der Baumpelzer stieg vom Pferd und schaute sich um. Sie standen mitten im Wald, einem gesunden, dichten Mischwald aus Eichen und Buchen. «Ihr wollt hier also roden. Nur, was ist mein Geschäft dabei? Bäume sollen weg, gut. Nehmen wir einmal an, alles ist gefällt, der Boden gerodet, das Holz abgefahren …»

«… dann werdet Ihr hier Obstbäume pflanzen und sie veredeln.»

«Ach so. Und deswegen bin ich hier?»

«Ja. Ihr sollt sagen, ob der Boden etwas taugt», meinte Ulrich und stieg ebenfalls vom Pferd.

Der Baumpelzer wollte etwas sagen, doch urplötzlich erfüllte wildes Geflatter die Luft. Eichelhäher kreischten, Stare pfiffen, und in der Nähe gickerte ein Habicht. Ulrichs Rappe wieherte, und die Fuchsstute des Baumpelzers stampfte mit den Hufen. Zischend sog dieser die Luft ein, während Ulrich glaubte, seine Augen spielten ihm einen Streich: Für die Dauer von zwei Herzschlägen schien der Wald zu wackeln und sich der Boden zu verflüssigen.

«Ein Beben», murmelte der Baumpelzer verdrießlich. «Das bedeutet nichts Gutes. Gibt es hier wenigstens einen Bildstock?»

«Ihr wollt beten? Warum?»

«Ja, was glaubt Ihr denn, warum es gebebt hat. Gott ist zornig. Begreift Ihr es denn nicht? Könnt Ihr die Zeichen nicht deuten? Bauern, Weingärtner, Handwerker, Kleinhäusler hungern, Ihr aber prasst. Wir Händler machen keine Geschäfte mehr, Ihr aber stehlt uns die Zeit. Und wir Kleinen, die wir uns Gottes Nähe wünschen, verprellt Ihr mit solchen Ausgeburten der Hölle wie einem Johann Tetzel: Sobald der Gulden im Becken klingt, husch, die Seele in den Himmel springt. Das lässt die Erde zittern, Ritter. Das ist der Zorn des Herrn!»

Ehrfürchtig sank der Baumpelzer in die Knie, faltete die Hände und betete. Ulrich war so verblüfft, dass er keinen Ton herausbrachte. Er wartete, bis der Händler sein Gebet verrichtet hatte, und stimmte am Schluss sogar laut in das Vaterunser ein. Dann kratzte er sich seinen wieder einmal juckenden Bart und beschloss endgültig, ihn vom nächstbesten Bartscherer abnehmen zu lassen.

Schließlich sagte er: «Wenn Euer Herz für die Lutherischen schlägt, heißt das aber nicht, Ihr trinkt kein Bier mehr mit mir, oder? Ich würde Euch in die Schänke nach Windelsbach einladen.»

«Danke. Aber ich habe geschworen, meiner neuen Überzeugung treu zu bleiben. Gerne mache ich Geschäfte mit Euch, aber sähe man mich mit Euch trinken, würde mir keiner meinen Sinneswandel abnehmen. Nehmt es bitte nicht persönlich.»

Der Baumpelzer bestieg seinen Fuchs, wendete und schlug der Stute die Hacken in die Flanken.

Schau einer an! Auf einmal hat er es nicht mehr mit der Langsamkeit, dachte Ulrich verstimmt. Jetzt reitet er geschwind wie ein Kurier. Und wohin? Sicher zu einem von diesen lutherischen Rädelsführern, die die Ordnung auf den Kopf stellen wollen. Wenn jetzt noch ein größeres Beben folgt … es wäre Wasser auf die Mühlen aller Eiferer.

Er griff nach den Zügeln, zog seinen Rappen mit sich. Nachdenklich schritt er voran. Es war zu warm, viel zu warm für diese Jahreszeit. Kein Wunder, dass er bereits am frühen Morgen an Schänken und an etwas zu trinken dachte. Und als er nach einer Weile Rauch roch, war sein Durst bereits so groß, dass er kurzentschlossen kehrtmachte, um zurück nach Rothenburg zu reiten.

Hanna saß im sonnengefleckten Halbschatten der alten Eiche auf dem Ast, der am Tag zuvor heruntergebrochen war. Wie oft schon war sie hierhergekommen, um ihr trostloses Leben zu vergessen. Bislang hatte ihr die geheimnisvolle Aura des Baumes immer geholfen, für eine Weile Ruhe zu finden. Nur wer fühlen konnte, spürte die Kraft der in alle Himmelsrichtungen strebenden Äste. Nur wer sich darauf einließ, nahm die Spannung unter seiner Krone wahr, spürte das Saugen der Wurzeln und den Atem der Blätter.

Je länger sie auf ihrem Ast saß, umso intensiver empfand Hanna die Ruhe dieser Eiche. Sie fühlte sich wohltuend von ihren Sorgen befreit. Sie schaute zur Krone des Baumes hoch. Als zöge dieser sie mit unsichtbaren Händen hoch, stand sie auf und schritt langsam um ihn herum.

Sanft klopfte sie gegen den Stamm und streichelte die Borke. Wie es wohl wäre, könnte dieses jahrhundertealte Holz sprechen? Ihr von den Weltläuften erzählen? Gar über ihr Schicksal Auskunft geben? Hanna schien es, als höre der Baum ihre Gedanken, und auf einmal fühlte sie sich von seltsamen Bildern und Geräuschen umgeben. Sie waren nicht deutlich, eher schattenhaft und vielfach ineinander geblendet, aber eines wusste sie genau: Sie sah ein Feuer, mehr noch, eine ganze Feuerwand. Sie hörte Rufe, Schreie. Ihre waren darunter, aber auch andere. Ein Pferd stampfte durch den Wald, sie saß auf seinem Rücken. Aber trug es nicht ein Kreuz? Und dann diese Angst, aber da war noch etwas: Freude und Süße.

Von der Vision gefangen, krochen ihre Finger immer tiefer in die Borkenspalten. Hanna lächelte glücklich, doch plötzlich spürte sie, wie der herausgekratzte Borkenstaub unter ihren Nägeln brannte und der Baum zu schwanken schien. Ihre Finger verkrampften sich, und sie riss ihre Hand zurück.

Das ungestüme Flattern einer Taube ließ sie wieder zu sich kommen. Hanna steckte sich den blutenden Ringfinger in den Mund. Bitter und süß, dachte sie. Es schmeckt wie meine Vision.

3

Weil ich Hunger, Hunger auf was Schönes hab!» Tags darauf, um die Mittagszeit, sprang Marie quirlig wie ein Eichhörnchen zwischen den Meilern umher. Sie hatte Lust auf Süßes gehabt und vergeblich Brombeeren gesucht. Nun hingen Kletten in ihrem seidig braunen Haar, und ihre Arme und Beine waren blutig und zerkratzt.

Sie stürmte in die Köhlerhütte und kreischte laut auf, weil Arndt nach ihrem fleckigen Kittel haschte. Er hatte ihr verboten, allein durch den Wald zu streifen, aber ob er nun schimpfte oder nicht: Seit diesem Sommer kümmerte Marie sich nicht mehr um seine Verbote.

«Raus!», rief ihr Vater. «Mach dich nützlich. Hilf Hanna.»

«Nein, ich suche Eckern, Eckern, weil ich Hunger, Hunger hab.»

«Du Ausbund!»

Tilman stemmte sich von seinem Lager hoch und schaute seiner kleinen Tochter nach, die wieder hinausgestürmt war und wie üblich vergessen hatte, die Tür hinter sich zuzumachen. Trotzdem lächelte er. Insgeheim war er stolz auf sein Nesthäkchen, das er von Tag zu Tag mehr liebte, mehr noch als Hanna. Ihre Mutter Ruth war ein Jahr nach Maries Geburt gestorben und lag auf dem Neusitzer Kirchhof. Er würde sich dort kein Grab mehr leisten können, aber so war das eben bei armen Leuten. Gott nimmt nicht nur zu sich, wen er will, sondern bestimmte einem auch das Grab. Für ihn würde es unter der alten Eiche sein.

Aufstöhnend sank Tilman Völz zurück. Der faulende Zahn brachte ihn noch um. Und die Kraft, die das kostete! Vorhin waren ihm deswegen die Beine weggeknickt, einfach so. Dabei war er gerade einmal neununddreißig Jahre alt. Tilman ballte die Fäuste. Ob nun mit faulem oder gesundem Zahn: Er würde sich jetzt ausruhen, dafür aber die Nachtschicht übernehmen. Hanna und Arndt könnten dann endlich einmal wieder ausschlafen. Vor allem Hanna, dachte Tilman. Noch ist sie hübsch. Aber wenn sie gut einheiraten will, muss sie sich beeilen.

Ach, dieses elende Leben. Tot sein wäre besser.

Tilman Völz wurden die Augen feucht, die Lider schwer. Nach einer Weile fielen sie ihm vor Müdigkeit zu. Nur bis heute Abend, sagte er sich. Vergiss deinen Zahn. Eine Weile hörte er noch Maries sich entfernende Stimme, lächelte und freute sich. Sachte fiel er in einen tiefen Schlaf. Einen Moment noch schien es ihm, Marie kehre zu ihm zurück, riefe ihm etwas zu, das er nicht verstehen konnte. Dann aber riss ihn die Dunkelheit fort.

Marie indessen tanzte um einen der Meiler herum, hielt nur inne, um hin und wieder Hanna zu umarmen und sie mitzuziehen: «Pilze, Pilze, Hanna. Bitte.»

«Aber Marie, dazu ist es doch viel zu trocken. Wir würden uns die Augen aus dem Kopf stieren und doch nichts finden.»

«Aber wo der Bach fließt, beim Graben …»

«Herzchen, der ist auch ausgetrocknet.»

«Ja und? Nachher finden wir gerade deswegen Gold unter einem Stein, komm!»

Marie zupfte an Hannas Kleid, doch die schüttelte erschöpft den Kopf. Ihr fehlte mal wieder Schlaf, zudem machte ihr die Vision zu schaffen. Sie grübelte den Schemen nach und versuchte ihre Bedeutung zu enträtseln, worüber sie mehr und mehr die Arbeit vergaß. Die Strafe folgte flugs: Der Meiler ging an einer Stelle durch, was bedeutete, er bekam zu viel Luft. Sie hatte die Lüftungskanäle, die am Boden bis unter den Meiler reichten, zu großflächig abgedeckt. Mit aller Macht drückte der Rauch jetzt durch die daumendicke Abdeckschicht, die Temperaturen in seinem Innern zogen stark an. Wenn sie die Luftzufuhr jetzt nicht schnell drosselte, würde das Holz Feuer fangen und verbrennen.

«Herrgott, Marie! Hilf mir lieber, bevor der ganze Meiler durchgeht. Tu auch mal was. Himmel, du bist zehn Jahre alt!»

«Eben, eben und darum, Hanna, such ich mir jetzt was zu essen.»

Marie rannte los, so schnell sie ihre Beine trugen. Als ob sie wirklich fliegen will, dachte Hanna und blickte ihr nach, wie sie auf die Eiche zuhielt. Hoffentlich … Sie hörte sie laut aufjauchzen, sah sie die Arme ausbreiten. Ja, da ist sie genau wie ich, dachte sie gerührt und begann zu husten, weil sie von einer Rauchschwade eingenebelt wurde.

Marie aber stürmte durch das Schattenfeld der Eichenkrone und hatte die Lichtung bald hinter sich gelassen. Ein Pfauenauge flatterte vor ihr her und lockte sie ins

Unterholz, dorthin, wo sie die letzten Tage einige verschrumpelte Brombeeren gefunden hatte. Marie folgte dem Schmetterling, vergeblich: Er schien klug zu sein, stieg hoch in die Luft und verschmolz mit dem Licht. Geblendet schloss Marie die Augen und suchte ein paar Schritte weiter noch einmal die Brombeerhecke ab. Zu ihrer Enttäuschung hatte sie nur eine einzige Beere übersehen. Sie presste sie langsam zwischen ihren Lippen aus, schluckte sie schließlich.

Hunger, Hunger, dachte sie. Warum gab es dieses Jahr keine Bucheckern?

Sie schlug die Richtung zum Karrachgraben ein. Sie wusste, der Bach war ausgetrocknet, glaubte sich aber daran zu erinnern, dass das Gras an einer Stelle grün gewesen war. Vielleicht waren dort ja Butterpilze gewachsen! Oder Schnittlauch, nein, noch besser, wilde Möhren. Bei dieser Vorstellung begann sie vor Freude in die Höhe zu hüpfen. Doch kaum berührten ihre Füße wieder die Erde, verlor sie das Gleichgewicht und stürzte. Noch im Fallen fiel ihr auf, dass die Welt verrückt spielte. Alles … schwamm, bewegte sich, wurde irgendwie von unten gestoßen. Der Wald vor ihren Augen verschob sich, zitterte und schwankte. Die Erde verlor all ihre Festigkeit und wurde durchgerüttelt, als drehe sich unter ihr ein Mühlrad.

Und das Entsetzliche war: Es hörte nicht mehr auf.

Marie begann vor Angst zu schreien – wie das Vieh in den Ställen und auf der Weide, wie die Menschen in ihren Häusern oder auf den Plätzen Rothenburgs. Auch Hanna schrie, weil sie sah, wie zwei Kohlenmeiler barsten. Ohnmächtig sah sie mit an, wie Reisig und Gras, mit dem die Meiler abgedeckt waren, Feuer fingen und über den äußeren, halb verschwelten Holzring plötzlich blaue Flammen zuckten.

«Die Meiler gehen durch! Helft mir doch!» Sie ruderte hilflos mit den Armen und taumelte auf die Hütte zu. Aus den Augenwinkeln sah sie, wie der Feuerschacht einstürzte. Funken flogen und trieben auf die Lichtung zu, wo sie das vertrocknete Gras sofort in Brand setzten. «Vater, Arndt! Kommt! Schnell!»

Es waren nur noch wenige Schritte bis zur Tür, und das Beben schien nun doch vorüber zu sein, da hörte sie einen hellen Knall. Der Giebel der Köhlerhütte neigte sich und mit ihm ein Drittel des Daches. Es ist der morsche Firstbalken, schoss es Hanna durch den Kopf. Er bricht.

Das Herz blieb ihr stehen. Knirschen und Stöhnen erfüllten die Luft, darauf dumpfes Gepolter. Der Giebel stürzte ein und zog das halbe Dach mit sich.

Nein, nicht!

Doch da wankte schon Arndt schlaftrunken aus der Tür. Er hustete, rieb sich die Augen. Als er Hanna sah, lief er auf sie zu und zeigte entsetzt auf die Meiler: «Da! Schau hin! Sie gehen durch!»

Doch Hanna hatte jetzt anderes im Kopf: «Vater! Wo ist er?» Sie packte Arndt bei den Schultern, schüttelte ihn.

«Ja, wo wohl …»

Sie wussten es beide, es reichte ein einziger Blick.

Doch Hanna handelte zuerst. Sie ließ Arndt stehen und stürzte in die Hütte. Er lag an seinem Platz auf dem Rücken. Hanna erkannte die Decke, unter der die Füße mit den gestopften Socken hervorlugten, daneben den Waschkrug, das Handtuch. Das war alles. Denn über dem Oberkörper und Kopf ihres Vaters türmte sich, was vom Giebel übrig geblieben war: Wandflechten, graubraune Lehmbrocken, Ständerwerk. Hanna packte ein noch nicht gekanntes Grauen, das Entsetzen schnürte ihr den Hals zu. So rasch sie konnte, räumte sie einen Teil des Schutts beiseite – und erstarrte, als sie auf den Firstbalken stieß:

Dieser lag wie festgewachsen auf der zertrümmerten Stirn ihres Vaters.

Sie begann zu zittern. Der Schmerz presste ihr die Brust zusammen, und ihre Knie gaben nach.

«Arndt!» Verzweifelt rief sie nach ihm. Vergeblich. Dann hörte sie, wie es draußen immer lauter knisterte.

Sie taumelte hinaus. Etliche Flecken der ausgetrockneten Lichtung qualmten schon. Arndt rannte wie ein gehetzter Hase umher, um die schnell hochschießenden Flammen mit der Feuerpatsche auszuschlagen. Umsonst. Schneller als er und Hanna schauen konnten, entzündeten sich nun am Waldrand die Ginsterbüsche. Gierig griffen die Flammen in das spröde Gesträuch und schlugen mit jedem neu eroberten Zweig höher aus. Nach einer Weile züngelten sie weiter ins nahe Unterholz, kurz darauf brannte die erste Baumkrone.

Der Rauch wurde dichter, bauschte sich zu graublauen Wolken. Ein leichter Wind trieb sie über die Lichtung in den Wald und nebelte ihn ein.

«Arndt! Vater ist tot!»

Er fuchtelte mit den Armen.

«Es hilft nichts! Das Feuer, Hanna! Hilf mit!»

Hanna suchte nach der zweiten Feuerpatsche und eilte zu Arndt zurück. Doch es war längst zu spät. Fassungslos starrten sie auf die stetig größer werdenden brennenden Flächen. Das Feuer fraß sich tiefer ins Unterholz, leckte gierig an Stämmen und griff auf Äste und Laub über. Das Zischen und Fauchen wurde von Atemzug zu Atemzug immer lauter. Hanna bildete sich ein, die Flammen schrien vor Hunger. Es war schlimmer als in einem Albtraum.

«Der rote Hahn, Hanna … der Teufel! Dafür wird man uns hängen oder auf den Scheiterhaufen werfen», brüllte Arndt.

«Nein, das Beben ist schuld. Das weiß doch jeder!», schrie Hanna zurück.

Arndt schüttelte den Kopf. «Nein, wenn's um einen Sündenbock geht …» Hilflos sahen sie mit an, wie die Feuersbrunst an Stärke gewann und sich Baum um Baum einverleibte. «Es ist die Hölle! Wir kommen noch um! Nichts können wir tun, nichts.»

«Doch! Erst einmal müssen wir Vater aus den Trümmern befreien.» Hanna packte Arndt am Arm und riss ihn mit sich in die Hütte. Wegen des eingestürzten Dachs waren sie jetzt dem heißen Luftsog ausgeliefert, der zwischen die Wände fuhr und Sand und Lehmstaub aufwirbelte. Hanna presste ihre Lippen aufeinander, kniff die Augen zu. Doch es war seltsam: Als sie den Firstbalken berührten, packte sie eine seltsame Scheu. Vorsichtig hoben sie das schwere Holz an. Mit einem leisen Geräusch quoll Hirnmasse aus Tilmans zersplittertem Schädel.

Arndt schlug die Hände vors Gesicht, Hanna aber konnte nur schreien. Einen Augenblick später wankte sie zu ihrer Truhe und zerrte ein leinenes Tuch heraus. Sie kniete neben ihrem Vater nieder, schlang behutsam das Tuch um seinen Kopf und zurrte es fest am Hinterkopf zusammen. Sie gab Arndt ein Zeichen, worauf sie ihren toten Vater anhoben und ihn wortlos auf seine Schlafstatt betteten.

Arndt hustete. «Ich möchte, dass wir ihn schnell begraben, Hanna. Marie soll das nicht sehen.»

«Arndt, er ist auch Maries Vater! Soll sie keinen Abschied von ihm nehmen? Ein, zwei Nächte müssen wir es aushalten. Damit wir in Ruhe für ihn beten können.»

«Ja, ich glaube, jetzt hast du recht.»

Betroffen schauten sie auf den Toten nieder. Da durchfuhr Hanna plötzlich ein siedend heißer Schreck: «Um Himmels willen, Arndt! Wo ist Marie?»

Ulrichs Rappe bockte und schnaubte bestimmt schon seit einer Stunde, trotzdem war es Ulrich gelungen, ihn tief in den Wald zu treiben. Er war wie am Vortag mit dem Baumpelzer zum Wachsenberg aufgebrochen, um das Areal zu kennzeichnen, das gerodet werden sollte. Dabei sah er den Rauch über den Baumwipfeln und ahnte, was das Beben womöglich ausgelöst hatte.

Nehmen wir an, begann er zu überlegen, das Feuer breitet sich großflächig aus: Dies wäre insofern von Vorteil, weil wir etliches an Holzfällerkosten einsparen würden. Voraussetzung aber dafür ist, es brennt wirklich mehr ab als nur der Wald um die Köhlerei herum. Denn die gehört nicht uns, sondern der Stadt. Andererseits, wenn man den vernichteten Holzwert berücksichtigt ... Ulrich begann zu überschlagen, mit welchen Summen in den jeweiligen Fällen zu rechnen wäre, da blieb sein Rappe plötzlich stehen und stellte sich auf die Hinterbeine.

Es knackte im Unterholz, kurz drauf stürzte ein Rudel Schwarzwild vorbei.

«Mahut, du stures Stück, stell dich nicht so an. Nur weil Sauen fliehen, musst du nicht gleich bocken!» Ulrich trat ihm in die Flanken, aber sein Hengst drehte sich nur noch im Kreis. Dabei stieg er so hoch, dass er seinen Reiter fast abgeworfen hätte. Er hatte bereits Schaum vorm Maul, und seine Augen waren vor Angst so weit hervorgetreten, dass das Weiße zu sehen war. Ulrich stieß einen Fluch aus und stieg ab. «Aber umgekehrt, Bursche, wird auch nicht», murmelte er und schaute der weißen Rauchwand entgegen, die ein halbes Dutzend Pferdelängen vor ihm Bäume und Äste verschluckte.

Probieren wir es eben anders, sagte er sich und holte seinen letzten Apfel aus der Satteltasche. Er schob ihn Mahut ins Maul, kraulte ihm Scheitel und Ganaschen. Während das Tier den Apfel zermalmte, redete er beruhigend auf es ein: «Vorhin, da dachte ich, Gott wolle seine Welt zerreißen und uns alle in die Hölle schütteln. Vielleicht ist es doch nicht so schlimm. Vor zweihundert Jahren hat es schon mal ein solches Beben gegeben.»

Jählings hob Mahut den Kopf. Er spitzte die Ohren, drehte sie, stand still. Ulrich hielt den Atem an, bis die Stimme zu ihm drang. Hab mich vorhin also doch nicht getäuscht, dachte er. Da ruft jemand. Eine Frau. Bestimmt ist es die Köhlerin.

Mahut schnaubte leise und wandte den Kopf in die Richtung, aus der die Stimme kam.

«Marie? Arndt?»

«Ja … natürlich nein!»

Ungeduldig zerrte Ulrich an Mahuts Zügel, doch sein Hengst blieb stur. Inzwischen wurden die Rufe lauter, sie kamen direkt aus der Rauchwand vor ihm.

«Arndt? Hast du sie?»

«Nein … hierher!» Ulrich ließ Mahut stehen und rannte in den Rauch hinein. Nach nur wenigen Schritten war die Luft so beißend, dass es ihm auf der Zunge brannte. Er wandte sich ab, hustete und spuckte aus. Als er sich umdrehte, sah er sich plötzlich wie von Wänden umstellt: überall Rauch, Rauch, der zu allem Überfluss immer weiter aufquoll.

«Arndt? Sag doch was!»

Es knackte wieder im Unterholz. Die Stimme war ganz nah und klang so heiser wie verzweifelt.

«Hierher!», rief Ulrich drängend.

«Arndt?» Die Frau konnte nur noch krächzen.

«Nein.» Beide erlitten sie einen Hustenanfall. Ulrich ruderte mit den Armen. Irgendetwas lag in dieser Stimme, das ihm vertraut schien. Keine Angst, ich helfe dir, dachte er im Stillen und wappnete sich, jeden Moment einer abgearbeiteten Köhlersfrau zu begegnen, die ihre Tochter suchte. «Hier bin ich, nur noch zwei, drei Schritte ...»

Hanna tauchte so plötzlich auf, als hätte der Rauch sie ausgespuckt. Ihr Haar war aufgelöst, Arme und Beine zerkratzt. Wie angewurzelt blieb sie stehen und schlug erschrocken die Hand vor den Mund. Ulrich war nicht weniger verblüfft. Obwohl Hannas Gesicht schweißnass und ihre Augen blutunterlaufen waren, leuchtete sein Gesicht auf. Noch bevor er etwas sagen konnte, fiel Hanna vor ihm auf die Knie und umklammerte die Schäfte seiner Reitstiefel: «Edler Herr, verzeiht uns! Verzeiht uns um Christi willen, bitte. Es war das Beben. Wir waren nicht unaufmerksam. Das schwören wir. Die Meiler sind einfach durchgegangen, und weil es so trocken war ... Bitte, lasst Gnade vor Recht ergehen. Oder schont wenigstens meine Schwester.»

«Die Marie, nicht wahr?», fragte Ulrich mit brüchiger Stimme.

«Ja, edler Herr. Aber ich bin die Hanna. Mein Bruder heißt Arndt. Unsere Mutter ist tot, und unser Vater liegt in den Trümmern unserer Hütte.»

Flehentlich schaute sie zu Ulrich auf, der wie eingefroren dastand. Er blickte auf Hanna herab, als sei sie ein lebendig gewordenes Traumbild. Bestürzung und Erstaunen erschienen auf seinem Gesicht, und es sah aus, als würde er erst nach und nach begreifen, was die junge Frau da vor ihm überhaupt redete und tat.

«Keine Bange, steh auf.» Ulrich beugte sich hinab und legte die Hände um Hannas Schultern. «Ich tue euch nichts.» Er versuchte zu lächeln. Für einen kurzen Augenblick hielt er inne, dann fuhr er mit fester Stimme fort: «Natürlich war es das Beben. Ein starkes Erdbeben, das ist wahr. Vielleicht hat es Gott geschickt, vielleicht der Teufel. Du aber hast damit bestimmt nichts zu tun.»

Der Bann war gebrochen, Hanna erhob sich. Sie hatte noch nie vor einem Edlen gestanden, geschweige denn mit ihm Worte gewechselt.

Er schaut mich an, als hätte er mich schon einmal gesehen, durchfuhr es sie. Oder findet er mich so sonderbar, weil mein Äußeres so rußverschmiert ist? Sie schlug die Augen nieder, doch plötzlich lief ihr ein Schauder über den Rücken, weil ihr das Gerücht einfiel, der Rothenburger Komtur habe sich in einem der Dörfer an einer verheirateten Frau vergangen.

Und dieser hier sieht auch nicht gerade wie ein nur verweichlichter, betender Ritter aus, dachte sie. Im selben Moment fiel ihr Blick auf Ulrichs Hände, und sie entspannte sich. Nein, sie sind nicht grobschlächtig, stellte sie erleichtert fest, auch wenn sie bestimmt zupacken können.

«Wir müssen Marie finden, oder?»

Seine ruhige, warme Stimme riss sie aus ihren Gedanken. Verlegen schlug sie die Hand vor den Mund, doch schon sprudelte sie wieder los: «Ihr seid zu gütig, Herr. Wenn sie doch bloß antworten würde. Wir suchen sie seit bestimmt einer Stunde. Beim Beben war sie im Wald, sie wollte Pilze suchen … Sie hat immer so viel Hunger, wollte mir aber nicht glauben, dass wegen der Trockenheit kaum etwas wachsen kann. Du lieber Gott, wenn nun ein Baum umgestürzt oder ein brennender Ast auf sie gefallen ist? Vielleicht ist sie ohnmächtig!»

«Bestimmt nicht», unterbrach Ulrich ihren Redefluss. «Aber sie könnte sich verlaufen haben und vom Feuer eingeschlossen sein. Wir müssen uns beeilen.» Ohne nachzudenken, fasste er Hanna bei der Hand und stapfte los. Doch schon nach wenigen Schritten wusste er nicht mehr, wohin er gehen sollte. Er schaute sich nach allen Seiten um, sie waren jetzt völlig von Rauch eingehüllt. Im

Gesicht spürten sie bereits die Hitze der näher rückenden Flammen.

«Und jetzt? Was machen wir jetzt?», rief Hanna aufgelöst. «Ich finde hier nicht mehr heraus!»

«Mahut wird uns aus der Patsche helfen. Wozu habe ich ein Pferd!»

Er legte die Hände trichterförmig um den Mund und rief nach seinem Rappen. Mahut antwortete mit einem Wiehern. Ein paarmal ging das so hin und her, bis das Pferd schließlich bei ihnen auftauchte. Ulrich hob Hanna in den Sattel, setzte sich hinter sie und überließ es seinem Tier, einen Weg aus dem Dickicht zu finden.

Eine ganze Weile ging es kreuz und quer durch den lichten Hochwald. Zum Glück scheute Mahut nicht, obwohl an einigen Stellen die Rauchschwaden so dicht waren, dass sie die Luft anhalten mussten. Überall dort, wo sie freier atmen konnten, riefen sie nach Marie. Doch sooft auch ihr Name in den Wald hallte, es kam keine Antwort zurück. Hannas Angst wuchs, je länger das Schweigen anhielt. Langsam schnürte es ihr den Hals zu. Sie vergaß ihre brennenden Füße und ihre tiefe Erschöpfung. Selbst dass ihr die Zunge am Gaumen klebte, nahm sie kaum noch wahr.

«Ich weiß, wir sind in der Nähe unserer Lichtung.» Sie merkte, wie sie nuschelte, und drehte sich, um sich verständlicher zu machen, zu Ulrich um. Dabei streckte sie ihren Arm aus und wies auf die beiden zusammengewachsenen Eichen links von ihnen. Ihr Gesicht war nur eine Handbreit von Ulrich entfernt, sie konnte seinen Atem an ihrer Wange spüren. Schon fürchtete sie, er würde vor ihrer Nähe zurückzucken, doch alles, was sie wahrnahm, war sein kräftiger Arm, der sie nur noch eine Spur fester um den Bauch fasste, weil sie aus dem Sattel zu rutschen drohte.

Ihre Blicke kreuzten sich. Dann, als hätten sie etwas Unrechtes getan, schauten beide verlegen zur Seite.

Mahut machte durch lautes Schnauben auf sich aufmerksam. Wieder spitzte und drehte er die Ohren.

«Marie? Marie, bist du da?»

Hanna rief so kräftig, wie sie es noch vermochte. Der Rauch waberte durch das Unterholz, stellenweise aber bauschte er sich bereits hoch in den Kronen. Das Licht war diffus, und in der Luft tanzten Ascheflöckchen, als würde es schneien. Das Prasseln und Knistern kam näher, und mit einem Mal war es nicht mehr nur warm, sondern heiß.

«Marie! Marie!» Auch Ulrich stimmte in das Rufen ein, bekam aber ebenfalls keine Antwort. Enttäuscht schüttelte er den Kopf und rieb sich die Augen. Sein Gesicht war wie das Hannas jetzt mit winzigen schwarzen Rußpünktchen gesprenkelt, sein Haar mit einer feinen Ascheschicht bestäubt. «Nützt alles nichts. Wenn wir Gewissheit haben wollen, müssen wir da rein.» Er band seinen Mantel ab und beugte sich zu Hanna vor. «Komm, Mahut hat so etwas wie den sechsten Sinn.» Er sprang vom Pferd, hob Hanna herab, nahm ihre Hand und zog sie mit sich.

Trotz der Angst lief Hanna ein wohliger Schauer über den Rücken. Wie hatte sie es genossen, vor ihm zu sitzen und seinen Arm um sich zu spüren! Wenn sie ehrlich war, hätte Ulrich noch stundenlang so mit ihr durch den Wald reiten können.

Sie riefen und husteten abwechselnd, während sie sich immer näher an die Flammen heranpirschten. Ulrich fächelte sich und Hanna mit seinem Ordensmantel Luft zu, und als ein Windstoß den Rauch zerteilte und die Flammenwand zum Vorschein kam, entdeckten sie Marie: Sie starrte stumm und unbeweglich in das Feuer, ganz so, als spüre sie die Hitze nicht. Der orangene Widerschein der Flammen färbte bereits ihr Kleid.

«Marie!»

Hanna riss sich von Ulrich los und rannte auf sie zu. Als wache sie aus einem Traum auf, wandte ihr Marie erstaunt ihren puterroten Kopf zu. Dann lächelte sie und sank ihr in die Arme. Hanna liefen vor Erleichterung Tränen über die Wangen.

«Komm! Wir müssen fort!»

Sie kehrten der heranwogenden Feuersbrunst den Rücken und rannten den Weg zurück, Mahut entgegen, den es kaum mehr auf der Stelle hielt. Ihm rollten die Augen vor Angst. Immer wieder stieg er wiehernd hoch, sodass Ulrich beschloss, ihn am Zügel zu nehmen.

Erst als sie den Waldrand erreicht hatten und die Sonne wieder durch das Geäst hindurch zu sehen war, beruhigte sich Mahut. Ulrich klopfte ihm die Flanke, lobte ihn, schalt ihn aber auch einen Hasenfuß. Lächelnd wandte er sich anschließend Hanna und Marie zu. Scheu und mit Tränen in den Augen erwiderte Hanna seinen Blick.

«Sagt, wie wir Euch danken können», flüsterte sie und machte eine Andeutung, wieder vor ihm auf die Knie zu fallen. Doch Ulrich fing sie rechtzeitig auf. Kurz entschlossen warf er seinen Mantel um sie und Marie und drückte die beiden an sich.

«Te Deum laudamus … Dich, Gott, loben wir, dich, Herr, preisen wir. Dir, dem ewigen Vater, huldigt das Erdenrund …»

Trotz Atemnot sang er mit sonorer Stimme, Hannas Kopf lehnte an seiner Brust. Sie wünschte, Ulrich würde nie mehr aufhören zu singen, so geborgen fühlte sie sich unter seinem weißen Mantel, der von Rußspuren übersät war, mit dem schwarzen Kreuz. Doch auch ein Te Deum währt nicht ewig. Lieber Gott, betete sie, kaum dass Ulrich geendet hatte, bitte lass mich ihn schnell vergessen. Bitte lass mich ihn schnell vergessen.

Da hörte sie Mahut wiehern. Er klang so aufgebracht und unwillig, wie sie es noch nie bei einem Pferd gehört hatte.

«Dann kann ich euch zwei jetzt allein lassen?», fragte Ulrich sanft. «Ihr wisst, wo ihr zu Hause seid?»

«Ja, ja.»

Hanna suchte nach Worten, fand aber keine. Ulrich musterte sie und nickte schließlich.

«Dann adieu.»

«Adieu.»

Hanna schoss das Blut in den Kopf, schnell zog sie Marie mit sich fort. Ihr war, als wärmte Ulrichs Blick ihren Rücken, ließ sie nicht los. Doch sie wagte es nicht, sich noch einmal nach ihm umzusehen. Sie war aufgewühlt wie nie zuvor in ihrem Leben. In ihrem Hals wuchs ein Kloß, vor ihr verschwamm die Erde. Mit gesenktem Kopf schritt sie voran, weinte noch eine Weile stumm.

Auch dass ihre Vision sich erfüllt hatte, bereitete ihr überhaupt keine Genugtuung. Ich will keine Gesichte mehr bekommen, dachte sie. Sie machen mich nur noch mehr zum Sonderling. Man wird Angst vor mir bekommen und mich zur Hexe stempeln. Es muss aufhören.

Sie schniefte und nahm durch einen feuchten Schleier wahr, dass Marie sie fragend von der Seite musterte.

«Er hat dir gefallen, oder?», fragte sie schüchtern.

Hanna nickte. «Ja … selbst wenn es noch so närrisch, dumm und eitel ist.» Sie schnäuzte sich und fasste Marie noch fester.

«Wer sind die Deutschherren eigentlich?»

«In Rothenburg erzählt man sich, es sind Ritter, die einst in Jerusalem für Krankenpflege und Armenfürsorge zuständig waren. Doch als die Christen aus dem

Heiligen Land verjagt wurden, haben sich die Deutschen Ritter die Aufgabe gestellt, weit im Osten und Norden des Reiches zu missionieren und sich das Land untertan zu machen. Ihre schlachtenerprobten Schwertbrüder haben viele Jahre mit den Polen gekämpft und schließlich einen Ordensstaat geschaffen. Das, was heute Preußen ist, hat sehr viel mit dem Ordensstaat der Deutschen Ritter zu tun. Sie erwarben im Lauf der Jahrhunderte überall Besitz und bekamen auch viele Schenkungen. Jetzt heißt es, die Deutschen Ritter oder Deutschherren seien faul und bequem geworden. Viele Rothenburger verachten sie, nicht zuletzt deswegen, weil die Familien der Deutschherren nach eigenen Gesetzen leben. In Rothenburg hat der Orden die Kirchengewalt über St. Jakob. Und er ist der größte Grundherr. Ich weiß, dass er zum Beispiel die Hofstatt am Rödertor besitzt.»

«Gehört dieser Ritter zu den faulen?»

Jetzt musste Hanna lachen: «Woher soll ich das wissen? Genauso wie es faule und fleißige Menschen gibt, gibt es gute und schlechte Ritter.»

«Gut aussehen tut er.»

«Ja, du Naseweis. Und sein Rappe, auf dem saß es sich wirklich schön.»

«Ob der Ritter wiederkommt?»

Hanna zögerte. Warum flatterte es so seltsam in ihrem Bauch? «Bestimmt wäre es eine schöne Abwechslung.» Sie seufzte. «Aber was hätten wir davon? Wir sind Köhlersleut. Trotzdem kannst du heute Nacht noch einmal davon träumen, dass ein Deutscher Ritter nach dir gesucht hat.»

Als ihre Hütte in Sicht kam, verdüsterte sich Hannas Stimmung schlagartig. Jetzt holt es mich wieder ein, dachte sie erschrocken. Marie weiß doch noch gar nichts. Wie soll ich es ihr bloß beibringen?

«Marie?» Hanna fasste sich ans Herz. Ihre Stimme zitterte, und ihre Augen waren voller Tränen.

«Ja?»

«Arndt und ich, wir werden jetzt allein für dich sorgen ... sorgen müssen ...»

4

Das Feuer wütete einen Tag lang und vernichtete an die neunzehn Morgen Wald. Dass nicht noch größere Flächen abbrannten, dafür gab es nur eine vernünftige Erklärung: Gott hatte ein Wunder geschehen lassen. So sahen es vor allem Hanna und Arndt, aber auch Hegemeister Bernward Burmeister, als er in den späten Morgenstunden des folgenden Tages sein Pferd sattelte und in Richtung Wald aufbrach. Er sollte von Amts wegen die Schäden melden, die das Feuer am Wachsenberg angerichtet hatte, denn das Territorium der freien Reichsstadt Rothenburg beschränkte sich nicht nur auf die Stadt allein, sondern umfasste ein Gebiet, das nicht ganz fünfzig Quadratmeilen maß und eine Grenzlänge aufwies, die mit ungefähr achteinhalb Meilen in zwei Tagesritten gerade noch zu bewältigen war.

Ja, es ist ein Wunder, dachte Bernward, als er das Galgentor hinter sich gelassen hatte und sein Pferd zu einem forschen Trab anhielt. Er schaute kurz in den grauen Himmel, dann streckte er die rechte Hand aus und bewegte die Finger. Na also, geht doch schon wieder, dachte er zufrieden. Soll er eben schief stehen, der Ringfinger. Steckt ja eh kein Ring dran.

Er wich einem Ochsengespann aus und runzelte die Stirn, weil sich die schweren Holzräder auch ohne Beladung eingruben. Nur ein paar Stunden Regen und schon beginnt wieder die Schlammzeit, dachte er besorgt. Dieser Schnürregen wird die Erde aufweichen wie Wasser einen Kanten Altbrot. So ist das eben, aber es gibt Schlimmeres. Er wandte seinen Blick auf seine festen Stiefel, die neuen Gamaschen und freute sich. Auch als ihm das Wasser von der Hutkrempe in den Nacken zu tropfen begann, dämpfte dies nicht seine ausgeglichene Stimmung.

Es ist alles gutgegangen, sinnierte er. Selbst das Erdbeben hat nur ein paar Risse in Haus- und Kirchenwänden hinterlassen. Der Herr hat uns mit seinem Zorn erschüttert und mit dem Schrecken davonkommen lassen. Aber was will er uns damit sagen? Welche Sünden sind es, denen wir abschwören sollen?

Er fand keine Antwort, doch als er den Rand des Waldbrandareals erreichte, wurden all diese Fragen nebensächlich. Noch nie hatte er ein solch trostloses Bild gesehen. Ihm war, als würden die entlaubten Baumskelette stumm den Regen anklagen, warum er so spät eingesetzt habe. Die Stille war unheimlich, kein Vogel war zu hören, nirgendwo ein Knistern. Dazu kam der bitter brandige Geruch, der den verkohlten und hie und da noch gespenstisch qualmenden Bäumen entströmte. Als ob es Galle geregnet hätte, dachte Bernward und ritt langsam weiter. Sein Brauner schauderte, als er ihn durch den klebrigen weißen Aschebrei lenkte, aus dem an einer Stelle eine schwarze Kugel ragte, die einmal ein Igel gewesen war.

Hoffentlich tragen die armen Köhlersleute keine Schuld an diesem Feuer, dachte Bernward. Sie darben schon genug. Dennoch gehen viele Waldbrände auf den Funkenflug eingestürzter Kohlenmeiler zurück. Immer noch werden sie viel zu nah am Unterholz aufgebaut.

Bernward hing noch eine ganze Weile seinen Gedanken über den entstandenen Waldschaden nach, bis er endlich den Rand der Lichtung erreicht hatte und die halb eingestürzte Köhlerhütte sah. Einige Meter daneben lag ein Schutthaufen.

Er stieg vom Pferd und schritt langsam auf die Hütte zu. Und obwohl keine menschliche Stimme zu hören war, erschien ihm die Stille keineswegs unheimlich, sondern friedlich. Nur das feine Gewisper des Regens war zu hören. Als ob er wiedergutmachen will, was die Flammen zerstört haben, dachte er unwillkürlich. Gott möchte, dass schnell neues Grün wächst.

Ob der Köhler wohl zu Hause war? Oder holte er bereits neues Holz für sein Dach? Ich werde in jedem Fall mit ihm sprechen, nahm sich Bernward vor, wenn nicht heute, dann morgen. Neugierig duckte er sich unter den noch stehenden Türbalken und trat ein. In der dunkelsten Ecke entdeckte er drei schlafende Personen. Der links wird dem Alter nach der Köhlersohn sein, dachte er bei sich. Die Kleine in der Mitte und die Große daneben sind dann bestimmt seine Geschwister. Alle Decken überlappten sich, als wollte jeder ein Stück vom anderen spüren.

Bernward wagte kaum zu atmen. Hanna schlief mit angezogenen Beinen auf der Seite, Arndt lag schnarchend auf dem Rücken. Von Marie waren nur Augen und Scheitel zu sehen.

Sein Blick wanderte weiter, dorthin, wo im rechten Winkel zu den Schlafenden auf einem aus verkohlten Stämmen gebauten Katafalk ein toter Mann lag. Sein mit einem Tuch sorgfältig verbundener Kopf sagte Bernward alles. Umso mehr erschütterte ihn das Lächeln auf dem Gesicht des Toten.

Er bekreuzigte sich, empfand Scham und tiefe Betroffenheit.

Da schlug die Kleine die Augen auf.

Ihr Blick ging ihm durch und durch. Er legte den Finger

auf den Mund und machte sich auf Zehenspitzen davon. Als er wieder im Sattel saß, fühlte er sich schuldig.

Ich werde im Rat sagen, sie haben nichts damit zu tun, dachte er. Auch wenn ihre Meiler zu nah am Unterholz standen. Ohne das Erdbeben wären sie bestimmt nicht eingestürzt. Also sollte es so sein. Und der Köhler hat weiß Gott mit allem bezahlt, was er besaß.

5

Der Schlaf hatte Hanna geholfen, den gröbsten Schmerz zu überwinden. So fiel ihr am nächsten Morgen wieder ein, dass ihr Vater einmal gesagt hatte, er wolle gern unter der alten Eiche begraben werden. Sie stand auf und beschloss, die anderen nicht zu wecken, damit sie für das Wichtigste die Ruhe hatte, die sie brauchte. Tatsächlich fand sie bald, was sie suchte: zwei gerade Aststücke, das eine kurz, das andere länger. Sie hobelte sie glatt und band sie schließlich mit Weidenruten zu einem Kreuz zusammen. Anschließend wusch sie ihrem Vater Füße, Hände und das Gesicht und nähte ihn in ihr letztes gutes Leinentuch. Als das getan war, machte sie Feuer, setzte den Rest Mus vom Vortag auf und weckte Marie und Arndt.

Gleich nachdem sie gegessen hatten, trugen sie den Leichnam gemeinsam über die Lichtung. An ihrem östlichen und nördlichen Saum war der Wald vollständig abgebrannt und hatte sich in eine gespenstische Aschelandschaft verwandelt.

Nicht hinschauen, versuchte Hanna sich zu beruhigen. Wie schön ist dagegen unsere alte Eiche. Friedlich und unbeschadet wachte sie im goldenen Oktoberlicht über die Lichtung. Helle Strahlenbündel blitzten zwischen ihrem herbstlich gefärbten Laub auf, ein kühler Wind trieb rostbraune Blätter vor sich her.

Hanna nahm Marie auf den Schoß und lehnte sich an den alten Stamm. Stumm sahen sie Arndt zu, wie er die Erde aushob. Wie lose Blätter, die über den Waldboden wehten, so zogen die Erinnerungsfetzen aus Hannas Vergangenheit an ihr vorüber. Wie ihr Vater sie das erste Mal auf seine Schultern gehoben hatte, damit sie in ein Vogelnest schauen konnte. Wie er mit ihr an einem heißen Sommertag in die Tauber gesprungen war, obwohl sie arge Angst vor dem Wasser gehabt hatte. Nie hatte er sie geschlagen, nie angeschrien, wie so viele andere Männer es mit ihren Frauen und Kindern taten. Ja, er war ein guter Vater gewesen. Es gab nichts, worüber sie sich schämen müsste.

Aber ob er nun ein rechtschaffener Köhler war oder nicht, überlegte sie, niemand achtet uns. Weil wir so oft schwarze Hände und Gesichter haben, denken alle, so schwarz wären auch unsere Seelen. Fast jede Köhlerin, die alt wird, gerät irgendwann in Verdacht, eine Hexe zu sein.

Die Grube war jetzt tief genug, Arndt stemmte sich gerade aus ihr heraus. Hanna begegnete seinem Blick. Unwillkürlich begann sie zu weinen. Jetzt habe ich nur noch dich und Marie. Aber du bist oft stur wie ein Bock, Bruder. Und was du mit mir vorhast, wie du mich an den Herren-Müller verschachern willst, das hätte Vater nie unterstützt.

Sie erhob sich, drückte Marie ihr Rosenkreuz in die kleinen Hände und bedeutete ihr, sie solle beten. Dann half sie Arndt, ihren Vater der Erde zu übergeben. Zum Schluss kniete auch sie neben dem Grab nieder, richtete das Holzkreuz und legte die Hände aneinander.

Arndt stand schließlich als Erster auf: «Die Meiler wollen ihren Herren sehen. So ist nun mal das Gesetz für uns Köhler. Was soll ich noch lange beten. Gott weiß doch, wie gut Vater war.»

Hanna sah ihrem Bruder nach. Geh nur, dachte sie und zog Marie an sich. Aber was du auch ausheckst, Marie darf nicht darunter leiden. Sie nicht. Nie.

6

Zwei Tage später besuchten die beiden Schwestern erneut das Grab. «Hat Papa es jetzt wirklich besser?», fragte Marie. Sie hatte einen Eimer kleiner bunter Steine gesammelt, mit denen sie nun auf dem Grab eine Blume legte.

«Natürlich», erwiderte Hanna. «Wer im Himmel ist, hat weder Hunger, Durst noch Schmerzen. Vor allem aber braucht er nicht mehr traurig zu sein und hat nie wieder Angst.»

«Warum?»

«Weil alle guten Seelen die Musik der Engel hören dürfen. Und die ist so schön, dass jede Seele vor Glück immerzu lächelt.»

«Woher weißt du denn das?», fragte Marie unsicher.

«Ich bin deine große Schwester, als solche muss ich es doch wissen, oder?»

Hanna nahm ein paar Steine vom Grab und zeigte Marie, wo sie ihrer Meinung nach besser hinpassten. «Aber eines musst du mir jetzt sagen, Marie. Wie sah der Mann aus, der in unsere Hütte geguckt hat? War es der Ritter, der …», mir nicht aus dem Kopf geht, hätte sie am liebsten geschlossen, doch sie biss sich auf die Zunge. Wie konnte sie nur hier, an Vaters Grab, an ihn denken!

«Nein! Ich hab es dir doch schon fünfmal erzählt. Er hatte einen grauen Kräuselbart, sah zuerst wild aus, dann aber nicht mehr. Sein Hut war schwarz, hoch und hatte eine breite Krempe, die Beinlinge waren fein, die Stiefel bestimmt neu. Der Mantel aus festem Loden. Warum denkst du immer noch an ihn?»

Weil ich nicht wahrhaben will, dass es nicht mein Ritter war, dachte Hanna stumm. Ihr Herz begann zu stolpern, wieder kam ihr ihre Vision in den Sinn. Diesmal gab es keinen Zweifel, auch wenn Arndt sie für verrückt erklärt hatte: Sie hatte das Feuer geschaut, alles, den Brand, den Rauch, sogar das Pferd des Deutschen Ritters, auf dem sie gesessen hatte. Zu deutlich erinnerte sie sich an all diese Bilder, vor allem aber an das unerfindliche süße Gefühl, das sie ebenfalls verspürt hatte. Es kommt immer dann, wenn ich an ihn denke, dachte sie. Dann wallt es wie der Rauch, wenn das Feuer in eine belaubte Krone greift.

Hanna stand auf und schüttelte Erde von ihrer Schürze. Seit dem frühen Morgen zerrissen Axthiebe die Stille. Die verbrannten Stämme wurden gefällt und von ihrer Kohleschicht befreit. Es galt zu retten, was noch irgendwie von Wert war. Das teils unversehrte Kernholz taugte noch zum Feuermachen, und wer die vom Regen gelöschte Kohle trocknete, konnte damit seine Öfen befeuern.

«Was guckst du so auf Papas Kreuz?» Marie klopfte die Erde glatt. «Siehst du gerade, wie er durch den Himmel fliegt?»

«Nein.»

«Schade.»

Hanna hatte gar nicht gemerkt, wie starr ihr Blick auf dem Grabkreuz lag. Dabei hatte sie nicht eine Sekunde an ihren Vater gedacht.

Verzeih mir, Vater, dachte sie beschämt und bekreuzigte sich. Und steh mir bei. Du weißt, warum.

«Hanna!»

Arndts Stimme. Sie merkte, wie sich ihre Gesichtszüge verhärteten. So, jetzt geht es los, wusste sie und presste die Lippen aufeinander. Jetzt geht es ums Geld.

Arndt hob den Arm, sie winkte zurück. Langsam kam sie näher. Die sauertöpfische Miene ihres Bruders sprach für sich, kein Wunder, denn er war nicht allein.

Wer sonst als die Brüder Goltz, dachte Hanna. Sie stützten sich auf mächtige Äxte, deren Schneiden unheilvoll in der Sonne blinkten, und schauten ihr verdrießlich entgegen. Hans und Veit Goltz waren Bierbrauer, um die zehn Jahre älter als Arndt und jeder von einer beängstigend vierschrötigen Statur. Sie hielten zusammen wie Pech und Schwefel, wohnten im selben Haus und, so wurde gelästert, teilten sich jetzt ein und dieselbe Frau, nachdem Veit vor zwei Jahren Witwer geworden war.

«Endlich!» Arndt klang ärgerlich, seine Augen flackerten. «Hast wieder geträumt, ja? Pass bloß auf. Hexen sind schnell gefunden. Aber egal ... Ich habe unseren Freunden hier gesagt, wie es um uns steht, dass nichts zu holen ist. Am Brand war allein das Erdbeben schuld.»

«Hexen? Freunde?»

Hans Goltz riss überrascht die Augen auf, sein Bruder Veit stöhnte missmutig. Er hatte nach dem Tod seiner Frau Gretel mit Hanna geliebäugelt und sie letztes Jahr am Johannistag zur Tanzlinde vor dem Rödertor eingeladen. Nach jedem Tanz aber war er ein Stück lauer geworden, weil er begriffen hatte, dass er sie trotz ein paar Bechern Wein nicht hinter den nächstbesten Busch bekam.

Gehässig hatte er dann zu ihr gesagt: Mach's dir doch selbst. Oder bist du dafür auch zu arm?

Eigentlich war sie erleichtert gewesen. Denn nur ihrem Vater zuliebe war sie mit Veit nach Rothenburg gegangen. Trotzdem hatte es sie gekränkt, allein aufgrund ihrer Herkunft derart niederträchtig abgefertigt worden zu sein.

«Nichts ist mit Hexen», wiegelte Arndt ab. «Ich wollte nur davor warnen, dass wir uns vorschnell entzweien.»

«Das brauchen wir auch nicht, Völz», entgegnete Veit gönnerhaft und vermied geflissentlich, Hanna anzuschauen. «Aber wir haben nun mal für unsere Holzeinschlagsrechte an die Stadt gezahlt. Wären deine Meiler nicht, hätt's kein Feuer gegeben. Also sorge für einen Ausgleich.»

«Wir haben aber nichts, Veit. Gerade du musst es doch wissen.»

Hanna legte so viel Nachdruck wie möglich in ihre Worte. Aber als habe Hans Goltz, der ältere der Brüder, genau darauf gewartet, grapschte er nach ihrem Gürtel und riss sie zu sich heran: «Es gibt immer irgendwo ein Töpfchen mit Münzen. Grab's aus, Hanna. Und zähl uns vor, was drin ist. Dann sehen wir weiter.»

«Lass los!» Das Herz schlug ihr bis zum Hals, sie war wie gelähmt. War es schon schlimm genug, dass sie auf so viel Gier nicht vorbereitet war, viel schlimmer war, dass Arndt es zuließ, wie Hans Goltz mit ihr umsprang. Er machte nicht einmal den Versuch dazwischenzugehen, stattdessen nickte er verständnisvoll.

«Nun merkst du erst, Schwester, was Sache ist, wie?», meinte er und legte Hans Goltz begütigend den Arm auf die Schulter, damit dieser von Hanna abließ. «Dabei ist alles ja nur halb so schlimm.»

«Schau an, auf einmal?»

Hans Goltz ließ Hanna los und bückte sich nach seiner Axt.

«Ja. Ich hab sie doch dem Müller von der Herrenmühle versprochen», fuhr Arndt fort. «Der wird nach der Hochzeit einspringen. Das ist so gut wie sicher.»

Er sprach so ruhig und fest, als könne es nicht den

geringsten Zweifel daran geben, als sei alles längst abgemacht. Hanna dagegen schnappte nach Luft. Für einen kurzen Moment glaubte sie, durch die Eisdecke eines Weihers zu brechen, dann fühlte sie, wie etwas in ihr zersprang. Gleichzeitig stieg eine ungeheure Wut in ihr hoch.

«Du Ausbund!» Ihre Hand schnellte hoch, und schon hatte Arndt eine Schelle sitzen, dass man alle fünf Finger sah. «Was glaubst du, wer du bist? Du Lump! Einen Teufel werd ich tun! Zahl sie meinetwegen von der Mitgift aus, wenn du eine Dumme gefunden hast!»

Arndt riss Mund und Augen auf – und schlug zurück. Und das nicht einmal, sondern gleich zweimal. Hanna taumelte zur Seite, doch so schnell gab sie nicht klein bei. Wie in frühen Kindertagen senkte sie den Kopf und wollte sich mit geballten Fäusten auf ihren Bruder stürzen, doch Hans Goltz packte sie einfach wieder am Gürtel und hielt sie fest.

Arndt war es nur recht. Die Wehrlosigkeit seiner Schwester stachelte ihn derart an, dass er sich völlig vergaß. Alle Dämme brachen, als Hans Goltz Hanna losließ. Unbeteiligt sahen er und Veit zu, wie Arndt seiner Schwester so heftige Ohrfeigen verpasste, dass sie in die Knie ging. «Wer ist hier der Mann? Wer hat das Sagen?», brüllte er. «Etwa du, eine Frau? Eine dumme, schwache Frau?» Seine Stimme schnappte über. «Hast du den Verstand verloren? Bist du toll? Ich bestimme. Der Mann steht über der Frau. Ist das klar? Ist dir das endlich klar?»

Schwer atmend ließ er von ihr ab. Hanna klingelten die Ohren, eines fühlte sich halb taub an. Ihr Kopf dröhnte, ihre Lippen bluteten. Wie ein zusammengerollter Igel lag sie im schwarzen Dreck und hörte, wie Hans und Veit Goltz anerkennend durch die Zähne pfiffen. «Hätten wir dir gar nicht zugetraut, Völz», hörte sie Veits helle Stimme.

Sie klang voller Achtung. «Also, in ein paar Tagen kommen wir wieder vorbei. Bis dahin musst du dir eben etwas einfallen lassen. Sind ja nicht nur wir, die ums Holz gebracht wurden. Die von der Fischerzunft werden es auch kaum vergessen.» Hans Goltz nickte zustimmend. Die Brüder fassten Hanna unter die Arme und zogen sie hoch. «Brauchst ja nicht gleich im Dreck liegen bleiben. Komm, steh auf.»

Hanna kämpfte mit den Tränen. Die Demütigung war vollkommen. Am liebsten hätte sie die Augen geschlossen, so unerträglich empfand sie es, in die Gesichter der Männer zu blicken. Sie spuckte ihnen vor die Füße und suchte nach Verwünschungen. Erst nach einer Weile wagte sie, den Kopf zu heben – und riss im selben Moment den Mund auf. Ihre Augen weiteten sich, bestürzt schlug sie die Hände gegen die Wangen.

«Ihr lacht ... lacht über zwei Männer. Sie sind verwirrt, der eine spricht euch immer falsch an, der andere hat sich die Arme blutig gekratzt und wankt wie ein Tanzbär. In St. Jacob drängen sie sich vor den Altar, um zum heiligen Antonius zu flehen, andere übergeben sich in die Gossen. Die Brandseuche ... sie ist zurückgekommen.»

Sie bebte am ganzen Leib, hatte an Armen und Beinen Gänsehaut. Fassungslos starrten die Brüder Goltz sie an, Arndt stand wie versteinert da. Es war still, für einen Moment schien die Zeit stehenzubleiben.

«Teufel auch!», platzte Arndt heraus. «Was ist nun schon wieder? Immer diese Unsinnssprüche! Wirst du endlich still sein.» Sein Kopf war hochrot. Er packte Hanna an den Schultern und schob sie auf die Hütte zu. «Machst dich zur Hexe», zischte er ihr ins Ohr, als sie außer Hörweite waren. «Willst du auf den Scheiterhaufen?» Er legte den Arm um sie, zog sie an sich. «Hanna, vorhin ... Es tut mir leid. Da hab ich einfach rot gesehen. Nun lass gut sein. So etwas darfst du nie wieder tun, hörst du? Nie wieder.»

«He, Völz. Warte!»

Arndt zuckte zusammen, zog den Kopf zwischen die Schultern. Sein Herz schlug hart und schnell. Doch jetzt durfte er auf keinen Fall schwach werden. Reiß dich zusammen, ermahnte er sich, und seine Gedanken überschlugen sich. Tisch ihnen eine Geschichte auf. Irgendwas. Sie dürfen auf keinen Fall glauben …

Er blieb stehen, drehte sich um und machte eine wegwerfende Handbewegung: «Gebt nichts drauf!», rief er so unbekümmert wie möglich. «Das hat sie manchmal, wenn es ihr geht, wie das eben so bei den Frauen ist. Da sind sie doch alle wunderlich im Kopf. Vertraut mir. Bei meiner Ehre als Köhler.»

Hanna schüttelte unmerklich den Kopf, obwohl sie sich noch immer die Ohren zuhielt. Die Geräusche, die sie vernommen hatte, waren längst verstummt, aber sie wollte einfach nichts mehr hören. Vor allem nichts von Jobst Gessler, dem Eigentümer der Herrenmühle. Er war aus demselben Holz geschnitzt wie die Goltz-Brüder, mit dem Unterschied, dass er wirklich Geld hatte. Es hieß, er habe seinen letzten Geburtstag mit einem Trinkgelage gefeiert und dazu Huren eingeladen. Und auch wenn Arndt behauptete, das seien Verleumdungen: Was fand der Müller an ihr? Er konnte doch viel bessere Frauen haben als sie.

Weil er eine völlig Wehrlose haben will, sagte Hanna sich. Es gibt solche Männer.

Arndt riss ihr die Hände herunter. «Hanna, versteh doch», bettelte er. «Der Gessler ist deine und unsere Rettung. Er nimmt sogar Marie bei sich auf. Was willst du mehr?»

«Nein, er ist ein Hurenbock, Arndt. Er kauft sich Menschen. Niemals werde ich seine Frau. Lieber lass ich mich totschlagen.»

7

Sie kniete in der Heilig-Kreuz-Kirche im nahen Neusitz neben einem die Empore tragenden Pfeiler und versuchte, der Messe zu folgen. Doch sie war nicht bei der Sache, ihr Kopf war voll. Zum einen quälte sie die entsetzliche Vorstellung, bald Jobst Gessler gegenübertreten zu müssen, zum anderen lockte die Versuchung, im Rothenburger Deutschordenshaus nach Maries Retter zu fragen.

Ich werde dem Komtur dort sagen, ich hätte ein Geschenk für … für ihn. Eine Bastelarbeit … von Marie. Bestimmt wird der Komtur mir dann verraten, wer er ist und wie er heißt.

Hanna lächelte und war so mit sich beschäftigt, dass sie sich erst erhob, als die anderen schon standen. Und als sie in den Antwortgesang der Gemeinde einstimmen sollte, hatte sie völlig vergessen, was sie überhaupt singen sollte. Erst als Pfarrer Hans Stöcklein den Namen ihres Vaters verlas, den Gott heimgerufen habe, merkte sie auf, dies aber so heftig, dass ihr ein spitzer Schrei entfuhr.

Hastig bekreuzigte sie sich und faltete schuldbewusst die Hände. Ihre Banknachbarin streichelte ihr beruhigend den Arm und flüsterte: «Ich kenne das, Hanna Völz. Vertrau auf den Herrn. Er wird alles richten.»

«Danke.»

Hanna rang sich ein Lächeln ab. Imke, die Frau neben ihr, war die Witwe eines Lumpensammlers und einst genauso arm gewesen wie sie. Letztes Jahr jedoch hatte der Neusitzer Hufschmied ihr erklärt, er habe sich in ihren wiegenden Gang verguckt. Ob sie ihn heiraten wolle? Natürlich wollte Imke. Schließlich hatte sie zwei Kinder zu ernähren, und der Hufschmied suchte für seine drei eigenen eine neue Mutter. Jetzt war Imke schwanger und freute sich das erste Mal in ihrem Leben wirklich auf ein Kind.

«Erhebt euch, auf dass wir gemeinsam beten.»

Weil Pfarrer Stöcklein große Sympathien für die Lutherischen hatte, ließ er alle Gebete deutsch sprechen. Hanna hatte sogar gehört, dass gewettet wurde, ob er die Messfeiern ab Advent in deutscher Sprache begehen würde. Die Mehrheit der Neusitzer war dafür. Auch Hanna wünschte sich, Gottes Wort wirklich verstehen zu können. Denn eigentlich verdammte der lateinische Messritus sie allesamt zu dressierten Affen. Man plapperte und sang dröge liturgische Formeln nach, die man nicht verstand, und erhob und setzte sich, weil es einem angezeigt wurde.

Jetzt war Hanna noch froher als sonst, dass die Messe dem Ende entgegenging. Obwohl draußen die Sonne schien, war es in der Kirche kalt. Sie fröstelte, aber den anderen ging es genauso. In einigen Bankreihen wurde laut gehustet, der Bäcker gar schnäuzte sich, als wolle er es mit den Trompeten vor Jericho aufnehmen.

Jetzt ist aber Schluss mit der Grübelei, ermahnte Hanna sich. Sollen die Goltz-Brüder ruhig mit dem Götz von der Fischerzunft und ein paar Gesellen zu uns kommen. Dann können sie wenigstens nicht gleich zuschlagen. Wo Zeugen sind, werden nur Worte fliegen.

«… wie auch wir vergeben unseren Schuldigern …» Hanna stockte, sprach nicht weiter. Erst das Amen sprach sie wieder mit. Und schloss im Geiste: Arndt, ich vergebe dir. Aber tu's nie wieder.

Fühlte sie sich jetzt wohler? Ein bisschen. Sie strich über die Schürze ihres Sonntagskleids und seufzte. Notfalls kann ich das Kleid ja verkaufen, dachte sie. Es ist eigentlich Überfluss, für eine Köhlerin ist es viel zu fein. Doch sofort krampfte sich alles in ihr zusammen. Nein, es ist Mutters Kleid. Sie hat es sich vom Munde abgespart, sieben lange Jahre, Heller für Heller, Kreuzer für Kreuzer. Es macht was her, wirft Falten, und die Schürze ist fein bestickt. Der Goller glänzt sogar, so fein ist die Wolle.

Imke streckte ihr die Hand hin und wünschte alles Gute für den Tag und die Woche, die Bauersleute vor ihr schlossen sich an. Hans Stöcklein breitete die Arme aus und erteilte den Segen – endlich war die Messe vorbei.

Man kann schon neidisch werden, dachte Hanna, als sie draußen den Männern nachsah, die in der Schänke verschwanden. Auch ich hätte jetzt Lust auf ein Glas. Aber wenn ich allein einen Fuß in die Schänke setze, dann werden sich alle das Maul zerreißen.

Ihre Blicke kreuzten sich mit denen zweier Bauernburschen. Es waren die Leitgeb-Zwillinge, die sich beide nur durch die Farbe ihrer Hüte unterschieden. Beide nickten ihr zu, unterhielten sich aber weiter mit Valentin Schnitzer, dem Sohn des Mesners, der mit dem Rücken zu ihr stand. Hanna seufzte innerlich. Es war immer dasselbe. Am Sonntag war sie für die Männer interessant, weil sie sauber war und mit ihrem guten Kleid auffiel. Man lächelte sie an, die Augen der Burschen leuchteten. Wie oft spürte sie, wie es in ihren Köpfen arbeitete, wie sie mit sich kämpften, ob sie sie vielleicht nicht doch ansprechen und auf ein Glas Wein einladen sollten. Aber bislang war keiner über seinen Schatten gesprungen, denn hinterher wäre ihm der Spott sicher gewesen.

Hanna konnte sich bestens vorstellen, wie die jungen Männer untereinander redeten: Ah, schau an, du magst die hübsche Tochter vom Köhler Völz! Du, ich mag sie auch, denn sieht sie aus wie eine Vogelscheuche? Also. Klar, wir alle würden sie nur zu gern im Stroh haben. Aber dann … ihre Hände sind voller Blasen, denn sie ist eine Köhlerstochter und arm, verstehst du? Sie bringt nichts mit, nichts ein. Nur ihr Bauch würde spitz werden. Aber willst du das? Nein, das ist den Spaß nicht wert. Dann lieber in der Stadt eine Magd. Die kann man besser sitzenlassen.

Hanna wich den Blicken der Zwillingsbrüder aus und schickte sich an zu gehen. Nichts Neues, sagte sie sich. Der eine lächelt dümmlich, der andere geringschätzig. Doch da ertönte ein Pfiff, und gleich darauf hörte sie, wie einer der beiden Zwillingsbrüder rief: «Da geht sie. Frag sie einfach.»

Hanna blieb stehen. Ihr wurde heiß. Hatte sich ihre Vision etwa schon herumgesprochen? Ich bin niemandem Rechenschaft schuldig, dachte sie. Und beleidigt habe ich auch keinen. Sie versteifte sich und schaute den Zwillingen entgegen, die mit dem Mesnersohn Valentin in der Mitte auf sie zugingen.

«Du bist doch die Tochter vom Tilman Völz», stellte Valentin gedehnt fest.

«Schon wahr.»

«Eben.» Valentin nickte. Er war hager wie ein Rebstecken und hatte auffällig große Ohren. Sein Gesicht ist tatsächlich schafsähnlich, dachte Hanna, seine Augen dagegen hell und klug. Sie entspannte sich, denn Valentin und die Leitgeb-Zwillinge wirkten gelöst, ohne irgendwelchen Argwohn. «Also, Hanna, es geht um deine Schwester, die kleine Marie.»

«Und? Was ist mit ihr?»

«Einiges. Denn es gibt da jemanden, der sich in sie verliebt hat und deswegen jede Nacht heult.»

Valentin lächelte, die Zwillinge grinsten.

«Wollt ihr mich auf den Arm nehmen?»

«Nein. Das würde uns doch nie einfallen.»

Valentin klang bewusst unschuldig, die Zwillinge aber kicherten und rieben sich die Hände. Allen stand der Schalk ins Gesicht geschrieben.

«Nun sagt schon, spannt mich nicht länger auf die Folter.»

«Ganz einfach, unser Babur hat sein Herz verschenkt. Und zwar heute vor einer Woche, nach der Messe. Während du wieder, als wäre der Teufel hinter dir her, nach Haus geflüchtet bist, ist die Marie ins Mesnerhaus und hat meine Mutter gefragt, wie sie es anstellen müsse, lesen und schreiben zu lernen.»

«Ich kann's leider selbst kaum.»

«Ja und? Wir auch nicht», sagten die Zwillinge.

«Nein, ich will doch auf etwas anderes hinaus», fuhr Valentin ungeduldig fort, «meine Mutter nämlich war dabei, unserem Babur die Henkersmahlzeit zu richten. Weil mein Vater ihn am nächsten Morgen totmachen wollte – was sie der Marie auch verraten hat.»

«Warum das?»

«Babur passt nicht zum Dorf. Legt sich mit jedem Hund an und hat keinen Respekt vor niemandem. Seit er ausgewachsen ist, liegt er nur noch an der Kette. Aber als die Marie zu ihm kam, da war es wie ein Wunder: Er fing an zu jaulen, legte sich auf den Rücken und ließ sich streicheln. Er leckte sie, kurzum, die beiden waren ein Herz und eine Seele.»

«Ach, deswegen kam sie so spät. Denn erzählt hat sie uns mal wieder nichts. Aber das kennen wir. Marie ist nicht nur eine Windsbraut, sondern hat auch ihren Kopf.»

Valentin nickte eifrig. «So ist es. Nun pass auf: Niemand im Dorf will Babur haben, aber als wir sahen, dass Marie und er sich so lieb haben, tat er uns natürlich leid.»

«Du meinst also, wir sollen ihn nehmen?»

Hanna verstand jetzt, worauf Valentin hinauswollte. Im

ersten Moment freute sie sich, vor allem für Marie, doch schon kam die Ernüchterung: Womit sollen wir ihn füttern?, dachte sie traurig. Arndt wird nur toben. Außerdem mag er keine Hunde.

Valentin wechselte kurze, aber bedeutsame Blicke mit den Zwillingen. Er schien zu ahnen, was ihr durch den Kopf ging. «Marie könntest du keine größere Freude machen, Hanna. Und mein Vater bräuchte keine Schuld auf sein Gewissen legen, weil er einen wehrlosen Hund totgeschlagen hat. Im Gegenzug würde er Marie unterrichten. Ist das nun ein Angebot?»

«Durchaus, aber …» Sie brach ab und lief rot an. Warum müssen wir auch so arm sein, begehrte sie innerlich auf und begann fieberhaft zu überlegen. Und wenn doch? Vater ist tot … Wir haben also einen Esser weniger … Das Herrichten der Hütte wird aber alles Geld verschlingen, was da ist. Andererseits ist es besser, wenn wir damit warten. Sonst kommen dumme Fragen, woher wir das Geld haben, und der Hans Goltz würde uns der Lüge zeihen – womit er ja sogar recht hätte. Denn natürlich gibt es ein Töpfchen mit Geld. Nur dass Arndt und auch Vater niemals davon gewusst haben. Trotzdem, der Winter steht vor der Tür. Ohne hergerichtetes Haus erfrieren wir.

Hanna geriet ins Schwitzen, so schwer fiel ihr die Entscheidung. Ich darf jetzt nicht das Gesicht verlieren, dachte sie und rettete sich in eine Frage: «Gut und schön. Aber was ist, wenn Babur mich nicht mag? Oder Arndt?»

«Babur wird dir aus der Hand fressen, das weiß ich genau. Wir können's gleich ausprobieren, komm mit. Ein Glas Wein gibt's auf jeden Fall. Und was deinen Bruder betrifft: Babur gehorcht jedem, der zur Familie gehört.»

Hanna glaubte, ihren Ohren nicht zu trauen, so freundlich wurde sie empfangen: «Es wird Zeit, dass wir dich kennenlernen, Hanna Völz. Weißt du, was für ein Bild von Frau du bist? Wie nett anzuschauen!»

Valentins Mutter fasste sie bei den Schultern und sah sie an, als gehöre sie zur Familie oder den engsten Freunden. Hanna errötete, wollte abwiegeln. Sie urteilen alle tatsächlich nur nach dem Äußeren, dachte sie bestürzt. Dieses Kleid! Es liegt doch nur daran. Weiß sie es denn nicht besser? Sie tut, als sei ich ihre künftige Schwiegertochter und eine, die gleich ein ganzes Dutzend Töpfchen voller Geld im Wald vergraben hat.

Zu allem Überfluss blies Valentins Vater ins selbe Horn. «Ja, so ein Bild wie du schmückt jeden Raum!», rief er geradezu übermütig und drehte sich um. Er war gerade damit beschäftigt, die holzgetäfelte Stube mit dem Rest Mess-Weihrauch zu beräuchern, so wie er es jeden Sonntag nach der Messe tat. «Das ist wie ein Frühlingsgruß. Komm, sei nicht so genant.»

Hanna wurde es bei so viel Warmherzigkeit geradezu unheimlich. Unsicher blickte sie von einem zum anderen, sah aber nur leutselige Mienen.

Und das alles wegen eines Hundes?, fragte sie sich. Nein, da muss mehr dahinterstecken. Vor Verlegenheit wusste sie kaum, wo sie hinschauen sollte. Claus Schnitzer aber, Valentins Vater, wies auf einen Stuhl und bat sie, sich zu setzen. «Bring Wein und Becher», trug er seiner Frau auf und rieb sich erwartungsfroh die Hände. Auch gut, er wird deswegen nicht arm werden, dachte Hanna und entspannte sich ein wenig. Für Claus Schnitzer war der karge Mesner-Lohn, den der Pfarrer ihm zahlte, nur ein Zubrot. Im Hauptberuf war er Wagner und Rechenmacher, und ein guter dazu, seine Käufer saßen daher nicht nur in den Dörfern der Landhege, sondern auch in Rothenburg.

«Also, Hanna, trinken wir zuerst auf deinen Vater», sagte Claus Schnitzer. «Er war der rechtschaffenste Köhler in der Landhege, dein Bruder wird ihm da bestimmt folgen.» Sie hoben die Becher und stießen an. Hanna nahm einen großen Schluck. So was Gutes bekomme ich so bald nicht wieder, dachte sie. Schade, dass man Wein nicht hamstern kann. «Und jetzt auf dich und deine Zukunft!» Wieder hoben alle den Becher, tranken. Hanna stimmte in das allgemeine wohlige Seufzen ein, denn Claus Schnitzers Wein war wirklich gut – keiner von diesen wässrigen Strümpfestopfern, wie sie in den Schänken auf den Tisch kamen.

Den dritten Schluck rollte Hanna im Mund, presste ihn an den Gaumen und versuchte, sich den Geschmack einzuprägen. Wie köstlich, dachte sie, während Valentin den Leitgeb-Zwillingen bereits nachschenken musste. Ob sie sich vorstellen können, wie das ist, wenn man tagaus, tagein nur Wasser und Dünnbier zu trinken hat? Sie leckte sich verstohlen die Lippen, lächelte.

«Das mit der Zukunft habt Ihr schön gesagt, Herr Schnitzer, aber was hat unsereins schon für eine Zukunft? Arg farbig wird sie nicht werden.»

«Na, das sehen wir aber anders, liebe Hanna!», rief Valentin. «Wo du doch bald dem Herren-Müller die Hand reichst, der vor ein paar Monaten ein schönes Erbe gekriegt hat!»

«Nie heirate ich den!», rief Hanna. «Wer sagt denn so etwas?»

«Na, dein Bruder.»

«Dieser Schuft! Was maßt er sich an!»

Hanna sprang auf, gleichzeitig erschrak sie, weil sie viel heftiger klang, als ihr lieb war. Der Wein ist schuld, dachte sie bestürzt. Sie wünschte sich durch eine der breiten Dielenspalten davonmachen zu können, einfach ins Dunkle abzutauchen, so wie der Ohrenkneifer, den sie gerade entdeckt hatte.

In der Tat war es still geworden. Fünf Augenpaare waren auf sie gerichtet und starrten sie irritiert an.

«Na dann ... es geht uns ja auch nichts an. Und eigentlich wollten wir auch nach Babur schauen», meinte Valentin, der sich als Erster wieder gefasst hatte. «Aber gefreut haben wir uns für dich, ehrlich. Schon allein, weil ...»

Er brach ab, weil die Leitgeb-Zwillinge den Kopf schüttelten und ihn missbilligend anschauten. Valentins Eltern kniffen die Lippen zusammen. Offensichtlich gefiel ihnen nicht, worauf Valentin anspielte.

Die Stimmung kippte, alle Wärme verflog. Wie auf einen stummen Wink hin verließen nun alle, bis auf Valentin, die Stube. Der Letzte war Claus Schnitzer, er drehte sich noch einmal auf der Schwelle zu Hanna um und brummte: «Ach je, wie man's macht, ist's falsch.»

Er klingt, als würde ein Bauer den Preis für seine Heurechen drücken wollen, dachte Hanna verärgert. Sie wandte ihren Blick von ihm ab, schaute halb trotzig, halb verzagt auf ihre Schuhspitzen. Die Tür schloss sich hinter ihm, und sie war mit Valentin allein.

«Hanna, ich hab gelogen», sagte Valentin nun mit belegter Stimme. «Jetzt erst kann ich mich freuen.» Er sah ihr tief in die Augen und wartete, bis er sicher war, dass sie ihn verstand. «Mit anderen Worten: Dein Stand ist mir egal, verstehst du? Ich schau nicht aufs Geld.»

Hanna hatte das Gefühl, ihr würde jemand abwechselnd heißes und kaltes Wasser über den Rücken gießen. Sie errötete und bekam augenblicklich ein schlechtes Gewissen. Er kann nichts dafür, dass er ein Gesicht wie ein Schaf hat, dachte sie, und dann seine Ohren ... Er ist ... ein lieber Junge, aber kein Mann.

«Danke, Valentin. Du bist zu gut zu mir, dein Vertrauen ist eine riesengroße Ehre. Aber jetzt lass mich Babur sehen.»

Sie stürmte aus der Stube und durch den Flur in den gepflasterten und von einem verwitterten Bretterzaun umgebenen Hinterhof. Nach frisch geschlagenem Holz duftende Luft schlug ihr entgegen, dazu Kettenrasseln, Bellen und Knurren. Claus Schnitzer hielt seinem Hund eine rüde Strafpredigt, die diesen immer wütender machte. Die Leitgeb-Zwillinge stachelten ihn zusätzlich auf, indem sie sein Knurren nachzuahmen versuchten und sich nicht zu schade dazu waren, kindisch zu jaulen.

Hanna indes trat langsam auf ihn zu und streckte ihm beide Hände entgegen. Und zu aller Erstaunen beruhigte der Hund sich sofort. «Babur, ich bin Maries Schwester, hörst du?» Babur spitzte die Ohren, sah sie aufmerksam an. In der Tat war er groß wie ein Wolf, aber das etwas zottelige weißbraune Fell erinnerte mehr an einen Kaltblüter als an ein Raubtier. Aber die Augen! Sie waren groß, kastanienbraun und blickten so seelenvoll, dass es sofort um Hanna geschehen war. Sie ging in die Hocke, ließ Babur schnuppern und strich ihm dann über den Kopf. «Magst du mit uns kommen, Babur? Ich sag's dir aber gleich: Wir sind arm, und satt wirst du bei uns nur, wenn du dir Mäuse und Maulwürfe fängst.» Sie schaute hoch und sah endlich wieder in zufriedene Gesichter: «Sein Fell ist fürs Kraulen wie geschaffen. Weich und warm, herrlich.»

«Dann ist doch alles gut.» Claus Schnitzer hatte natürlich das letzte Wort. In Windeseile legte er Babur ein Lederhalsband um und drückte Hanna das andere Ende der Leine in die Hand. «Viel Glück. Sag der Marie, sie darf kommen. Ein Jahr lang. Jeden Sonntag.»

«Auch von uns viel Glück, Hanna.»

Die Leitgeb-Zwillinge nickten ihr grinsend zu und zogen Valentin mit sich. Er rief ihr zu, er werde sie besuchen, doch da fiel auch schon die Tür ins Schloss. Hanna fühlte sich wie vor den Kopf gestoßen. Auch wenn ich nein gesagt hätte, es wäre ihnen egal gewesen, dachte sie empört. Sie haben mich einfach übertölpelt.

«Ihr seid alle gleich», murmelte sie. «Habt mich nur abfüllen wollen, um den Hund loszuwerden!»

Tränen der Wut stiegen in ihr hoch.

Babur aber hechelte und strahlte. Er zog an der Leine, drehte sich nach ihr um. Komm, lachten seine Augen, vergiss sie. Was sind sie gegen mich?

Nichts. Menschen eben. Leute.

8

Weißt du, erst mal frühstücken wir. Brot und Grütze, aber einen Happen Speck teilen wir uns auch. Dann besuchen wir Papas Grab und beten für ihn. Du bleibst sitzen und hörst zu. Wenn ich laut Amen gesprochen hab, kannst du aufstehen. Dann spielen wir. Gegen Mittag gibt es Hannas Suppe. Dazu musst du dir aber eine Maus fangen, sonst wirst du nämlich nicht satt, verstehst du? Hinterher machen wir ein Nickerchen, dann helfe ich Hanna oder Arndt bei den Meilern. In der Zeit hast du frei und kannst pupsen, so viel du willst. Wenn ich dich aber rufe, weil ich gucken will, ob nicht doch ein paar Pilze gewachsen sind, kommst du sofort, verstanden?»

Hanna musste sich auf die Finger beißen, um nicht laut loszulachen, so süß fand sie es, Maries gepresstem Flüstern zu lauschen. Sie sah ihre kleine Schwester mit erhobenem Zeigefinger vor Babur knien, als würde sie ihm eine Strafpredigt halten. Babur hockte hechelnd vor ihr, sein Hundegesicht war ein einziges Lachen. Schon zuckte sein Schweif, und ehe Marie es sich versah, hatte er ihr einmal übers Kinn geleckt.

«Das darfst du nicht. Wenn ich jetzt gekiekst hätte? Dann wäre Hanna wach geworden.»

Sie umarmte Babur, der ihr noch einmal hingebungsvoll die Wange schleckte. Hanna schloss schnell die Augen und kuschelte sich ein letztes Mal in ihre Decke. Längst hätte sie aufstehen müssen. Wer aber tat das schon gerne bei dieser feuchten Kälte? Eisige Luft zog durch die zertrümmerte offene Giebelseite, auf der Feuerstelle schillerten dicke Tautropfen.

Gähnend warf sie schließlich die Decke zurück: «Na ihr beiden? Jetzt hätte ich auch gerne ein Fell.»

Sie stand auf, tat ein paar tiefe Atemzüge. Dann eilte sie hinter die Hütte zum Waschzuber, einer ganz gewöhnlichen Viehtränke. Weil es geregnet hatte, war sie jetzt endlich wieder voll – welch kleines Fest.

Hanna riss sich das Nachthemd vom Leib und verrieb einen Brei aus abgekochten Seifenkrautwurzeln auf ihrem Körper. Wenn sie sich nicht wenigstens alle drei Tage einmal gründlich wusch, fühlte sie sich nicht wohl. Allein deswegen verspottete ihr Bruder sie gerne als Madonna vom Wald. Andererseits war er wegen dieser Reinlichkeit auch stolz auf sie. Wieder musste sie an seinen Spruch denken: Eine Frau, die duftet, ist des Mannes beste Zier.

Womit du ja nur meinst, Arndt, dass es dir dann leichter fällt, mich schnell und teuer an einen Kerl zu verschachern.

Nachdem sie sich gewaschen hatte, streute sie fein zermahlenen Bimsstein mit getrockneter Minze auf ihren Zeigefinger und rieb sich die Zähne ab.

Das würde dir auch gefallen, Brüderlein, dachte sie. Nicht wahr? Schließlich bin ich dann noch begehrenswerter. Aber jetzt bist du an der Reihe. Streng dich bloß beim Zimmermann an, damit er uns einen guten Preis macht. Das wirst du doch wohl noch schaffen.

Arndt war in der Frühe nach Neusitz aufgebrochen, um mit einem Zimmermann zu sprechen. Auch wenn sie fest entschlossen waren, die Hütte allein wieder aufzubauen, ganz ohne fachmännische Hilfe ging es nicht. Nur ein Zimmermann war in der Lage, aus dem geborstenen Firstbalken einen Balkenschuh zu schlagen und darin ein neues Balkenholzstück einzupassen und zu vernageln. Das kostete Geld, aber für so etwas gab es tatsächlich ein Töpfchen. Hans Goltz hatte schon ganz richtig vermutet. Wie gut, dass noch nicht einmal Arndt davon wusste.

Man darf ihnen nicht alles auf die Nase binden, dachte Hanna. Das ist der beste Rat, den Mutter mir jemals gegeben hat.

Sie lächelte. Ich sollte Mamas Grab häufiger besuchen, nahm sie sich vor. Erst auf dem Totenbett hat sie mir von dem Geldtöpfchen erzählt. Was hätte ich wohl noch alles von ihr erfahren können?

Am späten Vormittag begann Hanna zu zweifeln, ob Babur wirklich so folgsam war, wie Valentin gemeint hatte. Sicher, Marie gehorchte er aufs Wort, bettelte nicht und ließ die Meiler unmarkiert, doch plötzlich begann er aus heiterem Himmel zu jaulen und ging dann einfach durch. Er verschwand in Richtung Rothenburg, und Marie konnte sich die Seele aus dem Leib rufen: Babur hörte nicht auf sie und jagte immer tiefer in den Wald.

«Er hat bestimmt was in die Nase bekommen. Der kommt schon zurück, sei nicht traurig», versuchte Arndt Marie zu trösten. Er klaubte aus der eingestürzten Giebelwand Lehmbrocken zusammen, die er beim Aufbau wiederverwenden wollte. Hanna half ihm dabei und sammelte zusätzlich Teile des Flechtwerks, das den Lehm zwischen dem Ständerwerk festhielt. Der Neusitzer Zimmermann wollte in den nächsten Tagen vorbeischauen, um die Kosten für die Firstbalkenreparatur zu schätzen. Er hatte Arndt versprochen, wegen des Geldes solle er sich keine Sorgen machen.

«Wenn Babur was in die Nase bekommen hat, dann aber doch nur, weil er sich mit mir langweilt, oder?»

Maries Stimme schwankte zwischen Resignation und Hoffnung. Wie verloren stand sie vor den Trümmern der Hütte, zwischen den Fingern ein paar Flusen aus Baburs Fell, die sie hilflos auseinanderzupfte.

«Du Dummerchen! Babur mag dich. Aber er ist eben ein Hund. Er kommt zu dir zurück – so wahr ich deine große Schwester bin.»

Sie wusste, dass sie nicht zu viel versprach, gleichzeitig aber beschlich sie eine böse Ahnung: Wenn Babur wegläuft, dann vielleicht, weil er Gefahr wittert? Sie schaute auf und wischte sich den Schweiß von der Stirn.

«Wir könnten ihn doch suchen…»

«Marie, ich hab zu tun.»

«Nein, geht nur», sagte Arndt. «Ich schaff das hier allein.»

«Ja!»

Marie machte vor Freude einen Luftsprung, von einem Augenblick auf den anderen glänzten die großen Kinderaugen wieder. Hanna hatte gerade noch Zeit, sich Gesicht und Hände zu waschen. Was soll ich mich auch noch um die Hütte kümmern, dachte sie. Bausachen gehören nun wirklich in Männerhände.

Sie nahm Marie an die Hand und zog los. Wie angenehm es war, endlich wieder das Kreuz gerade strecken zu können.

Sie schlenkerten die Arme, bis ihnen die Schultern schmerzten, dann fand Marie einen großen Ast, den sie hinter sich herzog, um den Weg zu fegen. Hanna versuchte sich zu entspannen, indem sie sich noch einmal alle Einzelheiten von Maries Rettung vergegenwärtigte. Sie beschwor das Gesicht ihres Retters und seine Worte, dachte an ihren gemeinsamen Ritt und vor allem daran, wie er Marie und sie unter seinen Mantel genommen und mit seiner schönen Stimme das Te Deum gesungen hatte. Doch da sie wusste, wie unsinnig es war, auf die Liebe eines Ritters zu hoffen, schob sich immer stärker das Bild Valentins vor ihr inneres Auge. Und seine Worte schnitten sich ihr tief ins Herz: Hanna, dein Stand ist mir egal, ich schau nicht aufs Geld.

Warum muss es gerade er sein, schimpfte sie im Stillen – und wusste auf einmal nicht, wen sie eigentlich meinte: den Deutschen Ritter oder Valentin.

Sie lenkte sich ab, indem sie laut nach Babur rief. Das gefiel Marie. Sie formte mit den Händen einen Trichter und stimmte fröhlich mit ein: «Baba-baba-baabur! Wo bist du? Baaaabur!»

Natürlich war von ihm weit und breit nichts zu sehen oder zu hören. Hanna musste sich bald schon die Ohren zuhalten, weil Marie nur noch kreischte. Wenigstens blieb sie fröhlich und rannte immer wieder ein gutes Stück voraus.

Schließlich erreichten sie den Waldrand. Vor ihnen lag Neusitz mit seinen gepflegten Streuobstwiesen. Kein Apfel war mehr an den Bäumen, nicht eine einzige Birne. Einige Stämme waren frisch gekalkt, Mist- und Komposthaufen warteten darauf, locker in die Erde eingearbeitet zu werden. Die Turmuhr schlug gerade zwölf, ein Hahn krähte. Marie zählte die Schläge mit, da hörten sie plötzlich Hundegebell.

«Das ist er! Babur!»

Marie rannte los, auch Hanna war erleichtert. Ist wohl zu den Schnitzers zurück, dachte sie. Vielleicht will er ihnen zubellen, wie wohl er sich ohne Kette fühlt. Hanna beschleunigte ihre Schritte. Die süßlich-sauren Fahnen der die Obstbäume umhüllenden Misthaufen wehten ihr in die Nase. Wenige Schritte weiter roch es nach modrigem Obstlaub. Doch schon im nächsten Moment wäre sie am liebsten umgekehrt. Lag es an Baburs Bellen? Es klang überhaupt nicht mehr fröhlich, sondern für ihre Ohren aufgebracht, geradezu wütend.

Unsinn, murmelte sie leise vor sich hin. Da ist nichts. Zwei Rüden sind aneinandergeraten, das ist alles.

Sie wusste sofort, dass das nicht stimmte. Da war etwas anderes. Für einen Augenblick hatte sie das Gefühl, ihre Ohren würden taub, dennoch hielt das wütende Stimmengewirr in ihrem Inneren an. Gestalten mit Forken und Dreschflegeln blitzten vor ihr auf. Sie hörte hämisches Gelächter und gleichzeitig ein erbärmliches Winseln. Erschrocken blieb sie stehen, ihr Herz hämmerte. Das letzte Bild, das sich in sie einbrannte, war ein Mann zu Pferd. Er strahlte Ruhe und Besonnenheit aus, doch sein Gesicht konnte sie nicht erkennen.

Lieber Herr Jesus, steh mir bei, schrie es in ihr. Keine Gesichte mehr! Bitte nimm diese Last wieder von mir!

Verstört lief sie weiter und stolperte beinahe über ihre eigenen Füße. Erst allmählich schoben Weg und Streuobstwiese sich wieder in ihr Blickfeld. Sie hörte unterdrücktes Knurren und heiseres Hundegebell, bevor sie Marie am Wegrand entdeckte. Diese hielt die Arme um Baburs Hals geschlungen und versuchte, ihn zwischen ihren Beinen festzuklemmen.

«Ihr seid gemein! Lasst ihn in Ruhe!» Hilfesuchend drehte Marie sich zu ihr um. «Hanna, hilf mir doch!»

Erst jetzt nahm Hanna den Trupp Männer wahr, gegen die Babur anbellte. Sie standen auf der anderen Seite des Wegs, zwei hatten ihre Messer gezogen, ein weiterer hielt einen dicken Astprügel in der Hand. Hanna blieb vor

Schreck das Herz stehen: Die mit dem Messer waren die Brüder Goltz, der in Weiß und mit dem Ast Jobst Gessler, der klobige Müller der Herrenmühle. Von den anderen Männern erkannte sie noch Götz Breitling von der Fischerzunft. Die übrigen hatte sie noch nicht gesehen.

«Viele Messer sind eines Köters Tod, Kleine», rief Jobst Gessler. «Pass auf!»

«Marie, lauf weg», rief Hanna. «Mach schon, schnell! Los, nach Hause.»

Marie ließ sich dies nicht zweimal sagen. Sie zerrte Baburs Kopf herum und floh mit ihm über die Streuobstwiese in Richtung Waldrand. Hanna fiel ein Stein vom Herzen, weil Babur tat, als wolle er mit Marie spielen. Er sprang um sie herum, überholte sie, rannte vor, dann wieder zurück. Es sah aus, als habe er die Männer mit den Messern völlig vergessen.

Dafür saß nun sie in der Patsche. Suchend schaute Hanna sich um, aber auf den Wiesen war niemand, der ihr hätte beistehen können. Und weglaufen war zwecklos. Männer waren immer schneller.

Muss ich es eben aushalten, dachte sie. Sollen sie mich angiften. Aber ich bleibe hart. Keinen Pfennig rücke ich raus. Wir haben nun mal kein Geld! Sollen sie sich nachher ruhig alle selbst davon überzeugen.

Sie dachte an Arndt, der ihr versprochen hatte, ihre Hütte wäre in einer Woche repariert, und trat entschlossen auf die Männer zu. Dabei presste sie die Lippen so fest zusammen, dass alles Blut aus ihnen wich. Ihr Herz klopfte hart und schnell.

Jobst Gessler warf den Astprügel fort und breitete die Arme aus. «Welch schöne, köstliche Überraschung», rief er leutselig. «Da kommt sie mir sogar entgegen. Wenn das kein gutes Zeichen ist!»

Er strahlte übers ganze Gesicht und schaute sich beifallheischend zu den Goltz-Brüdern um. Mit seinem weiten weißen Kittel, den weißen Hosen und dem braunen Krempenhut sah er zwar wie ein ganz gewöhnlicher Müller aus, aber nur ein Jobst Gessler konnte es sich leisten, einen dicken geflochtenen Goldring am linken Ringfinger zu tragen.

Wie protzig, dachte Hanna. Auf dem Kittel kein Stäubchen Mehl mehr und die Hände so sauber, als wären sie nicht echt.

Sie würdigte ihn keines weiteren Blicks, sah stattdessen die Brüder Goltz an: «Was wollt ihr? Sagt jetzt nicht, Geld. Und wenn doch: In den letzten Nächten ist in den Trümmern unserer Hütte leider keines gewachsen.»

«Ist sie nicht ein Prachtstück?», platzte Jobst Gessler heraus und zeigte mit beiden Armen auf sie. «So mutig … und wie gut im Reden. Aber vor allem: wie schön!»

«Jobst, was soll das?», entgegnete Hanna mutig. «Wenn mein Bruder Euch versprochen hat, wir würden künftig unter ein und demselben Dach wohnen, hat er Euch belogen. Ohne mir etwas zu sagen, hat er über meinen Kopf entschieden und sich angemaßt, mich zu verschachern wie ein Huhn. Aber dafür hab ich ihm längst den Kopf gewaschen.»

«Langsam, Hanna, langsam», entgegnete Jobst Gessler gönnerhaft. «Versteh doch: Du bist schön, und ich habe Geld. Von mir aus könntest du noch ärmer sein, als du es jetzt bist. Ich würde dich trotzdem nehmen. Also sind wir füreinander geschaffen. Nur, dass du dies noch nicht weißt, du Dummerchen.»

Hanna wurde rot. Auf eine solche Demütigung war sie nicht gefasst. Tränen traten ihr in die Augen. Aber anstatt dass sich einer ihrer erbarmte, rief Veit Goltz enthusiastisch: «Himmel, Hanna, wenn das kein Antrag ist! Jede andere würde jetzt einen Luftsprung machen und dem Jobst um den Hals fallen.» Er klang, als wünsche er sich nichts sehnlicher, als sie endlich unter der Haube zu wissen.

«Ja, eben. Sonst liebäugelst du noch damit, dich irgendwann dem Teufel hinzugeben. Ist es nicht so?», ereiferte sich Hans Goltz. «Du und deine grässlichen Gesichte! Was glaubst du, wer sie dir einflüstert? Das sind die Bewohner der Hölle. Längst schleicht nachts der Teufel um eure Hütte, ich weiß es doch. Einmal hast du nein gesagt … auch das weiß ich. Aber was war die Strafe für deine Standhaftigkeit? Dass der Leibhaftige aus Wut den roten Hahn im Wald freiließ! Und eurem rechtschaffenen Vater hat er gleich noch den Giebel aufs Gesicht gekippt. Dabei wird es aber nicht bleiben. Der Teufel will die Jungfrau Völz wie ein Köter die Wurst. Rette also deine Seele und reich dem Müller die Hand.»

Zustimmendes Raunen machte die Runde, und der Fischer Götz Breitling nickte so nachhaltig, als wäre jede andere Lösung sinnlos. Hanna aber fühlte sich, als würde ihr die Luft abgedrückt. Hans Goltz' Unterstellung war so böse wie gefährlich. Nicht auszudenken, wenn dies der Rothenburger Obrigkeit zu Ohren käme. Ihre Tage wären gezählt, die Flammen des Scheiterhaufens würden sie verschlingen wie vor Tagen das Feuer den Wald.

«Halt besser deinen Rand, Hans Goltz, und mach meiner Braut keine Angst», rief Jobst Gessler übermütig. «Bist wohl neidisch, wie?» Mit einem Blick hatte er Hannas Notlage erfasst, sah, wie ihr die Angst die Sprache raubte. Und kaum dass Hanna begriff, was für ein Spiel Jobst Gessler sich mit ihr erlaubte, fasste er sie auch schon um die Hüften.

«Nein! Finger weg.»

Doch es klang viel zu kraftlos. Halbherzig boxte sie Jobst Gessler vor die Brust, der sie nur noch fester an sich zog. Aug in Aug standen sie sich gegenüber. Hanna hätte schreien mögen vor Grauen, doch jetzt ging es ihr wie dem Kaninchen und der Schlange: Die Augen weit aufgerissen, war sie unfähig, den Blick von Jobst Gesslers rotem Gesicht abzuwenden. Näher und näher kam es mit seiner knotigen Nase und den Blatternarben. Die kalten hellgrauen Augen sprühten vor Vergnügen, schon konnte sie seinen säuerlichen Atem riechen. Hannas Hals war wie zugeschnürt. Sie hielt die Luft an, machte sich steif – und wartete schicksalsergeben auf das Unvermeidliche.

«Hanna, wovor hast du Angst?»

«Ihr …»

Weiter kam sie nicht, denn Jobst Gessler presste ihr seine Lippen auf den Mund. Sie spürte seine vorschnellende Zunge und konnte nicht verhindern, dass sie die ihre berührte und einmal schlängelnd von ihr kostete. Es war grauenvoll. Pfiffe und Gelächter zerschnitten die Luft. Hanna kam sich vor, als würde sie von unsichtbaren Kräften verprügelt, sie spürte nie gekannten Ekel. Schroff ruckte Jobst Gessler zurück. Er ließ sie los, doch nur um ihren Kopf zwischen die Hände zu nehmen und sie erneut zu küssen. Hanna keuchte und fand endlich genügend Kraft, ihn von sich zu drücken, doch im nächsten Moment hatte er ihr auch schon wieder den Arm um die Hüfte gelegt.

«Jetzt bist du meine Frau, Hanna. Und? Bin ich so widerwärtig? Mit Veit Goltz kann ich es doch allemal aufnehmen, wie?» Er lachte übertrieben laut auf und schubste Hanna in die Arme Veits, der sie genauso an sich presste wie der Müller. Dann zog er sein Geldsäckel und ließ die Münzen klimpern. «Und weil du jetzt gleich mit mir kommst, zahl ich diese Geizhälse aus. Damit Arndt und die kleine Marie Ruh haben.»

Reihum drückte er den Männern Geld in die Hand. Vergelt's dir Gott, Jobst. Fast demütig klangen die Stimmen,

Götz Breitling gar zog den Hut. Hanna wurde übel. Niemand sah sie an, jeder war bis in die letzte Pore von der Zufriedenheit erfüllt, Geld bekommen zu haben. Triumphierend blickte Jobst Gessler um sich, dann, urplötzlich, versteinerte sein Gesicht, und er rief: «Ihr seid erbärmlich, wisst ihr das? Wenn ich gesagt hätte: Los, kniet nieder und küsst mir den Ring, weil ich ab heute der neue Papst bin: Ihr hättet es getan.»

«Nicht so stolz, Jobst», bellte Hans Goltz. «Sonst stopfen wir dir mit deinem Klimpersack das Maul.»

«Ihr Einfaltspinsel! Nun lasst mich doch einmal scherzen.»

Alle lachten. Am lautesten Hans und Veit Goltz.

Er ist der Teufel, dachte Hanna bestürzt, ein richtiger Teufel. Und die anderen sind seine Gesellen. Mit seinem Geld hat dieser Widerling alle in der Hand und spielt mit ihnen, wie er es braucht. Aber ich werde es dieser Horde von Afterkriechern zeigen. Und wenn ich dafür all unser Erspartes opfern muss.

«Ich geh mit Euch, Jobst Gessler, damit wir in Ruhe über alles sprechen können», sagte sie und wand sich aus Veits Umarmung. «Danke für Eure Großzügigkeit. Vergelt's Euch Gott.»

«Dann wird das unser Polterabend, wie?»

Jobst Gessler rieb sich die Hände und schaute in die Runde. Die Männer sagten nichts, einige nickten andeutungsweise.

Hanna aber hatte sich schon auf den Weg gemacht. Hocherhobenen Hauptes schritt sie schnell voran. Tief atmete sie die herben Düfte der Streuobstwiesen ein und versuchte, durch die Betrachtung der schiefen und teils mit Flechten bewachsenen Obstbäume neue Kraft zu gewinnen.

Als Jobst Gessler zu ihr aufschloss und wieder den Arm

um ihre Hüfte legen wollte, schüttelte sie ihn energisch ab. Doch der Müller probierte es immer wieder. Als sie eine halbe Stunde später durch das Rothenburger Rödertor traten, war Hannas Widerstandskraft aufgebraucht. Nein, ich habe mich nicht verkauft, begehrte sie innerlich auf. Ich lasse es nur um des lieben Friedens willen zu. Im Moment habe ich keine andere Wahl. Aber glaube ja nicht, Jobst Gessler, du hättest gewonnen.

Sie wandte ihre Schritte nach links in die Neugasse und hörte, wie die Goltz-Brüder und die anderen Männer sich am Abzweig zur Brauhausgasse lautstark voneinander verabschiedeten. Für einen Moment konnte sie alleine gehen. Da riss der Himmel auf, und das milde Herbstlicht ließ den Putz der Fachwerkhäuser aufleuchten. Fensterläden wurden aufgestoßen, ein paar Schritte weiter duftete es nach Weißkohleintopf mit Birnen und Rauchspeck. Hanna lief das Wasser im Mund zusammen, doch gleichzeitig schauderte es sie. Der Duft zog nämlich vom Faul- oder Mörderturm herüber. Schwere Sünder warteten dort auf ihr letztes Stündlein.

Da bekommt einer seine Henkersmahlzeit, dachte sie. Möge Gott seiner Seele gnädig sein.

«Da hat unsereins es besser, wie?», hörte sie Jobst Gessler wenige Schritte hinter sich sagen, als habe er ihre Gedanken erraten. «Lieber mal Bauchknurren als mit vollem Wanst an den Galgen oder unters Rad.»

Das sagt ausgerechnet einer, der gewiss nie Hunger gelitten hat, dachte Hanna bei sich und fühlte nicht die geringste Lust, etwas zu antworten. Weiter vorne, aus der Schmiede von Peter Wolff, klang monotones Hämmern. Kinder spielten Fangen vor dem Haus. Just in diesem Moment hatte Jobst Gessler sie eingeholt und legte ihr wieder den Arm um die Hüfte.

«Der Herren-Müller hat 'ne Neue», posaunte der Sohn

des Schmieds die vermeintliche Neuigkeit ins Haus. «Die Tochter vom Köhler, vom Völz!»

Hanna biss sich auf die Zunge und ballte die Fäuste. Zum Glück hatten sie die Plönlein-Gabelung erreicht, vor der ein Franziskaner-Mönch predigte. Bauern und Weinhäcker hatten sich um ihn geschart, alle hingen sie wie gebannt an seinen Lippen.

«Oh, der blinde Hans», entfuhr es Jobst Gessler. Er machte sich von ihr los. «Kennst du ihn?»

«Ja, ich habe von ihm gehört», antwortete Hanna schnell, in der Hoffnung, ein Thema gefunden zu haben, das den Müller von ihr ablenkte. «Er sei, sagt Arndt, derzeit der beliebteste Prediger der Stadt. Er redet gegen den Ablasshandel. Wie dieser Luther, stimmt das?»

«Auch, auf jeden Fall ist der Hans einer der wenigen Pfaffen, die das Herz auf dem rechten Fleck haben. Komm, hören wir zu.»

«Sie sagen immer, dass sie Gottes Dienste fördern und darum von ihm als Obrigkeit eingesetzt sind», hörte sie den blinden Hans gegen das Patriziat der Stadt und andere Hochwohlgeborene reden. Blicklos wanderte sein Kopf von rechts nach links und wieder zurück. Die linke Hand hatte er auf seiner Brust, die rechte ruderte suchend durch die Luft, als wolle er erfühlen, wie groß sein Auditorium war. «Und darum fordern sie ständig, wir sollen gehorsam sein, nicht wahr? Aber sind sie wirklich mit unserem Herrn Jesus? Leihen sie ihr Ohr den Armen und Kranken? Sprechen sie Recht und wehren Raub und Mord? Helfen sie Witwen und Waisen? Sorgen sie sich um die rechte Erziehung, um Lesen und Schreiben? Spenden sie, wie jeder rechtschaffene Bauer, den Zehnten von ihren Einkünften? Speisen sie uns davon in Hungersnöten?»

«Nein, das alles tun sie nicht», gab der blinde Hans nach einer Pause ausdruckslos zur Antwort. Wie ein Verlorener ließ er den Kopf hängen, seine Hände waren nach unten gesunken.

«Ja, noch nie haben sie das getan», hörte Hanna den Müller knurren. Er nahm Blickkontakt zu einem Jungbauern mit löchrigem Hut und dutzendfach geflickten Hosen auf, der sich klatschend die Faust in die hohle Hand schlug.

Hanna entging nicht, wie beide sich wissend zunickten, sie hörte, wie andere murmelten, edles Blut und Barmherzigkeit verhalte sich in diesen Tagen wie Jauche zu Wein. Einige stierten den Prediger mit einer Leidenschaft an, dass ihnen die Augen aus den Höhlen traten. Die Spannung schien auf einmal mit Händen greifbar.

Da riss Hans Schmidt beide Arme in die Höhe, als würde er sich kreuzigen lassen, und schrie: «Nein, das alles tun sie nicht! Ihre Herzen schlagen nicht wie das eines Christenmenschen, sondern wie das eines Schacherers.» Die Ärmel der schäbigen braunen Franziskanerkutte rutschten herunter. Muskulöse sehnige Arme kamen zum Vorschein, wie sie nur ein Mann haben konnte, der einen unbeugsamen Willen hatte. «Sie wollen Zins für Land und Herdstellen, Neubruchgeld für mühsam urbar gemachtes Land, Küchengeld für Eier, Hühner, Käse, Fleisch, Umgeld für Wein, Bier und Salz. Dabei bekommen sie bereits den großen Zehnten auf alles Getreide, den kleinen auf Flachs, Obst, Kraut, Rüben, Linsen, Vieh. Sie bekommen den Wiesenzehnt auf Heu, Zapfgeld für Wein und Bier. Aber das reicht ihnen nicht: Eure Dienste für ihr Herrenland fordern sie, Jagdfronen als Treiber und Träger, Spanndienste, damit sie selbst Fuhrwerke sparen, Scharrwerksdienste für ihre Dämme, Wege, Schlösser, Gärten. Und jetzt wollen sie noch die freien Allmende an sich bringen: Wald, Wiesen, Weiden, Brache, Bäche, Flüsse, Seen.»

Der blinde Mönch sprach den Bauern aus der Seele, auch Hanna stimmte ihm aus tiefstem Herzen zu. Jetzt war auch sie dem Bann des blinden Franziskaners erlegen und hatte darüber sogar den Müller vergessen. Umso heftiger fuhr sie zusammen, als Jobst Gessler und der Jungbauer plötzlich riefen:

«Weg mit der Leibeigenschaft!»

«Freie Jagd und Fischfang!»

«Freie Beholzung der Allmendwälder!»

«Und keinen Zehnten mehr für die erzfaulen Deutschen Ritter!»

Sie reckten die Fäuste und pfiffen. Forken wurden gen Himmel gestoßen, Messer gezogen.

«Aber nicht alle sind so!»

Hanna schlug sich die Hand vor den Mund, doch zu spät. Beklommen schaute sie in plötzlich feindselige Gesichter. Jobst Gessler gar spuckte aus. «Kleider aus, Kleider an, Essen, Trinken, Schlafengehn ist die einz'ge Arbeit, die die Deutschherrn dre'hn. Kennst nicht das Lied, Hanna? Dann wird's Zeit, dass ich es dir lern!»

Er packte sie am Ellenbogen und schob sie aufs Kobolzeller Tor zu, hinter dem ein abschüssiger Weg ins Taubertal und zur berühmten Doppelbrücke hinabführte. Plötzlich erschallte heftiger Hufschlag. Als Hanna sich umdrehte, galoppierten zwei Geharnischte durch die Schmiedgasse auf sie zu.

«Weg hier, schnell!», rief ein Bauer.

Auch Hanna und Jobst Gessler nahmen die Beine in die Hand. Aus den Augenwinkeln sah Hanna, wie ein paar Bauern in Richtung Sieberturm flohen, zwei andere verdrückten sich in die Plönlein-Schänke. Nur der blinde Mönch rührte sich nicht von der Stelle. «Im Namen des Rats, geht auseinander!», hörte sie einen der Reiter rufen. Eine Peitsche knallte. Im nächsten Augenblick preschte einer der Geharnischten an ihnen vorbei und stellte sich ihnen in den Weg: «Ihr da! Ihr gehört doch auch zu denen!»

«Nein! Wir kommen aus Neusitz. Es ist reiner Zufall!», rief Hanna.

«Und ich bin der Herren-Müller. Hab ich's etwa nötig?»

Der Geharnischte musterte sie streng.

«Warum seid ihr dann davongerannt wie all dieses Bauern- und Häckerpack?»

«Weil wir es uns endlich schön machen wollen, versteht Ihr? Darf ich Euch meine Braut vorstellen?»

Wie viel Pech hab ich denn bloß, dachte Hanna verzweifelt. Wenn ich jetzt leugne, werde ich verdächtigt, mit den immer gewalttätigeren Bauern unter einer Decke zu stecken. Dann heißt es bald: Deswegen hat die Völz im Wald den roten Hahn losgelassen. Sage ich dagegen ja, dann hört dieser Müller aus meinem Mund, was ich mehr fürchte als den Aussatz.

Zum Glück brauchte sie nicht zu antworten. Der Geharnischte hatte plötzlich alles Interesse an ihnen verloren, weil zwei vornehme Patrizier durch das Tor ritten. Hanna glaubte einen Augenblick lang, von einem der beiden angestarrt zu werden, doch da hatte Jobst Gessler sie schon mit sich gezogen.

«Das waren der Stadtrichter und der Ratsbaumeister.»

Hanna wusste nicht, warum, aber plötzlich lief ihr ein kalter Schauer über den Rücken.

Hinter dem Tor erstreckten sich rechts und links des Kobolzeller Steigs die Rebzeilen der Stadt. Tief atmete Hanna die würzige Herbstluft ein und versuchte, sich am in der Sonne leuchtenden Laub der abgeernteten Reben zu erfreuen. Wenige Winzer waren noch mit der Nachlese beschäftigt, andere hackten den Boden. Ein Bussard kreiste über den Hängen, ein lauer Wind trug den herbwürzigen Geruch von verbranntem Laub heran.

«Ein gutes Gespann geben wir ab, findest du nicht?»

Hanna antwortete nicht, hatte aber auch nicht mehr die Kraft, Jobst Gessler abzuschütteln. Was würde passieren, überlegte sie, wenn ich den Müller beim Rat als Anhänger des blinden Mönchs anschwärze? Als einen, der mit den wilden Bauern und Häckern schreit?

Als habe Jobst Gessler ihre Gedanken gelesen, ließ er von ihr ab. Vielleicht lag es aber doch nur am Weg. Denn er wurde zunehmend steiler und war an vielen Stellen einfach zu schmal, um nebeneinander gehen zu können.

Zur selben Zeit kniete Ulrich von Detwang im schummrigen Chorraum der Detwanger St.-Peter-und-Pauls-Kirche vor dem geschnitzten Heilig-Kreuz-Altar. Stumm hielt er Zwiesprache mit dem Erlöser, in der Hoffnung, Antwort auf seine Fragen zu erhalten. Doch der Gekreuzigte, dessen Leiden der große Tilman Riemenschneider mit unvergleichlicher Kunst dargestellt hatte, schwieg.

Herr, verschließt du dich meinem Herzen, weil der Ruf deiner Deutschen Ritter so schlecht geworden ist? Ich weiß, Spottverse werden auf uns gesungen, und unsere Tugenden sind hier keinen Heller mehr wert. Komtur Christian verkriecht sich auf seinem Landgut. Allein, dass er noch nicht einmal bestreitet, einer Frau Gewalt angetan zu haben, scheint mir beredt genug. Einst wirst du ihn wegen seines Vergehens fragen … Ich aber gelobe als dein Ritter, unseren Ordensleitspruch nie zu verraten: Ich will helfen, wehren, heilen. Bitte stehe du mir bei, amen.

Ulrich bekreuzigte sich seufzend und erhob sich. Seine Blicke schweiften über die Fensterlaibungen, die mit Rankenwerk, Blüten und seltsamen Narrenfiguren ausgemalt waren. Auf einmal hatte er das Schellengeklingel der Narrenkappen, das in den Fastnachtstagen über Rothenburg und seiner Hege lag, im Ohr. Er sah die Harlekine ihre Späße treiben und drohend die Finger heben, wenn ihnen ein Griesgram die Schellen abreißen wollte.

Schon recht, ihr führt die Sauertöpfischen genauso vor, wie das Schicksal mich vor Tagen gefoppt hat, dachte er. Ihr Narren wühlt in der Vergangenheit, um uns in der Gegenwart zum Lachen zu bringen.

Doch gilt dies auch für mich?

Ulrich sah sich wieder vor dem Grab knien, erinnerte sich an seine Vorwürfe den himmlischen Mächten gegenüber, an seine Wut und Ohnmacht. Acht lange Jahre war dies jetzt her. Er war damals siebzehn Jahre alt gewesen, sie elf. Barbara war ein frühreifes Mädchen. Sie waren anfangs noch Spielgefährten, bald schon wie Bruder und Schwester, schließlich … ja, was? Was wäre gewesen, wenn? Denn wenige Tage, nachdem sie sich das erste Mal geküsst hatten, war Barbara tot, wurde ertrunken aus der Tauber gefischt.

Narren, rief er den Figuren zu, nun habt ihr mich zum Weinen gebracht.

Er verließ die Kirche und schwang sich auf seinen Rappen. Mahut schnaubte und fiel sofort in zügigen Trab. Eigentlich ist doch alles so einfach, dachte Ulrich. Ich bin ein Deutscher Ritter, und so wie wir uns dem Schutz der heiligen Elisabeth von Thüringen anbefohlen haben, habe ich meinen Mantel um diese beiden armen Menschenkinder geworfen. Was zögere ich also?

Ulrich wurde leicht ums Herz. Hinter ihm schlug die Kirchturmuhr zwölfmal. Vor einem Bauernhaus lud ein älterer Bauer mit seinem Sohn ein Fuhrwerk mit schrumpeligen, viel zu kleinen Rüben ab. Flüchtig streifte Ulrichs Blick ihre ausgemergelten, unzufriedenen Gesichter. Sie grüßten ihn, rissen ihre Mützen vom Kopf, worauf er ihnen freundlich zunickte. Die Sommerdürre hat ihnen arg zugesetzt, dachte er. Die Angst vor einer Hungersnot ist ihnen ins Gesicht geschrieben. Ich darf jetzt meine Speicher nicht vor ihnen verschließen. Helfen, wehren, heilen. Das geht auch mit Brot und Öl, Rüben und Kraut.

Er trieb Mahut an, doch erst nachdem er keinem Bauern mehr begegnete, genoss er es wieder, Herr und Ritter zu sein. Es war ein süßes Gefühl – als gieße das Sonnenlicht Wärme in seine Seele.

Ja, ich werde mich um sie kümmern. Wozu habe ich sie sonst vor den Flammen gerettet?

Er schloss für einen Moment die Augen und überließ sich dem Wind, der ihm über Wiesen und Felder entgegenblies. Als er die Augen wieder öffnete, sah er, welche Richtung Mahut wie von selbst eingeschlagen hatte. Zielstrebig trabte er quer über eine Wiese auf den Waldrand zu.

«He, Mahut, woher weißt du, wohin ich will?»

Es sollte scherzhaft klingen, doch Ulrich gestand sich ein, dass es in Wirklichkeit sein Herz war, das die Zügel lenkte, und nicht sein Verstand. Zwei Köhlermädchen sind es nur, dachte er. Marie und Hanna. Die Kleine ist niedlich … und die Große?

Hübsch.

Er verspürte einen Stich im Herzen, doch schon im nächsten Moment schlug es wieder ruhig. Oder täuschte er sich da? Ein Lächeln stahl sich auf sein Gesicht. Er hatte sich den Bart abnehmen lassen, seitdem sah er heiterer und lebenszugewandter aus. Schon länger hatte ihn seine Mutter deswegen bedrängt. Ulrich, hatte er ihre warme, aber tadelnde Stimme im Ohr, es wird Zeit, dass du auf Freiersfüßen stehst und ernsthaft um ein Mädchen wirbst. Und ohne Bart wirst du dabei mehr Erfolg haben. Er muss weg, dann schlagen die Mädchenherzen höher.

Meinst du wirklich, Mutter? Glaubst du, Frederike würde es sich deswegen anders überlegen? Er rief sich die Gestalt von Frederike von Neustett ins Gedächtnis. Vor Monaten hatte er sie umworben, sie aber hatte einen anderen Ritter im Kopf gehabt. Sie war schlank und besaß eine stolze Ausstrahlung. Das hatte ihn gereizt. Mit ihrem puppenhaften Gesicht wirkte sie sehr weiblich, wenn nur die Lippen darin nicht gar so schmal gewesen wären.

Unmerklich schob sich Hannas Bild vor das Frederikes.

Ulrich lächelte. Köhlerin gegen Rittertochter, dachte er. Hanna ... ihre weichen vollen Lippen ... nur einmal möchte ich sie küssen ... Ihre Hüften sind jedenfalls ein Blickfang für jeden Mann ... und dann, wie ihr Busen sich unter ihrem Kleid abzeichnet, oder ihr straffer warmer Bauch. Stundenlang hätte ich so mit ihr reiten können. Und obwohl sie eine Köhlerin ist, roch sie trotz des Rauchs etwas nach Minze ...

Der Weg zum Wachsenberg hinauf wurde steiler, für Mahut aber war das keine Herausforderung. Er fiel von selbst in Galopp, als wolle er zeigen, wie stark und ausdauernd er war. Bald kreuzten sie den Weg, der rechter Hand nach Neusitz führte. Leuchtend gelbe Blätter regneten von den Obstbäumen. Im Wald huschte vor ihm ein Eichhörnchen einen Buchenstamm hoch, schon kreischte der erste Eichelhäher.

Es ist und bleibt ein Wunder, dachte Ulrich. Hätte es nicht geregnet, wäre bestimmt der gesamte Wald zwischen Neusitz und dem Wachsenberg in Flammen aufgegangen. Die Köhlersleut wird es kaum trösten. Andere haben schließlich dort Holzeinschlagsrecht, für das sie an die Stadt bezahlt haben. Und um die Lichtung herum muss es jetzt elend wüst aussehen. Dort die nächsten Jahre leben zu müssen, das ist bitter, sehr bitter.

Ulrich ritt zügig weiter und schaute in die hohen Kronen der herbstgoldenen Eichen und Buchen. Nach einer Weile traf er auf eine dunkle Laubspur. Wer da wohl gefegt hat?, fragte er sich und lächelte versonnen. Das war bestimmt die Kleine. Sie hat einen Ast hinter sich hergezogen. Das haben Barbara und ich früher auch gerne gemacht. Er zog die Zügel an, damit Mahut langsamer wurde, und suchte in seinen Erinnerungen. Die frische Waldluft vermischte sich jetzt mit dem Gestank kalter klumpiger Asche. Axtschläge waren zu hören, mittendrin fröhliches Hundebellen.

«Babur! Kommst du zurück», rief eine Kinderstimme.

Einen Hund haben sie, wunderte sich Ulrich. Er ließ Mahut im Schritt gehen und klopfte ihm beruhigend den Hals. Nur einen Moment später schoss Babur durchs Unterholz und hielt direkt auf sie zu.

«Baabur!»

Marie war noch nicht zu sehen, Babur dagegen schoss heran. Er bellte Mahut an, tänzelte herum und warf ab und zu aufjaulend den Kopf in den Nacken. Mit gespitzten Ohren verfolgte Mahut jede Bewegung. Du bist wirklich ein Hasenfuß, Mahut, dachte Ulrich. Hörst du nicht, dass er uns gar nichts will, sondern nur neugierig ist?

Trotzdem blieb er auf seinem Rappen sitzen, bis Marie Babur zurückrief und ihm befahl, sich hinzusetzen.

«Er gehorcht ja», sagte Ulrich und stieg vom Pferd.

«Natürlich, edler Herr. Mir aufs Wort. Denen, die er mag, tut er nichts.»

«Dann mag er uns also?»

Marie knickste: «Ihr habt mich doch gerettet, edler Herr. Das spürt er. Warum aber habt Ihr Euch den Bart wegmachen lassen?»

«Gefalle ich dir etwa nicht mehr?», fragte Ulrich in gespielter Entrüstung.

«O doch, edler Herr. Ihr seht jetzt aus wie ...» Marie brach ab und schlug sich erschrocken die Hand vor den Mund.

«Heraus mit der Sprache. Und dass dir nicht mehr einfällt, edler Herr zu sagen. Ich bin Ulrich, Ulrich von Detwang.»

«Aber wenn Ihr jetzt böse werdet», flüsterte Marie.

«Bestimmt nicht.» Ulrich genoss dieses Wortscharmützel. Er freute sich über Maries Lebhaftigkeit. Auf den Kopf gefallen ist sie nicht, dachte er. Sie muss Lesen und Schreiben lernen. «Also, Marie, wie sehe ich aus?»

«Ihr seid glatt wie ein rotbackiger Apfel ohne schrundige Stellen. Und Euer Gesicht ist jetzt so kühn, wie ich mir den Engel vorstelle, der den Drachen tötet.»

«Komm her, Marie. So etwas Schönes hat noch nie jemand zu mir gesagt, ehrlich.» Gerührt breitete Ulrich die Arme aus. Der Mantel mit dem Deutschordenskreuz lag weit und locker um seine breiten Schultern. Mit großen Augen schaute Marie ihn an und kam langsam näher. Ulrich trat auf sie zu und legte den rechten Arm um sie, sodass sein Mantel Maries Gestalt völlig verbarg. «Marie», hob Ulrich feierlich seine Stimme, «ab jetzt gilt für dich die Mantelkindschaft eines Deutschordensritters. So wie ich ausersehen wurde, dich vor den Flammen zu retten, verspreche ich dir meinen Schutz und werde Sorge tragen, dass du ein würdiges und gottgefälliges Leben führen kannst.»

«Dann bekomme ich also immer genug zu essen?», fragte Marie schüchtern und schaute zu ihm hoch.

«Es gehört dazu.»

«Das muss ich Arndt erzählen.»

Marie schlüpfte aus der Umarmung und rannte voraus. Babur folgte ihr erst, dann machte er kehrt und rannte zu Ulrich zurück. Aufmerksam schaute er ihn an, bellte zweimal und war im nächsten Moment auch verschwunden.

Er scheint klüger zu sein als mancher Mensch, dachte Ulrich. Hoffentlich ist er immer da, wenn sie ihn braucht.

Längst verloren geglaubte Gefühle bewegten ihn, während er auf die Köhlerhütte zuging. Wann hatte er das letzte Mal so viel Freude empfunden wie gerade eben mit Marie? Es lag lange zurück. Sehr lange sogar, mindestens acht Jahre. Es wäre nicht die erste Mantelkindschaft, die ich übernehme, erinnerte er sich. Barbara muss damals zehn Jahre gewesen sein, ich sechzehn. Es war in Steinbach. Sie hatte sich auf einen Apfelbaum geflüchtet, weil ihr ein wütender Truthahn auf den Fersen war. Ich hab mein Schwert gezogen ... Am nächsten Abend gab es ein Festessen, aber ich war auch um zwei Ohrfeigen reicher. Ihr aber habe ich, nachdem sie vom Baum wieder heruntergeklettert war, auch meinen Mantel umgelegt. Damals mit dem halben Kreuz, weil ich erst Ritteranwärter war.

«Arndt! Siehst du, da kommt er.»

Maries Bruder stand auf der Leiter und mühte sich ab, einen schräg laufenden Bänderbalken in das bereits wieder aufgerichtete vertikale Ständerwerk des Giebels zu klopfen. Der Bänderbalken war beim Einsturz der Giebelwand aus seinem Zapfenloch gesprungen. Weil Arndt den vertikalen Ständer jedoch etwas versetzt hatte, war der Balken jetzt ein kleines Stück zu lang und hatte sich verkeilt.

Arndt stieg schnell von der Leiter. Er riss sich die Mütze vom Kopf und eilte Ulrich entgegen: «Edler Herr, verzeiht mir! Unsere Marie ist sehr lebhaft, sie erzählt ständig irgendwelche Geschichten. Wie sollte ich ihr glauben? Der Herr segne Euch. Ihr seid wahrhaft barmherzig. Verfügt über mich, wie es Euch beliebt.»

Er hielt den Kopf gesenkt und knautschte aufgewühlt seine Mütze. Sein Herz klopfte wild, vor Aufregung und Scham konnte er keinen klaren Gedanken fassen.

«Du brauchst dich nicht zu entschuldigen», antwortete Ulrich. «Aber wenn ich mir die Bemerkung erlauben darf: So, wie du auf den Bänderbalken eindrischst, wird das nichts. Außerdem ist da längst der Wurm drin, er muss ausgewechselt werden. Wie übrigens das Fachwerk der gesamten Giebelseite.»

«Ihr habt recht, edler Herr. Aber ...»

«Ich zahl dir das Holz. Marie soll schließlich nicht frieren.»

«Edler Herr ...»

Arndt rang um Fassung, wagte nicht aufzuschauen. Als er es schließlich doch tat, hatte er Tränen in den Augen. Und weil ihm nichts mehr einfiel, was er hätte sagen können, sank er vor Ulrich auf die Knie.

«Steh auf, Arndt. Wenn du in die Kirche gehst, danke demjenigen, der dies alles so gewollt hat. Und wo ist nun die Hanna?»

Ulrich klang betont gleichmütig, tief im Innern aber brodelte es. Die Enttäuschung, dass er Hanna nicht entdecken konnte, trübte seine Freude und ließ die anfängliche Euphorie zunehmend schwächer werden.

«Die Hanna?», fragte Arndt reichlich begriffsstutzig. «Sicher, ja ... Sie ist heute Morgen mit Marie den Hund suchen gegangen. Marie kam zurück, Hanna aber ... Vielleicht ist sie in Neusitz bei den Schnitzers, die uns Babur aufgeschwatzt haben.»

«Nein, sie ist mit den Männern mitgegangen!», zischelte Marie. «Das hab ich gesehen. Die wollten doch Babur was tun. Da waren die Brüder Goltz dabei und andere, aber auch der reiche Müller.»

«Jobst Gessler?»

«Ja.»

«Das ist eine gute Nachricht, Marie», rief Arndt erfreut aus und fuhr sichtlich stolz an Ulrich gewandt fort: «Ihr müsst wissen, edler Herr: Meine Schwester wird den Müller von der Herrenmühle heiraten. Anfangs war sie nicht einverstanden, aber jetzt hat die Vernunft gesiegt. Wie ich mich für sie freue! Wenn das unser Vater noch erlebt hätte!»

Ulrich konnte nichts gegen das Brennen tun, das seinen Bauch von innen zu versengen schien. Trotzdem verzog er keine Miene, nur seine Augen wurden schmal. Aber er hatte keine Lust mehr, in Arndts strahlendes Gesicht zu sehen. Stattdessen schaute er an ihm vorbei und wandte sich Marie zu, die neben Babur kniete.

«Das hört sich fürwahr gut an», sagte er und erschrak, weil es so hohl klang. Alles ist eitel, tönte es in ihm, und plötzlich hatte er die Narren der Detwanger St.-Peter-und-Pauls-Kirche vor Augen. «Dann grüße Hanna, Arndt», redete er freundlich weiter. «Und du Marie, wirst von mir hören.»

Er strich Mahut über Stirn und Ganaschen und schwang sich schnell in den Sattel. Die Bewegung tat gut, das Brennen wurde weniger. Er wendete und ließ seinen Rappen langsam traben. Bin ja selbst schuld, sagte er sich, ich mache mich völlig lächerlich. Schließlich bin ich ein Ritter, und sie nichts als ein Köhlermädchen.

Hinter sich hörte er Babur bellen. Er wandte seinen Kopf. Marie rannte ihm keuchend nach.

«Ulrich!»

Er kämpfte mit sich. Hatte er es nötig?

Ich kann und will jetzt nicht, dachte er und war im selben Moment so wütend, dass er einen wüsten Fluch ausstieß. Stur ritt er weiter und tat, als höre er sie nicht.

Da überholte ihn Babur, schnitt ihm den Weg ab.

«Ulrich, wartet doch mal!» Er krampfte die Fäuste um die Zügel. Babur bellte aufgebracht, sodass Mahut vor ihm auf der Stelle zu tänzeln begann. «Ulrich», rief Marie noch einmal. Sie war völlig außer Atem.

«Was ist denn?»

«Ich weiß, dass Hanna Euch mag. Sie hasst den Müller. Aber verratet mich nicht.» Mit großen Augen schaute sie zu ihm hoch und wischte sich mit dem Handrücken die Nase.

«Nein, Marie, ich behalt's für mich. Versprochen», erwiderte er und schenkte ihr ein Lächeln. Dann schlug er Mahut die Hacken in die Flanken und preschte los. Nun war ihm leichter ums Herz.

Hanna schaute in der guten Stube des Herren-Müllers aus dem geöffneten Fenster. Golden lag das herbstliche Nachmittagslicht auf Rebhängen und Stadtmauer. Die Natur feierte sich selbst, das Wasser der still dahinfließenden Tauber schimmerte wie Seide. Aber nichts war vollkommen, denn gerade erklang vom Kobolzeller Kirchlein her das Bimmeln der Totenglocke. Hanna bekreuzigte sich und sprach schnell ein Gebet, darauf schloss sie das Fenster und wanderte unruhig in der holzgetäfelten Stube umher.

Jobst Gessler hatte sie genötigt, von den Trauben zu nehmen, die mitten auf dem Tisch in einer großen blauen Schale lagen, Hanna aber wollte sich nicht verführen lassen. Bei mir kannst du dir deine angeberischen Scherflein sparen, Müller, dachte sie trotzig, obwohl sie ahnte, dass dies falscher Stolz war. Ich rühre deine Trauben nicht an. Und auch wenn du gleich mit zwei Krügen Bier zurückkommst: Glaube nicht, mich damit betrunken machen zu können.

Lässt mich wohl absichtlich alleine hier, wie?

Ich soll wankelmütig werden, mir ausmalen, wie es wäre, wenn ich die Herrin über diese Wohnstube mit dem prächtigen Herrgottswinkel und dem Schrank bin? Wie es wäre, wenn ich in der Schlafstube die Federbetten aufschüttelte, die Truhen öffnete und Lavendelsäckchen gegen die Motten zwischen die Wäsche legte?

Hanna lauschte in sich hinein. Gegen ihren Willen musste sie seufzen.

Allein diese Küche. Die Herrenmühle besaß eine gemauerte Feldstein-Herdstelle mit drei gusseisernen Kochplatten. An der Wand Haken und Regale voll mit Töpfen, Pfannen, Platten, Modeln. Dann die vielen Messer, Kellen, Löffel. Aber das alles war nichts gegen den Vorratsspind, aus dem es verschwenderisch nach Geräuchtem und Süßsaurem roch.

Nie mehr Hunger haben, dachte Hanna, herrlich. Marie könnte zur Schule gehen …

Unwillig stampfte sie mit dem Fuß auf, wegen dieses Gedankens hätte sie sich am liebsten selbst geohrfeigt. Schnell öffnete sie wieder das Fenster und lehnte sich hinaus, um auf die Rumpelgeräusche des Mühlsteins zu hören. Stattdessen aber lief Johannes, der alte Müllerknecht, ums Haus, schaute zu ihr hoch und stimmte ein Lied an: *Wir sind die armen Haufen und wolln mit Pfaff und Adel raufen. Heija oho. Spieß voran, rauf und dran! Los, aufs Ziegeldach den roten Hahn. Heija oho, heija oho.*

«Hannes, wirst du wohl das Maul halten!» Es war Jobst Gesslers Stimme, polternd und genauso grob wie sein Gesicht. Hanna schloss schnell das Fenster, hörte aber noch, wie der Müller Hannes anblaffte: «Alt sein heißt doch nicht gleich dumm sein, Himmel nochmal! Jeder, der dies Lied singt, macht sich verdächtig, wenn es später mal hart auf hart kommt.»

Hanna setzte sich wieder an den Tisch und pflückte

sich jetzt doch zwei Weintrauben. Zufrieden schob sie die Früchte in ihren Mund. Richtig, Müller, dachte sie. Mit diesem Lied macht ihr euch verdächtig. Werde jetzt also bloß nicht dummdreist.

Die Stubentür ging auf, und Jobst Gessler trat mit zwei großen Krügen schäumenden Biers ein.

«Jetzt stoßen wir erst einmal an.» Er gab der Tür einen Tritt, sodass sie krachend ins Schloss fiel. Schwungvoll schob er Hanna einen Krug zu und setzte sich ihr erwartungsvoll gegenüber.

«Also, Hanna, auf uns!»

Er hob seinen Krug, Hanna zögerte.

«Nun, magst nicht mit mir anstoßen?»

Sie errötete. «Ich bin es nicht gewohnt, Jobst.»

Er lachte auf. «Dann solltest du es schleunigst lernen, das Genießen, meine ich. Also auf dich! Dir zum Wohlsein, Hanna.»

Nur langsam schlang sie ihre Finger um den kalten Krug. «Wohlsein», murmelte sie, stieß mit ihm an, nippte. Doch als sie in Jobsts belustigtes Gesicht sah, überwand sie sich und nahm einen großen Schluck. Sie musste zugeben, das Bier schmeckte köstlich. Ein duftendes Vollbier, kühl und weich, mit cremigem Schaum. Verhalten wischte sie sich den Schaum von der Oberlippe, dabei musterte sie der Müller aufmerksam. Schließlich fragte er: «Und nun?»

Hanna ärgerte sich sogleich über seinen listigen Ton.

«Was soll die Frage? Ich habe Euch doch schon gesagt, dass Ihr Euch falsche Hoffnungen macht. Was das Geld betrifft, stehen Arndt und ich natürlich jetzt in Eurer Schuld. Aber besser wäre es gewesen, Ihr hättet den Goltz und den anderen nichts gegeben.»

«Kein Gläubiger ist besser als nur einer, Hanna.»

«Wie viel also?»

«Jetzt lass gut sein», sagte Jobst Gessler sanft und nahm einen Schluck. Er wischte sich über den Mund und musterte sie belustigt. «Trink lieber und mach dir keine Sorgen. Die Zeit wird alles richten.»

Hanna setzte den Krug an die Lippen, ohne Jobst Gessler dabei aus den Augen zu lassen. Kann es sein, dass es mir schon zu Kopf steigt?, fragte sie sich. Unsinn, es ist bloß die Aufregung. Die macht mich schwach. Aber ich werde dir schon Bescheid tun, Müller. Sie genehmigte sich einen großen Zug und stellte den Krug vorsichtig ab.

Jobst Gessler lehnte sich entspannt zurück. Hanna tat es ihm nach. Sie maßen sich mit abschätzenden Blicken, doch nach einer Weile hatte Hanna das Gefühl, der Müller würde etliche Armlängen weit entfernt von ihr sitzen und die Stube sich aufblähen wie ein Schweinedarm, in den man hineinblies. Auf einmal schien sie sogar mit ihrem Stuhl über dem Boden zu schweben.

«Was tut Ihr da?», hörte sie sich mit schwerer Zunge fragen, aber in ihren Ohren hatte sie ein Echo. «Was ist mit dem Bier, sagt schon … was?»

«Ein Bier ist ein Bier, und wenn du es nicht verträgst, Hanna, trag ich dich ins Bett. Komm, schlaf dich aus.»

Selbst in ihrem Zustand entging Hanna nicht, wie verlogen Jobst Gessler klang. Angst befiel sie, denn sie begriff, dass sie nicht mehr Herrin ihrer selbst war. Tränen traten ihr in die Augen. Er hat Bilsenkrautsaft ins Bier gemischt, dachte sie verzweifelt. Wenn ich nicht fliehe, wird er mich schänden.

Sie konzentrierte sich, atmete tief ein und aus und erhob sich. Für einen Moment war sie wieder klar im Kopf.

«Ihr seid ein Teufel, Jobst Gessler.» Hanna stützte sich auf die Tischplatte. «Aber wenn Ihr mich nicht gehen lasst … dann … dann sorge ich dafür, dass Euch der Henker bald die Schlinge um den Hals legt.»

«So? Wie das? Nur, weil ich unfreiwillig ein paar Sätze des blinden Mönchs aufgeschnappt habe?»

Hanna sah Jobst Gessler die Augen zusammenkneifen, doch im nächsten Augenblick wogten gewaltige Mengen Licht durch das Fenster. Sie war versucht, in dieses Licht zu springen, um sich darauf auszustrecken, doch die Lust zu singen war auf einmal viel größer: *Wir sind die armen Haufen und wolln mit Pfaff und Adel raufen. Heija oho. Spieß voran, rauf und dran! Los, aufs Ziegeldach den roten Hahn. Heija oho, heija oho.*

«Halt deinen hübschen Mund, Hanna.»

Jobst Gessler umklammerte den Krug, sodass seine Knöchel weiß hervortraten. Hanna hatte mittlerweile ganz die Kontrolle über sich verloren.

«Da nehm ich doch lieber den Valentin Schnitzer», kreischte sie, «das Schafsgesicht. Du, Müller, willst doch nur was zum Stoßen haben.»

Sie ruderte mit den Armen und begann erneut, das Lied des Müllerknechts zu singen. Jobst Gessler stieß seinen Stuhl nach hinten und kam um den Tisch herum. Er packte Hanna und drückte ihr die Hand auf den Mund.

Mit dem letzten Rest an Vernunft biss Hanna ihn in den Finger. Sie weinte, ohne dass sie es spürte. Um sie herum war nichts als schrecklicher Lärm.

«Wenn du dich vergehst ... euch alle an den Galgen.»

Kaum spürte sie den Stoß, den ihr der Müller versetzte. Mit beiden Armen drückte er sie gegen die getäfelte Stubenwand. Hannas Kopf flog nach hinten ... ihr wurde schwarz vor Augen. Sie spürte noch, dass sie fiel, aber als sie auf den Boden aufschlug, hatte sie das Bewusstsein schon verloren.

9

Der Abend war längst verstrichen, im Osten wich die Nacht bereits der Morgendämmerung. Marie schreckte aus dem Schlaf. Sie wusste, sie hatte schlecht geträumt, aber als sie zu erinnern versuchte, wovon der Traum gehandelt hatte, stellte sie fest, dass sie bereits alles vergessen hatte. Bestimmt ist es besser so, dachte sie und zog sich das Fell bis unters Kinn. Wer mag schon Albträume. Sie gähnte und machte sich so lang sie konnte, um Babur mit dem dicken Zeh in die Seite zu stupsen.

Ob er aufwacht?

Babur aber, der quer zu ihren Füßen lag, rührte sich nicht. Er weiß, dass ich es bin, dachte Marie stolz. Schließlich ist er nicht dumm. Wohlig rollte sie sich auf die andere Seite und streckte die Hand aus. Doch die Stelle neben ihr war kalt und leer. Marie erschrak. Sie hatte gehofft, sich an Hannas Rücken kuscheln zu können, so wie sie es immer tat, wenn es kalt war. Dafür war sie nun mit einem Schlag hellwach. Also ist Hanna nicht zurückgekommen, schoss es ihr durch den Kopf. Dabei ist die Nacht doch längst vorbei.

Ruckartig setzte sie sich auf, sofort schlug ihr ein eisiger Hauch ins Gesicht. Es war wirklich bitterkalt. Marie biss die Zähne zusammen. Das ist der erste Herbstfrost, dachte sie besorgt. Arndt muss sich beeilen, sonst wachen wir eines Morgens alle im Himmel auf. Na ja, wenigstens braucht er sich jetzt keine Sorgen mehr um das Bauholz machen.

Danke, lieber Gott.

Sie linste an den freien Ständerbalken vorbei zum Himmel und erblickte einen Stern. Ein guter Stern, freute sie sich. Wie schön hell er ist. Doch was war nun mit Hanna?

Noch nie hatte sie die Nacht woanders verbracht als in dieser Hütte.

Arndt, du hast mich angelogen, rief Marie ihrem Bruder im Stillen zornig zu. Böse starrte sie in die Dunkelheit, die von Arndts gleichmäßigem Schnarchen belebt wurde. Du hast gesagt, Hanna würde, wenn sie nicht bis zum Abend zurück ist, mit dem Müller und seinen Freunden Polterabend feiern. Aber ich weiß doch, dass sie ihn nicht mag. Nie würde sie den heiraten, diesen Klotz. Er heißt doch nicht Ulrich.

Sie schaute zu Babur. Noch immer schlief auch er tief, sein Atem ging gleichmäßig. Marie kam es vor, als ließe er sie mit seinem Schlaf im Stich. Also beugte sie sich vor und kraulte ihm den Hals. Sofort war Babur wach und hob seinen Kopf. Fragend sah er sie an.

«Hanna ist noch nicht da», flüsterte sie. «Ich hab Angst um sie.» Babur streckte die Schnauze in die Luft, witterte. Mit leisem Fiepen kam er auf die Beine, streckte sich und gähnte ausgiebig. «Was sollen wir tun? Es ist noch dunkel. Und entsetzlich kalt dazu.»

Das schaurige Heulen eines Waldkauzes ertönte. Marie zuckte zusammen, ihr Herzschlag beschleunigte sich. Nicht dass sie sich fürchtete, aber warum heulte just in diesem Augenblick ein Kauz? Was hatte das zu bedeuten?

Weint Hanna vielleicht? Bin ich deswegen aufgewacht?

Sie lauschte und hoffte, der Kauz würde noch einmal rufen, aber es blieb still. Schließlich ertönte Flügelschlagen. Babur spitzte die Ohren, hielt die Luft an. Auch Marie hörte den ängstlichen Pfiff einer Maus. Dann war es bis auf Arndts Schnarchen wieder still.

Babur winselte.

«Und ich hab schon wieder Hunger», flüsterte Marie gedankenverloren. «Sollen wir Ulrich in Detwang besuchen? Bei ihm bekommen wir bestimmt etwas zu essen.» Doch schon schüttelte sie den Kopf. «Nein, wir müssen Hanna helfen, hörst du? Wir kaufen uns was zu essen, in Rothenburg.»

Wieder erklang Baburs Winseln.

Sie zog ihr Nachthemd über den Kopf und huschte nackt zum Geräteschuppen. Dort war die Viehtränke, die ihnen allen als Waschplatz diente. Zähneklappernd und von einem Bein aufs andere hüpfend, schließlich war sie barfuß, zerschlug sie die dünne Eisdecke. Ohne zu zögern, spritzte sie sich das eisige Wasser gegen den Körper, seifte sich kurz ein und wusch den Schaum mit einem halb gefrorenen Lappen wieder ab.

Und jetzt die Füße! Eins … sie hob das Bein und tunkte den Fuß ins Wasser … zwei. Geschafft. Denn wenn du frierst, wasch dich kalt. Fast jeden Morgen hörte Marie diesen Satz aus Hannas Mund. Und, ist mir jetzt warm?, fragte sie sich und schüttelte ihre nassen Hände über Babur aus.

Fast.

Sie rannte zurück in die Hütte, wo Arndt jetzt schnarchte, als würde er einen Baum zersägen.

Erst die Strümpfe, murmelte Marie und rollte die dicken Wollbeinlinge bis zu den Schenkeln hoch. Dann band sie sie fest. Jetzt das Unterkleid und darüber den Winterkittel. Alles lag griffbereit neben ihr, sogar die Strickmütze. Aber für die war es noch längst nicht kalt genug. Marie war abgehärtet.

Babur wedelte aufgeregt, als sie ihre Lederschuhe zuband, für die Hanna ein halbes Jahr lang gespart hatte. Mit ihnen und den dicken Beinlingen war Marie nun gut gegen die Kälte gefeit.

Wenn ich jetzt schreiben könnte, überlegte sie, würde

ich Arndt eine Nachricht hinterlassen, wohin Babur und ich gegangen sind. Aber bald kann ich das ja. Und dann bin von allen Völzens die Klügste.

Erleichtert stellte sie fest, dass sich der Himmel zu röten begann, als sie die Neusitzer Streuobstwiesen erreichten. Ein herrlicher Herbsttag kündigte sich an, doch dafür hatte Marie jetzt keinen Sinn, ihre Gedanken kreisten um Hanna und den hässlichen Müller. Vorhin hatte sie noch schnell an der alten Eiche ihre Geheimstelle aufgesucht und Geld mitgenommen – Geld, das sie vor einem Jahr auf dem Rothenburger Martinimarkt gefunden hatte. Irgendjemand hatte dort drei Münzen verloren und sie hochkant in die Ritzen des Pflasters getreten: immerhin dreimal vier Heller, also eineinhalb Kreuzer. Das war ungefähr ein Viertel dessen, was ihre Schuhe gekostet hatten. Sie nahm eine Münze und lief rasch weiter.

Bis jetzt geht alles gut, dachte sie, als sie Neusitz durchquerten. Dort krähten die Hähne, aus zwei Kaminen qualmte blauer Rauch. Marie knurrte der Bauch, und Babur hetzte durch die Reihen mit den Obstbäumen und schnüffelte jeden Komposthaufen an. Plötzlich erklang wüstes Gebell und lautes Hühnergegacker.

Er wird doch wohl nicht …

Marie wollte Babur rufen, besann sich aber im letzten Moment. Wenige Augenblicke später schoss Babur hinter einer Hausecke hervor. Der Hund, der den Hof bewachen sollte, überschlug sich vor Wut. Zum Glück lag er an der Kette, Babur jedoch hatte eine von Eigelb verschmierte Schnauze, die er sich mehrfach genüsslich leckte. Marie musste lachen. Der Blick, mit dem er sie bedachte, schien zu sagen: Himmel, sie sollten froh sein, dass ich nur auf die Eier aus war …

Trotzdem begann sie zu rennen. Bloß nicht gesehen

werden, denn Eierdiebe wurden bereits an den Pranger gestellt. Und auch wenn ich's nicht war, dachte Marie, mit Babur wär's aus.

Nach und nach wurde es heller. Bald schon begannen die raureifüberzogenen Wiesen zu tauen. Zügig ging Marie ihres Weges. Ihr war wohlig warm geworden. In ihrer in der Kitteltasche steckenden schwitzigen Faust verbarg sie eine ihrer drei Vier-Heller-Münzen und konnte es kaum erwarten, sich dafür Brot und Wurst zu kaufen. Sie lenkte sich von ihrem Hunger ab, indem sie die lärmenden Krähen verfolgte, die am Horizont akrobatische Flugkünste vollführten.

Endlich drangen die Trompetensignale der Rothenburger Türmer an ihr Ohr. Wenig später erreichte sie die Brücke vor dem Rödertor.

«He, Kleine, was willst du denn hier?» Der Torwächter rieb sich den Schlaf aus den Augen und hatte schrecklichen Mundgeruch. «Bist heute die Erste hier.»

«Mir und meinem Hund etwas zu essen kaufen.»

«Hast du denn Geld?»

«Ja.» Marie zeigte ihre Münzen und fragte, was man in der Stadt alles für sechs Heller kaufen könne.

«Nun, ein halbes Pfund Wurst, eine Kanne Milch und ein großes Brot sind schon drin. Aber auch nur noch diesen Monat. Danach und im neuen Jahr bekommst du dafür nur noch die Hälfte. Du hast bestimmt schon gehört, wie bescheiden wegen der Trockenheit die Ernten ausgefallen sind.»

«Beten wir, dass es besser wird», gab Marie altklug zur Antwort und ging durch die Rödergasse auf den Marktplatz zu. «Und du gehst bei Fuß», befahl sie Babur. «Sonst landen wir beide im Turm.»

Babur gehorchte, was ihn nicht hinderte, ständig zu winseln und ihr die Schnauze in die Hüfte zu stupsen.

Aber es war einfach noch zu früh, die Läden waren alle noch geschlossen. Zum Glück belebten sich hinter dem Röderbogen die Gassen mit Marktbeschickern und ersten Besuchern. Himmel nochmal, regte sich Marie auf, ich will keine Modeln, keine Töpfe, keine Messer. Ich will auch keine Körbe oder Tuche, und Wein oder Most will ich schon gar nicht. Ich will Brot und Würste frisch aus dem Rauch, Erbsensuppe mit Speck, warme Graupen mit Honig, Kuchen …

Da ließ sich in der Jacobsgasse ein so schmächtiger wie übernächtigter Bäckerlehrling mit einem Korb voller duftender Weißbrotwecken und Butterbrezeln blicken.

«Warte», rief Marie. «Schnell, zwei Wecken und zwei Brezeln. Sonst bin ich tot.» Sie hielt dem Jungen ein Vier-Heller-Stück hin.

«Wieso denn?»

Der Junge schien nicht der Klügste zu sein, aber da hatte Marie schon in den Korb gegriffen und sich und Babur die erste Brezel zwischen die Zähne geschoben.

«Weil wir nun mal auf vielerlei Art sterben», antwortete sie mit vollem Mund. «Am Alter, durch Böses, wegen Krankheiten und am Hunger.»

«Du bist gar nicht dumm», murmelte er verdattert und gab ihr zwei Heller zurück.

Marie freute sich und steckte sie in ihre Schürze. «Aber jetzt müssen wir weiter zu den Würsten.»

Diese hoffte sie auf dem Marktplatz an einem Metzgerstand zu bekommen. Aber erst einmal ging es zum Herterichbrunnen. Ein gutes Dutzend Mal schöpfte sie Wasser, das ihr Babur aus den hohlen Händen schlabberte. Dann warteten sie, verzehrten dabei die Wecken und schauten einem Balljongleur zu, der für sich übte. Inzwischen war der größte Hunger gestillt. Mit einem Mal packte Marie das schlechte Gewissen. Wir trödeln hier herum, anstatt endlich Hanna zu helfen, dachte sie. Sparen wir uns jetzt eben die Würste. Die können warten. Sie laufen ja schließlich nicht weg.

«Komm, Babur. Hanna braucht uns.»

Eine halbe Stunde später hatten sie die Doppelbrücke passiert. Inzwischen war die Sonne aufgegangen, und die Glocke des Kobolzeller Kirchleins hatte siebenmal geschlagen. Marie überlegte, wie sie es denn nun anstellen sollte, Hanna aus der Gewalt des Müllers zu befreien, aber irgendwie lief es immer auf dasselbe Szenario heraus: Sie sah sich durch die Mühle rennen und nach Hanna rufen, während Babur den Müller knurrend und mit gefletschten Zähnen in Schach hielt.

Sie schlug den Weg zur Mühle ein, blieb stehen, lauschte. Das Wasser rauschte im Mühlgraben, aber vom Knarren des Mühlrads war nichts zu hören. Also arbeiten sie noch nicht, dachte Marie. Oder niemand hat mehr Korn. Sie ging weiter, bis sie Mühle und Nebengebäude genau sehen konnte. Im nächsten Augenblick sprang sie erschrocken ins Weidengehölz. Zu früh gefreut, dachte sie und beobachtete zwei Männer, die Mehlsäcke über den Hof schleppten. Sie luden sie auf einen vierrädrigen Karren, vor den ein Zugpferd gespannt war.

Marie begann sich zu wundern, denn als die Säcke verladen waren, wurden sie dick mit Stroh abgedeckt. Dabei schauten sich die Männer um, ob ihnen auch niemand zusah. Daraufhin verschwanden sie in der Mühle.

«Du bleibst hier. Niemand darf dich sehen, hörst du?»

Babur streckte sich hechelnd im Gras aus, während sie die Deckung des Weidenbuschs verließ und auf den Hof rannte. Ihr Ziel war der alte, von Holunderbüschen umstandene Mühlstein. Er stand aufrecht und war genügend hoch, um sich hinter ihm zu verstecken. Von hier aus konnte sie durch die Beine des Zugpferdes sehen und auch gut hören.

Da ging die Tür zum Mahlboden auf. Jemand hustete. Jetzt waren es fünf Männer: die beiden, die gerade die Säcke verladen hatten, der Müller, sein Knecht und ein bärtiger Mann, an dem Marie als Erstes die goldglänzenden Schnallen seiner Maulschuhe auffielen. Zudem trug er rotseidene Beinlinge und einen feinen, mit Goldfäden bestickten Filzmantel. Der Hut war auffallend groß und bedeckte einen Teil der rechten Wange. Marie war sich sicher: Wer so aussah, gehörte zum Rothenburger Patriziat.

«Es bleibt wie besprochen», schnappte sie die Worte des Müllers auf. «Verlasst Euch auf mich.»

«Ich hab ja auch anständig gezahlt, oder?», bemerkte der Patrizier Anerkennung heischend.

«Das habt Ihr. Aber auch mein Korn ist gut.»

«Das will ich hoffen. Mein Herz schlägt für die armen Leute.»

«Meines auch.»

«Mag sein. Ihr seid aber auch einer von diesen gottverdammt ewig Unzufriedenen. Ich warne Euch: Schlagt Euch Eure aufrührerischen Pläne aus dem Kopf. Noch ist der Markgraf langmütig, aber wehe Euch, ihn übermannt die Wut.»

«Jawohl, Patrizier Jacob Aufreiter. Ich meine aber, es muss Schluss sein mit der Demütigung von uns Kleinen.»

«Ihr leidet doch keine Not!»

«Nur weil Gott mir eine Erbschaft hat zukommen lassen?»

Der Müller klang stur, sein Gesicht war wie versteinert. Marie hörte Jacob Aufreiter kehlig auflachen, dann verabschiedeten sich die Männer. Marie sah, wie sich die ersten beiden auf den Kutschbock schwangen. Der vornehme

Aufreiter aber ging zum Stall und führte sein Pferd hinaus. Sie bemerkte auch, dass der Knecht, der im Hintergrund stand, den Kopf schüttelte. Offensichtlich war ihm alles nicht recht.

«Sei ein Mann, Hannes», herrschte ihn nun der Müller an. «Gestern hast du noch gesungen, jetzt aber hast du Angst, nur weil wir ein paar Sack Korn an den Deutschherren vorbei verhökert haben. Und du weißt genau, dass dies nicht das beste Korn ist. Setz lieber die Mühle in Gang. Wir haben vom letzten Jahr noch genug Eicheln zu mahlen.»

«Dafür kommen wir an den Galgen, Jobst.»

«Nein. Ich werde dem Rat melden, dass er entweder Korn zukauft oder zulässt, dass wir in Maßen strecken. Es geht nicht anders.»

Marie klopfte das Herz bis zum Hals. Der Müller verkauft schlechtes Korn, das ihm nicht gehört, dachte sie. Was aber will er mit dem Geld machen, wo er doch schon welches hat?

Sie wartete, bis Jobst Gessler über den Hof in der großen Scheuer verschwunden war, und huschte auf Zehenspitzen durch die offene Tür des Müller-Hauses. «Hanna», rief sie halblaut. «Bist du hier?» Da keine Antwort erfolgte, beschloss sie, die Steintreppe hochzulaufen. «Hanna?» Vorsichtig trat sie in die Stube, doch da war niemand. Also rannte sie auf den Flur zurück, drückte die nächste Türklinke herunter. Aber in dem Zimmer stand nur ein leeres ungemachtes Bett. Da die Tür zur Knechtstube offen stand, blieb nur noch diese dritte Tür.

Vorsichtig drückte sie die Klinke nieder. Die Tür war abgeschlossen. Zaghaft klopfte sie. Einmal, zweimal, dreimal.

«Wer ist da?», erklang eine gequälte, aber Marie wohlvertraute Stimme.

«Hanna! Ich bin's, Marie.»

«Schnell, lauf weg und hol Hilfe. Der Müller hat mir Bilsenkrautsaft ins Bier getan. Ich habe fürchterliche Kopfschmerzen.»

«Hat er dich geschlagen?»

«Nein. Mach, dass du fortkommst. Los, er darf dich nicht sehen.»

Marie stürmte die Treppe hinunter, doch just in diesem Moment ging die Haustür auf. Es gelang ihr, am völlig überraschten Müller vorbeizuschlüpfen und auf den Hof zu stürzen.

«Babur, Babur! Hilf mir!»

Sie hörte ihn bellen und sah ihn schon um die Ecke biegen, doch der Müller war schneller. Mit wenigen Schritten hatte er sie eingeholt. Er packte sie grob am Arm und zerrte sie in die Mühle zurück. Die Tür fiel ins Schloss, Babur war zu spät. Jaulend kratzte er von außen an der Tür, während der Müller genüsslich von innen abschloss und Marie die Treppe hochstieß.

«Ich werde alles sagen, wenn Ihr mich nicht loslasst!», schnaubte Marie.

«So? Was denn?», fragte der Müller lauernd und versetzte Marie einen neuen Stoß.

«Dass Ihr …» Marie zögerte.

«Na?»

«Dass Ihr meiner Schwester Bilsenkrautsaft ins Bier gemischt habt, um sie in Euer Bett zu zerren.»

«Ach, der böse böse Müller. Aber so ist unser Ruf. Hast dich auf dem Hof versteckt, wie?»

«Ihr lügt!»

«Dann ist ja gut.» Der Müller stieß sie vor sich her, bis zu Hannas Raum.

«Marie? Was ist los? Sag doch was!» Hanna hämmerte gegen die Tür. Ihre Stimme aber war ohne alle Kraft. Der

Müller schloss die Tür einen Spalt weit auf, stieß Marie ohne ein weiteres Wort hinein und sperrte sofort wieder hinter ihr ab.

Fassungslos starrte Marie auf ihre Schwester, die da mit schmerzverzerrtem Gesicht vor ihr stand, dann warf sie sich aufschluchzend in ihre Arme.

Hanna drückte sie an sich, doch schon nach kurzer Zeit ließ sie Marie wieder los: «Du darfst nicht laut reden, und Licht vertrag ich auch nicht. Ich glaube, mir platzt gleich der Kopf.»

«Dafür wird er büßen.»

Hanna versuchte ein Lächeln. Dann sank sie auf die Pritsche, auf der sie aufgewacht war, und legte sich auf die Seite. Marie schüttelte die beiden Wolldecken aus und deckte Hanna mit einer von ihnen zu. Die andere faltete sie zusammen und setzte sich im Schneidersitz neben die Pritsche. Babur jaulte und bellte nicht mehr, nur das Rumpeln des Mahlwerks war zu hören.

«Er kann uns nicht ewig hier einschließen», flüsterte Hanna. «Wahrscheinlich wartet er nur, bis es mir wieder bessergeht. Dann braucht er nur sagen, ich hätte das Bier nicht vertragen. Alles andere … Wie will ich es beweisen? Er aber kann behaupten, er hätte nur lauterste Absichten. Schließlich hat er die Goltz-Brüder und all die anderen ausgezahlt.»

«Hat er dich entehrt?», fragte Marie geradeheraus.

«Nein. Ich nehme an, er hatte sich alles ein bisschen anders vorgestellt. Jetzt denke ich, dass er mich mit dem Bilsenkrautsaft vor Schlimmerem bewahrt hat.»

«Warum tut er das alles?»

«Er hat gehofft, meinen Widerstand aufzuweichen, wenn ich erst sehe, wie schön ich es hier hätte. Dann mit ein bisschen Rausch nachhelfen … mir ein paar Küsse abtrotzen und dann eben mehr. Viele Männer sind so.»

«Der Ulrich auch?»

«Wer ist Ulrich?»

«Ulrich von Detwang heißt er, Hanna. Und er hat uns besucht.»

«Was?» Hanna stemmte sich hoch. Fassungslos schaute sie ihre kleine Schwester an, die jetzt ein betont gleichmütiges Gesicht zog, obwohl es verräterisch um ihre Mundwinkel zuckte. Ich sag ihr nicht alles, dachte Marie. Erst, wenn wir hier raus sind und Würste gekauft haben. Dann haben wir viel mehr Zeit, uns zu freuen. «Nun erzähl schon», drängte Hanna. «Ja, ist es denn möglich? Er hat uns besucht? Was wollte er denn? Und wie sah er aus?»

Ihre Neugier war stärker als alle Schmerzen, die mit einem Mal weniger wurden.

«Er wollte wissen, wie es uns geht. Babur übrigens scheint ihn auch zu mögen.»

«Wieso auch?»

«Du magst ihn doch so.»

«Das geht dich überhaupt nichts an.»

«Na ja, jedenfalls hat er gesehen, wie Arndt sich mit einem Bänderbalken abmühte. Jetzt zahlt er uns neues Holz. Das ist versprochen. Er hat gesagt: Marie soll schließlich nicht frieren. Dann ist er wieder losgeritten. Aber das Allerneueste ist: Er trägt keinen Bart mehr.»

«Warum denn … aber ist ja auch egal. Hat er denn nach mir gefragt?»

«Schon.» Marie schaute auf ihre Fußspitzen und kniff sich in den Arm. Es muss wehtun, sagte sie sich im Stillen. Sonst plaudere ich alles aus. Nachher gibt's dann nichts Schönes mehr zu erzählen. Gleichgültig fuhr sie fort: «Wo ist nun die Hanna, hat er gefragt. Aber du warst ja nicht da.» Marie legte eine effektvolle Pause ein, wandte den Kopf und schaute Hanna gerade ins Gesicht. «Trotzdem soll ich dich grüßen.»

«Das ist, das ist…», stammelte sie, bevor sie zurücksank. Einerseits war sie ein wenig enttäuscht, trotzdem aber irgendwie auch glücklich. Es zeigt, dass er uns nicht vergessen hat, dachte sie. Allein, dass er das Holz zahlt … ich hab es ja gleich gespürt, er ist ein wahrer Ritter. Plötzlich aber durchfuhr sie siedend heiß der Schreck: «Marie, weiß Ritter von Detwang denn, dass ich mit dem Müller mitgegangen bin?»

«Na ja, Arndt hat ihm erzählt …»

«Nein! Sag, dass das nicht wahr ist!»

Hanna schlug die Hände vors Gesicht und seufzte unglücklich. Marie schaute betreten zur Seite. Jetzt hab ich einen Fehler gemacht, dachte sie. Aber wie viel soll ich heute denn noch lügen?

«Ich hab dir nicht alles erzählt, Hanna», begann Marie mit fester Stimme. «Als Ulrich fortgeritten ist, bin ich ihm nachgelaufen und hab ihm hinterhergerufen, dass du den Müller genauso verabscheust wie Katzen das Wasser.»

Das ist zwar auch wieder halb gelogen, dachte sie, dafür aber hab ich mein Versprechen Ulrich gegenüber gehalten. Marie war sehr zufrieden mit sich. Und sie hatte sich auch nicht getäuscht: Hanna strahlte bereits wieder.

«Diese Aufregung ist groß genug, dass ich darüber meine Kopfschmerzen fast vergessen habe», murmelte sie, erhob sich und sah aus dem Fenster. «Jetzt müssen wir zusehen, dass wir hier herauskommen.» Sie betastete ihre Beule am Hinterkopf und verzog das Gesicht. «Am besten, wir rufen einfach nach Hilfe. Da unten sehe ich gerade den Hannes, das ist der Knecht.» Sie riss das Fenster auf und beugte sich hinaus. «Hannes! Hast du denn kein Erbarmen? Lass uns raus und nach Hause gehen, bitte!»

«Warte, lass mich mal!»

Marie drängte sich an Hannas Seite: «Hannes, ich hab vorhin alles gesehen und gehört! Dass der Aufreiter euch für Aufrührer hält und ihr heimlich Korn verladen habt.»

Hannes blickte erschrocken zu ihnen hoch. «Ich hab nichts damit zu tun. Aber als Knecht muss ich gehorchen.»

«Hannes», rief jetzt Hanna, «wir sagen nichts. Wir sind doch auch nur kleine Leute. Schließ auf!»

Der alte Knecht kämpfte mit sich, schließlich eilte er davon. Nach einer Weile kam er die Treppe hoch. «Ich muss erst alle Schlüssel ausprobieren», sagte er hinter der Tür. «Einer passt, das weiß ich.» Hanna und Marie entging nicht, wie aufgeregt Hannes im Türschloss herumstocherte. Doch kein Schlüssel wollte passen. Der alte Knecht wollte schon verzweifeln, da endlich hatte er den richtigen Schlüssel gefunden. Die Kunst bei dieser Tür sei, den Schlüssel nicht zu tief ins Schloss zu stecken, entschuldigte er sich. Aber in seinem Alter habe er vom vielen Säckeschleppen einfach kein richtiges Gefühl mehr in der Hand.

«Wo ist der Müller denn jetzt hin?»

Hannes kratzte sich das Ohr. «Eigentlich ist er da, auf der Koppel. Aber ich nehm's auf meine Kappe.»

«Das vergessen wir dir nie, Hannes», rief Hanna, nahm Marie an die Hand und zog sie mit sich.

So schnell sie konnten, nahmen sie die Stufen und stürmten aus der Mühle ins Freie. Geblendet vom Licht riss Hanna die Hand vor die Augen, verlor in der Aufregung für einen Augenblick die Orientierung und wusste nicht mehr, ob sie sich nach rechts oder links wenden mussten. Leider war von Babur weit und breit nichts zu sehen – dafür aber von Jobst Gessler. Er öffnete gerade das Gattertor der Pferdekoppel, die sich neben der Mühle am Ufer der Tauber entlangzog, um einen tänzelnden und schnaubenden Braunen auf den Hof zu führen.

Als er Hanna und Marie sah, fluchte er laut. Doch da tauchte wie aus dem Nichts Babur auf. Die Ohren angelegt, die Lefzen hochgezogen, raste er knurrend auf den Müller zu. Jobst Gessler zerrte den Braunen zurück und verriegelte schnell das Gattertor. Er gab dem Pferd einen Klaps, worauf es wiehernd davongaloppierte, und rannte auf den Komposthaufen zu. Dort riss er die Mistforke heraus und stellte sich Babur entgegen, der mit Leichtigkeit über das Gatter gesprungen war. Zähnefletschend sprang dieser um ihn herum, wobei Jobst Gessler sich mit ihm im Kreis drehte, die Zinken der Forke immer wieder drohend gegen ihn vorstoßend.

Marie rief Babur zurück, doch er gehorchte nicht.

Erst als sich ihre und Hannas Stimmen schier überschlugen, gab er nach. Knurrend und mit gesträubtem Nackenfell kehrte er widerstrebend Pferdekoppel und Müller den Rücken und rannte zu ihnen zurück. Auf halber Strecke drehte er sich noch einmal knurrend um, doch nur wenige Augenblicke später war er an Maries Seite. Beruhigend redete sie auf ihn ein und streichelte ihm über den Kopf. Hanna fasste ihn am Halsband und sah aus den Augenwinkeln, wie der Müller die Forke laut fluchend in den Komposthaufen stach. «Dreckskӧter, elender! Und du, Hanna Völz, wirst deinen Stolz noch bereuen, das schwöre ich!»

«Sei froh, wenn ich dich nicht anschwärze, Müller», rief Hanna.

«Tu’s doch!», gab Jobst Gessler höhnisch zurück. «Aber vergiss nicht zu erzählen, dass ich euch mit meinem Geld die Goltz und andere vom Hals halte.»

Er zog die Forke wütend aus dem Komposthaufen und stach sie mit aller Kraft in den Boden – und das war ein Fehler. Wie vom Blitz getroffen riss sich Babur von Hanna los und hetzte mit gewaltigen Sätzen auf den Müller zu.

Jobst Gessler packte den Stiel der Forke, doch die steckte zu fest im Boden, als dass er sie mit einem Arm hätte herausreißen können. Als er dies viel zu spät begriff, hatte Babur bereits zum Sprung angesetzt. Der Müller konnte noch die Arme hochreißen, doch schon in der nächsten Sekunde prallte Babur gegen ihn. Hanna und Marie waren vor Schreck wie gelähmt. Die Schreie blieben ihnen im Hals stecken, als sie mit ansahen, wie Jobst Gessler strauchelte und auf den Rücken fiel.

«Nicht! Aus!», fasste Marie sich zuerst, doch da hatte Babur den Müller bereits an der Schulter und biss einmal zu. «Aus, Babur! Schluss, aus!»

Babur drehte den Kopf, knurrte furchteinflößend. Aber er ließ vom Müller ab und rannte zu Hanna und Marie zurück. Hastig strichen sie ihm über den Kopf. «Babur, das hättest du nicht tun dürfen», murmelte Hanna.

«Immerhin hat dich der Müller eingesperrt und fast vergiftet!», stieß Marie trotzig hervor.

«Sicher, aber er ist stärker.»

«Wieso? Babur hat ihn doch besiegt!»

«Marie, Dummerchen. Ich meine doch, dass der Müller viel Geld hat. Damit kann er alles behaupten und jetzt darauf bestehen, dass Babur …»

Sie brach ab.

«Was?»

«Ach nichts.»

«Doch, ich versteh dich ganz genau. Aber dazu müssen sie ihn erst einmal fangen.»

«Sehen wir lieber zu, dass wir nach Hause kommen.»

Hanna beobachtete Jobst Gessler, der sich wieder hochrappelte und behutsam die Schulter kreisen ließ. Dann kann der Biss nicht tief gewesen sein, dachte sie erleichtert. Bestimmt hat auch das dicke Wams Schlimmeres verhindert.

«Das tut mir leid, Jobst Gessler. Aber wie man in den Wald hineinruft … Ihr hättet mir das nicht antun dürfen.»

«Rache ist süß, Hanna Völz. Mach, dass du fortkommst, sonst geschieht jetzt ein Unglück. Aber dieser Köter geht tot. Das schwöre ich beim heiligen Kreuz von St. Jacob.»

Hanna packte den Hund am Halsband und zerrte ihn auf den Weg in Richtung Brücke. Erst auf der anderen Seite des Flusses, auf Höhe der Kobolzeller Kirche, ließ sie ihn wieder los. Babur sah fast aus, als strahlte er, und tat, als könne er kein Wässerchen trüben.

«So, jetzt können wir endlich Würste kaufen.»

«Du, ich hab gerade einmal vier Heller dabei …»

«Und wenn ich zehn dazulege?»

«Willst du mir erzählen, du hättest Geld?»

«Stehen bleiben und Augen zu.» Marie machte einen Luftsprung und griff in die Kitteltasche. «Und jetzt Augen auf!»

Triumphierend präsentierte sie ihrer Schwester ihre Münzen.

«Wo hast du die denn her?»

Marie drehte sich ein paarmal jauchzend um die eigene Achse. «Ich hab die Wachsenberg-Fee getroffen. Sie hat gesagt, am Karrachgraben liegt ein Schatz.»

Hanna stemmte die Arme in die Seite. «Marie, schwindel nicht. Sonst klopft nächste Nacht der Teufel an unsre Tür.»

«Wieso denn?»

Hanna seufzte. «Weil er mich dafür bestrafen will, dass ich dir das Schwindeln nicht verboten hab.»

«Also gut.» In wenigen Worten erzählte ihr Marie, woher sie das Geld hatte. Kaum hatte sie geendet, als ihr eine der Münzen zu Boden fiel. Hanna hob sie auf und schaute hinter sich, weil etwas laut klingelte.

Ein alter Mann humpelte den Kobolzeller Steig hoch. Langsamen Schrittes folgte ihm eine rundliche Frau um die vierzig. Sie trug ein schlichtes graues Wollkleid, der Alte dagegen einen mit Schaffell gefütterten Mantel, an dem winzige Glöckchen baumelten. Um seinen dünnen Hals hingen ein roter und ein grüner Schal, und auf dem Kopf trug er eine Lederkappe mit Fuchsschwanz.

«Da klimpert die Münz … gib schon her. Das ist meine.»

Bevor Marie etwas sagen konnte, kam ihr Hanna zuvor. «Das könnte Euch so passen.»

Der Alte hob spöttisch die Augenbrauen. «Morgenstund hat Gold im Mund. Habt Ihr Angst, ich könnt Euch zu nahe treten?» Er kicherte, kniff die Augen zusammen und musterte sie aufdringlich.

«Was schwatzt du da wieder für Unfug, Onkel! Sei froh, wenn du den Steig hier hoch schaffst!» Die rundliche Frau lächelte Hanna zu und stupste dem Alten in die Seite. «Komm weiter und lass die beiden in Ruh. Machst dich ja zum Narren.»

Der Alte klapste ihr auf den Hintern, worauf sie herumfuhr und ihm die Mütze vom Kopf fegte. Er bückte sich schimpfend, doch sie kam ihm zuvor, schnappte ihm die Mütze vor der Nase weg und warf sie hoch in die Luft. «Dann zeig mal, wie gut du noch springen kannst!» Sie fing die Mütze auf und warf sie Hanna mit einem auffordernden Blitzen in den Augen zu. Hanna blieb nichts anderes übrig, als das Spiel mitzumachen, und warf die Mütze über den Kopf des Alten hinweg wieder der Frau zu. Die Frau klatschte in die Hände, fing sie auf und setzte sie dem Alten wieder auf den kahlen Kopf.

«Du isst zu viel Lauch! Deshalb geht's dir so, Onkel.»

«Ach, halt deinen Mund.»

Mürrisch humpelte der Alte weiter. Seine Nichte ließ

sich ein Stück zurückfallen und streckte ihm die Zunge heraus. «Weil sie furzen können, glauben sie, sie könnten auch noch was anderes.»

Sie ging weiter, winkte.

Hanna und Marie sahen ihr nach.

«Warten wir, bis sie oben sind», sagte Hanna.

«Was hat die Frau eigentlich gemeint?»

«Nur, dass die Männer im Alter wunderlich werden.»

«Ist das alles?»

«Würde ich dich anschwindeln?»

Marie ging ein Stück den Steig voraus, Hanna sah ihr lächelnd nach. Plötzlich stieß ihr etwas Hartes ins Kreuz. Erschrocken drehte sie sich um.

«'tschuldigung, war nicht so gemeint.» Der halbwüchsige und zerlumpte Junge, der einen unpraktischen Schiebekarren mit einem Käfig voller Kaninchen den Steig hochschob, lächelte Hanna an. «Mein Vater und die anderen kommen auch noch.» Selbstbewusst straffte er sich und zeigte hinter sich. Hanna erblickte eine Schar Bauern und Tagelöhner, die am Fuß des Kobolzeller Steigs Forken und Dreschflegel in die Luft stießen. «Sie haben sich an der Steinmühle versammelt. Alle wollen wir rechtschaffen in der Landhege leben, aber nun sagen wir: Das Maß ist voll.»

«Ihr wollt vor den Rat?»

«Ja, zu Bürgermeister Kumpf. Der wird uns hören. Andere, wie mein Vater, gehen zum Komtur Christian von den Deutschherren. Beide bekommen eine Bittschrift: dass wir nicht länger durch immer neue und höhere Zinslasten ausgepresst werden wollen. Kommt ihr auch mit?»

«Eigentlich wollten wir ein paar Würste kaufen …»

«Habt ihr's gut!»

«Na, ärmer als Köhlersleut, wie wir es sind, seid ihr doch auch nicht.»

Sie waren inzwischen langsam weitergezogen. Die

Schar der Bauern, die vom Fluss kam, hatte indes aufgeholt. Doch nicht nur hinter ihnen rüsteten sich die Unzufriedenen. Ein paar Pferdelängen vor dem Kobolzeller Tor erschallte plötzlich das Gejohle einer Schar Weinhäcker. Gleich darauf wurde lauthals das Lied angestimmt, das Hanna schon von Hannes gehört hatte. *Wir sind die armen Haufen und wolln mit Pfaff und Adel raufen. Heija oho. Spieß voran, rauf und dran! Los, aufs Ziegeldach den roten Hahn. Heija oho, heija oho.*

«Genau, Spieß voran. Machen wir mit!», rief der Junge und stieß Hanna freundschaftlich den Ellenbogen in die Seite. Lauthals grölte er mit. Er winkte den Weinhäckern zu, die gegen die Torwächter vom Kobolzeller Tor ansangen.

Die Stimmung lud sich immer mehr auf, je länger die Torwächter ihnen den Einlass verwehrten. Nur ohne Hacken und Rebmesser dürften sie ab jetzt in die Stadt, riefen sie, die Häcker dagegen schrien, so ein Verbot hätten sie noch nie gehört. Hanna nahm Babur vorsichtshalber am Halsband, er spürte die Spannung nur zu deutlich. Unruhig sprang er zwischen ihren Beinen umher, bellte und jaulte, was den Jungen zu einem kleinen Freudentanz aufstachelte.

«Er ist mit uns», rief er ein ums andere Mal. «Hunde haben wenigstens ein Herz! Und ihr zwei: Auf! Kommt mit zu diesen erzfaulen Deutschrittern. Wecken wir sie! Schlagen wir ihnen die fetten Bäuche platt. Los, Spieß voran, aufs Ziegeldach den roten Hahn!»

«Es gibt auch gute Ritter», rief Marie. «Das weiß ich.»

«Was? Bist du eines ihrer Luder, wie?»

«Halt die Klappe», rief Hanna erbost. «Was weißt du denn schon!»

Babur begann zu knurren, da verwandelte sich der Gesang der Bauern hinter ihnen in wütende Rufe. Hanna und

Marie fühlten sich zunehmend unwohl, aber zum Umkehren war es zu spät. Die nachrückenden Leuzenbronner und Bossendorfer Bauern schoben sie lärmend auf das Kobolzeller Tor zu. Rätschen kreisten, Holzklappern ertönten. Es wurde gesungen und gegrölt. Dazwischen schrillten aufreizende Melodien aus alten Knochenpfeifen.

Plötzlich ein Trommelwirbel. «Redefreiheit für den blinden Mönch!», gellte eine Stimme. Eine zweite Trommel, tiefer im Klang, stützte den Ruf mit derben Schlägen.

Jetzt gab es kein Halten mehr. Die Stimmen vereinigten sich zu einem zu allem entschlossenen Chor. Ringsum sahen Hanna und Marie in erhitzte Gesichter. Immer neue Häcker und Lesehelfer strömten herbei. Auf einmal schien die Luft von der skandierenden Menge zu vibrieren. Die Menschen waren jetzt nicht mehr aufzuhalten. Die Torwächter wurden beiseitegeschoben. Vom Plönlein liefen Handwerker und andere Bürger Rothenburgs hinzu und verbündeten sich vor und hinter dem Tor mit den Bauern.

«Da ist der Müller», rief Marie plötzlich, weil Babur wie wahnsinnig am Halsband zerrte. Hanna konnte ihn kaum halten. Ihm stand Schaum vorm Maul, er knurrte, japste und bellte in einem fort.

Auch Jobst Gessler hatte sie entdeckt. Er war gerannt und ganz außer Atem. «Seht ihr, wie herrlich begeistert sie mitsingen?», rief er anklagend und ruderte mit den Armen durch die Luft. «So schweigt doch nur, wer ein schlechtes Gewissen hat.»

Sofort erhielt er Beifall, andere begannen zu tuscheln.

«Das ist eine Lüge», schrie Hanna. «Ihr seid reich, wir doch nicht!»

«Aber mit den Deutschherren habt ihr's, wie?», rief der Junge.

«Ist das wahr?», rief dessen Vater, ein hohlwangiger,

ausgemergelter Mann, der kaum weniger zerlumpt aussah als sein Sohn.

«Nein. Aber ein Ritter hat am Wachsenberg meine kleine Schwester vor den Flammen gerettet.»

Hämisches Gelächter machte die Runde.

«Wie …? Er hat Feuer gelöscht?», rief einer belustigt, worauf ein anderer eins draufsetzte: «Vielleicht die Flammen, die in ihrem Stübchen lodern!»

Wie feindselig die Stimmung geworden war, war für Hanna jetzt körperlich zu spüren. Hilflosigkeit und Angst nahmen zu. Überall sah sie in grobe, gehässige Gesichter, niemand schien auf ihrer Seite zu stehen. Hilfesuchend schaute sie von einem zum anderen, stellte aber entsetzt fest, dass Marie, Babur und sie umzingelt waren.

Babur nutzte einen Moment der Schwäche aus und riss sich los. Knurrend stürzte er auf den Nächstbesten zu, doch gegen die schnell gesenkte Phalanx aus Forken war er machtlos. Wütend bellend hetzte er im Kreis herum.

Jobst Gessler frohlockte und riss sich seine Weste auf: «Schickt das Viech zur Hölle! Schlagt es tot, spießt es auf! Es beißt!»

«Nein, das tut er nicht!» Verzweifelt riss Marie Babur zurück und warf sich schützend über ihn. Hanna bekam im selben Augenblick einen Stoß. Zwei junge stämmige Bauern packten sie und wirbelten sie unter dem schrillen Gepfeife einer Beinflöte so lange herum, bis ihr schwindlig wurde. Als sie losgelassen wurde, stolperte sie taumelnd über einen Stein und stürzte.

Breitbeinig trat der Müller vor sie hin. «Verpfeifen willst du uns beim Rat, und meinen Knecht hast du auch aufgewiegelt», schimpfte er lautstark. «Bist wohl ein Spitzel von denen, was? Ich sag dir eins, wenn ich deinen Bruder nicht kennen würde, dann …» Er riss sie hoch. «Verschwinde, Hanna Völz! Lass dich nie wieder hier blicken!»

Er stieß sie vor sich her, in Richtung Kobolzeller Tor. Hanna taumelte rückwärts, boxte ihn jedoch zugleich mit dem Mut der Verzweiflung heftig auf die Brust. Da hörte sie Marie aufschreien. Bevor Jobst Gessler es sich versah, wand sich Hanna an ihm vorbei zu Marie, die von mehreren Knechten eingeschüchtert wurde. Mal erwischten sie mit ihren Forken einen Zipfel ihres Kleides, mal schwenkten sie die Zinken spielerisch hin und her, ohne Marie zu treffen. Ihr Johlen war ohrenbetäubend. Und als ein Bauer auf die Idee verfiel, seinen Flegel gefährlich dicht über Maries Kopf kreisen zu lassen, hielten sich Hanna und Marie die Ohren zu, so groß war der Lärm.

Als hätte es diese Geste bedurft, stießen nun die Wildesten noch heftiger zu. Babur jaulte auf, Hanna stürzte auf die Knie.

«Los, stecht uns doch gleich mit ab!», schrie sie. «Das ist so heldenmütig! So tapfer ... so blutig!» Ihre Stimme brach, ihre Augen weiteten sich und begannen zu leuchten. Plötzlich schien es, als starrte sie durch alles und jeden hindurch. Entsetzt wichen die Menschen vor ihr zurück. Forken und Dreschflegel verschwanden aus Maries und Baburs Gesichtsfeld. Wütend schnellte nun Hannas Arm vor. «Du ... und du ... und du dahinten», rief sie erregt und wies mit ausgestrecktem Zeigefinger auf die einzelnen Männer. «In euren Gesichtern steht der Hass. Fackeln schwenkt ihr, und einer sticht mit der Lanze ins Herz des Gekreuzigten!» Wie ein Spieß zuckte ihr Finger immer wieder vor. «Ihr haltet weder die heiligen Ostern, noch habt ihr Respekt vor dem Gotteshaus von Kobolzell. Was ihr nicht blind vor Wut zerschlagt, das plündert ihr und werft es in den Fluss. Und dein Krächzen, Jobst Gessler, ist heiserer als das einer Krähe.»

Darauf zuckte sie, wie von einem unsichtbaren Peitschenhieb getroffen, zusammen. Ihr Gesicht war grau vor Entsetzen, binnen weniger Augenblicke schien sie um Jahre gealtert. Aufschluchzend schlug sie die Hände vors Gesicht, während ein Beben ihren Körper erfasste. Zitternd schlang sie ihre Arme um sich und sank langsam vornüber. Den Kopf im Staub, das Haar aufgelöst, blieb sie liegen.

Babur fiepte, und Marie kauerte leichenblass mit geöffnetem Mund neben ihm.

Bestürzung malte sich in die Gesichter, etliche Mienen waren wie eingefroren. Wie festgeklebt hingen die Blicke auf der im Dreck kauernden Frau. Für einen Augenblick gar schien es, als hätten die Menschen Angst, Hanna könnte sich aufrichten und plötzlich ebenso grauenhaft aussehen wie ihre Vision.

Doch dann kam Bewegung in die Menge. Ein Raunen machte die Runde, und plötzlich gellte das eine Wort auf, das Hanna mehr als alles andere fürchtete: «Hexe!»

Jobst Gessler hatte sich als Erster wieder gefangen. «Du Hexe! Das sind Teufelsgesichte! Verdammt seist du!»

In das hitzige Raunen der Menge mischten sich Hufschlag und der Klang eines Signalhorns.

«Sie lügt!»

«Sie ist wahnsinnig!»

«Sie muss vor den Rat!»

«Ach was, sie will nur ablenken, dieses Luder!»

Wild wogten die Stimmen durcheinander. Nicht wenige Männer bückten sich nach Steinen. Schon traf Hanna der erste ins Kreuz. Sie schrie auf, wandte ihren Kopf. Da flog auch schon der zweite, streifte ihre Schläfe. Babur und Marie krochen auf sie zu. In diesem Moment brach Hegemeister Bernward Burmeister durch die Menge.

«Aufhören!», brüllte er. «Was geht hier vor?»

«Sie ist eine Hexe, Hegemeister, gehört ins Feuer», schimpfte Jobst Gessler. «Ja, sie spricht in Zungen!»

Bernward lenkte sein Pferd dicht vor Hanna. Diese hob ihren Kopf und hauchte: «Nein, ich bin keine Hexe. Glaubt mir, bitte. Aber ich sah Bilder, entsetzliche Bilder ... Sie waren so deutlich.» Flehentlich schaute sie ihn mit ihrem schweißnassen, verschmutzten Gesicht an.

«Das soll ich dir glauben? Oder hast du den Verstand verloren?» Bernward klang weit weniger scharf, als er wollte. Irgendetwas hielt ihn zurück, Hanna stärker zuzusetzen. Eine flüchtige Erinnerung blitzte auf, aber schon war sein Blick weitergeglitten und heftete sich auf Marie. «Und du? Was hast du hier verloren?»

«Sie ist doch meine Schwester, Hegemeister.»

Bernward nickte. Er hatte Marie erkannt und sah ihr an, dass auch sie wusste, wen sie vor sich hatte.

Sie haben nichts damit zu tun.

Der Satz klang so deutlich in seinen Ohren, als habe ihn jemand gerade ausgesprochen.

«Dann seid ihr also die Köhlerkinder vom Wachsenberg.»

«Ja, Hanna und Marie. Aber für das Feuer können wir nichts, Hegemeister. Das war das Beben.»

Hanna klang besorgt. Die Angst, Bernward könnte sie hier vor aller Augen für das Feuer verantwortlich machen, stand ihr ins Gesicht geschrieben.

Zu ihrer großen Erleichterung nickte Bernward.

«Was gebt Ihr Euch mit der ab, Hegemeister?», fauchte Jobst Gessler dazwischen. «Lasst sie lieber vor den Rat bringen. Dort wird man dieser Hexe die Zunge schon lösen. Ihre Gesichte sind des Teufels. Sie macht uns Angst. Helft uns lieber gegen sie.»

«Halt deine Zunge im Zaum, Jobst Gessler.» Misstrauisch ließ Bernward seine Blicke über die Menge gleiten: «Ihr hier alle, warum seid ihr nicht in euren Dörfern? Auf den Äckern und Feldern eurer Herren? Doch wohl nicht, um diese beiden hier aufzugreifen, um sie der Gerechtigkeit zu überantworten?»

«Das ist wahr.» Jobst Gessler ließ sich nicht aus der Ruhe bringen. «Wir wollten zum Rat und weiter in die Klinggasse zum Komtur der Deutschherren. Wir trafen hier zusammen, weil die Torwärter die Häcker nicht mit ihrem Werkzeug in die Stadt lassen wollten.»

«Das ist auch recht so. Denn was wollt ihr in Wirklichkeit? Doch nur einen Aufstand machen und alles kurz und klein schlagen.»

«Falsch, Hegemeister», rief Jobst Gessler selbstbewusst. «Pfarrer Stöcklein aus Neusitz hat zwei Bittschriften für uns verfasst.»

«Für uns, sagt Ihr? Ihr, der reiche Müller?» Spöttisch lachte Bernward auf.

«Das bin ich nur durch Gottes Gnade, Hegemeister», trumpfte dieser auf, schaute in die Runde und fuhr dann mit grimmiger Stimme fort: «Denn das Mahlen für die Deutschherren bringt doch längst nichts mehr ein. Die feinen Herren aber leben wie eh und je in Saus und Braus. Verprassen ihre Renten, die wir ihnen verdienen. Und das Tollste ist: Wenn sie was übrig haben, zwingen sie uns, es ihnen zu überhöhten Preisen wieder abzukaufen! Und nun kommt diese Hexe hier daher und sagt, deswegen gehörten wir an den Galgen.»

Begeisterte Pfiffe und lauter Trommelwirbel untermalten die stürmischen Beifallsbekundungen, die Jobst Gessler hochleben ließen. Vereinzelt begannen die Männer wieder zu singen, während andere taten, als habe sich der Disput mit Bernward erledigt. Sie hakten sich bei Hanna unter, um sie mit sich zu zerren, doch Bernward sprengte vor und stellte sich ihnen in den Weg.

«So wahr ich der Stadt Hegemeister bin: Der Frau wird kein Haar gekrümmt. Schafft sie wegen ihrer Gesichte ins

Spital. Und du, Jobst Gessler, bist mir verantwortlich, dass sie dort unversehrt ankommt. Sonst schwöre ich dir, dass du die nächste Nacht im Büttelhaus verbringst und morgen wegen Aufwiegelei am Pranger stehst!»

Er drehte sich zu Marie um und winkte sie heran.

Diese aber rührte sich nicht von der Stelle. Sie hatte Babur zwischen die Beine geklemmt und streichelte ihn unablässig.

«He, der Hegemeister meint dich», blaffte sie der Müller an.

«Und was ist mit meinem Hund?»

«Dein Hund?», fragte Jobst Gessler scheinheilig und warf dem Bauern mit dem Dreschflegel, der hinter Marie und Babur stand, einen bedeutsamen Blick zu. Dieser grinste, nickte und holte aus. «Was geht mich dein Hund an?»

Blitzschnell packte er Marie an der Hand und riss sie von Babur weg. Im gleichen Augenblick schlug diesem der Flegel ans Ohr.

«Nein … das dürft ihr nicht! Babur!» Marie schrie zum Gotterbarmen. Babur taumelte, da traf ihn der Flegel ein weiteres Mal, diesmal in die Flanke. «Babur! Lauf weg! Babur!»

Ihre Stimme schnappte über, die Tränen spritzten nur so hervor. Sie machte sich steif, doch Jobst Gessler zerrte sie unerbittlich mit sich, während die anderen Hanna festhielten. Babur versuchte mit einem Satz durch eine Lücke zu entwischen, rannte aber in eine Forke. Er jaulte und winselte entsetzlich, da traf ihn ein Stiefeltritt.

Bernward tat es in der Seele weh, aber er durfte jetzt keine falschen Gefühle zeigen. Ohne länger nachzudenken, zerrte er Marie zu sich aufs Pferd und ritt sofort los.

«Babur!»

Marie schrie ein letztes Mal, dann verließen sie die Kräfte. Als Bernward die andere Seite der Stadtmauer erreichte, war sie bereits nicht mehr bei Bewusstsein.

10

Zufrieden betrachtete Arndt sein Werk. Der erste Meiler seit dem Brand war fertig aufgebaut. Ihn heute, an Allerheiligen, in Gang zu setzen, brachte bestimmt Glück: Morgens in der Kirche der Messe lauschen, mittags arbeiten, nachmittags anzünden, so ist es die rechte Ordnung für eine Köhlerseele wie mich, dachte er. Mögen Hände und Gesicht auch rußig sein, meine Seele ist weiß.

Erwartungsfroh rieb er sich die Hände, dann schaute er prüfend in den bereits dämmrigen Himmel. Das Wetter war umgeschlagen, die goldenen Oktobertage waren vorbei.

Hauptsache, es bleibt vorerst trocken, dachte er. Nur das zählt.

Er bekreuzigte sich und begann eine Litanei zu murmeln: «Heilige Maria, bitte für uns, heiliger Joseph, heilige Engel, bittet für uns.» Arndt füllte den Feuerschacht mit Reisig und dünnen trockenen Holzstückchen. «Heiliger Stephanus, heiliger Laurentius, heiliger Petrus und heiliger Paulus, bittet für uns.» Immer neue Namen murmelnd, ging er in die Hütte und schippte Glut aus der Herdstelle. Mit voller Schaufel kehrte er zum Meiler zurück und ließ die glimmende Kohle in den Feuerschacht rieseln. «Jesus, sei uns gnädig, Herr, befreie uns von allem Bösen und aller Sünde.» Arndt wartete, bis sich eine genügend große Rauchwolke über dem Schacht bauschte und erste Flämmchen emporzüngelten. «Erfülle uns mit Liebe und

Barmherzigkeit, gib den Toten das ewige Leben und erhöre meine Gebete, o Herr. Amen.»

Er deckte den Feuerschacht mit der Schaufel ab, um die Flammen zu ersticken, dann wartete er. Wenn ein Meiler sich aufwärmt, dachte er, ist das so ähnlich wie das gute Gefühl, dass alles weitergeht. Nach und nach verschloss er den Feuerschacht mit Grassoden, roch am weißen Rauch, nickte. Alles würde jetzt ablaufen wie gewohnt: Das Holz verschwelte von oben nach unten und von innen nach außen, morgen würde er den zweiten Meiler aufbauen.

Befreit seufzte Arndt auf. Er fühlte sich leicht wie lange nicht mehr. Er stapfte zurück in die Hütte und tunkte einen Becher in den Kessel, der über der Herdstelle hing. Vorsichtig schlürfte er etwas von der dampfenden Brennnesselsuppe, lehnte sich an die Wand und schloss die Augen. So wässrig mein Gebräu auch ist, dachte er, es duftet nach einer Schwarte Rauchschinken, und Salz hat es auch. Aber Hanna kocht natürlich besser. Das können sie einfach, die Frauen. Zeit wird's, dass ich jetzt was für den Herd bekomme.

Und fürs Lager. Denn ausschwitzen geht wirklich nicht.

Ob sie ihn schon rangelassen hat? Als ob sie's nicht auch braucht. So ist eben die Natur. Gott hat schon gewusst, warum er sie so gemacht hat.

Arndt grinste. Dass Hanna und Marie noch nicht zurückgekehrt sind, kann nur Gutes bedeuten. Vor drei Tagen hat Marie erzählt, Hanna sei mit dem Müller mitgegangen, begann er zu überlegen. Vorgestern hat sie sich in der Früh mit Babur aus dem Staub gemacht. Zwar hätten sie da alle drei eigentlich spätestens gestern Abend wieder hier sein können, aber schließlich ist heute Allerheiligen. Bestimmt haben sie mit dem Müller die Messe in St. Jacob besucht, also kommen sie morgen, an Allerseelen.

Er schlürfte den Becher aus und stellte ihn neben sich. Jetzt würde er ein wenig vor sich hindämmern, bevor er später den Meiler das erste Mal lüftete. Arndt stellte sich das neue Holz vor, das vermutlich morgen oder übermorgen geliefert werden würde, und malte sich aus, dass der gute Ulrich sein Geldsäckchen aufzog und ihm ein paar Münzen für Marie in die Hand drückte. Er sah im Geiste eine frisch geweißte Köhlerhütte vor sich: Mit einem richtigen Tisch und vier Stühlen, an einer Wand gab es sogar ein Regal voller Geschirr. Wir werden holzumrahmte Schlafstellen haben, dachte er, und jeder eine Truhe. Wenn das Geld dann aus ist, gehe ich zu Ritter Ulrich und sage: Edler Herr, Marie hat Hunger, weil sie so viel lernt.

Zur selben Zeit lag Hanna in einer muffigen Zelle mit feuchtkalten Wänden auf einer Pritsche. Sie hörte die Schritte des Schließers auf dem Gang und vernahm, wie in der Nachbarzelle rumpelnd der Türriegel vorgeschoben wurde.

Satt bin ich, dachte sie. Ja, die Suppe war wieder ordentlich. Eine gut gesalzene Kohlsuppe mit Graupen, würzigem Rauchfleisch und Fettaugen, die über den Löffel flossen. Trotzdem, lieber Gott: Bitte vergiss mich nicht. Ich möchte hier raus. Lieber einmal einen knurrenden Bauch haben, als noch länger mit einem Fuß an der Kette zu hängen und Berta und Friedlind ertragen zu müssen.

Während der Nacht wurden sie an einem Fuß angekettet, damit sie nicht aufeinander losgingen. Die Ketten waren gerade so lang, dass sie sich auf ihre Pritschen legen konnten, aber da Hanna kein Tuch hatte, das sie um ihre Fesseln wickeln konnte, hatte sie bereits wunde Knöchel.

Wenn es sich entzündet, kann ich davon den Brand

kriegen, dachte sie. Vielleicht sollte ich mir doch ein Stück von meinem Untergewand abreißen.

Sie schlug ihr Kleid hoch und zerrte an ihrem Untergewand. Der Stoff war fest, Hanna zögerte und fingerte an der Kette. Noch war die Haut nur rot.

Morgen, dachte sie. Ich warte bis morgen.

«Sie kackt wieder. Guck doch, Hanna! So böse Kacke. So schönes Geschlängel!»

Tiefes Stöhnen mischte sich mit Kettenklirren und heiserem Lachen. Hanna griff sich an den Hals und schluckte beherzt, damit ihr nicht übel wurde.

«Jaja, Berta. Wo du schon wieder hinschauen musst. Was soll schon schön daran sein?»

«Dass die sündige Schlange kommt. Die böse Schlange. Wir können ihr den Kopf zertreten.»

«Das lieber nicht, Berta.»

Seit drei Tagen ging dies nun schon so: Die alte Friedlind setzte sich, wie schon seit Monaten, auf den Latrineneimer, und Berta wurde nicht müde, sich darüber auszulassen. Friedlind war alt und verschroben, bestimmt auch ein bisschen wunderlich im Kopf, Berta aber gehörte zu den wirklich Verrückten. Sie führte unentwegt Selbstgespräche, dann wieder kicherte sie, und wenn sie einmal nicht redete, schnaufte sie, als würde sie ein Fuhrwerk ziehen. Still war sie nur, wenn sie schlief.

Hanna zog der Gestank des Latrineneimers in die Nase. Sie legte den Kopf in den Nacken und starrte an die Decke. Wieder wurde ihr bewusst, dass sie als Köhlerin zwar in großer Armut lebte und zuweilen sogar hungerte, aber eine Köhlerin war frei und konnte mit der Natur leben. Einen Gestank wie in ihrer Zelle musste sie am Wachsenberg nicht ertragen. Da konnte Spitalkaplan Ott so viel Harz und Kräuter verräuchern lassen, wie er wollte. Die Latrinengerüche und Ausdünstungen verschwitzter

Unterkleider, von Blut und Eiter, von angebranntem Kohl und Schlachtabfällen waren allgegenwärtig und schienen sogar im Mauerwerk zu stecken.

Wie lange muss ich hier bloß noch aushalten?, fragte sie sich. Schon drei Tage sind vergangen. Weder Arndt noch der Hegemeister haben sich blicken lassen.

Es gab Stunden, da fühlte sie sich bereits von aller Welt vergessen. Hier in der Spitalstadt mit ihren verwirrend vielen Fachwerkgebäuden konnte man leben und sterben, ohne je einen Fuß über die Spitalgasse gesetzt zu haben. Vom Bäcker über den Brauer und Metzger bis hin zum Zimmermann war hier so ziemlich jedes Handwerk vertreten. Die Spitalstadt wachte über Kranke, verletzte Pilger, Verwirrte und kümmerte sich um den reichen Pfründner genauso wie um den armen Irren. Doch lebten die einen in kleinen Wohnungen mit Mägden und Gehilfen, während die Verrücktesten in schweinekobenartige Keuchen gesteckt wurden, wo sie auf Strohschütten vor sich hin vegetierten.

Wieder schoben sich die Bilder der beiden Wahnsinnigen vor ihr inneres Auge. Sie erinnerte sich an ihre verängstigten Gesichter und ihre hohlen Laute, als sie heute ihre Keuchen ausgekehrt hatte: Der eine schaukelte ständig vor und zurück und gab nur Heullaute von sich, der andere drehte sich mit seltsam verrenkten Gliedern unablässig im Kreis und spuckte jeden an, der ihm zu nahe kam.

Sie war dabei gewesen, als der Spitalkaplan mit dem Bader und dessen Gehilfen in die Keuchen trat. Der Bader hatte nur den Knüppel heben müssen, schon waren die Unglückseligen still und ergaben sich in ihr Schicksal: Sie wurden zur Ader gelassen, bis ihnen die Augenlider zu flackern begannen.

Als sie fragte, ob dies wirklich helfe, hatte Spitalkaplan

Ott nur mit den Schultern gezuckt und geantwortet: «Wir kümmern uns um jede Seele. Wie es die Pflicht eines guten Christen ist. Dass es mit dir nicht auch so weit kommt, dafür werde ich schon sorgen. Denn deine bösen Gesichte sprechen für sich. Wenn es stimmt, was mir der Herren-Müller geschildert hat, glaube ich, dass der Teufel dich versucht. Du scheinst einen sündigen Lebenswandel zu führen ...»

«Das ist eine Verleumdung. Ich bin Köhlerin. Wisst Ihr, was das heißt?»

«Eine junge hübsche Frau wie du will tagaus, tagein nur bei den Meilern stehen? Was treibst du, wenn du nicht arbeitest?»

«Was wollt Ihr damit sagen?» Der frömmelnde Spitalkaplan hatte bloß die Augen verdreht. In seiner braunen Kutte, dem rauschigen Bart und der Tonsur gefiel er sich in der Rolle des Eremiten, ihr aber war nicht entgangen, wie oft seine Blicke über ihre Hüften und ihre Brust gehuscht waren.

«Spitalkaplan Ott, bitte, was meint Ihr?», hatte sie ihre Frage wiederholt.

«Du hast den Antrag des Herren-Müllers abgelehnt. Warum? Bist du ... dir selbst genug? Womöglich mit schamlosen Phantasien? Hinter denen sich der Leibhaftige versteckt? Darum habe ich befohlen, dich gleich zur Ader zu lassen, Hanna Völz. Damit dein böses Blut abfließt und dir der Scheiterhaufen erspart bleibt. Aber wehe dir, Hanna Völz, der Teufel versucht dich mit weiteren dieser widerlichen Gesichte. Dann kann auch ich dir nicht mehr helfen.»

Vor Schreck hatte sie aufgeschrien. Die Knie waren ihr weich geworden, und um ein Haar wäre sie in den kotigen Kehricht gestürzt. Zum Glück war der Spitalkaplan kein Unmensch. Sie solle seine düsteren Worte vergessen, hatte er sich entschuldigt, aber er sei eben ein Mann des Glaubens. Unerschütterlich bin ich, hatte er ihr erklärt und dabei befremdlich gelächelt. Sie aber konnte für den Rest des Tages keinen klaren Gedanken mehr fassen, weil ihr unentwegt das Wort Scheiterhaufen im Kopf kreiste.

Beim Abendessen war sie für ihre Angst entschädigt worden. Und das kam so: Wie die Mönche im Kloster mussten alle in Gemeinschaft lebenden Spitalinsassen schweigend essen, während Kaplan Ott biblische Geschichten las. Heute war es die Geschichte vom verlorenen Sohn gewesen. Als der Kaplan an die Stelle gekommen war, wo der Sohn sich seinem Vater zu Füßen wirft, dieser ihm aber vergibt, ihn neu kleidet und ein Festmahl für ihn ausrichtet, hatte sie laut aufgeschluchzt. Ihre Tränen waren echt, weil sie an ihren Vater hatte denken müssen und für einen Augenblick an den wunderbaren Moment, als Ritter Ulrich Marie und sie in seinen Mantel eingeschlungen und dann gesungen hatte.

Dem Spitalkaplan war ihre Rührung nicht entgangen – und das war mehr wert gewesen, als hätte sie für drei gearbeitet.

«Hanna Völz, kämpfe weiter gegen das Böse in dir», hatte er nach dem Essen zu ihr gesagt. «Gerade hast du gezeigt, dass der Teufel dich noch lange nicht besiegt hat. Bete und arbeite, dann bist du bald wieder frei.»

Wieder hatten seine Blicke viel zu lang auf ihren Hüften gelegen. Er hatte ihr mit den Fingern die Wange gestreichelt und ungewöhnlich tief geatmet. Dabei hatte er sie mit den wässrigsten Augen angesehen, die sie je bei einem Menschen gesehen hatte.

Vielleicht tust du ja nur so fromm, Spitalkaplan Ott, sagte Hanna sich. Was ist, wenn du in Wahrheit hinter mir her bist? Dann habe nicht ich sündige Phantasien, sondern du.

Als habe sie recht, hörte sie Friedlind kichern. Berta machte irgendwelche Geräusche und fiel in einen eigentümlichen Singsang.

Was aber passiert, wenn ich mich wieder vergesse und neue Gesichte habe?, schoss es Hanna plötzlich durch den Kopf. Sie zuckte so heftig zusammen, dass ihre Fußkette klirrte. Krampfhaft versuchte sie an etwas anderes zu denken, doch es war zwecklos. Die Frage hatte sich in ihr Hirn gebohrt und saß dort jetzt so fest wie ein Sprengel in der Haut.

Die Gesichte scheinen zu kommen, wann sie wollen, dachte sie. Ich kann mich nicht dagegen wehren.

Vier Visionen sind es bislang gewesen, überlegte sie widerwillig. Die erste betraf Maries Rettung und dass ich mich in Ritter Ulrich verliebt habe. Die zweite, nachdem Arndt mich geschlagen hatte, hatte etwas mit der Brandseuche zu tun. Und die dritte? Es war die Hatz gegen mich und Marie vor dem Kobolzeller Tor. Ich habe Hegemeister Bernwards Ausstrahlung gespürt, sogar Baburs Winseln gehört.

Hanna hielt inne und versuchte damit fertigzuwerden, dass sich die erste und dritte Vision binnen weniger Tage erfüllt hatten.

Und die vierte?, fragte sie sich mit wachsendem Unbehagen. Ich weiß nur, dass sie von allen bis jetzt die grässlichste war. Die hassverzerrten Gesichter … die Kobolzeller Kirche und zerschlagenes Kirchengut, viele Fackeln, die Krähenstimme des Herren-Müllers …

Wenn ich doch bloß mit jemandem darüber sprechen könnte!

Ihre Hilflosigkeit machte sie müde. Hanna streckte sich auf ihrer Pritsche aus und deckte sich zu. Noch kann ich Schlaf gebrauchen, dachte sie und versuchte sich vorzustellen, wie lang ihr die Nächte werden würden, wenn sie nicht mehr schliefe. Wie würde es sein, bis zur Frühmesse warten zu müssen?

Hanna gähnte. Gegen sechs Uhr wurden sie geweckt, dann ging es in die Spitalkirche zur Messe. Und hinterher gab es gleich Frühstück …

Mit einem Lächeln auf den Lippen schlief sie ein. Berta dagegen kicherte und zischte, als wollte sie sich in eine Schlange verwandeln.

«Scht …», machte die alte Friedlind. Noch immer döste sie auf ihrem Lieblingsplatz, dem Latrineneimer. Ihre Kette klirrte ein wenig, und hin und wieder plätscherte es.

11

Einen Tag nach Allerseelen war Arndts gute Stimmung verflogen. Dass Hanna immer noch nicht zu Hause war, geht ja noch an, grübelte er. Aber was ist mit Marie? Nicht einmal ihr Babur hat sich blicken lassen. Was um Himmels willen ist passiert?

Verdrossen wischte er sich den Schlaf aus den Augen und trat schniefend vor die Hütte. Das Grau des Morgens stand über der Lichtung und den verkohlten Baumskeletten, nirgendwo flatterte ein Vogel, nicht einmal Raben oder Krähen schrien. Arndt öffnete den Mund, als wolle er die triste Welt, die sich seinen Augen bot, beißen, dann schlurfte er zur Viehtränke. Erst spritzte er sich nur Wasser ins Gesicht, doch dann zog er das Hemd aus und seifte sich den Oberkörper ein.

Ich werde jetzt gleich zum Müller gehen, überlegte er. Vielleicht ist ja doch alles gut. Vielleicht macht es beiden einfach so viel Spaß.

Doch kaum, dass er mit einem Stück Brot den Kessel

mit der Brennnesselsuppe ausgewischt hatte, stöhnte er auf. Er konnte ja gar nicht weg! Schließlich musste er damit rechnen, dass dieser Ulrich von Detwang ihm heute Vormittag das Holz bringen ließ. Und dann, wie konnte er ausgerechnet das vergessen, die Meiler! Wie sollte er sie unbeaufsichtigt lassen? Sie mussten gelüftet, dann die Kanäle wieder abgedeckt werden ... Das alte Lied eben. Und wenn dann der Hegemeister vorbeikommen würde und niemanden bei einem rauchenden Meiler sähe ... was dann passierte, wollte er sich lieber nicht vorstellen.

Als Arndt erneut vor die Hütte trat, begann es zu nieseln. Zwar nur schwach, aber damit wurde das Kohlemachen eben wieder ein Stück aufwendiger. Denn jetzt ging die Arbeit mit den Strohmatten los: Stelzen aufstellen, Strohmatten einhängen, Wasserablaufgraben ausheben und bangen, dass die Erdfeuchte die Temperatur in den Meilern nicht zu stark abfallen ließ.

Arndt stieß die Faust in den Himmel, als wollte er sich beschweren. Andererseits war der Regen gut für den Brunnen. Bald würde er wieder so viel Wasser hergeben, dass sie nicht mit brackigem Regenwasser mischen mussten. Dann war es mit dem lästigen Wasserholen in Neusitz vorbei.

Wieherte da nicht ein Pferd?

Das Holz kommt, frohlockte Arndt. Wenigstens etwas.

Er täuschte sich nicht. Wenig später stand ein großer Zweirad-Karrenwagen mit abgerichteten Vierkantstämmen vor der Hütte. Zwei Mann waren mitgekommen, kurze Zeit später erschien sogar Ulrich.

«Die beiden helfen dir und vor allem: Sie verstehen was vom Bauen!», rief er Arndt zu, ohne ihn erst zu begrüßen. «Wo ist Marie? Was macht Hanna?» Er stieg vom Pferd und schaute sich um. «Kein Gebell? Es ist ganz still hier, fast traurig still.»

«Edler Herr, das ist es ja», antwortete Arndt und kratzte sich verlegen den rechten Handrücken. «Keiner ist da, und ich weiß nicht, wo sie sind. Beim Müller Jobst Gessler vielleicht, aber das kann ich jetzt auch nicht mehr glauben.»

«Beim Herren-Müller? Marie? Wie das denn?»

Ulrich klang, als sei dies völlig ausgeschlossen. In seiner Stimme schwang Ärger mit. Er warf Arndt einen vorwurfsvollen Blick zu, dann wandte er sich an seine Leute und befahl ihnen, Giebelwand und First vernünftig zu richten.

Arndt wusste nicht, was er tun sollte. Ulrichs Männern zu helfen, kam ihm schlichtweg lächerlich vor. Sie brauchten ihn nicht. Schon wie sie das Holz abluden, zeigte, dass er ihnen nur im Weg stehen würde.

«Edler Herr, ich möchte noch einmal sagen, wie dankbar ich bin ...» Arndt begann zu schwitzen, kratzte sich jetzt den linken Handrücken.

«Schon gut, Arndt. Kein Wort mehr davon. Aber», Ulrich zögerte, «dass Marie und ihr Babur nicht da sind: Himmel nochmal, Arndt, macht dir das keine Sorgen?»

«Doch, Herr. Ich wollte schon aufbrechen. Aber wie unhöflich wäre das gewesen. Außerdem kann ich wegen der Meiler sowieso nicht weg. So ist das leider in der Köhlerei.»

«Muss ich den beiden jetzt hinterlaufen, oder was?»

Ulrich riss die Augen auf. Sein aufgebrachter Ton ließ Arndt zusammenzucken. Ich wäre ein guter Schauspieler, dachte er zufrieden und unterdrückte ein Grinsen. In Wahrheit nämlich war es ihm hundertmal lieber, Marie und Hanna zu suchen, als den beiden hier zu begegnen. Was hätte ich bei dieser trüben Stimmung groß mit ihnen reden sollen?, dachte er. Vor allem mit Hanna. Und vor allem: Was hätte ich mit ihr gemacht? Sie zutraulich am

Arm gefasst? Aufs Pferd genommen? Nicht nur Arndt hätte sich da so seine Gedanken gemacht.

Ulrich trat auf Arndt zu und musterte ihn eingehend. Arndt ließ den Kopf hängen. «Aber so ist das eben», fuhr Ulrich sanfter fort. «Wer eine Mantelkindschaft übernimmt, muss sich seinen Pflichten stellen. Werde ich also dem Herren-Müller einen Besuch abstatten.»

«Ihr seid zu gütig, Herr», murmelte Arndt. Plötzlich hörten sie ein sich näherndes Pferd. Aufgewühlt schlug Arndt sich die Faust in die hohle Hand. «Sakrament, vielleicht sind sie das ja! Ich werde ihnen den Kopf waschen, verlasst Euch drauf, Herr.»

«Unsinn.» Ulrich fuhr herum. Sein Herz klopfte. Er bereitete sich auf das Schlimmste vor, doch schon im nächsten Moment entspannte er sich. Der Reiter war allein und sah auch nicht aus wie Jobst Gessler.

«Gelobt sei zu Ehren Jesus Christus!», tönte es vom Pferd.

«In Ewigkeit. Amen», antwortete Ulrich überrascht.

«Benedicte Christus!»

«Dominum. Wer seid Ihr, dass Ihr die Grußformeln der Deutschen Ritter im Munde führt?»

«Valentin Schnitzer, Ritter. Der Sohn des Neusitzer Mesners und Wagners Claus Schnitzer.» Er schwang sich aus dem Sattel, trat vor Ulrich und beugte das Knie. «Entschuldigt mich. Ich wollte nicht anmaßend sein, aber mein Vater legte Wert auf eine gute Kinderstube. Ich war es, der Hanna für unseren Babur gewann. Jetzt wollte ich fragen, wie sie mit ihm zurechtkommt.»

Ulrich wies auf Arndt, der Valentin mit einer knappen Umarmung begrüßte und ihm aufgeregt berichtete, was Hanna, Marie und er Ulrich verdankten. «Aber nun sind Schwestern und Hund seit fünf Tagen nicht mehr aufgetaucht. Ich mache mir Sorgen, Valentin.»

«Wir werden gemeinsam suchen, Arndt», entschied Ulrich unwirsch. «Kommt mit mir, Valentin, wenn Ihr wollt. Der Müller wird unsere Fragen bestimmt beantworten können. Und wehe, er hat ihnen nur ein Haar gekrümmt.»

Er schwang sich auf seinen Rappen und ritt los, Valentin dagegen stand da wie versteinert. Dass Hanna beim Müller sein sollte, beunruhigte ihn eher weniger. Er ist nicht der Mann, den sie erhören würde, dachte er. Aber dieser Ritter, wie seine Augen aufblitzten, als ich ihren Namen nannte. So schaut man nicht, es sei denn, man hat ganz bestimmte Absichten. Was bildet er sich ein?

Eine Stimme tief im Innern sagte ihm, dass es jetzt erst recht sinnlos war, sich noch länger Hoffnungen hinzugeben. Doch sofort begehrte er dagegen auf.

«Du hörst von mir», beschied er Arndt barsch. «Jetzt muss ich schauen, dass dieser feine Ritter keinen Fehler macht.»

«Einen Fehler?», rief Arndt verblüfft.

«Halt deinen Mund und dich da raus.»

Valentin trat seinem Fuchs so heftig in die Flanken, dass er heftig wieherte. Er galoppierte davon, als reite er einen Angriff. Dreck und Gras spritzten in die Luft, und noch etliche Augenblicke später glaubte Arndt spüren zu können, dass die Erde von den harten Hufschlägen erbebte.

Schon als ihr das Fußeisen aufgeschlossen wurde, ahnte Hanna, dass dies ein besonderer Tag werden würde. Sie fühlte sich merkwürdig angespannt, überwach geradezu, und hatte das Gefühl, alles deutlicher zu hören und zu sehen. Ihre Fußkette tönte silbriger, Bertas Gekicher schriller und schmatzender und die Fürze der alten Friedlind dröhnender und ekliger. Die Fugen der Wand schienen breiter und tiefer, und die speckigen Finger des Schließers mit den halb abgekauten und dreckigen Fingernägeln erschienen ihr wie unbekannte Lebewesen, die vor ihr tanzten. Nie zuvor hatte sie derartig intensive Empfindungen für ihre Umwelt gehabt, und doch war ihr sofort klar, dass dies alles mit ihrer Fähigkeit, in die Zukunft zu schauen, zusammenhängen musste.

Während der Frühmesse zwang ihr eine unbekannte Kraft die gewalttätigen Bilder ihrer Vision vor dem Kobolzeller Tor auf. Es war beklemmend, wie das leise Scheppern des Weihrauchkännchens in ihr die Farbe Rot zum Leuchten brachte. Lautes Fliegensummen vermischte sich in ihrem inneren Ohr mit dem gemurmelten Vaterunser, und als der Segen gesungen wurde, hörte sie sich rufen: «Du … und du … ich sehe, wie ihr Fackeln schwenkt! Und einer sticht mit der Lanze ins Herz des Gekreuzigten!» Es kostete sie größte Beherrschung, nicht zu sprechen und mit dem Zeigefinger in die Luft zu deuten.

Ich darf nicht schwach werden, redete sie sich verzweifelt zu. Keine Vision mehr! Spitalkaplan Ott sagt: Gib deinen Gesichten keinen Raum, bete unablässig. Lass den Leibhaftigen nicht durch Unaufmerksamkeit und Gedankenlosigkeit an deiner Seele zerren. Er hat recht, ich darf ihn nicht enttäuschen. Ich muss mehr beten, sonst verwandle ich mich in eine Hexe und komme auf den Scheiterhaufen.

Mit aller Konzentration lauschte sie beim Frühstück den Bibelversen vom reichen Mann und armen Lazarus. Für eine Weile half dies gegen ihren überwachen Zustand. Doch als sie zusammen mit Friedlind und zwei tauben jungen Männern in der Zehntscheuer Getreide zu sortieren begann, hatte sie zunehmend das Gefühl, in den Geräuschen des Siebens und Umfüllens zu ertrinken. Und das Licht, das durch zahlreiche kleine Gaupen fiel, schien ihr so körperreich, dass sie versucht war aufzuspringen, um es zu greifen, zu wiegen und zu umarmen.

Ich werde hier verrückt, dachte sie bestürzt. Ich stecke mich an all dem Wahnsinn um mich herum an. Sie hielt sich die Ohren zu, worauf Friedlind sofort laut zu singen begann und versuchte, ihr die Hände vom Kopf zu reißen. Die beiden Männer dagegen, von denen einer verkrüppelte Beine hatte, dachten, dies sei ein neues Spiel. Begeistert schlugen sie sich die Hände gegen den Kopf und begannen zu lallen.

«Was ist das denn jetzt?», rief der Zehntscheuer-Verwalter übellaunig. «Hört mit diesen Faxen auf!»

«Ich habe nur Ohrenschmerzen», schwindelte Hanna.

«Nein, du bist faul!», schnauzte sie der Verwalter an.

«Bin ich nicht!»

«Bist du doch. Ich brenn euch eins mit dem Strick über, wenn das nicht aufhört.»

«Nein, bitte nicht. Sie können doch nichts dafür.»

Beflissen beugte sie sich wieder über ihren zusammengekehrten Kornhaufen und las hastig eine Handvoll Getreide zusammen. Je zwei große Sack Weizen und Gerste waren auf der Tenne geplatzt, das mürbe Leinen hatte dem Druck nicht mehr standgehalten. Die Bauern, die dem Spital, dem größten städtischen Grundherren Rothenburgs, zehntpflichtig waren, sparten, wo sie konnten. Ihre Kornsäcke waren nicht nur alt, sondern auch vielfach geflickt, und wenn sie auf der Tenne ausgegossen wurden, staubte nicht nur das Korn, sondern auch der daruntergemischte feine Lehmsand.

Der Verwalter schlurfte zu ihnen herüber und sah Hanna zu, wie sie das Getreide sortierte. Er achtete auf jeden Handgriff, drohend lastete sein Schatten auf ihr. Hanna hatte das Gefühl, sein Gewicht zu fühlen, gleichzeitig spürte sie, wie sie rot wurde. Ihm geht es gar nicht um das

Korn, dachte sie empört. Er will mir nur auf den Hintern glotzen. Sie wagte nicht aufzublicken, überdies wurde ihr immer heißer. Ihr Körper begann überall zu jucken, schließlich glaubte sie zu spüren, wie sich die Blicke des Verwalters auf ihrer nackten Haut bis zu ihren intimen Stellen vorantasteten.

Ich muss hier raus, dachte sie. Um jeden Preis.

«Nicht. Es … tut weh. Ich kann nicht mehr.»

Sie begann zu wimmern und legte sich die Hände an die Ohren. Als sie aufblickte, glaubte sie, das Gesicht des Verwalters sei von einem Augenblick auf den anderen eingefroren, wie aus Stein gemacht. Sie schrie auf, was den Bann brach. Doch da packte sie der Verwalter am Arm und riss sie hoch.

«Dann komm, wenn es so wehtut. Ich führe dich auf die Krankenstation. Bestimmt hast du noch zu viel Teufelsblut in dir. Je schneller du es loswirst, umso besser. Der Bader wird dich zur Ader lassen.» Seine Stimme klang sanfter als zuvor. Er wandte sich an Friedlind und herrschte sie an: «Du und die Tauben aber bleiben hier. Geht das noch in deinen Kopf, Friedlind? Ihr drei sortiert weiter Korn. Ist das klar?»

«Ja, wir bleiben hier.» Friedlind stieß die beiden Männer an, von denen einer so schnell nickte wie ein pickender Specht.

Mit gemischten Gefühlen folgte Hanna dem Verwalter die Tennenstiege hinab. Die Bewegung tat gut und schwächte die aufdringlichen Empfindungen ab. Auf der anderen Seite grauste es ihr vor dem Aderlass. Es wäre der zweite. Den ersten hatte sie gleich nach der Einlieferung über sich ergehen lassen müssen. Ihr war übel davon geworden, und noch am Morgen darauf musste sie gegen Schwindelanfälle ankämpfen.

Aber lieber ist mir übel und schwindelig, als dass mich

wieder eine Vision überwältigt, dachte sie. Sonst ist es aus. Dann ist Hanna Völz als Jungfer abgestempelt, die der Teufel in seinen Klauen hält.

Sie folgte dem Zehntscheuer-Verwalter über den Hof und kam gerade am Schaffnerhaus vorbei, dem Sitz der Spitalverwaltung, da ging dort die Tür auf.

«Hanna!»

«Valentin! Mein Retter!» Sie eilte die Stufen zum Hochparterre hoch und fiel ihm um den Hals, so erleichtert war sie, endlich ein ihr vertrautes Gesicht zu sehen. «Wenigstens einer, der an mich denkt. Ich fühle mich hier wie lebendig begraben. Wo ist Arndt? Und was weißt du von Marie?»

«Arndt muss ja bei den Meilern bleiben.» Valentin strahlte von einem Ohr zum anderen, während Hanna an seinen Lippen hing, als sei sie in ihn verliebt. «Wir waren bei Jobst Gessler, haben aber dort nur seinen Knecht, den alten Hannes, angetroffen. Aber der wusste zum Glück Bescheid, wo der Müller dich hingebracht hat. Hanna, es tut mir so leid. Wäre ich doch bloß an deiner Seite gewesen.»

«Wer ist denn ‹wir›? Du bist doch allein gekommen, oder?»

«Nicht ganz.» Valentin sog scharf die Luft ein. «Der Ritter, mit dem du nach dem Beben Marie gesucht hast, dieser Ulrich … wir trafen uns zufällig bei euch zu Hause.» Er sah sie eindringlich an, doch Hanna schaute ihn nur erstaunt an, obwohl ihr Herz schneller zu schlagen begann. «Während ich zu dir ins Spital bin», sprach Valentin angespannt weiter, «ist er zum Büttelhaus, um dort nachzufragen, was mit Marie geschehen ist.»

«Nein! Himmel, er muss zum Hegemeister. Der hat Marie doch mit auf sein Pferd genommen. Wieso weiß er das denn nicht?»

Hanna klang ungeduldig, geradezu ungehalten. Warum

wurde alles immer komplizierter? Valentin wird nichts für mich tun können, und dem Ritter bin ich weniger wichtig als Marie, dachte sie. Mit einem Mal war ihr wieder bewusst, wie wenig sie mit Valentin anfangen konnte und wie sehr sein Schafsgesicht sie abstieß. Und es tat einfach weh, dass ausgerechnet er sie im Spital suchte, Ulrich sich hingegen lieber um Marie kümmerte.

«Ärgere dich nicht», sagte Valentin gönnerhaft und versuchte, Hanna an sich zu ziehen. Doch sie trat einen Schritt zurück und schaute beschwichtigend zum Zehntscheuer-Verwalter, dem anzusehen war, dass er allmählich die Geduld verlor. «Dieser Ritter Ulrich wird sich schon um Marie kümmern. Schließlich ist sie sein Mantelkind.»

«Sie ist was?»

Valentin hatte gerade noch Zeit, Arndts Worte zu wiederholen, da platzte dem Verwalter der Kragen: «Zum Henker, Bursche, quatsch sie beim Bader voll. Und du, Hanna, wirst nie mehr sagen, du hättest Ohrenschmerzen. Komm mit, oder ich vergess mich.»

Sofort eilte sie die Stufen hinab, Valentin folgte ihr. Rüde packte sie der Verwalter am Ellenbogen und stieß sie vorwärts. Er hat heute einen schlechten Tag, dachte sie, was geht es mich an. Am liebsten hätte sie laut gejubelt. All ihre Enttäuschung war verflogen. Sogar der Aderlass verlor jetzt einen großen Teil seines Schreckens. Sie konnte ihm gelassen entgegensehen.

Natürlich muss Ritter Ulrich sich unter diesen Umständen zuerst um Marie kümmern, dachte sie. Andersherum wäre es zwar auch gegangen, aber Valentin, dieser Tropf, er hätte sich deswegen das Maul zerrissen. So herum ist es besser. Aber eins ist gewiss: Jetzt gibt es für mich immer einen Grund, Ritter Ulrich zu besuchen …

«Ich dachte schon, dieser Ritter würde dir nachstellen», hörte sie Valentin neben sich. «Aber als ich ihn während des Ritts auf dich ansprach, machte er nur ein mürrisches Gesicht. Er hat kaum gesprochen. Und wenn, dann von Marie. Dass sie klug sei und er ihre Rettung als Wink des Himmels begriffen habe. Du glaubst gar nicht, wie ich mich für sie freue.»

«Und Babur? Hat Hannes etwas von ihm erzählt?»

«Ja, besser gesagt: nein. Oder vielmehr, dass unser Babur wohl nie mehr jemanden beißen wird.»

«Marie wird es nicht verkraften.»

«Dann gibt es eben einen neuen Babur für sie.»

Als Hanna das Baderzimmer betrat, verließ sie aller Mut. Aus dem hellen Raum mit seiner anmutig lächelnden Muttergottesstatue hatte man zwar einen schönen Blick auf den Kalk- und Stöberleinturm, doch der strenge Geruch nach Kampferlösung und verbranntem Fleisch war ekelerregend. Er entströmte einer auf dem Operationstisch vor sich hin dämmernden und wimmernden Frau. Sie war festgeschnallt, der Bader verband ihr gerade eine Stelle unter der rechten Armbeuge. Die linke zeigte eine bis auf den Knochen klaffende Brandwunde.

«Sie hat konvulsivische Zuckungen», erklärte der Baderchirurg dem Aufseher, der sich angewidert abwandte. «Falls das Brennen auch nichts mehr hilft, dann nur noch Gott. Baldrian, Bilsenkraut, Theriak: Alles war umsonst.»

«Ja, schrecklich», antwortete der Aufseher mit belegter Stimme und deutete auf Hanna. «Aber bei der Völz hier gibt es noch Hoffnung. Lass sie wieder zur Ader. Angeblich hat sie Ohrenschmerzen.»

«Hinterher nicht mehr.»

Beide lachten. Der Bader nickte dem Aufseher zu, der dem eintretenden Spitalkaplan Ott schnell noch Valentin vorstellte und sich dann erleichtert davonmachte.

«Spitalkaplan?», fragte Valentin.

«Ja, mein Sohn, was gibt's?»

«Die Hanna Völz hier ... ich möchte sie nach dem Aderlass gerne nach Hause bringen.»

«Das wirst du nicht, mein Sohn. Der Hegemeister hat sie als wunderliche Frau, wenn sie nicht gar Schlimmeres ist, hier einliefern lassen. Fragt den Spitalmeister. Fürs Erste bleibt Hanna Völz hier.»

Er wandte sich zwei Patienten zu, die der Bader nebenher zur Ader gelassen hatte, einem halbwegs genesenen Metzger und einem kraushaarigen untersetzten Mann mit eitrigem Brandmal auf der Stirn. Er war des Diebstahls überführt, der Henker hatte ihm die Hand abgehackt. Hanna wurde übel, als ihr Blick auf den blutigen Verband fiel, der um den Armstumpf gewickelt war.

«So, Metzgermeister, lasst Euch jetzt zu Hause eine kräftige Brühe kochen, betet und dann geht sofort schlafen.»

Der Spitalkaplan winkte die Badergehilfen heran. Behutsam halfen sie dem Metzgermeister auf die Beine und geleiteten ihn nach draußen. Im selben Augenblick verlor der Dieb das Bewusstsein. Leise aufstöhnend kippte er vornüber. Hanna konnte ihn gerade noch auffangen, sonst wäre er mit der Stirn auf dem Boden aufgeschlagen. Mit Hilfe Valentins schleiften sie und der Bader ihn in eine düstere Kammer, in der mehrere Pritschen standen. Auf einer lag ein in ein weißes Laken eingehüllter Toter. Der Körper war klein und mager, ein Kreuz lag auf seiner Brust, die nackten Kinderfüße waren wachsweiß.

«Woran ist es gestorben, Bader?», fragte Valentin, während sie beide den Dieb auf eine der Pritschen hievten.

«Bauchkrämpfe, Übelkeit, Erbrechen, Fieber. Wenn wir hier aufschneiden dürften, würden wir genau wissen, was ihm gefehlt hat. Aber wir sind hier nicht in Tübingen oder Paris. Und auch dort werden sie wohl kaum Kinder sezieren.»

Valentin nickte stumm, Hanna aber war bleich geworden. Spitalkaplan Ott trat zu ihr, fasste sie am Arm und schob sie sanft, aber entschlossen zurück ins Baderzimmer. Der Bader zeigte auf den Stuhl, Hanna setzte sich. Sie zitterte. Angst stieg in ihr hoch, und sie begann mit den Zähnen zu klappern, obwohl ihr heiße Schauer über den Rücken flossen.

«Das ist das böse Blut, Hanna Völz», sagte Spitalkaplan Ott eindringlich und bekreuzigte sich.

«Nein … ich will nicht.»

«Das sind nur die Worte des Leibhaftigen, Hanna. Er spürt, wie wir dich seinen Klauen entwinden wollen. Sei also stark. Es ist nur zu deinem Besten.»

«Nein … Valentin, hilf mir.»

Sie wollte sich erheben, doch der Spitalkaplan drückte sie zurück und hob drohend den Finger. Seine Augen dagegen leuchteten. Inbrünstig küsste er sein Kreuz und fiel vor der Madonna auf die Knie. Valentin trat unschlüssig zurück, da packten ihn die beiden Badergehilfen und schoben ihn aus dem Raum.

Hanna hätte um sich schlagen mögen, doch sie hatte keinen Funken Kraft mehr. Auf einmal nahm sie wieder alles überdeutlich wahr. Die Stimmen waren zu laut, und die Madonna im Herrgottswinkel schien nicht zu lächeln, sondern zu grinsen. Hanna wandte sich zur Seite und schloss die Augen, als ihr die Blutwanne in den Schoß gedrückt wurde. Ihr Herz klopfte zusehends schneller. Als ihr der Arm abgebunden wurde, begann sie zu keuchen, und das Schleifgeräusch des Schneppers ließ sie schwindeln. Sie schrie auf, und dann rauschte und dröhnte es in ihren Ohren, als die Klinge ihre Ader durchstieß.

Das Blut schoss in die Wanne.

Hanna riss die Augen auf, ein brennender Schmerz wanderte vom Arm in ihre Brust.

«Heilige Muttergottes, hilf mir», flüsterte sie unter Tränen und heftete ihren Blick auf die Madonnenstatue im Herrgottswinkel. Für einen kurzen Moment verschwamm ihr deren Bild vor Augen, und sie hätte sich einbilden können, die Heilige Mutter halte nicht den Jesusknaben auf dem Arm, sondern das vergoldete Reliquienkreuz vom Heilig-Blut-Altar der Rothenburger Jacobskirche. Hanna erschrak heftig. Keine Vision, redete sie sich ein. Ich darf keine Gesichte haben. Sie konzentrierte sich auf den Schmerz, doch plötzlich überkam sie der übermächtige Zwang zu sprechen. «Quält mich doch nicht so», flehte sie. «Beim Heiligen-Kreuz, bei den blutigen Tränen unseres Heilands: Bitte hört auf!»

«Nein, bete, Hanna Völz!», hörte sie die inbrünstige Stimme des Spitalkaplans, während das Blut weiter in die Wanne floss. «Stoße das böse Blut ab. Weine es aus, presse das Böse aus deinem angegriffenen Herzen!»

Hanna begann zu weinen. «Ihr würdet selbst aus einer Heiligen Blut melken», begehrte sie keuchend auf. «Und wenn es rinnt … selbst aus dem Kreuz vom heiligen Blut, wenn es strömt und der Kristall Blut weint, Christi Blut … heilige Madonna, hilf mir.»

«Hanna, deine Seele ringt um Reinheit», rief der Bader erfreut. «Schnell, wir sollten auch den Spitalpfarrer holen. Dass er hört, wie du kämpfst!»

Einer der Gehilfen stürzte aus der Tür und eilte in die Sakristei. Hanna aber wurde zusehends schwächer.

«Verbindet mich», flüsterte sie. «Bitte. Ich kann nicht mehr.»

Der Bader schüttelte den Kopf. Er kniete sich vor sie hin und hielt die halbvolle Blutwanne, derweil der Spitalkaplan vor dem Herrgottswinkel kniete. Hanna hörte, wie er die Heilige Jungfrau anflehte, ihr beizustehen, und dann das Ave-Maria betete. Sie spürte einen zunehmenden Druck auf den Ohren, gleichzeitig wurde ihr übel. Sie schloss die Augen, kurz darauf nahm sie wahr, wie der Spitalkaplan sie mit geweihtem Wasser bespritzte.

Als der Spitalpfarrer kam, drohte sie, vom Stuhl zu kippen. Er legte ihr die Hand auf den Kopf und sprach laut das Vaterunser. Dann sagte er feierlich: «Und jetzt ist es genug, Hanna. Du warst tapfer. Verbrennen wir das böse Blut.»

Der Bader legte einen straffen Verband, Hanna aber war so übel, dass sie zu würgen begann. Sie wünschte sich, in Ohnmacht zu fallen, aber stattdessen hielt ihr einer der Badergehilfen ein Riechfläschchen unter die Nase. Der stechende Kampfergeruch milderte ihre Übelkeit, wirkte sogar ein wenig kräftigend. Trotzdem konnte sie die Tränen nicht länger zurückhalten. Die Gesichter verschwammen, noch nie hatte sie sich derart schwach und ausgeliefert gefühlt.

Pfarrer und Spitalkaplan hakten sie unter die Arme und zogen sie hoch. Hanna wurde schwarz vor Augen, die Beine gaben ihr nach.

«Nicht auf die Pritsche», bettelte sie.

«Nein, meine Tochter», sagte der Spitalkaplan leise. «Dem himmlischen Lohn folgt der irdische. Du kommst in den Krankensaal und erhältst sieben Tage lang Stärkungskost. Anschließend lassen wir dich noch einmal zur Ader. Dann wird kein Tropfen böses Blut mehr in dir sein. Danke Gott und lobe ihn.»

Hanna hatte keine Kraft mehr, etwas zu erwidern. Eins aber glaubte sie verstanden zu haben: Spitalkaplan Ott litt unter einer Art religiösem Wahn. Das nächste Mal würde er sie noch länger zur Ader lassen. Er würde sie ausbluten lassen und dabei in Verzückung geraten.

Ich bin dem Tod geweiht, dachte sie entsetzt. Kraftlos ließ sie sich fallen und verlor für einen Moment die Besinnung. Das Gefühl, die Erde wolle sie an sich binden, wurde immer stärker.

Ulrich, hilf mir, flehte sie stumm. Rette mich!

«Te Deum laudamus ...» Spitalkaplan Ott begann zu singen, Glocken läuteten. Hanna spürte noch, wie sie auf eine Trage gelegt wurde, dann wurde es schwarz um sie.

12

Als sie anderntags erwachte, sah sie Valentin an ihrem Bett sitzen. Er döste mit geschlossenen Augen, der Kopf war ihm auf die Brust gesunken.

Er ist wirklich ein anständiger Mann, dachte sie nicht ohne Anteilnahme. Aber wie er jetzt aussieht ... welche Frau kann das ertragen: ein Gesicht, das im Schlaf aussieht, als verwandle es sich endgültig in ein Schaf.

Sofort bekam sie ein schlechtes Gewissen.

Wie wird er sich fühlen, wenn ich ihm reinen Wein einschenke?, fragte sie sich, und sogleich lief ihr ein Schauer über den Rücken. Wenn er verzweifelt fragt, warum ich ihn nicht will, was er falsch macht und so weiter, was antworte ich? Ich kann ihm doch nicht die Wahrheit sagen.

Sie schaute in die Gewölbedecke des Krankensaals und lauschte auf das Schnarchen und Geröchel der anderen Patienten. Doch schon bald schloss sie wieder die Augen, so schwach fühlte sie sich. Sie versuchte, eine Faust zu machen, hatte aber keine Kraft. Auch die Beine anzuziehen war viel zu anstrengend.

Ich hätte auch gar nicht mehr aufwachen können, dachte sie. Das hört man immer wieder, wenn jemand zur Ader gelassen worden ist. Aber wär's eigentlich so schlimm?

Ein mönchisch aussehender Spitalbruder trat an ihr Bett. Sie spürte seinen prüfenden Blick und schlug die Augen auf.

«Guten Morgen», begrüßte er sie freundlich. «Weißbrot, Ei, Brühe mit Rahm und warmes Dünnbier. Oder ist das zu viel? Nicht, dass dein Magen es vielleicht nicht bei sich behalten kann.»

Hanna glaubte, ihren Ohren nicht zu trauen. Nie zuvor war ihr ein so reichhaltiges Frühstück angeboten worden. Ungläubig schaute sie in das aufmerksame Gesicht, entschied sich dann für die Brühe, etwas Brot und das Dünnbier.

Valentin schreckte aufschnarchend zusammen, rieb sich die Augen. «Himmel, da wollte ich zusehen, wie du aufwachst, nun ist es umgekehrt. Wie geht es dir, Hanna?»

Liebevoll strahlte er sie an, was ihr einen Stich ins Herz versetzte.

«Eigentlich gut, aber im wahrsten Sinn des Wortes wie ausgesaugt. Was weißt du von Marie?»

«Nichts. Ich bin diesem Ritter nicht mehr begegnet.»

«Ich bin so müde», flüsterte sie und rang sich ein Lächeln ab.

Valentin nickte.

Ich lüge ihn nicht an, wenn ich dies vorschiebe, dachte Hanna. Aber ich kann einfach nicht mit ihm sprechen. Er sieht aus, als wolle er mir gleich hier am Bett einen Antrag machen.

Zum Glück gab es erst einmal Frühstück. Zwei Brüder zogen sie hoch und schoben einen Tisch über ihr Bett. Hanna aß schweigend. Das Brot duftete, und die Brühe war die beste, die sie je gegessen hatte. Trotzdem verdarb ihr Valentins Gegenwart den Genuss. Er müsste es doch spüren, dachte sie und wurde zusehends zornig. Warum geht er nicht endlich fort!

Die Stimme des Spitalkaplans ließ sie aufblicken. Der Hegemeister war an seiner Seite, beide hatten sie tiefernste Gesichter. Hannas Herz krampfte sich zusammen, sie brachte keinen Bissen mehr herunter.

«Was ist mit meiner Schwester, Hegemeister? Wo ist sie?»

Spitalkaplan Ott hob beschwichtigend die Hände.

«Ich sehe, du hast die Nacht gut überstanden, Hanna Völz. Deine Stimme klingt klar, deine Augen sind blank und groß. Natürlich bist du erschöpft. Aber nach einer Woche wirst du dich stark fühlen wie eine Eiche.»

«Das glaube ich auch, Spitalkaplan. Aber Euer ernstes Gesicht und das des Hegemeisters machen mir Angst. Ich liebe meine Schwester ...»

«Sie lebt, ist unverletzt und in guten Händen», beruhigte sie Bernward. «Die Dominikanerinnen kümmern sich um sie.»

«Vergelt's Euch Gott, Hegemeister, das ist gut. Aber Ihr verschweigt mir etwas. Das spüre ich.»

Voller Angst sah sie von Spitalkaplan Ott zu Bernward, während ein Spitalbruder an das Kopfende des Bettes trat und einmal das Räucherkännchen über ihrem Haupt schwang. Eine Wolke wohlduftenden Weihrauchs umfing sie. Wie Balsam kleidete er ihre Lunge aus und machte sie ein wenig ruhiger.

«Marie trauert um ihren Hund.» Bernward schaute sie aufmerksam und mitfühlend an. «Das ... ist nicht ungewöhnlich für ein Kind. Freilich hat ihr sein Tod so sehr zugesetzt, dass sie nicht mehr spricht.»

«Ich muss sofort zu ihr», rief Hanna und stemmte sich hoch.

«Langsam.» Der Spitalkaplan winkte einem der Brüder, damit dieser die Reste des Frühstücks abräumte und den Tisch fortnahm. «Du bleibst hier.»

«Wer gibt Euch das Recht, mich festzuhalten?»

«Es ist nur zu deinem Besten, Hanna Völz. Deine Seele ist noch befleckt. Bald wird sie wieder ganz rein sein.»

Hanna wollte etwas erwidern, aber sie war einfach zu schwach. Sie drehte den Kopf und musterte den Spitalkaplan. Wie wohlgefällig er mich anschaut, dachte sie. Wie ein eitler Vater, der auf den Ruf seiner Tochter achtet. Will er sich unbedingt brüsten, er habe eine arme Köhlerin aus den Klauen des Teufels befreit?

«Du wirst auf jeden Fall noch Besuch bekommen.» Der Hegemeister warf Valentin einen kurzen Seitenblick zu, dessen Miene sich augenblicklich verhärtete. «Wer dich besuchen wird, ist Ritter Ulrich von Detwang. Er hat mir von Maries wunderbarer Rettung erzählt, auch von der Mantelkindschaft. Er wird dir mehr über sie berichten können.»

«Ulrich von Detwang? Wie schön.»

«Ja. Ein deutscher Ritter.»

Hanna sprach den Namen so zärtlich aus, als würde sie ihr Gesicht in ein kostbares Seidentuch schmiegen. Dabei schloss sie die Augen und lächelte selig. Der Name gab ihr Kraft, gleichzeitig hatte sie das Gefühl, die Schmetterlinge in ihrem Bauch ließen sie viel leichter werden.

Wenn Valentin es jetzt nicht begreift, ist er dumm, dachte sie. Hat er nicht auch Augen im Kopf? Muss ich es ihm noch deutlicher zeigen?

Sie brauchte es in der Tat nicht. Valentin schnellte von seinem Stuhl hoch, das Gesicht rot vor Ärger. «Was träumst du, Hanna? Du glaubst doch wohl nicht … So etwas Närrisches! Schnell, sag, dass ich mich irre und alles nur ein Spiel ist.»

«Nein, Valentin.» Der Trotz in ihrer Stimme war unüberhörbar. «Aber du hast recht, es ist ein Spiel. Ich hoffte, du würdest es spüren, dass ich nicht für dich bereit bin. Ich weiß, dass ich dir damit wehtue, und ich weiß auch, welch kostbare Seele du in dir trägst. Aber ich bin noch nicht reif dafür, mich an einen Mann zu verschenken. Bitte sei nicht böse. Ich danke dir von ganzem Herzen für deine Aufmerksamkeit. Aber nach allem, was vorgefallen ist … ich kann einfach nicht.»

«Das klang aber gerade ganz anders, Hanna. Sei's drum. Du wirst schon sehen, was du davon hast. Leb wohl. Ich werde Arndt von dir grüßen.»

Valentin ging, ohne sich von Bernward oder dem Spitalkaplan zu verabschieden. Der Spitalkaplan schaute betreten zu Boden, Hegemeister Bernward aber hatte sich ein Schmunzeln nicht verkneifen können. «Du hast deinen Kopf, Hanna Völz», sagte er anerkennend. «Deine Gesichte freilich werden zum Stadtgespräch. Der Stadtrichter weiß auch schon von ihnen. Deswegen sollst du fürs Erste hier bleiben. Zu deinem Schutz.»

«So ist es, Hanna.» Spitalkaplan Ott strich über die Bettdecke und schnippte einen Brotkrümel fort. «Gestern jedoch, während der Bader dich zur Ader gelassen hat: Nicht wahr, da hattest du ein Gesicht oder standest kurz davor?»

Er bohrte seinen Blick in den ihren. Seine Stirn glänzte, sein Mund zitterte. Hanna erschrak, ihre Gedanken überschlugen sich. Er möchte am liebsten hören, ich hätte eine Vision gehabt, dachte sie. Seine Augen sind wie die eines Fiebernden! Er würde alles darum geben … sogar seinen Verstand.

«Nein, es sind nur fromme Bilder gewesen. Der Aderlass tat so weh … Ich fühlte mich wie bei einem Martyrium. All das Blut … da konnte ich nicht anders. Ich suchte Zuflucht zur Heilig-Blut-Reliquie. So wie es all die Jacobspilger tun, die unsere Stadt besuchen.»

Hanna schaute Bernward an, während sie sprach. Fast schien es ihr, als nicke er ihr zu. Sein ruhiger und teilnehmender Blick half ihr, nicht unsicher zu klingen.

Der Blick des Spitalkaplans dagegen wurde flackernd.

«Kein Gesicht?», stieß er hervor. «Es war kein Gesicht?»

«Nein.»

Er will mir nicht glauben, dachte sie. Er ist wahnsinnig.

«Hanna Völz, wenn die Jungfrau aus dir spricht ...»

«Kaplan Ott, nein», sagte Bernward. «Sie ist Hanna Völz. Keine Heilige.»

«Natürlich, keine Heilige.» Spitalkaplan Ott wirkte, als würde er aus einem Traum gerissen. Er nickte, lächelte. «Ich wollte sie prüfen», fuhr er leutselig fort. «Denn wäre es auszudenken?»

«Das sagt Ihr treffend», antwortete Bernward höflich. «Leider hat der Bader seinen Mund nicht halten können. Und das ist besonders in Tagen wie diesen nicht gut. Die Stimmung ist schlecht. Die Menschen sind wütend auf alles, was mit Obrigkeit zu tun hat. Das Geld wird knapp, jeder weiß, dass bald alles sehr viel teurer wird. Da können wir keinen religiösen Fanatismus brauchen.»

Kaplan Ott blinzelte. Ein feines Lächeln umspielte seinen Mund. Zum Abschied streichelte er Hanna über die Hand.

13

Niemand in der Stadt konnte sich erinnern, jemals einen solchen Nebeltag erlebt zu haben. Ulrich hörte Marktbeschicker schimpfen, Kinder dagegen jauchzten, weil es so schön war, Verstecken zu spielen. Als befände sich an jeder Kreuzung Rothenburgs ein Dampfbad, zogen weiße Schwaden durch die Straßen und brachten Pflaster, Fassaden und Dächer zum Glänzen. Geheimnisvolles Knistern wechselte mit den scharrenden Geräuschen schneller oder langsamer Schritte ab, wenn Hufschlag zu hören war, schien er heller als sonst zu klingen, doch schon im nächsten Moment hatte der Nebel Ross und Reiter wieder verschluckt.

Es war etwas wärmer geworden, aber die Feuchtigkeit hielt die Kälte fest. Wege, die auch im Sommer im Schatten lagen, waren mit einer hauchdünnen Eisschicht überzogen, Pfützen schimmerten stumpf, auf den Leinen über den Gassen hing halb gefroren die Wäsche.

Es ist eben November, dachte Ulrich. Die Nässe hüllt die Kälte ein und macht alles unwirtlicher, als es schon ist. Man könnte Angst bekommen, dass der Nebel das Feuerholz verdirbt.

Er schmunzelte über seinen Gedanken und ließ Mahut trotten, wohin dieser wollte. Zuweilen machte er sich den Spaß, in das wabernde Weiß zu greifen, dann wieder blieb er einen Moment versonnen stehen, als müsse er sich erst wieder neu orientieren.

Scheinbar ohne Ziel ritt er weiter.

Schließlich bog er vom Trompetergässchen in die Klostergasse ab. Nach einer Weile stockte der Verkehr, weil vor aller Augen ein Bauer zu torkeln begann und zusammenbrach. Er fiel auf die Seite, das Schnitzspielzeug schleuderte aus seiner Kiepe heraus. Sofort entstand großes Geschrei. Kinder umringten den Mann und stürzten sich auf die fein gearbeiteten Landsknechte und Ritter mit ihren Waffen wie Lanzen, Hellebarden, Morgensterne. Ulrich sah noch, wie einige von ihnen mit geschlossener Faust davonrannten und der Nebel sie verschluckte, da rief schon jemand: «Er ist tot.»

«Ja, bei Gott, wie klapprig er auch aussieht!» Die Magd, die dies sagte, klang zornig. Sie stemmte die Arme in die Hüften und schaute um sich. «Verreckt am Hunger! So geht's! Erst er, dann wir Kleinen in der Stadt. Aber nie die Herren vom Adel und vom Patriziat. Aber so war's ja schon immer.» Sie schaute zu Ulrich hoch, der just der einzige Mann von Stand war, der in der Klostergasse zu Pferd war. Ulrich sah in die wütenden und ausgezehrten Gesichter von Kindern, Tagelöhnern, Marktbeschickern und Handwerksburschen. «Und Ihr, edler Ritter?», rief ihn die Magd an, «schon mal nichts zu beißen gehabt? Oder braucht Ihr keine Zähne mehr, weil Euch Eure Diener das Wildbret löffelweich auftischen?»

Hämisches Gelächter machte die Runde, Pfiffe erklangen. Ein Junge rannte nach vorn, spuckte aus, andere taten es ihm nach. Eine Frauenstimme aus der Menge kreischte: «Essen, trinken, schlafen gehen? Nein: fressen, saufen, ficken, das ist das, was Deutschherrn blicken.»

Sofort machte der Vers die Runde. Ulrich wusste nicht, was er tun sollte. Sag ich etwas, werde ich sowieso niedergebrüllt, dachte er. Sag ich nichts, reißen sie mich womöglich noch aus dem Sattel.

Plötzlich hatte er eine Idee. Er stieg vom Pferd und trat entschlossen auf den toten Bauern zu. Eine Gasse bildete sich, mit einem Mal war es still. Neugierig sahen die Menschen zu, wie Ulrich Stück für Stück das Spielzeug einsammelte. Er stellte die Kiepe aufrecht hin, schaute um sich und zeigte auf einen Jungen: «Du, komm, such dir zwei Sachen aus.»

Das ließ dieser sich nicht zweimal sagen. Ulrich winkte den nächsten Jungen heran, auch er durfte sich zwei Figuren aussuchen. So ging es fort, bis die Kiepe leer war.

«Ihr habt doch Mitleid mit diesem armen Kerl, oder?», rief Ulrich in die Menge. «Eben. Dann seid ihr gewiss auch ehrlich.» Er zog sein Geldsäckel auf und entnahm ihm einen Reichstaler, den Monatslohn eines Tagelöhners. Er warf ihn der Magd hin und fuhr fort: «Bringt dieses Geld seiner Frau oder seinen Kindern. Und sagt ihnen: Ulrich von Detwang wird ein würdiges Begräbnis zahlen.»

Niemand sagte ein Wort. Ulrich schwang sich auf sein Pferd und ritt weiter. Angespannt hielt er den Atem an. Da hörte er, wie ihm jemand hinterhergerannt kam. Ein Mädchen stellte sich ihm in den Weg.

«Ritter?»

«Ja, was möchtest du?», fragte Ulrich freundlich.

«Euch etwas geben.»

«Und was?»

Das Mädchen streckte ihm eine der Schnitzfiguren hin, die es sich gerade erst ausgesucht hatte.

«Ihr seid ein guter Ritter. Darum.»

«Danke.»

Das Mädchen verschwand in die nächste Gasse, Ulrich lächelte und betrachtete sein Geschenk. Der Spielzeugritter kniete. Er trug seinen Topfhelm unter dem Arm und schaute mit ernstem und hoheitsvollem Gesicht zu jemandem auf.

Ulrich seufzte. Wie passend, dachte er. Da war ich gerade bei «ihr» und fürwahr: Ich habe «sie» genau so angeschaut wie dieser Ritter. Hätte ich nichts von Marie erzählt, wir hätten stumm dagesessen und allein unsere

Blicke sprechen lassen, uns damit umarmt, geküsst und vielleicht noch mehr.

Langsam ritt er weiter und überließ sich wieder seinen glückseligen Gefühlen, die ihn, seitdem er das Spital verlassen hatte, verzauberten. Sein Kopf war wie taub, alles, was er wahrnahm, erreichte ihn langsamer, unschärfer, gedämpfter. Dass er im Sattel saß, begann er bereits wieder zu vergessen, sein Verstand war wie in Watte gepackt.

Er sah Hanna vor sich, wie sie schließlich die Augen schloss und ihm lächelnd zuhörte, obwohl er ihr berichten musste, dass Marie nichts anderes tue, als stumm aus dem Fenster zu schauen. Sie antworte auf keinerlei Ansprache und nehme nichts als Brot und Wasser zu sich. Agathe, seine Schwester, die Priorin des Klosters, zeige sich zunehmend besorgt.

Aber was ist, wenn Babur gar nicht tot ist, hatte Ulrich plötzlich eine Eingebung. Ich werde den Abdecker fragen. Wenn er sich an keinen toten Hund erinnert … Marie könnte dann zumindest wieder hoffen und darüber gesund werden.

Am Georgsbrunnen ließ er Mahut saufen. Nebelschwaden zogen über den Markt, aus der Hafengasse wehte ein eisiger Wind. Ulrich beobachtete die wenigen Menschen, die mit hochgezogenen Schultern durch die Budenreihen huschten. Jeder wollte seine Besorgungen schnell erledigt haben, kaum einer wechselte mit den Händlern ein Wort. Arm dran waren vor allem die budenlosen Marktbeschicker, die hinter ihren Tischen auf und ab stapften. Gewinner des Tages waren die Suppenverkäufer. Ihre Kessel hingen an einem Dreibein über einer kleinen Feuerstelle, der Geruch verbrannten Holzes mischte sich mit den Düften von Bohnenkraut, Speck und gerösteten Kastanien, aber auch Fisch, Zwiebeln, Knoblauch und würzigem Sellerie.

Man sollte sich jetzt wirklich etwas Gutes tun, dachte Ulrich, band Mahut an und schritt auf eine Suppenverkäuferin zu.

«Sie ist auch heiß, ja?», fragte er.

«Gewiss, edler Herr. Sie kommt frisch aus dem Kessel.» Die Frau zog ihre Handschuhe aus, griff nach einer Holzschüssel und füllte sie mit einer Kelle. «Gerste und Weizen, dazu dicke Bohnen, ordentlich Sellerie und Salz und abgeschmeckt mit Rahm.»

«Sie ist gut.»

Bedächtig löffelte Ulrich die heiße Suppe, da kam aus dem Rathaus ein vornehm gekleideter Mann mit schwarzem Gelehrtenhut geradewegs auf ihn zu.

«Auch Appetit bekommen?», fragte Ulrich.

«Geht nicht anders. Es ist saukalt bei euch in den Ratsstuben. Man bekommt das Reißen ... Wie eure Großkopfeten das aushalten, ist mir ein Rätsel. Oder aber ich bin nicht genug abgehärtet.»

«Ihr seid nicht von hier?»

«Doch, seit vorgestern.» Die wachen Augen des Mannes huschten über Ulrich hinweg, der Mund in dem schmalen, spitz zulaufenden Gesicht kräuselte sich spöttisch. «Entschuldigt, Ritter. Man nennt mich auch Doktor ABC, Andreas Bodenstein aus Carlstadt.»

«Der Carlstadt aus Wittenberg?»

«Wozu es leugnen?»

Dr. Carlstadt löffelte seine Suppe. Er reckte den Kopf und schaute an Ulrich vorbei, als wolle er sichergehen, niemanden zu verpassen. Ulrich wusste nicht allzu viel von diesem Gelehrten, aber das Wenige war aufregend genug. Dr. Carlstadt war der Doktorvater Martin Luthers, mit dem er sich jedoch überworfen hatte. Es ging das Gerücht, Luther habe Kurfürst Friedrich im August gedrängt, seinen Lehrer aus Wittenberg auszuweisen. Angeblich sollte Dr. Carlstadt seitdem im Bauernrock herumlaufen.

Tut er aber nicht, dachte Ulrich. Vielleicht ist er ja gar nicht solch ein leidenschaftlicher Reformator, wie ihm nachsagt wird? Machen wir doch einmal einen Versuch.

«Deutsche Ritter wie ich sind ja nun papsttreu», begann er vorsichtig. «Wie die Schrift auszulegen ist, überlassen wir dem Heiligen Vater. Ihr dagegen sagt ...»

«... dass kein Mensch, und sei es auch der Papst, allein von sich behaupten kann und darf, seine Auslegung der Heiligen Schrift sei Gesetz. Das ist Anmaßung und gerade so, als ob man dem Teufel zugestehen würde, nur er sei für alles Böse in der Welt verantwortlich.» Dr. Carlstadt funkelte Ulrich an, der ein Stück zurückgetreten war. Sein Ton war trotz des ungemütlichen Wetters leidenschaftlich, und offensichtlich fand er es völlig natürlich, im Beisein einer Suppenköchin zu theologisieren. «Und dass Ihr gleich wisst, mit wem Ihr es zu tun habt, Ritter: Zuwider ist mir nicht nur die anmaßende Autorität des Papstes, sondern auch das fromme Gewäsch um Reliquien. Zum Henker mit diesem Knochenmüll in unseren Kirchen, den Kreuzesnägeln und angeblichen Blutstropfen Christi! Fort mit dem bleichen Geschädel irgendwelcher Heiliger und all diesen lächerlichen Märtyrerknöchelchen! Weg mit den Bildern, die nichts anderes feiern als Tand und Ruinen, Ströme von Blut und grinsende Teufel!»

Seine Tiraden ließen ein paar Marktbesucher stehen bleiben. Doch dies schien Dr. Carlstadt keineswegs zu stören, sondern eher zu freuen. Ulrich wiederum war in ganz anders gearteter Stimmung, als dass ihn diese Leidenschaft fürs Theologische in irgendeiner Form berührte. Ihn amüsierte die Hitzköpfigkeit dieses Mannes, dessen Abneigung gegen alle Abgötterei in seinen Augen krankhafte Züge trug.

«Ihr habt wohl, Dr. Carlstadt, auch Angst vor dem Dunkeln, wie?», neckte er ihn.

Die Umstehenden lachten, aber auf eine solche Bemerkung schien der Herr Doktor ABC gerade gewartet zu haben. «Angst?», rief er pathetisch in die Runde. «Ja, die habe ich! Fromm und voller Ehrerbietung all diesen mystischen Götzenwerken gegenüber bin ich aufgewachsen. Ich erinnere mich, dass ich am Tag des Laurentius Angst vor dem Küchenbratrost meiner Mutter bekam, am Sebastianstag fürchtete ich, wegen irgendwelcher lässlicher Sünden von einem Pfeil getroffen zu werden, und so ging es fort. Am Stephanstag stolperte ich einmal über eine trächtige Sau, weil ich ständig Ausschau hielt, ob einer mit Steinen auf mich zielt, und am Cäcilientag litt ich unter Halsschmerzen und konnte nur krähen statt singen.»

Dr. Carlstadt hatte sein Publikum. Er schaute von einem zum anderen, kaufte einem Lupinenverkäufer mit Bauchladen eine Kelle Lupinensamen ab und warf die einzelnen Samen zum Spaß in die Höhe, um sie mit dem Mund wieder aufzufangen. Derweil machte die Suppenverkäuferin das Geschäft des Monats. Immer mehr Menschen kamen, um diesem bissigen Gelehrten zuzuhören, der jetzt einzelne Lupinensamen in die Menge warf.

«Da haben wir eine Köhlerin im Spital, die hat beim Aderlass unsere Heilig-Kreuz-Reliquie bluten sehen», rief ein Mann. «Was sagt Ihr dazu?»

«Bestimmt ist sie auch so ein verlorenes Geschöpf wie ich einst! So verrückt war ich, dass ich Angst vor Bildern hatte, auf die der Teufel gemalt war. Aber ich sage euch allen: Hatte ich, so ein kleiner Knabe, nicht sogar recht? Du sollst dir kein Bildnis machen, heißt es doch, oder? Gott erwartet keine ausgeschmückten Kirchen, sondern einzig den Glauben an Christus. Bildwerke, Götzen, Reliquien –

dahinter steckt schnöder Mammon, der den Armen entzogen wird, der Bauern und Kleinhäusler knechtet, Handwerker belastet und Tagelöhnern das letzte Blut aus den Adern presst.»

Applaus erscholl, schrille Pfiffe gellten über den Platz. Ulrich war jetzt hellwach. Die Köhlerin im Spital konnte niemand anders als Hanna sein. Doch schon wurde die nächste Frage gerufen: «Kennt Ihr unseren blinden Mönch, den Hans?»

«Den aufrichtigsten Geistlichen der Stadt? Ich werde mich von ihm segnen lassen!»

Der Applaus schwoll an.

«Unser Hans sagt, die Reliquie könne gar nicht anders als zu weinen, weil die ehrlichen kleinen Leute so geknechtet werden. Sagt, hat er da recht?»

Dr. Carlstadt kam nicht zum Antworten, denn auf einmal entstand ein hitziges Gedrängel. Zwei Männer schubsten sich gegenseitig, einer ein Handwerksbursche, der andere, der schwarzen Kleidung nach zu urteilen, ein Schreiber. «Wenn die Reliquie blutige Tränen vergießen würde, du Hund, dann, weil unser Herr darüber weint, dass es immer mehr Menschen gibt, die gegen seine Ordnung aufbegehren.»

«Nein! Es ist genau umgekehrt, du Blutsauger. Der Herr würde weinen, weil euresgleichen alle Menschlichkeit verloren hat. Dein Vater hat uns den Mietzins erhöht. Und du? Du Sohn eines Geiers trägst einen gefütterten Mantel, die Unterröcke meiner Frau aber sind aus Flicken.»

Ulrich blieb das Lachen im Hals stecken, als eine Frau mit heiserer Stimme schrie, sie wisse es genau: Die Reliquie werde bluten, weil sie die Frau kenne. «Sie will uns ein Zeichen geben, wachen wir auf! Ich kenne diese Köhlerin. Sie hat das andere Gesicht!»

«Niemals, Magdalena! Himmel, du dummes Stück. Sie ist eine Hexe. Und sie hat noch ganz andere Gesichte!»

Die Stimme gehörte einem stämmigen Mann, der mit seinem Zwillingsbruder an einem Leiterwagen mit einem Bierfass lehnte. Er hatte die Arme verschränkt, seine Miene sah so selbstgefällig wie gewaltbereit aus.

Ulrichs Herz begann heftig zu klopfen. Meine Hanna?, fragte er sich entsetzt. Ich weiß doch gar nichts davon.

Bestürzt schaute er zu Dr. Carlstadt, der sich jetzt mit einem ihm bekannten Patrizier aus dem Rathaus unterhielt, während eine Gruppe Frauen lautstark beschloss, sie würden zum Spital gehen.

Inzwischen war es ein wenig wärmer geworden, auch zog es nicht mehr aus der Hafengasse. Ein Fleckchen Blau zeigte sich am Himmel, und als für einen Augenblick die Sonne durchbrach, hetzte einer der beiden Bierkutscher: «Los, was seid ihr für Männer! Tragt es mit dem Messer aus! Kühlt euer Blut mit Blut.»

Ulrich hatte das Gefühl, aus einem Traum gerissen worden zu sein, als der Handwerker den Schreiber so heftig schubste, dass dieser stürzte. Ohne länger nachzudenken, zog er sein Rapier und drängte sich durch die Umstehenden.

«Geht auseinander!», rief er und ließ die Klinge durch die Luft sausen.

Sein Herz klopfte heftig. Ihm war, als würde er erst jetzt wirklich aufwachen. Er packte den Schreiber beim Arm, riss ihn hoch und stieß ihn fort. Dem Handwerker hielt er die Spitze seiner Waffe an den Hals und schaute ihn herausfordernd an.

Die Menschen murrten, aber sie gingen auseinander.

Der Handwerker zeigte Ulrich den Vogel, ging aber ebenfalls seines Wegs.

Wütend ging Ulrich auf Carlstadt und den Patrizier

zu: «Palavern könnt Ihr, wie? Und wegschauen, was? Da braucht Ihr Euch nicht wundern, wenn eines Tages Eure Häuser in Flammen aufgehen!»

«Aber Ritter! Es ist doch gar nichts passiert.»

Dr. Carlstadt klang, als wollte er Ulrich für verrückt erklären.

«Der Nebel scheint Eurem reformatorischen Verstand nicht gutzutun, Dr. Carlstadt. Wollt Ihr Unruhe stiften? Das tut in Wittenberg, aber nicht hier.»

«Ritter von Detwang, seit wann sorgt sich ein Mann des Deutschen Ritterordens um die Stadt?», rief ihm der Patrizier spöttisch zu. «Geschehen etwa auch bei den Deutschherren jetzt Wunder?»

Er lachte und wandte sich ab. Gemeinsam mit Dr. Carlstadt hielt er auf die Ratsweinstube zu. Gedemütigt sah Ulrich ihnen nach. Noch nie war ihm so unmissverständlich klargemacht worden, was es bedeutete, zu den als gierig und erzfaul verschrienen Deutschherren zu gehören.

Die Sonne hatte weiter an Kraft gewonnen, der Nebel lichtete sich jetzt rasch. Ulrich hörte Mahut wiehern – und auf einmal sah er Hanna vor sich. Auch um sie werde ich kämpfen müssen, dachte er ernüchtert. Erst einmal aber muss ich sie in Sicherheit bringen. Schon allein, um ihr den Aderlass zu ersparen.

14

Sie sehnte sich nach ihm, und diese Hoffnung ließ sie aufblühen, Spitalkaplan Ott aber führte Hannas gesundes Aussehen auf das gereinigte Blut und die gute Kost zurück. Mehrmals täglich besuchte er seine neue Lieblingspatientin im großen Saal des Spitals, betete mit ihr und ließ sie drei Tage vor dem Aderlass in eine Krankenzelle für Patienten von Stand bringen.

«Schau, Hanna, du hast hier einen eigenen Altar. Das Bild zeigt die Himmelfahrt der Heiligen Jungfrau. Sie wird dir beistehen. Komm, lass uns beten.»

Mit vor Begeisterung glänzenden Augen schob er sie an den Hüften vor das sekretärähnliche Möbelstück, das eine Zellenecke neben dem Fenster ausfüllte. Gemeinsam knieten sie nieder, Spitalkaplan Ott ein Stück hinter ihr. Seine Brust berührte ihren Rücken, der saure Atem seiner Nase drang ihr durch das frisch gewaschene Haar.

Hanna riss sich zusammen, damit der Spitalkaplan ihre Abneigung nicht spürte, und betete mit ihm tapfer ein Ave-Maria. Allein der Geruch, der von ihm ausging! Ungewaschen und fischig, während sie nach einem Dampfbad nach Seife duftete. Sie verstand nicht, warum er so wenig Wert auf Körperpflege legte. Immerhin stammte er aus einer wohlhabenden Familie, einer seiner Brüder stellte sogar einen der sechzehn Ratsherren.

«Ich spüre, du bist eine reine Jungfrau», murmelte der Spitalkaplan nach dem Amen. «Du könntest in ein Kloster gehen …»

«Nein. Niemals.»

«… Du wärst die reinste und frömmste Frau», sprach er, ohne zu stocken, weiter. «Eine herrliche Zierde unserer Religion in diesen Wirren, in denen der Pöbel das Unterste zuoberst kehrt.»

Er sank gegen sie. Hanna zuckte zusammen. Sie machte sich steif und wagte kaum noch zu atmen.

Da klopfte es.

«Herein», rief sie hastig.

Der Spitalkaplan brummte missbilligend und erhob sich. «Überleg es dir, meine Tochter», zischelte er ihr zu, als Spitalmeister Ulf von Leuzendorf eintrat.

«Kaplan Ott, Ritter Ulrich von Detwang möchte unter vier Augen mit ihr sprechen», bellte der Spitalmeister in die Zelle. «Kommt bitte. Im Übrigen darf ich Euch daran erinnern: In der Benediktregel heißt es nicht nur *ora*, sondern auch *labora.*»

Für Hanna waren es die schönsten Minuten ihres Lebens. Ulrich schaute sie unverwandt an, während er sie an den Händen hielt. Seine Augen leuchteten, und sie las die Freude darin, sie so gepflegt und begehrenswert vorzufinden. Wir haben noch kein Wort gesprochen, schoss es ihr durch den Kopf, da fühlte sie, wie Ulrich den Druck seiner Hände verstärkte. Ein neuer Gefühlssturm brach sich bei ihr Bahn, und ihr Herz klopfte, als wolle es zerspringen.

Sie erwiderte den Druck seiner Hände, ihre Lippen bebten. Ihr schwindelte vor Sehnsucht, doch da ertönte das magere Geläut der Spitalglocke und beendete ihre stumme Zwiesprache. Ulrich räusperte sich, und Hanna glaubte, ins Leere zu stürzen, als er sie losließ. Leise schluchzte sie auf und flüsterte seinen Namen.

«Hanna?», fragte er besorgt.

Sie wollte ihm um den Hals fallen, doch da spürte sie bereits seine kräftigen Arme. Ulrich riss sie an sich und küsste sie. Es raubte Hanna den Atem, und auch er musste wieder von ihr ablassen, doch im zweiten Anlauf fanden sie sich sanfter und umarmten sich küssend, bis die Spitalglocke verstummte.

«Du weißt, was das heißt?», fragte er und fuhr sich durchs Haar.

«Nein.» Hanna schüttelte den Kopf und spürte, wie sie rot wurde.

«Wirklich nicht?»

Sie hob den Kopf und konnte nichts dagegen tun, dass ihr die Tränen in die Augen traten. «Ich weiß nur, dass ich kein Recht auf dich habe und alles nur ein Traum ist.»

Statt zu antworten, zog er sie sanft an sich und nahm ihr mit seinen Lippen eine Träne von den Wimpern. Dann fasste er in sein Wams und drückte ihr den Spielzeugritter in die Hand.

«Ich bin wie er. Und nur du weißt, wem er sein Herz zu Füßen gelegt hat.»

Hanna lächelte. Sie schlang ihre Arme um Ulrichs Hals und zog ihn zu sich herab. Sie umarmten sich, sanken dabei aufs Bett. Ulrich küsste ihren Hals und ihre Hände, legte schließlich seinen Kopf auf ihren Bauch. Sie hielt ihn fest und schloss die Augen, da ertönten Schritte auf dem Gang.

Ulrich sprang hoch. Die Schritte entfernten sich, irgendwo quietschte eine Tür.

«Siehst du?», flüsterte sie und setzte sich auf. «Du hast Angst. Es war nur ein Traum.»

Liebevoll schaute er sie an, dann schüttelte er schließlich den Kopf.

«Nein, Hanna», sagte er ernst und fasste wieder nach ihren Händen. «Es ist kein Traum. Auch wenn es so aussieht, er könnte nicht Wirklichkeit werden: Ich will dich, und ich werde dich zu meiner Frau machen. Und das vor Gott und aller Welt. Aber jetzt sag mir, was es mit deinen Gesichten auf sich hat.»

Zaghaft begann Hanna ihm von allen Visionen zu erzählen, die sie gehabt hatte. Sie schaute ihn dabei ängstlich an, und Ulrich hörte ihr zu, ohne sie ein einziges Mal zu unterbrechen. Er wirkte von Minute zu Minute entspannter. Hanna hörte ihre Stimme fester werden, immer flüssiger kamen ihr die Worte über die Lippen. Als sie fertig war, lächelte Ulrich, trat auf sie zu und gab ihr einen Kuss direkt auf den Mund.

«Jetzt verstehe ich, warum Kaplan Ott dich gerne im Kloster sähe. Aber ich muss deine Gesichte nicht allzu wichtig nehmen, oder? Frauen erahnen schon einmal mehr als wir Männer. Sie sind von Natur aus einfach enger mit den Geheimnissen des Lebens verbunden. Gleichzeitig kann man euch schneller ängstigen. Dass ihr mehr zu Träumen neigt, wussten schon die antiken Schriftsteller. Auch Pontius Pilatus' Weib warnte seinen Mann davor, unserem Herrn Jesus Christus etwas anzutun. Ihr Mann hörte bekanntlich nicht auf sie. Gott allein weiß, was die Zukunft bringt. Nicht wir Menschen.»

Lächelnd wiegte Hanna den Kopf. Er hält mich für ein wenig überspannt, dachte sie. Aber das bin ich nicht. Muss ich ihm nicht widersprechen? Doch was hätte ich davon? So wie er alles deutet, ist es besser für uns. Gesichte sind schlecht für unsere Liebe. Ich werde sie kleinreden und ihm gegenüber so wenig wie möglich davon sprechen.

Schließlich sagte sie: «Jetzt ist Spitalkaplan Ott vor allem wichtig, was ich während des Aderlasses zur Heilig-Kreuz-Reliquie gestammelt habe. Meine weltlichen Gesichte interessieren ihn schon nicht mehr. Sie sind für ihn Einflüsterungen des Teufels, die er mir austreiben will, indem er mich ausblutet. Aber wehe, ich kann meine Zunge nicht im Zaum halten: Dann spricht er davon, mich vor den Rat zu bringen, wo ich bestimmt sofort als Hexe angeklagt werde.»

Unglücklich senkte sie den Kopf und wischte sich eine Träne aus dem Augenwinkel. Ulrich zog sie zu sich hoch und streichelte ihr übers Haar. «Solange ich da bin, brauchst du keine Angst zu haben. Und solltest du je zweifeln: Denk an den Spielzeugritter. Er ist ich.»

Sie seufzte. Ulrich presste sie an sich und küsste sie so voller Leidenschaft, als wolle er ihr beweisen, wie ernst es ihm mit ihr war.

«Hanna! Ritter von Detwang!» Kaplan Otts aufgeregte Stimme erklang plötzlich im Gang. Hanna und Ulrich lösten sich rasch voneinander.

«Was ist?», rief Ulrich, während Hanna sich zum Fenster drehte und Schürze und Kleid zurechtzupfte.

Ulrich öffnete die Tür. Spitalkaplan Ott und Ulf von Leuzendorf eilten auf ihn zu. Im Gesicht des Kaplans stand Entzücken, auf dem des Spitalmeisters erkannte Ulrich dagegen eher Besorgnis.

«Ein Wunder!», rief Ott Ulrich zu. «Ein Wunder ist geschehen! Ein himmlisches Zeichen in St. Jacob! Unsere Heilig-Kreuz-Reliquie schwitzt Blut. Denkt doch: Blut!» Mit vor Begeisterung gerötetem und schweißnassem Gesicht drängte er sich an Ulrich vorbei und breitete die Arme aus. «Hanna! Deine Worte scheinen sich erfüllt zu haben. Der Herr hat durch dich gesprochen!»

Er umarmte Hanna und machte Anstalten, ihr zu Füßen zu fallen, doch der Spitalmeister konnte ihn gerade noch davon abhalten. Er drängte den Kaplan zurück und warf Ulrich einen kurzen, bedeutungsvollen Blick zu.

«Loben wir sie lieber nicht zu früh», sagte er an ihn gewandt. «Hier will doch nur jemand mit einem üblen Spiel Politik machen. Aber einmal davon abgesehen: Wenn sich herumspricht, hier im Spital lebe die Seherin eines Blutwunders, wird das Volk sie in Stücke reißen oder sich gegenseitig tottrampeln, nur um einen Zipfel ihres Kleides zu berühren.»

«In der Tat. Was machen wir also?» Ulrich und der Spitalmeister wechselten schnelle Blicke, denn Kaplan Ott hatte Hanna vor den Altar gezogen, um mit ihr ein Ave-Maria zu beten.

«Ich weiß nur eins: Wir müssen schnell handeln. Der Sakristan hat den Mund nicht halten können, die Jacobspilger ziehen bereits singend durch die Stadt. Schon vor ein paar Tagen lärmte hier ein Grüppchen von Frauen. Sie hatten Wind von Hanna Völz' Worten bekommen.»

«Ich weiß. Ich war dabei. Kennt Ihr Doktor Carlstadt?»

«Das sogenannte böse ABC?»

«Interessant. Der Rat nennt ihn wohl so?»

«Ja.» Der Spitalmeister lächelte maliziös. Er war Mitglied des Rats und galt als vernunftbetonter Mann, dem jeglicher Fanatismus zuwider war. Ulrich spürte, dass er Hanna lieber heute als morgen aus dem Spital haben würde – und gerade dies brachte ihn auf eine Idee.

«Hanna Völz?», fragte er bewusst streng, ungeachtet, dass sie und der Kaplan noch beteten. «Du hast mir gerade gestanden, deine Worte wären fromme Bilder gewesen, aber keine eigentlichen Gesichte ...»

«Ja, ich habe Zuflucht zu ihnen genommen. Das können Kaplan Ott und der Spitalbader bezeugen.» Hanna war zusammengezuckt, aber Ulrichs blitzende Augen verrieten ihr, dass er sich gerade bewusst verstellte. Ihr eindringlicher Blick wiederum ließ ihn zu Boden schauen, trotzdem entging ihr nicht, wie sehr er sich bemühen musste, ernst und streng zu wirken. «Ich begreife ja nun auch, um was es geht, aber ...»

«Nichts begreifst du, Hanna Völz.» Der Spitalmeister klang gereizt. «Zerbrich dir bloß nicht den Kopf über Dinge, von denen eine einfache Köhlerin gar nichts verstehen kann! Herrgott, du hast schon für genug Unruhe gesorgt. Der Hegemeister hat sich bestimmt nicht vorstellen können, was er da angerichtet hat, als er dich zu uns bringen ließ.»

«Dafür kann sie ja nun nichts.» Ulrich klang ruhig und beherrscht, aber er strich sich das Kinn, so sehr zuckte ihm der Mund. «Muss der Bader sie auch derart unmäßig zur Ader lassen? Da spricht man schon einmal verquer.»

«Ja, schon. Aber auch wenn es nur Worte sind, einmal ausgesprochen, gären sie in den Köpfen weiter.»

«Spitalmeister! Wollt Ihr damit sagen, Ihr gebt jetzt doch etwas darauf?»

«Unsinn.»

«Dann habe ich eine Idee: Wir sollten sie selbst die Reliquie untersuchen lassen.»

«Und dann?»

«Wird sie vor versammelter Priesterschaft und Ratsprediger Teuschlin erklären, dass das Blut nur aufgetragen oder wahrscheinlich sogar Farbe ist. Da wir Deutschherren bekanntlich das Patronat über St. Jacob haben, könnte ich auf dieser Probe bestehen. Wir machen ein wenig Theater und entlarven damit all diejenigen, die eine Köhlerin für ihre Zwecke benutzen wollen. Hinterher werden wir sie zu den Dominikanerinnen schaffen, bis sich die Lage beruhigt hat.»

«Schlau, Ritter von Detwang. So soll es sein.»

«Sie wird in Entzückung fallen», flüsterte Kaplan Ott, der noch immer kniete. «Sie ist gebenedeit … eine reine Jungfrau … trunken vom Blut des Herrn …»

Ulrich und der Spitalmeister wechselten betretene Blicke, während Spitalkaplan Ott sich an eine selbstgedichtete Marienlitanei verlor. Bestürzt schlug Hanna sich die Hand vor den Mund. Spitalkaplan Ott glühte, in seinen Mundwinkeln bildeten sich kleine Bläschen. Behutsam hakten Ulrich und der Spitalmeister ihn unter und zogen ihn hoch. Sie stützten ihn auf dem Gang und mussten ihm gleich erneut auf die Beine helfen, weil er nach wenigen Schritten zusammenbrach.

«Der Bader ist auch so ein Kandidat», hörte sie den Spitalmeister murmeln. «Wer hier nicht irgendwann herauskommt, wird krank. Es geht auf die Seele. Man wird toll.»

Es war so weit. Am Tag, an dem sie eigentlich zur Ader gelassen werden sollte, stand Hanna vor dem Tor zur Spitalgasse. Sie trug ein neues, aber betont schlichtes Kleid, ihr Haar zierte eine bewusst abgetragene, geflickte Haube.

«Mach deine Sache gut, Hanna Völz», verabschiedete sie der Spitalmeister und zupfte ihr die Haube zurecht, damit der Myrtenkranz zum Vorschein kam, der ihr geflochtenes Haar zierte. «Du weißt, was auf dem Spiel steht. Sprich nur, wenn du gefragt wirst.»

«Ich werde Euch nicht enttäuschen.»

«Dann geh mit Gott.»

Hanna klopfte das Herz. Sie hob den Kopf und trat durch das Tor. Ihr erster Blick galt Ulrich, der in der Mitte der Straße stand. Ihr schoss das Blut in den Kopf, so heftig berührte sie sein aufleuchtendes Gesicht. Sie musste den Wunsch unterdrücken, sich ihm in die Arme zu werfen, andererseits wurde ihr leicht schwindlig, als sie der Menschenmassen gewahr wurde, die von Stadtbütteln und Hegereitern zurückgehalten wurden.

Niemand scherte sich um den trüben Novembertag, alle wollten die Frau sehen, die von den einen als Hexe beschimpft, von anderen dagegen als fromme Seherin verteidigt wurde.

«Da ist sie!»

Die Stimme war wie ein Schlachtruf und zog Pfiffe und Geschrei nach sich. Nur mühsam hielt die Kette aus Stadtbütteln und Hegereitern die Menge zurück. Die einen schrien ihr Namen zu, für die sie beten sollte, andere warfen in Tücher gehüllte Kiesel, Spielzeug, Kämme, Löffel, sogar Münzen.

Der Spitalmeister hatte ihr eingeschärft, alles liegen zu lassen und nichts zu berühren.

«Ruhig bleiben», raunte Ulrich ihr zu.

Er und andere Deutsche Ritter hatten sie in die Mitte

genommen. Zügig schritten sie die Spitalgasse entlang, in der Berittene und Soldaten aufmarschiert waren. Ständig prasselten irgendwelche Gegenstände auf sie nieder. Der Lärm von Trommeln und Schellenklang lag in der Luft, ab und an zogen ihr bittere Schwaden von Pechfackeln in die Nase. Hinter den Fenstern drängten sich Menschen, winkten und riefen ihren Namen. Burschen riefen ihr Anträge nach, in der Schmiedgasse landete ein warmer Schmalzkrapfen auf ihrem Kopf.

Hanna schaute weder nach rechts noch nach links. Stur schritt sie geradeaus und rang mit tiefen Atemzügen ihre Aufregung nieder. Zuweilen glaubte sie, ihre Füße berührten den Boden gar nicht mehr, dann wieder klopfte ihr das Herz so heftig, dass die Brust schmerzte.

Ich muss es aushalten, sagte sie sich immer wieder. Bald ist alles vorbei. Bei den Dominikanerinnen werde ich endlich Marie wiedersehen. Ich muss sie trösten, ihr neuen Mut machen. Das Leben wird weitergehen. Vielleicht werden Ulrich und ich bald allein sein … wir beide …

Ihr Kopf war wie taub von dem Lärm um sie herum. Sie versuchte sich vorzustellen, was passieren würde, sollte die Menge zu ihr durchbrechen, doch Ulrich und die anderen Ritter schirmten diese von ihr ab wie Kelchblätter den Stempel einer Blume.

Endlich erreichten sie den Kirchplatz mit dem St. Jacob umgebenden Kirchhof. Ulrich ging dicht hinter ihr, ein paar Mal schon hatte er ihre Hüfte berührt, so als wolle er sie in eine bestimmte Richtung lenken. Jetzt geschah es wieder. Hanna schloss die Augen, atmete tief ein und aus. Sie wünschte sich, seine Hand würde sie führen, schieben, halten …, doch schon im nächsten Augenblick hatte Ulrich sie wieder zurückgezogen.

Plötzlich tat sich im Längsschiff eine Seitentür auf. Der

Sakristan winkte ihnen. Hanna schlug Weihrauchduft entgegen, im Dunkel der Kirche schimmerten Kerzen.

Im Kirchenschiff herrschte ein noch größeres Gedränge als draußen. Vor der Chorschranke knieten Jacobspilger, die Hanna an ihren breitkrempigen Hüten und dem langen Stock erkannte. Sie schaute auf das Glasfenster in der Mitte des Chorschlusses, das den heiligen Jacob und die heilige Elisabeth, die Schutzpatronin des Deutschen Ordens, zeigte.

Steht mir bei, rief Hanna ihnen zu, als sie durch die Tür der Chorschranke schlüpfte. Aus den Augenwinkeln sah sie, wie Ulrich seinen Platz im Gestühl aufsuchte – neben zahlreichen anderen Rittern, Pfarrern und Patriziern.

Groß ragte der Schnitzaltar Tilman Riemenschneiders vor ihr auf, halb verdeckt von einer riesigen Klappleiter. Sie ragte weit über das Altarretabel hinaus.

Da also muss ich hinauf!

Hannas Blick glitt über die geschnitzten Apostelfiguren. Sie hatten das Ostermahl beendet, Jesus' Lieblingsjünger Johannes ruhte schlafend an der Brust des Herrn.

Herr, hilf!

Hanna schaute in die scheinbar unbeteiligten Gesichter der Messdiener. Ratsprediger Teuschlin drückte ihr ein weißes, mit Weingeist angefeuchtetes Seidentuch in die Hand und trat zurück. Hanna suchte Ulrich, sah, dass er lächelte und ihr zunickte.

Langsam kletterte sie die Stufen empor. Mit jedem Knarzer, den die Leiter von sich gab, wurde es wieder ein Stück stiller. Die Menschen hielten die Luft an, die Gesichter waren wie eingefroren. Hanna schaute nicht auf den Boden hinunter. Bis jetzt konnte sie nirgends Blut entdecken. Aber noch war sie ja auch nicht auf Augenhöhe mit dem Gesprenge, das das Altarretabel krönte. Vor allem diesem Gesprenge verdankte Rothenburg seinen Ruf als

Pilgerstadt: Zwei Engel hielten das Kreuz mit der berühmten Reliquie, einer Bergkristallkapsel, die einen Tropfen verschütteten Abendmahlwein einschloss. Infolge eines Wunders hatte sich der Tropfen einst in das Blut Christi verwandelt, vor wenigen Tagen nun sollte der Kristall geschwitzt haben …

Hanna stieg noch eine Stufe höher. Nicht schauen, ermahnte sie sich, nicht nach rechts, nicht nach links. Ich werde es schaffen. Die Leiter stand fest, trotzdem begannen Hanna Hände und Füße zu kribbeln. Ihre Hand mit dem Seidentuch war schweißnass.

Wo ist denn nun das Blut?

Da sah sie es: Ein paar braunrote Schlieren klebten auf den himmelwärts schauenden Engelsgesichtern, ein weiterer Spritzer befand sich am Fuß des goldenen Kreuzes.

Und die Kristallkapsel? Hanna nahm noch eine Stufe. Schon auf den ersten Blick sah sie, dass das kein Blut war. Dafür waren die Schlieren viel zu hell. Jemand hatte Farbe benutzt und damit die heilige Reliquie ohne Skrupel beschmiert und entweiht.

Sie hob das Seidentuch.

«Hanna Völz», rief Prediger Teuschlin, «was siehst du?»

«Vieles, aber gewiss kein Blut.»

«Bist du dir sicher?»

«Ja.»

«Und was waren deine Worte, als du zur Ader gelassen wurdest?»

«Selbst wenn es aus dem Kreuz vom heiligen Blut strömte und der Kristall Blut weinte, Christi Blut …, Ihr, Bader, würdet so lange zur Ader lassen, dass auch die Heilige Jungfrau nicht mehr helfen kann.»

«Warum hast du das gesagt?»

«Weil ich zornig war und der Aderlass so wehtat. Es

hätte nicht viel gefehlt, und der Bader hätte mir so viel Blut genommen, dass ich nicht mehr aufgewacht wäre.»

«Und an unserer heiligen Reliquie klebt kein Blut?»

«Nein, es ist Farbe.»

Ein gewaltiges Raunen ging durch die Kirche. Beherzt wischte Hanna mit dem Seidentuch über den Kristall. Das Tuch rötete sich, der Kristall war wieder blank. Die Flecken am Fuß des Kreuzes und auf den Engelsgesichtern ließen sich schwerer beseitigen, aber schließlich hatte sie auch hier Erfolg.

Sie stieg die Leiter hinab und gab Teuschlin das Tuch. Er breitete es aus und hielt es in die Luft.

«Farbe», rief er. «Nur Farbe! Gott strafe denjenigen bis ins siebte Glied, der es gewagt hat, unsere Reliquie zu missbrauchen und zu entweihen. Die ewige Verdammnis wird ihm sicher sein.»

Ritter und Ratsprediger erhoben sich: «Domine ne in furore tuo arguas me … Herr, strafe mich nicht in deinem Zorn und züchtige mich nicht in deinem Grimm!»

Laut beteten sie den Bußpsalm, während Hanna vom Sakristan und den Messdienern aus der Kirche geführt wurde.

15

Das Dominikanerinnenkloster lag der Hauptkirche St. Jacob gegenüber und war wie das Heilig-Geist-Spital eine Welt für sich. Im Gegensatz zum Spital aber lebte es sich hinter seinen hohen Mauern so angenehm wie in einem kleinen Paradies. Die hohen Klostermauern schlossen die gärende Unzufriedenheit der kleinen Leute Rothenburgs genauso aus wie Schmutz, Hunger und Siechtum.

Hanna war in den ersten Tagen immer wieder aufs Neue überrascht, wie ruhig es im Reich der Priorin Agathe von Detwang, Ulrichs fünf Jahre älterer Schwester, zuging. Selbst wenn sie in der Klosterküche einen Napf Suppe für die Armen abfüllte und in die Drehlade stellte, hatte sie das Gefühl, die Welt draußen ginge sie nichts mehr an. Dabei stiegen die Preise unablässig, Brot und Bier wurden immer teurer, auch Wein und Gemüse. Natürlich war vor allem das Wetter daran schuld, erst das feuchte Frühjahr, dann der knochentrockene Sommer. Aber die Menschen in und um Rothenburg ärgerten sich auch über die hohen Abgabenlasten, die die Deutschherren sowie andere Edle, Patrizier und Kirchenobere trotz der Missernten einforderten. Nicht zuletzt hatte alle ein kalter Winter im Griff. Die Menschen sparten am Holz, erkälteten sich, husteten, schnieften und starben.

«Caritas! Caritas!», bettelte eine verhärmte Frau vor der Armenklappe. «Bitte noch einen Schlag Suppe. Damit es auch für meine Tochter langt. Sie hat Fieber.»

«Zusätzliche Stärkung gibt es nur in der Karwoche oder an besonderen Festtagen. Warum bringst du deine Tochter nicht ins Spital?»

«Da ist alles belegt. Nur wer zahlen kann, bekommt dort jetzt noch ein Bett.»

Obwohl sie es nicht sollte, füllte Hanna den Napf mit einer zweiten Kelle. Sie stellte ihn in die Drehlade und legte noch ein Stück Brot dazu. Reichte die Suppe eigentlich? Sie schaute in den Kessel, dessen Boden gerade noch bedeckt war. Hanna beugte sich aus dem Fenster und schaute einmal nach rechts und einmal nach links. Auf der Klosterweihgasse war es endlich ruhig, niemand stand mehr nach Essen an.

Ich sollte mich schämen, dachte sie und schaute der Frau nach, die im Gehen ihre Suppe löffelte. Ich kann mich jeden Tag satt essen und muss nichts weiter tun, außer morgens, mittags und abends Brot und Suppe zu verteilen.

Sie verriegelte die Drehlade und schloss das Fenster. Den Rest Suppe füllte sie in eine Schüssel, dann legte sie Holz in einer der Herdstellen nach. Heißes Wasser musste immer bereitgehalten werden, denn die Nonnen tranken wegen der Kälte viel Tee. Auch der große Kamin brauchte neues Holz. Er reichte über drei Stockwerke und heizte nicht nur die Küche, sondern auch das darüberliegende Winterrefektorium und das Dormitorium, wo die Nonnen ihre Zellen hatten.

Hanna fegte Asche zusammen und packte drei Buchenscheite auf die Glut. Sie nahm den Blasebalg vom Haken und entfachte ein neues Feuer. Als die Flammen prasselnd übereinanderschlugen, legte sie noch zwei Scheite nach.

Ach ja, der Suppenkessel.

Sie überlegte, ob sie ihn selbst scheuern oder zu den anderen Näpfen und Schüsseln stellen sollte, die die Küchenschwestern Rahel und Gisela abwuschen. Beide waren Laienschwestern und gehörten zur Schar der Helferinnen und Helfer, die den Dominikanerinnen und den hier ebenfalls lebenden Pfründnerinnen und Pfründnern die Alltagsarbeit abnahmen.

«Gib nur her, deinen Kessel», rief Schwester Rahel, ohne sich umzublicken, weil sie gerade eine Fettpfanne im Spülstein bearbeitete. Sie war klein, dick und geschwind, eine unermüdliche Arbeiterin.

«Ich will mich nicht drücken ...»

«Das wissen wir, aber die Priorin mag Frauen mit schönen Händen eben lieber.»

«Himmel, hör auf, ich bin Köhlerin.»

«Du warst Köhlerin. Also her damit.»

Hanna brachte den Kessel, wollte im Gegenzug Schwester Gisela beim Abtrocknen helfen. «Nichts da», tönte Rahel. «Nimm ihr bloß nicht die Arbeit weg. Komm, geh schon. Glaubst du, dein Ritter wartet gern? Er ist auch nur ein Mann.»

Schwester Gisela lachte schrill auf. Sie war das genaue Gegenbild von Schwester Rahel: groß und langsam und wenn auch nicht gerade faul, doch eher arbeitsschwach. Im Kloster wurden beide hinter vorgehaltener Hand Dick und Dünn genannt, wobei sich niemand vorstellen konnte, wie die agile Schwester Rahel es anstellte, ohne Streit mit Schwester Gisela auszukommen.

Hanna hatte sich bereits an das Gestichel gewöhnt. Seit knapp drei Wochen lebte sie jetzt im Kloster und half in der Küche aus. Weil sie ein paarmal mit Ulrich im Kräutergarten gewesen war und sie ihm letzte Woche ein Salbeiblatt in den Mund geschoben hatte, stand sie seitdem im Ruf, eine Verführerin zu sein.

Heute Mittag war er bereits zum dritten Mal in so kurzer Zeit Gast seiner Schwester, der Priorin. Weil dies früher nur äußerst selten vorgekommen war und er die Priorin stets nach dem Essen getroffen hatte, zählte hier jeder eins und eins zusammen.

«Ach, wo soll ich bei diesem Griesgram-Wetter bloß mit ihm hingehen?», fragte Hanna mit gespielter Sehnsucht und rang die Hände. «Uns wird nichts anderes übrigbleiben, als unser Stelldichein im Winterrefektorium zu begehen. Deswegen habe ich ja eben auch im Kamin Holz nachgelegt. Damit es über uns gewiss warm ist, wenn wir vor den Augen der Priorin Händchen halten.»

Jetzt lachte Rahel, Gisela hingegen bedachte Hanna mit Blicken, aus denen der blanke Neid auf ihr Äußeres sprach.

«Gisela, nun schau doch nicht so böse. Es ist doch nur Spaß.» Hanna ging mit ausgestreckten Händen auf Gisela zu. Sie wollte sie nicht auch noch gegen sich aufbringen, es gab schon genug Nonnen, die ihr nicht grün waren. «Gisela, was kann ich dafür, dass Ritter Ulrich von Detwang ein Auge auf mich geworfen hat?»

«Alle Männer haben das doch.»

Gisela klang so gereizt wie unglücklich.

«Das ist nicht wahr.»

«Und ob. Und das weißt du ganz genau. Tu nicht so scheinheilig.»

Hanna seufzte. Das Kloster mochte zwar dicke Mauern haben, aber für Patriziersöhne, Kapläne und Pfarrer stand die Pforte immer offen. Nun hatte es sich aber schnell herumgesprochen, dass die geheimnisvolle Köhlerin hier Zuflucht gefunden hatte, und darum war sie in der ersten Woche ständig in der Küche besucht worden. Dabei waren die Begleiter der Nonnen allesamt überrascht, wie anziehend sie aussah, und bald hieß es, sie sei gewiss die schönste Köhlerin, die jemals einem Wald entsprungen sei. Vor allem Gisela litt unter diesen Komplimenten. Sie war die Tochter des Ratsmetzgers und sollte schon vor Jahren das Noviziat absolviert haben. Aber es war nie zur Profess gekommen, weil sie immer wieder aus dem Kloster fortgelaufen war. Irgendwann war es dem Ratsmetzger dann zu viel geworden: Er nahm seine Tochter nicht mehr auf, aber auch die Priorin ließ sie nicht mehr zur Profess zu. Seitdem lebte Gisela als Laienschwester und von der Hoffnung, dass bald einer der Klosterbesucher auf sie aufmerksam und um ihre Hand anhalten würde.

«Nicht klagen, arbeiten», sagte Rahel.

Gisela wandte sich ab. Teilnahmslos trocknete sie einen Steingutbecher ab, während Rahel sich mit Feuereifer an den Suppenkessel machte.

Hanna stand noch eine Weile unschlüssig herum, bis sie schließlich die Küche verließ. Ulrich hatte ihr gesagt, das Kloster habe tausend Augen und Ohren. Wenn sie hier zusammenträfen, müssten sie versuchen, so viel Abstand wie möglich zu wahren, und so hatten sie sich seit dem Spital nicht mehr geküsst. Ihnen blieb nur das Spiel der Blicke und hie und da eine flüchtige Berührung. Wenn sie im Garten miteinander sprachen, dann meist über die zunehmend gewalttätige Stimmung in der Landhege. Sie bereitete Ulrich große Sorgen, zumal der Ruf der Deutschen Ritter seit dem Vergewaltigungsvorwurf gegen Komtur Christian gar nicht mehr schlechter sein konnte.

Aus diesem Grund hatte in der Zwischenzeit Landkomtur Wolfgang von Bibra Ulrich kommissarisch die Statthalterschaft übertragen. Damit stand Ulrich formal in Komtursrang und würde ihn so lange bekleiden, bis Komtur Christians Unschuld erwiesen war ... Ulrich hatte Hanna unter dem Gebot absoluten Stillschweigens erzählt, dass der Komtur seinen «Ausrutscher» nämlich mit einer stattlichen Summe begleichen würde, um sich dann vorerst auf sein Gut zurückzuziehen.

Was das wohl für uns bedeutet, wenn Ulrich jetzt Komturswürde für sich beanspruchen darf?, fragte sich Hanna und huschte über den Hof in den Konversenbau, wo die Laienschwestern und -brüder wohnten. Sie zweifelte nicht an Ulrichs Liebe zu ihr, aber war es nicht dennoch völlig ausgeschlossen, dass er sie zur Frau nahm? Ein Komtur der Deutschen Ritter eine Köhlersfrau? Wie würde Ulrich im Kreis seiner Mitbrüder und Verwandten dastehen? Gar nicht zu sprechen vom Landkomtur oder gar Deutschmeister Markgraf Albrecht von Brandenburg.

Eigentlich ist es völlig abwegig, sich Hoffnungen zu machen, überlegte sie und suchte ihre Zelle auf. Sie war eiskalt, weil sie vorhin dummerweise die Tür zum Flur geschlossen hatte. Dies passierte ihr immer wieder, sie konnte sich einfach nicht daran gewöhnen, nur der Wärme wegen bei offener Tür zu schlafen. Hier im Konversenbau wurden nur die Flure beheizt, alles, was man tat oder unterließ, war öffentlich, was bei den Nonnen übrigens nicht anders war.

Hanna fächelte mit der Tür etwas warme Luft in ihre Zelle und setzte sich auf Maries Bett. Vielleicht läuft es ja doch nur darauf hinaus, dass ich als Magd nach Detwang komme, überlegte sie. Maries Mantelkindschaft wäre der Vorwand. Aber wie lange könnte Ulrich unverheiratet bleiben? Und was passiert, falls ich von ihm schwanger würde?

«Hanna Völz?» Die Stimme von Schwester Rosalind, der Laien- oder Konversenoberin, war zu hören. «Ritter von Detwang erwartet dich im Remter!»

«Ich komme. Gleich.»

Hanna fühlte ihr Herz jetzt doch ein wenig schneller schlagen. Denn seit sie hier war, hatte es bislang immer nur geheißen: Hanna, die Priorin will dich sprechen. Oder: Hanna, komm in die Bibliothek. Noch nie hatte Ulrich nach ihr geschickt, demnach musste etwas Besonderes passiert sein.

Rasch bürstete sie einmal ihr Haar durch, bevor sie es wieder zusammensteckte und unter die Haube schob. Sie schenkte sich ein Glas Wasser mit Minzöl ein, gurgelte und behielt es, bis sie wieder im Hof war, im Mund. Vielleicht ist etwas mit Marie passiert? Seit drei Tagen ist sie jetzt bei Arndt. Vielleicht spricht sie sogar wieder?

Sie nahm gleich zwei Stufen auf einmal. Dann klopfte sie.

«Hanna?» Es war die Stimme der Priorin.

«Ja.»

«Tritt ein.» Hanna lief geradewegs auf die Priorin zu, knickste und küsste Agathe von Detwangs Ring. Ulrichs

Schwester war eine voll erblühte Frau mit üppiger Oberweite, die beiden Falten jedoch, die sich halbmondförmig zwischen Nase und Mundwinkel herabzogen, verliehen ihrem Gesicht etwas Strenges. Wie Ulrich saß sie auf einem hochlehnigen Stuhl vor dem Kamin. Habit und Skapulier strahlten in geradezu übernatürlichem Weiß, das den feinen schwarzen Schleier nur umso kostbarer erscheinen ließ. «Ich lass euch allein», fuhr Agathe fort. «Er möchte dir sagen, dass eine Verbindung völlig ausgeschlossen ist.»

Sie erhob sich und ging zur Tür. Hanna schluckte, ihr Herz hämmerte. Ulrich dagegen hüstelte, dann rief er honigsüß, aber auch spöttisch: «Schwesterlein …»

Agathe von Detwang fuhr herum: «Was fällt dir ein! Vor … ihr!»

«Ganz recht, vor ihr. Du hast da nämlich gerade etwas gesagt, von dem ich noch gar nichts wusste. Was treibt dich dazu? Ich habe dir gestanden, was ich für Hanna empfinde, dir aber scheint nichts Besseres einzufallen, als sie zu beißen.»

Hanna nickte, ohne dass sie es wollte. Ulrich aber machte es noch schlimmer, denn er zog sie an sich und küsste sie flüchtig, aber geradewegs auf den Mund.

«Ulrich, wir sind in einem Kloster», stammelte Hanna bestürzt.

«Hörst du es, Bruder? Wenigstens sie weiß, was sich gehört. Ich glaube, du bist tatsächlich toll. Hat dich dein Hengst gebissen? Oder ein Hund?» Sie winkte Hanna zu sich heran und musterte sie eindringlich, als wolle sie damit hinter das Geheimnis kommen, warum ihr Bruder sich in sie verliebt hatte. «Liebst du ihn denn auch?», fragte sie unvermittelt, was in Hannas Ohren so mütterlich wie hochnäsig klang.

«Mit aller Kraft meiner Seele und aus ganzem Herzen.»

Agathe von Detwang trat zurück, lächelte süßsäuerlich. «Ach, immer die Liebe», seufzte sie. «Alle sind verrückt danach. Sogar ein paar meiner Nonnen. Wenn ihre Günstlinge nicht ihre Familien im Nacken hätten und frei über ihr Leben und Geld entscheiden könnten, Schwester A würde sich genauso entführen lassen wie Schwester Z. Kürzlich fand ich bei einer Zellenkontrolle doch tatsächlich aneinandergeknotete Bettlaken. Als ich die Schwester zur Rede stellte, brach sie in Tränen aus und gestand mir sogar, Sünde getrieben zu haben.»

«Und?», fragte Ulrich.

«Sie ist nicht schwanger, wenn du das meinst. Ich habe ihr verziehen, aber den Mann zur Rede gestellt. Sie wollen heiraten, sogar seine Familie ist einverstanden. Mein Nönnlein wird sich also tatsächlich mit Bettlaken über die Klostermauer abseilen. Und Hanna, du weißt natürlich gar nichts davon, haben wir uns verstanden?»

«Natürlich, Mutter Oberin.»

«Endlich erkenne ich meine Schwester wieder!», rief Ulrich sichtlich erleichtert. «Kein Wunder, dass dein Priorat als goldenes gilt und du wiedergewählt werden sollst.»

«Hör auf damit, Ulrich. Ich fühle mich schon jetzt schuldig, weil die Sitten immer lockerer werden. Aber eins lass dir gesagt sein: Ich billige vielleicht eure Liebe, aber keine Ehe. Das kannst du unserer Familie nicht antun, Ulrich. Du würdest dich und uns immerwährendem Gespött preisgeben und natürlich auch dein Ansehen beim Deutschmeister einbüßen.»

«Glaubst du, ich weiß das nicht?»

«Warum versprichst du ihr dann, sie zur Frau zu nehmen?»

«Weil sie meine Seele hält, Schwesterherz. Ich kann gar nicht mehr anders, als sie zu meiner Frau zu machen.»

«Himmel, du bist närrisch.»

«Wie schön. Denk an die Fensterlaibungen in unserer Detwanger Kirche.»

Agathe von Detwang schüttelte nur den Kopf und verließ ohne ein weiteres Wort den Remter.

Das erste Mal waren sie in diesem Kloster wirklich allein. Ulrich lächelte und seufzte befreit auf, Hanna dagegen hatte einen völlig leeren Kopf. Ulrich räumte das Geschirr vom Tisch und stellte Teekanne und Becher in den Speiseaufzug. Er klopfte gegen das Holz, und nach einer Weile bewegte sich der Kasten langsam rumpelnd nach unten.

Als hätten sie beide auf dieses Geräusch gewartet, flogen sie aufeinander zu. Sie küssten sich mit einer Leidenschaft, als wollten sie alles nachholen. Hanna fühlte sich in einem Strudel versinken, der nur ein Versprechen kannte: sich noch größerer Lust hinzugeben. Sie wollte nicht mehr stehen, sondern liegen, wollte mehr als nur das Spiel von Zungen und Lippen.

Sie fühlte seine Hände über ihren Rücken wandern, spürte, wie er sie langsam in Richtung Tisch schob. Bald berührten ihre Hüften die Tischkante, einen Augenblick später schon saß sie auf dem Tisch. Hanna ließ sich nach hinten fallen, Ulrich bedeckte ihren Hals mit Küssen, schließlich presste er sein Gesicht auf ihre Brust und den Bauch. Zeit und Raum lösten sich auf, während das Rumpeln des Speiseaufzugs zum Stillstand kam.

«Ich liebe dich», flüsterte er. «Und ich möchte dich ganz, Hanna.»

«Das wirst du auch bekommen, bald.»

Sie richtete sich auf und küsste ihn wieder, während sie dabei seine Hand zwischen ihren Schenkeln festklemmte. Die Lust war kaum auszuhalten, und sie musste sich beherrschen, nicht zu stöhnen. Doch natürlich war der Tisch des Remters kein Bett, und nach einer Weile holte das Läuten der Stundenglocke sie wieder in die Wirklichkeit zurück.

Ulrich setzte sich wieder auf einen der Sessel neben dem Kamin, Hanna zog einen einfachen Stuhl vom Esstisch heran und nahm darauf Platz. Beide schlossen sie für eine Weile die Augen und warteten, bis sie wieder ruhig atmen konnten.

Erst dann sprach Ulrich aus, weshalb er eigentlich hergekommen war. «Dein Bruder, scheint es, hat die Köhlerei aufgegeben. Zumindest habe ich keinen Meiler mehr gesehen, euer Zuhause ist verwaist. Arndt hat seine Sachen gepackt. Ich habe nachgesehen.»

«Um Himmels willen! Und wo ist Marie? Du hast sie doch vor vier Tagen bei uns abgesetzt.»

«Ich weiß nicht, wo sie ist. Aber wir kennen sie ja. Sie ist selbständig und wird wieder herfinden.»

«Dein Wort in Gottes Ohr.»

Hanna brauchte eine Weile, um die Nachrichten zu verarbeiten. Seit sie im Kloster war, hatte sich Maries Zustand gebessert. Ulrich hatte ihr erzählt, dass er beim Abdecker gewesen war, dieser aber sich an keinen Hund erinnern konnte, auf den Baburs Beschreibung passte. Seitdem sprach sie wieder, und wenn sie gemeinsam im Konversenremter schreiben und lesen übten, vergaß Marie für eine Weile ihren Schmerz.

«Und wenn Babur wiederkommt?», hatte ihre Schwester sie eines Morgens gefragt. «Vielleicht ist er ja gar nicht tot?»

«Er könnte sich tot gestellt haben, ja. Dann hat er sich nachts davongeschlichen und leckt sich irgendwo an der Tauber seine Wunden. Das tun Hunde doch.»

«Glaubst du wirklich?»

Hanna musste immer wieder gerührt lächeln, wenn sie sich den Klang von Maries hoffnungsvoller Stimme in

Erinnerung rief: dieses Flüstern und Hauchen, dazu die groß aufleuchtenden Kinderaugen. Es war der vollkommenste Ausdruck einer reinen Seele, und wenn sie sich etwas für Marie wünschte, dann, dass sich ihre Hoffnung erfüllte und sie bald wieder mit Babur durch die Wälder tollen würde.

Ulrich rutschte auf seinem Sessel ein Stück vor und streichelte Hanna über das Knie. Sie drückte seine Hand und schloss für einen Moment die Augen.

Ulrich seufzte. Langsam zog er seine Hand wieder zurück. Eine Weile lang sahen sie sich nur an. Jeder wartete, dass der andere zuerst weitersprach.

«Und wo, glaubst du, ist Arndt abgeblieben?», fragte Hanna schließlich.

«Mehr als du werde ich kaum wissen. Arndts Herz schlägt nicht gerade für uns Deutschherren, nicht wahr?»

Betroffen verzog Hanna das Gesicht. «Schon. Und daran hat deine Großzügigkeit leider nichts mehr ändern können. Im Sommer hat er sich dem Herren-Müller und dessen Getreuen angeschlossen, die Arbeit an den Meilern hat sehr darunter gelitten. Unser Vater musste erst ein Machtwort sprechen, damit Arndt wieder als Köhler arbeitete. Ich kann mir gut vorstellen, dass er jetzt irgendwo in der Landhege bei einem dieser unzufriedenen Bauern untergeschlüpft ist.»

Ulrich nickte nachdenklich. «Irgendwie haben sie alle nicht mehr viel zu verlieren», sagte er dumpf. «Weißt du, was das größte Elend ist? Dass ich meinen Bauern und Häckern die Steuern und Dienste so gut wie nicht senken oder ersparen kann. Meine sogenannten Ritterbrüder wachen wie Kettenhunde darüber, dass unsere Untertanen in der Landhege gleich behandelt werden.»

«Und das bedeutet: gleich schlecht.»

«So ist es leider. Das Einzige, was ich tun kann, ist,

Almosen geben. Korn, Wein, Kohl, Rüben, Öl. Den Eierzehnt erlasse ich, da wird niemand nachzählen. Jagdfronen gibt es nur, wenn ich eine Jagd veranstalten muss, Scharrwerksdienste belohne ich mit Wein und Bier.»

Es klopfte.

«Nur herein», rief Ulrich.

Agathe von Detwang betrat noch einmal den Remter. Verblüfft schaute sie von ihrem Bruder zu Hanna und von ihr wieder zu Ulrich: «Ja, sieht so die Liebe aus?» Sie rieb sich die Hände und legte sie gegen die warme Kaminwand. «Sieht so eure Liebe aus?», wiederholte sie. «Ich glaube, mich anders zu erinnern ... Da fällt mir zum Beispiel das Gesicht jener Schwester ein, sie ist immer noch bei uns und inzwischen dort krank, wo sie es bestimmt nicht sein wollte. Also, ich erinnere mich da an das erhitzte und glückliche Gesicht einer Schwester, deren Herzensburschen ich eine Ohrfeige verpasste, weil er so dreist war, ihr ins Dormitorium zu folgen. Ihre Augen funkelten, als wollte sie mit den Sternen wetteifern, sein Gesicht dagegen war ganz dämlich vor Leidenschaft. Aber nichts von alledem kann ich bei euch erkennen. Liebt ihr anders?»

«Vielleicht kommst du ja nur ein bisschen zu spät?»

Ulrich erhob sich und stellte sich hinter seine Schwester. Verlegen sah Hanna zu, wie er ihre Hände vom Kamin zog und die Innenflächen küsste. Agathe lachte geschmeichelt auf, wandte sich mit blitzenden Augen Hanna zu und sagte: «Vor dir steht jetzt nicht die Priorin, Hanna, verstehst du? Das ist jetzt die große Schwester, die ihren kleinen Bruder mag und beneidet. Aber du weißt, ich kann auch anders. Und damit dir das hier alles nicht zu Kopf steigt: Verschwinde jetzt.»

«Wie Ihr wünscht, Mutter Oberin.»

Ohne Ulrich noch einmal anzuschauen, huschte Hanna hinaus. Sie war ein wenig durcheinander, denn bislang hatte sie von Agathe von Detwang das Bild einer eher strengen Oberin gehabt. Die Laienschwestern hatten sie ihr als gerecht beschrieben, die Nonnen mit geheimnisvollem Unterton als eine Mutter Oberin, die die richtigen Anschauungen habe.

Wohl weil sie in Liebesdingen immer wieder ein Auge zudrückt, dachte Hanna. Jetzt weiß ich, was sie damit meinen. Ulrich jedenfalls scheint sie aufrichtig zu mögen. Aber wie stark ist ihr Einfluss auf ihn?

Um fünf Uhr wurde für die Nonnen zur Vesper geläutet, damit sie um sechs die Messe besuchen konnten. Der Tisch im Refektorium war gedeckt, der Speiseaufzug mit kaltem Huhn, Siedewürsten, eingelegten Gurken, roten Rüben, süßsauren Pflaumen, Honigbrot und Obstkompott gefüllt. Dazu gab es weißes Brot und Wein. Gesprochen werden durfte nicht, und wozu auch: Das hatte man den ganzen Nachmittag schon getan. Es war geradezu angenehm, sich davon jetzt stärken zu können und der Lesung zu lauschen, die die Mutter Oberin heute selbst übernahm.

Während die Dominikanerinnen es sich wohlsein ließen, hatte Hanna Armendienst an der Drehlade zu verrichten. Batzenweise verteilte sie Gerstengrütze, Brot und Käse, als überraschend Marie in die Küche stürmte: «Hunger!»

Erleichtert schloss Hanna sie in die Arme. «Wo warst du denn?»

«Heute in der Früh noch zu Hause, dann an Papas Grab.»

«So? Ulrich wollte dich heute Morgen abholen. Aber da warst du fort. Und Arndt übrigens auch. Wo ist er?»

«Er wollte es mir nicht sagen. Als er wegging, war es

noch stockdunkel. Bleib liegen, hat er gesagt, und dann ist er weg.»

«Er hat dich einfach allein gelassen? Was ist bloß in ihn gefahren?»

Marie zuckte nur mit den Schultern, während Hanna wieder die Lade füllte. Gisela schnitt Brot, Rahel stemmte Käsebrocken aus einem Laib Käse. Ein rhythmisches Quietschen erfüllte die Küche, längst warteten Hanna und die Schwestern nicht mehr darauf, ob die Lade überhaupt geleert wurde, im Gegenteil, sie konnten sie gar nicht schnell genug füllen.

Als Marie sich ein Stück Käse stibitzen wollte, schlug Rahel ihr auf die Finger. «Das ist für die Armen. Du wirst dich wohl noch ein Stündchen gedulden können. Hör dir mal an, was draußen los ist. So schlimm war es noch nie.»

Marie hatte die «Caritas, Caritas!»-Rufe gehört. Sie schwang sich auf die tiefe Fensterlaibung und kniete sich hin. Das Fenster war zu, aber im Widerschein der Außenfackel konnte sie die vielen Menschen sehen, die sich vor der Lade drängten. Während in der Küche die Scharr- und Kratzlaute immer lauter wurden, nahm draußen das Gedränge zu. Die Menschen stießen und schubsten sich, alle hatten Angst, nichts mehr abzubekommen.

«Komm da runter», sagte Hanna. «Wie sieht das aus! Als ob du dich lustig machen wolltest.» Gehorsam rutschte Marie aus der Laibung. Unschlüssig stand sie da, schielte auf den Käse. «Nein, Marie!»

«Ich nehm schon nichts. Meine Hände sind leer.»

Sie zeigte sie demonstrativ herum, Rahel bedeutete ihr mit dem Kopf, sie zu waschen. Insgeheim freute sich Hanna über Marie. Sie war fast schon wieder die Alte: wendig und fordernd und mit einer Ausstrahlung, als hecke sie gerade einen Streich aus.

«Es war wohl schön, mal wieder im Wald zu sein?»

«Ja.»

«Marie, du verschweigst mir doch nichts?»

«Hanna, ich hab Babur gehört.»

Marie klang auf einmal völlig verträumt.

«Wo?»

«Am Kobolzeller Steig. Er hat einmal gebellt. Es kam aus den Reben.»

«Ja und?»

«Nichts. Er hat einmal gebellt. Es war Babur. Ganz bestimmt.»

Maries Augen füllten sich mit Tränen.

«Man weint nicht wegen eines Hundes, Marie», sagte Gisela streng.

«Babur ist mehr als ein Hund.»

Marie stampfte mit dem Fuß auf und blitzte Gisela böse an. Doch dann senkte sie den Kopf. Rahel und Hanna warfen sich amüsierte Blicke zu, Gisela kniff den Mund zusammen. Für sie hier im Kloster war es wie immer. In einer Stunde würden sie alle im Konversenrefektorium bei Tisch sitzen und sich nach dem Gebet freuen, nach Herzenslust zulangen zu dürfen. Hanna lief das Wasser im Mund zusammen, wenn sie daran dachte.

Und dann heute Nacht Ulrichs Küssen nachschmecken zu dürfen, dachte sie, kann es überhaupt noch Schöneres geben?

16

Hanna wartete ab, bis Agathe von Detwang und die Konversenoberin ihr Gespräch beendeten. Sie unterhielten sich im Klostergarten, worüber, konnte Hanna sich gut denken: Letzte Nacht hatte sich eine Nonne tatsächlich erneut an zusammengeknüpften Bettlaken an der Tauberseite der Klostermauer herabgelassen und war bis jetzt noch immer nicht zurückgekehrt.

«Also, kein Wort zu deinen Leuten», hörte sie Agathe laut sagen, wobei sie kurz in ihre Richtung schaute. «Du weißt von nichts.»

«Wie Ihr befehlt. Es ist so bestimmt das Beste.»

Die Konversenoberin küsste Agathes Siegelring und eilte in den Konversentrakt.

Da fasste Hanna sich ein Herz.

«Mutter Oberin?»

«Du? Hast du uns etwa belauscht?»

«Um Himmels willen, nein. Ihr habt doch gesehen: Ich habe die abgeernteten Feldsalat-Beete geharkt.»

«Natürlich. Also?»

«Es ist so: Sechs Wochen lang gewährt Ihr mir jetzt schon Schutz. Nun, Mutter Oberin, glaube ich, dass die Menschen die Köhlerin mit der angeblichen Seherinnengabe bereits vergessen haben. Da nichts weiter geschehen ist und mich ja eigentlich nur wenige aus der Stadt kennen, fühle ich mich wieder sicher. Hat Ritter Ulrich denn bereits herausgefunden, wer die Heilig-Kreuz-Reliquie beschmiert hat, wenn ich fragen darf?»

«Die meisten sagen, es war ein Jacobspilger. Wahrscheinlich einer von diesen eiferischen Luther-Anhängern. Sie verkleiden sich als Pilger und beschmieren unser Heiligstes. Widerlich. Dann gibt es Gerüchte, Ratsprediger Teuschlin selbst stecke dahinter. Er hasst die Deutschherren …, genau wie dieser unangenehme Dr. ABC. Diesem nun ist alles zuzutrauen.» Wieder musste Hanna eine eingehende Musterung über sich ergehen lassen. Schließlich nickte Agathe von Detwang und schaute an Hanna vorbei in Richtung des Bettelvogtsturms. Dort wohnte der

Bettelvogt, der dafür sorgen sollte, bis zum Schließen des Stadttores sämtliche Bettler aus der Stadt zu jagen. Nach einer Weile wandte sie sich wieder Hanna zu und fuhr ganz von oben herab fort: «Da du gerade angedeutet hast, wieder allein auf die Straße gehen zu können, kannst du uns auch gleich ganz verlassen, verstehst du?»

«Ja. Das ist … ich verstehe Euch. Danke.»

Agathes Worte waren wie eine Ohrfeige. Hanna war auf diesen Rauswurf nicht vorbereitet, obwohl sie immer gewusst hatte, dass ihre Zeit bei den Dominikanerinnen begrenzt war. Sie knickste und wollte sofort ihr Bündel schnüren, doch Ulrichs Schwester hielt sie zurück. «Warte.» Schon klang sie versöhnlicher. «Du kannst dir bis übermorgen Zeit lassen. Deine Schwester darf natürlich bleiben. Als Ulrichs Mantelkind hat sie hier so etwas wie Narrenfreiheit.»

«Dann weiß er von Eurem Entschluss?»

«Sozusagen. Seit ein paar Tagen.» Hanna schluckte. Ulrich hatte ihr nichts davon erzählt. Wollte er es nicht? Aber es kam noch schlimmer. «Er gibt ein Fest. Du weißt, wie umworben er jetzt ist. Da sind das Fräulein von Lohr, das Fräulein von Lichtel …, mit der Frederike von Neustett versteht er sich ja am besten. Unsere Familien sind befreundet.»

Sie ließ Hanna einfach stehen.

Die sah ihr nach und versuchte, einen klaren Gedanken zu fassen, aber es gelang ihr nicht. Hanna fühlte sich, als sei sie in einen Zuber voll eiskalten Wassers gestoßen worden. Die Worte Agathes hallten in ihr nach und schienen sich aufzublähen, obwohl es immer dieselben waren: Mit der Frederike von Neustett versteht er sich ja am besten … am besten, besten.

Hanna holte tief Luft. Sie will einfach, dass ich Ulrich aufgebe, dachte sie. Was sonst sollte sie mit dieser Einschüchterung bezwecken. Ich an ihrer Stelle würde wahrscheinlich auch so handeln.

Trotzdem musste sie gegen einen Kloß in ihrem Hals ankämpfen. Die Vernunft half nichts. Warum hast du mir letztes Mal nichts gesagt?, rief sie Ulrich in Gedanken zu. Sie griff in die Schürze und holte den Spielzeugritter heraus. Stumm schaute sie ihn an und wischte sich schließlich die Tränen aus den Augen. Der Konversenbruder, der gerade eine Schiebkarre voller alter Kohlstrünke abfuhr, rief ihr zu, sie solle nicht dumm vor sich hin glotzen, sondern ihm helfen.

Hanna küsste den Ritter und schob ihn wieder unter die Schürze.

Es ist ja gar nichts, dachte sie. Frederike von Neustett … so heißt sie eben. Bestimmt ist sie nicht so schön wie ich. Und ein großes Herz hat sie sowieso nicht.

Sie eilte zum Komposthaufen und begann die Kohlstrünke zu zerhacken. Die Arbeit tat gut. Langsam beruhigte sie sich.

Frederike …

… von Neustett …

17

In aller Herrgottsfrühe, kurz vor dem Öffnen der Stadttore, huschte sie mit einem Bündel Kleider und einer Kraxe voller Brot, Getreide, Speck und Öl durch die Klosterpforte. Es war Mitte Dezember und ein nasskalter, nebelverhangener Morgen. Hanna fror, und kaum dass hinter ihr der schwere Riegel rumpelte, machte sich ein Gefühl großer Verlorenheit in ihr breit.

Bereits nach den ersten Schritten schnitten die Riemen

der Kraxe scharf in ihre Schultern, zuweilen verspürte sie ein Ziehen bis in die Haarspitzen. So schnell geht's, Hanna, sprach sie zu sich, während sie über den verwaisten Kirchplatz schritt. Das süße Leben bekommt dir nicht, die Klosterwochen haben dich verwöhnt.

Sie schob die Daumen unter die Riemen und genoss den, verführerischen Duft des frisch geräucherten Specks. Sie überschlug, wie lange die Lebensmittel reichen würden, und erinnerte sich daran, dass sie an der alten Eiche noch ein geheimes Geldtöpfchen vergraben hatte. Ihre Laune besserte sich. In Wahrheit müsste ich vor Glück kaum laufen können, dachte sie. Marie darf als Ulrichs Mantelkind weiterhin im Kloster leben, sie ist in Sicherheit! Braucht keine Not mehr zu fürchten!

Aber ich?

Ein feines Klirren am Ende der Hafengasse ließ sie den Kopf heben. Düster und drohend streckte sich der von niedrigen Pechflammen erhellte Markusturm in den sternenlosen schwarzen Himmel. Die dicken Mauern warfen Schatten, in denen sie die Schemen zweier Männer ausmachte. Sie trugen helle Kapuzenmäntel, die sie wie Henker aussehen ließen.

Hanna verlangsamte ihre Schritte, ihr Atem warf lange Fahnen. Die beiden Männer drehten sich kurz zu ihr um und beugten sich dann wieder über einen Zweiradkarren. Beim Nähertreten sah Hanna, was für eine Fracht er trug: zwei tote Kinder, beide nackt. Ihre ausgemergelten und bläulich angelaufenen Körper gingen bereits in die Totenstarre über. Gewaltsam wurden ihnen die Arme mit einer Kette umschlungen und am Leib festgezurrt.

«Verhungert sind sie», hörte sie einen der Kapuzenmänner sagen.

Er drehte sich zu ihr um. «Und Ihr? Was habt Ihr um diese Zeit hier zu schaffen?»

«Ich will nach Neusitz.»

«So früh?»

«Ist das verboten?»

«Nein, nein. Aber wie es so aus Eurer Kraxe riecht ... richtig gut. Nach sattem Bauch. Deswegen wollt Ihr nicht gesehen werden, wie? Damit Euch keiner einen Prügel über den Kopf zieht und beraubt.»

«So seht Ihr das? Muss ich mich jetzt vor Euch fürchten?», fragte Hanna ausweichend. «Wohl doch nicht, oder? Sagt lieber, was es mit den toten Kindern auf sich hat.»

«Wir sammeln ein, was zuweilen auf der Straße liegt. Und heute ist es kein erschlagener Hund oder eine Katze, heute sind es zwei Kinder. Vorgestern war es eine alte Frau. Die Toten lehnen an der Hauswand und tun, als ob sie schliefen. Dabei sind sie erfroren. Das aber auch nur, weil sie verhungert sind. Und verhungert sind sie, weil sie Bettler waren.»

«In Rothenburg ist Betteln aber doch verboten. Ich dachte, der Bettelvogt sei streng?»

«Zu Fremden schon. Aber was tun wohl all die, die vor den Klöstern anstehen?»

Hanna schwieg. Langsam ging sie weiter. Der Blick zur offen stehenden Tür des Büttelhauses sagte ihr, dass die beiden Männer im Auftrag der Stadt arbeiteten.

Bestimmt verdienen sie sich bei diesen frühmorgendlichen Rundgängen etwas dazu, dachte sie. Normalerweise sammelt der Henker Tote ein. Aber steht es wirklich schon so schlimm um Stadt und Land, dass er mit dem Sammeln nicht mehr nachkommt?

Frühaufsteher schöpften am Röderbrunnen Wasser. Schüsseln und Eimer wurden im Gossengraben geleert, über dem Platz hing der Geruch nach Erbrochenem und anderen Ausscheidungen. Hanna fiel auf, dass diese Menschen allesamt zu den Armen zählten. Sie hörte, wie zwei

Frauen sich unterhielten. «Ja, gestern ging es los. Erst oben raus und dann unten.»

«Bei meinem nur oben. Aber dafür hat er Kopfschmerzen.»

«Kopfschmerzen?», fragte eine dritte Frau. Sie warf Hanna einen müden, aber auch neidischen Blick zu. «Die hab ich seit gestern Mittag. Und es wird immer schlimmer. Ich könnte mich gleich hinlegen.»

«Haben wir alle das Gleiche gegessen?», fragte die erste Frau wieder. «Ich hab eine Mehlsuppe gemacht.»

«Biersuppe.»

«Weil Geburtstag war, hab ich einen Kuchen gebacken. Aber nach was duftet es hier so gut?»

«Nach Speck. Da vorne geht sie.»

Hanna drehte sich um und begann zu laufen.

Weg aus der Stadt, dachte sie. Hier werden alle krank.

Kurz vor dem Rödertor sah sie eine Hebamme in ein Haus eilen. Und nur einen Augenblick später hörte sie eine verzweifelte Männerstimme schreien, Gott sei eine Bestie. Kinder weinten. Da flog das Fenster des kleinen Fachwerkhauses auf, und eine alte Frau rief: «Sie hat es verloren. Verloren! Gott hat es uns weggenommen. Wieder. Immer wieder!»

Hanna lief ein Schauder über den Rücken. Als ob der Teufel umgeht, dachte sie und bekreuzigte sich. Oder etwas anderes Böses.

Ein trüber Streifen Grau zeigte sich im Osten. Schneller konnte sie jetzt nicht mehr laufen, sonst hätte sie rennen müssen. Hannas Herz schlug schneller, je näher sie Neusitz kam. Nieselregen setzte ein, doch es blieb dunkel. Es war, als habe der Tag vergessen, dass die Nacht vorüber war. Als sie den Waldrand erreichte, wurde Hanna leicht ums Herz. Noch nie hatte sie sich so sehr darauf gefreut, nach Hause zu kommen, und als sie endlich den Waldgürtel hinter sich gelassen hatte und die Lichtung samt Hütte in Sicht kam, begann sie innerlich zu jubeln.

Was will ich mehr, dachte sie zufrieden und betrachtete mit glänzenden Augen den neu errichteten Giebel. Als sie eintrat, empfing sie ein aufgeräumter Raum mit sauber verputzten Lehmwänden. Und obwohl es schummrig war, bemerkte sie sofort, dass die Rahmen der beiden Fenster neu mit Lehm abgedichtet waren und die Fensterläden nicht mehr schief in den Angeln hingen. Es roch angenehm nach frischer Erde und Holz, und die Aschepyramide auf der Herdstelle schimmerte in frischem Weiß.

Hanna schnallte ihre Kraxe ab und lehnte sie gegen die Vorratstruhe.

«Guten Morgen.» Die Stimme war sanft, trotzdem schrie Hanna auf vor Schreck. Sie fuhr herum: Eine junge Frau saß im Schneidersitz auf einer der Bettstellen und streckte schutzlos die Arme nach ihr aus. «Bitte habt keine Angst. Ich verschwinde sofort.»

«Wer seid Ihr?»

«Ursula Neusser aus Ohrenbach.»

«Ja, und?» Hannas Stimme zitterte noch, so sehr war ihr der Schreck in die Glieder gefahren.

«Ich lebe seit ein paar Tagen hier. Ich bin meinem Mann Simon weggelaufen. Hab es nicht mehr ausgehalten. Er hatte nur noch die Sache, wie er immer sagte, im Kopf, ansonsten war ich für ihn nur eine Matratze.»

«Die Sache?», fragte Hanna ungläubig. «Gehört er etwa auch zu denen? Anscheinend rotten sich jetzt immer mehr zusammen. Was wollen sie? Alles kurz und klein schlagen und den roten Hahn auf den Gütern krähen lassen?»

«Bestimmt. Sie würden es den Schwarzwälder Bauern gleichtun und Herren und Kirche einheizen, hat Simon gesagt. Ich hab ihn ängstlich angeschaut und nur ein wenig den Kopf geschüttelt, da packte ihn eine Heidenwut, und er hat mich geschlagen. Noch in der Nacht bin ich davongelaufen. Ich wollte nach Windelsbach zu meinen Eltern zurück, aber irgendwie bin ich zu weit gelaufen und vom Weg abgekommen.»

«Ach … und weil hier niemand war, habt Ihr Euch einfach eingenistet», fiel ihr Hanna gereizt ins Wort und musterte Ursula misstrauisch.

«Ich geh ja schon.»

Ursula erhob sich. Hanna schaute zu, wie sie die Decken auf der Bettstatt zusammenlegte und sich dann die Stiefel überzog. Sie war in etwa so alt wie sie und hatte ein rundes Gesicht mit großen traurigen Augen.

«Ihr wollt also nach Windelsbach …», begann Hanna gedehnt.

«Ja.»

«Warum seid Ihr nicht gleich am nächsten Tag weitergezogen, nachdem Ihr hier übernachtet habt?»

Ursula schaute auf. «Weil mein Vater nicht unbedingt jubeln wird, wenn er mich wieder an seinem Tisch hat. Ein Esser mehr eben. Ich bin die Älteste von vieren.»

«Wovon habt Ihr hier denn gelebt?»

«Von einem Laib Brot, einem Säckchen Mehl und einem Viertel Käse. Aber jetzt ist alles aufgegessen.»

«Wer arbeitet, soll essen», sagte Hanna bestimmt. «Ich bin Köhlerin. Muss die Meiler neu bauen, neue Kohle machen. Wenn Ihr mir helft, könnt Ihr bleiben. Aber wisst Ihr, was das heißt? Wenig Schlaf!»

«Ist das Euer Ernst?»

Ursula konnte nur flüstern, ihre Augen aber begannen sich sofort mit Tränen zu füllen.

«Aber ja.» Ohne länger zu überlegen, ließ Hanna ihr Misstrauen hinter sich. «Also, ich bin die Hanna Völz. Und mein Bruder gehört auch zu denen, die nur diese sogenannte Sache im Kopf haben. Weißt du, Ursula, hier draußen sind wir arm, aber frei. Gerade komme ich aus der Stadt, und da habe ich Sachen gesehen ... Nein, der Rest der Welt kann uns gestohlen bleiben. Wir können alleine für uns sorgen. Wer sagt, jede Frau brauche einen Mann, redet Unsinn. Und jetzt lass mich Feuer machen. Damit Leben in die Hütte kommt.»

18

Marie war wieder einmal am Kobolzeller Steig außerhalb der Stadtmauer. Sie strich durch die Rebzeilen und stopfte sich hie und da eine der übersehenen zuckersüßen Beeren in den Mund. Leider waren sie so eisig, dass es ihr jedes Mal an den Zähnen zog, aber das konnte auch nicht anders sein, denn es war kalt, sehr kalt sogar. Ein frostiger Tag mit Sonne, aber viel Raureif, der an manchen Rebruten geheimnisvoll in allen Farben des Regenbogens aufleuchtete.

Er war es, dachte sie trotzig. Er hat gebellt, und ich habe es gehört. Irgendwann wird er wieder bellen. Babur lebt.

Längst hatte sie die wenigen Winzer, die sie in den Reben beim Rutenheften oder Misten angetroffen hatte, gefragt, jedes Mal aber dieselbe Antwort bekommen: Wir kennen keinen Hund, der so aussieht, und wir haben auch von niemandem gehört, der solch einen Hund gesund gepflegt hat.

Marie blieb stehen und lauschte erneut. Sie gab die Hoffnung nicht auf, obwohl die beiden Küchenschwestern ihr immer wieder einreden wollten, es wäre besser, einen neuen Hund lieb zu haben, als einem verschollenen nachzutrauern.

Als sollten Schwester Rahel und Gisela recht behalten, erscholl plötzlich wildes Gebell. Ein schwarzer Hund bog um die Ecke und hielt geradewegs auf sie zu. Eine heisere Männerstimme rief ihm hinterher, aber der Hund hörte nicht. Marie sah mit einem Blick, dass es ein junger Hund war und keine Gefahr von ihm ausging. Er sprang kurz an ihr hoch, dann fegte er um sie herum, strahlte, bellte.

«Jaja, du bist lieb und willst mir etwas zeigen», rief Marie und rannte dem Hund hinterher. Er sah sich nach ihr um, rannte zurück, tänzelte um sie herum und bellte unablässig.

Schließlich verschwand er in einem der kleinen Winzerhäuschen, wo die Weingärtner Gerätschaften wie Bütten, Harken, Hacken, Scheren aufbewahrten.

«Er tut nichts», hörte Marie noch einmal die heisere Männerstimme. «Er hat halt Angst um mich.» Als Marie in das Häuschen trat, sah sie einen Mann vor einer Feuerstelle knien. Er trug nur Socken und ein dickes langes Hemd. Fahrig stocherte er in der Glut, dann schrie er heiser auf und begann sich unter dem Hemd zu kratzen. «Es wird schlimmer, immer schlimmer. Als ob ich mich schälen muss!»

Verzweifelt entblößte er seine wundgekratzten Arme, die sein Hund ihm liebevoll leckte. Marie wagte keinen Schritt weiter, sie war wie erstarrt. Entsetzt sah sie, wie dem Mann ein Stück glühende Kohle auf die Socke fiel und sich bis auf die Haut durchfraß, ohne dass der Mann es anscheinend bemerkte.

«Es ist die Brandseuche, verstehst du? Das Feuer des Antonius. Bald bin ich tot. Tot. Aber ich will hier sterben. Bei meinen Reben und meinem Hund.»

Der Mann schluchzte auf und begann, wie irr zu lachen. Es klang so entsetzlich, dass Marie aus ihrer Erstarrung gerissen wurde und davonrannte. Erst am Plönlein hatte sie sich wieder so weit gefasst, dass sie langsamer lief. Sie verschnaufte vor dem Eingang der Plönlein-Schänke, froh, dass es hier etwas zu sehen gab, das sie von dem fürchterlichen Mann ablenken konnte.

Da gibt es was umsonst, dachte sie und reckte den Kopf.

Bauern und Häcker drängten sich vor einem Planwagen, aus dem ein junger Bursche mit einer Handscheffel Getreide in die ihm entgegengestreckten Säcke schaufelte. Über jeden Sack schlug der blinde Mönch, der daneben stand, das Kreuzzeichen. Marie zählte mit. Jeder bekam sechs Scheffelschaufeln Korn, und wer sie eingeheimst hatte, dem leuchteten glücklich die Augen.

Plötzlich war Hufschlag zu hören.

«Da ist er!», schrie eine Frau begeistert und zeigte in die Schmiedgasse.

Die Menge machte Platz, einige klatschten, andere gar fielen auf die Knie und rangen die Hände. Maries Herz begann wie wild zu klopfen, denn sie kannte den Mann, der sich da feiern ließ: Es war niemand anders als der Patrizier, den sie beim Herren-Müller gesehen hatte.

Das ist doch Jacob Aufreiter, schoss es ihr durch den Kopf. Der, der vom Herren-Müller das Getreide hat.

«Liebe Rothenburger!», hörte sie ihn vom hohen Ross herunterreden, «wir alle müssen zusammenstehen, wenn Gott uns Prüfungen auferlegt. Eben weil er sehen möchte, ob wir seine Gnade auch verdienen. Nehmt also mein Korn, ohne zu zögern, an. Ich gebe es gerne. Solange ich in der Stadt für das Gesetz zuständig bin, kämpfe ich dafür, dass auch die Armen das Recht bekommen, nicht Hunger leiden zu müssen.»

Marie konnte kaum glauben, was sie da hörte. Hatte dieser Jacob Aufreiter also doch ein gutes Herz? Warum aber hat er das dann damals alles so geheim machen müssen?, fragte sie sich, und warum hat mich der Müller so misstrauisch gefragt, ob ich sie beide belauscht hätte?

Doch so angestrengt sie auch überlegte, sie konnte sich keinen Reim darauf machen. Sie sah nur, wie glücklich und dankbar die Menschen waren, etwas geschenkt zu bekommen. Aus allen Himmelsrichtungen liefen sie am Plönlein zusammen, selbst noch, als Jacob Aufreiter wieder davongeritten war.

Vielleicht sind dieser Aufreiter und selbst der Herren-Müller ja doch nicht so schlecht, wie Hanna und ich dachten, sagte sie sich. Und wenn ein Mönch jedes Säckchen segnet, wird es schon alles mit rechten Dingen zugehen.

Sie wollte schon weitergehen, doch da hörte sie wieder Hundegebell – dasselbe wie vorhin in den Reben. Marie bekam einen tüchtigen Schreck, doch schnell hatte sie sich wieder beruhigt. Ich bin ja nicht allein hier, dachte sie. Und der Hund mag mich ja.

Das Gebell wurde lauter. Ein Lächeln umspielte Maries Mund. Wenn es doch bloß Babur wäre …, aber natürlich war es nur der schwarze Hund. Verspielt sprang er auf dem Platz herum, schnüffelte jeden an und ließ sich streicheln.

Nach einer Weile trat sie aus dem Eingang der Plönlein-Schänke. Sofort kam der Hund auf sie zu.

«Soll ich für dein Herrchen Hilfe holen? Weißt du, er ist krank.»

Der Hund jaulte einmal und stieß ihr die Schnauze in den Schoß.

«He du, das ist der Brio vom Matthias Anger», sprach sie ein Mann mit blutroter Nasenspitze und roten Ohren an. Er hinkte und trug einen vielfach geflickten Mantel. «Wir haben ihn schon gesucht. Weißt du, wo er ist?»

«Bei den Reben. In seinem Winzerhäuschen.»

«Himmel, was tut er denn da?»

«Das weiß ich nicht. Er ist ... so seltsam.»

«Du, ich bin sein Freund.»

Marie wich ein paar Schritte zurück, denn der Mann klang eher aufgebracht als freundlich, fast schon, als wolle er sie dafür verantwortlich machen, dass es seinem Freund schlechtging. Aber da tauchte auch schon Matthias Anger auf, unverändert in Socken und nur mit dem Hemd bekleidet. Er fuchtelte wild mit den Armen und hatte einen seltsam eckigen und schwerfälligen Gang, der Marie an den eines Tanzbären an der Kette erinnerte.

«Nehmt es nicht!», brüllte er und knickte mitten auf der Plönlein-Kreuzung in die Knie. «Es ist kein gutes Korn. Ins Feuer damit, damit ihr kein Feuer bekommt!» Er rappelte sich wieder auf, riss sein Hemd hoch und zeigte seinen blutig gekratzten Leib. «Erst kribbelt es, den Tag darauf brannten mir die Beine. Jetzt werden sie steif!»

Er kratzte sich mit seinen klauenartigen Händen den Schorf auf und schlurfte zum Brunnen. Marie lief es kalt über den Rücken. Matthias trank gierig, während sein Hund die Umstehenden anbellte oder seinem Herrchen winselnd die Schnauze in die Seite stieß. Matthias stützte sich auf seinen Freund und drehte sich mit ihm zum Planwagen. Der Bursche, der das Korn verteilte, stieß das Scheffelmaß noch einmal in den Sack und betrachtete das Korn.

«Nein, es ist nur Roggen und Gerste», rief er. «Überzeugt euch doch selbst.»

Die Ersten hielten ihm schon wieder Säcke entgegen, da schüttelte Matthias Anger seinen Freund ab und schrie: «Versteht doch! Ich habe es eine Woche lang gegessen. Schon zwei Tage später begann es. Seit einer Woche haben wir in der Stadt auch die Scheißerei! Und überall wird doch gekotzt! Himmel, es muss dieses Teufelskorn sein. Seit es der Aufreiter verteilt! Aber ihn trifft es nicht, weil er es ja auch nicht frisst.»

Marie schlug das Herz bis zum Hals. Sie schlug sich die Hand vor den Mund, um nicht laut herauszuplatzen, was sie gesehen hatte. Aber das Entsetzen auf den Mienen war beredt genug. Es stimmt, hörte Marie das Getuschel zweier Frauen: Seit einer Woche lässt er jedes Mal an einem anderen Platz Getreide verteilen … ja, genau, mischte sich eine andere Stimme ein: Ich kenne wen, da wird seit einer Woche nur noch gekotzt.

«Rührt es nicht an!» Die Donnerstimme des blinden Mönchs hallte über den Platz. «Er hat recht, dieses Korn ist des Teufels! Da seht ihr, was es heißt, Geschenke der Herren anzunehmen.» Der blinde Hans riss dem Burschen das Scheffelmaß aus der Hand und schleuderte es über den Platz. Dann griff er einen noch halb vollen Sack und schüttete das Korn auf das Straßenpflaster. «Getäuscht hast du mich, Jacob Aufreiter!», hörte Marie seine wütende Stimme. «Schlechtes Korn verschenkst du. Kaufen wolltest du mich, mir zeigen, dass die Herren gut sind und aufs Wohl der anderen schauen. Ich wollte es so gerne glauben. Aber die Stimmen der Heiligen in mir haben mich gewarnt vor dir.»

«Aber was hat er denn davon?», hielt ein Mann dagegen. «Warum sollte er uns alle vergiften wollen? Das ist doch Unsinn!»

Die Menschen leerten ihre Säcke aus und steckten die Köpfe zusammen. Marie zitterte vor Anspannung und biss sich, um ruhig zu werden, in die Faust. Sollte sie sagen, was sie wusste? Dass der Aufreiter das Korn heimlich beim Herren-Müller geholt hatte?

Nein, das ist viel zu gefährlich. Ich werde es Ulrich erzählen, und Hanna muss ich natürlich auch warnen.

Endlich wusste sie, was sie zu tun hatte. Marie rannte los, so schnell sie konnte. Matthias' schwarzer Hund hetzte ihr nach, kehrte aber schließlich um.

Nein, du bist nicht Babur, dachte sie. Und wenn du noch so lieb bist, du bist nicht Babur.

Sie rannte immer geradeaus, bevor sie auf dem Marktplatz verschnaufte. Ulrich muss Hanna jetzt schützen, durchzuckte sie ein Gedanke, obwohl sie nicht genau hätte sagen können, warum. Aber irgendwie war Hanna in Gefahr, irgendetwas braute sich da zusammen. Erst ärgerte Marie sich, dass sie dies nur spürte und nicht in Worte fassen konnte, dann wurmte es sie, dass sie immer langsamer wurde. Die eisige Luft schmerzte im Hals, zudem bekam sie Seitenstechen. Schließlich konnte sie nicht mehr und blieb stehen. Sie stemmte die Hände in die Hüften, drückte das Kinn auf die Brust und verschnaufte.

Und jetzt tat ihr auch noch der Bauch weh.

Langsam ging sie weiter, um wieder zu Kräften zu kommen. Sie überließ sich ihren Beinen, schaltete den Kopf ab. Als sie am Schrannenplatz angelangt war, dem eigentlichen Getreidemarkt, wurde sie unschlüssig, ob sie wirklich gleich zu Ulrich gehen sollte.

Nein, Hanna muss es zuerst wissen, dachte sie. Schließlich ist sie meine Schwester. Und Ulrich wird uns sowieso besuchen.

Abrupt hielt sie den Atem an und erstarrte. «Babur!», flüsterte sie und reckte den Kopf. Noch einmal ertönte das Bellen.

«Babur!» Marie ballte die Fäuste und schrie aus Leibeskräften. «Babur!» Die Stimme versagte ihr. Schluchzend sank sie in die Knie. «Wo bist du, Babur? Wo?»

Ihr Herz schlug, als wollte es zerspringen. Aber sosehr sie es sich auch wünschte: Babur bellte kein drittes Mal.

Hanna hatte ihren Entschluss bislang keine Sekunde bereut. Je länger sie darüber nachsann, umso mehr erschien ihr die Begegnung mit Ursula als eine glückliche Fügung.

Auch wenn sie keine Angst vor dem Alleinsein hatte: Die zurückliegenden Ereignisse hatten ihr klargemacht, dass am Ende dieses Jahres 1524 viel zu viele Männer von einer mörderischen Wut auf die Welt ergriffen waren. Jede Frau musste sich jetzt im Klaren darüber sein, was das für sie bedeutete. Ein falscher Blick oder eine schnippische Bemerkung reichten, schon verloren die Männer die Beherrschung. Die einen liefen ihren Familien davon, andere begannen zu prügeln, wieder andere legten die Arbeit nieder und schmiedeten stattdessen Pläne, wie sie sich am besten an den Reichen und der Kirche rächen wollten.

Für einen Augenblick versuchte sie, Valentin einzuschätzen: Auch wenn ich ihn enttäuscht habe, gewalttätig ist er nicht, dachte sie. Hartnäckig dagegen schon. Hoffentlich wiegelt er nicht andere gegen mich auf. Das würde ich ihm nämlich zutrauen.

Sie lauschte auf das Prasseln des Herdfeuers. Es war spät am Abend, Marie lag neben sie gekuschelt und schlief. Dass Babur gebellt haben sollte, hatte sie so aufgeregt, dass es ihr fast ein zweites Mal die Sprache verschlagen hatte. Zum Glück hatte sie sich nach einer Schüssel Suppe so weit beruhigt, dass sie gerade noch herausgebracht hatte, sie habe den Patrizier Jacob Aufreiter gesehen, wie er am Plönlein das Korn vom Müller verschenkt habe. Darauf war sie in tiefen Schlaf gefallen.

Hanna setzte sich auf und schaute zu Ursula hoch, die gerade zur Tür hereinkam.

«Na, schmeckt dir die Köhlerei? In fünf Stunden bin ich an der Reihe. Aber wir haben ja auch nur einen Meiler laufen. Stell dir vor, es sind drei, und jeder läuft ein wenig anders. Dann hat man, wenn man nur zu zweit ist, oft nur zwei, drei Stunden Ruhe.»

«Ich weiß, was du meinst, Hanna. Aber noch ist alles

neu für mich. Ich bin so froh, dass ich mich nützlich machen kann. Will schließlich kein unnützer Esser sein.»

Sie ging zum Kessel und schöpfte sich eine Tasse Tee.

«So etwas darfst du nicht sagen. Weißt du, ich bin froh, zurzeit nicht ganz allein dazustehen. Eine Frau ersetzt hier draußen zwar keinen Mann, aber sollten irgendwelche Strolche auf die Idee kommen, hier gäbe es etwas für sie … Nun ja, zweie macht man wohl doch weniger leicht tot als einen, oder?»

«Um Himmels willen, sag doch nicht so was! Du machst einem ja Angst!» Kopfschüttelnd ließ sich Ursula mit dem Rücken zur Herdstelle vor Hanna nieder. Sie kreuzte die Beine zum Schneidersitz und verschüttete dabei etwas Tee. Die herabrinnenden Tropfen hinterließen helle Streifen auf ihrem rußigen Handgelenk. «Sind euch hier denn schon einmal finstere Gestalten begegnet?»

«Zum Glück nicht. Aber wenn sich herumspricht, die junge Völz ist allein, und bei ihr ist noch eine, die auch nicht gerade zu verachten ist …»

«Mal den Teufel nicht an die Wand.»

«Schon gut. Manchmal setzt sich einem eben etwas in den Kopf. Wie gut, dass wir uns beide haben.»

Ursula nickte und schlürfte den Rest ihres Tees. Hanna zeigte auf das Brot, das neben der Herdstelle auf einem Brett lag. Ursula griff nach dem Laib und säbelte sich eine Scheibe davon ab. Nach dem ersten Bissen drehte sie sich um und angelte sich den Topf von der Herdstelle. Andächtig stippte sie das Pfützchen Linsensuppe auf und wischte anschließend den Topf mit einem Stück Rinde so blank, dass er nicht mehr gescheuert werden musste.

«Was ich dich schon längst fragen wollte, Hanna: Warum hast du keinen Mann? Willst du denn keine Kinder?»

«Um Kinder zu bekommen, braucht man wohl einen Mann, ja, das ist wohl so», antwortete Hanna ausweichend und streichelte Marie über den Kopf. «Aber muss ich, nur weil Frauen Kinder bekommen sollen, gleich den erstbesten nehmen? Und wer weiß, vielleicht habe ich ja sogar einen Mann?»

Sie blickte auf und schaute Ursula geradewegs ins Gesicht. Die aber starrte sie an, als habe sie gerade Ungeheuerliches gehört.

«Das muss man doch wissen!», entfuhr es ihr aufgeregt. «Meinen Simon lernte ich bei Kirchweih kennen. Wir tanzten, und zum Abschied küsste er mich. Da wusste ich: Ursula, jetzt hast du einen Mann. Beim nächsten Dorftanz küssten wir uns auch. Vor Zeugen steckte Simon mir einen Ring an und sagte: Jetzt gehörst du mir. Er nahm mich noch in der Nacht, und ich kann nicht behaupten, dass es mir nicht gefallen hätte. Wie kannst du in deinem Alter ohne leben?»

«Dann bin ich wohl nicht so … so eine … Ach, als ob es immer gleich so weit kommen muss, Himmel nochmal.»

Hanna klang aufgebrachter, als sie eigentlich wollte. Ursula störte es nicht. Verwundert forschte sie in Hannas Gesicht und sagte ungerührt: «Auch Frauen brauchen es. Und wenn man nicht gleich schwanger davon wird, umso besser. Aber jetzt bist du an der Reihe: Wer ist denn dein Schatz? Für mich klingst du so, als ob er noch gar nichts von seinem Glück wüsste.»

«O doch. Ich weiß sogar, wo er wohnt, wie alt er ist, wie seine Schwester und sein Hengst heißen …»

«Wer?»

«Sag ich nicht.»

Sie lachten beide gleichzeitig auf und streckten sich auf ihren Schlafstellen aus. Das Feuer war heruntergebrannt, draußen leuchtete ein fast weißer Mond. Hanna hörte Marie schmatzen, küsste sie auf die Stirn. Wenn du nicht wärst, dachte sie gerührt. Dann ging's uns allen schlecht.

Du bist die Kleinste und Zarteste, hoffentlich geschieht dir nie ein Leid. Leise summte sie ein Kinderlied.

Marie wachte auf.

«Schlaf weiter, schlaf weiter ...»

Hanna legte sich auf die Seite und zog Marie eng an sich. Marie seufzte wohlig. Ihre Atemzüge wurden tiefer und gleichmäßiger, doch kurz bevor sie einschlief, murmelte sie: «Und dann war da noch ein Mann, der hat gesagt, er hat die Brandseuche.»

19

Als Ursula Hanna morgens zur Schicht weckte, hatte Hanna das Gefühl, in ihrem Innern beginne ein Mühlrad anzulaufen. Es drehte sich zunehmend schneller und erfüllte sie mit immer größerer Unruhe. Gestern Abend noch war die Müdigkeit stärker gewesen als das, was Maries Worte in ihr ausgelöst hatten, doch jetzt konnte sie sich so viel eisiges Wasser ins Gesicht spritzen, wie sie wollte: Unablässig zogen ein und dieselben Bilder an ihr vorüber.

Er hatte einen Tanzbärengang ... und das lange Hemd war alles, was er auf dem Leib trug. Dann die blutigen Armschrunden. Er stapfte zum Brunnen und trank gierig. Da wusste ich es sofort: Er hat die Brandseuche.

Also hat sich wieder ein Gesicht erfüllt. Oder?

Hanna nagte an ihrer Unterlippe. Oder bilde ich mir dies jetzt alles nur ein, weil Marie von der Brandseuche gesprochen hat? Weil ich so etwas schon einmal gesehen habe, jeder kennt doch solche Bilder. Was ist schon Besonderes an ihnen?

Ich brauche nur Marie zu fragen, sagte sich Hanna. Ein

paar Worte von ihr, und ich weiß, ob mein Gesicht wahr geworden ist. Aber soll ich sie deswegen aus dem Schlaf reißen?

Ich muss es … sofort.

Nein, später. Erst die Arbeit.

Sie lüftete den Meiler und wartete. War der Rauch schon blau? Wenn ja, konnte die Holzkohle geerntet werden. Hanna kniff die Augen zusammen. Das fahle Morgengrau machte es schwer, Farben zu erkennen. Aber dann gab es noch den Geruch: Ein wenig brenzlig musste es riechen, fast so wie Räucherwerk. Hanna ging ein paarmal um den Meiler herum und riss an einigen Stellen die Decke ein.

Alles fertig, entschied sie.

Sie deckte die luftzuführenden Kanäle ab, sodass keine Luft mehr angesogen werden konnte, und befreite den Meiler vom Rest seiner Decke. Qualm und Ruß raubten ihr den Atem, aber die Mühe hatte sich gelohnt: Pechschwarze, leicht rauchende Stämme kamen zum Vorschein, die nun langsam in der Kälte abkühlen konnten.

Hanna wusch sich Hände und Gesicht und atmete tief durch. Es hilft nichts, sagte sie sich. Schwesterchen, bitte entschuldige, dass ich dich jetzt wecke, aber ich muss es wissen.

Es war gegen Mittag. Aus einem hohen hellgrauen Himmel grieselte Schnee, der dann und wann von einem Windstoß verwirbelt wurde. Zuweilen sah es so aus, als würde die Wolkendecke aufreißen und sich die Sonne blicken lassen, doch in Wahrheit schoben sich die Wolken immer dichter zusammen, und das Bleigrau verlor zusehends an Helle.

Hufschlag erklang. Du kommst wie gerufen, freute sich Hanna und wollte Ulrich entgegenlaufen, doch schon im nächsten Moment hörte sie, dass nicht nur ein Reiter unterwegs war.

Jetzt geht es los. Gott steh mir bei.

Sie rannte in die Hütte und rief Marie zu, sie solle so schnell wie möglich nach Detwang aufbrechen.

«Nein!» Marie stampfte trotzig mit dem Fuß auf. «Du hast gesagt, wir gehen zusammen.»

«Das geht jetzt nicht mehr, du kleiner Soldat. Schnell, beeil dich.»

«Da kommt ja jemand.»

«Eben!»

«Was ist denn los?», fragte Ursula. Im selben Moment ging schon die Tür auf.

«Einen schönen guten Tag wünschen wir.»

«Valentin! Du bist es. Ich dachte schon ... Himmel, hast du mich erschreckt.»

Hanna klang aufrichtig erleichtert und machte Marie ein Zeichen, dass sie dableiben konnte. Hinter Valentin trat noch einer der Leitgeb-Zwillinge in die Hütte, derselbe, der Valentin vor ein paar Wochen nach dem Kirchgang auf sie aufmerksam gemacht hatte.

«Seit wann bist du so ängstlich, Hanna? Fehlt dir vielleicht was? Zum Beispiel der Mann im Haus? Oder gar unser Babur? Arndt geht ja nun andere Wege ... Aber wie es so schön heißt: Richte nicht, auf dass du nicht gerichtet werdest. Nun, wie ich sehe, hast du Besuch?»

Er klang getrieben, aufgeregt, geradezu forsch.

«Vorübergehend, Valentin. Das ist Ursula ... Ursula Neusser aus Ohrenbach.»

Valentin und der Leitgeb-Zwilling reichten Ursula die Hand. Aufmerksam schaute diese von einem zum andern, bevor sie Hanna aufmunternd zulächelte. Doch die schüttelte schnell den Kopf, geradezu erschrocken.

Ursula verstand sofort und nickte wissend.

«Ich möchte dich etwas fragen, Hanna», begann Valentin zögernd. «Und damit du siehst, wie ernst es mir ist, habe ich den Karl Leitgeb mitgebracht, als Zeugen. Gut, dass du auch eine Zeugin hast.»

«Ja, Valentin. Was also liegt dir auf dem Herzen?»

Marie, die die Spannung spürte, stellte sich schützend vor ihre Schwester. Hanna schlang ihre Arme um sie. Sie hatte Herzklopfen, denn sie ahnte nur zu gut, weswegen Valentin gekommen war. Und gerade deswegen wuchs ihre Furcht, er könnte ihren Entschluss nicht hinnehmen.

«Etwas auf dem Herzen haben? Das ist schon einmal gut, Hanna. Wie einfühlsam du bist, denn damit triffst du ins Schwarze.» Seine Stimme klang weich, er lächelte. Ihr fiel auf, dass er sein Haar frisch gewaschen hatte und neue Stiefel trug, selbst sein weiter Reitmantel schien neu zu sein.

Als ob er Ritter spielt, dachte sie. Er will mich beeindrucken. Warum tut er sich und mir das an.

«Valentin, bitte ...», flüsterte sie und schaute flehentlich zu Karl Leitgeb.

Marie wand sich in ihren Armen, so unangenehm war ihr dieses Gespräch. Hanna schickte sie hinaus zum Wasserholen.

«Bitte ... was? Hanna, du scheinst es ja bereits zu wissen, was mich umtreibt, also mach ich es kurz: Möchtest du meine Frau werden? Ich verspreche, dich zu achten und zu ehren, so lange mein Leben währt. Dass ich dich liebe, das weißt du ja eh. Also?»

«Nein.» Die Antwort kam schnell und tonlos. Hanna sah Valentin unverwandt an, sie zitterte leicht. «Du weißt es selbst, ich bin nicht für dich bereit. Du hast eine andere verdient.»

Valentin nickte. Er musterte sie mit schmalen Augen, von einem Augenblick auf den anderen wirkte er um Jahre gealtert. Einerseits tat er Hanna aufrichtig leid, andererseits ärgerte sie sich, dass Valentin mit dem Kopf durch die Wand wollte.

Stur wie ein Schaf, dachte sie. Tut so, als wäre er niemals im Spital bei mir gewesen und hätte dort nichts gesehen und nichts gehört.

Erleichtert sah sie, wie er sich umdrehte und zur Tür schritt. Doch plötzlich drehte er sich um und war mit zwei Schritten bei ihr. Mit wutverzerrtem Gesicht packte er sie an den Schultern und schüttelte sie. «Das wirst du mir büßen, Hanna Völz. So wahr ich Valentin Schnitzer heiße. Du falsche Schlange, du. Machst schöne Augen und spielst mit Gefühlen. Du kleines, schmutziges Stück! Du Träumerin! Aber ich warne dich: Du wirst keinem anderen mehr gehören. Und deinem Traumritter aus Detwang schon gar nicht. Das versprech ich dir.»

Er gab Hanna einen Stoß, sodass sie auf ihre Bettstatt fiel, dann stürzte er aus der Hütte. Karl Leitgeb starrte auf sie herab, schüttelte verständnislos den Kopf in Ursulas Richtung: «Du machst es wohl mit der da, wie?»

Dann ging auch er.

Hufschlag ertönte, ein Pferd wieherte.

Hanna schluchzte auf, dann nahm Ursula sie in die Arme. «So sind die Kerle eben», sagte sie mitfühlend. «Vergiss die Worte. Alles nur Geschäume. Gekränkte Eitelkeit. Wenn ihnen der Kamm schwillt, sind sie wie Tiere.»

Jemand räusperte sich an der Tür. «Das ist nicht ganz falsch, was sie sagt, Hanna Völz. Tut mir leid, ich wurde unfreiwillig Zeuge.»

«Ihr, Hegemeister Bernward?»

«In Person und quicklebendig.»

Grinsend verbeugte er sich im Türrahmen, dabei rutschte ihm sein Quersack von der Schulter: «Packt aus. Wildererfleisch – aber nicht menschlich, sondern von einer Sau.»

Er lachte.

Hanna rappelte sich hoch und streckte Bernward die Hand hin.

«Willkommen in der neuen Hütte. Ich weiß jetzt, dass nach dem Feuer Ihr es wart, den Marie morgens gesehen hatte.»

Bernward hielt Hannas Hand fest. Sein Händedruck war warm und fest, aber doch auch weich – so weich wie sein eigentümlich schmelzender Blick, aus dem Hanna wachsende Überraschung las. Für einen kurzen Augenblick verlor sie sich in diesem Blick, der eine unerklärliche Kraft besaß. Respektheischendes lag darin, aber auch etwas Fürsorgliches – und eine innere Stimme sagte ihr, dass sie vor diesem Mann nie wieder Angst zu haben brauchte.

«So viele Männer heute … das muss ein besonderer Tag sein.»

Ursula stellte sich Bernward vor, doch dieser hatte nur Augen für Hanna. Erst als Marie mit einem Eimer Wasser hereinkam, löste sich die eigentümliche Atmosphäre auf.

«Du bist ja wieder munter, Marie. Schön. Komm, lass dich einmal anschauen.»

Bernward ging ein wenig in die Knie und fasste Marie bei den Schultern. Zufrieden musterte er sie, schließlich kniff er ihr liebevoll in die Wange.

«Aber Ihr bringt mich jetzt nicht weg, Hegemeister, oder?»

«Nein, du Naseweis, wo denkst du hin? Priorin Agathe aber macht sich Sorgen. Ich traf sie zufällig, da bat sie mich, bei euch nach dem Rechten zu sehen. Sie möchte wissen, wann du wieder ins Kloster kommst. Schließlich sollst du Lesen und Schreiben lernen. Ritter von Detwang besteht darauf.»

Ursula klatschte in die Hände und lachte laut heraus:

«Ach, jetzt wird mir alles klar. Ritter von Detwang ... So was würde ich mir natürlich auch lieber gefallen lassen als so einen Schafskopf. Aber da lass ich euch doch wohl lieber allein. Ihr scheint euch ja gut zu kennen.»

«Das wird auch besser sein», antwortete Hanna böse. «Du bist klatschsüchtig, meine Liebe. Ich mag so etwas nicht. Hack lieber etwas Holz, da tust du etwas, das uns beiden nützt.»

«Oh, jetzt krieg ich's aber dicke!», rief Ursula gekünstelt und verdrehte die Augen. «Ich und klatschsüchtig? Das ist ja mal ganz was Neues. Wahrscheinlich bin ich nur eine ganz normale Frau, du aber ein bisschen die Prinzessin, wie?»

Sie verließ die Hütte und schlug die Tür hinter sich zu. Ein Schwall kalter trockener Luft breitete sich aus und ließ Hanna frösteln. Für eine Weile herrschte betretenes Schweigen. Jeder lauschte darauf, wie Ursula unwillig aufstöhnend einen Stamm zwischen die Böcke wuchtete und schließlich zu zersägen begann.

«Mit einer zweiten Frau im Haus kann es natürlich auch anstrengend sein ...», begann Bernward zögernd zu sprechen. «Womit ich natürlich nicht dich meine, Marie. Aber trotzdem möchte ich mit deiner Schwester jetzt etwas besprechen. Und das würde ich gern alleine tun.»

«Soll sie auch zurück zu den Nonnen?», fragte Marie.

«Wie kommst du denn darauf?»

«Ach, nur so.»

Marie huschte hinaus und half Ursula sägen. Leichter Schneefall hatte eingesetzt und ließ das tote Schwarz der abgebrannten Bäume und Sträucher weniger bedrohlich aussehen.

Bernward räusperte sich: «Du musst aufpassen, Hanna. Es braut sich etwas zusammen. Du kannst dir denken, warum?»

Hanna nickte. «Hat es mit dem Antoniusfeuer zu tun?»

«Leider ja. Es breitet sich aus. Der Rat hat Nachforschungen anstellen lassen: Das Getreide, das Patrizier Aufreiter hat verteilen lassen, scheint es auszulösen. Aufreiter schiebt es auf den Müller, der aber auf dich.»

«Wie das denn? Eigentlich kann ich von dem Handel zwischen ihm und Aufreiter doch gar nichts wissen. Marie hat ihn beobachtet.»

«Das war Jobst Gessler dann auch klar. Er hat daher freimütig zugegeben, was sich alles zwischen dir und ihm abgespielt hat, solche Angst hat er bekommen.»

«Dieser feige Schuft! Seinetwegen hat Marie Babur verloren … und er brachte mir die größte Demütigung meines Lebens bei. Und das Schlimmste ist: Arndt und ich haben jetzt sogar noch Schulden bei ihm.»

«Darüber mach dir keine Sorgen, gefährlicher ist etwas anderes.»

Bernward schwieg und drehte sich zum Fenster. Der Schnee fiel jetzt dicht und schnell, beide hörten Marie lachen, auch Ursula klang fröhlich. Sie neckte Marie, und kurz darauf flogen die ersten Schneebälle, die dumpf an der Hüttenwand zerplatzten.

Hannas Herz klopfte schnell. Sie ahnte, worauf Bernward hinauswollte, aber noch weigerte sie sich, es selbst auszusprechen. Doch im selben Augenblick fiel ihr der Spielzeugritter ein, den Ulrich ihr geschenkt hatte. Ich darf nicht verzagen, dachte sie. Ulrich wird schon für mich sprechen. Und da ich bereits einige Zeit im Kloster war … Es wird genügend Stimmen geben, die mich verteidigen … Selbst wenn es heißt …

Bernward drehte sich um. Ernst sah er sie an: «Hanna, mach dich darauf gefasst, dass du der Hexerei angeklagt werden kannst. Der Müller nämlich sagt, du hättest aus Wut über seine Zudringlichkeit sein Korn verhext.»

«Von der Seherin zur Hexe», flüsterte Hanna. «Arndt hat mich gewarnt.»

Marie riss kichernd die Tür auf, zielte und holte aus: Der Schneeball zerplatzte an Bernwards Brust.

«Jetzt bist du dran, du Wildfang.»

Marie kreischte vor Vergnügen, als Bernward ihr nachsetzte. Hanna hörte sie quietschen und lachen, Bernward prustete. Bald mischte sich Ursula ins Spiel, die Bälle flogen, es wurde getobt und gelacht.

Hanna blieb wie gebannt auf der Stelle stehen. Angst und Hoffnung stritten in ihrer Brust, ihr Kopf aber war leer. Erst als Bernward Marie, als hätte er ein Bündel Reisig unter dem Arm, in die Hütte trug, spielte wieder ein Lächeln um ihre Lippen.

20

Es war ein Leichtes für sie, sich alle möglichen Schreckensszenarien auszumalen – vor allem nachts, wenn sie vor der Herdstatt döste. Einmal sah sie sich kopfüber im Feuerschacht eines Meilers stecken, ein andermal sich an einem Ast über dem Grab ihres Vaters zu Tode zappeln, dann wieder verblutete sie langsam im Schnee, weil man ihr Finger und Zehen abgehackt hatte. Doch Bernward behielt recht: Das anstehende Weihnachtsfest stimmte die Menschen versöhnlich. Hannas Ängste, von einer antoniusfeuergeschädigten aufgestachelten Menschenhorde aus dem Schlaf gerissen zu werden, wurden von Tag zu Tag weniger.

Umso dankbarer war sie, dass das Schicksal ihr Ursula geschickt hatte. Die Ohrenbacherin war so robust wie bodenständig und gab Hanna mehr als einmal zu verstehen, dass sie deren Gesichte nicht beeindruckten. Selbst die Gefahr, als Hexe angeklagt werden zu können, ließ sie kalt, und am Tag vor Weihnachten sagte sie ungerührt: «Ich weiß ja, dass du keine bist. Warum soll ich mich dann fürchten? Hab bloß keine Angst. Ich werd schon für dich aussagen … und dann hast du ja noch deinen Ritter.»

Sie ernteten gerade einen Meiler ab, es war nach vier Tagen windigem Wetter, trübem Himmel und viel Schnee der erste sonnige Tag. Knietief bedeckte die weiße Pracht die Lichtung und verwandelte die kohligen Gerippe in Märchengestalten. Die Welt war wunderbar still, der Schnee trocken, und es machte Spaß, ihn wie Puder in die Luft zu werfen.

«Welchen Festschmaus wollen wir uns eigentlich gönnen?», fragte Ursula und rubbelte ihre rußigen Hände mit Schnee ab.

«Da hoffe ich doch, dass uns wenigstens zwei Hühner zufliegen», scherzte Hanna. «Ehrlich gesagt, ich weiß es nicht. Einer von uns müsste ins Dorf, um Brot zu kaufen. Drei Kreuzer kann ich beisteuern.» Sie beugte sich über den schwach rauchenden Feuerschacht und hieb den Kohlepickel in einen der Kohlestämme. Gemeinsam zogen sie ihn hoch, denn auch wenn ein verschwelter Stamm nur noch ein Viertel seines ursprünglichen Gewichts besaß – warum unnütz Kraft verschwenden? «Ach, Ursula, es lebt sich zu zweit einfach schöner als allein», fuhr sie fort, während sie den Kohlestamm kurz im Schnee rollten und dann in den Kohlelagerschuppen trugen. «Die Arbeit fällt leichter, Essen und Trinken schmecken besser, und unsere kurzen Schlafphasen sind entspannter.»

«Schon, aber ein Mann hat auch so seinen Nutzen.»

«An so etwas denkst du?»

Ursula antwortete nicht mehr. Sie hatte sich vorgenommen, dieses für Hanna schlüpfrige oder sogar peinliche Thema zu meiden, nun hatte sie leider doch nicht den Mund halten können. Zum Glück nahm Hanna es ihr nicht übel. Sie stemmte die Hände in die Hüften und schaute sie freundlich an. «Wir sehen einer ruhigen und friedlichen letzten Jahreswoche entgegen», fuhr sie fort, als wäre nichts weiter gewesen, «zumindest sagt das die Bauernregel: Wie's Wetter zu Adam und Eva war, so bleibt es wohl bis zum End vom Jahr. Also kalt und sonnig, prächtigstes Winterwetter. Wäre Marie hier, wir könnten am Karrachgraben Schlitten fahren.»

«Was sie wohl noch lieber mit ihrem Babur machen würde, wie?»

«Ja, ich würde es ihr so wünschen. Dieses Wunder, dass er plötzlich hier auftaucht, mir die Schnauze in die Seite stupst und mit den Augen spricht: Komm mit und sag mir, wo ich Marie finden kann.»

«Wenn er jetzt hier wäre, ob er sie finden würde, wenn du ihm befehlen würdest: Such, Babur, such die Marie?»

Hanna wurde nachdenklich. Sie überlegte eine Weile, lauschte in sich hinein. Auf einmal beschlich sie eine eigentümliche Angst, aber nur für einen kurzen Moment. Als ob man im Marktgedränge steht und flüchtig berührt wird, dachte sie. Genauso war es gerade.

«Hoffen wir, dass er es nie muss.» Ursula sah sie erstaunt an, Hanna aber war so über ihre Antwort erschrocken, dass ein Zittern ihren Körper erfasste. Sie schüttelte sich, tat, als würde sie frösteln, bückte sich, versuchte, einen Schneeball zu formen. Ein feiner Luftzug ließ den Schnee von den Baumgerippen stieben, gleichzeitig war das Licht so grell, dass es in den Augen schmerzte. «Ich habe heute noch gar nicht Vaters Grab besucht», sagte sie hastig. «Das muss ich jetzt nachholen. Danach gehen wir ins Dorf und kaufen ein, einverstanden?»

«Du bist hier die Herrin.»

Hanna stapfte los, schließlich begann sie zu rennen. Wie vor dem Beben breitete sie die Arme aus und rannte auf die schneegleißende Lichtung. Sie ließ den Schnee stieben und genoss, wie die kühlen Kristalle auf ihrem Gesicht schmolzen. Sie bückte sich und rubbelte sich das Gesicht mit Schnee ab, bis ihre Finger vor Kälte gefühllos waren.

Was für ein herrlicher Tag! Dieser makellose blaue Himmel und dieser feingewebte lichte Schatten unter der Eiche. So angsterfüllt sie gerade noch gewesen war, so leicht war ihr jetzt ums Herz. Hier unter der Eiche fühlte sie sich geborgen, und die im Gegenlicht weißgolden glänzenden Schneeschleier, die von den Ästen herabwehten, schienen allein für sie zu flüstern: Hanna, die Welt ist schön, genieße jeden Augenblick, den Gott dir geschenkt hat.

Sie trampelte einen Rahmen um das Grab, streichelte sanft dessen weichgewölbte Schneedecke. Schließlich kniete sie nieder und betete. Doch nach einem Ave-Maria und einem Vaterunser konnte sie sich nicht mehr konzentrieren. Sie erhob sich wieder und trat an den mächtigen Stamm. Ohne zu zögern legte sie die Hand auf die Borke und strich sanft darüber. Aus einer plötzlichen Laune heraus knabberte sie schließlich etwas Borke ab und zerkaute sie mit den Schneidezähnen.

Wie bitter, dachte sie. Und wie närrisch. Ursula würde natürlich sagen, dir fehlt dein Ritter, Hanna … Vielleicht hat sie ja sogar recht? Verwegen lächelnd schmiegte sie sich an den Stamm. Sie schloss die Augen und versuchte mit allen Sinnen, die Aura des Baumes aufzunehmen. Warum soll ich dich nicht umarmen, Eiche, sprach sie halblaut. Selbst wenn ich dich küsste? Küssen wir nicht auch kalten Schmuck, morsche Gebeine, ja selbst Tote?

Sie presste die Lippen gegen den Stamm, ihre Zungenspitze schnellte vor.

Kichernd schlug sie sich die Hand vor den Mund und stapfte zurück in die gleißende Helligkeit. Sie legte den Kopf in den Nacken und drehte sich zuerst langsam, dann immer schneller um sich selbst. Jubelnd genoss sie den Schwindel, der mit blauweißen Himmels- und Schneesprenkeln an ihren Augen vorbeiwischte. Traumlang kam ihr der Sturz vor, und als sie in den Schnee plumpste, schien die Welt in allen Farben des Regenbogens zu schimmern.

Erschöpft blieb sie im Schnee liegen. Erst als ihr am Rücken kalt wurde, erhob sie sich. Beinah kam es ihr vor, eingeschlafen zu sein, aber blinzelnd stellte sie fest, dass sich das Licht nicht geändert hatte.

Keine neuen Gesichte, dachte sie zufrieden. Vielleicht ist es ab heute ja vorbei damit. Schließlich ist es Advent. Ein Windzug trug ihr den Geruch von Pferdeschweiß zu, doch nirgends war ein Pferd zu hören, geschweige denn zu sehen.

Enttäuscht verzog sie den Mund und stapfte zurück zur Hütte. Erst schüttelte sie sich den Schnee vom Mantel, dann klopfte sie die Stiefel an der Hüttenwand ab.

Sie trat ein.

«Überraschung!»

«Ulrich!» Sie flog in seine Arme. «Ich hab es mir so gewünscht. Aber wo ist Mahut?»

«Hinterm Haus. Ursula hat sich dieses Spiel ausgedacht. Sie hat sogar die Hufspuren verwischt.»

Sie küssten sich ungeniert, Ursula seufzte sehnsüchtig auf und ging hinaus.

«Ihr müsst natürlich auch mitkommen, Ursula», rief Ulrich schnell, doch schon hing Hanna wieder an seinen Lippen.

«Wohin denn?», fragte sie schließlich atemlos.

«Zu mir aufs Gut. Bis morgen Mittag.»

«Warum?»

«Warum nur bis morgen? Weil ich den Hausfrieden wahren muss.» Er schaute an ihr vorbei auf die Lichtung. «Meine Mutter und meine Schwester wünschen sich am eigentlichen Festabend nur sogenannte standesgemäße Gäste. Als Ritter im Komtursrang richte ich ein Fest für Rothenburgs Deutschherren aus. Glaub mir, das ist kein Vergnügen.»

Er vermied es, sie anzugucken, und lächelte bemüht. Doch dann strich er Hanna schnell eine Haarsträhne aus dem Gesicht und hauchte ihr einen Kuss auf die Augen. Hanna war zum Lachen und zum Weinen zumute, so schön, aber auch schmerzlich empfand sie Ulrichs Worte. Ja, ich bin nicht standesgemäß, dachte sie, und das Wort blähte sich in ihrem Kopf groß auf wie die Frösche, die manchmal von Kindern aufgeblasen wurden. Nicht standesgemäß ... ich werde es nie sein.

«Wie sollen wir jemals glücklich werden, Ulrich?», flüsterte sie.

«Verzeih mir», murmelte er. «Ich habe wie ein herzloser Schreiber gesprochen, der eine gerade beschlossene Verfügung vorliest. Kalt und empfindungslos.»

«Du brauchst dich nicht entschuldigen, du sprichst doch nur die Wahrheit aus. Schone mich nicht, ich gewöhne mich daran. Alles andere wäre Lüge.»

«Sprich nicht so.» Ulrich nahm ihren Kopf zwischen seine Hände und küsste sie schmeichelnd und lockend auf den Mund. «Denk immer an deinen kleinen Ritter», raunte er ihr ins Ohr. «Er betet dich an. Selbst wenn er mal ...», Ulrich zögerte, «... eine Notlüge erfinden muss oder mit anderen Frauen tanzt. Im Geiste kniet er nur vor der einen und einzigen.»

«Und Frederike von Neustett?» Sanft schob sie ihn zurück und forschte in seinem Gesicht. Ihr Herz klopfte. Sosehr sie Ulrich auch vertraute, ein wenig eifersüchtig war sie dennoch.

Liebe ist das eine, dachte sie. Die Wirklichkeit das andere.

Nicht standesgemäß …

Nicht stan-des-ge-mäß …

Ulrich schüttelte den Kopf. «Frederike ist eine Freundin. Mehr nicht. Ich habe mit ihr Äpfel und Birnen geklaut, Zaubertränke gebraut. Wir haben uns die Knie aufgeschlagen, aber auch miteinander getanzt. Früher hat sie mich sogar verhauen …»

«Und darum liebt sie dich jetzt. Die Spielgefährtin ist erwachsen geworden und hat die Liebe entdeckt.»

Ulrich schwieg und schaute zu Boden. Er nickte schwach, lächelte. Als er den Blick wieder hob, sah Hanna, wie Schmerz und Scham ihn trübten.

«Vielleicht hast du recht. Warum sollte ich ein Geheimnis daraus machen? Ich habe vor etlichen Monaten einmal um Frederike geworben. Eigentlich mehr, um meiner Mutter etwas Gutes zu tun, als aus wahren Gefühlen. Frederike aber lachte mich aus, weil sie in einen anderen Ritter verliebt war. Der aber entschied sich für ein anderes Fräulein. Jetzt scheint sie sich wohl wieder an den Spielgefährten von einst zu erinnern …, zugegeben, diesmal ohne Bart. Aber als Verlegenheitslösung bin ich mir zu schade. Gerade ein angehender Komtur muss Prinzipien haben. Vor allem, finde ich, in Angelegenheiten des Herzens.»

«Dann lass uns jetzt gehen. Damit ich es hinter mir habe.»

«Du glaubst mir nicht?»

Statt einer Antwort schmiegte sie sich leise gurrend an ihn. Ihr Kuss war innig und fordernd. Er schmeckte nach süßem Versprechen, nach Hingabe und Hoffnung.

Ulrich presste Hanna an sich und wiegte sich mit ihr in den Hüften.

Plötzlich machte Hanna sich von ihm los: «Und wo ist Marie?»

«Die ist schon da.»

Ulrich führte Mahut am Zügel und folgte den beiden Frauen, die einander untergehakt hatten, um sicherer durch den Schnee zu stapfen. Die Sonne stand tief, Bäume und Sträucher gerannen zu Schattenrissen, die von feurigem Licht umflossen waren. Wenn ein Windhauch Schnee von den Ästen wehte, schien es Goldstaub zu regnen.

Hanna war sich mit Ursula einig, dass man an einem solchen Tag das Fastengebot nicht zu ernst nehmen sollte. Beide freuten sich auf die heiße Suppe und das Mahl nach der nächtlichen Mette. Jetzt traten sie aus dem Waldgürtel und schauten über die tief verschneiten Streuobstwiesen. Meisen und Sperlinge umflatterten Obstbäume, an denen verschrumpelte Äpfel hingen. Eine Katze streunte durch den Schnee, in der Ferne stoben zwei Rehe zurück in den Wald. Am steilsten Wiesenstück fuhren Kinder Schlitten. Ihr Jauchzen und Schreien, das Glöckchenbimmeln und Bellen der Hunde nahmen Hanna etwas von ihrer Anspannung.

Ich komme mit völlig leeren Händen, dachte sie. Wie demütigend. Aber was hätte ich mitbringen sollen? Einen Sack Holzkohle? Oder eine Kohlenkrippe mit einem Mohrenkind drin? Auch wenn ich mein gutes Kleid anhabe: Dass ich ein Habenichts bin, sieht man, weil ich nicht ein Stück Schmuck trage.

«Dem Valentin möchtest du jetzt bestimmt auch nicht begegnen, wie?», neckte Ursula sie und drehte sich zu Ulrich um.

«Gott bewahre!»

Kurz darauf aber, als sie auf der Höhe der Dorfschänke waren, passierte genau dies.

Die Tür flog auf, fünf Mann drängten nach draußen. Karl Leitgeb war nicht weniger angetrunken als sein Zwillingsbruder oder die anderen beiden Bauernburschen. «Ja so ein Zufall», grölte er. «Los, hin zu ihr, Valentin. Da geht sie. Seif sie ein, die schwarze Köhler-Braut. Vielleicht zischt sie ja, so heiß wie sie ist.»

Er schubste Valentin auf Hanna zu, Valentin aber strauchelte und landete rücklings im brusthohen Schneehaufen neben der Schänke. Just darauf schienen die Leitgebs gewartet zu haben. Als wollten sie Hanna und Ursula ein Schauspiel jungenhaften Übermuts bieten, riss einer von beiden den Reisigbesen aus dem Schneehaufen und begann, Valentin mit Schnee zuzukehren.

Lachen und Prusten ertönten. Plötzlich stürmten zwei Kinder herbei, dann ein junger Hund. Er stürzte sich auf Valentin und leckte ihm übers Gesicht, sprang dann zurück, bellte. Derweil bombardierten die Leitgeb-Zwillinge Hanna und Ursula mit Schneebällen: «He, jeder Ball ein Schuss, und jeder Schuss kommt aus dem Ball. Merkt euch das. Genauso wie der Senf immer in der Wurst ist.»

Als sie keine Lust mehr hatten, zogen sie Valentin hoch. Prustend und schwankend schaute er sich um und erblickte Ulrich. Sein Finger flog in seine Richtung, dann rief er: «Da kommt er ja, der Herr Ritter. Ich glaub, er will gebührend empfangen werden!»

«Valentin, lass das!», rief Hanna.

«Wieso? Dieses Dorf gehört der Stadt! Was hat hier ein Deutschherr zu suchen?» Valentin bückte sich und formte den ersten Schneeball. Die Leitgeb-Zwillinge taten es ihm nach, genauso die Bauernburschen. «Na, traut Ihr Euch, Ritter? Schnee oder Wegzoll. Ich meine, das ist gerecht. Schließlich habt Ihr sie mir weggenommen!»

«Du dummes Huhn!», rief Hanna wütend.

«Dummes Huhn ...» Valentin äffte Hanna nach und holte aus. Der erste Ball verfehlte Ulrich, der zweite traf ihn an der Hüfte und war Auftakt zu einer Schneeball-Kanonade. Gelassen hielt Ulrich dem Beschuss stand, während Hanna und Ursula Valentin und dessen Trinkgesellen bewarfen. Nach einer Weile war die schönste Schneeballschlacht im Gange, an der allein Ulrich sich nicht beteiligte. Dann und wann duckte er sich, wenn ein Ball ihm ins Gesicht zu fliegen drohte, ansonsten aber schüttelte er nur seinen Mantel aus.

Endlich waren alle aus der Puste.

«Damit habe ich mir ja wohl den Wegzoll verdient», rief Ulrich versöhnlich und trat auf Valentin zu.

«Leider, Ritter», knurrte Valentin. «Ich war vorschnell. Aber darf ich fragen, was Ihr vorhabt? Ihr schleppt gerade Eure Beute in Eure Burg, nicht wahr? Jungfernblut statt Wein zum Heiligen Fest? Hanna-Schenkel statt Hühnerschlegel?»

Das war zu viel. Ulrichs Rechte schnellte vor und packte Valentin am Hals. Ohne ein Wort zu verlieren, drückte er zu und zwang Valentin auf die Knie. Ohne mit der Wimper zu zucken, drehte er sich zu den anderen um und sah sie an, bis diese die Köpfe senkten. Erst dann ließ er los.

Valentin schnaufte, rieb sich den Hals.

«Das wird Euch einmal leidtun, Ritter.»

«Sei froh, Bursche, dass du ein paar Becher zu viel getrunken hast.»

Hanna lief es kalt den Rücken herunter. Sie sah Ulrich an, wie viel Mühe es ihn kostete, seine Wut unter Kontrolle zu bringen. Dass Valentin für seine widerlichen Worte einen gehörigen Denkzettel verpasst bekommen hatte, war nur gerecht. Trotzdem hatte Ulrichs eisige und hochmütige Ausstrahlung etwas Beängstigendes an sich.

Wenn alle Noblen jeden Tag so sind, dachte sie, dann ist es kein Wunder, dass es an allen Ecken und Enden gärt.

Augenblicklich bekam sie ein schlechtes Gewissen.

Jetzt falle ich Ulrich auch noch in den Rücken, schalt sie sich. Wer hat denn angefangen? Doch nicht er!

Verstört lief sie weiter. Ursula hakte sich wieder bei ihr unter, Ulrich folgte ihnen. Diesmal zu Pferde.

Als sie Detwang erreichten, war die Sonne untergegangen. Es war klirrend kalt, der Horizont rot. Hanna schickte ein Stoßgebet zum Himmel, sie bat um die Kraft, nicht unter den belustigten und hochnäsigen Blicken der Gesellschaft und der Bediensteten zusammenzubrechen.

«Wie gut, dass du bei mir bist», flüsterte sie Ursula zu, als sie auf das Haupthaus zuschritten. Es handelte sich um ein stattliches Fachwerkgebäude mit gewaltigem Dach, das sich in unmittelbarer Nähe der St. Peter-und-Pauls-Kirche befand.

«Unser Geschlecht hat hier sehr alte Wurzeln, obwohl es der Reichsküchenmeister von Nordenberg war, der einst die Detwanger Burg hat bauen lassen», erklärte Ulrich und drückte einem Stallburschen Mahuts Zügel in die Hand. «Als die Deutschherren Burg und Dorf erwarben, traten meine Vorfahren dem Orden bei. Wir wurden Lehensempfänger, und das heißt: Treu und brav zahlen wir Jahr für Jahr an die Landkomturei, die jetzt in Mergentheim ihren Sitz hat.»

Hanna hörte nur mit halber Aufmerksamkeit zu, so aufgeregt war sie. Jetzt geht es dir gleich an den Kragen, dachte sie. Was ist, wenn Ulrichs Mutter mich gar nicht hierhaben möchte? Dann muss er sich entscheiden. Seine Familie oder ich. Aber auch wenn er es nicht tut: Ich werde es auf jeden Fall tun.

Sie schloss die Augen und atmete tief durch. Ulrich

hakte sich bei ihr unter und betrat mit ihr den mit Ährenkränzen geschmückten Vorraum, von wo aus nach beiden Seiten etliche Türen abgingen und eine breite Steintreppe ins Obergeschoss führte. Es duftete nach süßsaurer Suppe, frischem Brot, Gebratenem und Most.

«Wir werden uns alle zu beherrschen wissen», sagte Ulrich an Ursula gewandt. «Dabei läuft mir das Wasser im Mund zusammen, wie einem Hund. Aber der Brauch fordert, dass der vierundzwanzigste Dezember Fastentag ist. Einen Becher Suppe wenigstens habe ich für uns ausgehandelt. Kommt schnell.»

Als Ulrich mit ihr in eine holzgetäfelte Stube trat, bekam Hanna ganz taube Ohren vor Anspannung.

«Überraschung!», kam es ihnen aus der Stube entgegen.

«Frederike!» Hanna musste gegen eine Ohnmacht ankämpfen, doch schon hatte Ulrich sich von ihr losgemacht und umarmte Frederike, die neben dem Kamin stand und ihm keck erst die rechte, dann die linke Wange zum Kuss bot. Hanna erkannte mit einem Blick, dass Frederike von Neustett ein schlankes und rankes Frauenzimmer war. Eigentlich war sie recht hübsch, nur ihre unsinnlich schmalen Lippen verliehen dem insgesamt puppenhaften Gesicht etwas asketisch Abweisendes. «Anscheinend haben wir es heute alle mit den Überraschungen», begann Ulrich, fasste Hanna an der Hand und zog sie neben sich. «Aber das ist wunderbar. So kann ich dir nämlich jetzt schon Hanna vorstellen. Sie ist die Tochter von Tilman Völz, dem Köhler.»

«Oh, wie edel.» Frederikes Stimme färbte sich spitz, ihr Blick wurde eng. Sie rührte sich nicht von der Stelle, machte sich steif und schaute beflissen an Hanna vorbei zu Ursula. «Und die andere, wer ist das? Eure neue Obermagd?»

«Nein, Frederike. Das ist Ursula Neusser aus Ohrenbach. Ihr Mann hat sich den aufständischen Bauern angeschlossen und macht gerade Pläne mit ihnen, euren Besitz mit dem roten Hahn zu zieren.» Nur das Prasseln des Kaminfeuers war zu hören. Frederike riss die Augen auf und starrte Ulrich erschrocken an. Dieser schaute sie ruhig an, schließlich aber schüttelte er den Kopf und fuhr in einem Ton fort, als würde ein Erzieher seinen Zögling maßregeln. «Frederike, du weißt doch: wie man in den Wald hineinruft und so weiter. Ich wünsche mir, dass du jetzt nicht die Hoffärtige spielst. Das bist du nämlich nicht. Und was Hanna betrifft, sollst du wissen, dass ich mich an Ostern mit ihr verloben werde.»

«Ostern?» Frederikes Stimme klang glockenrein. «Da habe ich ja noch genügend Zeit.»

Sie schlug die Hand vor den Mund und verließ glucksend die Stube.

Ulrich entschuldigte sich bei Ursula, legte den Arm um Hanna und zog sie an sich. Hanna atmete erleichtert aus, aber sie musste sich auch eine Träne aus dem Auge wischen.

Da ging die Tür auf.

Marie polterte herein, und wenige Augenblicke später erschien Katharina von Detwang, Ulrichs Mutter: «Willkommen auf unserem Gut, Hanna Völz. Mir scheint, Frederike ist ein bisschen aufgekratzt. Natürlich ist sie eifersüchtig. Aber welche Frau wäre das nicht? Bei so einem Sohn?» Sie reichte erst Hanna, dann Ursula die Hand, wandte sich dann aber sofort an Marie. «So, und du gehst jetzt in die Küche und sagst Bescheid, dass sie uns Suppe auftragen.»

«Darf ich auch naschen?»

«Was denn?»

«Vom Hefezopf.»

«Na gut, aber nur eine Scheibe.»

«Mit Butter?»

«Nein.»

«Egal, schmeckt ja auch so.»

Marie tanzte hinaus, Katharina von Detwang sah ihr nach.

«Sie ist goldig und gescheit. Wir haben zusammen in der Heiligen Schrift die Weihnachtsgeschichte gelesen, nur noch wenige Wochen, dann kann sie's allein.»

«Danke. Ihr seid zu gütig, Frau von Detwang.»

Hanna knickste, Ulrichs Mutter lächelte.

«Sie ist Ulrichs Mantelkind. Also bin ich die Mantelgroßmutter. Der Herr hat es so gewollt. Anscheinend auch, dass mein Sohn ganz und gar vergessen soll, welchen Stand er hat. Aber alles hat bekanntlich seine Zeit.»

«Das hat Frederike auch gerade gesagt, Mutter.» Ulrich klang ernst und beherrscht, aber Hanna hörte auch seinen spöttischen Unterton. «Allzu viel Zeit freilich haben wir nicht … womit ich meine, dass es bis Ostern nicht gar so lang ist. Da werde ich mich nämlich mit Hanna verloben.»

«Wie schon gesagt: Alles hat seine Zeit. Zum Glück hat deine alte Mutter immer und überall noch ein Wörtchen mitzureden.»

Trotz dieser Worte klang Katharina von Detwang alles andere als hochmütig. Hanna fing einen Blick von ihr auf, der zu besagen schien: Ich verstehe meinen Sohn, du bist wirklich eine Augenweide.

Auf jeden Fall freue sie sich, fuhr sie liebenswürdig fort, sie beide über Nacht im Haus zu haben, das Gästezimmer befinde sich unterm Dach. Natürlich bräuchten sie nicht zu frieren, setzte Ulrich hinzu, er habe bereits am Mittag zwei Kohlenbecken hinaufschaffen lassen.

Mit der sich lösenden Anspannung meldete sich bei

Hanna der Appetit zurück. Tatsächlich kam Marie wenig später mit dem Suppentopf, eine Küchenmagd brachte etwas Brot, irdenes Geschirr und einfache Holzlöffel.

Gemeinsam setzte man sich an den Tisch und löffelte schweigend die Suppe.

Und Frederike?, fragte Hanna sich. Wo ist sie? Ist sie sich sogar zu fein, mit Ulrichs Mutter am Tisch zu sitzen?

«Frederike will die Fasten streng einhalten und ruht jetzt bis zur Mette», sagte Ulrichs Mutter, als habe sie Hannas Gedanken gelesen.

Mehr wurde nicht gesprochen. Ulrich geleitete Hanna und Ursula unters Dach und zeigte ihnen ihr Zimmer, während Marie wieder in die Küche ging.

«Federbetten», flüsterte Ursula andächtig, als die Tür hinter ihnen ins Schloss fiel. «Wenn ich mich mit so was zudecke, bin ich im Reich der Träume, noch bevor mein Kopf das Kissen berührt.»

21

Sie waren beide sofort eingeschlafen. Gegen Mitternacht wurden sie von Ulrichs Diener Gustav geweckt. Marie lag auf ihrem Kinderlager, das aus zwei Strohmatratzen und mehreren Decken bestand. Hanna küsste sie auf die Stirn, kichernd schlug Marie die Augen auf: «Ich war die ganze Zeit wach. Ihr schnarcht beide.»

«Das hast du geträumt.»

«Nie, schließlich hab ich mir vorgestellt, was ich in welcher Reihenfolge nachher alles esse.»

Zur Mette hatten sich vor allem Männer in der von Dutzenden Kerzen erleuchteten Detwanger Kirche versammelt. Allen stand die Vorfreude ins Gesicht geschrieben, sich anschließend den Gaumenfreuden hinzugeben, selbst der Pfarrer schien es darauf abgesehen zu haben, die Christmesse so schnell wie möglich hinter sich zu bringen. Ohne erkennbare Gemütsregung intonierte er die heiligen Gesänge, und beim abschließenden Abendmahl riss er jedem den Kelch, kaum dass er ihn berührt hatte, wieder von den Lippen.

Es war eine der hastigsten Metten, die Hanna bislang erlebt hatte. Als sie sich alle frohe Weihnachten wünschten, las sie in jedem Gesicht nur ein und dieselbe Frage: Was kommt jetzt gleich auf den Tisch? Selbst das Läuten der Kirchenglocken scheint hier kürzer zu dauern als das in Neusitz, dachte Hanna und beobachtete, wie die Detwanger in alle Himmelsrichtungen auseinanderliefen.

Im großen Saal des Gutshauses lichteten sich die Bratenplatten schnell. Das Tischweinfass musste zweimal nachgefüllt werden, alle aßen, als gelte es, eine Wette zu gewinnen. Katharina von Detwang schüttelte nur noch den Kopf. Früh hob sie die Tafel auf, Ulrich geleitete Frederike, die zu viel getrunken hatte, auf ihr Zimmer. Hanna und Ursula blieben bis zuletzt an der Tafel sitzen, Marie trieb sich bereits wieder in der Küche herum.

«Vorhin dachte ich, ich könnte jetzt nicht mehr schlafen», murmelte Ursula. «Aber nach so viel Wein …»

Ursula gähnte und erhob sich, auch Hanna spürte jetzt, wie müde sie war.

Wo war Ulrich? Etwa bei Frederike?

Ist mir jetzt auch egal, dachte Hanna. Er wird schon seine Gründe haben.

In einer der beiden Truhen lagen zwei dicke Nachthemden und Bastsandalen. Hanna löste ihr Haar, kämmte es und band es zu einem losen Zopf. Darauf spülte sie ihren

Mund mit reichlich Wasser aus, das sie in den bereitstehenden Nachttopf spuckte. Als sie schließlich die Lampe löschte, war Ursula bereits eingeschlafen.

Hanna streckte sich. Das Federbett bauschte sich so hoch, dass sie die gegenüberliegende Wand nicht mehr sah. Sie drehte den Kopf, um aus dem Fenster zu schauen. Myriaden von Sternen standen am Himmel, vorhin hatte sie noch die Mondsichel gesehen.

Trotz des Weins bin ich auf einmal wach, dachte sie. Ob er es auch ist?

Sie lauschte auf Ursulas tiefe und gleichmäßige Atemzüge, als Marie ins Zimmer schlüpfte, sich auszog und hinlegte. Hanna schloss die Augen. Allmählich spürte sie, wie ihre Glieder schwerer wurden.

Ein scharrendes Geräusch auf dem Gang ließ sie aufhorchen. Kurz darauf quietschte die Türklinke.

«Hanna?»

«Ja?»

«Komm.» Sie erhob sich und schlüpfte in die Sandalen. Ulrich stand in grobem Hemd, einfachen Hosen und einem mantelähnlichen Übergewand vor ihr. Unter dem Arm lugte ein Bündel Männerkleidung hervor. Er legte den Finger auf den Mund und schlich mit ihr die Treppen hinunter. Eisige Kälte schlug ihnen entgegen, als er die Tür öffnete. «Und jetzt lauf!»

Sie rannten einen schmalen geräumten Weg hinter dem Gutsgebäude entlang, der nach einer Biegung geradewegs auf den finsteren, hausähnlichen Schlossturm zuführte. Bei näherem Hinsehen jedoch gewahrte Hanna oben einen goldenen Schein.

Verwundert schaute sie hinauf. Ob dort die Kemenate liegt? Führt mich Ulrich deshalb hierher? Aber dort oben ist es doch sicherlich entsetzlich kalt.

Zu ihrem Erstaunen war alles anders, als sie es sich

vorgestellt hatte. Als sie die Kemenate betrat, schlug ihr wohlige Wärme entgegen. Ein Kaminfeuer prasselte, zusätzlich waren mehrere Kohlenbecken aufgestellt. An den Wänden hingen Teppiche, zu beiden Seiten des Kamins standen alte Ritterrüstungen.

Aber das war alles nichts gegen den gewaltigen Zuber. Er beherrschte die Mitte des Raumes und schien mit Tausenden roter Rosenblüten gefüllt zu sein. Auf den Schemeln zu beiden Seiten lagen dicke Tücher, Seife und Schwämme. Auffallend war das Zuberbrett mit einem dreiflammigen Kerzenleuchter, einer Schüssel gebutterter Hefezopfscheiben und zwei randvoll geschenkten Kelchen Wein.

«Nichts ändert sich zwischen uns, wenn du nein sagst», raunte Ulrich und zog sie an sich.

Sie küssten sich, dann lehnte sie sich in seinen Armen zurück und schaute ihn neckisch an.

«Du zuerst», flüsterte sie, worauf Ulrich seinen Mantel fallen ließ und sein Hemd auszog. Bewundernd glitt ihr Blick über seine breiten Schultern. Wie von selbst strichen ihre Fingerspitzen über seine muskulöse glatte Brust. Sie schmiegte sich an ihn, schnupperte an seinem Hals, küsste ihn zärtlich. «Jetzt aber Augen zu.» Er tat, was sie sagte. Sie streifte ihr Nachthemd ab, tauchte in das warme Rosenblütenbad ein, wandte ihren Kopf zum Kamin.

Ulrich hatte die Geräusche richtig gedeutet.

«Und jetzt ich?»

Ohne ihre Antwort abzuwarten, zog Ulrich seine Hose aus und stieg zu ihr auf die andere Seite des Zubers. Als seine Beine ihre Schenkel streiften, zuckte Hanna zusammen. Vorsichtig streckte sie die ihren aus, forschte dabei in Ulrichs Gesicht. Lächelnd schloss dieser die Augen und seufzte entspannt auf, als Hanna ihre Füße an seine Lenden schob.

Eine ganze Weile saßen sie still und ließen sich vom Duft der Rosenblätter betören. Schließlich trank Hanna einen großen Schluck des süßen Weins, zog ihre Beine zurück und erhob sich. Als sie sich einseifte, öffnete Ulrich die Augen. Andächtig glitten seine Blicke von ihrem Gesicht zu ihrem Schoß und wieder zurück. Seifenschaum floss über Hannas Körper, Ulrich trank Wein und aß ein Stück vom Hefezopf.

«Ich muss mich doch stärken», brummte er.

Hanna warf ihm ihren Schwamm zu und drehte sich lächelnd um. Ulrich nahm das Zuberbrett und stellte es beiseite. Er tunkte den Schwamm ins Wasser, netzte ihn mit Seife und drückte ihn zwischen Hannas Schulterblättern aus. Hanna hielt den Atem an, als Ulrich den Schwamm über ihren Rücken kreisen ließ und ihn dann vor ihrem Bauch ausdrückte. Er presste sich eng an sie und küsste ihren Nacken und ihre Ohren, seifte Hanna von neuem ein und erforschte ihren Körper. Seine Hände streichelten ihre Brüste und schlüpften zwischen ihre Schenkel. Es erregte Hanna so sehr, dass sie leise aufstöhnte.

Hart drängte sie sich an ihn, um sein pochendes Glied zu spüren. Als sie sich schließlich umdrehte, zog er sie zurück in den Zuber. Das Wasser rauschte um ihre Körper, während sie sich leidenschaftlich küssten. Bald hielten sie es nicht mehr aus und stiegen gemeinsam aus dem Zuber. Ulrich hüllte Hanna in eines der Laken und trocknete sie ab, während sie vor Verlangen schwer atmete.

Er zog sie vor den Kamin auf ein Lager aus Schaffellen. Behutsam löste Ulrich den Knoten ihres Badelakens. Hanna stöhnte auf, als er ihre Brüste zu liebkosen begann und sich langsam küssend ihrem Schoß näherte. Die Geschmeidigkeit seiner Zunge und Lippen brachte sie zum Glühen. Sie vibrierte vor Verlangen und erschauerte bei einem ersten Höhepunkt.

«Du möchtest es wirklich?»

«Ja. Ja!»

Sie zog ihn über sich und öffnete sich ihm. Unter seinen immer drängenderen Küssen schlang sie ihre Beine um seine Hüften. Hanna war, als ob einzig ihre Pulsschläge miteinander sprächen und den Rhythmus ihrer Körper bestimmten. Eine alles verzehrende Leidenschaft ergriff sie. Ihr Stöhnen wurde lauter und ging bald in lustvolles Schreien über. Sie rief Ulrichs Namen und wünschte, er würde für immer in ihrem Körper bleiben und nie mehr aufhören, sich zu bewegen. Voller Glück teilten sie den schönsten Augenblick, den Hanna so tief empfand, dass sie glaubte, sie würde in diesem Moment neu erschaffen.

Träumerisch und schwerelos genoss sie das Nachbeben ihres Körpers, lauschte auf das Knistern der Buchenscheite und berauschte sich am Duft der von Rosenblüten und Lavendelseife getränkten Luft. Sie hatte sich in Ulrichs Armbeuge gekuschelt und labte sich an der Wärme seiner Hand in ihrem Schoß.

«Bekomme ich jetzt schon ein Kind von dir?»

«Das weiß ich nicht. Aber ich glaube, so schnell geht das auch nicht.»

Er stützte sich auf, küsste ihre Brüste. Hanna rollte sich auf die Knie, Ulrich verstand und legte sich auf den Rücken. Er schaute ihr tief in die Augen, während sie auf ihm saß und sich auf jede Bewegung konzentrierte. Erst langsam, dann mit kreisendem Schwung und immer schneller riss sie die Lust fort, und als sie wieder zu sich kam, spürte sie, wie Glückstränen auf Ulrichs Brust tropften.

Sie wachte erst auf, als Ursula sie zweimal heftig an der Schulter rüttelte. Draußen war es bereits hell, und der Duft von warmem Brot und frischem Hefegebäck zog durch die Türritzen.

«Aufwachen, du Murmeltier. Was ist denn los mit dir?»

Hanna streckte sich, gähnte. «Ich habe so schön geträumt», seufzte sie. «Es war ... so wunderbar ... wie ein Zauber.»

Sie drehte sich auf die andere Seite, damit Ursula nicht sah, wie sehr sie sich zusammenreißen musste, um nicht vor Glück und Lust laut aufzuseufzen. Aber es war kein Traum, jubelte sie still für sich, es war kein Traum. Sie schloss die Augen und probierte, ob es ihr gelang, wenigstens einen schwachen Abglanz der erlebten Leidenschaft in sich heraufzubeschwören. Ein Schauer lief ihr über den Rücken, und sie presste die Knie aneinander, da riss sie ein entzückter Schrei Ursulas aus ihren Phantasien.

«Heiliger Nikolaus! Hast du das schon gesehen?»

Hanna fuhr herum.

Ursula hielt ein tannengrünes Samtkleid vor sich, dessen Saum mit goldweißen Stickereien verziert war.

«Wo hast du das her?»

«Na aus dem Schrank!» Im Nu war Hanna auf den Beinen. «Zieh es an, los!»

Hanna nahm ihr das Kleid ab. «Ja aber ... woher weiß ich denn ...»

«Weil es gestern Nacht noch nicht hier hing, aber jetzt ... Hast du es gut, Hanna! Ich würde lügen, würde ich jetzt sagen, dass ich dich nicht beneide.»

Es klopfte. «Frau Ursula?»

«Ja?»

Die Tür ging auf, und eine Magd streckte den Kopf ins Zimmer.

«Der edle Herr wünscht, dass Ihr in der Truhe nachschaut.»

Ursula stürzte zur Truhe auf ihrer Seite. Der Deckel krachte gegen die Wand, Ursula erstarrte.

«Was ist?» Hanna trat zu ihr und schlug entzückt die Hände zusammen. Der heilige Nikolaus hatte offensichtlich auch an Ursula gedacht. Er hatte ihr ein beiges Leinenkleid mit abknöpfbaren Ärmeln geschenkt, dazu eine große spitzenverzierte Schürze.

Sie umarmten sich, beide hatten sie Tränen in den Augen. Hanna musste Ursula mehrmals in den Arm kneifen, weil diese fürchtete, nur zu träumen. Anschließend bürsteten und flochten sie sich gegenseitig das Haar und schritten gemeinsam die Treppe hinunter. Hanna pochte das Herz, denn sie wusste, dass sie sich trotz des neuen Kleides gleich Frederikes Spott würde anhören müssen.

Oder gerade deswegen, dachte sie. Natürlich wird sie wütend sein. Es geht ihr ja nicht um das Kleid, sondern vor allem um die Geste. Die sagt mehr als tausend Worte. Und was ist, wenn sie gemerkt hat, dass Ulrich und ich … Ob Frau von Detwang es mitbekommen hat? Mütter wissen bekanntlich alles und noch mehr …

Hanna täuschte sich nicht. Kaum dass sie in die Stube getreten war, schnellte Frederike von ihrem Stuhl hoch: «Oh! War da jemand großzügig? Ein schönes Kleid, Hanna.» Sie schritt einmal um sie herum, legte den Kopf zur Seite und schnippte ein Stäubchen vom Ärmel. «Den Schmuck aber hat er vergessen. Oder sollst du ihn dir zusammensparen?»

«Frederike, bitte beherrsche dich.»

Katharina von Detwang klang ungewöhnlich scharf. Frederike setzte sich wieder und angelte sich beleidigt ein Stück Hefezopf.

«Er ist von Sinnen», murmelte sie vor sich hin.

«Ist er nicht.» Hanna nahm all ihren Mut zusammen. «Liebe geht ihre eigenen Wege. Sie kennt keine Standesunterschiede.»

«Was weiß eine Köhlerin davon?», begehrte Frederike auf. «Himmel nochmal! Wer hat denn die Stände geschaffen? Doch wohl unser himmlischer Vater, oder? Hätte er gewollt, dass der Bettler die Gräfin freit, gäb es keinen Bettler und keine Gräfin, kein Unten, kein Oben. Natürlich soll auch der Bettler lieben. Aber doch bitte seinem Stand gemäß!»

«Menschen sind aber nicht wie Vieh auf der Weide, das vor dem Zaun haltmacht. Gefühle sind frei. Wie die Gedanken.» Hanna versuchte, ihren Ton zu mäßigen, aber es gelang ihr nicht. Unterdrückte Wut schwang in ihrer Stimme mit, sie hatte sich sogar hinreißen lassen, die Fäuste zu ballen. Besorgt schaute Ursula sie an und legte ihr die Hand auf den Arm, doch Hanna schüttelte sie ab und fuhr fort: «Liebe zu empfinden und zu schenken ist das reinste und tiefste Glück der Welt. Es macht uns nämlich gut, Dame Frederike von Neustett.»

«Ich muss mir von dir nicht sagen lassen, was gut oder nicht gut macht!» Frederike starrte stur vor sich hin. Ihr schmaler Mund glich einem Strich, ihr rundes Gesicht war fleckig vor Abneigung.

Katharina von Detwang seufzte unwillig auf und wies Hanna und Ursula an, sich endlich zu setzen. Schweigend aßen alle vom Hefezopf, nach einer Weile wurden Brot, Eier und kalter Braten aufgetragen. Katharina von Detwang bekam Milch mit Honig, weil sie in regelmäßigen Abständen hüstelte, Frederike, Hanna und Ursula tranken eine Kräuterteemischung.

«Ulrich hofft, die Nacht war angenehm, und lässt herzlich grüßen», sagte Katharina von Detwang nach einer Weile. «Ich vergaß zu erzählen, dass er in der Frühe aufgebrochen ist.»

«Wie, er ist nicht mehr da?»

Hanna rutschte fast der Teebecher aus der Hand.

«Natürlich nicht, Hanna», zischte Frederike gehässig. «Schließlich hat er Wichtigeres zu tun, als mit dir zu turteln. Was glaubst du, welche Verantwortung jetzt auf seinen Schultern ruht.»

«Aber wir …»

Sie biss sich im letzten Moment auf die Zunge. Von einem Augenblick auf den anderen war sie völlig durcheinander. Wie kann das sein?, begehrte sie im Stillen auf. Warum hast du mir nichts davon gesagt? Wir haben uns doch geliebt … geliebt …

«Er hat vom Landkomtur eine Einladung nach Mergentheim bekommen», fuhr Ulrichs Mutter fort. «Sie wollen beratschlagen, wie mit den Bauern umzugehen ist.»

«Ulrich hat mir doch aber erzählt, er richte hier ein Fest für die Deutschherren aus. Deswegen sollten Ursula und ich ja auch …»

Hanna sprach nicht weiter. Sie kämpfte mit den Tränen, sie fühlte sich im Stich gelassen und getäuscht.

Warum tust du mir das an?, schrie es in ihr. Warum? Nach einer solchen Nacht? Was hab ich dir getan?

«Die arme Hanna. Hat mein guter Ulrich dir etwas vorgemacht?»

«Er ist nicht ‹Euer guter Ulrich›!»

«Hat der gute Ulrich dir ein Kleidchen geschenkt, damit es dich in seiner Abwesenheit tröstet?»

Frederikes Stimme troff vor Spott. Hanna zitterte vor Empörung und vor Schmerz. Sie fand keine Worte mehr, die Süße, die sie vor ein paar Minuten noch in sich gespürt hatte, war reiner Bitternis gewichen. Mühsam erhob sie sich, verbeugte sich vor Ulrichs Mutter und sagte, sie würde dann jetzt lieber nach Hause gehen.

«Das tu nur, Hanna.»

Frederike klang ganz von oben herab, wie ein Beichtvater, der den Sünder nach Erteilung der Absolution des Beichtstuhls verweist.

Aber auch Ulrichs Mutter machte sich nicht die Mühe, Hanna in irgendeiner Weise zu trösten. «Nun, ob du gehst oder bleibst, das musst du allein entscheiden. Wir sind keine Büttel, die dich zu etwas zwingen.»

«Eben», mischte sich Frederike wieder ein. «Und dein Schwesterlein nimm vielleicht auch besser mit. Nachher zerreißt es ihr genauso das Herz, wenn du auf einmal nicht mehr da bist.»

«Nein, Marie soll lieber bleiben. Ulrich hat sie schließlich mir anvertraut. Wenn es um sein Mantelkind geht, versteht er keinen Spaß.»

Katharina von Detwang betonte das «mir» und klang sichtlich stolz. Hanna spürte, dass sie nur zu gerne ein Enkelkind wie Marie hätte. Aber diesen Gefallen wollte sie ihr nicht tun. Bevor Marie eure Dünkelhaftigkeit zu spüren bekommt, schicke ich sie lieber zu den Nonnen, dachte sie böse. Bildet Euch bloß nicht ein, Frau von Detwang, dass Ihr einen Keil zwischen mich und Marie treiben könnt.

«Wir werden sie fragen», entschied Hanna. «Ansonsten sorgen ja auch die Dominikanerinnen für sie. Sie versteht sich so gut mit Schwester Rahel und Gisela.»

Wenigstens brauchten sie nicht zu laufen. Katharina von Detwang hatte Maries wegen darauf bestanden, dass sie den Pferdeschlitten nahmen.

«Willst du nicht doch bleiben, Kindchen? Wenigstens ein oder zwei Tage? Wir könnten wieder zusammen lesen. Oder ich zeige dir die alte Burg ...»

«Lieber nicht», presste Hanna hervor und errötete gleichzeitig.

Marie aber wurde wankelmütig: «Und was ist, wenn ich danach nach Hause will?»

«Dann fährt dich der Frieder. Wann immer du möchtest.»

«Gut», entschied Marie. «Ich bin neugierig auf die Burg.»

Sie stieg wieder aus und rannte zurück ins warme Gutshaus.

«Das ist die Mantelkindschaft, Hanna. Gönne einer alten Frau diese Freude. Sei stolz auf deine Schwester und schmoll jetzt nicht. Ulrich wird seine Gründe haben, warum er dich derart an der Nase herumführte.»

Katharina von Detwang tätschelte Hannas Hand. Für einen Moment wirkte sie herzlich, wie eine liebenswerte Mutter, die ihrer zukünftigen Schwiegertochter ins Gewissen redet. Hanna brachte ein Lächeln zustande: «Danke für Eure Gastfreundschaft, Frau von Detwang. Vielleicht sehen wir uns ja doch einmal wieder.»

«Das weiß Gott, mein Kind.»

Frieder, der Kutscher, schaute sich um. Der Schlitten wurde von zwei Braunen gezogen, Dampf wehte um die Nüstern der Pferde. Hanna wollte sich gerade das Fell um ihre Knie wickeln, da drückte ihr Ulrichs Mutter ein Säckchen Geld in die Hand.

«Es ist von Ulrich, ich habe noch etwas dazugelegt. Und …» Sie zögerte und schaute Hanna fest an, «wenn es eben so kommt, wie es uns Frauen bestimmt ist, verlass dich auf mich. Eine Mutter weiß nämlich um die Geheimnisse ihres Sohnes.»

Sie hob den Arm, die Kutsche ruckte an.

Hanna glühte. Sie hat alles gewusst, schoss es ihr durch den Kopf. Sie hätte mich vor Frederike bloßstellen können, hat es aber nicht getan. Warum aber tut sie dann so hoheitsvoll? Oder hat sie sich längst mit allem abgefunden und will es nur nicht zugeben?

Hannas Gedanken überschlugen sich, während der

Schlitten immer schneller wurde. Ulrichs Mutter wurde kleiner, Hanna sah sie winken, dann war Marie bei ihr und nahm sie an die Hand.

«Himmel, wink doch auch einmal», ermahnte Ursula sie.

«O Gott, ja, natürlich.»

Sie hob den Arm, doch im selben Augenblick drehte Katharina von Detwang sich um. Hanna ließ den Arm sinken.

«Komm, zähl nach», drängelte Ursula. «Freu dich! Jetzt können wir einkaufen. Und bestimmt nicht nur ein Huhn, sondern ein halbes Dutzend. Dazu Wein, Bier und Brot satt. Komm, vergiss ihn. Wenigstens für eine Weile. Wir machen es uns schön. Glaubst du etwa, ich habe letzte Nacht nicht mitbekommen, dass du auf einmal nicht mehr neben mir lagst? Hanna, Himmel, du hast einen Traum erlebt. Aber erzähl mal: Hat's bei dir auch so geblutet? Und dann so ein Kleid!»

«Jaja, wir machen es uns schön.» Hanna war jetzt so durcheinander, dass sie kein Wort mehr hervorbrachte. Ich bin das dümmste Huhn auf der Welt, dachte sie. Habe ich doch wirklich geglaubt, niemand würde es merken.

«Weißt du was? Das Beste ist doch, dass diese widerliche Frederike nichts mitbekommen hat. Das ist dir doch klar, oder? Dein Ulrich hat ihr Hörner aufgesetzt, indem er ihr beim Weihnachtsmahl ständig nachgeschenkt hat. Pass auf, ich sag dir jetzt: Wenn du ihr noch einmal begegnest, dann verdrehst du die Augen und sagst nur den einen Satz: Es war so schön, Frederike, so schön. Das könnt Ihr Euch überhaupt nicht vorstellen.»

22

Sie hatten genügend Holz und mehr als ausreichend zu essen. Hanna überließ Ursula einen Großteil des Geldes zum Wirtschaften, den Rest versteckte sie in ihrem Töpfchen unter der Eiche. So sollte man es immer mit dem Geld halten, dachte sie: den siebten Teil sparen. Das ist, als ob das Geld bei einem Rast macht. Ihm wächst dabei neue Kraft zu, die man dann in Notzeiten doppelt spürt. Auch Gott hat sich ja, nachdem er in sechs Tagen die Welt erschaffen hat, am siebten Tag ausgeruht.

Gespartes Geld ist gesegnetes Geld. Und das ist einfach mehr wert.

Hanna war zufrieden mit sich. Sie glaubte, reifer und weiser geworden zu sein. Dass sie jetzt richtig schreiben und lesen konnte, erfüllte sie mit Stolz. Vielleicht werde ich mir eines Tages auch eine dieser berühmten Übersetzungen des Neuen Testaments leisten können, dachte sie nach der Neujahrsmesse. Pfarrer Stöcklein aus Neusitz hat sie sich angeschafft. Seit Advent, seit er die Messe auf Deutsch hält, können wir jetzt alle den Lesungstext verstehen. Jetzt wissen wir endlich, was unser Heiland wirklich gesagt hat.

Endlich hatte sie Zeit, sich auch einmal auszuruhen – was nicht bedeutete, dass die Köhlerarbeit stillstand. Einen Meiler müssen wir am Kochen haben, hatte sie Ursula gegenüber entschieden: «Denn Nichtstun ist aller Laster Anfang.» Ursula hatte nichts dagegen, und so arbeiteten sie zuweilen gemeinsam an der Kohle, standen gelegentlich selbst nachts zur selben Zeit auf, um den Meiler zu lüften und auf Dichtigkeit zu untersuchen.

Das Winterwetter hielt sich, wenn es auch nicht mehr schneite. Eisige Nächte wechselten mit sonnigen Tagen ab, die Welt schien stillzustehen, Zeit wurde nebensächlich. Hanna hatte Ulrich verziehen und wärmte sich an ihren Erinnerungen. Wenn sie gedankenverloren vor der Herdstatt kauerte, dachte sie an den großen Badezuber, wenn sie Felle und Decken ihrer Schlafstätte ausschüttelte, wünschte sie sich, dass Ulrich sie beobachte und ihr zulächelte. Wie sehr sehnte sie sich danach, seinen Körper zu spüren. Nachts streichelte sie ihre Brüste, und wenn sie ihrem Drängen nachgab und sich selbst berührte, schämte sie sich, weil sie glaubte, dass sie ihn verriet. Immer aber wenn Ursula sie neckte, ob sie jetzt wisse, was es bedeute, einen Mann zu vermissen, schloss sie die Augen und lächelte.

Am Heiligen-Drei-Königs-Tag zog sie Ulrichs Kleid an.

Die Neusitzer unterbrachen ihre Gespräche, als sie zur Messe kam. Stolz reckte Hanna den Kopf und wurde von einigen zum ersten Mal zuerst gegrüßt. Burschen pfiffen, Mägde und Bäuerinnen steckten die Köpfe zusammen. Hanna fing böse Blicke von Valentins Eltern auf, die Leitgeb-Zwillinge dagegen ließen aufreizend deutlich ihre Zungen über die Lippen wandern.

«Wer sich selbst erhöht, der soll erniedrigt werden», hörte sie eine ihr fremde Stimme hinter ihrem Rücken sagen, als sie an der Seite Imkes, der ehemaligen Lumpensammler-Witwe, die Kirche betrat.

Hanna fuhr herum, doch sie sah nur leutselige Gesichter.

«Mach dir nichts daraus, Hanna», tröstete Imke sie. «Und wenn sich auch alle das Maul zerreißen, ich freue mich für dich. Die anderen sind nur neidisch. Was glaubst du, wie sie sich die Köpfe heiß geredet haben, als du und deine Freundin Ursula mit dem von Detwang'schen Schlitten über den Dorfplatz kamt. Da wucherten aber die Geschichtchen und Hirngespinste ...»

«Welche denn?»

«Das erzähle ich dir lieber nicht. Aber sag, bist du schwanger? Dein Haar sieht so füllig aus. Nur um die Nasenspitze bist du ein bisschen blass.»

Sie stellten sich neben einen Pfeiler, Hanna hauchte in ihre Hände, so kalt waren sie.

«Woran merkt man das denn?»

«Die meisten sagen, wenn die Tage aussetzen, dann sei es so weit.»

Imke schaute sie bedeutsam an. Hanna wurde rot, doch zum Glück brauchte sie nicht mehr zu antworten, denn die Messe begann. Die Worte von Ulrichs Mutter kamen ihr in den Sinn. Sie hat gesagt, ich könne mich auf sie verlassen, erinnerte sie sich. Aber was meint sie eigentlich damit? Würde sie mir das Kind wegnehmen? Weil sie endlich leibliche Großmutter werden möchte?

Hanna spürte plötzlich ein Ziehen im Unterleib. Sie begann zu rechnen, zählte die Tage, gab es aber bald auf. So was merkt man sich doch nicht, sagte sie sich unwillig und kreuzte die Hände vor ihrem Leib, weil das Ziehen im Unterleib stärker wurde. Es ist das Stehen in der Kälte. Schon beim Aufstehen hatte ich kalte Füße. Die Zehen waren irgendwie taub.

Und so dumm, nicht zu frühstücken, kann auch nur ich sein. Wäre ich lieber beim Meiler geblieben.

Das Ziehen wurde noch stärker. Hanna biss die Zähne zusammen, doch plötzlich begann sie zu keuchen. Imke stieß sie in die Seite.

«Ich kann nicht mehr», zischelte Hanna. «Mir ist nicht wohl.»

«Kindchen, du bist schwanger.»

«Nein, lass mich, Imke.»

Sie drängte sich durch die Reihe, begann aber plötzlich zu würgen. Sie schaffte es gerade noch aus der Kirche, da musste sie sich schon übergeben. Ihr Leib brannte, und als sie den grüngelben Auswurf mit Schnee überdeckte, hatte sie zusätzlich starke Kopfschmerzen.

Möglicherweise liegt es am Roggenmus, dachte sie. Vielleicht aber auch an den Nüssen. Zusammen mit Wein ... Wenn Ursula es nicht hat, dann, weil sie gestern Abend nur Brot und Speck gegessen hat. Zum Frühstück wird sie sich ein Mus kochen. Wenn es ihr dann ähnlich ergeht, war's doch das Roggenmus.

Sie schleppte sich vorwärts. Mehrfach musste sie stehen bleiben, weil sie heftiges Würgen überfiel. Sie hielt sich den Kopf, konnte sich nicht erinnern, jemals derart auf- und abwogende Schmerzen erlitten zu haben.

Irgendwo flog eine Tür auf, es roch nach angebrannter Grütze und Honigmus. Hanna hörte ein Kind weinen, hinter dem Haus jaulte ein Hund. Ein Mann torkelte heraus und erbrach sich auf den Misthaufen. «Ich kenn dich doch», stöhnte der Mann, als er aufschaute. «Du bist die Völz.»

«Sicher. Und mir geht's genauso schlecht.»

«Du lügst doch.»

«Unsinn, schaut mich doch an! Ich bin aus der Kirche geflüchtet.»

«Ja, weil du eine Hexe bist.»

Der Schreck durchfuhr Hanna siedend heiß. Sie begann zu laufen und sah, als sie sich umdrehte, wie sich der Mann erneut zusammenkrümmte. Der Anfall war so heftig, dass er in die Knie sackte. Hanna hörte ihn nach seiner Frau rufen. Weil ihr selbst wieder übel wurde, musste sie stehen bleiben. Entsetzt sah sie, wie die Frau eine Schüssel Honigmus auf den Misthaufen kratzte und einen angeschnittenen Laib Brot in den Dreck trat.

«Flieh nur, du Hexe. Wir kriegen dich!»

Hanna bekam so viel Angst, dass diese stärker wurde

als ihre Übelkeit und die Kopfschmerzen. Mit einem Mal war ihr klar, worunter sie und der Bauer litten. Wir müssen schlechtes Korn vom Herren-Müller gegessen haben, durchfuhr es sie. Über irgendwelche Umwege muss es wieder in den Verkauf gekommen sein. Gestern hat Ursula in Neusitz noch schnell beim Bauern ein Säckchen gekauft. Himmel, wir haben uns vergiftet. Ich habe die Brandseuche.

Und Ulrich ist noch immer in Mergentheim. Wenn sie jetzt kommen und mich holen …

Ihr lief es kalt über den Rücken. Sofort war die Angst wieder da, kaum wusste sie, wie sie nach Hause kam. Ursula riss gerade die Decke des Meilers ein, um neue Kohlestämme zu ernten. Dampf- und Rauchschwaden hüllten sie ein, Gesicht und Arme waren rußig, trotz der Kälte stand ihr der Schweiß auf der Stirn.

«Nichts essen!», rief Hanna.

Ursula, die sie nicht hatte kommen hören, fuhr herum.

«Was ist denn mit dir? Du siehst aus, als kämst du von einer Hinrichtung.»

Hanna legte die Hände gegen die Schläfen, schüttelte den Kopf. Mit wenigen Worten erzählte sie Ursula, wie es ihr ging, woraufhin diese sofort hinter die Hütte rannte. «Steck dir den Finger in den Hals!», rief Hanna ihr nach. «Es muss alles raus.»

Sie selbst wankte in die Hütte und brach auf ihrem Lager zusammen. Kalter Schweiß rann ihr über Brust und Rücken und verklebte ihr Unterkleid. Hanna zog sich aus, legte mit letzter Kraft Ulrichs Kleid in die Truhe und schlüpfte unter ihr Fell. Mit angezogenen Beinen rollte sie sich auf die Seite und schickte ein Stoßgebet nach dem anderen gen Himmel, sie möge von neuen Übelkeitsschüben verschont bleiben.

Eine Weile lang hatte sie Glück, doch dann spürte sie

eine Kolik nahen. Hanna presste die Hände gegen ihren Leib. Kalter Schweiß trat ihr auf die Stirn, und sie knirschte vor Qual mit den Zähnen. Zum Glück dauerte der Anfall nicht lange, stöhnend raffte Hanna sich auf. Mit einer um den Leib geschlungenen Decke stakste sie zur Latrine. Splitternackt wartete sie die nächste, noch stärkere Kolik ab, danach ging es ihr besser. Übelkeit und Kopfschmerzen wurden schwächer, als sie wieder auf ihrem Lager lag, wusste sie, dass es vorbei war.

Sie schlief ein und träumte von Ulrich und Marie. Er hielt sie auf seinem Rappen vor sich und ritt mit ihr im Kreis. Sie wollte auch mit aufs Pferd, aber ihre Beine waren wie gelähmt. Immer größer wurde der Kreis, er wuchs mit ihrer Sehnsucht. In einer riesigen Kraftanstrengung gelang es ihr, einen Schritt vorwärts zu machen, da hatte sich Marie plötzlich in Frederike verwandelt. Und auf einmal saßen Ulrich und sie auf je einem Pferd und ritten davon, ohne sich noch einmal umzuschauen. Dies tat so weh, dass sie glaubte, eine unsichtbare Kraft risse ihr das Herz aus dem Leib. Da wachte sie auf.

Das Erste, was sie wahrnahm, war der Duft frisch angeschwitzter Zwiebeln, dazu sang Ursula eine monotone Melodie. Hanna blinzelte und sah zu, wie Ursula Milch und Eier verquirlte und anschließend Weißbrotrinde darüber rieb.

Sie goss die Masse in die Pfanne, fügte kleingewürfelten Rauchspeck hinzu und würzte mit Kümmel und Bockshornklee.

Ach was, Träume sind Schäume, dachte Hanna. Sie bedeuten nichts. Da halte ich mich doch lieber an die handfesten Genüsse.

Das Wasser lief ihr im Mund zusammen, als sie sich ankleidete. Ursula zeigte auf den bauchigen Tonkrug, den sie gestern aus Rothenburg mitgebracht hatte: «Ein Becher schadet nicht, zwei sind bekömmlich, drei machen lustig.»

Hanna füllte zwei Becher ab, Ursula wendete den Eierkuchen.

«Mach schnell, ich vergeh vor Hunger.»

«Haben wir vorhin beide Glück gehabt, was?»

«Man soll den Tag nicht vor dem Abend loben.»

«Ach, nun komm aber. Es dämmert doch schon.»

Hanna tupfte die letzten Reste mit einem Stück Brot aus der Pfanne auf, Ursula gönnte sich einen dritten Becher Wein. Es dunkelte bereits, aber noch waren die Sterne nicht zu sehen. Urplötzlich knallte von außen etwas gegen die Hüttenwand, gleich darauf gegen die Tür.

«Hexe, komm raus!» Fäuste donnerten dumpf an Tür und Wände, kurz darauf krachte wieder etwas hell und hart gegen die Hüttenwand. «Zeig dich oder brenne!»

Der gespenstische Schein von Fackeln fiel durch die beiden Fenster, Schnee rutschte vom Dach, Pfiffe gellten.

Hanna war wie gelähmt. Denken und Fühlen hatten ausgesetzt, sie konnte nicht einmal mehr schlucken.

«Schnell, zieh dich an.» Ursula riss sie hoch und schubste sie zum Haken, wo Mantel und Mütze hingen. Willenlos schlüpfte Hanna in den Mantel und zog ihre Winterkappe über. «Hau einfach ab. Nach Detwang oder ins Kloster.»

«Raus mit der Hexe!», scholl es von draußen im Chor. «Raus, raus, raus!»

Ursula atmete tief durch. «Jetzt gilt es», sprach sie sich Mut zu, schob den Riegel zur Seite und stürzte aus der Tür: «Ich, eine Hexe? Ich werd euch zeigen, was ich bin!» Sie bückte sich nach den Steinen und schleuderte sie schimpfend gegen den nur schemenhaft erkennbaren Haufen von vielleicht einem Dutzend Männer und Frauen. «Ihr böse Brut, ihr Verleumder! Ihr todnärrisches Pack, ihr!»

Wie eine Furie rannte sie wild fuchtelnd auf die Menschen zu. Unentwegt schrie sie irgendwelche Schimpfwörter, warf Steine und Holzstücke und versuchte, so viel Schnee wie möglich aufzustieben.

Ihre List gelang. Erschrocken wichen die Menschen zurück, Frauen schrien, sie sei besessen, und als Ursula einer die Fackel entriss und damit auf die Lichtung rannte, wussten die meisten einen Moment lang nicht, was sie tun sollten. Nur zwei Jugendliche rannten ihr nach, doch schneller als Ursula lieb war, durchschaute ein Mann die List und rief: «Zum Teufel, das ist doch gar nicht die Völz!»

Er stürmte auf die Hütte zu, während andere, die Hanna gesehen hatten, ihr gleich nachsetzten. Hanna hatte allerdings schon genügend Vorsprung. Sie war ein Stück weit den Weg nach Neusitz gerannt und dann spontan mit einem weiten Satz ins Unterholz gesprungen. Keuchend stolperte sie vorwärts, hoffte auf die Dunkelheit.

Warum muss jetzt auch Schnee liegen, dachte sie verzweifelt. Sie brauchen nur der Spur folgen. Dann hetzen sie mich wie ein Stück Wild.

Sie hörte Geschrei, sah sich um und erblickte die Lichter der Fackeln.

«Sie ist in den Wald!»

«Hinterher, schnell!»

Hanna sprang über einen morschen Baumstumpf, fiel hin, rappelte sich prustend wieder auf. Sie haben keine Hunde dabei, schoss es ihr durch den Kopf … keine Hunde.

Ein Ast peitschte ihr ins Gesicht, wenige Schritte weiter vertrat sie sich den Fuß in einer Kuhle. Die Angst aber trieb sie vorwärts, und für kurze Momente hatte sie das Gefühl, über den tiefverschneiten Waldboden zu fliegen.

«Wir müssen sie einkreisen!»

Die Stimme klang schon nicht mehr nah, Hanna aber spürte, wie ihre Kräfte nachließen. Im Schutz einer Gruppe halbhoher Fichten blieb sie stehen und versuchte, ihr Seitenstechen wegzuatmen. Ein Schneehäubchen fiel ihr genau in den Nacken, am linken Schuh hatte sich an einer Stelle das Leder von der Sohle gelöst. Ihre Strümpfe waren nass, auch der Saum ihres Mantels war durchnässt.

Hanna stolperte weiter. Nach Osten, dachte sie. Wo es am dunkelsten ist.

Nach einer Weile blieb sie wieder stehen und lauschte. Bis auf ihren keuchenden Atem war es still. Zitternd vor Anspannung schaute sie um sich. Nach einer Weile knackte es in ihrer Nähe, Stimmen aber waren auch jetzt nicht zu hören.

Ich habe sie abgeschüttelt, dachte Hanna, und grenzenlose Erleichterung breitete sich in ihr aus. Hoffentlich lassen sie ihre Wut jetzt nicht an Ursula aus.

Langsam schritt sie weiter. Ihr Atem beruhigte sich, dafür aber wurde ihr allmählich kalt. Nach einer Weile traf sie auf einen Weg, der entlang eines Heckenwalls verlief.

Die Grenze der Landhege, dachte sie. Gehe ich links, komme ich zum Karrachgraben, gehe ich rechts, müsste irgendwann ein Abzweig nach Gebsattel oder Kirnberg kommen.

Unschlüssig drehte sie sich auf der Stelle. Die Landhege war eine dreißig Schritt breite, mit dichten dornigen Hecken bepflanzte Grabenanlage. Sie stand jetzt auf dem inneren Hegeweg, hinter der doppelten Wehrhecke verlief der äußere Hegeweg. Beide Wege wurden regelmäßig vom Hegemeister und seinen Grabenreitern abgeritten und auf Schäden untersucht. Die Hecke sollte möglichst so dicht wachsen, dass ein Durchkommen eigentlich unmöglich war. Natürlich gab es schmale Schlupfpfade, aber die glichen Kriechgängen und waren nur zu entdecken, wenn man genau hinschaute.

Hanna erinnerte sich daran, wie ihr Vater mehrfach zur Heckenfron befohlen wurde, aber da diese Arbeit allen diente, hatte er sie gerne gemacht.

Vater, wohin soll ich gehen?

Hanna schaute in den Himmel, wo die Sterne aufgegangen waren. Da alles verschneit war und der Mond hell und voll schien, gab es genügend Licht. Hanna spürte ihre Zehen steif werden. Ein Kälteschauer nach dem anderen lief ihr über den Rücken. Ohne länger nachzudenken wandte sie sich nach rechts. Um wieder warm zu werden, begann sie zu rennen, doch schon nach kurzer Zeit meldete sich wieder das verhasste Seitenstechen.

Nach einer Weile erreichte sie einen der befestigten Durchgänge der Hegegrenze. Natürlich war das hohe, eisenbeschlagene Balkentor jetzt geschlossen. Der runde Wachturm daneben aber war wie alle anderen der Hegegrenze besetzt.

Hanna überlegte, ob sie um ein Nachtlager bitten sollte.

Ich könnte mich auf Bernward berufen, dachte sie. Die Notlüge würde er mir bestimmt nicht übel nehmen. Aber wie erkläre ich dem Türmer hier, warum ich verfolgt werde? Wenn ich sage, man verdächtigt mich als Hexe, werde ich bestimmt gleich festgenommen.

Rasch ging sie weiter. Ihre Erleichterung wich der Furcht, kein Lager für die Nacht zu finden. Irgendwann werde ich vor Erschöpfung zusammenbrechen, dachte sie. Wenn ich mich dann in den Schnee setze und einschlafe, da kann ich mich auch gleich totschlagen lassen.

Sie war nahe daran umzukehren, als ein Pfiff ertönte. Hanna zuckte zusammen. Ehe sie sich versah, brachen zwei Gestalten aus einem Durchschlupf der Hegehecke hervor. Hanna schrie auf, doch sofort wurde ihr eine Hand auf den Mund gedrückt.

«Sei still. Was treibst du dich hier herum?»

«Ich ... ich weiß gar nicht ...»

«Wir können auch anders, wenn du dich dumm stellst.»

«Nicht, bitte.»

«Also, was spionierst du hier?»

«Ich spioniere nicht. Es ist alles Zufall ... Ich wurde verfolgt, bin durch den Wald geflohen.»

Die Männer sahen sich an. Einer von ihnen pfiff zweimal, umgehend wurde ihm mit einem Pfiff geantwortet. Zwei weitere Männer kamen aus dem Wald und zogen ein totes Wildschwein hinter sich her.

«Glotz nicht. Wie heißt du?»

«Hanna Völz.»

«Etwa die mit den teuflischen Gesichten?»

«Ja. Aber nichts daran ist teuflisch.»

«Halt die Klappe. Warum hat man es auf dich abgesehen?» Hanna zögerte, ihre Gedanken gingen wild durcheinander. Doch die Männer ließen ihr keine Zeit für eine Ausrede. «Zum Teufel, mach den Mund auf!» Unsanft wurde Hanna an den Schultern gepackt und geschüttelt.

«Viele sagen, ich hätte das Korn verhext, das der Aufreiter in Rothenburg hat verteilen lassen. Etwas davon wurde in den letzten Tagen wohl in Neusitz verkauft. Jetzt geht dort die Brandseuche um. Aber ich hab auch von dem Korn gegessen, bis vor ein paar Stunden ging es mir grausig elend.»

Säuselnd pfiff einer der Männer durch die Zähne, die anderen nickten. Hanna entspannte sich. Es sind nur Wilderer, dachte sie. Ich habe sie überrascht.

«Gut, wir glauben dir.» Der Mann, der gepfiffen hatte, schien das Sagen zu haben. Er war klein und untersetzt, sein Gesicht vor Gram tief zerfurcht. «Wir haben von dem schlechten Korn gehört. Der Aufreiter streut allen Sand in die Augen. Er spielt den Samariter, dabei ist er der brutalste Grundherr. Wer den kleinen und großen Zehnt nicht aufbringt, wie er ihn errechnet, dem schreibt er's als Schulden an – und das immer so weiter, bis der andere ihm seinen Hof überschreibt, weil er sich bis über den Hut verschuldet hat. Solche armen Leute werden dann verjagt und müssen sich woanders als Knechte und Mägde verdingen. Ihr Hof aber wird vom Aufreiter verpachtet. Aber lang geht das nicht mehr so, dann kann er was erleben. Warum sollst du sein Getreide verhext haben?»

«Das ist eine andere Geschichte … und hat was mit dem Herren-Müller zu tun, dem er es heimlich abgekauft hat.»

«Erzähl's uns.»

«Wenn ihr mir nichts tut …»

Verächtliches Auflachen ließ sie zusammenfahren. «Wenn wir den Grundherren mal ein Stück Wild wegfangen, dann, weil wir überleben wollen. Unser Gewissen ist rein. Und das soll so bleiben. Schließlich haben wir selbst Frauen und Kinder. Also komm mit. Übrigens bin ich der Joachim Rössler. Alle aber sagen nur Jockel.»

Nacheinander krochen sie durch den Durchschlupf. Die Männer ächzten vor Anstrengung, denn immer wieder verhakte sich das Wildschwein in der stacheligen Weißdornhecke. Die im Sommer sumpfigen Grabengründe war jetzt gefroren, trotzdem roch es brackig und modrig. Hanna riss sich die Kopfhaut blutig und blieb mehrmals an den Dornen hängen, so eng war der Durchschlupf. Doch schließlich hatten sie es geschafft, und Hanna war sogar wieder warm, als sie sich auf der anderen Seite der Hegehecke endlich wieder aufrichten konnte.

Das Versteck lag in einer Senke, die von einem knapp aus dem Boden ragenden Felsen beherrscht wurde. Darunter befand sich der Eingang zu einer Höhle. Hanna hockte sich an die Feuerstelle, legte Gräser und kleinste Zweige auf die Glut und entfachte schließlich ein neues Lagerfeuer.

«Wenn ich etwas kann, dann Feuermachen», sagte sie, zog Schuh und Strümpfe aus und streckte ihre eisigen Zehen der Wärme entgegen.

«Was hätt'st du eigentlich ohne uns gemacht?», fragte Jockel, nachdem Hanna ihre Geschichte mit Jobst Gessler erzählt hatte.

«Ich glaube, ich wäre wieder nach Hause gelaufen.»

«Und ihnen damit geradewegs in die Arme?»

Hanna zuckte die Schultern und schwieg. Von Ulrich hatte sie nichts erzählt, hier erschien es ihr wie ein Traum, was sie mit ihm erlebt hatte. Dumpf starrte sie in die Flammen und schüttelte zuweilen fassungslos den Kopf. Und doch habe ich zu Hause sein Kleid in der Truhe, sprach sie sich Mut zu. Das ist so wahr wie Ulrichs Versprechen, wir würden uns verloben.

Aber galt dies auch noch für eine unter Hexereiverdacht stehende Köhlerin?

Derweil brachen die Wilderer das Schwein auf und schlugen es aus der Decke. Der Gestank von Suhle und Blut, das Dampfen der Innereien und die Geräusche der zerwirkenden Messer sorgten bei Hanna für Übelkeit. Sie warf etwas Laub ins Feuer und wedelte sich den Rauch zu, wenig später übermannte sie tiefe Müdigkeit. Sie lehnte sich an den Fels und schloss die Augen.

Der kalte Stein ließ sie freilich bald wieder näher ans Feuer kriechen. Fröstelnd legte sie Holz nach. Wenigstens waren die Strümpfe wieder trocken, trotzdem hätte sie gerne etwas Heißes getrunken.

«So, das Schwein ist zerlegt. Wir füllen unsere Rucksäcke und verdrücken uns. Verpfeif uns nicht.»

«Nie im Leben. Aber soll ich die ganze Nacht hier bleiben? Wie finde ich von hier aus wieder zurück? Ich muss nach Rothenburg.»

Die Männer sahen sich an. «Gut, morgen früh kommt einer von uns und führt dich bis Kirnberg», versprach Jockel.

«Ihr lasst mich mit diesem stinkenden Kadaver allein?»

«Wirst es überleben. An den Knochen ist noch genug dran. Wirf sie ins Feuer, mach's dir gemütlich.»

23

Halbtot vor Müdigkeit schwankte Hanna durch die eisige neblige Luft. Der Kopf tat ihr weh, Beine und Zehen schmerzten, und wenn sie aufschaute, fuhr ihr die Kälte so unbarmherzig in die Knochen, dass ihr die Zähne unwillkürlich klapperten. Der Weg nach Rothenburg kam ihr endlos vor, erst als sie hinter Gebsattel das Taubertal erreichte, schöpfte sie allmählich Mut.

Doch als endlich das Rödertor in Sicht kam, wurde sie unruhig.

Was passiert, wenn mich jemand erkennt?, fragte sie sich. Bestimmt waren gestern nicht nur Neusitzer, sondern auch Rothenburger hinter mir her. Es werden nicht wenige sein, die von Aufreiters Samariter-Korn gegessen haben. Wahrscheinlich wird der Rat heute Büttel in Marsch setzen, um mich zu holen.

Sie zog sich ihre Winterkappe tief in die Stirn und nahm sich vor, durch das Tor zu humpeln. Ich muss listig sein, dachte sie. Ursula hat es mir vorgemacht.

Als ein Bauer sein Ochsenfuhrwerk voller Brennholz durchs Tor peitschte, humpelte sie murmelnd an dem Fuhrwerk vorbei.

«Ins Spital», jammerte sie mit verstellter Stimme. «Ich will ins Spital!»

Der Torwächter winkte sie ohne zu fragen weiter, kurz darauf hörte Hanna, wie der Bauer um die Höhe des Pflastergeldes zu feilschen begann.

Schneemauern, die von Unrat und gelben Löchern übersät waren, säumten die Rödergasse. Am Röderbrunnen hatten sich Bauern, Handwerker und eine Gruppe Marktfrauen versammelt, die einem Wanderprediger zuhörten. Hanna schnappte Worte wie Demut und Bescheidenheit auf, gleichzeitig aber wurde gefordert, dass sich der Zins nach dem Vermögen richten müsse und alle anderen Dienste auf ein erträgliches Maß zurückgeführt werden sollten.

Müde wurde dem Prediger applaudiert. Der ist nicht wie der blinde Hans, dachte Hanna und vergaß zu humpeln. Wenn der jetzt hier auftreten würde …

«Da läuft sie! Die Seherin!» Siedend heiß durchfuhr es Hanna. Wer rief denn so etwas? «Bleib stehen, bitte!»

Hanna zögerte einen Moment zu lange. Zwei Frauen liefen mit ausgestreckten Fingern auf sie zu, andere schauten neugierig zu ihnen herüber. Der Wanderprediger war vergessen, er brach seine Rede mitten im Satz ab.

«Ja, das ist sie! Die in St. Jacob das Blut weggewischt hat!»

Diesmal rief ein Mann, doch gleich darauf schrie ein anderer, sie sei die Hexe, die das Korn vergiftet habe. Hanna rannte los, strauchelte und wäre um ein Haar ausgerutscht. Der Schnee auf dem Pflaster war spiegelglatt, an einigen Stellen war er zu blankem Eis gefroren. Aber an Flucht war nicht mehr zu denken, denn vom Röderbogen liefen sie jetzt genauso auf sie zu wie aus der Paradiesgasse. Die einen riefen Hexe, die anderen Seherin. Panisch drehte Hanna sich einmal um sich selbst.

«Du hast doch Gesichte! Wie wird es uns ergehen? Wie wird die Zukunft?»

«Ja, geht es uns bald besser?»

«Was siehst du? Sag es uns.»

«Ihr blöden Weiber, sie ist eine Hexe!»

«Schnell, holt die Stadtbüttel!»

«Nein, sie kann hellsehen!»

Die Stimmen gingen durcheinander. Hanna wurde umringt, Hände streckten sich nach ihr aus, und die Menschen versuchten, sich gegenseitig von der Stelle zu schubsen.

«Ich weiß, dass sie Hanna heißt!»

«Hanna! Hanna! Was siehst du? Was?»

Hoffnung und Sensationslust spiegelten sich in den Gesichtern, und Hanna begriff, dass die ihr gewogenen Menschen in der Überzahl waren, trotzdem wusste sie nicht aus noch ein. Sie spürte die Sehnsucht derjenigen, die etwas Gutes von ihr hören wollten oder wenigstens etwas, das ihnen Hoffnung machte.

Ich kann ihnen doch nicht einfach etwas vorschwindeln! Was sollte ich ihnen denn erzählen!

Hanna presste sich an eine Hauswand. Über ihr flogen die Fensterläden auf, Kindergeschrei ertönte. Schützend kreuzte sie die Arme vor der Brust und zog den Kopf zwischen die Schultern, doch damit stachelte sie die Menschen nur noch mehr auf.

«Schaut doch!»

«Hanna, was siehst du? Rede endlich.»

«Lasst mich!» Ihre Stimme war so heftig, dass die Menschen erschrocken zurückwichen. «Ich kann nicht sehen … ich bin nur eine einfache Köhlerin!»

«Eine Hexe bist du!» Rücksichtslos drängte sich ein Mann nach vorne. Sein Gesicht war rot und ausgezehrt, seine Kleidung zerlumpt, die Ohrenklappen seines Huts hingen in Fetzen herab. Er stieß Hanna zurück gegen die Hauswand, und mit einer Hand ging er ihr an die Kehle. «Du verdammte Hexe, brennen sollst du. Hast dem Herren-Müller einen Fluch ins Korn gezaubert.»

Hanna boxte ihm in den Bauch, da ließ der Mann sie los.

«Lass sie in Ruhe!», kreischte eine Frau und stieß ihn beiseite. «Sie hat geweissagt, dass Blut an der Heilig-Kreuz-Reliquie klebt. Ihr alle wisst davon. Ich aber weiß von meinem Mann, dass sie auch Gesichte vom Antoniusfeuer gehabt hat!»

«So, und wer ist das?», fragte der Mann mit den zerrissenen Ohrenklappen.

«Hans Goltz, der Brauer, wenn Ihr es genau wissen wollt. Diese Frau lügt nicht. Sie ist keine Hexe!»

Hans Goltz' Frau erntete nicht nur Zustimmung, vor allem Männer pfiffen sie aus. Ihre Pfiffe waren so schrill und laut, dass nicht nur die Frau, sondern auch Hanna sich die Ohren zuhielt. Zwei Männer zerrten sie von der Hauswand fort und stießen sie in der Rödergasse vor sich her.

Hanna rannte los, wurde aber sofort wieder eingefangen. Grob riss man sie am Arm, dann wieder ließ man sie los.

«Tut doch was», hörte sie Hans Goltz' Frau rufen. «Herrgott, was seid ihr alle feige!»

Schon waren sie am Röderbogen, bis zum Markusturm mit dem Büttelhaus waren es nur noch wenige Schritte, aber kein Büttel war zu sehen. Hanna traten die Tränen in die Augen, endlich aber waren mehrere Frauen an ihrer Seite, die sie vor den ruppigen armreißenden Männern schützten.

«Du warst doch am Kobolzeller Steig», rief eine. «Ich war dabei, als du das Gesicht hattest, dass die Kobolzeller Kirche geplündert werden würde. Glaubst du das wirklich? Deine Gesichte vom Antoniusfeuer und dem Blut an der Heilig-Kreuz-Reliquie haben sich erfüllt. Was weißt du also? Bitte sprich doch endlich!»

Die Frau breitete die Arme aus, um Hanna vor den heftig drängelnden Menschen zu schützen. Doch da erscholl vom Büttelhaus her der Ruf, der Stadtrichter würde gerade die Stufen herunterkommen.

«Ja, holt den Aufreiter her. Er soll sie befragen!», rief der Mann, der Hanna als Hexe beschimpft hatte.

«Genau, der Aufreiter. Es war sein Getreide. Er soll sie zur Rede stellen. Jetzt gleich!»

Hanna wurde von einem neuen Angstschub gepackt. Hörte das denn alles überhaupt nicht mehr auf?

Der Kreis vor ihr öffnete sich, Jacob Aufreiter trat auf sie zu. Im Hintergrund standen zwei Büttel, die einen an den Händen gefesselten Mann mit sich führten. Plötzlich fielen Hanna die Vorwürfe der Wilderer ein, wie brutal und unbarmherzig dieser Aufreiter in Wahrheit sei.

«Also, mach den Mund auf: Was hast du ausgefressen?», rief Jacob Aufreiter ihr mürrisch zu und kam näher.

«Nichts, ehrenwerter Herr.»

Hanna hielt den Kopf gesenkt, doch kaum dass sie aufsah, riss Jacob Aufreiter auch schon den Arm hoch. Jeder konnte sehen, wie bestürzt er war. Gemurmel erhob sich, aber schon im nächsten Augenblick hatte sich Rothenburgs oberster Jurist wieder in der Gewalt.

«Warum dann dieser Auflauf?», fragte er mit belegter Stimme und seltsam stierem Blick.

«Sie ist die Hexe, die Euer Getreide vergiftet hat, Richter!», hetzte der Mann mit den zerrissenen Ohrenklappen, doch Jacob Aufreiter tat, als habe er es nicht gehört. Schließlich schüttelte er den Kopf und sagte: «Ich habe nichts gegen sie vorliegen. Wer mehr weiß und sie stichhaltig beschuldigen kann, soll es auf dem Rathaus zu Protokoll geben.»

Er drehte sich um, da rief Hans Goltz' Frau: «Ehrenwerter Herr, sie ist doch die mit den Gesichten. Zweimal hat sie schon recht behalten, jetzt wollen wir wissen, was die Zukunft bringt. Uns aber will sie nichts erzählen. Bestimmt, weil die nächste Zeit so schlimm wird.»

«Aha ... und, hast du Gesichte?»

«Nicht mehr ...»

«Aber dass du die Gabe hast, leugnest du nicht?»

«Nein ... doch, ja.» Hanna kam ins Stottern, wurde rot. Irritiert bemerkte sie, wie Aufreiter sich langsam von ihr entfernte, wobei er es vermied, ihr ins Gesicht zu schauen.

«Was denn nun? Oder steht dir der Sinn danach, brave Leute gegen die göttliche Ordnung aufzuwiegeln?»

«Niemals.»

Dann wusste Hanna nicht mehr, was sie sagen sollte. Sie starrte Aufreiter an, und plötzlich hatte sie das Gefühl, diesen Mann zu kennen. Ein leichter Schwindel überfiel sie, gleichzeitig ergriff sie starkes Frösteln. Sie schlang die Arme um sich und trat zwei Schritt vor. Aufreiter wich zurück, er sah sich nach den Bütteln um.

Da rief ein Mann: «Legt sie in Ketten, Stadtrichter! Sie will Euch verhexen! Sie hat den bösen Blick.»

Wie von einem Peitschenhieb getroffen, zuckte Hanna zusammen, während Jacob Aufreiter sich abwandte und fortging. Plötzlich musste sie gegen einen Schwindelanfall ankämpfen. Da fühlte sie Schneebälle an ihrem Körper zerplatzen, hörte Kinder lachen und einen Hund bellen. Hanna kam wieder zu sich, ihr Schwindel verebbte wie ausläutende Kirchenglocken vor und nach der Messe.

Nur Schneebälle und Kinder, beruhigte sie sich. Aufreiter ist fort. Trotzdem durchwogte sie Schauder auf Schauder. Etwas tief Böses geht von diesem Stadtrichter aus, dachte sie, und das passt genau zu dem, was die Wilderer ihm nachsagen.

Fluchend riss sich der Mann seine Mütze vom Kopf und schleuderte sie in den Schnee. Auf einmal schien er der Einzige zu sein, der sie noch für eine Hexe hielt. Hans Goltz' Frau stieß ihn entschlossen zur Seite. Der Mann strauchelte und wurde ausgelacht.

«Und ich sage euch: Sie steht mit dem Teufel im Bund», rief er, doch niemand achtete mehr auf ihn. Stattdessen wurde Hanna von einer Schar Frauen umringt, die aufgeregt auf sie einredeten: «Kennst du den Aufreiter etwa? Er hat sich so seltsam benommen. Bitte, erzähl doch etwas.»

Hanna schlug sich die Hände vors Gesicht. «Ich kann nicht mehr», flüsterte sie. «Wenn ich etwas gesehen habe, bin ich innerlich wie ausgeblutet. Dann ist nur Leere in mir.»

«Ja schon, aber hast du denn überhaupt noch andere Gesichte gehabt?», drängelte Hans Goltz' Frau.

Hanna nickte.

«Hört ihr, sie hat uns was zu sagen», rief eine der Frauen. «Seid still!»

Hanna hatte begriffen, dass sie nicht länger schweigen konnte und durfte. Gib ihnen etwas, dachte sie. Erfinde etwas. Sonst reißen sie dir noch die Kleider vom Leib. Sie schaute über die Menge hinweg, ließ ihren Blick über die verschneiten Dächer wandern und tat, als müsse sie ihre Erinnerungen erst ordnen. In Wahrheit suchte sie fieberhaft nach Worten. Das Herz schlug ihr bis zum Hals, und als sie in die vor Neugier berstenden Gesichter blickte, glaubte sie, keinen Ton über die Lippen bringen zu können.

Plötzlich aber hatte sie eine Eingebung. «Ich sah Männer, die in Stadt und Land ihre Frauen verlassen: Bauern, Handwerker, Bürger. Geistliche predigen Aufruhr, und die Dienerschaft der Grundherren ist grob wie eine Herde Landsknechte. Dann sah ich einen jungen Bauern in einer geflickten Jacke. Er saß mit seinen drei Kindern und seiner Frau am Frühstückstisch. Fäuste hämmern gegen den Fensterladen, und als der Bauer öffnet, schreit ihn der Diener eines gnädigen Herrn an: Was wagst du, deine Tür verschlossen zu halten? Willst du deine fünf Brote nicht zahlen? Da fällt der Bauer auf die Knie und ringt die Hände: Ich bin den Zehnten nicht schuldig, hab ihn doch längst entrichtet. Wie soll ich jetzt noch etwas geben? Das ist mir gleich, schreit der Diener und stößt ihn um. Er läuft in den Keller, wo noch vier Laibe Brot liegen, die seine Frau am Vortag gebacken hat. Wo ist der fünfte Laib?, tobt er, der Bauer aber sagt: Ich habe keinen. Aber da ist der Diener schon wieder in der Stube, greift in den Tonkrug, nimmt den angeschnittenen Laib und verschwindet.»

Hanna glühte und schlug sich die Hände vors Gesicht. Das Raunen wurde lauter, bis plötzlich eine wütende Stimme hervorplatzte und schrie: «Genau, so ist es! Müssen wir ewig Knechte bleiben? Tag für Tag bis in den Tod hinein dienen und uns von den Herren demütigen lassen? Was diese da gesehen hat: Was ist es denn als die Wahrheit, die jeder von uns kennt? Wir müssen endlich zusammenstehen! Uns nichts mehr gefallen lassen! Spieß voran, rauf und dran! Los, aufs Ziegeldach den roten Hahn! Heija oho! Denn wir sind die armen Haufen und werd'n mit Pfaff und Adel raufen.»

«Achtung, die Büttel kommen zurück!»

Die Frauen stoben auseinander. Hannas kämpferische Geschichte war wie ein Aufruf zum Umsturz. Ohne dass sie es gewollt hatte, stand sie plötzlich als Aufwieglerin da.

«Glaubt ihr denn jeden Unfug?», rief einer der Büttel. «Diese Frau macht euch doch alle närrisch! Ihre Gesichte sind nichts als Erfindungen. Sie spielt mit dem Feuer, und ihr fallt drauf rein!»

Drohend hoben die Büttel ihre Stöcke. Hanna nahm die Beine in die Hand und verschwand in die nächste Gasse. Hans Goltz' Frau aber rannte ihr hinterher.

«Wo willst du denn hin?», rief sie atemlos.

«Zu den Dominikanerinnen. Sie unterrichten meine kleine Schwester.»

«Wie hast du das denn geschafft?»

«Das ist eine lange Geschichte.»

«Komm, erzähl sie mir.»

«Nein, nicht jetzt.»

Enttäuscht blieb Hans Goltz' Frau stehen und sah Hanna nach. «Ich heiße Magdalena», rief sie schließlich, «und ich bin nicht so, wie du denkst.»

Eine innere Stimme sagte Hanna, dass es besser wäre, sich noch einmal umzudrehen. Ich darf mir keine Feinde machen, dachte sie. Jetzt kann ich jede Seele brauchen, die zu mir hält.

«Ja, besuch mich», rief sie. «Irgendwann. Im Kloster oder am Wachsenberg.»

TEIL 2

Rothenburg, Frühjahr 1525

24

Endlich Frühling! Die Sonne schien, die Luft war lau, die Welt wurde wieder schön. Gestern noch war es kalt, an diesem Tag aber war der Frühling über Nacht ins Land gezogen. Und das pünktlich zum einundzwanzigsten März! Im Klostergarten der Dominikanerinnen blühten Haselnuss und Jasmin, auf der Wiese grüßten die Schneeglöckchen, und auch das Gras wurde endlich wieder grün. Es war wie ein Wunder.

«Ich hab ja auch drum gebetet. Und weil ich immer brav bin …» Marie legte die Hände zusammen und schlüpfte hinter Schwester Gisela und Rahel durch die Klosterpforte.

«Dann waren wohl alle Kinder brav, wie?», fragte Rahel.

«Jaaa!»

Marie rief so laut, dass die hagere Gisela das Gesicht verzog. Aber so ging es eben, heute blieb kein Kind ruhig. Und so quetschte Marie sich ungestüm zwischen die beiden Laienschwestern, nahm sie an die Hand und tauchte mit ihnen in den Lärm ein, der jetzt sogar die eher ruhige Klinggasse erreicht hatte. Ob Kinderrufe, Abzählreime oder Ermahnungen von Müttern, ob Geschrei oder Geplärr, weil einem Vater doch wieder die Hand ausgerutscht war: Halb Rothenburg war auf den Beinen, und alle wollten sie hinters Rödertor.

Dort lagerte seit drei Tagen eine Schaustellerkompanie, die verkündet hatte: Weil man stolz sei, für die ehrbare freie Reichsstadt Rothenburg spielen zu dürfen, gebe man an diesem Nachmittag ein Stücklein für die Kinder der Stadt.

Schon durch das Tor sah man auf die Wagenburg, innerhalb der Leinen gespannt waren, an denen bunte Wäsche- und Kostümstücke hingen.

«Das merk dir», klärte die dicke Rahel sie auf, «das fahrende Volk fährt in roten Kastenwagen übers Land. Damit man gleich erkennt, wer sie sind.»

«Und warum rot?»

«Weil rot die Farbe der Sünde ist», zischelte Gisela, «weißt du das noch nicht? Frauen, die rotweiße Kopftücher tragen, die machen mit den Männern, was sie wollen. Das sind die ganz Schlimmen.»

«Ich werd drauf achten», meinte Marie gleichmütig und machte sich los.

Sie drängte zu einer Gruppe Kinder, die einer Schauspielerin zuschauten, deren Gesicht von einem verwachsenen Mann weiß geschminkt wurde. Marie bewunderte den Kasten mit den Kämmen, dem Schmuck und den vielen verschiedenen Pinseln, und natürlich hatten es ihr vor allem die Schminkfarben angetan. Unwillkürlich zuckten ihr die Finger, und am liebsten hätte sie an jedem Töpfchen gerochen, um sich dann selbst mit den Farben anzumalen.

«Und jetzt bekommt unsere schöne schlangenhörige Eva die sündigsten Lippen der Welt», flüsterte der Verwachsene verschwörerisch, hob zwei Rötelstifte in die Höhe und schminkte die Lippen der Schauspielerin leuchtend korallenrot.

«Bist du jetzt die Eva aus der Bibel?»

Marie drehte sich zu dem Jungen um, der dies gefragt hatte. «Meinst du wegen der Lippen?»

«Nein, weil er gesagt hat, Eva sei schlangenhörig.»

«Unsinn, Eva war im Paradies nackt!», rief ein anderer Junge. «Also kann sie das hier niemals sein.»

Alle lachten, wurden aber sofort wieder still, als die Schauspielerin aufstand und den Jungen, der gefragt hatte, ob sie die Eva aus der Bibel sei, heranwinkte.

«Willst du mal aussehen wie ein alter Mann?»

«Jaa!»

«Dann setz dich.»

Erwartungsvoll schaute der Junge den grinsenden Schminkmeister an. Als Erstes malte der ihm blaugrüne Tränensäcke unter die Augen, anschließend rieb er ihm das Gesicht mit einer hautfarbenen Paste ein. Er verstrich alles mit einem rußigen Pinsel und zog anschließend mit verschiedenen Stiften feine Linien über Wangen und Kinn.

«Schaut ihn euch an! Wie alt er geworden ist, euer Freund. So geht's. Morgens trägt man noch Windeln, am Nachmittag ist man alt, und abends kommt der Pfarrer und sagt: Friede deiner Seele.»

«Bei uns nicht», sagte Marie düster. «Nicht bei Köhlersleuten.»

Sie hatte keine Lust mehr, noch länger zuzuschauen, und ging zurück zu Gisela, die sie nicht aus den Augen gelassen hatte. «Schau mal, da richten sie die Bühne her.»

«Wo ist Rahel?»

«Ja, wo wohl?», fragte Gisela gespielt, und im selben Moment legten sich von hinten zwei Hände über Maries Augen.

Marie lachte fröhlich auf. «Rahel, das sind deine Hände!»

«Mund auf und Luft anhalten», befahl Rahel.

Marie hörte etwas rascheln, gleichzeitig zog ihr der verführerische würzig süße Duft einer gebrannten Mandel in die Nase. Sie seufzte ungeduldig und konnte es kaum erwarten, endlich zuzubeißen.

«Brich dir nicht die Zähne», ermahnte Gisela sie.

Marie schüttelte den Kopf. Mit geschlossenen Augen genoss sie die Köstlichkeit, saugte und schmatzte, plötzlich aber hielt sie mit halb offenem Mund mitten in der Bewegung inne und drehte sich auf Zehenspitzen auf der Stelle. Dabei wedelte sie mit der Hand, um Gisela und Rahel zu bedeuten, nicht zu sprechen.

Kaum hörbar erklang von irgendwoher Hundegebell.

«Babur!» Marie schluckte die Mandel herunter, von einem Augenblick auf den anderen hatte sie alles um sich herum vergessen. «Er ist in der Nähe vom Galgenturm.»

Sie rannte los. Gisela und Rahel schauten sich an und seufzten. Lassen wir sie, sagten ihre Blicke. Sie macht ja eh, was sie will. Ohne Hast folgten sie Marie, die an der äußeren Stadtmauer entlangrannte. Ungestüm prallte sie mit einer Mutter zusammen, den nächsten Zusammenstoß vermied sie nur, weil sie im letzten Moment einen Haken schlug. Mehrmals sprang sie in die Luft und rief Baburs Namen, doch schließlich blieb sie wie angewurzelt stehen. Wie verloren starrte sie auf den entgegenwallenden Strom aus Müttern, Kindern und fliegenden Händlern.

«Marie! Vielleicht war es doch ein anderer Hund?» Gisela zog sie an sich und streichelte ihr über den Kopf. «Weißt du, dein Babur ist ja nicht der einzige Hund seiner Art. Andere Baburs bellen genauso. Das ist bei Hunden so. Nur wir Menschen sind alle verschieden.»

Marie löste sich aus Giselas Umarmung und schaute mit tränennassen Augen zu ihr hoch: «Du willst ja nur sagen, dass er tot ist.»

«Aber nein.»

Da ertönte plötzlich lautes Hundegebell, und eine aufgebrachte Jungenstimme rief nicht weit von ihnen: «Prinz, Prinz! Bleib hier!»

Das Bellen wurde lauter, aber noch war kein Hund zu sehen.

«Babur!»

«Prinz!»

Die Namen flogen hin und her, Maries Stimme war am Überschnappen. Ein großer weißbrauner Hund schoss hinter einem Limonadenverkäufer hervor und geradewegs auf Marie zu. Den Küchenschwestern blieb das Herz stehen, aber da war es schon geschehen: Der Hund sprang an Marie hoch und warf sie auf den Rücken. Marie aber krallte sich in sein Fell, presste ihn an sich. «Babur, mein Babur», rief sie glücklich und lachte und kicherte, weil dieser ihr die feuchte Hundenase in die Halsbeuge stupste und ihr hingebungsvoll das Gesicht leckte.

«Prinz, aus!», keuchte ein semmelblonder Stoppelkopf mit Sommersprossen, der vielleicht ein Jahr älter war als Marie. Die Schwestern fingen seinen erschrockenen, schuldbewussten Blick auf, als er Babur am Halsband zurückriss. «Tut mir leid. Er tut nichts. Bestimmt, hab keine Angst, er will nur spielen.»

«Das weiß ich.» Marie strahlte und breitete noch einmal die Arme aus, um Babur zu umarmen. «Babur ist der liebste und beste Hund auf der ganzen Welt.»

«Er heißt Prinz.»

«Nein, Babur.»

«Oh, oh, jetzt wird's schwierig.»

Gisela schaute Rahel an, die die Arme in die Hüften gestemmt hatte und so aussah, als wolle sie eine Strafpredigt halten, noch bevor der Streit überhaupt richtig losgegangen war. Zum Glück war Rahels Ausstrahlung genauso imponierend wie ihre Statur, und so hörten ihr Marie und der Junge, der Lienhart hieß, erst einmal zu.

Rahel erklärte Lienhart, unter welchen Umständen Marie ihren Babur verloren und seitdem immer wieder nach ihm gesucht hatte. «Aber wie es aussieht, Lienhart, hast du Babur damals gefunden und ihn gesund gepflegt, was Gott dir nicht vergessen wird, denn er liebt auch die Tiere. Weil du nun seinen Namen nicht wissen konntest, hast du ihn Prinz genannt, dein Prinz aber, das hast du ja gerade miterlebt, hat die Marie auch nicht vergessen können. Beide haben sich noch genauso lieb wie damals. Ab jetzt seid ihr also beide für ihn verantwortlich. Du, Lienhart, wirst dich an den Namen Babur gewöhnen müssen, und du, Marie, an Prinz. Werdet Freunde und teilt euch den Hund. Anders geht es nicht. Streit ist sinnlos. Und so, wie ich es sage, wird es gemacht. Basta.»

Babur strahlte Rahel an, als habe er jedes Wort verstanden. Und als wolle er ihre Worte gleich mit Leben füllen, machte er sich aus Maries Umarmung los und ließ sich neben Lienhart nieder.

Beide wussten nicht, was sie sagen sollten. Erst schauten sie sich ungläubig an, dann schauten sie zur Seite. Lienhart wischte sich mit dem Ärmel übers Gesicht, Marie machte einen Schmollmund. Rahel stand noch immer mit in die Hüfte gestemmten Armen da, und Gisela schaute, um den Worten ihrer arbeitsamen und praktisch denkenden Mitschwester gehörig Nachdruck zu verleihen, streng von einem zum anderen.

«Babur, komm mal her», sagte Marie traurig.

«Nein, Prinz, du bleibst bei mir.»

«Ich hab doch gerade gesagt …», schnaufte Rahel los, doch da sprang Babur auf und knurrte sie mit gefletschten Zähnen böse an.

Gisela schrie erschrocken auf, Rahel wich zurück.

«Aus!»

Lienhart wollte Babur am Halsband fassen, doch blitzschnell drehte der sich um und grollte so überraschend böse, das Lienhart mitten in der Bewegung erstarrte.

«Babur, nicht!»

Maries helle Stimme klang bestimmt, doch schon fror ihr Gesicht vor Entsetzen ein: Babur nämlich schnappte nach ihr, und entweder hatte sie einfach Glück, dass sie nicht in die Nase gebissen wurde, oder Babur war geschickt genug, sie nur tüchtig zu erschrecken. Mit dem nächsten Satz sprang er an ihr vorbei, bellte zweimal und war verschwunden.

«Euer Hund hat einen Dachschaden!», zischte Gisela.

Lienhart und Marie ließen die Köpfe hängen. Rahel aber hatte sich schnell wieder gefasst: «Er hat sich eben nach Hundeart benommen. Vertragt euch, dann kommt er zu euch zurück.» Sie wuselte beiden durchs Haar und drückte sie an sich. «So, und jetzt reicht ihr euch die Hand.»

«Er hat schon viele Unarten», meinte Lienhart leise.

«Mmh, das stimmt. Und eigentlich hat er mir auch nie gehorcht», pflichtete Marie ihm bei.

Während Marie und Lienhart beschlossen, gute Freunde zu werden, standen Hanna und Ulrich unter der alten Eiche vor dem Grab von Tilman Völz. Sie hatte die Arme um seinen Hals geschlungen, er hielt sie an den Hüften. Verspielt küssten sie sich, Hanna gar neckte Ulrich, indem sie ihm ein paarmal die Lippen auf die Nasenspitze setzte. Der Ritt durch den Wald hatte Hannas Haar zerzaust, jetzt wehte der Wind ihr eine Haarsträhne ins Gesicht und drückte ihr das Kleid gegen die Beine.

Hanna sah überglücklich aus. Ulrich hatte Tilman Völz an dessen Grab versprochen, dessen Kindern, was auch immer geschehen werde, beizustehen. Er hatte die rechte Hand auf die Vierung des Kreuzes gelegt und dies bei Ehre und Gewissen eines Deutschen Ritters geschworen.

Hanna lehnte sich mit der Stirn gegen Ulrichs Brust, der seinen Ordensmantel um sie legte. Lange standen sie so da und lauschten dem Wispern der Zweige, die sich über ihnen zu unterhalten schienen. Noch war hier draußen das Gras stumpf, aber der Boden war weich und atmete, wenn auch erst mit diesem Tag die letzten Schneereste am Nordrand der Lichtung weggetaut waren.

Ulrich hob den Blick zu den Ästen und Zweigen und blinzelte in einen Sonnenstrahl. «Es herrscht hier eine eigentümliche Stimmung. Als ob diese Eiche Mittler zwischen Himmel und Erde wäre und uns mit ihrer Aura etwas mitteilen möchte. Aber wir verstehen es nicht.»

«Ich hab sogar einmal den Stamm geküsst», flüsterte Hanna.

«Und, wie hat er geschmeckt?»

«So wie ein starker Stamm schmecken muss.»

Sie verboten sich beide, mehr zu sagen. Sie wollten ihre körperliche Sehnsucht nach dem anderen nicht neu entfachen – was Hanna zunehmend schwerfiel, aber sie hatte beschlossen, konsequent zu bleiben und das sich selbst gegebene Versprechen nicht zu brechen.

Ich bestrafe uns ja beide, dachte sie, ich mich genauso wie ihn … Aber Strafe muss sein. Wenigstens ein kleines bisschen.

Die zurückliegenden Wochen hatte Ulrich sie nur wenige Male im Kloster besucht. Dass er sie nach ihrer gemeinsamen Nacht im Detwanger Schlossturm Hals über Kopf verlassen hatte, hatte er mit seiner Liebe zu ihr gerechtfertigt: Ich wollte dich meiner Mutter vorstellen und gleich deutlich machen, wie es um uns steht. Und ich wollte dich haben … ehrlich und rein und mit der größten Leidenschaft, derer ich fähig bin. Ich hatte Angst, du würdest nicht mitkommen, wenn du gewusst hättest, dass ich hinterher nach Mergentheim reite.

Hanna hatte ihm längst verziehen, obwohl sie es noch immer nicht ganz verstand. Du hast noch ein Geheimnis, dachte sie und schaute zu ihm auf. So wie du mich damals bei unserer ersten Begegnung im Wald angeschaut hast, da war etwas in deinem Blick. Als ob du deinen Augen nicht trauen wolltest.

Bist du deswegen, ohne mir ein Wort zu sagen, zu deinem Landkomtur geritten? Weil du wieder nicht glauben wolltest, wen du da geliebt hattest?

Ulrich löste sich von ihr und pfiff nach Mahut. Sein Hengst antwortete wiehernd und kam langsam angetrabt.

«Und jetzt?»

«Wir reiten nach Rothenburg und überraschen Marie.»

Sie küssten sich erst zärtlich, dann immer leidenschaftlicher. Schwer atmend ließen sie schließlich voneinander ab. Ihre Augen funkelten, ihre Gesichter waren erhitzt. Hanna spürte die Glut ihres Schoßes, ihr Kopf war dumpf und schwer. Als Ulrich sie in den Sattel hob, presste sie ihren Unterleib gegen den Sattelknauf und schloss die Augen.

Schwer und heiß spürte sie Ulrichs Arm vor ihrem Bauch. Eisern hielt er sie fest. Wie ein Ritter seine Beute, dachte sie stolz und schloss die Augen, um sich ihren Vorstellungen hinzugeben.

Es war wie in einem schönen Traum. Nie mehr, wünschte Hanna sich, dürfte dieser Ritt aufhören, diese Stunde, die Ulrich und sie eng aneinandergeschmiegt auf Mahuts Rücken verbrachten. Die laue Luft hüllte sie ein wie schmeichelnder Stoff, und das klirrende Zaumzeug brachte sie zum Lächeln. Doch war es der Wind, der plötzlich so schrill pfiff? Waren es wirklich Mahuts Hufe, die so dumpf und monoton auf den Boden stießen?

Hanna öffnete die Augen.

Stumm und stolz ragten die Wahrzeichen der Stadt in den hellblauen Himmel, allen voran die gebieterischen Türme der St. Jacobs Kirche. Ihnen am nächsten lag das Klingentor mit dem Turm der Schäferkirche, von dem man nicht nur ins Taubertal, sondern auch über die weiten, sanft ansteigenden Wiesenkoppeln und Äcker schauen konnte. Einige wenige Feldstreifen waren bereits umgepflügt, doch statt einzelner Feldarbeiter, die den Pflug in die Erde drückten und hinter Ochsen oder Pferden herschritten, beherrschte auf einmal ein bunter Haufen marschierender Bauern das Bild.

Ulrich zügelte Mahut, Hanna seufzte enttäuscht auf. Es kam ihr vor, als würde sie aus dem Paradies geworfen. Zu schön hatte sich dieses herrlich beseligende und selbstvergessene Traben angefühlt.

«Schau dir das an!» Ulrich klang bestürzt. «Ohrenburger Bauern. Sie kommen als bis an die Zähne bewaffnete Reisige!» Hanna sah es selbst: An die drei Dutzend mit Armbrüsten, Morgensternen, Hellebarden, Lanzen und anderem Kriegsgerät bewaffnete Bauern bewegten sich auf das Klingentor zu. Vornan marschierten der Trommler und der Pfeifer, hinter ihnen schwang einer eine große silberrote Fahne mit einem Reiherkopf, ein anderer eine spitz zugeschnittene Fahne mit einem schlangengleich auslaufenden Bundschuh-Senkel.

«Himmel, was haben sie vor?»

Hanna antwortete nicht.

Es geht los, dachte sie. Der Winter ist vorbei, jetzt beginnen die Aufstände. Schon hatte sie das Lied von Hannes, Jobst Gesslers Knecht, im Ohr: *Wir sind die armen Haufen und wolln mit Pfaff und Adel raufen. Heija oho. Spieß voran, rauf und dran! Los, aufs Ziegeldach den roten Hahn. Heija oho, heija oho.*

Spieß voran, rauf und dran! Spieß voran, rauf und dran,

hörte Hanna die Bauern skandieren. Herausfordernd und siegesgewiss reckten sie ihre Waffen in die Luft.

Ulrich hieb Mahut die Stiefel in die Flanken. Wiehernd warf sein Hengst den Kopf zurück und galoppierte los. Fahnenträger, Pfeifer und Trommler marschierten bereits durchs Tor.

«Ist das nicht gefährlich?»

«Möglich, aber Mahut wird uns schon nicht im Stich lassen. Er ist schnell.»

Ulrich hob den Arm und winkte, doch von den Torwächtern war keiner mehr zu sehen. Erst als sie durchs Tor geritten waren, sahen sie, warum: Stöhnend hockten die beiden Wächter auf dem Pflaster und tasteten sich die zerschlagenen, staubigen Gesichter ab. Ratlos stand der Türmer vom Klingentor mit einem Schwamm vor ihnen und schaute dem laut singenden Bauernhaufen nach, von denen die Letzten gerade in die Judengasse einbogen.

«Auf dem Marktplatz sind sie auch schon!» Der Türmer schlug sich die Faust in die hohle Hand. «Sie wollen vor den Rat.»

«Danke.»

Sie ritten weiter, doch schon auf Höhe der Klosterweih wurde Mahut von einer Menschenmenge eingekeilt. Die einen frohlockten, andere pfiffen. Peitschen knallten durch die Luft, Knüppel wurden hochgeworfen und wieder aufgefangen. Junge Burschen fassten sich an den Schultern und tanzten zu einem Spottvers über die Deutschen Ritter und das Rothenburger Patriziat: Deutschherrn pimpern, Räte stümpern, alle saufen, keiner tut laufen.

Ulrich ließ sich von den hämischen Blicken nicht aus der Ruhe bringen. Mit stoischer Gelassenheit schaute er nach vorn, während Hanna inständig hoffte, dass niemand sie erkannte. Ulrichs grünes Samtkleid gewährte ihr zwar einen gewissen Schutz, denn die letzten Wochen hatte sie sich nur im Laienhabit der Dominikanerinnen auf die Straße getraut. Aber ihr rotblondes Haar war verräterisch, allein dadurch, dass sie es offen trug, zog sie immer wieder die Blicke auf sich.

Wohin sie auch schaute: Von überall her strömten die Menschen zum Rathaus. Handwerker, Bauern, Tagelöhner, sogar Kaufleute, Mönche und Geistliche. Würden Frauen und Kinder jetzt nicht vor dem Rödertor das Theaterstückchen über Adam und Eva anschauen, überlegte sie, wären noch viel mehr unterwegs. Sie hielt sich die Ohren zu, so laut wurde es, je näher sie dem Markt kamen. Ohrenbacher und Brettheimer Bauern, Letztere aus dem Süden der Landhege, grölten das Spieß-voran-Lied aller Unzufriedenen, Trommler paukten gegen die Pfeifer und alle zusammen gegen zwei Dudelsackspieler, die so vehement bliesen, dass ihnen die roten Köpfe jeden Augenblick zu platzen schienen.

«Da, sieh mal», rief sie und drehte sich um. «Da vorne steht der blinde Franziskaner, der Hans Schmidt.»

«Ja, und gleich daneben der Herr Doktor ABC.»

«Wer?»

«Des berühmten Herrn Dr. Martin Luthers einstiger Doktorvater. Der Rat hat nach ihm gefahndet, um ihn aus der Stadt zu werfen, aber so ein Geist hat natürlich seine Gönner. Vor allem unter den reichen Witwen.»

Erstaunt sahen sie zu, wie sich vor dem blinden Mönch eine riesige Schlange bildete: Jeder wollte von ihm gesegnet oder wenigstens mit einem Spritzer geweihten Wassers seelisch geläutert werden.

«Dieser Windmacher», knurrte Ulrich. «Er ist der heimliche Kopf der Franziskaner, der Prior hat nichts mehr zu melden. Wenn er den Mund aufmacht, wiegelt er entweder das Volk auf oder predigt im Konvent die Lehren Luthers.»

«Was sagt denn der Luther?»

«Dass der Mensch in Glaubensdingen frei sei, über allen Dingen stehe und niemandem untertan sei. Andererseits sei er als Christ Knecht aller, weil er um Jesu Christi willen jeden lieben solle. Außerdem beschimpft Luther den Papst als Antichrist und will, dass in den Kirchen deutsch gepredigt wird.»

«Und ist das schlecht?»

Statt ihr zu antworten, küsste Ulrich sie kurz auf den Mund. Hanna lachte, drehte sich wieder um und schmiegte sich an ihn. Noch nie hatte sie mit Ulrich über Glaubensfragen gesprochen, umso schöner empfand sie jetzt seine Antwort: Was geht uns das an, schien sie auszudrücken, wichtig ist doch allein die Liebe.

«Lass uns lieber Marie und die Schwestern abpassen», raunte Ulrich ihr ins Ohr, denn er hatte jemanden in der Menge entdeckt, der sie beide jetzt besser nicht sah: Valentin Schnitzer. Er stand ganz in der Nähe an der Ecke der Ratsherrentrinkstube und schwang die Neusitzer Fahne, neben ihm reckten die Leitgeb-Zwillinge die Köpfe, beide einen Humpen Bier in der Faust.

Hanna nickte und drehte den Kopf zur Seite.

«O Gott!»

«Schau nicht hin!»

Doch es war zu spät. Einer der Leitgeb-Zwillinge hatte sie entdeckt. Er stieß Valentin in die Seite und zeigte in ihre Richtung. Valentin wies mit ausgestrecktem Arm auf sie und rief wütend: «Schaut sie an, die Deutschherrn! Essen, trinken, schlafen gehn ist nicht das Einzige, was sie drehn – jetzt nehmen sie uns noch die Frauen weg.»

Sofort hatte er die Aufmerksamkeit auf sich gezogen. Ulrich versuchte, Mahut zu wenden, doch das Gedränge war zu dicht. Hilflos musste er mit ansehen, wie sich Valentin und die Leitgeb-Zwillinge in einem Pulk anderer

Bauern und von Kleinhandwerkern zu Hanna und ihm durchdrängelten.

Mahut wieherte unruhig und begann zu tänzeln. Mit einem Mal begriff Hanna die Gefahr. Denn obwohl Ulrich seinem Hengst den Hals klopfte und beruhigend auf ihn einredete, drohte Mahut in Panik zu geraten. Wenn er jetzt hochsteigt und durchgeht, dachte sie, nicht auszudenken, wie viele Menschen dabei zu Schaden kommen.

«Der Deutschherr liebt eine Köhlerin», brüllte Valentin und spie aus. «Vielleicht hat sie ihn aber auch verhext, unsere Seherin!»

«Ja, das ist sie, die Hexe!», schrie einer aus dem Pulk. «Sie war es, die das Korn vom Herren-Müller verhext hat.»

«Wie das zusammenpasst, was?», hetzte Valentin weiter. «Deutschherrn und Teufelsgesichter.»

«Valentin, hör doch auf!»

«Nein, wir werden streiten!», rief Valentin voller Emphase und drehte sich zu den anderen um. «Und keiner weiß wie lang, weil's Leben sein muss ohne Zwang», skandierte er. «Dann krieg'n die Herrn uns nicht mehr klein, weil wir alle halten z'sammen und so keiner steht allein!»

«Genau, keiner steht allein!»

«Zurück», rief Ulrich aufgebracht und griff zur Reitgerte. «Um euer Wohl willen, lasst das!» Doch schon sprangen mehrere Bauern hinzu, um Mahut ins Zaumzeug zu fassen.

Mahut schüttelte sie ab, schlug nach hinten aus, Hanna schrie auf, ebenso die Bauern. Einem von ihnen zerbiss Mahut die Hand, einem anderen schlug er mit seinem Kiefer voller Wucht gegen den Kopf. Dann stieg er mit seinen Vorderbeinen auf, wieherte laut und galoppierte, sobald seine Hufe wieder Boden gefasst hatten, quer durch die Menge. Ulrich war machtlos, Mahut hörte nicht mehr auf ihn. Selbst aus dem Galopp heraus bockte er einmal so heftig, dass es einem Wunder glich, dass sie beide nicht aus dem Sattel flogen. Hanna gefror das Blut, so grässlich klangen die Schreie um sie herum. Manch einer konnte noch rechtzeitig zur Seite springen, doch es waren nicht wenige, die von Mahuts schweren Hufen niedergerissen wurden.

Wut- und Schmerzensschreie erfüllten die Luft, Kleinkinder brüllten.

Ein Mann schrie, weil Mahuts Huf ihn am Knie traf, ein anderer stürzte so unglücklich zu Boden, dass er hart mit dem Hinterkopf aufschlug. Hanna sah, wie ein zur Seite springender Reisiger zwei greise Bauern mit geschulterten Sensen mit sich riss, wobei eine der Sensenspitzen einer verhärmten Bäuerin an den Hals fuhr. Wie blind jagte Mahut durch die Menschenmenge, niemand konnte ihn aufhalten. Und jene, die ihm schließlich ihre Forken und Spieße entgegenrecken wollten, wichen eingeschüchtert zurück, weil Mahut wie ein Schlachtross unerbittlich auf sie zustampfte.

Als Mahut die Hofbronngasse erreicht hatte, warf Hanna einen Blick über ihre Schulter zurück. Die Schneise, die Ulrichs Hengst durch die Menge geschlagen hatte, bot ein Bild des Grauens: Zu beiden Seiten lagen laut klagend verletzte Männer und Frauen. Und jene, die unversehrt geblieben waren, reckten ihnen, Flüche ausstoßend, die Fäuste nach.

Mahut, welcher Dämon ist bloß in dich gefahren?, dachte Hanna entsetzt. Jetzt hast du mich ein zweites Mal gerettet, aber um welchen Preis?

25

Obwohl sie hinter den Mauern der Dominikanerinnen nichts zu befürchten hatte, hätte Hanna sich am liebsten unsichtbar gemacht. So mied sie den Klostergarten genauso wie die Küche und traute sich nur zu den Mahlzeiten aus ihrer Zelle. Still löffelte sie im Konversenremter die Suppe und achtete darauf, durch keinerlei Löffelgeräusche aufzufallen. Nach dem Essen flüchtete sie zurück in ihre Zelle und versuchte, sich mit dem Lesen der Fibel abzulenken, aber sie konnte sich auf keine Zeile konzentrieren. Immer wieder zuckte sie zusammen, weil sie vermeinte, eins der Opfer schreien zu hören, die Mahut niedergeritten hatte, und als Marie sie fragte, ob denn auch alle wieder gesund würden, bildete sie sich ein, dass Marie ihr die Schuld an der Katastrophe gab.

Zwei Nächte lang konnte sie deswegen so gut wie überhaupt nicht schlafen. Sie brauchte nur für einen Moment die Augen zu schließen, schon sah sie wieder die katapultähnlich hochschnellende Sense, die Forken, Spieße und Lanzen der Bauern, ihre emporgereckten Fäuste und wütenden Gesichter. Hanna zermarterte sich den Kopf, wie viel Schuld auf sie fiel, brachte schließlich keinen Bissen mehr herunter und rechnete stündlich damit, dass Priorin Agathe sie als untragbare Sünderin des Klosters verwies. Schließlich nahmen ihre Schuldgefühle derart zu, dass sie am dritten Tag ins Spital laufen wollte, um den Opfern ihre Hilfe anzubieten. Wäre ich nicht gewesen, redete sie sich ein, wäre all das nicht passiert. Nur weil ich mich nicht meinen Standesgrenzen unterwerfe, müssen jetzt andere leiden.

Verweint und kraftlos schleppte sie sich am frühen Nachmittag zur Klosterpforte. Die Luft war noch immer lau, Krokusse zierten mit ihren gelben und violetten Blütenköpfen die Rasenstücke, und hie und da schossen bereits einzelne Schwalben um die Klostergebäude. Hanna aber hatte nur Augen für die Klosterpforte. Sie hatte sie fast erreicht, da fuhr ihr ein gebieterischer Ruf in den Nacken. «Wenn du fortgehst, Köhlerin Völz, macht das auch nichts ungeschehen. Wie kann man so dumm sein, Himmel nochmal! Willst du dich dem Verdacht aussetzen, einen Hengst verhext zu haben?» Hanna fuhr herum, und schon hatte sie eine Ohrfeige sitzen. «Kannst es wohl gar nicht mehr abwarten, dass sie dich ins Loch stecken, wie? Glaub mir, dahin kommst du noch früh genug!»

Schwester Mathilde, eine der wenigen wirklich überzeugten Nonnen, funkelte sie herausfordernd an. Hanna schoss das Blut zu Kopf, ihr Herz raste. Schlagartig wurde ihr bewusst, dass die Nonne sie davor bewahrt hatte, ins Unglück zu laufen.

«Danke», sagte sie leise.

«Das will ich meinen.»

Ohne sie eines weiteren Blickes zu würdigen, machte Schwester Mathilde kehrt und verschwand in Richtung Kirche. Hanna bekreuzigte sich und wandte sich zum Gehen. Im selben Moment hörte sie Hufschlag, der wenig später vor der Klosterpforte erstarb. Ein Reiter sprang ab, seine Stiefel knirschten auf dem Pflaster. Gleich darauf krachte der schwere Türklopfer gegen das Holz. Unschlüssig wandte Hanna sich um: Durfte sie sich erlauben, die Pforte zu öffnen?

Nein, entschied sie. Ich bin hier schon schlecht genug angesehen. Selbst wenn ich wüsste, dass es Ulrich ist, müsste ich so lange warten, bis die Pförtnerin den Riegel zur Seite schiebt.

Wieder krachte es, kräftig und mehrfach hintereinander. Also schien es wichtig zu sein.

«Schwester Rose!» Hanna lief in den Hof. «Schwester Rose!»

Ein Fenster im Haupthaus wurde geöffnet, und die Pförtnerin schaute barhäuptig ohne Skapulier heraus. «Was ist denn?», stöhnte sie widerwillig.

«Besuch! Da will jemand zu uns. Es ist dringend.»

«Herrgott, ich kann jetzt nicht. Frag, wer es ist, und komm dann wieder. Die Priorin hat uns verboten, Besuche von … na, du weißt schon, was ich meine, zu empfangen.»

Hanna eilte zurück und öffnete das Fensterlädchen.

«Hegemeister Bernward, Ihr?»

«Hanna, schnell, ich muss zur Priorin.» Ohne länger zu überlegen, schob Hanna den schweren Riegel zurück. Hoffentlich nicht wegen mir, dachte sie, und die Angst schnürte ihr den Hals zu. «Führst du mich zu ihr?»

«Ist es so dringend?»

«Wenn du wüsstest, was los ist …»

«Ihr habt von … davon gehört, dass Ulrich der Hengst durchgegangen ist? Wie geht es den Opfern? Wisst Ihr etwas?»

Hanna hörte ihr Blut in den Ohren rauschen. Ihr Mund brannte, und auf einmal fühlte sie sich so schwach, dass sie stehen bleiben musste. Bernward fasste sie bei den Schultern. Seine Miene war von Sorgen gezeichnet, trotzdem spielte ein Lächeln um seinen Mund. Hanna wäre ihm am liebsten gegen die Brust gesunken, aber da war wieder Bernwards seltsamer Blick: Als sei er im Begriff, sie etwas zu fragen, als suche er eine Antwort bei ihr.

«Ich bin im Bilde, Hanna», antwortete er, und auf einmal rutschte sein Blick weg. «Tot ist keiner. Aber Ulrichs Hengst hat da ganz schön was angerichtet. Nein, natürlich nicht schön, aber auch unter den jetzigen Umständen sollten wir hoffen, dass Geld Wunden besser und schnell heilen lässt. Mach dir nicht unnötig Sorgen. Sie machen nur alt und hässlich.»

Seine Stimme klang nur wenig überzeugt. Hegemeister, Ihr schwatzt da bloß irgendetwas zusammen, dachte sie. Als ob in Wahrheit alles noch viel schlimmer wäre.

Sie führte Bernward ins Haupthaus, stieg mit weichen Knien die Treppe hoch. Die Privaträume der Priorin lagen im zweiten Stock des Seitenflügels, gegenüber dem Kreuzgang, den sie von ihrem Schreibtisch aus immer im Blick hatte. Bislang war Hanna erst einmal hier gewesen: Marie und sie sollten ihr aus der Heiligen Schrift vorlesen, Agathe wollte sich persönlich vergewissern, ob sie bei der Bibliotheksschwester wirklich etwas lernten.

Schon von weitem hörten sie eine erregte Frauenstimme: «Es ist nicht hinnehmbar, Agathe. Ihr müsst ein Machtwort sprechen.»

Hanna lief es kalt den Rücken herunter, denn sie hatte die Stimme erkannt. Wer da zu Besuch war …, es war zum Heulen. In den letzten Tagen hatte sich einfach alles gegen sie verschworen.

Zaghaft klopfte sie.

«Herr im Himmel, ich will nicht gestört werden!»

Noch nie hatte Hanna Agathe von Detwang so barsch gehört. Hilflos sah sie Bernward an, der sich laut räusperte und dann selbst klopfte: «Verzeiht, aber es ist wichtig.»

Agathe riss die Tür auf.

«Wer hat Euch erlaubt …»

Agathe von Detwangs Miene erstarrte, als sie Hanna erblickte.

«Sie hat nur meinen inständigen Bitten nachgegeben. Eure Pfortenschwester nämlich scheint anderes zu tun zu haben.»

«Seht Ihr? Schon wieder sie!», kreischte Frederike und

stürzte an die Tür. «Nie ist man vor ihr sicher, dieser Hexe. Ihre schmutzigen Finger sind überall.»

Bestürzt schlug Hanna sich die Hände gegen die Ohren und rannte fort. Sich jetzt auch noch gegen Frederike wehren zu müssen, dazu fehlte ihr jegliche Kraft. Agathe rief ihr nach, sie solle zurückkommen, doch Hanna hörte nicht auf sie. Ihr wollt mich ja doch nur beleidigen, dachte sie verzweifelt. Ihr und euer Dünkel! Nur weil ihr euch die Mühe gemacht habt, reich geboren zu werden, schaut ihr auf die herab, die der Herr an einen anderen Platz gestellt hat. Sollen euch die Bauern ruhig tüchtig einheizen. Damit auch ihr einmal spürt, wie es ist, wenn man Angst haben und sich Sorgen um sein täglich Brot machen muss.

Tränen der Wut schossen ihr in die Augen. Ihre Müdigkeit war wie weggeblasen. Am liebsten hätte sie sich unverzüglich den aufständischen Bauern angeschlossen.

Hanna ballte die Fäuste und erging sich in Verwünschungen gegen Frederike. Hexe hat sie mich genannt, dieses Luder. Ich wünsch ihr, dass die Bauern sie in den Backofen stecken. Dann weiß sie, wie es ist, Hexe geschimpft zu werden.

Priorin Agathe von Detwang schimpfte Hanna vor Bernward ein undankbares Stück, das sich schon viel zu lange in diesen Mauern breitgemacht habe. Sie drohte, Hanna unverzüglich aus dem Kloster zu werfen, und beschwor Bernward, ihr dabei zu helfen, Ulrich Hanna auszureden.

Bernward schüttelte nur den Kopf.

«Ihr wollt nicht? Ja dann, Hegemeister, was ist so wichtig, dass Ihr einfach unangemeldet hier hereinplatzt? Himmel, ja, Bauern und Häcker verbünden sich, aber was wollen sie tun? Alles kurz und klein schlagen und unsere Güter einäschern?»

Die Priorin klang schrill und machte ein Gesicht, als

wolle sie sagen, alle Aufständischen seien lästiges Pack, dem nur die strenge Hand und eine Tracht Prügel fehlten.

Bernward verlor allmählich die Geduld. Am liebsten hätte er Agathe geschüttelt. Und wäre Frederike seine Tochter gewesen: Ihr gegenüber wäre ihm die Hand ausgerutscht! Erdreistete sie sich doch, die Nase über ihn zu rümpfen, und das nur, weil er nach seinem Pferd roch, mit dem er seit heute Morgen unterwegs war. Mühsam schluckte er die giftige Bemerkung herunter, die ihm auf der Zunge lag. Stattdessen sagte er ruhig und fest: «Priorin, kurz und klein schlagen und vielleicht mit dem Feuerteufel liebäugeln, genau das werden sie!»

«Aber das ist doch nicht Euer Ernst!»

Agathe von Detwangs Engstirnigkeit war beängstigend.

«Ja, was glaubt Ihr, warum ich hier bin?», blaffte er los, denn er begriff, dass er einen anderen Ton anschlagen musste. «Längst müsste ich dem neuen Kollegium Bericht erstatten.»

«Was für ein neues Kollegium?»

«Wollt Ihr mir weismachen, Ihr hättet die letzten Tage tatsächlich in klösterlicher Klausur verbracht? Der alte Rat ist abgesetzt! Das Sagen hat jetzt ein neues Kollegium. Drei Gruppen haben sich zusammengerauft und rangeln um die Macht. Die eine unter Bürgermeister Kumpf kämpft dafür, dass die Stadt lutherisch wird, die andere unter Stephan von Menzingen will allen Forderungen der Bauern nachgeben, und die dritte unter Jacob Aufreiter besteht auf der alten Ordnung.»

«Ja und?»

Noch begriffsstutziger als die Priorin war Frederike von Neustett.

«Das fragt Ihr so gelassen? Himmel, als ginge es um

nichts als um neue Klatschgeschichten?» Bernward war nahe dran, allen Anstand zu vergessen. «Liebe Dame von Neustett! Ohne dieses neue Kollegium hätten die Aufständischen die Macht nicht nur an den Stadttoren übernommen. Überall in der Hege rüstet nämlich das Landvolk. Es verbündet sich mit den Armen, Häckern und Bauern unserer Stadt. Turmwächter, Hegereiter, Stadtsoldaten werden bedroht, Hakenbüchsen und Armbrüste werden geraubt, die Türmer an unseren Hegegrenzen können nur zusehen, wie sich immer mehr Menschen zusammentun. Vor wenigen Tagen waren es nur ein paar Dutzend, jetzt aber zählen meine Männer und ich Hunderte, ingesamt aber werden es längst Tausende sein!»

Bernward war immer lauter geworden, und Frederike schien mit jedem Satz ein Stück mehr zu schrumpfen. Schließlich war sie so eingeschüchtert, dass sie den Kopf senkte und dumpf zu Boden blickte.

Es wurde still im Zimmer der Priorin. Durch das offene Fenster drang das hohe Pfeifen der Schwalben, und vom heiligen Feld des Kreuzgangs klang das silbrige Lachen zweier Nonnen herauf. Agathe eilte zum Fenster und rief: «So, ihr da unten werdet jetzt bis zur Vespermesse abwechselnd je ein Miserere und ein Ave-Maria beten. Meldet euch auf der Stelle bei Schwester Mathilde. Und wehe, ihr schwatzt im Chor!»

Unwillig schlug Agathe das Fenster zu. Einen Moment lang verweilte sie kerzengerade davor, schließlich wandte sie sich um. «Entschuldigt unsere Dummheit, Hegemeister. Eines aber verstehe ich wirklich nicht: Warum ist es Euch so wichtig, mir dies alles zu erzählen?»

«Einfach deswegen, Priorin, weil das Gut Eurer Familie zurzeit in Bauernhand ist.»

«Das ist nicht wahr!»

Ulrichs Schwester konnte mit einem Mal nur noch flüstern. Ihre Augen weiteten sich vor Entsetzen, hilfesuchend griff sie nach Frederikes Hand. Bernward aber schwieg. Und dies ist noch nicht einmal alles, Priorin von Detwang, dachte er. Wie werdet Ihr erst erschrecken, wenn Ihr erfahrt, dass Euer Haus nur deswegen nicht niedergebrannt wurde, weil Eure Bauern, Knechte und Diener Ulrich als guten Herren bezeichnet haben. Und auch das ist immer noch nicht die ganze Wahrheit. Aber wenn ich mit allem herausrücke, was wird dann aus Hanna?

Bernward kämpfte mit sich. Als Hegemeister war er nur der Stadt zur Auskunft verpflichtet, aber seit er damals verfügt hatte, Hanna ins Spital zu liefern, fühlte er sich für sie verantwortlich. Und wenn er ehrlich war, war dies der eigentliche Grund, weshalb er gekommen war. Er wollte wissen, wie Agathe von Detwang zu ihr stand, wie weit sie bereit war, nicht nur die kleine Marie, sondern möglicherweise auch Hanna unter ihre Fittiche zu nehmen.

Warum er so häufig an Hanna denken musste, war ihm freilich selbst rätselhaft. Erst hatte er gedacht, er habe sich in sie verguckt, schließlich war sie bildhübsch. Doch schon bald hatte er herausgefunden, dass er sich täuschte. Denn wenn dem so gewesen wäre, hätte er auf Ulrich eifersüchtig sein müssen. Aber dem war nicht so. Es war etwas anderes. Hanna brachte Saiten in ihm zum Klingen, von denen er gar nicht gewusst hatte, dass er sie hatte. Er, der Wind und Wetter liebte, dem sein Pferd und die Freiheit mehr bedeuteten als alles andere, der sich, wenn ihn die Lust packte, ohne Reue Frauen kaufte, er wurde weich, wenn er sie sah. In Hannas Gegenwart erging es ihm ähnlich wie bei der Steinacher weisen Frau, die Warzen besprach, durch Handauflegen Kopfschmerzen wegmachte und sogar Fieberkranke heilen konnte: Ein Blick Hannas genügte, und seine Rastlosigkeit fiel von ihm ab. Seine Seele kam zur Ruhe, ohne dass er ständig in Bewegung sein musste. Ein paarmal schon hatte er sich gewünscht, in seiner Stube einzuschlafen, während sie für ihn putzte und flickte und ihm, wenn er dann aufwachte, mit ihren schönen Händen den Rücken massierte.

Als Agathe sich wieder gefasst hatte, fragte sie nach ihrer Mutter und ihrem Bruder. «Sind sie wenigstens in Sicherheit, Hegemeister? Und was kann ich tun? Wie helfen?»

Bernward wich ihrem drängenden Blick aus: «Gar nichts», presste er hervor. «Eure Mutter und Euer Bruder sind im Haus gefangen gesetzt. Sie dürfen das Gut nicht verlassen.»

... Und sie entgehen einer Plünderung nur, wenn Ihr ihnen Hanna ausliefert, damit sie sich einem Gottesurteil stellt, beendete Bernward im Stillen den Satz. Und das nur, weil das abergläubische Volk wieder einmal «Beweise» erzwingen möchte, ob eine Frau, die anders ist, nun Seherin oder doch eine Hexe ist.

Sein Magen krampfte sich bei diesem Gedanken zusammen. Die Vorstellung, Hanna würde auf ein Kreuz gebunden im Dorfweiher versenkt werden oder müsste ein glühendes Eisen tragen, war einfach zu entsetzlich. Niemals durfte es so weit kommen.

«Wo ist Hanna?», fragte er beiläufig.

«Bestimmt in ihrer Zelle, wo sonst?»

«Ich möchte ihr sagen, wie es um Ulrich steht. Schließlich ...»

«Ihr billigt also auch diese unstandesgemäße Verbindung, Hegemeister? Himmel, was hat dieses Mädchen an sich, dass es gestandenen Männern derart den Kopf verdrehen kann! Diese rußige Jungfer mit ihrem blonden Haar. Sie scheint einen Pakt mit dem Teufel geschlossen zu haben. Man sollte sie als Verderberin sofort anzeigen.»

Zustimmungsheischend nickte Frederike Agathe zu.

Doch die Priorin schien bereits anderen Gedanken nachzuhängen, denn sie trat, noch während Frederike sprach, an ihr Schreibpult und zog ein Blatt Papier aus der Schublade. Bernward deutete eine Verbeugung an und verließ ohne weiteres Wort das Zimmer. Als er das Treppenhaus erreicht hatte, hörte er Türknallen und den erregten Ausruf Frederikes, sie würde jetzt handeln. Sie stürmte die Treppen herunter und eilte mit gerafftem Kleid an ihm vorbei zur Klosterpforte.

Bernward konnte nicht anders. Er schaute sich erst um, dann spuckte er aus.

Ihr Atem ging flach, in ihrer Brust aber pulsierte ein nagendes Brennen. Es nahm ihr alle Kraft, zugleich sehnte sie sich danach, irgendetwas tun zu können, das sie von sich selbst befreite. Doch als halte sie eine unsichtbare Macht zurück, hockte Hanna in ihrer Zelle auf ihrem Bett und lauschte dem einen und ständig wiederkehrenden Gedanken: Der Hegemeister hat mir nicht die Wahrheit gesagt, er weiß mehr, da ist irgendetwas …

Als es klopfte, schrie sie leise auf, so groß war ihre Anspannung. Sie riss den Riegel zur Seite und warf sich Bernward an die Brust. Überrascht hielt er inne, schließlich umarmte er sie zaghaft. Er drückte sie an sich und streichelte ihr sanft über den Rücken.

«Ulrich und seine Mutter sind von einer Schar Aufständischer auf ihrem Gut gefangen gesetzt worden», begann er schließlich seinen Bericht, «wegen Mahut, weißt du? Sie warten dort auf andere Aufständische. Sie zwingen Ulrich, er soll zahlen und sie unterstützen. Sonst …»

«Sonst?»

Hanna löste sich aus der Umarmung und schaute Bernward geradewegs an. Ihre Augen weiteten sich vor Schreck. Bernward aber wich ihrem Blick aus, schwieg.

Seine Miene fror ein, gleichzeitig spürte er, wie seine Sorge um Hanna ihn zu überwältigen drohte. Am liebsten hätte er sie wieder an sich gerissen und sie so lange festgehalten, bis sie an seiner Brust eingeschlafen wäre. Stattdessen aber packte ihn wachsende Verzweiflung.

Sie glaubt mir nicht, dachte er. Mit jeder Faser ihres Leibes spürt sie, dass die Schicksalsgöttin sie gerade im Visier hat und mit ihren Fäden einspinnt.

Bernward riss sich zusammen. «Sonst? Ich weiß nicht, was sie jetzt fordern. Aber Ulrich kann sich seiner eigenen Leute gewiss sein. Sie würden kaum kampflos zulassen, dass das Gut eingeäschert wird.»

«Das soll ich glauben?»

«Du willst sagen, du bleibst hier?»

«Ja. Oder nicht?»

«Das ist gut», antwortete er schnell. «Glaube mir, Priorin Agathe wird keinem Büttel die Tür öffnen. Sonst hätte sie es sich auf ewig mit ihrem Bruder verdorben. Hier bist du sicher. Da mag diese Frederike von Neustett stänkern wie ein Waschweib, das zu viel Bohnen im Leib hat.»

Bernward spürte, wie die Last weniger wurde. Noch einmal umarmte er Hanna, darauf verließ er hastig das Kloster.

Auf Hannas Lippen aber spielte ein geheimnisvolles Lächeln. Blicklos schaute sie aus dem Fenster. Eine Melodie, die sie noch niemals zuvor gehört hatte, breitete sich in ihr aus. Oder war es gar keine Melodie? Hanna war sich nicht mehr sicher, denn plötzlich staute sich das Wort Kelch hinter ihrer Stirn. Sie hatte das Gefühl, jeden Moment von einer Vision überwältigt zu werden, doch statt Bilder zu sehen, ergriff sie ein Gefühl schaler Leere.

Jetzt verstand sie, was das Wort Kelch ihr sagen wollte. Sie verstand es deswegen, weil auf einmal andere Worte dazugekommen waren: Sie hatte sie erst kürzlich mit

Marie gelesen, und mehr als alle anderen passten sie in diese vorösterliche Zeit. Es waren heilige Worte ... die Worte Christi selbst. Und sie lauteten: Nicht wie ich will, sondern wie du willst.

26

Es war noch dunkel, als sie auf die Klinggasse trat. Nur die Vögel waren schon wach, und mit jedem Schritt klang ihr Gezwitscher aufgeregter, fast schien es Hanna, sie würde ausgeschimpft. Doch ihr Plan war unumstößlich: Sie wollte zu Ulrich und ihm beistehen, so wie es sich für eine gute Frau geziemte. Alles andere lag in Gottes Hand. Nicht wie ich will, sondern wie du willst, Herr Jesus, dachte sie, genau so werde ich es halten.

Doch ihre Tapferkeit ruhte auf schwachen Füßen. Hanna fühlte sich völlig hilflos, und das Herz flatterte in ihrer Brust wie das eines im Netz hängenden Vogels.

Jesus hilf, schrie sie im Stillen und blieb weinend stehen.

Eine Amsel schmetterte los. Verzagt ging sie weiter.

Ein paar Schritte später spürte sie ein sanftes Säuseln. Beim Klingentor schließlich hatte der Wind so zugenommen, dass er ihr leergeweintes blasses Gesicht kühlte. Längst war er nicht mehr so lau wie an den Tagen zuvor, dafür duftsatt und voll erwachenden Lebens. Hanna atmete tief ein. Es roch nach Acker und Gras, nach Mist, Gewürm, Eisen und Stein – Gerüche, die stärker waren als der kalte Hauch, der den Mauern rechts und links der Klinggasse entströmte.

Und wenn ich auch wandelte im finstern Tal, fürcht ich kein Unglück, denn du bist bei mir, du tröstest mich. Still betete Hanna diese Textstelle aus dem dreiundzwanzigsten Psalm vor sich her, um den heutigen Tag siegreich zu bestehen. Und als solle sie ein Zeichen erhalten, wurde just in diesem Moment das Stadttor aufgezogen. Die Männer vor dem Tor waren Rothenburger Reisige mit Brustpanzer und Helm. Selbstbewusst reckten sie ihre Hellebarden in die Luft und steckten unter den Augen ihres Anführers sowohl die Rothenburger als auch die Bundschuh-Fahne in den Fahnenhalter.

«Wartet, Schwester», beschieden sie Hanna selbstbewusst, die die schwarze Kutte der Laienschwestern trug.

«Natürlich.»

Hanna glaubte nicht, dass irgendjemand sie erkennen würde, trotzdem fürchtete sie sich, befragt zu werden. Doch nichts geschah. Sie sollte nur warten, bis die Männer ihr frommes deutsches Lied gesungen hatten, mit dem sie Gott um Kraft für den Tag baten.

«Geht mit Gott, Schwester», rief ihr einer der Männer nach. «Bekennt Euch zur neuen Lehre Martin Luthers. Sie wird auch Euer Herz mit Freude erfüllen!»

«Das entscheidet Priorin von Detwang.»

«Himmel, macht Euch bloß frei von ihrem Hurenhaus!»

Statt noch etwas zu sagen, rannte sie los. Der Reisige lachte auf, rief ihr etwas hinterher, das sie nicht verstand. Erst als vom Turm der Schäferkirche nur noch das Ziegeldach zu sehen war, lief sie wieder langsamer und ärgerte sich über ihre plötzliche Angst. Was fürchtest du dich vor ihrem Brustharnisch und ihren Spießen, dachte sie, in Wahrheit sind es gutmütige Bauern. Ihr Gesichter sind lange nicht so hart und versalzen wie die echter Landsknechte. Viel lieber kämpfen sie mit der Pflugschar als mit dem Spieß. Und darum wird es ein böses Erwachen für sie geben, sollten sie gegen die Truppen der wirklich Mächtigen losschlagen.

Sie erreichte den Wald, durch den der Weg hinab ins Taubertal führte. Als sie ihn hinter sich gelassen hatte, machte sie an einem Bildstock Rast. Er wurde von einer Linde beschirmt, an deren Stamm eine verfallene Bank lehnte. Hanna holte einen Kanten Brot aus der Schürze und schaute gen Osten auf den Höhenzug des Frankenwaldes. Die aufgehende Sonne tränkte den Himmel hinter der zerrissenen schwarzen Wolkendecke glutrot. Ein Greifvogel querte die Sonnenscheibe, nach einer Weile bohrte sich ein Wolkenzacken ins Gold und verharrte auf der Stelle, bis die Sonne über ihn hinweggestiegen war.

Hanna seufzte. Was für ein schöner Tag kündigte sich heute an. Bist du schon auf?, rief sie Ulrich zärtlich im Stillen zu. Weißt du, kurz bevor Schwester Mathilde mich ohrfeigte, glaubte ich, Mahut hätte unsere Zukunft niedergestampft. Jetzt aber werde ich um dich kämpfen und mich all denen stellen, die behaupten, du hättest dein Herz einer Hexe geschenkt. Niemand soll dich meinetwegen mehr in Verruf bringen.

Sie erhob sich und ging weiter. Mit jedem Schritt fühlte sie ein Stück ihrer Verzagtheit schwinden.

Der Weg führte jetzt oberhalb des Flusses nach Detwang. Feuchtkalte Luft aus dem Taubergrund schlug ihr entgegen. Hanna fröstelte. Als sie aufblickte, schob sich eine tiefdunkle Wolke langsam vor die Sonne. Das Vogelkonzert verlor an Kraft, das frische Grün der die Tauber säumenden Holunderbüsche vergraute, die silbrigen Kätzchen der Weidengehölze wurden stumpf. Hanna fühlte ihre eben noch erstarkte Selbstsicherheit schwinden und wurde langsamer.

Der monotone Sprechgesang eines Mannes lenkte sie ab. Sie erblickte einen Tauberfischer, der Reusen ins Wasser abseilte, ein Stück weiter sah sie in der Flussmitte einen Mann in einem Boot stehen und angeln. Um nicht von der Strömung fortgetrieben zu werden, hing das Boot an einer langen Leine, die auf der anderen Uferseite an einer Weide festgebunden war.

Die Wolke hatte sich unterdessen verzogen, und die Sonne brach wieder hervor. Erleichtert atmete Hanna auf. Es war, als käme wieder froher Glanz zurück in die Welt.

In Detwang rauchten die Kamine. Ein Hahn krähte, Hühner gackerten. Frauen und Kinder schleppten Eimer, in denen das Wasser schwappte, ein Koben wurde geöffnet, und die Schweine wurden auf die Suhlwiese getrieben. Hier war nichts vom Heerlager der Aufständischen zu sehen, doch die Rauchsäule, die sich über der Dorfmitte auftürmte, besagte etwas anderes.

Nicht wie ich will, sondern wie du willst.

Hanna nahm all ihren Mut zusammen. Zügig trat sie in den Hof des Detwang'schen Guts. Neben der Tür erkannte sie die spitze Bundschuh-Fahne, davor hingen auf langen Stecken die Fahnen Rothenburgs, Ohrenbachs, aber auch die von Neusitz.

Sie versuchte, nicht mehr zu denken, und ging auf das riesige Lagerfeuer zu. Knechte fütterten es johlend mit Buchenscheiten, ein stiernackiger Reisiger warf die halbe Tür eines zu Kleinholz zerhackten Schranks hinterher. Krachend stoben Funken auf, im nächsten Moment schlug die Tür des Gutshauses gegen den Haken. Reisige schleppten Stühle heran und stellten sie vor das Feuer.

«Richtig, schüren wir den roten Hahn!», rief einer von ihnen herausfordernd. «Jetzt wird gehandelt.»

«Genau, fangen wir an, indem wir ihnen ihre Möbel braten!» Ein hohlwangiger Mann mit an den Ellenbogen zerrissener Jacke machte Anstalten, den Stuhl ins Feuer zu werfen, doch da fiel sein Blick auf Hanna. «He, Schwester, was sucht Ihr hier? Wollt Ihr zu uns überlaufen?»

«Nein, ich möchte zu Ulrich von Detwang.»

«Ja, wer ist das denn? Kennen wir den?»

Der Mann kratzte sich das Kinn und spielte den Ratlosen. Hilfesuchend schaute er sich um, erntete Hüsteln und Lachen und verschwörerisches Grinsen. Weitere Reisige stapften heran. Sie kamen mit langen Weidenruten, an deren Enden Teig klebte, einer von ihnen hatte sich eine Rauchwurst-Kette um den Hals geschlungen. «Zu kurz für Euch, Schwester», rief er und drückte das Kinn auf die Brust. «Mit so was gebt Ihr Euch in Rothenburg doch längst nicht mehr ab!»

Die Männer hörten gar nicht mehr auf zu lachen. Hanna wagte nicht weiterzugehen. Stumm blieb sie stehen und blickte um sich. Überall entdeckte sie verhärmte, aber vor Begeisterung rotfleckige Gesichter mit vor Hunger glänzenden Augen. In den grinsenden und aufgerissenen Mündern steckten faulige Zähne, die zerlumpten Hosen und Wämser waren grasfleckig und rochen sauer. Einige schwangen Forken und Flegel, andere ließen Morgensterne kreisen.

Plötzlich packte sie der Hohlwangige bei der Hand und zog sie mit sich um das Lagerfeuer herum.

«Lasst mich!»

«Ja, wohin denn?»

«Zu mir!», rief ihnen ein pockennarbiger Mann mit zerbeultem Harnisch zu und winkte mit einer Korbflasche. «Obst am Morgen vertreibt Kummer und Sorgen, Schwester. Und am gesündesten ist es in gebrannter Form.» Er drehte sich im Kreis und rief: «Mit den besten Wünschen von der edlen Frau von Detwang für alle Ohrenbacher und Neusitzer Reisigen und natürlich urbi et orbi!»

Hanna riss sich los und eilte auf das Haus zu. Das Herz

klopfte ihr bis zum Hals. Niemand kennt mich, dachte sie, und weder Valentin noch einer der Leitgeb-Zwillinge lassen sich blicken. Mit ein bisschen Glück …

Da schwang die Tür auf. Eine verhärmte Frau mit verbundenem Hals schwankte ins Freie, ihr rechter Arm hing in einer Schlinge. Hinter ihr humpelte ein Mann, der sich auf eine Achselkrücke stützte. Hanna erstarrte. Sie erkannte die beiden sofort. Der Frau war bei Mahuts apokalyptischem Galopp die Sensenspitze an den Hals gefahren, und der Mann war am Knie getroffen worden. Aber sie waren nicht die einzigen Opfer, die sich hier eingefunden hatten, Hanna entdeckte noch zwei Männer mit Kopfverbänden und eine Frau, die aussah, als hätte ihr jemand mehrmals brutal ins Gesicht geschlagen.

Und dann passierte, was sie geahnt und auch herausgefordert hatte: «Da! Sie will zu ihm. Sie ist es! Sie saß auch auf dem Satansgaul!»

Die Stimme der Frau war am Überschnappen. So verhärmt sie aussah, ihr Hass verzerrte ihr knochiges Gesicht zu einer Fratze. Hanna war unfähig, sich zu bewegen. Schon wurde sie von hinten gepackt und herumgerissen. Als bräuchten die Menschen Zeit zu begreifen, wurde sie angegafft, doch dann wurden die Blicke stechend, und Hanna las in den Augen nur noch Hass und Abscheu.

«Du Teufelsweib!»

«Du bist schuld. Hast den Gaul verhext!»

«Und jetzt willst du wieder buhlen, wie?»

Sie wurde zu Boden gestoßen, begrapscht, wobei ihr der Rock bis über die Knie gezerrt wurde. Die Frau bespuckte sie und trat ihr in die Seite. Hanna versuchte, ihren Kopf zu schützen und sich zu einer Kugel zusammenzurollen. Sie schrie nicht, blieb stumm, selbst als einer der Niedergerittenen sie an den Haaren riss und ihr an den Hals gehen wollte.

«Lasst sie!», donnerte eine Männerstimme. Ihr Peiniger ließ von ihr ab, doch sein Hass war so groß, dass er ihr abschließend unbarmherzig seine Stiefelspitze in den Bauch rammte. Hanna begann zu würgen, sie bekam keine Luft mehr. Sie spürte einen Schatten über sich, wurde hochgezerrt und erhielt eine Ohrfeige. «Ich bin der Paul Ickelsheimer und habe hier als Anführer das Sagen, hörst du?» Hanna schmeckte Blut, sie nickte. Die Beine gaben ihr nach, doch der Anführer hielt sie fest. Mühsam blickte sie auf. Sie sah in das knochige Gesicht eines großen Mannes mit krausem schwarzgrauen Haar. «Zwei meiner Männer sind wegen deiner hexischen Kunststücke verletzt. Von den uns befreundeten Rothenburgern gar nicht zu reden. Aber jetzt haben wir dich, Hanna Völz.»

«Lasst mich zu Ritter von Detwang, bitte.»

Paul Ickelsheimer lachte schrill auf. «Du zu ihm? Nein, wir werden ihn zu dir schaffen, Hexe.»

Er stieß sie zu Boden. Zwei Pfiffe gellten durch die Luft, und nicht lange darauf hörte Hanna Ulrich verzweifelt ihren Namen rufen. Doch sie ließen ihn nicht zu ihr. Zwei Männer hielten ihn fest, er musste zusehen, wie Paul Ickelsheimer Befehl gab, Hanna auf die Füße zu helfen.

Ein Lächeln glitt über Hannas verquollenes Gesicht, obwohl ihre Lippen aufgeplatzt waren und ein Auge bereits halb zugeschwollen war.

«Ulrich, ich wollte zu dir.»

Tränen liefen ihr übers Gesicht. Sie versuchte, die Hände nach ihm auszustrecken, aber sie wurden ihr hinter dem Rücken festgehalten. Ulrich schrie wütend auf. Wie ein Stier im Geschirr nahm er alle Kraft zusammen und stampfte auf Hanna zu. Die Halssehnen traten hervor, Schweißtropfen standen ihm auf der Stirn. Sein Gesicht war verzerrt vor Anstrengung und Qual, aber es gelang ihm nicht, sich Hanna mehr als einen Schritt zu nähern.

«Warum tut ihr das?» Er mühte sich, den Ton seiner Stimme zu mäßigen, doch der aufgestaute Zorn ließ sie gefährlich beben. «Ich habe euch längst gesagt, dass ich Schmerzensgeld zahle. Lasst sie aus dem Spiel. Sie kann nichts dafür, dass mein Hengst durchgegangen ist. Bitte!»

Statt ihm zu antworten, hielt ihm Paul Ickelsheimer ein Messer an die Gurgel.

«Bitte hört auf!», flehte Hanna.

«Bestimmt, Hexchen. Wenn er sein Deutschherren-Maul aufmacht und sagt, was dir blüht.» Der Bauernführer erhöhte den Druck seines Messers. Blut floss, als sich die Spitze immer tiefer in Ulrichs Haut bohrte.

«Hört auf! Ich werde es ihr sagen.» Katharina von Detwangs Stimme klang scharf und selbstbewusst. Sie war ebenfalls auf den Hof herausgetreten, jetzt riss sie sich von den Reisigen los und umarmte Hanna. «Mein tapferes Kind. Das hast du nicht verdient.» Mit Tränen in den Augen küsste sie sie auf die Stirn und tupfte ihr das Blut von den Lippen. Dann umarmte sie sie wieder und hielt sie so lange fest, bis sie zurückgezogen wurde.

«Nur Mut, hohe Herrin», höhnte Paul Ickelsheimer. «Schenkt ihr reinen Wein ein.»

«Sie wollen, dass du dich einem Gottesurteil stellst, Hanna.» Katharina von Detwang schaute Hanna offen ins Gesicht. «Für die meisten hast du dich wegen deiner Gesichte mit dem Leibhaftigen eingelassen. Deine Prophezeiung, die Aufständischen würden das Osterfest nicht heiligen und die Kirche in Kobolzell schänden, sorgt für Unruhe. Sie sagen, dies hätte dir alles der Teufel eingeflüstert, und dann hätte er sich deiner bedient, das Antoniusfeuer ausbrechen zu lassen.»

«Das alles ist nicht wahr!»

«Das wissen wir doch. Aber dieses abergläubische Gesindel ...»

Katharina von Detwang wollte Hanna wieder in den Arm nehmen, doch sie wurde genauso wie Ulrich ins Haus zurückgeführt. Zitternd sah Hanna ihnen nach. Sie hatte das Gefühl, von den gierigen Blicken ihrer Peiniger und Ankläger aufgespießt zu werden. Die Männer zogen den Kreis immer enger. Hanna rang nach Luft.

Nicht wie ich will, sondern wie du willst.

Wieder und wieder kreiste dieser Satz in ihrem Kopf, zugleich wuchs in ihr das Gefühl auswegloser Leere und Einsamkeit.

Die schwüle Luft drückte von einem grauen Himmel auf sie herab, die Sonne hatte den Kampf gegen die Wolken verloren.

Kraftlos sank Hanna auf die Knie. Sie fühlte sich wie ausgelöscht, wie ein erkalteter Haufen feuchter Asche. Sich einem Gottesurteil zu unterziehen bedeutete, darauf zu vertrauen, als Unschuldige die Bewährung zu bestehen, weil Gott einem beistand. Er würde ein Wunder geschehen lassen, denn niemals würde er zulassen, dass einem Unschuldigen Leid geschah.

«Trägst du ein glühendes Hufeisen sieben Schritt und hast nach drei Tagen keine eiternde Wunde mehr, bist du frei. Bestehst du nicht, liefern wir dich als Hexe ans neue Rothenburger Kollegium, und dein verhexter Deutschherr wird zusehen, wie wir mit seinem Hausrat hier ein hübsches Feuerchen entfachen.»

Paul Ickelsheimer stemmte die Hände in die Seite und schaute auf sie herab. Hanna rührte sich nicht. Schließlich aber hob sie den Kopf und nickte.

Alles Flehen war vergeblich gewesen, Ulrich hatte seine Stimme eingebüßt, und auch seine Mutter brachte keinen Ton mehr über die Lippen. Beiden blieb ihnen jetzt nur noch das Gebet und die Hoffnung auf ein Wunder.

Die schlimmste Stunde ihres Lebens brach an. Just in dem Moment ritt ein Kundschafter in den Hof und posaunte hinaus, das neue Rothenburger Kollegium habe entschieden, sie, die Aufständischen, als christliche Brüder zu bezeichnen und ihnen freundlich Gehör zu schenken. Freudengebrüll wogte hoch zu Ulrich und Katharina, die in der Stube vom offenen Fenster aus die Vorbereitung des Unfassbaren verfolgten. Kühl wehte der Wind zu ihnen herein, das frühlingshafte Licht der Frühe hatte alle Kraft verloren.

Ulrich hielt seine Mutter, Katharina ihren Sohn. Beide hatten sie denselben erloschenen Blick, in dem sich einzig das Grauen widerspiegelte. In einem Trog voller glühender Holzkohle briet ein Hufeisen, das einer der Reisigen in regelmäßigen Abständen mit der Schmiedezange herauszog und auf Farbe prüfte. Hanna saß ein Stück abseits auf einem Armlehnstuhl, in der Hand die Korbflasche mit dem Obstbranntwein.

«Trink nur», hörten Katharina und Ulrich Paul Ickelsheimer ihr zureden. «Wir sind Bauern, keine Unmenschen. Stärk dich. Je mehr du trinkst, desto weniger spürst du.»

Sie sahen, wie Hanna nickte und die Flasche ansetzte. Sie trank in kleinen Schlucken, schüttelte sich. Mühsam erhob sie sich schließlich und wankte an den Trog, doch Paul Ickelsheimer führte sie weg.

Von ihrem Fensterplatz aus wirkte es für Ulrich und seine Mutter, als würde da einer seine Schwester vor einem schrecklichen Anblick schützen wollen. Ihre Ohnmacht wuchs. Schließlich krallten sie sich aneinander, um am anderen Halt zu finden und nicht den Verstand zu verlieren. Ulrichs Mund zitterte unablässig, und Katharinas hoheitsvolles, strenges Gesicht war von kohlschwarzen Augenringen gezeichnet.

Und wenn doch alles nur ein Spuk ist?

Einen kurzen Augenblick lang musste Ulrich an die tanzenden Narren in den Fensterlaibungen der Detwanger Kirche denken, doch diese Hoffnung barst wie ein Glasballon, als der raue Ruf erscholl: «Es ist angerichtet!»

Rot glühte das Hufeisen in der Luft, triumphierend in die Höhe gehalten wie eine erbeutete Fahne.

Ulrich begann zu weinen, seine Mutter nestelte nach ihrem Kreuz. Da drehte Hanna sich zu ihnen um. Sie lächelte – und der Blick, den sie Mutter und Sohn zuwarf, war fest und klar: «Ich liebe dich. Als ob ich nicht wüsste, was Glut ist!» Sie hob den Arm, winkte.

«Hanna!»

Mehr als heiser ihren Namen zu rufen, vermochte Ulrich nicht mehr. Hanna zuzuwinken, dafür hatte nur noch Katharina die Kraft. Trommelschlag erklang, eine Menschengasse formierte sich. Das Grau des Himmels war jetzt das eines alten Kessels, vom Lagerfeuer zogen Rauchschwaden durch den Hof.

«Wir geloben, Hanna Völz, dich als unbescholtene weise Frau anzuerkennen, sollte Gott dir beistehen», tönte Paul Ickelsheimer vollmundig. «Nie wieder sollst du von uns Bauern und Reisigen Hexe geschimpft werden. Das schwören wir dir, auch im Namen aller anderen Männer der Hege, die beschlossen haben, das Joch ihrer Herrschaft abzuschütteln.»

So grenzenlos die Einfalt dieser Worte ist, so maßlos seid ihr in eurer Selbstüberhebung. Und deshalb werdet ihr scheitern, dachte Hanna. Ihr alle. Noch fühlt ihr euch obenauf, aber euer Untergang ist nur eine Frage der Zeit.

«Nur sieben Schritte, Hanna Völz.»

Während ihr die Handgelenke zusammengebunden wurden, fiel Ulrich sinnloses scholastisches Wissen ein: Sieben setzt sich zusammen aus drei und vier, den Zahlen für die Heilige Dreifaltigkeit und die vier Wind- und

Himmelsrichtungen. Seine Gedanken begannen zu rasen. Drei ist Gott, vier ist die Welt, tönte es in ihm, und darum ist die Sieben das Symbol für die Ganzheit des Menschen.

Der Schweiß brach ihm aus, und er hörte seine Mutter beten. Als er gewahr wurde, wie sich die Zange mit dem glühenden Hufeisen Hannas Händen näherte, sagte etwas in ihm: Sie ist Köhlerin, Köhlerin, Köhlerin … sie kennt Glut …

Als Hanna losschrie, begann auch er zu schreien. Bei den sieben Schritten, in denen sich die Glut durch die Schwielen ihrer Hände fraß, verwirrten sich seine Gedanken. Er fühlte alles in eins, sah Hannas moosfeuchte Augen, spürte ihren Leib, schmeckte ihr Geschlecht, roch ihre Umarmung. Erst ihr heiser versandendes Gellen, als sie ihre Hände in die volle Wassertonne steckte, brachte ihn wieder zu sich.

«So lasst mich doch zu ihr!»

Es wurde ihm gewährt. Ulrich flog die Stufen hinab. Als er von hinten die Arme um Hanna schlang, zuckte sie zusammen. Er fürchtete sich vor ihrem Anblick, und als Hanna ihm den Kopf zuwandte, fragte er sich für den Bruchteil eines Augenblicks, ob dieses Wesen wirklich seine Hanna war. Ihre wachsweiße Haut hing schlaff und faltig herab, die vollen Lippen glichen trockenem Leder. Ihre Augen lagen wie erloschen in ihren Höhlen, und ihr rotblondes Haar war stumpf wie die Strähnen feuchten Hanfs.

«Du?»

Hannas tonlose, wie gebrochene Stimme zerschnitt sein Herz. Ulrich suchte nach Worten, doch mehr als ihren Namen stammeln konnte er nicht. Immer fester drückte er Hanna an sich. Sein seelischer Schmerz war so groß, dass sein Atem aussetzte und sich sein Leib verkrampfte, als ereile ihn die Fallsucht.

Betreten schauten die Aufständischen zur Seite und machten Katharina von Detwang Platz, die mit einem Aufschrei Ulrich und Hanna umarmte.

Und da geschah es: Ein unirdisch klagender Laut entrang sich dem Knäuel der drei Leiber. Hanna bäumte sich auf und stieß Ulrich und seine Mutter zurück. Ihr Kopf fuhr hoch, und ihr Blick heftete sich auf die Bundschuh-Fahne: «Trommeln schlagen und Kanonen grollen … Und sie wird brennen … ja, sie verbrennen die Fahne mit dem Schuh und die mit dem Regenbogen! Sie verbrennen alle eure Fahnen! Verbum domini maneat in aeternum, schreien die einen, die anderen aber, die Landsknechte, die mit ihren Lanzen alles niederstechen, verhöhnen sie und stechen zu. Immer wieder stechen sie zu … immer wieder und so lange, bis sie in eurem Blut ausrutschen.»

Sie zog ihre Hände aus dem Wasser und schlug sie sich vors Gesicht. Dann kippte sie auf die Seite und fiel in eine tiefe Ohnmacht.

27

Drei Tage … sie geben mir drei Tage.

Mit diesem Gedanken wachte Hanna auf, sobald die opiumhaltige Theriaklösung ihre Kraft verlor, und gleich darauf, wenn Ulrich sie ihr wieder frisch eingeflößt hatte, schlief sie ebenso mit ihm ein. Doch von Stunde zu Stunde mehr verwischte sich bei ihr das Empfinden von Zeit und Raum, und die Furcht, von Büttelhänden gepackt und auf einen Karren geworfen zu werden, verkroch sich angesichts ihrer heftigen Schmerzen. Immer wieder verlor sie sich an schon erlebte Gesichte, aber sie fand auch in Erlebnisse ihrer Kindheit zurück. Selbst die trunkene Lust, die sie mit Ulrich vor dem Kamin genossen hatte, gaukelte einmal durch ihren Kopf: Ein kurzer Augenblick nur, aber Ulrich, der Tag und Nacht an ihrem Bett wachte, verpasste ihn nicht. Glücklich küsste er sie auf den Mund und ließ sich auf die Knie nieder, um ihr ins Ohr zu flüstern, wie sehr er sie liebe.

Am zweiten Tag nach der Feuerprobe wusste er, Hanna würde genesen.

Am liebsten hätte er seine Zuversicht mit ihr geteilt und sie geweckt, seine Mutter aber hielt ihn davon ab, denn sie misstraute dem Wunder, das sich da anbahnte, und fürchtete um das Gut. Ulrich indes küsste Hanna jede halbe Stunde auf den Mund und dankte Gott, dass er die Menschheit in Wissende und Unwissende teilte. Denn an den Rändern der halbmondförmigen Brandmale nässten zwar daumennagelgroße Blasen, doch die Male selbst waren nicht erdfarben oder schwarz, sondern weiß. Konnte es ein vollkommeneres Zeichen für Hannas Unschuld geben?

Paul Ickelsheimer und seine Getreuen waren davon kaum weniger beeindruckt als seine Mutter. Allein er aber wusste, dass dieses Wunder eines war, wie es natürlicher nicht sein konnte.

Und zum Glück war genau dies dem Landvolk unbekannt.

«Ihnen fehlt es einfach an Wissen und Erfahrung», raunte er schließlich seiner Mutter zu, als diese bei Einbruch der Abenddämmerung mit einem Teller Suppe in die Krankenstube trat.

«Ich verstehe kein Wort.»

Katharina von Detwang zog sich einen Stuhl heran, Ulrich lauschte einen Augenblick mit erhobenem Zeigefinger. Aber sie waren allein. Auch auf dem Flur war weder Stiefelscharren noch Hüsteln zu hören.

«Ich durfte doch in die Stadt», begann er zu erzählen und nahm seiner Mutter die Suppenschale aus der Hand. «Da bin ich zuerst zum Stadtphysicus, dann zum Wundarzt. Der eine riet mir zu einer Dungpaste mit Käseschimmel und Honig, der andere zu einer Salbe aus gekochtem Schweineschmalz, Ei und Wacholder. Beide kramten noch andere Wundertinkturen aus ihrem Gedächtnis, was mich aber nur zum Lachen brachte. Dann solle ich eben zum Henker gehen, sagte der Wundarzt schließlich, was ich tatsächlich tat.»

«Das ist nicht dein Ernst.»

Entsetzt schlug sich Katharina von Detwang die Hände vors Gesicht.

Ulrich schwieg und löffelte seine Suppe, ohne Hanna dabei aus den Augen zu lassen. Sie lag auf dem Rücken, ihre Hände ruhten locker verbunden auf ihrer Brust. Ihr Atem zeigte an, dass sie tief und trotz des Fiebers auch ruhig schlief, doch auf ihrem Gesicht lagen immer noch die Spuren des Grauens. Allein ihr Haar glänzte wieder. Gewaschen und zu Ährenkränzen geflochten, rahmte es ihr Gesicht ein.

«Der Henker ist auch ein Mensch, Mutter», fuhr Ulrich fort. «Und er weiß mehr über Anatomie als alle Studierten zusammen. Würde ich mir die Knochen brechen, ich würde sie mir vom Henker zusammenfügen lassen.»

«Aber er ist unehrenhaft wie kein anderer!», begehrte Katharina von Detwang flüsternd auf. «Jeder weiß, dass er mit den allergrässlichsten Teilen Handel treibt. Wenn dich nun jemand gesehen hat, wie stehen wir da!»

«Mutter!» Brüsk stellte Ulrich seinen Teller neben sich auf den Boden. «Glaubst du, mir ging das nicht auch im Kopf herum, als ich vor der Tür des Henkersturms stand? Aber ist das wichtig?»

«Du liebst sie jetzt noch mehr, nicht wahr?»

«Was soll diese Frage?» Ulrich flüsterte zwar, aber seine Stimme zischte vor Zorn. Starr schaute er seine Mutter an, so lange, bis sie den Blick senkte.

Hoffte sie etwa noch immer, er würde es sich anders überlegen?

Ungläubig schüttelte er den Kopf. Die Vorstellung, dass es so sein könnte, schmerzte. Auch nur einen Gedanken daran zu verschwenden, erschien ihm jetzt schon wie Verrat. Leise fuhr er fort: «Du wehrst dich gegen den göttlichen Willen, Mutter, wenn du dich immer noch gegen Hannas Stand wehrst. Weißt du, was ich vom Henker gelernt habe? Brandwunden dieser Art bluten nicht, und der Schmerz entsteht von den Rändern her. Und die Wunden selbst sind weiß. Weiß aber ist die Farbe der Unschuld, weshalb viele Henker mit Gott hadern, wenn sie mit Glühzangen strafen müssen. Gott selbst spricht dadurch zu uns: dass wir Feuerqualen ein für alle Mal abschaffen sollen.»

Katharina von Detwang ging nicht weiter auf Ulrichs Worte ein. Stattdessen beugte sie sich über Hanna und streichelte ihr mit Zeige- und Ringfinger die Wange. «Dann sind die quittensaftgetränkten Leinenstreifen und die rohen zerstoßenen Kohlblätter auf Hannas Handinnenflächen also Henkersmedizin?»

«Lass das», sagte Ulrich barsch. «Was lügst du sie an?» Er schnellte von seinem Stuhl auf, stellte sich vor seine Mutter und schaute auf sie herab, als wolle er sie im nächsten Moment packen und aus dem Zimmer werfen.

«Was fällt dir ein? Reiß dich zusammen, ja?»

Katharina von Detwangs schrille Stimme riss Hanna aus ihrem Fieberschlaf. Ihr Kopf schlug von einer Seite auf die andere. Ihre Lippen bewegten sich und murmelten Unverständliches. Dann seufzte sie wie befreit auf und schlief wieder ruhig weiter.

«Sie und ich gleichen den Trauben in der Kelter, Mutter», brach Ulrich das Schweigen. «Wie ihnen das Kostbarste abgepresst wird, presst Gott aus uns die Liebe heraus. Wir sind eins, wie der Saft verschiedener Trauben.» Er lauschte seinen Worten nach, nickte. Schließlich reichte er seiner Mutter die Hand und half ihr auf. «Du wirst uns Ostern deinen Segen geben. Sonst hast du einen Sohn gehabt.»

28

Sieben Tage später stand Hanna das erste Mal ohne fremde Hilfe auf den Beinen. Die Schwäche war auszuhalten, der Schwindel jedoch drohte sie niederzuwerfen. Sie stützte sich mit zusammengebissenen Zähnen an einem hellgebeizten Buchenschrank neben ihr ab. Nach einer Weile tappte sie weiter zum Fenster und schob den Vorhang zur Seite. Vorsichtig beugte sie sich vor, um einen Blick in den Hof zu werfen.

Mit einem gequälten Aufschrei fuhr sie zurück und schaute sich um.

Ich träume, dachte sie, doch sie wusste, dass dies nicht stimmte.

Der Schrank und die mit Blumenschnitzereien verzierte Truhe standen so irdisch verlässlich im Raum wie Ulrichs Baldachinbett, in dem sie die letzten Tage gelegen hatte. Noch einmal beugte sie sich vor, um aus dem Fenster zu schauen. Sie hielt die Luft an – doch es war wieder nichts. Nur ein großer schwarzer Fleck erinnerte daran, dass an dieser Stelle ein gewaltiges Lagerfeuer gebrannt hatte.

Aber … das Hufeisen … die Schmerzen. War alles umsonst gewesen? Ihr Leid völlig vergeudet?

Es setzte ihr einen heftigen Stich ins Herz. Blinzelnd

hob sie die locker verbundenen Hände vors Gesicht. Jetzt blendete das helle Licht nicht mehr. Dafür zog Hanna der Duft von frischem Kohl und Quittensaft in die Nase. Ihre Fingerspitzen fühlten sich kühl an, aber sobald sie die Finger auch nur leicht bewegte, biss der Schmerz in ihre Handinnenflächen.

Scharf sog sie die Luft ein.

«Du wolltest ja keinen Theriak mehr.»

Hanna kannte die Stimme. Doch sie drehte sich nicht nach der Frau um, der sie gehörte. Sie musste unbemerkt eingetreten sein. Wie lange sie sie wohl schon beobachtete?

«Ja, Mutter Oberin.»

«Ab jetzt Agathe.»

Ulrichs Schwester erhob sich und fasste Hanna bei den Schultern. Sanft schob sie sie zurück zum Bett und erklärte, dass sie seit gestern Abend zu Besuch weilte – gewissermaßen als Ersatz für ihren Bruder, der zum Landkomtur Wolfgang von Bibra nach Mergentheim bestellt war.

«Was? Er ist nicht da?»

Erschrocken schaute Hanna Agathe an. Ihre Augen hatten sich geweitet, gleichzeitig schien alles Licht darin zu erlöschen.

«Nein, er ist nicht da, Hanna. So wenig wie die Aufständischen. Zumindest bis auf eine Handvoll, die sich mittlerweile hier eingenistet haben, als hätten sie nie woanders gelebt.» Agathes Stimme klang nicht unfreundlich, aber alles andere als warm. Nur wenig einfühlsamer fuhr sie nach einer Pause fort: «Weißt du, ich sage dir eins: Das sind die Klügsten. Als Priorin könnte ich auch sagen, die Frömmsten oder Furchtsamsten. Deine letzten Worte, meine Liebe, von brennenden Fahnen, Blut und Kanonendonner, ja, das hat auf viele Eindruck gemacht. Anders gesagt, sie haben Angst bekommen. Aber dann kamen die Nachrichten von den überall in den süddeutschen Landen sich formierenden Haufen, und plötzlich hieß es: Was soll sie auch anderes sagen in ihrem Schmerz und ihrer Wut? Wo sie doch weiße Wunden hat und wir eine Unschuldige geprüft haben! Und so kam es, dass sich die Herren Aufständischen unter der Führung ihres Paul Ickelsheimer in der Zwischenzeit mit den Leuzenbronner und Neusitzer Bauernhaufen vereinigt haben. Jetzt sind sie an die viertausend Mann stark und lagern an der nördlichen Hegegrenze bei Reichardsroth.»

«Es war ein neues Gesicht, Agathe. Noch nie habe ich solch schreckliche Bilder gesehen.»

«Da sei Gott vor, dass sie in Erfüllung gehen.»

Agathe half Hanna, sich wieder im Bett auszustrecken. Sie zog die Vorhänge bis auf einen Spalt zu und setzte sich. Ein dünnes Lächeln spielte um ihren Mund, nach einer Weile rutschte sie angespannt auf ihrem Stuhl herum. Schließlich hielt sie es nicht mehr aus.

«Hanna ... ich ...»

Sie brach ab und schloss die Augen. Hanna wartete, schwieg. Sie konnte sich vorstellen, was Agathe von Detwang beschäftigte. Es ist ihr Stolz, dachte sie. Die Priorin will nicht zugeben, einer Köhlerin verpflichtet zu sein. Dabei ist es doch nur ein so kleines, kurzes Wort.

Nach einer Weile spürte sie, wie Ulrichs Schwester sie ansah. Agathe von Detwang räusperte sich und atmete tief ein. «Hanna ... ich möchte mich bei dir bedanken. Ohne dein Opfer ... sie hätten in ihrer Wut vermutlich alles geplündert und uns dann den roten Hahn aufgesteckt. Du warst ein Muster an Tugendhaftigkeit. Wir werden immer in deiner Schuld stehen.»

Hanna wandte den Kopf. Sie schaute Agathe offen an, doch ihr Lächeln war flüchtig: «Ich habe es aus Liebe getan. Aus verzweifelter Liebe heraus. Es war eine innere Stimme in mir. Eine Melodie, und sie flüsterte mir zu, dass ich so handeln muss.»

«Nun, du bist jetzt auf jeden Fall eine unbescholtene Frau.» Agathes Augen färbten sich dunkel, gleichzeitig hatte sich wieder etwas Abweisendes in ihre Stimme geschlichen. Und als sie weiterredete, vermied sie es, Hanna anzublicken. «Die Bauern haben Wort gehalten: Deine weißen Wunden waren für die meisten Zeichen genug, andere, so sagt es meine Mutter, hätten wohl auch ein schlechtes Gewissen bekommen. Für etliche bist du jetzt wirklich eine Seherin. Was glaubst du, wie unser Kloster belagert wird. Die Rothenburger hoffen, du kehrst bald in die Stadt zurück.»

«Das heißt, hier in Detwang ist alles ruhig?»

«Wir schicken sie schon am Dorfeingang fort.»

«Und Marie? Der Hegemeister?»

«Marie und ihr kleiner Freund, dieser Lienhart, haben nur ihren Babur im Kopf. Sie liest jetzt flüssig und kann sogar schon nach Diktat schreiben. Ich habe Schwester Rahel und Gisela verboten, sich mit ihr auf Gespräche … darüber einzulassen. Zum Glück glaubt Marie mir, dass es dir schon wieder bessergeht. Sie möchte dich natürlich besuchen, aber ich habe ihr Arrest angedroht, sollte sie es tun. Du weißt, es ist nur zu ihrem Schutz. Denn wenn sie dich sähe … nein, Hanna. Ihre Kinderseele ist wie Wachs. Sie würde Schaden nehmen.»

Hanna nickte, schloss die Augen. Die Schwäche, die sie übermannte, war vollkommen. Sie hätte noch viele Fragen gehabt, aber was hätte sie mit den Antworten anfangen sollen? Eine Frage musste sie aber noch loswerden: Wann kam Ulrich zurück?

Sie wusste nicht mehr, ob sie wirklich gefragt hatte. Hatte Agathe ihre Frage beantwortet? Oder schwieg sie?

Hanna spürte die Augen Agathes auf sich ruhen, ein forschender und doch auch unerforschlicher Blick.

Würde sie mich mögen, wenn ich mehr wäre als eine einfache Köhlerin? Hanna versuchte, eine Antwort zu finden, aber sie war viel zu müde, um darüber nachzudenken.

Es war schön, in diesem Bett zu liegen. Sie schlief so gut darin. Hanna vermeinte plötzlich, leicht wie ein Schmetterling zu sein. Sie nahm sich vor, von Blume zu Blume zu fliegen, und es war ganz einfach. Sie brauchte einfach nur die Arme auszubreiten. Für einen Moment wusste sie, dass sie Ulrich genauso im Duft der Blüten wie im Gesang der Vögel und im Murmeln des Karrachbachs begegnen würde. Sie kam ihm näher und näher, bis er Gestalt annahm und sich zu ihr umdrehte.

Sie küssten und liebten sich, und die Lust, die sie empfand, war grenzenlos. Doch plötzlich fühlte sie, dass jemand im Raum war und die Flammen im Kamin keine Wärme mehr spendeten. Sie riss die Augen auf, und statt Ulrich lag Frederike von Neustett unter ihr. Der Schreck war so gewaltig, dass sie zu schreien begann, während Frederikes schadenfrohes Grinsen immer breiter wurde und es ihr schließlich gelang, sie mit einem einzigen Biss zu verschlingen.

29

Die erste Aprilwoche war vorüber. Das Licht wurde zunehmend heller, die Luft lauer, die Erde würziger. Die Uferwiesen standen in frischem Saft, das Ufergestrüpp der Tauber grünte, und in den Gärten zierten erste Kürbispflänzchen die Komposthaufen. Etwas aber war anders als in den Jahren zuvor. Auch wenn die Schweine sich wie eh und je grunzend im Pfuhl suhlten und die Kühe auf den Weiden brüllten: In den Gehöften und Dörfern entlang der Tauber war es auffallend still. Zuweilen wirkten sie wie ausgestorben. Oft wurde Bernward nur von Frauen und Kindern gegrüßt, die Männer dagegen schienen von einer geheimnisvollen Krankheit dahingerafft.

Unwillig brummend ritt Bernward an schlecht gepflügten und ungeeggten Äckern vorbei, auf denen statt Bauern und Knechten nur Raben und Krähen staksten. In den Scheuern pfiffen Schwalben und heulten Hunde, in Hütten und Häusern plärrten Kinder. Nur gelegentlich schirrte ein Bauer Pferd oder Ochse an, und Bernward zählte fast nur Greise, die sägten, hämmerten oder Holz hackten.

Von Stunde zu Stunde wurde er wütender: Was denken sich die Bauern bloß? Glauben sie etwa, sie können die ganze Feldarbeit nachholen? Als ob der Lauf der Natur sich anhalten lässt! Wenn sie nicht bald vernünftig werden und die Saat einbringen, feiern nächsten Herbst und Winter die Hungerteufel fröhliche Urständ – dann aber so heftig, dass selbst der Sensenmann irgendwann müde wird. Ich höre sie bereits winseln und sich Korn à la Aufreiter wünschen, selbst wenn sie danach kotzen und ihre Strohpfühle vollscheißen.

Aber vielleicht bin ich ja nur blind: In Wahrheit sind ihre Speicher und Keller fett wie eine Martinigans. Sackweise haben sie es, Mehl, Linsen, Gerste, Erbsen. Ihre Erdgruben sind voll von Kraut und Rüben und die Kamine so gestopft mit Würsten und Schinken, dass der Rauch nicht mehr abzieht. Natürlich stolpern sie auch ständig über volle Weinfässer, und wenn sie mal an den Fluss und die Teiche gehen, springen ihnen Äschen und Forellen von selbst ins Netz.

Bernward spuckte aus. Was ärgere ich mich, dachte er.

Das Leben ist zu kurz dafür. Er lauschte in sich hinein, doch so schnell, wie er es sich wünschte, ebbte seine Wut nicht ab. Dabei war das Ärgste ausgestanden und er wieder unterwegs. Und eigentlich ... war er die letzten Tage nicht hübsch auf seine Kosten gekommen?

Sie hat ganz schön Feuer, versteht etwas davon. Wir haben uns beide nicht geschont.

Bernward schnalzte mit der Zunge, doch wenig später verblassten die aufreizenden Erinnerungen wieder. Ihm war eingefallen, dass er noch ein paar Pappelkätzchen sammeln wollte. Er hatte festgestellt, dass er besser Wasser lassen konnte, wenn er sich hin und wieder einen Tee daraus kochte. Aber erst einmal gönnte er sich hier im Taubergrund eine Rast. Er stieg vom Pferd und setzte sich auf einen Grashügel, der sich inmitten einer Wiesenbucht voller Löwenzahn, Veilchen und Buschwindröschen erhob. Würziger Duft von Holundergrün und Weiden umgab ihn, es roch nach Wasser, und einmal wehte ihm der Schweißgeruch einer Sauenrotte in die Nase.

Nach einer Weile erhob er sich wieder. Zwei Zitronenfalter-Pärchen tanzten um ein Gänseblümchen, und für einen Augenblick stimmte ihn dies so versöhnlich, dass er seinen Groll vergaß. Doch als er wieder im Sattel saß, holte ihn die Wirklichkeit ein. Beim Anblick der Bauernhorden, die zu Hunderten am Schandhof lagerten, schwoll seine Wut so heftig an, dass er die Faust reckte und schrie: «Schiebt euch eure zwölf Artikel doch in den Arsch!»

Gelächter erhob sich, das in ein Pfeifkonzert überging. «Hegemeister, komm doch, wenn du dich traust!» Andere spuckten in die Hände und reckten Dreschflegel und Forken, ein paar Reisige dagegen packten ihre Morgensterne und rannten auf ihn zu. Bernward wendete sein Pferd. Er war weit genug entfernt, um zu flüchten, doch da sah er aus den Augenwinkeln, wie ein Reisiger seine Armbrust hob und auf ihn zielte. Bernward fluchte, ihm blieb nichts anderes übrig, als seinem Pferd die Absätze in die Flanken zu stoßen.

Zum Glück zischte der Pfeil vorbei.

Bei einem geübten Landsknecht wär's das jetzt gewesen, dachte Bernward. Er schaute sich um und wurde sich im selben Augenblick bewusst, einen Luftzug gespürt zu haben.

Sein Herz setzte einen Schlag aus. Teufel nochmal! Jetzt hat wirklich nicht viel gefehlt!

Noch einmal war er mit dem Schrecken davongekommen. Bei der letzten Begegnung mit den Bauern war das noch anders gewesen – wovon das in allen Farben des Regenbogens schwellende Nest um sein rechtes Auge kündete. Zwei Tage nach seinem Besuch in Detwang hatten sie ihn in Reichardsroth vom Pferd gezerrt: Entweder du bist für uns oder gegen uns.

Da er darauf bestanden hatte, nur für sich zu sein, hatten sie ihn zusammengeschlagen. Trotzdem war es ihm gelungen, noch einmal in den Sattel zu kommen. Halb ohnmächtig hatte er sich in den Wald gerettet, wo er dann irgendwann am Wachsenberg angekommen war. Und plötzlich hatte er gewusst, wer seine Blessuren würde pflegen können: Ursula, Hannas aus Ohrenbach zugelaufene Köhlerfreundin.

Im Galopp erreichte Bernward die Doppelbrücke bei Kobolzell. Auf der Brückenmitte machte er halt und stieg vom Pferd. Die hochstehende Sonne spiegelte sich in der braungrünen Flut, und der leise Wind trug ihm den durchdringenden Duft von Wasser, Erde und Gras in die Nase. Fast geräuschlos strudelte die Tauber um die Pfeiler, schwemmte nach einiger Zeit ein leeres Vogelnest heran und den Kadaver einer Katze.

Bernward stierte blicklos ins Wasser. Sollen sie sich ins Unglück stürzen, dachte er. Ich hab nichts damit zu schaffen.

Die Geräusche von Pferden ließen ihn den Kopf heben. Erstaunt riss er die Augen auf: Einträchtig ritten der Herren-Müller und Jacob Aufreiter nebeneinander. Als sie seiner gewahr wurden, hob Aufreiter grüßend den Arm, während Jobst Gessler einfach weiterritt.

«Ist's Zufall? Wir dachten bereits, Ihr hättet Euch den Wilderern angeschlossen. Wo wart Ihr? Und, verzeiht, könnte es sein, dass Ihr etwas aufs Auge bekommen habt?»

Der Spott in Jacob Aufreiters Stimme war nicht zu überhören. Der Stadtrichter stemmte sich im Sattel auf und faltete die Hände über dem Sattelknauf. Sein glatter grauer Bart schimmerte in der Sonne, die tiefliegenden kleinen schwarzen Augen dagegen verschluckten alles Licht.

«Ich habe in der Tat ein paar Schwierigkeiten mit den Aufständischen gehabt – was Euch natürlich nicht passieren kann. In Eurem goldbestickten Filzmantel und dem großen Hut seht Ihr aus wie der berühmte Teufelsbeschwörer Faust. Solche Leute reißt man lieber nicht vom Pferd.»

Aufreiter lachte auf. «Ihr seid schärfer geworden, Hegemeister. Steht Euch gut zu Gesicht. Was aber sagt Ihr zur neuen Lage? Stürmen die Bauern die Stadt oder nicht? War es richtig, dass das Kollegium das Hilfeersuchen von Dinkelsbühl abgelehnt hat? Menzingen und unser Bürgermeister Kumpf waren so vehement dagegen wie ich dafür.»

«Was hätte es uns gebracht, eine Hundertschaft stadttreuer Reisige samt Waffen zu schicken? Sie würden schließlich doch gegen die Übermacht der Haufen verlieren. Selbst dann, wenn sie ihnen schwere Verluste bescheren würden.»

«Aber es wäre ein Zeichen für unsere rechte Gesinnung gewesen.»

«Mit dem Tod erkauft!»

«Der kommt sowieso über die Stadt.»

«Wer sagt das?»

«Jetzt sagt nicht, die neuen Gesichte unserer Köhlerin Völz seien Euch unbekannt. Himmel, was ist bloß mit Euch? Die Völz hat eine Feuerprobe bestanden … Gibt es einen besseren Beweis für die Willkür und Grausamkeit des dummen Pöbels? Nicht mal ein Pfarrer war dabei. Aber es hat ihr wenigstens nicht geschadet. Ihren Hexenruf ist sie fürs Erste los. Freilich, je nachdem wie sie sich erholt, vielleicht bringt sie das erst recht in Verruf?»

Es fehlte nicht viel, und Bernward hätte sich auf den Stadtrichter gestürzt. Jetzt ist es genug, zürnte er. Jetzt hat er den Bogen überspannt!

Grußlos schwang er sich aufs Pferd und jagte den Weg zum Kobolzeller Tor hoch.

An allem ist dieser Gessler-Müller schuld! Er begann damit, Hanna als Hexe zu verunglimpfen. Er hat das Volk aufgehetzt. Und was auch seitdem geschieht: Für jedes Unglück gibt man ihr die Schuld. Dieser Drecksmüller! Er soll mich kennenlernen!

Er donnerte durch die Stadt, dass die Funken übers Pflaster flogen. Fassaden und Giebel schienen sich vornüberzuneigen, und die Gefache, glaubte er, grinsten ihn hämisch an.

Am Anfang der oberen Schmiedgasse, kurz vor dem Marktplatz, hatte er den Müller gestellt.

«Du Hundsfott!», schrie er ihm in den Rücken, preschte an ihm vorbei und schnitt ihm den Weg ab. Er sprang vom Pferd und stürzte auf ihn zu. Die Menschen schauten auf, einige liefen zusammen. «Kommt runter, Müller, damit ich allen hier erzähle, was für ein Teufel Ihr seid!»

Jobst Gessler schreckte auf, doch er fasste sich schnell und stieg vom Pferd. «Sucht Ihr einen Schuldigen für Euer Veilchen, oder was?»

«Nur für das, was Ihr mit Eurem Geschwätz angerichtet habt, Müller!» Bernwards Gesicht wurde hart. Er bebte vor Zorn, ballte die Fäuste. «Ich sag's Euch auf den Kopf zu: Ihr seid ein genauso arger Hetzer wie der blinde Mönch. Hanna Völz aber, die sich gegen Eure geilen Nachstellungen wehrte, musste es büßen.»

«Ach, daher weht der Wind. Aber damit, Hegemeister, hab ich nichts zu tun. Bauern und Häcker tun längst, was sie wollen.» Geringschätzig lächelnd stellte er sich vor Bernward, maß ihn mit Blicken und wandte sich dann abrupt an die Menge. «In Heilbronn und um Öhringen ist Krieg, und auch rund um das Taubertal gibt es jetzt kein Halten mehr. Zu Tausenden wird aufgestanden, um gegen die Willkür von Pfaffen, Obrigkeit und Adel anzurennen. Aber ist das gerecht? Ich sage ja! Sage auch ja zu unseren Artikeln!» Jobst Gessler reckte die Faust, tat, als sei Bernward Luft. «Nieder mit dem gottlosen kleinen Zehnten, den maßlosen Zinsen. Für freies Holz, freie Jagd und freien Fischfang! Für gleiches Recht! Fort mit den viehischen Geldsteuern und unser aller Unfreiheit! Weg mit der Leibeigenschaft!»

Jobst Gesslers Begeisterung wirkte so ansteckend, dass ein großes Durcheinander losbrach. Die Worte waren gefallen und pflanzten sich in den Gassen fort. Die einen ließen den Müller hochleben, die anderen glaubten, es sei besser, seine Forderungen nachzubrüllen. Pfeifen schrillten, Pfiffe gellten, Pferde wieherten. Über Bernwards Kopf wurde ein Fenster aufgerissen und die Bundschuh-Fahne geschwenkt, vor der Ratsherrentrinkstube jubelten Männer und Frauen das Lied, das alle Aufständischen vereinte: *Wir sind die armen Haufen und wolln mit Pfaff und Adel raufen* … Gellende Pfiffe erklangen, als Bernward sein Pferd bestieg.

Wer etwas zu verlieren hatte, und das waren viele, die am Markt wohnten, schlug seine Fensterläden zu. Bald knallten die ersten Steine gegen die Holzläden, und ob verhärmte Marktbeschicker wie Tontöpfer, Besenbinder, Lumpenverkäufer, ob bessergestellte Handwerker wie Schuster, Bäcker, Schmiede, Wagner, ob Pferdeknechte, Ackerbauern, Weinhäcker, Tauberfischer – wer sich just in Rothenburgs Gassen herumtrieb, weil er Neuigkeiten hören wollte, plötzlich waren überall die Feinde ausgemacht: Patrizier und Deutschherren, Pfaffen, Mönche und Nonnen.

«Reißen wir sie aus ihren Federbetten!»

«Sie gehören geteert und gefedert.»

«Unsinn, was kümmern sie uns! Lasst uns lieber ihre Keller ausräumen!»

Es war der Schlachtruf, der gefehlt hatte. Fassungslos schob sich Bernward auf dem Rücken seiner Stute über den Markt. Linker Hand wurde gefeilscht und gekauft, schwatzten Frauen und spielten Kinder, rechter Hand aber versuchten Horden wild gewordener Burschen Türen einzutreten und begannen zu schreien, jetzt würden sie holen, was ihnen seit Jahr und Tag abgepresst werde.

Da öffneten sich die Türen des Rathauses. Reisige eilten mit Musketen heraus und feuerten in die Luft. Sie luden nach und feuerten abermals, vom Büttelhaus drängten Berittene auf den Markt. Das Geschrei war fürchterlich. Die Menge drängte auseinander, verzog sich in Gassen, Höfe, Schänken. Als der Spuk schon fast vorüber war, rannte vom Kirchplatz eine Frau herbei und winkte aufgeregt mit beiden Armen: «Die Seherin kommt! Die Seherin!»

«Jaja, es ist wohl nicht zu ändern.» Jacob Aufreiter hatte zu Bernward aufgeschlossen. «Ich glaube, es ist an der Zeit, ihr auf den Zahn zu fühlen, was?» Zustimmungsheischend sah er Bernward an. Seine Miene wirkte wie eingefroren, und die blutleeren Lippen waren zu einem farblosen Strich zusammengepresst. «Spannen wir sie doch für unsere Sache ein! Kommt mit mir, wenn Ihr wollt. Vielleicht wollt Ihr mich ja unterstützen?»

Scheel grinsend ritt er los, nicht ohne vorher den Stadtbütteln zu befehlen, Plünderer ohne Gnade zu arretieren. Darauf hieb er seinem Pferd die Sporen in die Flanken und ritt in Richtung Klostergasse davon.

Unschlüssig sah Bernward ihm nach, plötzlich fühlte er eine große Müdigkeit. Hinter seiner Stirn pochte ein dumpfer Schmerz, und auf einmal spürte er jeden Knochen. Sosehr er sich vorhin Hannas wegen aufgeregt hatte, mit einem Mal fühlte er sich außerstande, sie zu sehen.

Mich braucht sie jetzt nicht, dachte er. Ulrich von Detwang wird ja bei ihr sein. Bin doch bloß noch ein alter Mann. Sollte mir besser woanders die Knochen wärmen. Sehnsüchtig dachte er an Ursula. Teufel nochmal, ich will sie haben. Ich brauch sie. Wenn ich Glück hab, verreckt ihr Mann ja im Spieß eines Landsknechts. Gebe Gott, dass Hanna recht behält.

Ulrich ritt vorneweg, dahinter fuhr der Zweispänner mit Hanna und Agathe. Saß die Priorin steif auf der Stelle und schaute hochmütig geradeaus, wandte Hanna sich nach allen Seiten um und bot den Gaffern ihre unverbundenen Hände dar. Die hufeisenförmigen weißen Brandmale lagen eingebettet in sauberes rosiges Fleisch, das an den Rändern feucht glänzte. Die noch nicht geplatzten Brandblasen waren mit Quittengelee bestrichen, und wer nahe genug an den Wagen herankam, dem stieg der Duft eines süßen Parfüms in die Nase.

Die Stimmen wogten durcheinander, da die Menschen aus allen Himmelsrichtungen zusammenliefen und versuchten, sich an den offenen Kutscherwagen heranzudrängeln. Niemand gönnte dem anderen ein Wort, jede Frage wurde mit einer anderen überschrien.

«Hanna, hast du neue Gesichte gehabt?»

«Gibt es Krieg?»

«Wer gewinnt?»

«Was geschieht mit der Stadt? Erzähl es uns!»

«Ja, hab Erbarmen. Wir kennen den Ickelsheimer doch gar nicht! Er ist ein Lump!»

Hanna entdeckte vor Begeisterung sabbernde Bettler, aber auch eine wild um sich schlagende Greisin mit entzündeten Augen, in denen die Auszehrung glänzte: «Sag doch, was bringt uns der Sommer? Bricht jetzt eine neue Zeit an? Werden die Fürsten vom Thron gefegt? Was ist mit all dem Blut, das du gesehen hast?»

«Sag es uns, Hanna, bitte!», rief eine Frau, die Hanna als Magdalena Goltz erkannte. Mit dem Ellenbogen boxend, drängelte sie sich zur Kutsche vor und warf Hanna einen Strauß Wiesenblumen zu.

«Warum hast du mich nur einmal besucht?», rief Hanna.

«Ich durfte es nicht mehr.»

«Dann sag allen, sie sollen an die Arbeit gehen, sonst ereilt sie der Zorn des Herrn!»

Wüste Pfiffe ertönten, gleich darauf erhoben sich Stimmen, die schrien, so spreche nur eine Hexe, die sich mit den Deutschherren verbündet habe.

Hanna hatte Ulrichs und Agathes Warnung nicht vergessen, sich auf kein Gespräch einzulassen, doch bei Magdalena Goltz musste sie eine Ausnahme machen. Die

Brauersfrau hatte sie kurz nach der Begegnung mit Aufreiter ein einziges Mal im Kloster besucht. Sie hatten sich gut unterhalten, bis die Konversenoberin erschienen war und Magdalena Goltz im Namen der Priorin vor die Tür gesetzt hatte. Magdalena hatte Hanna erzählt, dass ihre Großmutter einst eine weise Frau gewesen sei, die Warzen und Gürtelrosen besprochen, mit ihrem magischen Blick aber auch unfruchtbare Ehen gerettet habe. Deshalb stünde sie auf ihrer Seite.

Hanna sah auf den ersten Blick, dass Magdalena geschlagen worden war. Ihr Gesicht war verschwollen, ihre Augen waren vom vielen Weinen gerötet. Alles sah danach aus, dass ihr Mann, der Brauer Hans Goltz, wieder einmal die Beherrschung verloren hatte.

«Ich bin keine Wahrsagerin», rief sie Magdalena zu. «Aber wer das Schwert erhebt, der soll durch das Schwert umkommen. Das ist es, was ich gesehen habe.»

«Dann schlagen die Fürsten zurück?» Eine andere Frau hatte sich an Magdalenas Seite gedrängt.

Hanna nickte nur, was ein schauriges Aufheulen aus Dutzenden von Kehlen nach sich zog. Nun war kein Halten mehr. Die Menschen wogten gegen die Kutschwand. Jeder wollte Hannas Hände berühren, doch empfindlich, wie sie noch waren, schob sie sie schnell in einen Leinenbeutel, der auf ihrem Schoß lag.

In der Zwischenzeit waren sie vor dem großen doppelflügeligen Portal des Dominikanerinnenklosters angelangt. Nonnen, Laienschwestern und Stallknechte stürzten heraus und umringten die Kutsche. Flüche erschollen, Rufe wurden laut, die Gelegenheit sei günstig, sich die Klosterschätze einzuverleiben. Doch von den weißen Schleiern, schwarzen Gewändern und Skapulieren ging ein Bann aus, der verhinderte, dass die Menge handgreiflich gegen die Schwestern anrannte. Trotzdem hatte Hanna das Gefühl, dass auch die Aura der Nonnen bald keinen Schutz mehr bot. Denn wie den Deutschherren neidete das Volk auch den Dominikanerinnen ihre satten Pfründe.

Die Kutsche rollte in den Hof. Der Sand knirschte noch unter den Kutschenrädern, da polterten bereits die massigen Balkenriegel der Portaltüren und verriegelten die Klosterzufahrt. Der schlimmste Lärm wurde ausgesperrt, dafür erscholl Hundegebell.

«Das ist jetzt nicht wahr!», empörte Agathe sich, doch da war Babur auch schon an der Kutsche. Hanna lachte fröhlich los und stieß den Wagenschlag auf. Schwanzwedelnd zwängte Babur sich in die Kutsche, bellte und stupste Hanna die Nase ins Gesicht. «Wir sind ein Kloster und kein Hundezwinger», zeterte Agathe, während Marie und Lienhart Babur von Hanna wegzerrten. «Wer hat das erlaubt? Kaum bin ich weg, geht es hier zu wie bei den Wilden.»

«Ein bisschen Freude in diesen Tagen wird hier nicht schaden, Schwesterherz.»

Ulrichs versöhnliche Stimme und die amüsierten Gesichter der Nonnen dämpften Agathes Empörung. Da erklang der helle Ton des Türklopfers.

«Der Stadtrichter Jacob Aufreiter, Priorin.»

«Soll hereinkommen.»

Erneut schwangen die Flügeltüren auf. Jacob Aufreiter ritt in den Hof.

«Komme ich ungelegen?»

«Ginge es nach dem Hund, würde man sagen müssen, ja», meinte Ulrich schmunzelnd.

Babur nämlich bellte und knurrte den Stadtrichter an, als würde dieser ihn bedrohen. Aufreiter ließ sich davon jedoch nicht aus der Ruhe bringen. Ruhig schwang er sich aus dem Sattel, reichte Agathe, die noch immer in der Kutsche saß, die Hand und half ihr beim Aussteigen.

Fast demütig beugte er das Haupt und murmelte etwas, das sich anhörte, als würde er einen schweren Gang antreten.

Derweil machte Ulrich Lienhart und Marie ein Zeichen, mit Babur das Weite zu suchen.

Agathe schlug vor, sich doch besser im Kapitelsaal zu unterreden, Aufreiter aber schüttelte den Kopf: «Das ist nicht nötig, ich habe nur eine kurze Botschaft für … für die Seherin Hanna Völz.»

Er schaute in Hannas Richtung, dabei hob und senkte sich seine Brust, als würde er eine tiefsitzende Unruhe in sich niederkämpfen. Hanna entging nicht, dass er es vermied, sie länger anzusehen. Sie erinnerte sich, wie er bei ihrer Begegnung vor dem Büttelhaus den Arm hochgerissen hatte, als hätte sie den bösen Blick, vor dem er sich schützen wollte.

Irgendetwas ist mit ihm, dachte sie. Er macht mich frösteln. Seine Augen sind kalt und dunkel wie ein Grab.

Steifbeinig kam Jacob Aufreiter um die Kutsche herum und wartete, bis sie ausgestiegen war.

«Ist Euch nicht wohl?»

Ulrichs Frage ließ Aufreiter herumfahren.

«Warum?», blaffte er ihn an.

«Ihr zittert.»

«Das sind nur meine müden Knochen.»

Hanna hatte das Gefühl, als sträube sich jede Faser ihres Leibes gegen den Stadtrichter. Das Frösteln, das ihren Körper befallen hatte, wurde stärker. Gleichzeitig kämpfte sie gegen den Zwang an, beide Arme von sich zu strecken, als müsse sie Jacob Aufreiter daran hindern, noch näher an sie heranzutreten.

«Dir ist Unrecht und Leid angetan worden, Hanna Völz», begann der Stadtrichter mit so rostiger wie fahler Stimme. «Das ist nicht entschuldbar. Auf jeden Fall entfalten deine

Gesichte mächtige Kräfte, ja Ängste in den Herzen der Menschen. Sie für die Sache der Ordnung zu nutzen, wäre vielleicht nicht falsch.»

«Wie anders Ihr jetzt klingt. Bei unserer letzten Begegnung habt Ihr mir vorgeworfen, ich würde die Menschen mit meinen Gesichten gegen die gottgewollte Ordnung aufwiegeln wollen.»

«Ihr versteht mich nicht.» Jacob Aufreiter schaute sich hilfesuchend zu Agathe um, doch diese machte keinerlei Anstalten, ihm zu Hilfe zu kommen. «Ich will nur das Beste für die Stadt. Wo jetzt doch alles aus den Fugen zu geraten droht.» Er suchte jetzt Ulrichs Blick, der zustimmend nickte. Und als müsse er ihn überzeugen und nicht Hanna, sprach er an ihn gewandt fort: «Dieser Dr. Carlstadt, Ritter von Detwang, wir haben ihn doch beide kennengelernt, er sitzt jetzt auf Betreiben seines Freundes Bürgermeister Kumpf im Rat. Frech genug ist er, in der St. Jacobs Kirche zu predigen. Und zwar gegen alles, was uns heilig ist! Ratsprediger Dr. Teuschlin reibt sich die Hände. Jetzt glaube auch ich, dass er es damals war, der unsere heilige Reliquie beschmiert hat.»

«Wovor genau habt Ihr denn Angst?»

Hanna trat einen Schritt auf den Stadtrichter zu.

«Angst? Ich? Vor dir, einer einfachen Köhlerin? Kind, bist du von Sinnen?»

Warum habt Ihr dann Schweißperlen auf der Stirn?, fragte sich Hanna im Stillen. «Natürlich nicht vor mir», antwortete sie. «Aber die Vorstellung, das Landvolk würde Eure Höfe anzünden und die unter Euren Wucherzinsen leidenden Bauern und Häcker in der Hege und der Stadt würden Euer schönes Haus am Markt plündern, dieser Gedanke bereitet Euch schon Unbehagen, nicht wahr?»

Nur zu gut erinnerte Hanna sich an die Erzählungen der Wilderer. Glaubt er tatsächlich, mein Herz schlüge wegen der entsetzlichen Feuerprobe zwangsläufig für ihn und seinesgleichen?, dachte sie voller Abneigung. Er will mich nur vor seinen Karren spannen. Ich soll den Aufständischen einheizen. Er will mich missbrauchen und mit meinen Gesichten Schrecken verbreiten.

«Wir alle gewinnen, wenn die Aufstände nicht noch weiter um sich greifen.» Jacob Aufreiters Stimme hatte Farbe und Kraft gewonnen. «Aber natürlich bist du zu dumm, Hanna Völz, dies begreifen zu wollen. Ich sehe, ich vergeude hier meine Zeit.»

Ein verächtliches Zucken seines Mundes begleitete die harschen Worte. Agathe von Detwang warf ihrem Bruder einen wütenden Blick zu. Doch Ulrich schwieg. Ohne länger zu überlegen, legte er den Arm um Hannas Schultern und zog sie an sich. Erleichtert schloss Hanna die Augen.

«Lass uns gehen», flüsterte sie. «Ich möchte zu Marie.»

Ulrich führte sie weg. Sie hörte, wie Agathe sich bei Aufreiter entschuldigte, sich gleichwohl aber verwundert zeigte, dass er Hanna überhaupt eines Gesprächs für würdig erachtet hatte. Aufreiter antwortete mit einem hochtrabenden Lachen: «Nehmt Euch vor ihr in Acht, Priorin. Und redet Eurem Bruder gut zu. Denn dieses Weibsstück scheint ihn fürwahr verhext zu haben.»

Ulrich drehte sich nicht um, sondern hakte sich bei Hanna unter. Diese aber erschrak bis ins Mark. Und ich dachte, es wäre ausgestanden, schoss es ihr durch den Kopf. Dabei geht es nur anders weiter. Jetzt aber habe ich einen Feind, gegenüber dem ein Valentin Schnitzer und all die anderen Schreier nur kleine Fische sind.

«Aufreiter wäre ohne seine Schwiegereltern und Josepha, die taubstumme Schwester seiner verstorbenen Frau, der fünftgrößte Grundherr der Stadt», riss Ulrich sie aus ihren Gedanken. «Neben uns Deutschherren, dem Spital, den Franziskanern und Dominikanerinnen.»

«Was willst du damit sagen? Und was hat das mit mir zu tun?»

«Dass er sich in Wahrheit gut stehen würde, sollten die Aufständischen sich an seinen Steinbacher Schwiegereltern vergreifen. Ihr Ruf ist kaum besser als der seinige.»

«Warum hat er eigentlich den Samariter spielen wollen?»

Ulrich zuckte die Schultern. «Vielleicht so etwas wie schlechtes Gewissen. Gleichzeitig hoffte er wohl, seinen Ruf aufzupolieren. Aber weil er nun einmal geizig ist, wollte er so billig einkaufen wie möglich. Herren-Müller Jobst Gessler nun wird das Geld an seine sogenannten Freunde verteilt haben. Damit lenkt er von seinem Wohlstand ab und gilt selbst als Samariter.»

«Ach, so ist das. So einfach?»

«Bestimmt.»

Sie hatten den Gemüsegarten erreicht. Hanna machte sich von Ulrich los und lief zu Marie. Ihre Schwester und Lienhart warfen Stöckchen, die Babur brav zu ihnen zurückbrachte. Obwohl er schon mal durch die Beete hetzte, lachten die Laienschwestern genauso wie die Gartenknechte. Doch die Ausgelassenheit währte nur kurz. Denn schon bald hörten sie Agathe.

«Verschwindet!», herrschte sie Hanna an. «Und zwar alle, die ihr hier nicht zu Hause seid.»

«Das gilt doch aber nicht für deinen Bruder, oder?» Ulrich klang betont scherzhaft.

«Das gilt auch für dich!» Agathe schien kurz davor, die Beherrschung zu verlieren. «Und das ist nicht alles. Lass dich hier erst wieder blicken, wenn du aufgewacht bist. Aber richtig aufgewacht! Wenn du überhaupt noch verstehst, was das heißt!»

30

Mit jedem Frühlingstag wurde die alte Ordnung stärker in Frage gestellt. Denn was in den badischen Landen begonnen hatte, sich in den schwäbischen, bayerischen und fränkischen fortsetzte und bis in die thüringischen hineingetragen wurde, war längst keine Erhebung mehr nur des gemeinen Mannes. Auch Bürger und niederer Adel, Ritter und Geistliche sympathisierten mit den Forderungen der Bauern. An der Donau bei Ulm scharte der Prediger Jacob Wehe seine Getreuen um sich, im Neckartal war es der angesehene Wirt Jäcklein Rohrbach. Im fränkischen Taubertal führten der Adelige Florian Geyer und der zwielichtige Ritter Götz von Berlichingen die Haufen an, in Thüringen der Pfarrer, Magister und Zisterzienserinnen-Beichtvater Thomas Müntzer.

Immer häufiger und massiver sprachen die Waffen, denn die Bauern waren des Verhandelns und der verschleppten und gebrochenen Versprechungen müde. Landsknechte wurden bezwungen und an der Donau Klöster und Adelssitze geplündert. Doch das Fürstenheer des Schwäbischen Bundes war bereits am Marschieren. Schon am vierten April kam es in der Schlacht im bayerischen Leipheim zur ersten großen Niederlage der Bauern, während man sich im Rothenburgischen noch an der Geschichte des hohenlohischen Ritters Zeisolf und seiner Getreuen ergötzte. Dieser hatte von sich aus begonnen, die Höfe seiner Bauern zu plündern, weil die sich den Haufen der Rothenburger Landhege angeschlossen hatten. Doch als die Bauern alle gemeinsam gegen seine Veste zogen, entschädigte er sie mit fünftausend Litern Wein und versprach, den Bauernhaufen in Zukunft wohlgesinnt zu sein …

Als Ulrich Hanna die Geschichte erzählte, waren die letzten Ohrenbacher und Neusitzer Aufständischen gerade aus Detwang abgezogen. Überhaupt war die Umgebung der Stadt geräumt, denn die Rothenburger Landhege- und Ackerbauern hatten sich mit den Taubertaler Weinhäckern zum evangelischen Bund zusammengeschlossen und waren die Tauber hinauf ins Jagsttal gezogen. Wer in und um Rothenburg um Besitz und Vorräte gebangt und den Aufständischen brav die Speicher geöffnet hatte, damit sie einem wenigstens den roten Hahn ersparten, atmete auf und hoffte, dass die bevorstehenden Schlachten woanders geschlagen wurden.

Dennoch erfasste die Stadt eine lähmende Unruhe, und kaum einer hatte noch Lust zu arbeiten. Redner wie der blinde Mönch oder der Leuzenbronner Pfarrer Gernot Denner riefen auf den Plätzen der Stadt, die Sache der Aufständischen sei gerecht, Christus sei mit ihnen und habe sein Blut auch für ihren Kampf gegen die Ausbeutung hergegeben. Unterstützt wurden sie von Dr. ABC und Ratsprediger Dr. Teuschlin: Beide geißelten den blutsaugerischen Ablasshandel, prangerten die katholischen Götzendienste an und eiferten gegen Ausbeutung und den Zehnten.

Hanna dachte sich ihren Teil, schwieg und hörte zu. Als Ulrichs Mutter ihr erzählte, dass auch Valentin Schnitzer und die Leitgeb-Zwillinge dabei gewesen seien, als auf dem Rothenburger Kirchhof dem Marterbild der Jungfrau Kopf und Beine abgeschlagen worden war, nickte sie nur teilnahmslos. Sie schaute in ihre Hände und sah aus, als wollte sie sagen: sollen sie doch. Es ist ja nur Stein. Im Gegensatz zu mir hat die reine gnadenreiche Jungfrau bestimmt nicht gelitten.

Sie fühlte sich schutzbedürftiger denn je. Denn so sauber die Wundränder verheilten, umso mehr schmerzte im Nachhinein die Seele. Und ob sie wollte oder nicht – mit jedem neuen Tag häuften sich die Stunden, in denen sie kaum begriff, was tatsächlich geschehen war. Angestrengt suchte sie nach dem Sinn für diese Prüfung. Ihr Opfer erschien ihr kopflos und übereilt, und wenn sie dann spürte, wie herablassend Agathe, aber auch Katharina von Detwang sie noch immer behandelten, vergällte ihr dies all ihre süßen Gefühle für Ulrich.

Um sich abzulenken und der Aura der hochherrschaftlichen Frauen zu entgehen, suchte sie oft die Küche auf und schaute zu, wie Kompott und Suppen gekocht, Grützen gerührt und Fleisch und Brot aufgeschnitten wurden. Still saß sie auf der Bank und lauschte den Geräuschen, wenn das Brotmesser einen Laib zerteilte, Wasser auf heißem Fett verzischte, Suppentassen gefüllt wurden, Fleisch angebraten wurde.

Ulrichs Vorschlag, mit Marie, Lienhart und Babur Ursula zu besuchen und nach der Köhlerei zu schauen, hatte sie jedoch bislang abgelehnt. Sie wolle hier erst mit allem fertigwerden, sagte sie, denn in ihrer Hütte am Wachsenberg erinnere sie alles zu sehr an Feuer, Angst und Glut.

31

«Was kann ich dir heute denn einmal Gutes tun?» Ulrich setzte sich neben sie auf die Küchenbank. Koch und Küchenhilfe hoben gerade einen Kessel Hühnersuppe vom Zahn und trugen ihn in die Gesindestube, wo die Bänke längst besetzt waren und Schmalzbrote verzehrt wurden. Jemand rief, die Bierkannen seien leer, ein anderer verlangte mehr Salz. «Dass du es hier aushältst», fuhr er fort. «Nebenan der Lärm, hier ein Dunst wie in einer Waschküche, und zu warm ist es sowieso. Überhaupt verstehe ich dich nicht: Hier in der Küche wird gesotten und gebraten, Glut ist hier alles.»

«Aber es riecht gut.»

«Zugegeben. Dann hast du also Appetit?»

Sie wandte sich ihm zu, fast zeitgleich bewegte sich sein Kopf vor. Er seufzte, als sich ihre Lippen berührten, Hanna hingegen brummte unwillig.

«Nicht, oder nicht hier?»

«Vielleicht käme es auf eine Probe an?»

Hannas Augen glänzten. Ein schelmisches Lächeln huschte über ihr Gesicht, doch es verblasste ebenso schnell, wie es gekommen war. Sie senkte den Kopf, seufzte. Ulrich legte den Arm um sie, kitzelte sie. Hanna wand sich, kicherte. Schließlich lachte sie befreit auf. «Womit hab ich dich verdient? Was geb ich dir denn?»

«Deine Liebe.»

Hanna lächelte. Die Küchenhilfe schnaufte mit zwei großen Kannen Bier vorbei, der Koch erzählte in der Gesindestube einen Witz. Gelächter brandete auf, da erhob Ulrich sich, fasste Hanna an den Handgelenken und zog sie von der Bank. Unsicher schaute Hanna ihn an, Ulrich aber legte den Arm um sie und schob sie sanft aus der Küche.

Draußen wogte das Frühlingslicht mit einer solchen Intensität, dass sie beide geblendet die Augen schlossen. Als Hanna sie wieder öffnete, schreckte sie zusammen. Ein Mann stand vor ihr.

«Hegemeister! Habt Ihr mich erschreckt!»

«Verzeiht mir. Ich sah euch beide stumm auf der Stelle stehen, jeder schien tief in seine Gedanken versunken. Störe ich?»

«Nein, wo denkt Ihr hin», antwortete Ulrich. «Ihr seid immer herzlich willkommen. Habe ich das noch nie gesagt? Wir haben uns schon gefragt …»

«… das glaube ich sofort, leider ist das eine Geschichte für sich.» Bernward kreiste mit dem Zeigefinger vor seinem Auge und machte ein abfällige Miene. Gemeinsam gingen sie ins Haupthaus und setzten sich in die Stube. Bernward äußerte mit Nachdruck, wie sehr er mit Hanna leide, sie aber auch bewundere, bevor er seinerseits zu erzählen begann.

«Ihr habt gute Worte für die Ursula, Hegemeister», neckte Hanna ihn. «Leider ist sie schon unter der Haube.»

«Ja, das haben wir beide inzwischen festgestellt.»

Bernward strich sich seinen Bart und schaute versonnen über den Tisch. Ulrich hatte ein Gedeck mehr auftragen lassen, auch Katharina von Detwang freute sich über den Besuch. Gemeinsam aßen sie zu Mittag: Hühnersuppe mit Hirseklößchen, Schweinebraten mit Dörrobst, zum Nachtisch Quark mit Zucker und Zimt. Der Wein war mit frischem Brunnenwasser gemischt, Ulrich und Bernward süßten ihn zusätzlich mit etwas Honig.

«Die Stadt ist voller Gerüchte.» Bernward hielt Gustav, Ulrichs altem und bereits krummem Kammerdiener, sein leeres Glas hin und rückte schließlich mit dem Lehnstuhl ein Stück vom Tisch weg. «Die einen wollen bereits Truppen des Schwäbischen Bundes gesichtet haben, andere schreien dem blinden Franziskanermönch Hans Schmidt nach, auch sie hätten nachts den Antichrist wütend durch die Gassen heulen hören, weil immer mehr Rothenburger vom katholischen Glauben abfallen und zu den Lutherischen überlaufen. Sicher ist, dass die Handwerkerschaft das Kollegium mit Klagen wegen offener Rechnungen und gottlos niedriger Löhne überschüttet.»

Bernward machte eine Pause, trank einen Schluck Wein und fuhr dann an Hanna gewandt fort: «Und dann lief mir am Schrannenplatz Eure Laienoberin über den Weg, Hanna. Besser gesagt, ich sah sie mit dem Laienprior der

Franziskaner und ein paar Bruderschaftsgeistlichen. Ihre Mienen troffen vor salbadernder Übereinstimmung. Was ich im Vorüberreiten aufschnappte, läuft darauf hinaus, dass sie das Rothenburger Bürgerrecht einfordern wollen. Nach der Art: Was bei Dominikanerinnen und Mönchen rechtens ist, muss auch für uns, die wir ja wirtschaften und für den Wohlstand der Klöster verantwortlich sind, billig sein.»

«Meinem Herrn Sohn und seiner Liebsten sind die gegenwärtigen Ereignisse noch nicht weltenstürzlerisch genug, als dass sie sich wirklich dafür interessierten, Hegemeister. Oder anders ausgedrückt: Sie sind sich zurzeit selbst genug.» Katharina von Detwang stellte ihr leer gekratztes Quarkschälchen auf den Tisch und erhob sich. Sie klang bewusst ironisch und schaute auch mit entsprechendem Gesichtsausdruck in die Runde. Doch Ulrich ließ sich nicht provozieren, im Gegenteil. Gelassen hob er eine Augenbraue und forderte seine Mutter auf, weiterzusprechen und dabei kein Blatt vor den Mund zu nehmen. Katharina von Detwang blickte über ihn hinweg zu Bernward. «Andererseits ist Abwarten auch eine Haltung. Schließlich werden ja längst Landsknechtstruppen ausgehoben. Sie werden die gute alte Ordnung schon wiederherzustellen wissen.»

«Die gute alte Ordnung?», fragte Bernward missbilligend und begegnete dem Blick von Ulrichs Mutter mit Kopfschütteln. «Bei allem Respekt, Frau von Detwang: Ich bin kein Lutheraner, aber wenn diese sagen, ein Christ sei zuallererst ein freier Mensch und finde seinen Weg zu Gott, auch ohne in der Truhe Ablasszettel zu stapeln – da haben sie recht. Also wäre die gute alte Ordnung eine Ordnung ohne Ablasshandel. Und was zum anderen in den zwölf Artikeln gefordert wird: Ist das nicht in Wahrheit etwas, was eigentlich ebenfalls gute alte Ordnung ist? Jagd, Fischfang und Holzschlag waren einmal frei! Allmenden und Hütewälder auch, ebenso durften die Menschen in den Dörfern selbst ihre Pfarrer wählen. Und die edlen Herren ließen Fron- und Spanndienste meist nur verrichten, wenn sie nicht auf Feste oder wichtige Feldzeiten fielen. In der Regel wurden die Bauern sogar dafür entlohnt, oder man kam ihnen beim Zehnten entgegen.»

«Ja, aber wo kämen wir bei der Abschaffung des Zehnten hin?», brauste Katharina von Detwang auf. «Und gar die Forderung, sich nie mehr leibeigen nennen zu wollen: Wo soll das enden? Herren und Knechte stünden auf gleicher Stufe!»

«Als Adam grub und Eva spann, wo war denn da der Edelmann ...»

«Ulrich! Bist du nicht mehr ganz bei Sinnen? Wie kannst du, ein Ritter, diesen Unsinnsvers im Munde führen? Sag, dass das nicht wahr ist.»

«Ist das Sprüchlein denn im Kern falsch?»

«Hanna! Was mischst du dich ein!»

Hanna zeigte ihre Hände: «Ich müsste bestimmt die Erste sein, die mit den Bauern hadert, oder?» Ulrich stand auf und kam um den Tisch herum. Schon standen Hanna Tränen in den Augen. Sie schaute erst Katharina von Detwang an, dann Bernward. Als Ulrich seine Arme um sie schlang, rieb sie erschöpft ihre Wange an seiner Hand. Stockend sprach sie weiter. «Vergeben kann ich dem Ickelsheimer nicht. Und doch habe ich Mitleid mit vielen Aufständischen. Aber ihre Zeit läuft ja längst ab. Ich weiß, dass die Welt von meinen Gesichten Besitz nimmt und die Tage bis zu ihrer Erfüllung immer weniger werden.»

«Du spielst darauf an, was in Leipheim geschah?»

Bernward schaute zu Ulrich, doch Hanna schüttelte

den Kopf. «Nein. Aber so wird es wieder kommen: Waren es in Leipheim ein paar hundert, die hingeschlachtet wurden, werden es bald Tausende sein. Es wird kein Erbarmen geben, Bauern, die um Gnade winseln, werden genauso niedergestochen werden wie Verletzte, die sich nicht mehr wehren können.»

«Aber doch nicht hier, in unserem schönen Rothenburg?»

Bernward klang fassungslos. Ungläubiges Grauen trat auf sein Gesicht. Ein Kaminscheit loderte auf, ein anderes fiel in sich zusammen. Danach war es so still, dass Hanna für einen Moment glaubte, die Zeit angehalten zu haben. Sie spürte, dass alle auf ein erlösendes Wort von ihr hofften, doch sie konnte keinen Trost bieten.

Es ist, wie es ist, dachte sie, und auf einmal ergriff sie tiefe Müdigkeit. Sie lehnte sich zurück und schloss die Augen. Nach einer Weile seufzte sie und rutschte ein Stück auf dem Stuhl nach vorne. Noch immer wurde geschwiegen. Hilflos schaute Ulrich Bernward an, der es nach einer Weile nicht mehr aushielt und sich ächzend erhob.

Der dunkle Bann war gebrochen.

«Unsinn», murmelte Ulrichs Mutter. «Und selbst wenn: Wer von uns hat denn etwas zu befürchten?»

32

Während der Frühling mit immer neuem Grün und leuchtenderen Farben ins Land zog, war es Hanna, als legten sich unsichtbare erdige Schleier um sie. Sie nahmen ihr den Atem und hielten das Licht von ihrer Seele fern. Es fiel ihr zunehmend schwerer zu lächeln und zu sprechen, und wenn Ulrichs besorgte Blicke sie trafen, hatte sie das Gefühl, als müsste sie sich vor seinen stummen Fragen klein und krumm machen wie ein altes Weib.

Insgeheim zählte sie die Stunden, bis er sie verstoßen würde. Ich ertrinke in der Asche, die mein Leben bislang begleitet hat, dachte sie voller Gram. Die wenigen schönen Momente, in denen ich glücklich war, ruhen im Brunnen der Vergangenheit. Aber er ist so tief. Zu tief für mich, als dass ich wenigstens ab und an einmal den Wasserspiegel sehen könnte.

Teilnahmslos stand sie am Fenster des Detwanger Schlossturms und schaute in die Ferne. Ulrich hatte Laute für sie gespielt, mehr schlecht als recht, hatte schließlich aufgegeben und war ausgeritten. Sie wusste, wie sehr er darunter litt, sie nicht aufmuntern zu können, und fühlte sich entsetzlich schuldig, dass sie ihm nicht mehr sein konnte als eine an der Seele verwundete Esserin.

Schnelle Schritte auf der Turmtreppe ließen sie aufhorchen. Sie waren leichtfüßig, klangen entschlossen.

«Ah, die Büßerin.»

Hanna fuhr herum: «Frederike!»

«Das hättest du nicht erwartet, wie?»

«Dass Ihr einmal kommen würdet, war abzusehen. Nur seid Ihr noch früher gekommen, als ich es erwartet habe. Aber so wie es ist, ist es auch gut. Aus mir spricht nur noch das Entsetzen über das mir Angetane. Die Glut hat meine Hände anscheinend weniger zerstört als meine Seele. Ich wünsche Euch viel Glück.»

Seit langer Zeit brachte Hanna wieder ein Lächeln zustande. Und auch wenn sie selbst um dessen Flüchtigkeit wusste, glaubte sie fest, dass es aufrichtig wirkte. Frederike dagegen schaute, als habe sie kein Wort verstanden. Ihr Stolz schien sich verflüchtigt zu haben, Bestürzung malte sich auf ihrem Gesicht – doch da hatte Hanna auch schon ihr Kleid gerafft und das Zimmer verlassen. Ohne zu zögern oder sich noch einmal nach Frederike umzuschauen, schritt sie die Stufen hinab. Ihre Miene wirkte ausdruckslos, allein ihre Augen leuchteten.

Es war später Nachmittag, ein kühler Windstoß wehte ihr eine Haarsträhne ins Gesicht. Von der Tauber kam frischer Wasserduft, Ziegen meckerten, Schwalben jagten durch die Luft. Hanna achtete nicht darauf. Sie beschleunigte ihre Schritte und folgte den Schatten, die die Dorfgassen eroberten. Zwei Mägde mit Kiepen voller frischen Grüns grüßten, beachteten sie aber nicht weiter. Der Weg führte geradewegs auf die mit dichten Hecken befestigte Ostgrenze Detwangs zu. Das Tor stand offen, die dahinterliegenden Felder waren verwaist.

Es ist alles so leicht, dachte Hanna. Man geht einfach weg. Sie raffte ihr Kleid ein Stück höher und begann zu rennen. Zwischen zwei Feldern hindurch führte ihr Weg geradewegs auf den Wald zu. Vogelgezwitscher empfing sie, und als die herbe Kühle der knospenden Buchen sie einschloss, fühlte sich Hanna das erste Mal seit Tagen richtig geborgen. Sie breitete die Arme aus und hieß den Wald willkommen. Mit jedem Schritt wurde ihr leichter ums Herz.

33

Wenn sie nicht döste oder schlief, fand sie immer etwas, um sich abzulenken. Entweder holte sie Wasser, oder sie senste die ersten frischen Kräuter, dann wieder harkte sie das Grab unter der Eiche und fegte altes Laub zusammen, das sie anschließend verbrannte. Nur morgens und abends setzte sie sich auf die Bank vor der Hütte und lauschte eine Weile mit verschränkten Armen dem Vogelkonzert. Hatte sie genug, kümmerte sie sich wieder um den vor sich hinschwelenden Meiler, und so anstrengend die Arbeit für ihre Hände auch war, sie schonte sie nicht.

Bald war es wieder so weit, es galt, einen neuen Meiler zu bauen. Konzentriert, ja geradezu verbissen richtete sie die hüfthohen Stämme des Feuerschachtes aus, stabilisierte ihn mit Querstücken und umstellte alles mit der ersten Lage armlanger Buchenstücke. Das ist meine Arbeit, meine Arbeit, meine Arbeit dachte sie, und mehr wollte sie auch gar nicht im Kopf haben. Längst war dieser eine Satz zu einer Melodie geworden, in deren Rhythmus sie auch mit Ursula die Stämme zersägte, entastete und schwelfertig machte.

«Ursula, sing mir was», rief sie schließlich, «das lässt mich so schön vergessen.» Sie blinzelte in die Sonne. Die Luft war frisch, ein Aprilschauer war über sie hinweggezogen. Hanna stand der Schweiß auf der Stirn, schon machte sie sich daran, die zweite Lage Buchenstücke um den Feuerschacht zu stellen. «Auf, zier dich nicht. Ein Lied, bitte.»

«Nein.»

«Warum nicht?»

«Weil du spinnst und dir ein Lied auch nicht hilft.»

Entrüstet schaute Hanna auf. Sie wischte mit dem Handrücken den Schweiß von der Stirn und stemmte die Arme in die Hüften: «Wieso? Ich kann arbeiten. Schau doch.»

Sie wickelte die schützenden Stoffstreifen von den Händen und hielt sie in die Sonne. Ursula trat zu ihr und fuhr vorsichtig mit dem Zeigefinger über die Wundränder. Sie nickte, dann verzog sie unwillig das Gesicht. «Jaja, du willst beweisen, dass deine Hände durch die Arbeit wieder richtig gesund werden», sagte sie ärgerlich, «und weil die Narben bislang nicht aufgeplatzt sind ...»

«... siehst du, so gut ist Schweineschmalz ...»

«... weil die Narben bislang nicht aufgeplatzt sind, glaubst du, auch deine Seele mit Arbeit kurieren zu können.»

«Arbeit ist der Trost der Aufrechten», rief Hanna wütend.

«Was ist das denn für eine seltsame Philosophie! Aus jetzt!»

«Was maßt du dir an! Bin ich ein Hund?»

«Dümmer schon.»

Hanna riss den Mund auf, um zurückzuschimpfen, doch kein Ton kam über ihre Lippen. Eine Weile hielt sie Ursulas forschendem Blick stand, dann senkte sie den Kopf. Ein Zittern erfasste ihren Körper, machte sie klein und raubte ihr alle Kraft. «Ich ... warum hat er es nicht verhindern können? Warum hat Gott zugelassen, dass der Mann, den ich liebe, mir nicht hilft?»

Hannas Stimme brach. Der Zeitpunkt war gekommen, wo sie ihrem Schmerz nichts mehr entgegenzusetzen hatte. Mühsam versuchte sie aufzuschauen, doch es reichte nur noch zu einem Aufschluchzen. Sie schwankte, drohte zusammenzubrechen, aber da hatte Ursula sie bereits aufgefangen. Als sei Hanna ihre Tochter, barg sie sie in ihren Armen, drückte die Bebende an sich und strich ihr tröstend über den Kopf. Hanna weinte, wie sie noch nie in ihrem Leben geweint hatte, und als es endlich nachließ, war sie so erschöpft, dass sie auf den klebrigen, regenfeuchten Ascheboden sank.

Als sie wieder zu sich kam, dämmerte es bereits. Sie erinnerte sich, dass Ursula ihr noch die Hände mit frischen Leinenstreifen umwickelt hatte, bevor sie eingeschlafen war. Darum roch es jetzt leicht nach Schmalz – aber nicht auch nach Wein? Hanna blinzelte und spürte, wie der Rand eines Holzbechers ihre Unterlippe berührte.

«Trink und stärk dich. Wein hilft mehr als beten und hoffen.» Dankbar ergriff Hanna den Becher und trank ihn in einem Zug leer. «Der Hegemeister hat vorbeigeschaut», fuhr Ursula fort. «Aber ich habe ihn fortgeschickt. Es ist dir doch recht, oder?»

Hanna nickte. Fast gleichzeitig bekam sie ein schlechtes Gewissen. Er hat es nicht verdient, der Hegemeister, dachte sie. Da bequemt er sich am späten Nachmittag her … um dann einfach fortgeschickt zu werden.

Sie stemmte sich hoch, obwohl Ursula ihrem Blick auswich, Hanna fiel jedoch auf, wie ausgeglichen, eigentlich glücklich Ursula aussah. Bestimmt hat sie ihn gut gepflegt, dachte sie … Mich hat sie ja auch gleich in den Arm genommen.

Da schlug Hanna sich die Hand vor den Mund: «Ursula!»

«Ja?» Ursulas Augen blitzten, und sie lächelte schelmisch. «Hast du eins und eins zusammengezählt?»

«Ich glaube, ja.»

«Na wunderbar. Und damit weißt du jetzt, dass Bernward nicht wegen dir hier war, sondern wegen mir. Um es kurz zu machen: Er gefällt mir und ich ihm. Wir hatten schon viel Spaß miteinander.»

Hanna schaute Ursula groß an. Sie spürte ihr Herz klopfen, schluckte. Plötzlich wurde ihr eng um die Brust, und sie musste tief einatmen. «Vorhin … weißt du, da war mir, als würde jede Faser meines Körpers reißen. Noch nie in meinem Leben habe ich so etwas gefühlt. Jetzt sag du mir, du Glückliche: Habe ich alles nur geträumt?»

«Du meinst, weil dein Ritter dir nicht nachgesetzt hat und du jetzt schon drei Tage auf ihn wartest?»

«Ich warte nicht auf ihn!»

Hanna wunderte sich selbst, wie wütend sie plötzlich klang.

«O doch.» Ursula ließ sich nicht aus der Ruhe bringen. «Du wolltest dich mit Arbeit betäuben, nur um nicht an ihn zu denken. Und warum? Weil du ihn liebst, Hanna. So wie nur wir Frauen lieben können: Voller Glut, bis unsere Empfindungen uns taumeln machen und uns vorgaukeln, wir könnten alle Prüfungen bestehen.»

Sie legte einen Scheit ins Feuer und schürte die Glut. Hanna wusste nicht, was sie erwidern sollte, und schwieg. Sie hat recht, dachte sie. Aber es ist ja noch mehr. Sie starrte in die blaue Flammenzunge, die lauernd das frische Scheit umzüngelte, um es nach einer Weile an der kantigsten Stelle orangegelb anzunagen. Sie hielt Ursula den Becher hin, doch die schenkte statt Wein Wasser nach. «Leider hast du gerade den letzten Schluck bekommen.» Sie schaute Hanna bedeutsam an und fuhr theatralisch fort: «Ja, vorbei, verweht, vergangen ist die Gaumenvöllerei.»

«Und warum?»

«Was ist denn das für eine Frage! Weil unser Geld weniger und alles doppelt so teuer geworden ist.» Ursula seufzte verdrossen und ließ sich vor Hanna im Schneidersitz nieder. Sie drückte das Kinn auf die Brust und musterte Hanna eindringlich. Als wolle sie herausfinden, ob ich verrückt geworden bin, dachte Hanna. Aber ein bisschen recht hat sie ja. Ich habe mich in den letzten Wochen um nichts mehr gekümmert und so getan, als gäbe es weder Vergangenheit noch Zukunft. Aber dass das Geld, das Ulrich und seine Mutter mir geschenkt haben, schon alles ausgegeben sein soll, konnte das wirklich sein? «Du traust mir doch, oder?», fuhr Ursula fort.

«Soll ich etwa nicht?»

«Doch, schon. Aber ich finde es ja selbst irgendwie seltsam. Unser Wirtschaftsgeld ... nein, es ist ja dein Wirtschaftsgeld ...»

«Ach komm, hör auf, es war geschenktes Geld. Ab jetzt müssen wir eben wieder selbst für uns sorgen – wie es schon immer war und es sich auch für Köhlerinnen gehört. Und stehen wir nicht gut da? Das Holzkohlelager ist voll. Wir beladen einen Karren und verkaufen. Was bislang mein Vater und Arndt getan haben, können wir auch. Vielleicht sogar besser.»

«Und an wen verkaufen wir?»

«Hauptsächlich an Schmieden. Zum Beispiel die in der Neugasse. Aber auch an die Schranne. Feuchtes Korn versuchen sie dort schon mal mit Kohlestaub zu trocknen. Besser, es ist etwas geschwärzt, als dass es fault. Eine gewisse Menge nimmt uns bestimmt auch wieder das Spital ab. Dann die Branntweinbrenner. Die beste Kohle geht natürlich an die Pulvermühle.»

«Wozu brauchen sie im Spital außer zum Kochen und Heizen Holzkohle?»

«Zum Beispiel für das Anbraten der Ödeisen, mit denen sie Wunden ausglühen und verschließen. Gemahlen eingenommen dient Holzkohle auch dazu, Durchfälle zu bekämpfen. Aber auch auf nässenden Wunden ist sie gut. Apotheker mischen sie allen möglichen Latwergen bei. Doch das sind insgesamt nur kleine Mengen. Da nehmen die Branntweinbrenner mehr ab. Und das nicht nur, weil sie ihre Maischen erhitzen müssen, sondern auch, um anschließend die Brände zu filtrieren.»

«Freilich sind wir nicht die Einzigen, die Holzkohle anbieten ...»

Hanna zuckte mit den Schultern. «Auf den Schmied in der Neugasse können wir zählen. Dann haben wir noch die Brüder Goltz. Sie brauen Bier, brennen aber auch Obst.

Da die Magdalena und ich gut miteinander können … ach, es wird schon alles glattgehen.»

«Du willst sagen: Mühsam ist unser Tagwerk, und das Woche für Woche?»

«So ungefähr.»

34

Früh am nächsten Morgen, es war der Gründonnerstag, machten sie sich an die Arbeit. Als Erstes fettete Hanna Nabe und Welle ihres Handkarrens mit einem Rest Kiefernteer, anschließend hämmerte sie an den rostigen Eisenbereifungen herum, die die beiden Karrenräder umspannten.

«Ein Wagner würde die Hände über dem Kopf zusammenschlagen, wenn er das sähe. Leider sitzen die Bänder schon lange nicht mehr richtig fest. Bereits Vater hat sie vor jeder Fahrt neu ausgerichtet, damit sie nicht abspringen.»

«Dann sollten wir nicht zu viel aufpacken, wie?»

«Brusthoch muss schon sein. Aber dann Augen zu und durch.» Ursula schaute mit sorgenvoller Miene zum Himmel. Das Wetter war nicht unbedingt ein gutes Omen für ihr Vorhaben, denn der Himmel spannte sich trüb und grau übers Land. Zudem war es kalt, und selbst als sie die Kohlestämme aufgeladen und festgezurrt hatten, war ihnen immer noch nicht richtig warm geworden. «Hauptsache, es bleibt trocken.» Hanna warf eine Plane über die Stämme und band sie mit zwei zusätzlichen Seilen fest. «Denn Holzkohle und Wasser passen so wenig zusammen wie …»

«Na, wie denn?», warf Ursula belustigt ein.

«… vielleicht wie ein Ritter und eine Köhlerin?»

«Ach, bitte nicht schon wieder.»

Hanna hob den Kopf und schaute Ursula an, als wolle sie prüfen, ob diese ihr recht gab. Von einem Augenblick auf den anderen fühlte sie sich müde, und ihr Entschluss, Kohle zu verkaufen, geriet ins Wanken. Ursula jedoch ließ sich zu keiner weiteren Antwort verleiten. Sie stellte sich vor eine der Zugstangen, holte ein paarmal kräftig Luft und machte dann den ersten Schritt.

Quietschend rollte der Karren an. Wegen seiner hüfthohen breiten Räder ließ er sich zu zweit gut ziehen, aber Ursula musste sich eingestehen, dass es doch anstrengender war, als sie es sich vorgestellt hatte. Erst als sie den Wald hinter sich gelassen hatten und es durch die Wiesen nach Neusitz bergab ging, konnten sie sich etwas erholen. Inzwischen waren auch der Himmel heller und die Luft milder geworden.

Neben dem Brunnen am Kirchplatz machten sie Rast. Der kleine Bauernmarkt, der gewöhnlich an diesem Tag stattfand, bestand nur aus wenigen Ständen. Hanna kaufte Brot und zwei Paar harte Kaminwürste, außer Fleisch und Fisch wurden noch Eier, Kohl und schrumpelige Äpfel angeboten. Natürlich gab es auch ein paar Töpfer- und Wirkwaren, außerdem Modeln. Ein fahrender Beindrechsler hockte missmutig vor seinen Auslagen, sein Wagen und der des Baders waren die einzigen, die auf dem Platz standen.

«Schau nur, Hanna. Ein Bader macht immer Geschäfte.»

«Besser, man braucht ihn nicht.»

«Gerade rasiert er ja nur.»

Sie traten näher, doch schon im nächsten Moment besann Hanna sich anders. Aber es war bereits zu spät, Valentins Vater, der Küster und Wagner Claus Schnitzer, hatte sie schon gehört. Eingeseift schlug er die Augen auf, während der Bader sein Rasiermesser am Streichriemen neu schärfte.

«Wagst dich doch tatsächlich noch hierher, Hanna Völz. Mut hast du. Trotzdem, Gott zum Gruß.»

«Ebenso, Herr Schnitzer. Euch geht es gut, hoffe ich?»

«Nein. Und warum, wirst du dir denken können. Dein verdammter Ritter! Wegen ihm hat sich Valentin den Aufständischen angeschlossen. Aus Kummer. Er will dich vergessen. Du bist schuld, wenn ihn ein Landsknecht in die Erde spießt.»

«Das ist doch nicht wahr! Valentin kann doch nicht so stur sein ...»

«Stur? Er will dich, Hanna. Mehr nicht. Ist das so schwer zu verstehen? Warum hast du nicht ja gesagt? Für deinen Ritter hast du dich foltern lassen, aber was hat es dir genutzt? Nichts! Denn würdest du sonst Kohle verkaufen müssen? Du hast dich für ein paar gute Worte und ein Kleid verkauft, Hanna. Wie eine Hure.»

«Das nehmt Ihr zurück!»

«Scher dich! Gar nichts nehme ich zurück!»

Claus Schnitzer schloss die Augen und lehnte sich zurück. Der Bader grinste hämisch und machte sich, ohne auf sie zu achten, wieder ans Rasieren. In Hanna wallte die Wut hoch, doch ihr fiel nichts ein, was sie hätte sagen können. Hilfesuchend schaute sie sich zu Ursula um, die sie am Ärmel fasste und mit sich zog: «Halt jetzt besser die Klappe. Die gucken schon alle.»

Sie spülten sich am Brunnen den Mund und zogen weiter. Hannas Stimmung sank. Claus Schnitzers Worte hatten sie verletzt, aber im Tiefsten ihres Herzens musste sie ihm recht geben. Was hatte ihr die Liebe zu Ulrich eigentlich gebracht?

Ostern wollten wir uns verloben. Verloben!

Hanna kämpfte mit den Tränen. Stur schritt sie voran, schaute weder rechts noch links, hatte keinen Blick für die von den Butterblumen gelb getupften Wiesen und Wegränder. Auch dass die Sonne durchbrach, ließ sie kalt. Mürrisch blickte sie auf, als Ursula ihr eine Hummel präsentierte, die sich auf ihrem Handrücken ausruhte. Ohne etwas zu sagen, senkte sie wieder den Kopf.

Nach einer Weile meinte Ursula ärgerlich: «So einer wie dir, die so guckt, würde ich kein Stück Kohle abkaufen.»

«Warum lässt er mich im Stich?», brauste Hanna auf, als hätte Ursula etwas ganz anderes gesagt. «Verbietet es ihm sein Ritterstolz, mir nachzulaufen? Und das nach allem, was ich für die Edlen von Detwang getan habe.»

«Na schön, aber du bist es schließlich, die davongelaufen ist.»

«Weil es war, als lebte ich in einem Gifthauch, verstehst du das nicht? Die Mauern schwitzten ihn aus, nein, alle, die auf dem Gut leben! Weißt du, das Warten ins Nichts hinein ... die Ungewissheit, was da kommen wird, die Aufstände, meine Gesichte. Manchmal glaubte ich, Gift zu schmecken, so schwer lag mir alles auf der Zunge. Und Ulrich? Er tat, als hätten wir beide nichts anderes zu tun, als all das Böse zu vergessen. Und dann stand plötzlich diese grauenhafte Frederike vor mir ... frisch, ausgeruht, frech, da konnte ich nicht mehr.»

«Ich will dir mal was sagen, ob es dir nun passt oder nicht. Kannst du dir vorstellen, wie Ulrich leidet, dir deine Seele nicht leicht machen zu können?» Kämpferisch stemmte Ursula die Arme in die Seite. Die Stadtmauer und der hohe Röderturm erhoben sich vor ihnen. Das Fenster der Türmerwohnung stand offen, zwei Apfelbutzen flogen heraus. Neben der Rothenburger Fahne bauschte sich noch eine große weiße Fahne, die zum Teil die Farben des Regenbogens trug – eine Fahne, die weder Ursula noch

Hanna jemals gesehen hatten. Hanna riss erschrocken den Mund auf, Ursula jedoch fuhr mit ihrer Strafpredigt fort. «Himmel, versetze dich einmal in seine Lage: Erst hat er zusehen müssen … und jetzt quält er sich, dass eigentlich alles umsonst war. Seine Mutter und seine Schwester hingegen tun so, als sei gar nichts geschehen. Nun, es tut ihnen schon auch leid, aber darüber nachzudenken … nein, wie schrecklich. Das tut nämlich weh und passt gar nicht zu ihrem hohen Stand. Was werden sie also tun? Dich zermürben, bis du freiwillig gehst, deswegen stand ja auch diese Frederike plötzlich vor der Tür. Lass dir deinen Ritter nicht fortreden, Hanna. Männer nämlich sind schwach, vor allem, wenn man ihnen mit Worten zusetzt. Deswegen lieben sie ja die stummen Waffen so sehr, weil sie sich dann endlich stark fühlen können.»

Hanna nickte, doch sie wirkte, als habe sie nicht zugehört. Statt Ursula anzuschauen, starrte sie die weiße Fahne an, in die gerade ein Windstoß fuhr und sie für einen kurzen Moment straffte. Ihr Atem ging schwer, und obwohl sie gerade noch geschwitzt hatte, erfasste sie ein Frösteln.

«Was ist, hat die Fahne eine Bedeutung? Oder die Sprüche darauf? Du kannst doch lesen, oder? Was steht da?»

«Verbum domini maneat in aeternum. Das ist Latein. Was es heißt … ich weiß es nicht genau. ‹Verbum› ist das Wort, ‹domini› irgendetwas mit ‹vom Herrn›, und ‹aeternum›, glaube ich, bedeutet Ewigkeit.»

«Das Wort des Herrn bleibt in Ewigkeit?»

«Ja, das ist es.» Hanna flüsterte nur noch. Ihr Gesicht war maskenhaft starr. «Und der andere Spruch lautet: Dies ist das Zeichen des ewigen Bundes Gottes.»

«Was ist so schlimm daran?»

«Meine Gesichte, Ursula, verstehst du?» Verängstigt schaute Hanna Ursula an. «Die Vision nach der Feuerprobe, da hörte ich diese Worte. Ich wusste sie einfach. Und die Fahne mit dem Regenbogen habe ich damals auch gesehen.» Hanna schlug sich die Hände vors Gesicht.

«Ach, Liebes! Was glaubst du, was uns jetzt all diese grässlichen Gesichte nützen? Nichts.» Ursula umarmte Hanna und küsste sie auf die Stirn. «Lass uns unsere Arbeit tun und Kohle verkaufen. Sollen's die Männer eben ausfechten. Du hast keinen Grund, Mitleid mit ihnen zu haben.»

An der Abzweigung zur Müllergasse krachte ein Rad ihres Karrens in ein Schlagloch. Die Kohlestämme kamen ins Rutschen, einer zerbrach. Ursula schimpfte, dass ihnen dies natürlich genau hier passieren müsse.

«Teufel nochmal, kein Wunder, dass ich Rothenburg nie etwas habe abgewinnen können.»

«Fluchen hilft auch nichts», sagte Hanna müde. «Los, auf drei.»

Sie zählte laut, doch selbst beim dritten Versuch bekamen sie den Karren nicht wieder frei. Das Loch war zu tief und die Kante des Pflastersteins, gegen die das Rad stieß, einfach zu hoch. Erschöpft schauten sie sich um. Ihre Finger waren vom Festhalten verkrampft, die Handinnenflächen glühten. Zum Glück kamen ein paar Mädchen angerannt, die sich von hinten gegen den Karren stemmten. Schon im zweiten Anlauf hatten sie Erfolg. Die Mädchen jubelten, doch da erhob sich auf der Höhe des Schwefelturms wüstes Geschrei. Eine Horde Jungen stürzte einem flügelschlagenden Hahn hinterher, gefolgt von einem Mann, der ein blitzendes Beil in seiner hocherhobenen Hand hielt.

«Ihr Bande, ich schlag euch den Kopf ab!» Der Mann tat in seiner Wut, als wolle er sein Beil wirklich auf einen der Jungenköpfe niedersausen lassen. Lachend stoben die

Jungen auseinander, während der Hahn geradewegs auf Hanna zulief. «Haltet ihn!»

Doch es war zu spät. Der Hahn flatterte auf, als Hanna nach ihm haschte, schlug einen Haken und flüchtete in ein Gebüsch an der Stadtmauer. Hanna hörte eine Frau aufkreischen, als würde sie geschlagen. Neben ihr in einem Hausflur wurde gelacht. Der Mann mit dem Beil warf ihr einen bösen Blick zu, knurrte etwas und rannte auf das Gebüsch zu.

Plötzlich warf er sein Beil.

Der Hahn krakeelte, dann war es still. Triumphierend und halsunter wurde er Hanna und Ursula präsentiert. Sein Blut tropfte aufs Pflaster, und ohne den beiden Frauen noch ein Wort zu gönnen, ging der Mann an ihnen vorbei.

Hanna war blass. «Lass uns weitergehen.»

Ursula zog wieder an. Die Räder knirschten, im gleichen Moment verdunkelten Wolken die Sonne. Ein Gefühl von Verlorenheit überkam sie, das zunahm, als ihr Blick auf einen Krüppel fiel, der angelehnt an eine Hauswand schlief.

Alles ist anders als früher, dachte sie. Auch wenn sie noch einem Hahn hinterherrennen, kann ich ihre Sorgen förmlich durch die Mauern hindurch spüren. Jeden treibt die Angst, dass die Stadt in einem Aufstand explodiert und in einer Feuersbrunst untergeht.

«Hier ist heute ja nicht viel los», bemerkte Ursula.

«Ja.» Hanna zeigte auf ein Haus auf der linken Seite. «Versuchen wir unser Glück. Dort ist Peter Wolffs Schmiede.»

«Dafür ist es aber seltsam still.»

Das Hoftor war geschlossen. Hanna betätigte den Türklopfer, sofort schlug ein Hund an, und wenig später näherten sich auch Schritte.

«Ja? Wer ist da?»

Peter Wolffs Stimme klang mürrisch und misstrauisch.

«Hanna Völz hier. Ich habe gute neue Kohle ...»

Ihr Herz klopfte. Das Hoftor wurde entriegelt, aber nur einen Spalt aufgestoßen. Der stämmige Schmied steckte den Kopf heraus und sah sich nach beiden Seiten um.

«Kannst wohl Gedanken lesen? Aber mach schnell.» Peter Wolff nickte Ursula zu und half mit, den Karren in den Hof zu ziehen. Hanna fiel auf, dass er recht fahrig wirkte. Als ob er was Verbotenes täte, dachte sie. Andererseits scheint es, dass wir genau zur richtigen Zeit gekommen sind. «Um es gleich zu sagen: Ihr habt hier nichts und niemanden gesehen, geht das in euren Kopf?»

«Nichts gesehen, nichts gehört, nichts gesagt.»

Ursula schaute Hanna an, beide nickten wissend. Und kaum, dass sie im Hinterhof angekommen waren, an den rechter Hand die Schmiede angeschlossen war, bestätigte sich ihre Ahnung: Peter Wolff schmiedete Waffen. Dutzende scharf glänzender Lanzen und Hellebarden standen in einem kastenförmigen Gestell, doch das war nicht alles: Das Prunkstück der Sammlung war die lange Kanone, die bereits auf einer zweirädrigen Lafette ruhte.

«Ist eine Feldschlange», klärte Peter Wolff sie auf, «verschießt Bleikugeln. Gegossen hab ich sie natürlich nicht. Aber sie wird ... ihre Sache schon gut machen.»

«Wie bitte?» Hanna starrte abwechselnd von der Kanone zu den Blankwaffen. Ein Zittern erfasste sie, doch sie versuchte, sich nichts anmerken zu lassen. Ihr Herz schlug schnell, es lief ihr heiß und kalt den Rücken herab.

Alles wird kommen, wie ich es gesehen habe, dachte sie. Und die Zeit ist nah ...

«Weißt ja, dass ich nur Grobschmied bin», fuhr Peter Wolff fort. «Mach Hufeisen, Nägel und Feldgeschirr wie Hackenblätter und Pflugscharen.»

Ja, und grauenhafte Mordwerkzeuge, setzte Hanna im

Stillen nach. Am liebsten wäre sie davongelaufen, hier im Hof fühlte sie sich wie eine Gefangene.

Da ging im hinteren Teil der Schmiede eine niedrige Tür auf. Mehrere Männer bückten sich durch den Sturz, zwei davon waren zu Hannas großer Verblüffung die Leitgeb-Zwillinge. Die anderen kannte sie nicht, einer von ihnen musste seiner Kleidung nach auf jeden Fall von edlem Stand sein. Alle Männer hielten sich im Hintergrund, während Peter Wolff und Ursula begannen, die Kohlestämme abzuladen. Der Schmied arbeitete hastig, Hanna begriff, dass er so schnell wie möglich fertig werden wollte.

«Ich brauche noch ein paar Stämme für den Brauer Goltz», sagte sie schnell, denn Peter Wolff machte Anstalten, alle Kohle abzuladen.

«Auch recht. Macht euch fertig, hier schnell zu verschwinden, klar? Ich hole jetzt das Geld.»

Peter Wolff hastete an den Männern vorbei ins Haus und kam mit einem Geldbeutel zurück. Der Mann, der nach Hannas Eindruck adelig war, hielt ihn zurück und zückte seinen Geldbeutel. Lächelnd trat er auf Hanna zu, wandte sich auch an Ursula.

«Der Peter ist ein wenig ängstlich, was er nicht zu sein bräuchte. Immerhin stehe ich einer der drei Parteien des Rates vor. Vielleicht habt ihr von mir gehört: Ich bin Stephan, Stephan von Menzingen.»

«Natürlich», beeilte sich Hanna zu sagen.

«Gut. Auf Seite der Bauern und Kleinen zu stehen, ist nichts Verwerfliches. Dich umgibt der Ruf, seherische Fähigkeiten zu haben. Steht es denn wirklich so schlimm um ihre Sache?»

Prüfend sah Stephan von Menzingen sie an. Hanna las ehrliche Sorge in seinen Augen. Als ob er es genauso weiß wie ich, dachte sie. Aber auch er ist ein Getriebener. Er kann nicht mehr zurück.

«Vielleicht ist alles nur Gaukelspiel, Blendwerk», antwortete Hanna ausweichend. «Wer kann schon wirklich in die Zukunft schauen? Ihr wisst ja, was der Paul Ickelsheimer mir angetan hat. Mir blieben nur Worte, um mich zu wehren.»

Stephan von Menzingen verzog das Gesicht. Er drückte Hanna ein paar Münzen in die Hand und ließ es sich nicht nehmen, mit dem Grobschmied den Karren über das Pflaster zu ziehen. Als die Hoftür aufschwang, wehte der Wind den Gesang eines Frauenchors die Neugasse hinauf. Hastig schlug der Grobschmied das Tor zu und verriegelte es, wenig später schon zogen eine Gruppe gutgekleideter Rothenburger, aber auch etliche Kinder die Gasse hoch. Sie wurden von zwei bewaffneten Berittenen begleitet, ihnen vorweg ritt Stadtrichter Jacob Aufreiter. Hanna und Ursula erkannten auf den ersten Blick, dass es Patrizierinnen waren, Hanna machte sogar einige Dominikanerinnen aus.

Immer neue Litaneien anstimmend, kamen die Frauen näher. Die Kinder stürmten vorweg, einige hatten Rätschen und Rasseln und versuchten, den Gesang damit zu übertönen.

«Was soll das alles?», fragte Ursula einen schmächtigen hoch aufgeschossenen Jungen, der mit einer Rassel schepperte.

«Sie ziehen einmal um die Stadt. Singen gegen die Gottlosigkeit an, wie sie sagen. Um beim Herrn Gnade für die Stadt zu erflehen.»

Hanna sah, wie Jacob Aufreiter sich von der Gruppe löste und auf sie zutrabte.

«Hast Kohle an den Grobschmied verkauft, Hanna Völz, wie?», fragte er drohend.

«Wie es Köhler immer tun. Ist das verboten?»

«Nein. Aber dieser Peter Wolff, müsstest du doch wissen, steckt mit dem von Menzingen unter einer Decke.»

«Ich bin nur Köhlerin.»

«Was besagt das schon. Du jubilierst doch auch, dass Bauern und deinesgleichen im ganzen Land die Klöster plündern, oder? Frauenklöster wie Lichtenstern und Scheftersheim? Was glaubst du, wie es den Nonnen dabei ergeht? Was sagt dein Angebeteter dazu, dass das Deutschherrenschloss Neuhaus geplündert und angesteckt wurde? In Mergentheim hat sich das ganze Volk auf die Kirchen und das Deutschherrenschloss gestürzt und geraubt, was zu holen war. Bei den Dominikanern haben sie Bücher verbrannt, Mönche erschlagen! Aber das ist recht so, oder?»

Die letzten Worte gingen beinahe im Gesang der Patrizierinnen unter. Hanna kam es vor, als hätten sich die Stimmen zwischen den Häuserwänden grell aufgeschaukelt, Aufreiter aber war schon weitergeritten.

Hanna sah ihm nach.

Auf der Höhe der Müllergasse schaute sich der Stadtrichter noch einmal um und rief: «Meine Geduld aber ist erschöpft! Es ist genug. Fluch euch allen!»

«Dass er überhaupt mit dir spricht, Hanna.»

«Komm, lass uns lieber zum Brauer Goltz gehen.» Sie bogen ein Stück weiter rechter Hand in die Brauhausgasse ab, an deren Ende die Brüder Goltz einen Brauereigasthof und eine Brennerei betrieben. «Warte du besser erst einmal draußen. Ich will vorfühlen. Denn mit den Goltz … ist das so eine Sache für sich.»

Die Lippen fest aufeinandergepresst, trat sie in die gut besuchte Schwemme, wo gewürfelt, aber auch dumpf in den Bierkrug geschwiegen wurde. Magdalena Goltz stand vor einem Fass und zapfte Bier, ein Brauerknecht griff sich die bereits vollen Krüge und trug sie zu einem Tisch.

«Magdalena?» Hans Goltz' Frau reagierte nicht. «Magdalena», rief Hanna laut.

Fragend drehte die Brauersfrau sich um.

Hanna schrie auf und schlug sich entsetzt die Hände vors Gesicht: Magdalenas Lippen waren von blutigem Schorf überzogen, um beide Augen lagen blauviolette Schatten. In ihrem verquollenen Gesicht waren ein paar Äderchen geplatzt, am Haaransatz klebte Blut.

«Nimm mich mit, Hanna.»

Magdalena Goltz konnte nur flüstern. Vorsichtig stellte sie den vollen Bierkrug ab. Sie versuchte zu lächeln, ihre Blicke aber waren unstet und ängstlich. Auf Hanna machte sie den Eindruck, als wäre sie nicht ganz bei sich.

Sie steht kurz vor dem Zusammenbruch, dachte sie. Ich muss ihr helfen. Machen wir in der Köhlerei am Wachsenberg eben eine Weiberwirtschaft auf. Wenn die Männer nichts als Gewalt im Kopf haben, müssen wir Frauen zusammenhalten.

Sie ging um den Schanktisch herum und fasste Magdalena Goltz bei der Hand. «Komm mit. Auch wenn wir nicht viel zum Teilen haben: Angst brauchst du vor uns nicht zu haben.»

Magdalena traten die Tränen in die Augen. Sie ließ sich mitziehen wie eine kleine Schwester, schaute sich nicht mehr um. Niemand achtete auf sie. Der Brauerknecht hatte sich an einen der Tische gesetzt und trank jetzt ebenfalls Bier.

35

Ob am Karfreitag oder Ostersonntag: Weder Hanna noch Ursula, noch Magdalena zog es in die Kirche. Die Frauen gönnten sich Ruhe und Schlaf, vor allem Magdalena war mit ihrer Kraft völlig am Ende. Erst am späten Sonntagnachmittag hatte sie sich so weit erholt, den beiden von ihrer Ehehölle zu erzählen. Eigentlich gab es nicht viel zu erzählen. Hans Goltz hatte seit dem Tod seiner Schwägerin immer häufiger zugeschlagen, denn er vertrug es von Tag zu Tag weniger, dass sein Bruder Veit ihr schöne Augen machte.

Magdalena wedelte den Rauch fort, der sich in der Hütte in Firsthöhe bauschte und langsam nach unten sank. Sie, Hanna und Ursula saßen um die Herdstelle, jede einen Becher Bier in der Hand. Das Fass stammte aus dem Goltz'schen Braukeller, fasste sechzig Maß und hatte sich gerade so mit dem Karrenwagen ziehen lassen. Es zu organisieren war Ursulas Idee gewesen, denn Hans und Veit Goltz waren am Donnerstag nicht zu Hause gewesen.

«In der Nacht vom Mittwoch auf den Donnerstag war es ganz schlimm», begann Magdalena zu erzählen. «Da hatte Veit beim Würfeln viel gewonnen und kam freudestrahlend zu mir in die Küche. Er umarmte und küsste mich, aber just in dem Augenblick sah's sein Bruder. He, such dir endlich eine neue Frau, hat er eigentlich noch ganz freundlich gesagt, aber da sprach der Veit aus, was unser Geheimnis ist: dass er und ich schon immer gut miteinander waren. Genauso wie der Hans und die Gretel, die ja jetzt seit zweieinhalb Jahren tot ist, sich gemocht haben. In der Nacht hat der Hans mich dann gehabt, aber weil ich ihm zu wenig bei der Sache war, da wurde sein Zorn immer größer …»

«Das heißt, ihr habt quasi über Kreuz gelebt? Du und der Veit und der Hans mit der Gretel? Eine Schwager-Schwägerinnen-Liebe.» Ursula begann zu husten. In der Hütte sammelte sich der Rauch, denn der Wind drückte in den Abzug. «Warum habt ihr nicht gleich richtig herum geheiratet?», krächzte sie mit tränennassen Augen. Hanna sprang auf und öffnete die Tür. Sie lauschte dem Gesang zweier Drosseln und hörte nur noch mit halbem Ohr zu, was Magdalena erzählte.

«Dass wir unsere Ehen so quer lebten, warum das so war? Ich glaub, weil weder ich noch die Gretel schwanger wurden. Und weil der eine der andern nicht grün war, kamen wir alle in Versuchung. Da haben wir natürlich schnell gemerkt, dass die Männer schuld waren, dass wir nicht schwanger wurden. Und da war's dann auch alles egal.» Magdalena trank ihren Becher leer und zog ihre Decke enger um den Leib. Sie schauderte, worauf Ursula Hanna zurief, verstunken sei noch niemand, wohl aber verfroren.

«Hanna, der Veit, als er dich an die Tanzlinde vors Rödertor einlud, hat doch gesagt, du seist zu arm für ihn», rief Magdalena. «Aber das war, von seiner Geilheit abgesehen, nicht die Wahrheit. Schon vorher war ich eifersüchtig, dass er dich eingeladen hat. Ich hab ihm eingeredet, eine Köhlerin sei auch untenrum meist staubig. Männer glauben ja all solchen Blödsinn. Seitdem aber glaubte der Veit, er habe nun mehr Rechte, und dem Hans wurd's eben zu viel.»

«Herr Jesus, danke! Was für ein Glück für mich! Himmel, in welche Verhältnisse wäre ich da geraten. Der Hans wäre mir doch bestimmt auch an die Wäsche gegangen.»

Hanna drehte sich zu Magdalena um. Noch immer stand die Tür offen, in der Zwischenzeit hatte es zu regnen begonnen. Der würzige Duft von nassem Waldboden und feuchtem Stein zog in die Hütte.

«Mach endlich die Tür zu!», rief Ursula zornig.

«Ruhig Blut … und bis gleich.»

Hanna trat ins Freie und schloss die Tür. Ihr war nicht mehr nach Zuhören, und nach Ehegeschichten schon gar nicht. Obwohl der Regen zunahm und der Wind immer schärfer blies, ging sie auf die Lichtung. Den linken Arm presste sie gegen ihren Oberkörper, mit der rechten Hand umklammerte sie den tief in ihrer Schürze vergrabenen Spielzeugritter.

Ostern, dachte sie. Es ist Ostern. Ach, Ulrich!

Sie legte den Kopf in den Nacken und ließ sich die Tränen vom Regen fortwaschen. Hatte Ursula recht? Dass Ulrich unter Schuldgefühlen litt, weil er ihr nicht hatte helfen können? Aber wenn es so war, warum hatte er sie so bereitwillig gehen lassen?

Jetzt sieht es fast schon so aus, als wärst du froh darüber. Ist dir deine Frederike wohl doch nicht so gleichgültig.

Verzweifelt lehnte sie sich an die Eiche und schloss die Augen. Im Windschatten des mächtigen Stammes ließ es sich gerade so aushalten, doch allzu lange würde sie auch hier nicht stehen bleiben können. Denn der Regen wurde kräftiger. Windböen fegten über die Lichtung, ihr wurde immer kälter. Der Winter war zurückgekehrt.

Ist es nur sein Stolz?, fragte sie sich.

Hanna hoffte, ihr Herz würde ihr eine Antwort geben. Doch sie fühlte nichts, bis auf den nun schon seit Tagen in ihr nagenden Schmerz.

Sie zog den Spielzeugritter aus der Schürze und betrachtete ihn. Wie waren Ulrichs Worte, damals, als er sie im Spital besucht hatte? Und solltest du je zweifeln: Denk an ihn. Er ist ich.

Kniest du wirklich vor mir?, fragte Hanna ihn in Gedanken.

Sie versuchte sich vorzustellen, wie es sein könnte, käme er jetzt angeritten: die donnernden Hufe, der Mantel mit dem mächtigen Deutschherrenkreuz. Sie beschwor den Schwung, mit dem Ulrich aus dem Sattel stieg, und sah ihn im nächsten Moment in derselben Haltung vor sich knien wie der Spielzeugritter. Sie würde sein Gesicht in ihren Schoß pressen, die Wärme seines Atems genießen und seinen halb erstickten Liebesbeteuerungen lauschen ...

Und wenn er dann aufsieht und seine Augen mich anflehen, ich würde ihm vergeben.

Sie hatte ihre Hände gegen ihren Bauch gedrückt, doch es war so kalt, dass sie zu zittern begann. Trotzdem trat sie noch einmal vor das Grab ihres Vaters. Stumm betete sie, riss gedankenverloren ein paar Wildkräuter aus der Erde.

Plötzlich hörte sie, wie sich ein Reiter näherte. Hannas Herz tat einen Sprung. Fast hätte sie aufgeschrien, doch schon wenig später erkannte sie, dass es nicht Ulrich war.

Aber wer dann?

Hanna blieb unter dem Rand der Krone stehen und schaute, wie der Mann Satteltaschen vom Rücken des Pferdes schnallte und in die Hütte stapfte.

Vor Anspannung und Kälte klapperte Hanna mit den Zähnen. Kurze Zeit später bestieg der fremde Reiter wieder sein Pferd und ritt davon.

Jetzt hielt es Hanna nicht mehr aus.

Sie rannte zurück und platzte atemlos in die Hütte: «Wer war das?»

«Kutscher Frieder aus Detwang. Er hat hartgekochte Eier gebracht, Rosinenkuchen, getrocknete Pflaumen, Dinkel, Zwiebeln, Erbsen, Bauchspeck, zwei Hühner und einen Schlauch Wein.»

«Frieder? Warum?»

«Deine künftige Schwiegermutter hat es ihm aufgetragen.»

«Das ist doch Unsinn!» Hanna zitterte, so sehr kämpfte sie mit sich. Neugierig sahen Magdalena und Ursula sie an. Die Spannung schien mit Händen zu greifen. «Hat er denn noch irgendetwas gesagt?», platzte sie schließlich heraus.

«Der Frieder?»

«Himmelherrgott ja, der Frieder!»

«Das hat er.»

«Was denn? Nun redet doch endlich!»

«Nun, guten Appetit und frohe Ostern, das hat er gesagt.»

Ursula klang betont beiläufig.

Hanna ballte die Fäuste. Tränen der Wut schossen ihr aus den Augen. «Dieser Mistkerl!»

Sie rang nach Luft, glaubte, jeden Moment aus der Haut zu fahren, aber urplötzlich änderte sich ihre Stimmung, ohne dass sie es sich erklären konnte.

Ein trotziges Lächeln stahl sich auf ihre Lippen. Sie fasste ihr langes blondes Haar, warf es mit Schwung nach hinten und sagte entschlossen: «Und wenn ich auch nur Köhlerin bin: Morgen werd ich ihm sagen, was ich von seinem Zaudern halte.»

«Ja, genauso machst du das. Und weil du einen Vorwand brauchst, wirst du den edlen Detwanger Seelen erzählen, dass du endlich einmal wieder deine Schwester sehen wolltest.»

Ursula ächzte und erhob sich schwerfällig. Ihr Blick war bereits glasig, aber die Schritte zum Bierfass waren noch sicher. Sie öffnete den Hahn und ließ den Gerstensaft langsam und aus großer Höhe in einen Becher plätschern. «Wegen der Krone», murmelte sie und reichte Hanna nach einer Weile den Becher. «Siehst du, das gibt schönen Schaum.» Sie zapfte für sich und Magdalena nach, schaute anschließend in die Runde. Die Frauen hoben die Becher, Ursula räusperte sich: «Erstanden ist der heilge Christ, halleluja. Halleluja. Der aller Welt ein Tröster ist. Halleluja. Halleluja.»

Sie sang unsicher, aber Hanna und Magdalena stimmten sofort mit ein. Hanna spürte, wie mit jeder Strophe ihre Zuversicht zunahm. Schließlich fühlte sie sich ganz von Licht erfüllt und strahlte Magdalena an. Hans Goltz' Frau lächelte glücklich zurück und wischte sich die Tränen aus den Augen, so bewegt war sie. Und weil es so schön gewesen war, sangen sie das alte Osterlied, nachdem sie ihre Becher leer getrunken hatten, noch ein zweites Mal.

Laut und klar füllten die Stimmen Hans Völtz' Köhlerhütte. Noch nie war hier mit solcher Inbrunst gesungen worden, noch nie so laut. Mit jeder Faser ihres Leibes genoss Hanna dieses Gefühl von Gemeinschaft und Geborgenheit.

Jetzt wird alles gut, frohlockte sie, selbst wenn die Welt voller Teufel wär.

36

Das Fenster in der guten Stube des Detwang'schen Gutshauses stand an diesem Ostermontag offen, bis auf das schwache Säuseln des Windes war es still. Das Wetter hatte über Nacht umgeschlagen, der Frühling hatte den Wintereinbruch der letzten Tage vertrieben.

Wie langweilig Festtage sind, dachte Marie. Egal, ob bei den Nonnen in der Stadt oder hier bei Ulrich und Katharina. Nicht einmal Hunger auf was Schönes hab ich jetzt.

Verdrossen hielt sie sich ein Stück Hefezopf unter die Nase, aber so köstlich es auch duftete, Marie legte es zurück in den Korb. Ich hab nichts zu machen, sagte sie halblaut und räkelte sich schläfrig auf ihrem Stuhl. Nach zwei roten Ostereiern, deren Hälften sie sich mit Senf und Essig gefüllt in den Mund gequetscht hatte, drei dick bebutterten Scheiben Rosinenkuchen und einer Schale Quark mit eingelegten Birnen war ihr Bauch zum Platzen voll. Da schmeckte ihr selbst der Rest des süßen ungarischen Osterweins nicht mehr – vielleicht wurde ihr davon sogar noch schlecht.

Marie gähnte und schielte zum Lesepult hinüber, auf dem eine große Bibel lag. Am liebsten hätte sie sich wieder ins Bett gelegt, aber das hätte Ärger gegeben. Wenn sie schon nicht mit in die Kirche geht, muss sie in der Heiligen Schrift lesen und etwas auswendig lernen, erinnerte sie sich an Katharinas Worte. Zuvor hatte Ulrich verfügt, sie brauche diesen Morgen nicht zur Messe mitkommen.

Was war nun eigentlich schlimmer?

Hier die ersten beiden Kapitel von Lukas' Apostelgeschichte zu lesen, um sie dann heute Nachmittag Katharina nachzuerzählen, oder in der Kirche die Messe mitzumachen und vor Langeweile verrückt zu werden?

Lieber lesen, dachte Marie, gähnte noch einmal herzhaft und rutschte vom Stuhl. Sie taumelte vors Pult und legte die Stirn auf die aufgeschlagenen Seiten. Schließlich aber begann sie zu lesen. Aha, in Kapitel eins ging es um Christi Himmelfahrt und in Kapitel zwei um irgendwas mit Pfingsten …

Eigentlich ist es wirklich nett von Ulrich, schweiften ihre Gedanken ab. Schließlich musste ich Karfreitag und Samstag bei den Nonnen stillhalten und gestern hier in der Detwanger Kapelle. Auch wenn sie hübsch ist und Ulrich mich auf die Narren in den Fensterlaibungen aufmerksam gemacht hat, dieses dauernde Latein ist öde. Aber vielleicht werden die Katholischen die Messen ja bald genauso auf Deutsch halten, wie es die Lutherischen jetzt wollen.

Marie versuchte sich vorzustellen, wie es am Karfreitag

in St. Jakob zugegangen war, als Ratsprediger Teuschlin und sein Freund, dieser Dr. ABC, deutsch gepredigt und alle katholischen Sakramente und Zeremonien verworfen hatten.

Marie gähnte noch einmal, dass der Kiefer knackte. Sie hatte das Gefühl, an ihren Augenlidern hingen Gewichte und in ihrem Kopf summten Hummeln.

Aber halt, was war das? Marie hob den Kopf.

«Babur, Babur ist da.»

Maries Gesicht leuchtete auf. Sie trat ans Fenster und beugte sich hinaus. Baburs tiefes Gebell wurde lauter, kurz darauf jagte er auf den Hof.

«Nicht so schnell!», ertönte eine Jungenstimme. Das war Lienhart.

«Babur!», rief Marie. «Lienhart, ich komme.»

Alle Müdigkeit war vergessen. Was für eine Überraschung! Also hatte Lienhart es auch nicht mehr ausgehalten. Bei solch einem Wetter war man einfach draußen und nicht in einer düsteren Kirche.

Marie stürmte die Treppe hinab, rannte den Flur entlang durch die Küche und rief in der Gesindestube Ulrichs krummem Kammerdiener zu, sie sei mit Lienhart und Babur unterwegs.

«Nur, wenn du deine Kapitel aus der Apostelgeschichte gelesen hast.» So krumm Ulrichs Kammerdiener war, im Kopf war er so klar, als wäre er vierzig Jahre jünger. «Komm her», sagte er streng und musterte Marie mit durchdringendem Blick.

«Ich schwör's, Gustav!»

Marie hob zwei Finger und legte sogar die Hand aufs Herz.

«In Gottes Namen. Aber nehmt euch in Acht.»

«Babur ist doch mit.»

Mit ausgebreiteten Armen flog sie auf Babur zu, der

über das ganze Gesicht zu strahlen schien. Er leckte ihr einmal über die Wange, bellte ausgelassen und sprang hechelnd um die beiden Kinder herum. Lienhart warf einen Prügel, dem Babur hinterherhetzte und den er sofort zurückbrachte. Seine Augen leuchteten glücklich, und er drängte sich, den Prügel im Maul, mehrfach zwischen beiden hindurch, bevor er etwas in die Nase bekam und davonschoss.

«Was machen wir?»

«In die Stadt gehen. Teuschlin und ABC sind in Hochform.»

«Du willst nach St. Jakob?»

«Ach was. Bis wir da sind, ist die Messe doch längst vorbei. Aber hier ist es ja noch langweiliger als in der Stadt.»

«Stimmt. Vielleicht passiert ja was.»

Die Stadt schwirrte vor Unruhe. Fenster und Türen standen offen, und wer laufen konnte, war unterwegs. Von überallher erklangen Trommelschläge, in der Ferne wurde gar geschossen. Es war ein herrlicher Frühlingstag. Kleine Haufenwolken zogen am milchig blauen Himmel entlang, die Luft war lau. Es roch nach Erde, Stein und Wasser, dann und wann nach Kompost und frischgebackenem Brot. Babur, der noch immer seinen Prügel im Maul hatte, rannte in offene Hausflure und zickzack durch die Menschen, doch als Männer mit Dreschflegeln in der Hand in einer Gasse erschienen, suchte er das Weite. Marie und Lienhart konnten so viel nach ihm rufen, wie sie wollten: An der Nordmauer des Dominikanerinnenklosters sahen sie ihn zum letzten Mal.

«Ist auch besser so», meinte Marie. «Er hat's nicht vergessen.»

«Ja. Guck mal, selbst die Weiber wollen es heute wissen. Besen und Obststangen.»

«Und alle haben sie sich das Kreidekeuz aufgemalt.»

«Mh.»

Auf einmal hat niemand mehr Angst, sich als Freund der Aufständischen zu erkennen zu geben, wunderte sich Marie.

Auch sie wusste längst, dass das Kreidekreuz das Erkennungszeichen der Aufständischen war. Wer mit ihnen sympathisierte, hatte es sich auf Rock und Hut gemalt, jetzt schien es, als wollte sich die halbe Einwohnerschaft der Stadt dazu bekennen. Die wenigen Menschen ohne Kreidekreuz, die Marie in der Klinggasse entdeckte, waren grüppchenweise beieinanderstehende Geistliche und Familien der Deutschherren. Rechts und links der Klinggasse besaßen sie Wohnhäuser, Stallungen, Scheunen und Gärten. Die Geistlichen selbst bewohnten ein mächtiges Gebäude mit Hof und eigenem Brunnen.

«Wie sie gucken, das faule Pack. Haben alle Angst.»

«Ulrich nicht.»

«Das würde ich auch sagen, wär ich sein Mantelkind.»

«Bist ja nur neidisch.»

«Stimmt. Ich tät auch gern lesen lernen und mich immer satt essen können.»

«Ich bring's dir bei.»

«Was, das Essen? Das kann ich selbst. Und mindestens so gut wie du.»

Da begannen die Glocken von St. Jakob zu läuten. Pfiffe erschollen, in der Klostergasse stimmte ein Trupp Weinbauern das Lied der Aufständischen an. Rätschen wurden geschwungen, Klappern geschlagen. Marie und Lienhart wurden von einer Menschentraube eingeschlossen und fanden sich schließlich auf dem Marktplatz wieder. Dort sahen sie einen Mann in Gelehrtenkluft und mit einer goldenen Kette um den Hals von einem Bretterpodest herab sprechen. Er war von Aufständischen mit Blankwaffen und Feuerbüchsen umringt, die weiße Fahnen schwangen.

«Das ist der Doktor ABC», sagte Lienhart.

«Hab ich mir gedacht. Und, was sagt er?»

Sie drängelten sich durch die Menge, bis sie nicht mehr weiterkamen.

«Wollt ihr sehen?», fragte ein vor Begeisterung strahlender Weinbauer. Er kam Marie doppelt so groß vor, wie sie oder Lienhart waren, und in der Tat: Allein seine Hände mochten so breit sein wie sie. Marie nickte, denn sie spürte, dieser Hüne war die Gutmütigkeit in Person. «Ich bin Rupert, und mein Freund heißt Jonas.» Er grinste offen und stieß seinen Nebenmann an. «Los, Jonas, den Kindern gehört die Zukunft.»

Rupert hob sich Marie auf die Schultern, Jonas Lienhart. Marie jubelte, Lienhart klatschte in die Hände. Sie spitzten die Ohren, allmählich wurde es etwas leiser.

«… und neue Kunde habe ich auch, für alle, die noch zweifeln!», rief Dr. Andreas Bodenstedt. «Und ich schwöre bei meinem Seelenheil, dass ich nicht lüge, wenn ich euch erzähle, dass im Weinsbergischen der Graf von Helfenstein, der Obervogt unserer württembergischen Leidens- und Glaubensbrüder, gedroht hat, alle Dörfer mit Mann und Maus niederzubrennen. Roh bricht er mit seinen Schlächtern aus Weinsberg auf und mordet, was ihm vor die Hufe kommt. Aber ist er allein? Nein! Der Graf von Wertheim … der ist einer, der seine Leute gleich die Höfe plündern lässt, Gefangene nimmt, sie foltert und zu seinem Spaß ein ganzes Dorf anzündet.» Die Worte verfehlten ihre Wirkung nicht. Marie sah in vor Wut und Hass verzerrte Gesichter, hörte Kampf- und Schlachtrufe. Sie selbst hatte vor Empörung rote Flecken am Hals, Lienharts Mund dagegen mahlte vor Wut, als wolle er die Grafen zwischen seinen Zähnen zermalmen. Da aber packte

Bodenstedt eine der weißen Fahnen mit dem Regenbogen, schwenkte sie hin und her und rief: «Aber wo viele sind, ist Hoffnung, Kraft und Stärke! Unsere Brüder im Geiste haben zurückgeschlagen, und Weinsberg ist jetzt in ihrer Hand. Und das Schönste: Die Weinsberger selbst jubeln darüber und halfen mit, das elende adelige Pack und seine Speichellecker in Ketten zu legen. Aber es kommt noch besser: Der rote Hahn regiert jetzt die Burg Weibertreu! Wo bis gestern der Sitz von Gewalt und Gottlosigkeit war, lodert das reinigende Feuer!»

Jubel brandete auf, Trommelschlagen erfüllte die Luft. Vor Begeisterung warfen die Menschen ihre Mützen in die Luft, ein paar Reisige feuerten sogar ihre Hakenbüchsen ab. «Aber das ist nicht alles!», schrie Bodenstedt mit heiserer Stimme. «Hört zu, wie der kleine tapfere Jäcklein Rohrbach, der die Haufen vor Weinsberg führte, hört zu, wie er, ein einfacher Wirt, dem Grafen das Todesurteil verkündete! Durch die Spieße hat er den Grafen und seine Mordbuben gejagt, und damit ist das Recht endlich einmal von denen in die Hand genommen worden, die schuften und hungern vom ersten Hahnenschrei an … von denen, die vom Schoß ihrer Mutter weg geknechtet werden.»

Marie und Lienhart hüpften begeistert auf den Schultern von Rupert und Jonas, die sich an den Händen fassten und zu tanzen begannen. Ein Mann mit einer Flöte spielte auf, ein wilder Tanz. Er wiegte sich im Takt und lockte einen Fiedler an, der seine Weise aufgriff. Immer mehr Menschen tanzten, der Jubel kannte keine Grenzen. Marie winkte einem Trommler zu, und zu ihrem Entzücken kam sogar noch ein Dudelsackspieler hinzu.

Die Sonne schien, es war warm. Wieder fielen Schüsse. Da gellte es durch die Reihen: «Die Tauber-Müller kommen. Alle! Sie wollen sich mit uns verbünden!»

Ungefähr zur selben Zeit betrat Ulrich den Detwang'schen Stall. Er fühlte den stieren und zerknirschten Blick Gustavs im Rücken, aber das war jetzt auch nicht mehr zu ändern.

Warum kann er auch nicht für einen Heller nachdenken, sagte er sich ärgerlich. Wie kann er Marie einfach mit diesem Lienhart ziehen lassen! In diesen Zeiten! Babur hin oder her!

Wenn ihr was zustößt, wie stehe ich dann vor Hanna da?

Ulrich fluchte leise vor sich hin, vergewisserte sich seines Rapiers. In der Stadt war der Teufel los, und vor der Stadt sammelten sich Müller und Weinbauern, um mit den Bauern gemeinsame Sache zu machen. Die einen wurden vom Doktor ABC aufgewiegelt, die anderen von Hans, dem blinden Franziskanermönch.

«Herr, es tut mir leid», flehte Gustav.

«Jetzt ist es zu spät! Himmel, so dumm wie du ist nicht mal eine tote Gans.»

Ulrich saß auf und ritt mit finsterer Miene an seinem Diener vorbei. Nach einer Weile packte ihn sein schlechtes Gewissen: Wirst es überleben, Gustav, dachte er. Auch wenn's falsch war, dich auf deine alten Tage vor Augen und Ohren des Gesindes runterzuputzen.

Er klopfte Raban, seinem neuen Hengst, den Hals. Sein Brauner war nicht so schön und schnell wie Mahut, dafür aber auch nicht so eigensinnig. Würde er ihn aber jemals so liebgewinnen wie Mahut? Wieder holten ihn die schrecklichen Bilder ein: Wie Paul Ickelsheimer Mahut die Fesseln durchschnitt ... und ihm grinsend das blutige Messer in die Hand drückte. Er hatte es angesetzt und sich abgewendet, den Blick auf den Ohrenbacher Reisigen gerichtet, der ihm die Spitze seiner Lanze in den Rücken gedrückt hatte. Mahut hatte nur leise gewiehert, aber es hatte geklungen, als wollte er ihm sagen: Du hast mich verraten.

Warum musste er jetzt wieder daran denken?

Weil ohne dich, du Hasenfuß, alles anders gekommen wäre, gab er sich die Antwort. Dann wäre Hanna jetzt hier, und wir wären längst verlobt. Er trieb Raban an, erreichte den Ausgang des Dorfes in Richtung Rothenburg.

Plötzlich zögerte er.

Keine halben Sachen mehr, dachte er, wendete und ritt zurück. Ich muss zuerst mit ihr sprechen … sofort, und dann suchen wir Marie gemeinsam. Wie schon einmal. Er stieß Raban die Hacken in die Flanken und galoppierte auf den östlichen Heckendurchgang zu. Wenig später hatte er den Wald erreicht. Die Buchen rauschten in zartem Grün, der Weg auf dem feuchten Waldboden spielte mit Schatten und Licht.

Da sah er sie.

Sie schrak zusammen, blieb stehen.

Mein Gott, ist sie schön!

Ein freudiger Schreck durchzuckte ihn. Er brachte Raban zum Stehen und schwang sich aus dem Sattel. Als er auf sie zutrat, wich sie zurück.

«Ich bin's nur.» Ohne weiter nachzudenken, ging er weiter, doch dann besann er sich, blieb stehen und kniete nieder. Stumm und ritterlich verharrte er mit gesenktem Kopf, schaute schließlich auf. Ihre Blicke begegneten sich. Ein Lächeln lag auf seinem Gesicht. «Möchtest du meine Frau werden?»

«Ulrich!» Tränen schossen Hanna in die Augen. Sie warf sich in seine ausgebreiteten Arme, ließ sich wiegen. Lange standen sie so da. Erst nachdem ihr Herz wieder ruhig schlug, schaute Hanna zu ihm auf. «Küss mich.»

«Ist das ein Befehl?», flüsterte er.

«Ja. Und sofort auszuführen.»

Von oben, auf den Schultern der Weinbauern, schien die Welt ein kleines Stückchen ungefährlicher zu sein. Aber Marie hätte es noch schöner gefunden, wenn sich zwischen den Massen, die zum Kobolzeller Tor drängten, nicht auch bewaffnete Rothenburger Reisige befunden hätten.

Plötzlich packte sie das Grauen, als in ihrem Rücken das Lied der Aufständischen angestimmt wurde. Schrille Flöten peitschten die Melodie voran, und die Schläge der Trommeln waren so wuchtig und laut, dass die Stadtmauer zu beben schien. Die Erinnerung an den Herbst des letzten Jahres kehrte zurück: wie Hanna und sie am Kobolzeller Steig in die Enge getrieben worden waren, wie sie beide am Boden lagen. Sie hatte versucht, Babur zu schützen …

Auf einmal hatte sie sein Jaulen und Winseln im Ohr.

Babur, bist du wieder da? Aber das darfst du doch nicht …

Verwirrt schaute sie um sich, erblickte Lienhart. Er war ein Stück hinter ihr, sang mit und schwenkte sogar eine Fahne. Sein Gesicht leuchtete vor Begeisterung.

«Hast du Babur auch gehört?», rief sie.

«Nein. Du etwa?»

Marie schüttelte nur den Kopf. Erleichtert sah sie wieder nach vorne. Ich hab es mir nur eingebildet, dachte sie. Doch ihr Herz klopfte heftig, als sie am Plönlein angelangt waren. Da pflanzte sich der Ruf fort, der blinde Mönch führe die Tauber-Müller an. Die Menschen begannen zu rennen, hinter dem Kobolzeller Tor krachten Schüsse. Marie zogen weiße Schwaden von Pulverdampf in die Nase. Schrille Pfiffe gellten, Trommeln krachten, Schreie ertönten.

«Gut festhalten!» Rupert drehte den Kopf, lachte Marie zuversichtlich an. «Keine Bange. Die tun uns nichts.»

Er sah sich zu Jonas um, der nicht weniger zuversichtlich schien. Beide beschleunigten ihre Schritte, begannen zu rennen. Längst hatten sie das Kobolzeller Tor passiert. Marie bekam Angst, dass Rupert ausrutschte, aber der hielt sich so sicher auf den Beinen, als würde er auf dem Marktplatz umherlaufen.

Die Kobolzeller Kirche kam in Sicht. Auf dem Pfarrhof drängten sich mit Blankwaffen und Büchsen bewaffnete Bauern und Winzer, zwischen ihnen die Schar der Tauber-Müller mit ihren Knechten.

Und da war auch Jobst Gessler, der Herren-Müller!

«Lange genug habt ihr für die Deutschherren unter der Bank gelegen», hörte Marie Hans Schmidt predigen, der eine Regenbogenfahne schwenkte. «Jetzt gehört ihr auf die Bank! Lange genug habt ihr für sie Korn und Ölsaat gemahlen, Wein gekeltert, Brot gebacken. Jetzt sollt ihr essen und trinken. Lange genug haben die faulen Ritter euer Geld für Kirchentand und Bildnisse ausgegeben, für heidnisches papistisches Blendwerk. Jetzt gebt ihr es Armen und Kranken!»

Jubelrufe erklangen, während andere hinter die Pfarrgebäude eilten und Kirche und Pfarrhof umstellten.

Der blinde Mönch gab die Fahne ab und tappte mit ausgestrecktem Arm vor die Tür des Pfarrhauses. Seine Faust krachte gegen die Tür.

Sofort wurde sie geöffnet.

«Schließ dich uns an!», herrschte er den Pfarrer an. Dieser zitterte vor Angst. Hans Schmidt packte ihn an seiner Soutane und riss ihn auf den Hof. «Unser Herr Jesus Christus sagt: Mein Haus soll ein Bethaus heißen und keine Räuberhöhle sein – aber was habt ihr Deutschherren-Priester getan? Ebendies.» Er drehte sich zu den anderen um und wies mit ausgestrecktem Arm auf die Kirche.

Im selben Augenblick war es Marie, als träfe sie ein

Blitz. Erst fühlte sie sich wie gelähmt, dann lief es ihr eiskalt über den Rücken. Hanna, rief sie ihre Schwester in Gedanken, Hanna, sie werden die Kirche plündern. Wie du es damals in deinem Gesicht prophezeit hast! Es sollte Ostern geschehen, hier in Kobolzell. Jetzt wird es genau so kommen.

Marie begann zu zittern, sie war kalkweiß im Gesicht. Schon drangen ein paar Müller in das Haus ein. Triumphierend reckten sie die Schlüssel der Wirtschaftsgebäude in die Höhe, und auf einmal gab es kein Halten mehr. Sie hörte Jobst Gessler schreien, im Keller seien Krüge voller Öl und Schmalz sowie Tonnen mit gesalzenen Heringen. Der Dudelsackbläser spielte, dass ihm die Backen zu platzen drohten, auf einmal flogen Brotlaibe durch die Luft. Weinfässer wurden auf den Pfarrhof gerollt, Häcker rannten mit Krügen und Bechern aus dem Pfarrhaus, tranken gierig den Wein, den sie selbst sich nicht leisten konnten.

Plötzlich roch es nach Weihrauch und Wachs, nach Schweiß, Mist, verschüttetem Wein. Rupert war in den Sog derjenigen geraten, die ins Innere der Kirche drängten. Er nahm Marie von den Schultern, behielt sie aber an der Hand. Düsternis umfing sie, ohrenbetäubendes Johlen, Trommelschlagen, Scheppern und Poltern. Marie sah, wie ein Winzer das Bildnis des heiligen Jakobus in die Höhe hielt und auf seinem Knie zerbrach, worauf ein anderer die Marienstatue des Altars auf den Boden warf und zerstampfte. Bildtafeln mit dem Leben der Muttergottes wurden von den Wänden gerissen, aufgebrachte Stimmen forderten, sie allesamt zu verbrennen, andere schrien, man solle sie in den Fluss werfen oder Boote daraus bauen. Ein Weinbauer riss das Lesepult in die Höhe und schwankte damit durch den Gang. Als Rupert ihn sah, war es zu spät. Ein Fuß des Pultes traf ihn genau an der Stirn. Er schrie auf und sackte in die Knie.

Marie rettete sich mit einem Sprung zwischen die Kirchenbänke. Plötzlich wurde sie gepackt und auf die andere Seite gezogen.

«Himmel, Marie!»

«Arndt?»

«Erkennst du deinen eigenen Bruder nicht mehr? Zum Teufel, was tust du hier? Bist du toll? Raus mit dir. Wir schlagen hier alles kurz und klein.»

Ohne zu zögern fasste er ihre Hand und zog Marie mit sich.

«Nein, wir müssen zuerst nach Rupert schauen.»

«Nichts da ... Rupert, wer ist das überhaupt? Du schaust, dass du hier rauskommst.»

Arndt zerrte Marie hinter sich durch den Mittelgang, während immer neue Bauern und Winzer zum Altar stürmten. Besorgt schaute sich Marie um. Ich kann Rupert doch jetzt nicht allein lassen, dachte sie. Er hat mich die ganze Zeit getragen ... Sie versuchte, Arndt zurückzuziehen, doch natürlich war Arndt stärker. Da sah sie, wie sich Rupert wieder aufrichtete. Er presste sich den Handballen gegen die Stirn und schien noch ganz benommen.

«Rupert!», rief Marie aus Leibeskräften. «Mein Bruder ist hier.»

Sie hob den Arm und winkte ihm zu, doch schon im nächsten Augenblick hatte Arndt sie ins Freie auf den Pfarrhof gezerrt. Plünderer rannten mit Heiligenbildern und Schnitzfiguren im Kreis, Leuchter, Kruzifixe, vergoldete Monstranzen und Weihrauchkännchen wurden auf einen Haufen geworfen. Immer neue Anfeuerungsrufe erschallten, während Jobst Gessler mit einem anderen Mann eine Truhe aufbrach und ihr einen Priesterornat und andere Kultkleidung entriss. «Hat Christus wohl so was getragen?», krächzte er heiser und warf die einzelnen

Teile in die Luft. «Eine golddurchwirkte Kasel? Soutanen aus Seide und Samt? Oder hier, Gürtel, die nur dazu dienen, fette Bäuche zu halten. Und wo steht geschrieben, dass unser Heiland Damast getragen hat?»

Er spießte das Zingulum auf eine Lanze und wedelte damit in der Luft herum.

Und dein Krächzen, Jobst Gessler, ist heiserer als das einer Krähe. Das waren Hannas Worte gewesen! Marie riss die Augen auf, konnte den Blick nicht von Jobst Gessler wenden.

Ein Pferd war zu hören.

«Marie! Arndt!» Hannas Stimme überschlug sich.

Sofort rannte ein Haufen Bauern, Winzer und Müller auf Raban zu. Einer legte mit der Büchse an und zielte. Ein Schuss krachte los, ging aber daneben. Ulrich zog sein Schwert, Hanna schrie. Ein Bauer nahm Anlauf, um seine Forke zu werfen, doch Arndt fiel ihm gerade noch rechtzeitig in den Arm.

«Nicht», rief er aufgeregt. «Das ist meine Schwester!»

«Bei einem Deutschherrn?»

«Und wennschon!»

Marie nutzte die Verwirrung, ohne sich um Hannas Rufe zu scheren, rannte sie zurück in die Kirche. Sie hatte nur einen Gedanken im Kopf: Ich muss nach Rupert schauen! Das müssen sie doch verstehen. Geschickt huschte sie an den Plünderern vorbei, die noch immer nicht genug hatten. Marie achtete nicht auf das Krachen des splitternden Holzes noch auf die wie besessen auf das Gestühl einschlagenden Winzer.

«Rupert!» Er war mit dem Rücken an einer Säule herabgeglitten.

«Kleine, du? Mir ist so schwindlig, dass ich nicht stehen kann.»

«Aber du musst hier raus!» Sie fasste ihn unter die Arme,

versuchte, ihm auf die Beine zu helfen. Natürlich vergeblich, Rupert war viel zu schwer. «Warte, ich hol Hanna und Ulrich!»

Sie rannte wieder hinaus, prallte kurz vor der Tür gegen ihre Schwester. Draußen donnerte Hufschlag, kurz darauf krachten mehrere Schüsse. Entsetztes Geschrei erklang, neue Salven wurden abgeschossen. «Wir tun euch nichts», brüllte eine Stimme. «Aber hört mit dieser Schändung auf!»

Maries Kopf fuhr herum. Auch sie kannte diese Stimme.

«Ja, das ist der Jacob Aufreiter», bestätigte Hanna. «Er wird Stadtsoldaten bei sich haben. Und die sind bestimmt schwer bewaffnet.»

«Wo ist Ulrich?»

«Sie lassen ihn nicht vom Pferd. Arndt aber passt auf, dass sie ihm nichts tun.»

Marie zeigte ihrer Schwester, wo Rupert war, der haltlos zu zittern begonnen hatte. Unter Aufbietung aller Kräfte gelang es ihnen, den Hünen auf die Beine zu bringen. Draußen sangen die Aufständischen gegen Aufreiters Befehle an, dann machten Flüche und Verwünschungen die Runde. Rupert konnte sich allerdings kaum auf den Beinen halten. Immer wieder drohte er, in die Knie zu sacken. Niemand half ihnen, stattdessen wurde der Altar hinter ihnen in Stücke gehackt.

«Es ist alles so gekommen, wie du es gesagt hast, nicht wahr?»

«Ja.» Hanna legte sich Ruperts Arm um die Schulter. «Auf dem Steig wollte ich vor Grauen schon umkehren, aber jetzt geht es wieder. Es ist eben nicht zu ändern.»

Sie traten durch die Kirchentür.

Ein knappes Dutzend Rothenburger Stadtsoldaten hatte viele der Plünderer in die Flucht geschlagen und trieb sie vor sich her, andere Aufständische scharten sich um Jobst Gessler und den blinden Mönch, denen Ulrich vom Pferd aus ins Gewissen redete. Doch die Männer spuckten vor ihm aus und sprangen immer wieder vor, um ihn mit Lanzen und Hellebarden einzuschüchtern. Einer schwang sogar einen Morgenstern, hatte aber nicht den Mut, Ulrich damit anzugreifen.

Endlich gaben sie auf, und die meisten verzogen sich. Aufreiter selbst kam gerade von einer Verfolgungsjagd zurück. Mantel und Stiefel schimmerten gefährlich, was in eigentümlichem Kontrast zu seinem mit Pfauenfedern geschmückten Hut stand.

Sein hartes Gesicht war verschattet, die Augen stechend vor Hass. Kaum, dass er Hanna gewahr wurde, zügelte er sein Pferd und schrie sie an: «Hast du sie mit aufgehetzt, Hanna Völz? Jetzt weiß ich, wozu deine teuflischen Gesichte gut sind!»

«Haltet Euren frechen Mund, Aufreiter!», herrschte Ulrich ihn an und wollte Hanna und Marie zu Hilfe eilen.

«Ich werde Euch zeigen, wer hier seinen Mund zu halten hat!»

Aufreiter schwang sich aus dem Sattel, zog sein Schwert, Ulrich ebenso. Er schien auf einmal mindestens so wütend zu sein wie der Stadtrichter, jedenfalls führte er die erste Attacke. Aufreiter parierte schwerfällig. Auge in Auge standen sich die Männer gegenüber, beide keuchend, als hätten sie schon länger gekämpft.

Da rief Hanna um Hilfe, weil Rupert zusammenbrach. Die Beule an seiner Stirn war riesig und blutete. Kaum, dass er am Boden lag, musste er sich übergeben.

Zwei Bauern kamen angelaufen.

Sie schleiften Rupert zum Pfarrhaus und lehnten ihn an den Türrahmen. Marie rief nach Jonas und Lienhart, der Pfarrer presste Rupert ein feuchtes Tuch gegen die Stirn.

«Ihr wollt ein Deutschherr sein, Ulrich von Detwang?», höhnte Aufreiter. «Was gebt Ihr Euch mit diesem Pack ab? Mit einer verlorenen Köhlerseele! Seht Ihr nicht, dass ihr Herz für diese Barbaren schlägt?»

«Sie wollte helfen, Stadtrichter! Das wisst Ihr genau.»

«Ich sag Euch was: Verzagte Ritter wie Ihr sind für all das verantwortlich! Ihr habt Schuld, dass die gottgewollte Ordnung in den Dreck gezogen wird. Ihr seid ein Verräter!»

«Und Ihr ein blinder, gnadenloser Hasser. Korn habt Ihr verschenkt, ja, aber ich sage Euch auch, warum: damit all die, die jetzt ihrer Wut freien Lauf lassen, die hungern und unter mörderischen Abgaben leiden, Eure Liegenschaften in Ruhe lassen. Euer Ruf ist der eines Blutsaugers, Stadtrichter Jacob Aufreiter. Wisst Ihr, was Ihr seid? Ein ärgerer Schinder als die Kriegsknechte des Pilatus!»

Aufreiter spuckte vor ihm aus und bestieg sein Pferd. Er winkte den Stadtsoldaten und ritt mit ihnen zurück in die Stadt. Hanna sah ihnen mit klopfendem Herzen nach, die verbliebenen Bauern und Winzer schrien ihnen Flüche nach. Hans Schmidt trat an der Seite Arndts und Jobst Gesslers auf sie zu. Sowohl der blinde Mönch als auch der Herren-Müller lächelten.

Jobst Gessler streckte Hanna die Hand hin. «Friede, Hanna. Was war, tut mir leid.»

Zögernd ergriff Hanna seine Hand.

«Was du einem von uns getan hast, das hast du mir getan», ließ sich Hans Schmidt vernehmen.

«Das war nicht recht von euch», flüsterte Hanna.

Sie ließ die Männer stehen und eilte zu Marie, während Ulrich mit versteinertem Gesicht in das Kirchlein des heiligen Jakobus trat. Wie die Rothenburger Hauptkirche unterstand auch sie dem Deutschen Orden, und noch immer wurde sie geschändet.

Ulrich zog sein Rapier. Langsam trat er auf einen jungen Müllersknecht zu, der mit einem gewaltigen Kerzenleuchter abwechselnd auf den Altartisch und das Gestühl einschlug. Er schien besessen und entrückt zugleich und sang mit wimmernder Stimme eine monotone Weise vor sich hin. Dabei blutete er aus der Nase, seine Hände starrten vor Schmutz.

Als er den Kopf hob, lächelte er. Aufjubelnd schleuderte er den Kerzenständer durch das Kirchenschiff, dann rannte er hinaus und rief in einem fort: «Alleine! Alleine! Immer alleine!»

37

Was die Aufständischen der Kobolzeller Kirche angetan hatten, war nicht wiedergutzumachen. Ulrich indes hatte andere Sorgen. Zum einen, weil sich herumsprach, die Köhlerin Völz habe die Plünderung prophezeit, zum anderen, weil Aufreiters Bauernjagd dazu führte, dass die Ratsfraktionen um Stephan von Menzingen und Bürgermeister Kumpf sich zusammentaten und die Macht in Rothenburg übernahmen. Freilich bedeutete dies nicht, dass alle Patrizier ihrer Ämter enthoben wurden. So blieb der dem Patriziat zugehörige Ratsbaumeister weiterhin für die Stadtplanung zuständig, ebenso jenes Ratsmitglied, das die Interessen der Türmer und Wächter vertrat.

Auch Jacob Aufreiter behielt sein Amt des Stadtrichters – zumal er, wie sogar die gegnerischen Fraktionen anerkannten, im letzten Winter in bester Absicht Korn an die Armen hatte verteilen lassen. Dass es möglicherweise verhext worden war, daran trage er keine Schuld. Also sei auch nichts dagegen einzuwenden, dass er die Köhlerin

Völz im Auge behalte und notfalls festsetze, falls sie mit ihren Gesichten weiter Angst und Schrecken verbreite.

Es war kein Geringerer als Dr. ABC, der Ulrich diese Entwicklung berichtete. Ulrich traf ihn im Rathaus, nachdem er offiziell Beschwerde und Antrag auf Schadenersatz wegen der Zerstörung der Kobolzeller Kirche eingereicht hatte. Denn so wie die Deutschherren die Geistlichen für die Kirche St. Jakob und die Kobolzeller Kirche stellten, hatte die Stadt die Pflicht, sämtliche kirchlichen Gebäude zu schützen.

Dr. Bodenstedt aus Carlstadt sah dies anders. Er maß Ulrich mit selbstgerechtem Blick aus seinem feisten Gesicht und sagte: «Je eher die Götzenwerke in diesen Brutstätten katholischer Bigotterie zerstört sind, umso besser. Freilich verstehe ich Euch. Aber sagt selbst: Wie käme es wohl bei den Bauern und Häckern an, wenn wir Euch Deutschherren jetzt die Stadtkassen öffneten? Glaubt mir, Ritter, dann wäre St. Jakob bald nur noch ein Trümmerhaufen.»

Er verbeugte sich und machte sich in die Ratsherren-Trinkstube auf. Ulrich sah ihm nach, die Hand am Rapier. Doch dann murmelte er: «Wäre ich Hanna, würde ich dir jetzt prophezeien, dass du dir bald vor Angst in die Hose scheißen wirst, Bruder Neunmalklug.»

Ein Ekelgefühl stieg in ihm hoch. Ich muss fort, dachte er. Wenigstens für ein paar Tage. Und sie kommt mit.

Er schwang sich auf sein Pferd und ritt zurück nach Detwang.

Hanna saß in der Stube, wo sie für Marie Äpfel schälte und ihr einzelne Schnitze in den Mund steckte.

«Bestimmt haben sie sich irgendwo versteckt», hörte Ulrich Hanna beschwichtigend auf Marie einreden. «Du hast gestern Abend gesagt, dass der Jonas einen vernünftigen Eindruck gemacht hat. Auch wenn wir sie nach der Plünderung nicht mehr gesehen haben, bedeutet dies nichts Schlimmes.»

«Das stimmt, Marie.»

Ulrich ging in die Hocke und ließ sich von ihr mit einem Apfelschnitz füttern. «Aber wie auch immer dies für die beiden ausgegangen ist: So etwas machst du nie wieder, versprichst du mir das?»

«Ja.»

«Gut, ich vertraue dir. Weißt du, der Rupert hätte auch böse Gedanken haben können. Stell dir einmal vor, er hätte dich entführt. Schließlich bist du mein Mantelkind und damit etwas wert.»

Marie riss die Augen auf, kaute aber langsam weiter. «Dann bin ich in Gold aufzuwiegen?»

Ulrich erhob sich und wechselte mit seiner gerade eingetretenen Mutter einen belustigten Blick. «Aufzuwiegen in Gold und Edelsteinen. Ja, Marie, so ein Schatz bist du.»

So zustimmend Katharina von Detwangs Worte auch waren, sie sprach so sachlich, als würde sie Anweisung erteilen, die Fenster zu putzen. Sie ließ ihren Blick durch den Raum schweifen, verweilte einen kurzen Moment bei Hanna und winkte Marie, mit ihr zu kommen.

Marie rutschte von Hannas Schoß. Erst da lächelte Ulrichs Mutter.

«Was hat sie?», fragte Hanna.

«Ihr Herz hat sich längst für dich entschieden», antwortete Ulrich. «Aber sie leidet darunter, dass meine Schwester mich dir nach wie vor abspenstig machen möchte. Es zerreißt sie.»

«Warum ist deine Schwester so streng?»

Es klopfte. «Ich ahne etwas … aber nicht jetzt.» Ulrich küsste Hanna flüchtig auf die Wange und rief: «Ich lasse bitten.»

Kammerdiener Gustav trat ein und verkündete mit

weit ausholender Geste näselnd: «Eure Schwester, Herr, wünscht, sich mit Euch zu besprechen.»

Irritiert schaute Hanna zu Ulrich: So förmlich war Gustav noch nie gewesen, gleichzeitig bereitete ihr sein kurzer, feindseliger Blick Unbehagen.

Agathe erschien und wirkte ebenfalls verwundert. Gustav schloss mit einer Verbeugung die Tür und räusperte sich laut auf dem Gang.

«Was hat er denn nun schon wieder?»

«Ich habe ihm etwas heftig ins Gewissen geredet. Weil er Marie gestern erlaubt hat, ohne mein Wissen in die Stadt zu gehen. Jetzt schmollt er und spielt den Gedemütigten. Er ist alt, aber mindestens genauso stolz.»

«Dann wird er die Völzens wohl ganz schön hassen.»

Hanna erhob sich und knickste vor Agathe, die im ersten Moment aber tat, als wäre sie gar nicht anwesend. Doch dann wandte sie sich unwirsch Hanna zu und fuhr sie an: «Kannst du dir in etwa vorstellen, was du uns eingebrockt hast?»

«Du sprichst mit meiner Verlobten, Agathe.»

«Das ändert doch nichts. Wegen ihr geht's bei uns im Viertel zu, als wären alle närrisch geworden. Die Klosterpforte wird belagert, weil das Gerücht durch die Stadt läuft, Hanna hätte sich entschieden, als von der Jungfrau auserwählte Seherin in unser Kloster einzutreten. Um allen dort wahre Frömmigkeit vorzuleben! Die Verrücktesten schreien, sie würde Priorin werden. Gib zu, was für eine Frechheit das ist!»

«Willst du damit sagen, Hanna sollte sich lieber nicht in der Stadt blicken lassen?» Ulrich warf ihr rasch einen Blick zu, den Hanna aber nicht deuten konnte. Was hat er vor?, fragte sie sich. Von einer förmlichen Verlobung scheinen wir auf jeden Fall noch weit entfernt zu sein. Dabei ist noch immer Ostern, der dritte Ostertag.

«Noch einmal, Schwesterherz, willst du das sagen?»

Agathe schwieg beleidigt und schaute an ihrem Bruder vorbei aus dem Fenster. Ulrich schüttelte den Kopf. Kurz entschlossen nahm er nach einer Weile Hanna an die Hand und verließ mit ihr die Stube. Ohne sie loszulassen, stieg er mit ihr die Treppe hoch in den nächsten Stock, wo die Räume seiner Mutter lagen.

Hannas Herz klopfte zum Zerspringen. Sie hörte, wie Marie laut kichernd gereimte Verse vorlas, ermahnt von Ulrichs Mutter, ernst zu bleiben und deutlicher zu sprechen.

Ulrich klopfte. Sie traten ein. Noch immer spürte Hanna seine Hand. Jetzt hielt er sie noch fester.

«Mutter? Jetzt ist Zeit.» Hanna fühlte sich einer Ohnmacht nahe. Das Blut schoss ihr in den Kopf. Mit einem Mal begriff sie, was Ulrich vorhatte. Sie kniete sich an seine Seite und fing Maries Blick auf, die Ulrich und sie mit weit aufgerissenen Augen anschaute. «Wir bitten um deinen Segen, Mama.»

Atemlose Stille herrschte, Hanna hielt die Luft an. Ulrichs Hand schwitzte, sie spürte, wie er leicht zitterte.

Katharina von Detwang räusperte sich. «Nur Liebe wagt, was Liebe vermag.» Hanna spürte die Hände von Ulrichs Mutter auf ihrem Haar, sie kämpfte mit den Tränen. «Nehmt meinen Segen. Seid euch gut und lebt nach Gottes Herz und Sinn. Und nun steht auf.»

Katharina von Detwang war bleich. Ein schmerzliches Lächeln umspielte ihren Mund, doch schließlich umarmte sie Hanna und küsste sie auf die Wange. Hanna schluchzte auf, auch Ulrich hatte feuchte Augen, als er seiner Mutter dankte. Allein Marie schien nicht allzu beeindruckt zu sein. Sie rutschte von ihrem Stuhl herab, stellte sich kerzengerade vor Ulrich hin und fragte: «Was ist mehr wert: ein Mantelkind oder ein Onkel?»

Ulrich lachte auf: «Das kommt ganz auf den Onkel an, Marie. Aber wenn beides zusammenkommt, dann ist das schon ein sehr großes Glück.»

«Und habe ich es verdient?», fragte Marie plötzlich ernst und fast schon eingeschüchtert.

«Das musst du selbst herausfinden.»

Er kniff Marie in die Wange, Hanna aber liefen Freudentränen über das Gesicht. Aber obwohl dies nun einer der glücklichsten Momente ihres Lebens war, konnte sie ihn nicht richtig genießen. Irgendetwas beunruhigte sie. Als habe sich eine unsichtbare Schlinge um meinen Hals gelegt, dachte sie. Eine Schlinge, die sich von Tag zu Tag enger zuziehen wird.

Es ging auf den Spätnachmittag zu. Der Himmel hatte sich bewölkt, aber es blieb frühlingswarm, und die Luft am Tauberweg duftete, als würden unsichtbare Geister die Ufersträucher parfümieren. Hanna schmiegte sich schläfrig an Ulrich, die Aufregung des gestrigen Tages forderte ihren Tribut.

Eine gute Reitstunde würden sie unterwegs sein, hatte Ulrich ihr erzählt, mehr hatte er sich nicht entlocken lassen. Aber das mit Decken, Kleidung und Lebensmitteln beladene Packpferd hinter ihnen verriet Hanna genug. Es ist richtig so, dachte sie. Besser, wir tauchen eine Weile unter. Nicht von ungefähr heißt es: Aus den Augen, aus dem Sinn.

Bis auf ein Quartett Bäuerinnen, die sich mit Dreschflegeln bewaffnet hatten, kam ihnen niemand entgegen. Ulrich sprach sie an, ob sie denn auf keine Kinder aufzupassen hätten, da wurde eine der Frauen so wütend, dass sie ausholte. Raban machte einen Satz, der schwere Flegel schlug ins Leere und riss die Frau zu Boden. Hanna hörte ihre Begleiterinnen lachen, sie sah zurück.

Die Frau kauerte weinend im Dreck. Als sich ihre Blicke kreuzten, schrie sie: «Hexe!»

Schließlich bogen sie nach Steinbach ab. Das Gehöft, erklärte Ulrich, gehöre Aufreiters Schwiegereltern: «Einst besaß es meine Großmutter. Mein Großvater hat es nach ihrem Tod an Aufreiters Schwiegereltern verkauft. Auch sie bauen Hafer an. Eine sichere Frucht, denn Pferde wird es immer geben. Beide gelten als äußerst hartherzig. Ihre Hedwig aber wollten sie unbedingt reich verheiraten. Ich kam gut mit ihr aus, aber sie war frech. Und das gefiel natürlich meiner Schwester nicht, die sie gerne zur Nonne gemacht hätte. Aber das gelang ihr nicht einmal bei Josepha, Hedwigs taubstummer Schwester.»

«Was wurde aus Hedwig?

«Sie hat Jacob Aufreiter geheiratet, starb dann aber im Kindbett. Es gab damals das Gerücht, Aufreiter habe sie während der Schwangerschaft geschlagen, weil er sich einbildete, das Kind, das sie erwartete, sei nicht von ihm. Ein völlig unsinniger Verdacht. Trotzdem bleibt mir bis heute rätselhaft, warum ihre Eltern in unserem Stadtrichter einen guten Schwiegersohn sahen.»

Der Weg führte mitten durch die Besitzung. Bis auf zwei wasserschleppende Mägde war niemand zu sehen. Hannas Blick schweifte über Feldstücke, auf denen grüne Haferpflanzen wuchsen. Am Wegrain bogen sich Kletten vom Vorjahr mit braunen wolligen Blüten. Eine Magd riss einige von ihnen heraus und schnitt die Wurzeln ab.

Klettenwurzelöl, dachte Hanna. Mutter hat damit früher immer ihre Hände gepflegt. Marie und ich bekamen es ins Haar massiert.

Ein Hahn krähte, kurz darauf rief ein Kuckuck.

Es ist der erste, den ich höre, dachte Hanna. Ein Frösteln ergriff sie, denn der Himmel hatte sich noch weiter eingetrübt. Sie drehte sich zu Ulrich um und erschrak, wie ernst seine Miene war. Als wisse er darum, lächelte er schnell und küsste sie, doch Hanna wurde das Gefühl nicht los, dass etwas Ungutes um dieses Gehöft war. Vielleicht hat deswegen der Kuckuck gerufen?, fragte sie sich. Vater hat uns Kindern immer erzählt, er sei ein Wächter, um die, die reinen Herzens sind, zu warnen.

Doch wer ist gemeint? Ulrich oder ich?

Der Weg endete in einer Wiese und führte dahinter weiter durch den Wald. Es ging bald leicht bergauf, schließlich erreichten sie einen kaum zu erahnenden Pfad, der steil den Hang hinaufführte. Sie stiegen vom Pferd und stapften eine halbe Stunde bergan. Endlich betraten sie eine kleine Lichtung.

«Wir sind da.» Ulrich zeigte auf den hüttenähnlichen Anbau, der an einen breit aufragenden Felsen gezimmert war. «Sieht zwar aus wie ein Schanzwerk, aber du siehst: Verkommen ist es nicht. Es hat eine Tür und ein Fenster und innen … wart's ab.»

Er kramte einen Schlüssel aus der Satteltasche und schloss auf. Hanna konnte kaum glauben, was sie sah: Der Raum war bis auf die Felswand-Stellen holzgetäftelt. Die Ecke links gegenüber der Tür war der Platz für ein Schlaflager, das mit Stroh aufgeschüttet war, in der anderen Ecke stand ein Regal mit Geschirr. Neben dem Eingang gab es einen Tisch mit zwei Stühlen, zudem gab es noch eine große Truhe, zwei Wandlaternen und eine gemauerte Herdstelle mit Töpfen, Spießen und Pfannen.

«Und wie lange …»

«… wir hier bleiben?» Er zog sie an sich und küsste sie lange. «Bis uns der Hunger forttreibt oder wir keine Lust mehr aufeinander haben.»

38

Sie liebten sich und dösten, und doch wurde Hanna das Gefühl nicht los, dass da irgendetwas war, das Ulrichs Seele verschattete. Seine Sanftheit war mit einer seltsamen Traurigkeit gepaart, sein Lächeln scheu, seine Blicke viel zu oft nachdenklich, gar zweifelnd. Es mochte am Wetter liegen, das noch am Abend ihrer Ankunft umgeschlagen war. Die maienhafte Wärme war der Launigkeit des Aprils gewichen, heftige Regenschauer wechselten mit sonnengleißenden Momenten ab, doch der Wind war so scharf, dass Hanna schnell zu frösteln begann.

Wozu aber auch diese herrliche Hütte verlassen?

Sie hatten zu essen und zu trinken, und auf dem Strohbett lag es sich dank Ulrichs Fellen so weich, dass man gar nicht wieder aufstehen mochte. Träge schlich der erste Tag vorüber, am späten Nachmittag dann verließ Ulrich sie für eine Stunde und kam mit zwei gerupften und ausgenommenen Tauben und Hühnern zurück.

«Es macht der April, was er will.» Lachend hob er seine Beute in die Höhe und schüttelte sie. Draußen donnerte es leise, ein Blitz zuckte vor dem Fenster auf. «Dies ist heute das erste Gewitter des Jahres.»

«So fröhlich wie jetzt hast du den ganzen Tag nicht geklungen», sagte sie mit leisem Vorwurf in der Stimme. «Ursula würde sagen: Guck, wenn sie den kleinen Tod überwunden haben, denken sie ans Essen – das freilich immer wir für sie kochen sollen.»

«Mit anderen Worten: Du bietest mir jetzt an, mir zu helfen? Ritter jagen, Frauen braten das Gejagte. So will es der Brauch.»

«Wer braucht hier was?» Hanna warf die Decke von sich, streckte die Arme nach hinten und schloss die Augen.

Sie wartete, lauschte auf Ulrichs Atem. Für einen Moment war es still bis auf das einsetzende Prasseln des Regens, dann spürte sie Ulrichs Schatten auf sich.

Zeig mir, dass du mich willst, rief sie ihm in Gedanken zu. Du kannst alles von mir haben.

Sie zuckte leicht zusammen, als sich Ulrichs Lippen kühl auf ihren Bauchnabel senkten. Er verharrte eine Weile, küsste sich dann, ohne sie mit den Händen zu berühren, hoch zu ihrem Hals und biss zart in ihr Ohrläppchen. Es war unschuldig und sinnlich zugleich und jagte ihr Schauer über den Leib. Sie gurrte, streckte ihm ihren Leib entgegen. Ulrich aber fasste sie noch immer nicht an. Du Schuft, dachte sie und seufzte befreit auf, als sie seine Lippen auf ihren Brüsten fühlte. Mehr, dachte sie, mehr … Ein Beben erfasste sie, als er plötzlich sein Gesicht auf ihren Venusberg presste und langsam tiefer glitt. Hanna glaubte zu zerspringen, als er sie mit der Zungenspitze neckte. Ihr war heiß, und die Spannung in ihrem Unterleib wurde unerträglich. Doch so köstlich Ulrich sie auch verwöhnte, er fasste sie nicht an. Die Sehnsucht, dass er zupackte, wurde unerträglich. Sie wollte endlich seine Hände, wollte fühlen, wie sie ihre Schenkel drückten, spreizten, festhielten …

Lange hielt er sie in dieser süßen Qual. Und erst, als sie schon aufgeben wollte, erfüllte er ihren Wunsch.

Hanna bäumte sich auf, so groß war die Lust. Wenn Ulrich ihr nicht sofort seine ganze Männlichkeit schenkte, würde sie den Verstand verlieren. Jede Sekunde, die er brauchte, sich die Kleider vom Leib zu zerren, war eine Sekunde zu viel. Sie bebte am ganzen Körper, als sie ihn in sich aufnahm, und trieb sofort in einem neuen Höhepunkt davon. Er liebte sie so heftig, dass sie alles um sich herum vergaß. Welle auf Welle riss sie fort, bis Ulrich zu zittern und heftig zu schnaufen begann.

«Barbara!», hörte Hanna ihn im Augenblick seiner höchsten Lust aufschreien, da sackte er über ihr zusammen und begann zu schluchzen.

Nein, sagte eine Stimme in ihr. Da war nichts.

Doch, sagte eine andere Stimme. Du hast es gehört. Es ist wahr.

Sie stemmte Ulrich von sich, fühlte, wie die Seligkeit der letzten Stunde aus ihrem Körper floss, als habe er ein Leck. Stumm lag sie auf dem Rücken, starrte in die Luft, während Ulrich sich langsam beruhigte. Keiner von beiden bewegte sich. Der Regen hatte wieder aufgehört, draußen wurde es hell, nach einer Weile ergoss sich eine Flut goldenen Lichts über die Lichtung.

Ulrich erhob sich, lächelte. «Es ist nichts, Hanna. Es war nur die Vergangenheit. Sie war wie du, und doch ließ Gott ihr nur elf Jahre. Als dich mir die Flammen am Wachsenberg schenkten, als du plötzlich vor mir standst, da dachte ich, du wärst ein Geist. Als wärst du auferstanden und als gereiftes Mädchen, als junge Frau acht Jahre nach ihrem Tod mir zurückgeschenkt worden. Dabei war gar nichts mit uns. Barbara war schließlich erst elf, wenn sie auch frühreif war.»

«Sie war deine Spielgefährtin?»

«Ja.» Überrascht sah er sie an. «Woher weißt du das?»

«Einfach so. Dann wäre sie also jetzt deine Frau …»

«Vielleicht, vielleicht auch nicht. Selbst wenn wir irgendwann richtig zusammengefunden hätten, was wäre geschehen, wenn sie schwanger geworden wäre? Mein Vater, der bis vor fünf Jahren ja noch gelebt hat, er hätte sie verjagt und mich halb tot geprügelt.»

«Du hast sie geliebt?»

«Wie nur ein Junge mit siebzehn lieben kann. Aber dann kam der Tag, an dem Hedwigs Vater, also Aufreiters Schwiegervater, sich aus Steinbach aufmachte, weil er eine Nachricht erhalten hatte: Fischer hätten Barbara am Ufer der Tauber gefunden. Ertrunken. Meine Barbara war tot.»

Hanna zog Ulrich neben sich, wiegte ihn. «Jetzt … weiß ich es», murmelte sie. «Jetzt versteh ich alles.»

«Was?», flüsterte er.

«Dich.»

Beide schwiegen, wobei Hanna Ulrich sanft wiegte. Sie dachte an nichts, fühlte aber, wie hungrig sie auf einmal war. Er wird noch mehr erzählen, sagte sie sich. Aber was rege ich mich auf. Wir sind verlobt, sie ist tot.

Hanna löste sich von Ulrich, schlüpfte in ein Nachtgewand und fachte das Feuer neu an. Als die Flammen kräftig genug waren, setzte sie sich an den Tisch, rieb die Tauben mit Öl und Salz ein und würzte sie mit der Kräutermischung, die sie im Regal neben der Herdstelle fand. Ulrich schnarchte leise, als sie die Tauben auf Spieße steckte und über das heruntergebrannte Feuer hängte. Sie drehte die Spieße, nach kurzer Zeit fiel der erste Fetttropfen in die Glut. Rauch waberte durch die Luft, der Hanna immer hungriger machte. Sie sah zu, wie die Haut Farbe annahm, der Duft wurde immer betörender.

«Brot aufschneiden, Wein einschenken», murmelte Ulrich und rollte sich auf den Bauch.

«Wie war das mit dem Helfen?»

«Ich hab doch schon gejagt …»

«Wohl eher gekauft …»

«Das ist heutzutage dasselbe.»

Endlich war das Fleisch durchgegart. Hanna zog die Spieße heraus, schnitt Brot ab und füllte zwei große Becher mit Wein. Ulrich setzte sich auf und schaute sie lächelnd und voller Liebe an: «Ich möchte immer wieder solche Stunden mit dir erleben dürfen. Ein Leben lang, du Schönste aller Köchinnen.»

Hanna entledigte sich ihres Nachtgewands, bevor sie Speisen und Wein zu ihrem Liebeslager trug. Anmutig ließ sie sich nieder, wobei Ulrich die gefaltete Decke festhielt, damit Hanna sich nicht an die nackte Felswand lehnen musste. Sie aßen mit größtem Genuss, zwischen sich das Brett mit den Tauben, dem Brot und dem Wein. Sie fütterten sich mit den besten Häppchen oder küssten sich. Und wenn sie einen Schluck Wein tranken, dann nie, ohne sich dabei in die Augen zu schauen.

Schließlich begann Ulrich wieder zu erzählen: «Hier war einst unser Versteck. Ich hab es aber erst später so herrichten lassen. Sie wuchs hier in Steinbach auf. Wir lernten uns kennen, als ich fünfzehn war. Ich machte einen Ausritt, und mein Pferd scheute vor dem Kadaver eines Hundes. Sie wollte ihn begraben, kam gerade mit einer Schaufel an. Sie erzählte, der Hund sei ihr liebster Freund gewesen, jetzt würde sie nie mehr glücklich werden. Ich half ihr, die Grube auszuheben. Wir beteten zusammen ... und zum Abschied umarmte sie mich. Zwei Tage später besuchte ich sie, nahm sie mit aufs Pferd. Ja, und dann ging es immer so weiter. Wir schienen wie geschaffen füreinander.»

«Du, das mag ich aber nicht hören ...»

«Ich weiß. Aber für mich ist es noch immer so, als wärst du für mich von den Toten auferstanden.»

Ulrich küsste sie, Hanna sank gegen ihn. Er begann sie zu streicheln ... die Brüste, den Bauch, den Schoß.

«Mehr.»

Ulrich rutschte langsam nach unten. Ihr Keuchen ging in lautes Stöhnen über, draußen aber zogen wieder Wolken auf, und der nächste Schauer kündigte sich an.

Gegen Mitternacht duftete es nach gebratenem Huhn.

Den folgenden Tag verschliefen sie, die beiden nächsten Tage lasen sie sich aus der Bibel vor.

39

Hanna schüttelte die Felle aus. Endlich schien wieder die Sonne, und die feuchte Kühle der letzten Tage verdunstete in der Mittagswärme. Ginge es nach mir, würde ich für immer hierbleiben, dachte sie. Es ist ein gesegnetes Fleckchen Erde, gerade so, als würde es von Gott selbst geschützt. Sie summte ein Lied und erfreute sich an zwei Hummeln, die kopfüber in den violetten Blüten einer Wiesenstaude brummten. Die Wiese dampfte, es duftete nach Gras und Erde.

Ein Kuckuck rief.

Hanna hob den Kopf, schaute um sich. Wen willst du jetzt wieder mit deinen beiden Tönen warnen?, dachte sie. Mich oder Ulrich? Oder uns beide?

Sie lauschte noch eine Weile, doch der Kuckuck hatte nur kurz gerufen. Dafür schrie jetzt ein Eichelhäher.

Dann wird Ulrich gleich kommen, frohlockte Hanna. Schnell trug sie die Felle in die Hütte. Als sie wieder heraustrat, hörte sie Raban.

Hanna runzelte die Stirn. Warum reitet er so schnell? Er hat doch Zeit. Oder ist Raban ein zweiter Mahut und geht gerade durch?

Raban preschte den Hang hoch. Er hatte Schaum vor dem Maul, Ulrich trieb ihn unerbittlich an.

«Hanna! Wir müssen weg hier. Wenn sie herauskriegen, was es hier oben gibt, werden sie es genauso niederbrennen.»

«Was ist denn los? Warum ‹genauso›?»

Ohne zu antworten, sprang Ulrich aus dem Sattel. Er lief zur Regenwassertonne, schöpfte einen Eimer und schleppte ihn vor Raban. Der Hengst zitterte, sein Bauchfell glänzte vor Schweiß. Sofort begann er zu saufen.

«Er wird nicht viel Zeit haben, sich auszuruhen. Das Holz in der Herdstelle lassen wir verglimmen. Das macht weniger Rauch und Geruch, als wenn wir die Glut löschen.»

«Würdest du mir bitte sagen, was passiert ist?»

«Es ist Krieg, Hanna», stieß Ulrich unwirsch hervor. «Während wir uns hier wie auf einer Insel der Seligen dem Nichtstun hingeben, wird neben uns geplündert und gezündelt.»

«Das klingt, als machtest du mir deswegen einen Vorwurf.»

«Nein, natürlich nicht. Es ist nur meine Ohnmacht. Es scheint, als sei jetzt alle Ordnung zusammengebrochen. Ich habe gesehen, wie das Gesinde vom Steinbacher Gut floh, sah Dutzende bewaffnete Aufständische mit Fackeln. Verlumpte Gestalten ... die zum Teil aussahen, als wären sie aus Gräbern gestiegen.»

Er zog Raban den Eimer fort, schüttete den Rest Wasser aus und schloss den Unterstand ab. Hanna schnürte es den Hals zu. Gerade eben war sie noch mit sich und der Welt im Reinen gewesen, jetzt schien es, als würde die Welt sie wieder verstoßen. Sie betrachtete ihre Handinnenflächen. Schrundige Hautwülste schlossen ein rissiges Narbenfeld ein, aus dem noch immer Gewebsflüssigkeit drang. Bei jeder Bewegung spannte die Haut, die Finger waren manchmal taub, zuweilen schmerzten sie bis in die Kuppen. Aber sie hatte sich längst daran gewöhnt und gab die Hoffnung nicht auf, dass eines Tages nur noch die Narben sie an die schlimmste Stunde ihres Lebens erinnerten.

Ulrich betrachtete sie stumm, schließlich sagte er: «Wir müssen denselben Weg zurück.»

«Wenn du es sagst. Im Übrigen möchte ich nach Ursula und Magdalena schauen. Bestimmt denken sie schon, sie seien Luft für mich – wo ich doch jetzt auf einen Ritter hoffen kann.»

«Warum nur hoffen?» Ulrich half Hanna aufs Pferd, setzte sich hinter sie. Sie konnte spüren, dass er lächelte, als sie ihren Kopf an seinen Hals schmiegte. Sie küsste seine Wange, huschte mit der Zungenspitze kurz über sein Kinn. Ulrich brummte zufrieden, er hielt Raban sicher im Schritt. Langsam ritten sie den Pfad hinab, blieben aber in regelmäßigen Abständen stehen, um zu lauschen.

Noch war nichts zu hören. Doch als sie den Pfad und die Waldwiese hinter sich gelassen hatten, roch Hanna den Rauch. Der Brandgeruch wurde schnell stärker, bald entdeckte sie die ersten blauschwarzen Schwaden. Als das Steinbacher Gehöft in Sicht kam, hörte sie schreiende Frauen und das ängstliche Brüllen der Jungochsen im Stall. Zerlumpte Männer torkelten Fackeln schwingend zwischen den Wirtschaftsgebäuden herum, Flammen schlugen durch das Fenster eines Geräteschuppens, während das Dach über dem Backhaus bereits lichterloh brannte.

Als sie näher kamen, stürmten drei nackte Mägde aus dem Haupthaus, hinter ihnen drängten sich drei Männer mit Knüppeln durch die Tür. «Bleibt! Wir tun euch nichts! Ist doch alles nur Spaß!»

Die Männer lachten verschlagen, während die Mägde nicht wussten, welche Blöße sie zuerst bedecken sollten. Als sie Ulrich und Hanna gewahr wurden, rannten sie wild gestikulierend zu ihnen: «Sie wollen uns was tun, Herr! Helft uns! Die Knechte sind geflohen, die Herrschaften aber … Sie haben sie umgebracht.»

«Du bleibst im Sattel», raunte Ulrich Hanna zu, stieg ab und zog sein Rapier.

Die Männer lachten, kamen näher, schwangen ihre Knüppel. Dem einen fehlte ein Ohr, der andere hinkte.

«Wir sind drei! Gib uns die auf deinem Braunen, damit wir ihr einmal die Wolle durchkitzeln.»

«Ich kitzel euch gleich die Gurgel, Leute. Wehrlose Frauen schänden, Gehöfte anzünden ... Teufel seid ihr, alle!»

Ohne zu zögern ging Ulrich auf den Nächststehenden los. Dieser parierte seinen ersten Hieb, dann lief er weg. Die anderen beiden umkreisten Ulrich lauernd. Sie schwangen ihre Knüppel, leckten sich über die Lippen und schienen völlig überzeugt, die Stärkeren zu sein.

Hanna schlug vor Anspannung mit den Zähnen aufeinander, sie verkrallte sich in die Zügel.

Da flog die Tür des Haupthauses auf. Eine grölende Meute von Betrunkenen schleifte die blutigen Leichen einer alten Frau und eines alten Mannes heraus. Hanna schrie auf. Noch nie hatte sie etwas so Grauenhaftes gesehen. Die gebrochenen Augen der Hingemetzelten zeugten noch von dem Grauen der Tat, auf ihren Gesichtern stand das blanke Entsetzen.

Das sind niemals gewöhnliche Bauern, durchfuhr es sie. So bestialisch war ja nicht einmal Paul Ickelsheimer. Dies hier sind Wegelagerer, Ausgestoßene, Totschläger. Sie nutzen die Aufstände der Bauern, um ihnen ihr gottloses Tun hinterher in die Schuhe zu schieben.

Immer neue Gestalten tauchten auf dem Hof auf und feuerten Ulrich und die Knüppelträger an, doch endlich aufeinander einzuschlagen. Sie trugen Lumpen, hatten verwegene Gesichter, die teilweise entstellt waren: Dem einen fehlte ein Ohr, den anderen war ein Auge ausgestochen, wieder andere trugen entstellende Narben auf der Stirn.

Da gellte ein Pfiff, und ein Mann rief: «Da kommen Berittene. Ein halbes Dutzend!»

«Und wennschon», erschallte eine Stimme in Hannas

Rücken. «Wir sind drei Dutzend. Und ein Dutzend davon mit Blankwaffen. Jetzt lasst den Ritter in Ruh. Er ist kein Blutsauger, das weiß ich.» Hanna kam die Stimme bekannt vor. Ja, es gab keinen Zweifel: Der Mann, der hier das Sagen hatte, war niemand anders als Jockel, einer der Wilderer. Sie erkannte sein gramzerfurchtes Gesicht wieder und erinnerte sich daran, dass er damals gesagt hatte, er und seine Gesellen hätten Frau und Kinder und ein reines Gewissen. «Kannst absteigen, Hanna Völz», hörte sie ihn sagen. «Wir sind ehrbar.»

«Ehrbar?», brauste Ulrich auf. «Und was ist das?» Er zeigte mit dem Schwert auf die Leichen. «Greise, denen ihr die Hälse durchschneidet? Die Fackeln? Die Brände?»

«Wir tun nur, was getan werden muss.»

«Ihr mordet!»

«Nein.» Hanna sah, wie sich Jockels zerfurchtes Gesicht spannte und sich der blanke Hass darauf eingrub. Anklagend rief er Ulrich zu: «Die beiden waren schon tot, als wir kamen.»

«Ihr lügt.»

Der Boden erbebte unter den herangaloppierenden Reitern. An ihrer Spitze erkannte Hanna Jacob Aufreiter. Er hatte fünf Männer in Harnisch bei sich, zweien von ihnen hingen Armbrüste über der Schulter. Wieder gellte ein Pfiff. Aus allen Richtungen stießen plötzlich bewaffnete Männer hinzu, drei von ihnen hatten ihre Armbrüste gespannt und nahmen Aufreiter und die Rothenburger Stadtsoldaten ins Visier.

Jockel hob die Hand.

«Wir sind in der Überzahl, Jacob Aufreiter. Macht keine dummen Sachen.»

«Wo sind meine Schwiegereltern?», brüllte der Stadtrichter. Jockel trat zurück, seine Männer zur Seite. Aufreiter stemmte sich im Sattel hoch und stierte auf die Ermordeten. Einen Moment lang war nur das Prasseln des Feuers und das Brüllen des Viehs zu hören. Hanna fiel auf, wie bleich Aufreiter war und dass sein vorgeschobener Unterkiefer zitterte.

Als ob er ein schlechtes Gewissen hätte, durchfuhr es Hanna. Er scheint gewusst zu haben, dass den beiden Gefahr droht. Aber warum hat er dann nicht vorher etwas unternommen?

«Sie waren tot, wir haben sie so gefunden.» Jockels Stimme klang kalt und fest. Sein Mund zitterte vor Abscheu, die Furchen in seinem Gesicht waren tiefschwarz. «Jetzt ist es Euer Hof, Stadtrichter, nicht wahr? Stimmt es, dass Eure Schwiegereltern und Ihr euch alles andere als grün wart?»

«Was tut das zur Sache? Sie sind tot, ermordet.» Aufreiter schaute in die Runde. Sein Blick blieb an Hanna hängen, und seine Augen verengten sich. Ein verächtliches Lächeln spielte um seinen Mund, dann aber riss er sich von ihr los und fragte laut: «Wer war es dann? Vielleicht einer, der behext wurde, so etwas zu tun?»

«Aufreiter, Ihr seid ein Hundsfott! Noch so eine Beleidigung, und ich schneide Euch eigenhändig Eure Zunge ab.»

«Ihr habt das Herz auf dem rechten Fleck, Ritter von Detwang!» Jockel schaute seine Männer an, die beifällig nickten. Hanna sah, wie die beiden Männer, die Ulrich gerade noch mit ihren Prügeln umkreist hatten, ihm zuzwinkerten, als sei er jetzt einer von ihnen. Da fuhr Jockel wütend fort: «Ihr, Jacob Aufreiter, hättet diesen schönen Hof den Eltern Eurer verstorbenen Frau – Gott hab sie selig – am liebsten abgepresst. Um ihnen dann die Steuern zu erhöhen, von Quartal zu Quartal, von Jahr zu Jahr. Eure Schwiegereltern aber verstanden zu wirtschaften, und das ganz nach Eurer Art. Bauern, Knechte und Mägde haben sie wie Vieh gehalten, sie aber wurden immer reicher. Wenn man sich drinnen im Haus umguckt, sieht es aus wie in einem Schloss. Sucht die Mörder also nicht bei meinen Leuten. Sucht sie bei den Verzweifelten, den Gedemütigten!»

«Wie in einem Schloss sieht es aus, ja? So reich also kann man werden, indem man Hafer anbaut? Glaubt Ihr das?» Aufreiter verzog den Mund zu einem abschätzigen Grinsen. Er fixierte Jockel, dann Ulrich. Schließlich streckte er sich auf seinem Pferd und ließ seinen Blick über den Hof schweifen.

Er nickte mehrmals, dann schaute er sich nach den bewaffneten Wilderern um. Jockels Armbrustschützen hatten ihn nach wie vor im Visier. Hanna sah ihnen an, dass sie nur darauf warteten, ihre Pfeile abzuschießen.

Er könnte sich nicht wehren, frohlockte Hanna. Er kann von Glück sagen, dass Jockel seine Männer so gut im Griff hat.

«Niemand von euch will es also gewesen sein?», rief Aufreiter. «Nein? War es dann ein Steinbacher Bauer oder Knecht? Überall wird ja gegen die Herren aufbegehrt! Vielleicht wurden diejenigen aufgehetzt? Ihnen durch Zauberei Willen und Anstand genommen? Ein böser Geist, der böse Blick, Hexerei gar?»

Der Hohn in Aufreiters Stimme war nicht zu überhören. Und auch wenn es nur ein flüchtiger Blick war, der Hanna streifte: Ihr gefror das Blut in den Adern. Zu gern hätte sie etwas gesagt, aber genau dies durfte sie nicht tun. Aufreiter würde ihr jedes Wort als schlechtes Gewissen auslegen.

Das wäre Wasser auf seine Mühlen, dachte sie. Getroffene Hunde bellen, würde er sagen. Seht selbst, wie sie zittert. Sie ist die Böse, die Hexe.

Hanna schaffte es dennoch nicht, den Blick von Aufreiter zu nehmen. Es war wie ein Zwang: Sie musste ihn anschauen. Und dabei wuchs das Gefühl, diesen Mann schon länger zu kennen.

Aber wie kann das sein?, fragte sie sich. Weiß ich doch sicher, dass ich ihm im letzten Winter zum ersten Mal begegnet bin. Aber genauso gewiss ist: Jedes Mal, wenn ich ihm begegnete, wurde ich ganz kopflos. Als ob das Böse, das er ausstrahlt, mich vergiftete.

«Warum das Feuer und die Plünderungen?»

Aufreiters Frage riss Hanna aus ihren Gedanken.

«Ein Denkzettel für Euch, Aufreiter. Unsere Bäuche sind leer. Seht, wie mager wir sind. Bei Euch aber glänzt das Backenfleisch, und vor lauter Stattlichkeit führt Ihr hier freche Reden.»

«Freche Reden? Ich? Bursche, wenn diese gottlosen Zeiten überstanden sind … warte ab. Ich finde jeden von euch und werde ihn der Gerechtigkeit überantworten.» Aufreiter wendete sein Pferd. Die Augen zu Schlitzen verengt, schaute er Hanna, dann Ulrich an. Sein Mund bewegte sich, dann spie er vor Ulrich aus. «Damit Ihr wisst, was ich von Deutschherren wie Euresgleichen halte.»

Jetzt konnte Hanna sich nicht mehr beherrschen: «Deutschherren wie er sind gottesfürchtiger als Ihr, Stadtrichter. Ulrichs Ruf ist gut, der Eure aber schlecht!» Ihr Herz raste, dabei war ihr, als würde sie plötzlich von einer Woge aus Licht überspült. Die Geräusche um sie herum verebbten, stattdessen hörte sie das Seufzen und Wimmern einer Frau, die sich auf dem Boden wand, die Hände gegen den Leib gepresst. Ihr Gesicht konnte sie nicht sehen, aber der Schatten, der auf ihr lag, war deutlich.

«Sie wird sterben», rief sie. «Gift. Ihr aber helft ihr nicht.» Sie schaute Aufreiter geradewegs ins Gesicht, ohne ihn allerdings zu sehen.

«Hanna, nicht! Nicht!»

Ulrichs entsetzte Stimme brachte sie wieder zu sich.

Aufreiter dagegen grinste verschlagen. «Na also», rief er zufrieden und schaute in die Runde. «Ich habe es doch gewusst. Wer so spricht, ist eine Hexe.» Er wendete sein Pferd, gab seinen Männern ein Zeichen. Schon trabten sie davon. Aufreiter aber schaute sich noch einmal nach ihr um und rief: «Du wirst mich kennenlernen, Hanna Völz, Hexe!»

Jockel und seine Männer schauten Hanna ehrfürchtig an, Ulrich dagegen rang noch immer um Fassung.

«Du kannst auf uns zählen, Hanna Völz», sagte Jockel.

«Aber was hilft ihr das? Was?» Ulrich stampfte mit dem Fuß auf und ballte die Fäuste. «Hanna, was hast du angerichtet? Was hast du dir dabei gedacht? Warum?»

Hannas Augen füllten sich mit Tränen.

Der Fluch ist zurückgekommen, dachte sie. Ich habe ein Gesicht gehabt, eine Vision. Es überkam mich, einfach so. Ich konnte mich nicht wehren, alles ging so schnell.

Sie atmete tief durch. Ulrich stieg zu ihr aufs Pferd, legte seine Arme fest um sie. Erschöpft lehnte sie sich an ihn und schloss die Augen. Sie fühlte sich so müde, als hätte sie tagelang nicht richtig geschlafen.

Raban trabte los. Jockel und seine Männer winkten.

40

Magdalena gab ihr den Rat, sich mögliche neue Gesichte am besten mit Arbeit vom Hals zu schaffen. «Weißt du, der Mensch hat nach dem Sündenfall das Recht auf paradiesische Stelldicheins verloren. Darum geht es dir jetzt so schlecht. Also fass mit an.»

«Unsinn, du bist ja nur neidisch», rief ihr Ursula zu und

hob einen gesägten Stamm an. «Gib's zu. Weil du so einen wie Ulrich nie auf dir gehabt hast.»

Hanna tat, als habe sie beide Frauen nicht gehört. Sie stand vor dem Holzstall und schaute zu, wie Ursula und Magdalena beinlange Stämme umstapelten. An den vergangenen Tagen hatten sie die letzten, noch vom Vorjahr übrigen Stämme zersägt, jetzt würde es nicht mehr lange dauern, und sie würden Holz kaufen müssen.

Ursula wischte sich den Schweiß von der Stirn, Magdalena hielt sich ein Nasenloch zu und schnäuzte sich. «Aufwachen!», rief sie spöttisch, aber auch liebevoll, Ursula lächelte und nickte.

«Ja, ihr habt ja recht. Ich darf mich auf keinen Fall zum Sklaven meiner Gesichte machen.» Hanna trat in den Holzstall, hob ein Stück Holz an, doch ließ es gleich wieder sinken. Ratlos schaute sie von Ursula zu Magdalena, die sie jetzt wie eine musterten, die sich noch nie die Hände schmutzig gemacht hatte.

Hanna verstand ihre Blicke. «Dann tu ich eben was anderes.» Sie lief in die Hütte und kam mit einem Korb am Arm zurück.

«Wo willst du hin?», fragte Magdalena.

«Ist doch egal.»

Ursula schöpfte sich eine Kelle Wasser, Magdalena zupfte sich ihr Kopftuch zurecht. Sie sahen Hanna nach, die ins Walddickicht stapfte, um Kräuter zu suchen – was sie auch in den folgenden Tagen tat, denn sie hatte, wie sie behauptete, einen Riesenhunger auf frisches Grün.

So mischte sie Bärlauch, Gierschstängel und frische Löwenzahnblätter mit ein wenig Zwiebel, Essig und Öl zu erfrischenden Salaten, und weil sie davon, wie sie sagte, immer bierdurstiger wurde, machte sie sich eines Nachmittags mit Magdalenas Bierfass auf dem Buckel auf den Weg nach Neusitz, um es auffüllen zu lassen.

In der Dorfschänke erfuhr sie, dass sich in Rothenburg etliche Bürger auf die Seite der Weinbauern gestellt hatten und kurz davor standen, die Klöster und Häuser der Geistlichen zu plündern. «Doktor ABC, der Menzingen und der blinde Mönch haben jetzt das Sagen in der Stadt», erklärte ihr der Wirt. «Der Rest von den hohen Herren denkt nur noch an sich und daran, dass es sie nicht trifft.»

«Stimmt es, dass Rothenburger Hegebauern das Schloss in Bütthard zerstört haben?»

«Nicht nur das. Auch Röttingen und Gelchsheim. Überall werden die Kornkästen ausgenommen. Und man verbrüdert sich mit den Einwohnern, die die Stadttore öffnen.»

«Ihr klingt, als wärt Ihr gern mit dabei.»

«Nichts da, Hanna. Ich weiß, wo das endet. Und du, du hast doch sogar Gesichte davon, nicht wahr?» Der Wirt leerte die sechste Kanne Bier in Hannas Fass und stemmte umständlich den Deckel auf. «So, damit hat eure Wachsenberger Weiberwirtschaft für heut und morgen ja nun Bier satt», fuhr er gedehnt fort. «Ihr habt alles? Und euer Ritter, geht es ihm gut?»

«Ja, es geht uns gut.»

Hanna wich dem neugierigen Blick des Wirts aus und drehte sich um. Aber auch hinter ihrem Rücken war es still geworden. Das Häuflein Neusitzer Frauen, das jetzt statt der Bauern und Knechte um die Tische saß, war verstummt.

Aller Augen waren auf Hanna gerichtet.

Sie starren mich an, als wüsste ich genau, was die Zukunft bringt, dachte sie. Und alle haben sie Angst. Sie fragen sich, ob sie ihre Männer wiedersehen und ob sie bestraft werden.

Sie nahm Blickkontakt mit Imke, der Frau des Hufschmieds, auf. Imke sah besorgt aus, denn ihr Mann hatte kurzerhand beschlossen, sich bei den Bauernheeren nützlich zu machen. Nach dem Sturm auf die Kobolzeller Kirche hatte er Jobst Gessler aufgesucht und sich seinem Fähnlein, dem auch Arndt angehörte, angeschlossen. Ich reise nur der Arbeit hinterher, hatte er Imke getröstet, ihr aber trotzdem schwören müssen, keine Waffe in die Hand zu nehmen.

Imke nahm einen Schluck aus ihrem Krug und strich ihrem Jüngsten eine Strähne aus der Stirn. Es schlief in einem Tragetuch an ihrer Brust und war Imkes ganzer Stolz.

Hanna lächelte ihr zu. «Es heißt, die Haufen würden auch in Ochsenfurt Keller und Scheuern plündern. Ihre Anführer sagen, sie würden sich nur nehmen, was ihnen zusteht. Ja, aber wer ist das alles? Wer nimmt? Bauern, Knechte, Handwerker, Gesellen und so weiter ... Und das sind alles Männer. Was aber bekommen wir Frauen? Steht uns nichts davon zu? Wo sind die Fuhrwerke mit den Kornsäcken, Wein- und Ölfässern, die Kisten mit Geräuchertem und Eingelegtem? Kommt hier etwas an? Nein!»

Zustimmend wurde genickt. «Hast schon recht, Hanna», sagte Imke. «Und wenn alles stimmt, was du so in deinen Gesichten gesehen hast, dann fließt irgendwann Blut.»

«Es wird nicht eures sein», sagte der Wirt. «Betet also für eure Männer.» Er half Hanna, das Tragefass auf den Rücken zu schnallen, und begleitete sie zur Tür. Schließlich setzte er nach: «Der Claus, du weißt schon, unser Küster, Valentins Vater, er hat mir aufgetragen, dich zu fragen, ob dem Valentin was geschieht. Er glaubt deinen Gesichten nämlich.»

«Sein Gesicht war bei all dem, was ich sehen musste, nicht dabei. Sag ihm das.»

Hanna grüßte und ging.

Wie kann ich so dumm sein, alleine unter die Leute zu

gehen. Für sie bin ich doch längst nicht mehr nur die einfache Köhlerin vom Wachsenberg. Jeder sieht in mir eine, die sich einen Ritter geangelt hat. Die einen bewundern mich, die anderen feinden mich an. Wie viele würden sich vor Freude die Hände reiben, würde Aufreiter mich jetzt als Hexe anklagen.

Die düsteren Gedanken wogen schwerer als das Fass Bier auf ihrem Rücken. Auf einmal hatte sie keinen Blick mehr für das Weißrot der blühenden Apfelbäume um Neusitz herum. Und so lieblich es auch duftete und so übermütig die Vögel sangen, mit jedem Schritt schwand ihre Hoffnung, dass sie bald würde in Frieden leben können.

Als ob es mir hilft, dass Ursula und Magdalena meine letzte Vision zahmer als die anderen fanden, dachte sie. Ulrich und ich wissen es besser. Wäre er sonst so bestürzt gewesen?

Hanna, was hast du angerichtet?

Der Wald rauschte, die Wipfel der Bäume bewegten sich sacht. Hanna blieb stehen, brach einen Buchenzweig ab, zerpflückte die zarten grünen Blätter und schob sich ein Stück in den Mund. Schade, dass man so etwas Schönes nicht essen kann, dachte sie und spuckte das Blatt wieder aus. Aber so ist es eben. Wenn es anders wäre, hätte es Gott schon passend eingerichtet.

Langsam ging sie weiter. Dass sie ausgerechnet vor dem Stadtrichter von einer Vision heimgesucht worden war, grämte sie mit jedem Schritt mehr. Im Gegensatz zu allen anderen, die Zeugen ihrer Gesichte geworden waren, war Jacob Aufreiters Macht nämlich groß genug, ihr wirklich gefährlich zu werden.

Sie biss sich auf die Lippen. Für ihn bin ich nichts als eine Hexe, eine von dunklen Mächten verführte Frau. Es schützt mich nur wenig, dass Ulrich und ich verlobt sind. Denn dass er, der Ritter, sich mit einer Köhlerin einlässt:

Für Aufreiter ist dies der erste und beste Beweis, dass ich hexenhafte Fähigkeiten besitzen muss. Unsere Liebe ist für ihn gegen die gottgewollte Ordnung. Sollte mir jetzt noch Agathe in den Rücken fallen, hat selbst Ulrich einen schweren Stand. Sie braucht nur öffentlich zu behaupten, ich habe ihren Bruder verhext. Da sie Priorin ist, wird man ihr sofort glauben.

Dann ist alles aus, und ich komme auf den Scheiterhaufen …

Als sie endlich zu Hause ankam, war ihr ganz flau vor Bangigkeit. Magdalena schlug erschrocken die Hände zusammen: «Hanna, um Gottes willen, was ist mit dir? Du siehst leichenblass aus.»

«Ach, ich weiß auch nicht. Alles ist plötzlich so anders.»

Erschöpft schnallte sie das Fass ab und stellte es in die Nische mit den anderen Vorräten. Ein kalter Windzug wehte zur Tür herein, plötzlich ging ein Regenschauer nieder.

Ursula trat mit einem Korb knospender Gänseblümchen in die Hütte und schüttelte sich. «Da bin ich wieder», rief sie frohgemut und präsentierte ihren Korb. «Das war eine Arbeit, sag ich euch. Aber wenn wir die Knospen in Essig einlegen, ist das fast, als würden wir Kapern haben.» Sie schaute von Hanna zu Magdalena. «Ist was? Gab's etwa kein Bier mehr?»

«Hanna setzt es jetzt erst so richtig zu, das mit dem Aufreiter.» Magdalena zog Hanna an sich, streichelte ihr den Arm. «Da kann man schon mal mutlos werden.»

«Natürlich.» Ursula nahm Hanna in den Arm, küsste sie auf die Stirn. Sie warf Magdalena einen beschwörenden Blick zu, damit diese ihr nicht widersprach, und fuhr fort: «Aber jetzt sind alle Sorgen umsonst, Hanna. Der Aufreiter und die ganze Bagage der edlen Herren haben nichts mehr zu melden. Und dein Ulrich … Himmel, er ist doch ein Deutschherr. Und die haben bekanntlich ihre eigene Gerichtsbarkeit.»

«Noch bin ich nicht seine Frau. Und Ulrich wird mich kaum heiraten können, sollte Hochmeister Albrecht von Brandenburg nicht einverstanden sein. Schließlich geht es um die Ehre der Deutschen Ritter. Ulrich weiß dies selbst, aber er spricht nicht mit mir darüber.»

«Ach, keine Bange. Erst einmal wird er sowieso schauen wollen, wie sein Bruder Kasimir mit den Aufständen fertig wird. Ich habe letztes Jahr in Ohrenbach aufgeschnappt, dass Albrecht mit dem lutherischen Glauben liebäugelt. Kasimir dagegen ist als Heerführer des Kaisers katholisch. Die Brüder haben genug mit sich und der Welt zu tun. Als ob sie sich darum kümmerten, ob einer ihrer untergebenen Adligen eine Frau aus dem Volk heiratet.»

Ursula ließ sich auf ihr Lager nieder und klopfte neben sich, damit auch Hanna sich setzte. Magdalena hatte derweil drei Becher Bier gezapft. Die Frauen tranken sich zu, und nach und nach besserte sich Hannas Stimmung. Die Gegenwart der beiden älteren Frauen war wie Balsam für die Seele. Sie sind Mutter und Schwester in einem, dachte sie. Eigentlich kann ich mir ein Leben ohne sie gar nicht mehr vorstellen.

Für mich wäre es am schönsten, Ursulas Mann würde gar nie mehr auftauchen oder bliebe einfach für immer fort. Und Hans Goltz, soll er sich doch tot saufen, und sollen die Brüder mit dem Messer aufeinander losgehen. Magdalena würde bestimmt mit mir nach Detwang gehen …

Ursula könnte aber mit Bernward zusammenziehen …

«Weißt du», riss Magdalena sie aus ihren Gedanken, «ich habe so eine Ahnung, dass dich und den Aufreiter irgendetwas verbindet. Damals, als es so kalt war und er dich am Markusturm zur Rede stellen wollte, da habe ich gesehen, wie unangenehm es ihm war, dir gegenüberzutreten. Eigentlich wirkte er wie einer, der Angst vor dir hat.»

«Vor mir? Einer einfachen Köhlerin?» Hanna trank einen großen Schluck Bier und schüttelte den Kopf. «Er ist Rothenburgs Stadtrichter und einer der reichsten Grundherren. Ich bin die Maus, und er ist der Löwe.»

«Es gibt genug Menschen, die Angst vor Mäusen haben», erwiderte Ursula ungerührt. Magdalena zog die Stirn hoch und nickte zustimmend. «Wann bist du dem Aufreiter eigentlich das erste Mal in deinem Leben begegnet?»

«Am selben Tag, als Magdalena mich ansprach. Wochen darauf kam er ins Kloster, schließlich traf ich ihn mit dir vor Peter Wolffs Schmiede. Ja, dann noch nach dem Sturm auf die Kobolzeller Kirche und vor ein paar Tagen eben auf dem Gut seiner jetzt toten Schwiegereltern. Warum?»

«Ach, es gibt so viele Kräfte zwischen Himmel und Erde, Hanna.» Magdalena hob den Kopf und schaute sinnend aus dem Fenster. Der Regenschauer war vorüber, es hellte sich bereits wieder auf. Langsam fuhr sie fort: «Weißt du, es muss einen Grund für deine Gesichte geben. Von nichts kommt nichts. Schließlich hast du früher nie welche bekommen. Wer oder was hat sie ausgelöst?» Prüfend schaute sie Hanna an, während Ursula Magdalenas Frage leise wiederholte.

«Ach Gott … vielleicht … nicht einmal Ulrich weiß davon. Ich habe es ihm nie erzählt, weil ich vor ihm nicht als abergläubische Waldbäuerin dastehen wollte. Und irgendwie weigere ich mich bis heute, daran zu glauben.»

Hanna ließ den Kopf hängen. Sie hielt ihren leeren Becher mit beiden Händen umklammert.

«Was denn? Gacker nicht lang herum, leg das Ei lieber in unser Nest.» Magdalena stand hastig auf, entriss Hanna den Becher und füllte ihn neu. «Komm, erzähl es uns, bitte. Wir schweigen wie ein Grab.»

Ursula rückte näher, strich Hanna ein paarmal über den Rücken. Besorgt sah sie Magdalena an, denn in Hannas Augen schillerten plötzlich Tränen.

«Mir war, als hätte mich der Teufel angeschaut.» Hanna konnte nur flüstern. Mit einem Schürzenzipfel trocknete sie sich die Augen. «Es war an Fastnacht, beim Maskenumlauf. Ich hatte mir mit Arndt und Marie einen Platz in der ersten Reihe gegenüber der Rathaustreppe erkämpft. Wir mussten schreien, wenn wir uns etwas sagen wollten, so laut war es. Um uns schrillten Pfeifen, tobten Trommeln, um die Masken anzulocken, wie es eben Brauch ist. Und bald kamen sie auch, die Masken. Aus allen Himmelsrichtungen drängten sie zum Markt, wo sie dann ja vor den Patriziern tanzen und ihre Kunststücke vorführen. Die Luft war zum Schneiden dick vom Krach all der Klappern, Rätschen, Schellen, dann wurden sogar noch Musketen abgefeuert. Marie wurde es bald zu viel, denn die Masken machten sich natürlich einen Spaß daraus, sie tüchtig zu erschrecken. Arndt nahm sie deswegen auf seine Schultern. Ja, und dann hat es nicht mehr lange gedauert.»

«Was denn? Erzähl doch!» Magdalenas Mund zitterte vor Aufregung.

«Ja also, dann erhob sich das Narrengericht von seinen Stühlen: alle Patrizier der Stadt, in weiten schwarzen Mänteln, mit ihren runden weißen Masken mit den roten Pausbacken, Strichmündern und Augenschlitzen. Sie sehen unmenschlich glatt und leer aus, diese Masken, und alle Narren halten inne, gespannt, wen das Narrengericht belohnen wird. Wer ist am kühnsten gesprungen? Wer trägt die verwegenste Maske? Wer überzeugte mit dem schwierigsten Akrobatenstück?» Hanna machte eine Pause und nahm hastig einen Schluck Bier.

«Weiter», drängte Magdalena.

«Ich stand ja neben Arndt, der Marie auf seinen Schultern trug. So wie sie über alle Köpfe hinausragte, fiel sie natürlich auf. Und da merkte ich, wie sich eine der Masken aus dem Narrengericht bewegte. Sie schimmerte wie eine gleißende Scheibe und ruckte nur ein wenig, doch so, dass der Blick aus ihren Augenschlitzen erst Marie traf, dann aber mich. Ich weiß noch genau, wie es im Dunkel hinter der Maske aufblitzte – als zuckten Blitze aus den Augäpfeln. Teuflisch böse, als wollten sie mich auf der Stelle treffen und töten.»

«Der böse Blick.»

Magdalenas Stimme erstarb. Sie bekreuzigte sich, schaute Hanna voller Furcht an. Hanna spürte, wie der Kloß in ihrem Hals immer höher stieg. Hilfesuchend schaute sie zu Ursula, doch die starrte sie entsetzt an. Hanna schlug sich die Hände vors Gesicht und sank weinend zur Seite.

Da spürte sie Ursulas Hand auf ihrem Kopf.

«Das ist Unsinn. Ein böser Blick kann solche Gesichte, wie du sie hast, nicht bewirken.» Sie streichelte Hanna besänftigend.

«Doch! Die Macht des Bösen kann stärker sein, als wir glauben!», schrie Magdalena außer sich auf. «Hat sie Hanna nicht Dinge sehen lassen, die niemand sonst geahnt hat? Erdbeben, Brand, Zerstörung, Tod? Blicke sind gefährlich! Du hast es doch selbst schon ein paarmal gesagt, Hanna: dass Aufreiters Blicke immer anders, nämlich böser waren als die der anderen.»

Hanna wischte sich übers Gesicht. Sie nickte. Ein Gedanke durchfuhr sie: «Ja, so war es, und so ist es.»

«Dann denk doch einfach mal weiter, Hanna», rief Magdalena.

Hanna schluckte. Schweiß rann über ihren Rücken: «Herr im Himmel, steh mir bei. Es liegt ja auf der Hand.»

«Eben. Der Mann hinter der Maske war Jacob Aufreiter! Du hast es immer gewusst, Hanna. Aber du wolltest es nicht wahrhaben. Weil es so schrecklich ist.»

Hanna konnte nur noch flüstern: «All die Wochen und Monate nach Fastnacht hoffte ich, diesen Blick irgendwann einmal zu vergessen. Aber ich habe mich damit selbst belogen. Nie konnte ich diesen Blick abschütteln. Bis heute klebt er wie Pech auf meiner Seele. Er ist schuld an meinen grässlichen Gesichten, er allein.»

41

Als Bernward vor Hannas Hütte absaß, bedeckten frische Birkenzweige die Wände, und über der Tür hing ein ihm bislang fremdes Hufeisen. Am auffälligsten aber war das große, mit Kreide gezeichnete Auge auf der Hüttentür.

Sieht nach Abwehrzauber aus. Werden eben wunderlich im Kopf ohne Männer. Bernward klopfte und trat ein. Doch in der Hütte war niemand, und überhaupt wirkte die Köhlerei wie ausgestorben. Erst nach einer längeren Weile hörte er, wie jemand durch raschelndes Laub stapfte.

Zweige knackten, Frauenlachen ertönte. Bernwards Gesicht hellte sich auf: Ursula schwenkte einen Korb voller Schlüsselblumen, Löwenzahn, Veilchen, Huflattich, Wiesenschaumkraut, Magdalena trug ein Fass Wasser auf dem Rücken.

Hanna aber hielt eine liebliche Madonnenmaske, die

sie sich vors Gesicht hielt, kaum dass sie ihn gesehen hatte.

«Aus dem Weg», rief Magdalena. «Bitte!»

«Nicht hinsehen!», rief Ursula.

«Und nichts sagen. Kein Wort. Still.»

Hanna legte den Finger auf die Lippen.

Vor Verblüffung brachte Bernward den Mund nicht mehr zu. Schon bedeckte Hanna mit einer Hand seine Augen und küsste ihn auf die Wange, Ursula und Magdalena taten es ihr nach. Anschließend hängte Hanna die Madonnenmaske an den Türhaken, dann verstreute Ursula die Blumen vor dem Eingang, während Magdalena um die Hütte herumging und Wände und Dach mit Wasser bespritzte. Als sie damit fertig waren, gingen sie siebenmal um die Hütte herum und beteten laut zur Heiligen Jungfrau, diesen Ort zu beschützen.

«Zwar kann dich das Böse auch außerhalb noch heimsuchen, aber hier, hinter den Wänden deiner Hütte, hat es keine Macht mehr über dich. Komme oft hierher, um neue Kraft zu schöpfen, dann gewinnst du den Kampf gegen den bösen Blick.» Magdalena besprengte Hanna mit ein paar Wassertropfen, tat dasselbe bei Ursula und trat dann auch auf Bernward zu. «Frisches Quellwasser, Hegemeister. Aber ein paar Tropfen von meinem Osterwasser sind auch darin.»

Nachdem Bernward in den Genuss des zaubermächtigen Wassers gekommen war, verspritzte Magdalena den Rest über seinem Braunen. Die Zeremonie war beendet, jetzt konnte der Abwehrzauber seine Kräfte entfalten.

Eine Weile war es still. Die Frauen standen versonnen vor dem Eingang, niemand schien die Erste sein zu wollen, die auf die Blumen trat.

Bernward räusperte sich. Er schaute zu Hanna, sie nickte. «Einer muss der Erste sein.»

Bernward schritt durch die Blütenpracht und trat in die Hütte, die Frauen folgten ihm. Hanna zapfte ihm als Erstes einen vollen Krug Bier, dabei erzählte sie lebhaft, warum diese Zeremonie sein musste.

«Magdalena hat recht: Erst einmal tun, was man tun kann, dann wird sich Weiteres finden. Seit ich weiß, was mich umtreibt, fühle ich mich wie befreit. Jetzt kann ich dem Bösen den Kampf ansagen.»

Sie klang selbstbewusst, Ursula und Magdalena nickten eifrig. Bernward dagegen verzog keine Miene. Ruhig trank er sein Bier und fragte schließlich: «Und was sagt Ulrich dazu?»

«Ich muss es ihm erst noch sagen. Er hat Verpflichtungen in Mergentheim. Landkomtur Hans von Bibra hat die Deutschherren der Hege zu sich bestellt. Ulrich glaubt, er will alle dazu überreden, Waffen und Männer für die Truppen des Schwäbischen Bundes bereitzustellen.»

«Wie? Ulrich soll seine sechs geharnischten Detwanger Seelen in eine Schlacht führen?»

Bernward klang spöttisch, aber sein Gesicht war grimmig.

«Ja, und am liebsten wäre es dem Landkomtur, die wackren Deutschen Ritter würden in vorderster Linie kämpfen. Und dreinschlagen wie einst gegen die Heiden im Osten.» Hanna machte jetzt ein besorgtes Gesicht und senkte den Kopf. Wirkte sie gerade noch munter und tatkräftig, schien sie mit einem Mal viel von ihrer Kraft eingebüßt zu haben. «Wo soll das bloß alles enden? Was essen wir im Herbst und Winter? Die Felder werden nicht bestellt, wären die Frauen nicht, würden in den Gärten nicht einmal Kohl und Zwiebeln wachsen. Ich sehe Heerscharen von Kindern, die durch die Wälder streifen und Bucheckern sammeln, rieche die Schwaden von Feuern, auf denen Eicheln geröstet werden. Die Vogelfänger werden gute Geschäfte machen, und bald hängt der erste Wilderer am Galgen. Und was glaubt ihr, wie viele sterben werden, weil sie sich mit Pilzen vergiften? Die Kräuterfrauen werden alle Hände voll zu tun haben, und vor den Drehladen der Klöster werden die Kräftigeren den Schwächeren die Brotkanten aus der Hand reißen.»

«Ich hoffe, dies war jetzt keine Vision, oder?»

Bernward versuchte, entspannt zu klingen. Er schmunzelte ein wenig, doch Hanna sah an seinem Blick, wie sehr ihn ihre Worte beunruhigten. Für eine Weile wurde es still. Magdalena kratzte sich eine schorfige Stelle am Arm auf, Ursula trommelte mit den Fingern auf ihr Knie.

Nach einer Weile warfen Bernward und sie sich verstohlene Blicke zu.

Sie sehen aus, als würden sie sich am liebsten die Kleider vom Leib reißen, dachte Hanna. Es muss Bernward mächtig ärgern, dass Magdalena hier Quartier genommen hat. Vielleicht sollten wir die beiden einmal für ein Stündchen allein lassen?

Sie erhob sich. «Wenn Bernward mit uns zu Abend essen möchte, müssen Magdalena und ich noch einmal schnell ins Dorf, nicht wahr, Magdalena?»

«Aber natürlich. Es fehlt an allem. Komm, lass uns gleich aufbrechen.»

Sie hatten bei Imke, der Frau des Hufschmieds, Quark, Käse und Eier gekauft und waren auf dem Rückweg. Vor gut zwei Stunden waren sie vom Wachsenberg aufgebrochen, jetzt läuteten die Glocken der Heilig-Kreuz-Kirche bereits zur Vesper.

«Also, sollte der Hegemeister noch da sein: Wir stellen uns dumm.»

«So ist es», antwortete Magdalena. «Wir gucken nicht und machen keine anzüglichen Bemerkungen.»

«Verstehen wir uns also mal wieder. Wie gut, dass Imke so viele Hühner hat. Ich glaube, am liebsten hätte sie eines geschlachtet und uns verkauft. Aber heute für die Nacht habe ich Appetit auf Spiegeleier.»

Hanna lupfte das Tuch vom Korb und erfreute sich an den zwei Dutzend Eiern, die weich auf einem Leinentuch voller Quark lagen.

«Dir die Eier, mir Quark und Käse. Was glaubst du, wie hungrig Ursula sein wird? Und die Männer wollen ja sowieso, dass wir Frauen ihnen Essen machen. Da wird unser Herr Hegemeister keine Ausnahme sein.»

Die Frauen schauten sich an und lachten.

Aber Magdalena hatte sich getäuscht: Bernward war bereits fort. Ursula lüftete gerade einen Meiler, die Erde um den anderen, der allmählich abgeerntet werden konnte, war frisch gefegt.

«Was ist das denn nun schon wieder? Hat er's nicht gebracht?», nuschelte Magdalena.

Natürlich war auch sie nicht auf den Kopf gefallen, sie hatte sich einiges von Ursulas Direktheit abgeschaut. Jetzt schien es Hanna, als wolle sie sie noch überbieten.

«Man könnte es fast meinen», murmelte sie – und erschrak, als Ursula sich zu ihr und Magdalena umwandte. Das Gesicht ihrer Ohrenbacher Freundin sah alles andere als glücklich aus. Und das nicht, weil Stirn und Wangen rußverschmiert waren. «Geht es dir nicht gut?», rief Hanna besorgt. «Habt ihr euch gestritten?»

Statt zu antworten rannte Ursula auf Hanna zu und nahm sie aufschluchzend in die Arme. «Ach, Hanna! Ja, wir haben uns gestritten. Ich hab Bernward heftige Vorwürfe gemacht, dass er euch einfach hat gehen lassen. Die ganze Zeit war ich in Sorge.»

«Aber warum denn? Wir dachten, dass ihr ein wenig für euch sein wolltet.»

«Ach Hanna, ich versteh die Männer einfach nicht. Angst zuzuschlagen, wenn ihnen etwas nicht passt, haben sie nicht. Aber gibt es wirklich was Wichtiges, muss man ihnen jedes Wort aus der Nase ziehen. Hinterher dann kratzen sie sich mit der Ausrede am Kopf: Ich wollte doch nur, dass ihr euch keine Sorgen macht. Himmel, diese Dummköpfigkeit!»

«Würdest du uns jetzt bitte sagen …»

«Ja, also … Weißt du, wer sich in Detwang blicken ließ, als dein Ritter mit dir in der Wildnis war?»

«Sag's mir.»

«Deine Lieblingsfeindin Frederike von Neustett! Siehst du? So sehr macht sie sich noch Hoffnungen auf deinen Ulrich. Aber als Frau von Detwang ihr reinen Wein einschenkte, dass Ulrich sich ein für alle Mal für dich entschieden hat, soll diese Frederike den Verstand verloren haben – zumindest ist sie ohnmächtig geworden. Am nächsten Tag dann floh sie zurück nach Neustett … aber nur, um gestern mit ihren Eltern zurückzukehren. Bernward war gerade zu Besuch, um die Detwanger vor einer Meute Ausgestoßener und Wilderer zu warnen, die noch gewalttätiger seien als die aufständischen Bauern.»

«Jaja, so sind die Gerüchte.» Hanna war wie vor den Kopf geschlagen. Denn wenn Frederike jetzt sogar mit ihren Eltern bei Ulrichs Mutter vorstellig wurde, war dies allemal ein schlechtes Zeichen. Zwar war sie sich Ulrichs Treue sicher, aber sie ahnte, dass Frederike alle Mittel ergreifen würde, ihr Glück zu zerstören, selbst um den Preis, dass Ulrich sie dann für immer hasste. Trotzdem fasste sie sich schnell. Mutig fragte sie: «Hat Bernward auch erzählt, was Frederikes Eltern wollten?»

«Es hat sich eine erbärmliche Szene abgespielt. Nachdem Ulrich Frederike und ihre Eltern willkommen geheißen hatte, hat sie sich auf einem Zimmer eingeschlossen und gedroht, sich etwas anzutun. Ihre Eltern, Ulrich, Bernward, Frau von Detwang haben sie vor der Tür angefleht, sie beschworen, ihr die Hölle ausgemalt … da machte dieses Biest plötzlich auf. Sie hatte sich in ein Laken gehüllt, ließ es fallen … und warf sich Ulrich laut aufschluchzend an die Brust.»

«Du spinnst doch!»

«Nein, Hanna. Ulrich hat sie so lange im Arm gehalten und auf sie eingeredet, bis sie im Stehen einschlief.»

«Und dann?», fragte Hanna tonlos.

«Trug er sie ins Bett.»

Hannas Herz setzte für einen Augenblick aus, doch nur, um danach umso heißer in ihrer Brust zu hämmern. Ein Bild blitzte in ihrem Innern auf: Sie sah Ulrich, der Frederike wie ein Hochzeiter über die Türschwelle trug, sie hatte den Kopf an seine Brust geschmiegt. Ebenso aber hatte sie Ulrichs Gesicht vor Augen, schien seine Augen zu spüren, die wütend blitzten. Ihre Eifersucht verwandelte sich in Mitleid, doch schon im nächsten Augenblick wogte wieder eine andere Empfindung auf. Es ist ihr Mut, sagte sie sich. In Wahrheit ärgere ich mich nur über ihren Mut. Denn so berechnend Frederike auch war, hätte ich mich Ulrich vor aller Augen nackt an den Hals geschmissen? Hätte ich mich zu einem solchen Liebesbeweis hinreißen lassen?

Sie wich der Antwort aus und fragte stattdessen: «Warum soll ich mir jetzt Sorgen machen? Hat Bernward etwa angedeutet, Ulrich wäre wankelmütig geworden?»

«Nein. Aber für Frederikes Eltern war dieser Auftritt eine ungeheure Demütigung. Sie suchen einen Schuldigen, wollen Rache nehmen für die Schmach. Und das scheint Frederikes eigentliches Ziel gewesen zu sein: dass ihre Eltern ihren Liebesschmerz endlich ernst nehmen und handeln.»

«Du willst sagen …»

«Ja, Hanna!» Ursula schrie beinah, so sehr nahm sie mit, was Bernward ihr noch erzählt hatte. «Frederike und ihre Eltern wollen dich jetzt beim Stadtrichter der Hexerei anklagen! Du hättest nicht nur Ulrich in den Bann geschlagen, sondern Frederike bei euren Begegnungen mit dem bösen Blick belegt. Beweise seien ihr unwürdiger Auftritt und Ulrichs Haltung, einer so schönen Frau von Stand, die sich ihm nackt in die Arme wirft, widerstanden zu haben.»

«Was ist denn das für ein verquerer Unsinn!» Magdalena stemmte die Arme in die Seite. «Ein Mann, der eine nackte Frau sieht, kann nicht anders, als sie sofort ins Bett zu zerren und sie zu besteigen? Wer wird denn so etwas glauben? Männer mögen ja manchmal Tiere sein, aber so brünftig sind sie auch wieder nicht.» Sie fasste Hanna unter und schob sie sacht auf die Bank vor der Hütte. «Setz dich, du siehst kalkweiß aus. Werd jetzt bloß nicht kopflos. Wir stehen auf deiner Seite, Ulrich und Bernward sowieso. Das sind mächtige Verbündete.»

Hanna schaute zu ihr auf. Sie wollte etwas sagen, doch jetzt hatte es ihr die Sprache verschlagen. Mutlos schloss sie die Augen und stützte sich mit der Stirn an Magdalenas Bauch ab. Nach einer Weile erhob sie sich und ging langsam auf die alte Eiche zu.

Magdalena hielt Ursula zurück. Als Hanna außer Hörweite war, sagte sie: «Jetzt müssen wir aufpassen. Sonst ist unsere Wachsenberger Weiberwirtschaft schnell eine Wachsenberger Hexenwirtschaft. Mitgefangen, mitgehangen.»

«Falsch, mitgebrannt.»

Erschrocken sah Magdalena sie an. Beide Frauen bekreuzigten sich.

42

Die letzten Apriltage zogen ins Land. Regenschauer wechselten mit gleißenden Sonnenstunden ab, die Erde dampfte vor Fruchtbarkeit, zuweilen waberten luftige Nebelgespinste durch Straßen und Gassen Rothenburgs. Jeder Tag brachte neues und kräftigeres Grün, sogar am Fuß der Stadtmauer zwängten sich frische Wildkräuter durch den schattigen Moder. Herumstreunende Ziegen taten sich an ihnen gütlich, während Kinder körbeweise Löwenzahnblätter für die Hauskaninchen sammelten.

Lienhart und Marie waren mit Babur unterwegs und gerade über den Schrannenplatz gerannt. Schwer atmend drückten sie sich an die Mauer des Pulverturms, dessen schmaler Dachüberstand kaum ausreichte, sie nicht nass werden zu lassen.

Marie hielt Babur zwischen den Knien. Hechelnd schaute dieser zu ihr hoch, während der Platzregen nach und nach schwächer wurde.

«Würdest du mir eigentlich die Hand reichen und mich zum Manne nehmen?», fragte Lienhart gestelzt. «Immerhin kannst du lesen und schreiben, aber na ja, ich bin dafür kräftiger.»

«Über so was denke ich nie nach.» Marie schaute Lienhart von der Seite an und wiegte den Kopf. «Aber da du ja nun einmal fragst: Ich kann dich leiden, aber lieben?»

«Darauf kommt es doch nicht an.»

«Warum? Meine Schwester nimmt den Mann, den sie liebt.»

«Da hat sie Glück. Sonst hätte sie diesen Valentin nehmen müssen, wie du mir mal erzählt hast.» Marie schniefte und überlegte. Lienhart wandte seinen semmelblonden

Kopf und sah sie an. «Am Anfang steht sowieso das Küssen, also?»

«Was also?»

«Na ja … das weißt du doch.»

«Bist du verliebt?»

«In dich.»

«Guck mal, es regnet nicht mehr.» Marie reckte den Kopf. Immer mehr Menschen verließen den Schutz von Hauseingängen und Mauervorsprüngen und strebten wieder zur alten Schranne, dem Getreidespeicher der Stadt.

«Das ist keine Antwort, Marie.»

Babur winselte, als Marie laut aufseufzte. «Ach Lienhart, lass den Unsinn. Das mit dem Küssen schlag dir aus dem Kopf. Damit ist nicht zu spaßen. Vielleicht ein andermal.»

«Gut, schön.»

Lienhart klang äußerst zufrieden. Marie schien es mit einem Mal, als löse sich seine Anspannung. Schon als er sie am Kloster abgepasst hatte, schien er ihr anders als sonst, ernster, verschlossener. Selbst seine vielen Sommersprossen sehen heute blasser aus, dachte sie. Vielleicht liegt's am Regen, vielleicht aber doch daran, dass er ein Jahr älter ist als ich. Aber einen Kuss bekommt er nicht. Schließlich heißt er nicht Babur.

Endlich gingen sie weiter. Da Getreide immer knapper wurde, hatte der neue Rat beschlossen, die Schranne zu öffnen und das Korn, das dort für Notzeiten gelagert wurde, zum alten Preis zu verkaufen. Lienhart und Marie sahen zu, wie die Menschen Sack auf Sack aus der Schranne schleppten. Es wurde kaum gesprochen, jeder zog schnell seines Wegs, als wolle er verbergen, dass es um ihn und seine Familie schon so schlecht bestellt war.

Marie und Lienhart wurden unmittelbar von der gespannten Unruhe der Stadt erfasst: Sie spähten jeden Platz aus, ob dort nicht möglicherweise Neuigkeiten verkündet wurden. Allein Babur war der Frühling wichtiger. Kein Grasbüschel, das er nicht beroch, keine Hausecke, die er nicht markierte. An der Kreuzung zur Judengasse scharte sich eine Menschentraube um einen Hegereiter, der verkündete, es gebe Anzeichen, dass die Bauern des Taubertaler Haufens die Stadt stürmen wollten. Auf dem Kirchplatz hielt der blinde Mönch eine aufrührerische Rede und beschwor die Rothenburger, dafür zu sorgen, Geschütze und andere Feuerwaffen an die befreundeten Schwarzen Haufen zu liefern.

«Warum das?», fragte Marie.

«Weil dann Würzburg fällt», frohlockte Lienhart.

«Und was haben wir davon?»

«Einen Fürstbischof weniger.»

«Und was bringt das?»

«Alles wird anders. Würzburg ist eben Würzburg, verstehst du? Wenn das in Bauernhand ist und es endlich gerecht zugeht, müssen wir alle den Buckel nicht mehr so krumm machen.»

Sie liefen weiter. Franziskanermönche kamen ihnen entgegen, denen sich die Kutten bauschten, vom Burgtor her wehte zwischen Rätschen- und Rasselgeräuschen eine von einem Frauenchor gesungene Litanei zu ihnen herüber.

Marie hob den Kopf, um besser zu hören: «Ob unserem Herrgott ihr Gesang gefällt?»

«Wenn er nicht so genau hinhört, wird er ihnen verzeihen.»

Marie knuffte Lienhart in die Seite, dieser lachte.

Babur bellte, blieb abrupt stehen. Er hob den Kopf und wirkte, als habe er etwas in die Nase bekommen. Dann rannte er los. Marie und Lienhart blieb nichts anderes übrig, als ebenfalls die Beine in die Hand zu nehmen. Sie hatten Glück und konnten Babur bald einholen, der sie mit seinen großen braunen Augen anlachte, als sei nichts gewesen. Marie setzte sich vor ihn und kraulte ihn hinter den Ohren, während Lienhart ihn zwischen den Beinen festhielt.

«Er ist und bleibt eben ein Ausreißer.»

«Aber nie ohne Grund.»

Marie schaute sich um. Es war nichts Ungewöhnliches zu sehen, also zogen sie weiter. An der Kreuzung zur Klinggasse trafen sie auf ein mit zwei Schweinen beladenes Fuhrwerk, das unter dem Geleitschutz mürrisch dreinblickender Bauern auf das Tor des Dominikanerinnenklosters zusteuerte.

Da gellte plötzlich der Schrei einer Frau über ihre Köpfe hinweg. Er kam aus einem der Häuser, die dem Klosterbezirk gegenüberlagen, und klang so schrill, dass nur etwas Entsetzliches passiert sein konnte. Marie sah die Frau zuerst. Sie lehnte aus dem obersten Giebelfenster und winkte aufgeregt.

«Das ist ja eine von uns!», rief Marie. «Schwester Rosalind, unsere Laien-Oberin. Sie ist Hebamme, kennt sich aber auch sonst gut mit Krankheiten aus.»

Marie winkte zurück, fragte, was denn passiert sei. Die Laien-Oberin aber schüttelte nur den Kopf.

«Komm, wir schauen nach.»

Lienhart rannte aufs Haus zu, Marie ihm hinterher. Der Türklopfer krachte, sofort wurde von einer Nachbarin geöffnet. Marie und Lienhart zwängten sich an ihr vorbei und hetzten die Stufen hoch. Eine Männerstimme rief, das dürften sie nicht, doch da waren die Kinder auch schon in der Wohnung. Schwester Rosalind lief ihnen entgegen, um sie aus dem Zimmer zu schieben, aber die Kinder waren schneller, zumal der Hund ihnen vorangestürmt war.

Er bellte und winselte abwechselnd, schoss aber schon einen kurzen Augenblick später wieder die Treppe hinab und suchte das Weite.

Es war ein schrecklicher Anblick: Marie blickte in die gebrochenen Augen einer Frau. Ihr Gesicht war vor Schmerz und Gram erstarrt. Sie hatte die Hände über dem Unterleib gekreuzt, ihr Nachtgewand war bis zu den Oberschenkeln hochgeschoben. Auf dem Kopfkissen lag Erbrochenes, das Bettlaken war schwarz vor Blut. Es war auf dem sauberen Dielenboden zu einer Lache getrocknet. Schwarzgrüne Schmeißfliegen schwirrten gierig um sie herum.

Marie spürte, wie ihr übel wurde. Sie schlug die Hand vor den Mund, wandte sich ab. Im nächsten Moment packte sie jemand an den Schultern und schob sie und Lienhart schimpfend aus dem Zimmer. Trotzdem hörte sie noch, wie Schwester Rosalind erklärte, die Frau sei schwanger gewesen, mit ziemlicher Sicherheit habe sie ihr Kind mit einem konzentrierten Sud aus Angelikawurzel und Arnika abtreiben wollen.

«Sie hat sich so darauf gefreut!», rief eine Nachbarin.

«Ja, sie wollte es trotz ihrer Behinderung haben», bemerkte eine andere. «Obwohl sie nicht verheiratet ist.»

«Dann ist das jetzt die himmlische Strafe.»

«Aber Schwester! Wie könnt Ihr so etwas sagen? Sie war doch nur taubstumm.»

«Eben. Wie soll so eine denn ein Kind großziehen?»

Die Stimmen der Erwachsenen wurden immer lauter, trotzdem bekam Marie noch mit, dass die tote Frau Josepha hieß und die Schwester von Jacob Aufreiters im Kindbett gestorbener Frau gewesen war. Im nächsten Moment aber standen Lienhart und sie wieder draußen auf der Straße. Von Babur war weit und breit nichts zu sehen.

«Hast du das Tischchen gesehen?», stieß Marie hervor.

«Am Fußende des Bettes? Mit der kleinen Kanne und dem Becher? Bestimmt sind da noch Reste von dem Gift drin. Ob sie es selbst eingenommen hat?»

«Wie kannst du daran zweifeln?»

«Weil … wenn es die Schwägerin vom Aufreiter ist, dann kann ich mir alles Mögliche vorstellen.»

«Was denn?»

«Dass er sie gezwungen hat, das Gift zu trinken. Damit sie kein Kind bekommt.»

«Und warum sollte sie kein Kind bekommen?»

Marie verdrehte die Augen. «Mensch, Lienhart, weil es dann einen Erben geben würde. Jetzt ist es viel besser für unseren Stadtrichter.»

«Weil er jetzt alles erbt?»

«Genau. Erst hat er das Glück, dass irgendwelche Knechte seine Schwiegereltern umbringen, jetzt ist er den Rest der Familie auch noch los.»

Ein neuer Regenschauer kündigte sich an. Die Kinder rannten los und standen bald vor der Klosterpforte. Marie klopfte ungeduldig, die ersten Tropfen fielen. Ein Bettler humpelte mit aufgehaltener Hand auf sie zu, andere flüchteten in die Hauseingänge oder zwängten sich in den Windschatten der Klostermauer. Doch der Wind peitschte den Regen geradewegs in diese Richtung. Binnen weniger Augenblicke waren Marie und Lienhart nass bis auf die Haut.

Marie hämmerte mit der Faust gegen die Klosterpforte, doch alles war vergeblich. Erst als der Regen nachließ, wurde sie entriegelt.

«Wir sind nass bis auf die Haut, Schwester Rose.»

Aber so vorwurfsvoll Marie auch klang, die Pförtnerin antwortete ungerührt: «Regen bringt Segen.»

«Dafür darf Lienhart mit herein.»

«Nur ohne diesen grässlichen Hund.»

«Gut.» Blitzartig drehte Marie sich noch einmal um und rief: «Babur, auf, geh nach Haus!» Darauf schlug sie hastig die Pforte zu und schob den Riegel vor. «Komm.» Sie zupfte Lienhart am Kittel und rannte mit ihm in die Klosterküche zu Schwester Gisela und Rahel.

«Aber Babur war doch gar nicht da …»

«Sicher. Aber das hat Schwester Rose überhaupt nicht mitbekommen. Jetzt denkt sie, sie hätte sich durchgesetzt, und das freut sie. Und dann hab ich wieder was bei ihr gut.»

43

Der dritte Mai fiel dieses Jahr auf einen Mittwoch. Hanna hatte Ulrich jetzt seit einer guten Woche nicht mehr gesehen, und als sie morgens aufwachte, glaubte sie, vor Sehnsucht nach ihm zu vergehen.

Sie hatte Frühschicht, Magdalena und Ursula schliefen fest. Auch Marie, die am Abend zuvor mit Lienhart und Babur gekommen war, rührte sich nicht. Sie hatte sich ihre Decke bis unters Kinn gezogen, ihr Mund war einen winzigen Spalt offen. Rußschlieren auf ihrer Stirn zeugten davon, dass sie sich nicht gewaschen hatte, das Knie, das unter der Decke hervorlugte, war ebenfalls schwarz.

Babur hob den Kopf. Sein Schwanz zuckte, aufmerksam schaute er Hanna an. Sie legte den Finger auf den Mund, worauf Babur zu fiepen begann. Es fiel ihm sichtlich schwer, am Fußende von Maries Lager liegen zu bleiben, vor allem, als Hanna nach einer Weile aufstand.

Sie verließ die Hütte und wusch sich. Ein herrlicher Tag kündigte sich an. Der Himmel war makellos, kein Wölkchen war zu sehen. Jetzt möchte ich mit dir und Raban hinaus in die Welt, dachte Hanna. Wir würden immer am Fluss entlangreiten, von Gasthof zu Gasthof ziehen, vielleicht sogar einmal einsam um ein Feuer herumsitzen. Der eine würde des anderen Schlaf bewachen. Und irgendwann wären wir am Meer. Das möchte ich einmal in meinem Leben sehen.

Nachdem sie nach den Meilern geschaut und bei einem die Decke ausgebessert hatte, schlenderte sie über die Lichtung zum Grab ihres Vaters, so wie sie es jeden Morgen tat. Sie betete, lehnte sich an den Eichenstamm und schloss die Augen. Was Marie gestern Abend erzählt hatte, hatte sie gehörig erschreckt. Wenn einer den bösen Blick hat, dann Jacob Aufreiter, dachte sie. Gibt es das wirklich, dass innerhalb von so kurzer Zeit erst die Schwiegereltern und dann die Schwägerin ihr Leben verlieren? Sie ging um den Stamm herum, rieb ihre Wange am Holz. Schon einmal habe ich hier ein Gesicht bekommen, dachte sie. Damals ging es um den Brand, das Beben und Maries Rettung.

Aber auch um Ulrich.

Da hörte sie Babur bellen. Hanna sah, wie Ursula schlaftrunken die Tür öffnete und ihn hinausließ. Ohne erst Witterung aufzunehmen, schoss Babur in weiten Sprüngen auf sie zu. Er bellte unaufhörlich, und als er sie erreicht hatte, winselte er.

«Was ist los?» Babur rannte ins Dickicht, bellte, kam wieder zurück. Widerstrebend folgte Hanna ihm ein Stück. Doch es war nicht weit genug, Babur wollte noch tiefer in den Wald. «Nein, Babur, nur wenn es richtig warm und trocken wäre, aber hier ist es kalt und feucht. Nicht mit mir.»

Sie ging zurück, mochte Babur so viel bellen, wie er wollte. Doch plötzlich erstarrte sie: Sie hörte Pferde, und zwar mehr als nur eines.

Es sind mindestens zwei, dachte sie. Wer kommt so

früh hier hoch? Bernward und Ulrich? Oder werden wir jetzt überfallen?

Sie rannte auf die Hütte zu. Ursula öffnete die Tür.

Schon einen Augenblick später waren die Reiter heran: drei geharnischte Rothenburger Stadtknechte, die direkt vom Büttelhaus gekommen sein mussten.

«Du bist Hanna Völz?» Hanna nickte. Sie ahnte, welcher Satz jetzt folgen würde. «Du musst mitkommen.»

«Warum?»

«Das weißt du selbst am besten.»

Wieder nickte Hanna. Jetzt war es so weit. Die Schlinge hatte sich zugezogen. Ulrich würde zu spät kommen.

Eine Krähe schrie. Mittwoch, dachte Hanna. Es ist der Unglückstag. Alles Böse passiert immer am Mittwoch.

44

Als sie aufwachte, war da zuerst der Geruch des Strohs. Es stank nach allen möglichen Ausscheidungen, war so staubig wie zerlegen und schirmte kaum gegen die Kälte des Steinbodens ab.

Hanna spürte jeden Knochen, sie fühlte sich völlig zerschlagen. Stöhnend setzte sie sich auf und lehnte sich an die Wand. Das rostige Fußeisen hatte ihr bereits die Haut am Knöchel aufgerissen, aber die Beine konnte sie zum Glück ausstrecken. Die Kette war lang, länger als einst in der Zelle der Spitalbastei.

Auf einmal packte sie das schlechte Gewissen. Berta und Friedlind – warum habe ich sie eigentlich nie besucht? Und was ist aus Spitalkaplan Ott geworden?

Wer wird mich besuchen?

Sie gähnte, ließ den Kopf kreisen. Meine erste Nacht im

Weibersturm, dachte sie. Wie viele wird es noch geben? Sofort verbot sie sich, darüber nachzudenken. Stattdessen betrachtete sie den schmalen Lichtstreif, der rechts von ihr an der Wand stand – golden und klar, wie ein festes Zeichen der Hoffnung.

Sie betete. Stumm bewegte sie ihre Lippen, doch schon bald schweiften ihre Gedanken ab: Wie gut, dass es auf den Sommer zugeht. Der Stein heizt sich rasch auf, es ist trocken. Wie entsetzlich unwirtlich muss es dagegen im Angstloch des Faulturms sein, in einem richtigen Turmverlies.

Als von der nahen Meierei der Hofstatt am Rödertor das Muhen der Kühe zu ihr drang, lächelte sie. Ihr Magen knurrte plötzlich laut. Sie hatte gestern Abend nur einen Becher Wasser getrunken, da die Eisenmeisterin für sie erst etwas zu essen besorgen musste. Sie betrieb das Frauengefängnis der Stadt nebenbei, ihr Mann Hans verdiente sein Brot als Käser und Melker in der Hofstatt.

Hanna hoffte, die kleine, aber stämmige Frau würde sie nicht lange warten lassen. Beate hatte ihr freimütig gestanden, sie sei froh, wieder einen Gast zu haben: «Aber das Taggeld, das die Stadt für dich zahlt, langt zurzeit nur für ein Viertelpfund Brot. Wenn du mehr willst, musst du's mir zahlen.»

Hanna döste für eine Weile ein. Schließlich hörte sie das Klirren eines Schlüsselbundes. Gleich darauf wurde aufgeschlossen, und die Eisenmeisterin trat ein.

Hanna riss überrascht die Augen auf. Denn Beate brachte nichts zu essen, sondern nur einen kleinen Krug Milch. Zudem wirkte sie übernächtigt und sah aus, als habe sie gerade geweint.

«Was ist passiert?»

«Er hat mir dein Geld aus der Hand gerissen und ist ins Wirtshaus.»

«Das wird ihn teuer zu stehen kommen», brauste Hanna auf. «Wenn ich das Ulrich von Detwang oder dem Hegemeister erzähle ...»

«Nein, tu es bitte nicht. Ich mach's wieder gut. Wir hatten uns gestritten. Er ist ein geiler Bock, aber ich mag nicht mehr. Wie die beiden Kleinen unter unseren Streitereien leiden ... ach, das kannst du dir nicht vorstellen.»

«Nimm mir das Eisen ab, dann halt ich den Mund.»

«Das wollte ich sowieso. Aber ich hatte Angst, dass der Stadtrichter hier vorbeikommt und nachschaut.»

«Das kann er immer noch.»

«Dann ist es mir auch egal. Wie sollst du denn hier raus? Die Tür ist dick, das Schloss neu. Durch die Lichtscharte schaffen es nur Mäuse und Eichkätzchen.»

Beate schloss das Fußeisen auf, während Hanna gierig den Milchkrug an die Lippen setzte. Kurz darauf wurde ihr schwindelig und der Hunger war doppelt so stark. Sie griff in ihren Schürzensack und zog ihr Geldsäckelchen hervor. Ein zweites Mal drückte sie der Eisenmeisterin Münzen in die Hand. Ulrich wird schon aushelfen, dachte sie. Wenn er doch bloß endlich kommen würde!

Stiefelscharren ertönte, die Schritte klangen eilig und bestimmt. Hannas Herzschlag beschleunigte sich, doch nicht Ulrich oder Bernward erschienen vor der Tür, sondern Jacob Aufreiter.

«Das habe ich mir so gedacht: die Zelle offen und die Eisen abgenommen. Das ist Hanna Völz, Eisenmeisterin, keine einfache Sünderin. Sie ist gefährlich! Schließt sie sofort wieder an.»

«Jawohl, Herr. Verzeiht mir, es kommt nicht wieder vor.»

Hastig packte Beate Hannas Fuß und legte das Eisen um. Sie verbeugte sich vor Aufreiter und polterte die Treppe hinab. Hanna ballte die Fäuste und kämpfte mit sich, ob sie Aufreiter ins Gesicht oder einfach wegschauen sollte. Dabei hätte sie ihm am liebsten ins Gesicht gespuckt, so sehr ekelte sie sich vor ihm.

«Schau mich an.»

Widerwillig hob Hanna den Kopf.

«Es wird Euch nicht gelingen», stieß sie hervor.

«Wie aufschlussreich dies klingt, Hanna Völz. Du hast also ein schlechtes Gewissen.»

«Nein.»

Der Stadtrichter hob eine Augenbraue. Langsam sah er sich um, als stünde noch jemand in der Zelle. Ein Schauer lief Hanna über den Rücken. Ich bin völlig wehrlos. Er könnte mich … aber das wäre sein Todesurteil … Ulrich würde nicht zögern …

Sie rutschte ein Stück zurück und drückte sich an die Wand, Aufreiter trat grinsend näher, ging vor ihr in die Hocke. Eindringlich musterte er sie und schüttelte dabei ein paarmal sacht den Kopf. Hanna entging nicht, dass sein Mund wieder ein wenig zitterte, doch ohne sagen zu können, warum, wusste sie, dass Aufreiter ihr nichts tun würde.

So überlegen er tut, dachte sie, irgendwie scheine ich ihm immer noch nicht geheuer zu sein. Nachher glaubt er wirklich, ich sei eine Hexe und habe den bösen Blick.

Gleichzeitig spürte sie, wie unbarmherzig diese Augen waren. Sie machten sie frösteln und schienen bis in ihr Herz zu dringen, um ihr Kraft und Willen zu rauben.

Sein böser Blick! Wie damals an Fastnacht.

Hanna schloss die Augen. Er wird mich schlagen, dachte sie. Bitte, lieber Gott, betete sie, schicke jemanden zu mir … irgendeine Seele, selbst wenn es nur eine Katze oder eine Ratte ist.

Nichts geschah, Aufreiter erhob sich: «Ich werde dir den Prozess machen, Hanna Völz. Weil du eine Hexe bist.

Deine Teufelsgesichte wecken das Böse. Jetzt ist ihm die Schwester meiner Frau, Gott hab sie selig, zum Opfer gefallen. Sie wurde umgebracht, weil du finstere Mächte heraufbeschworen hast.»

«Wer sagt das?»

«Da gibt es einige. Zum Beispiel Frederike von Neustett und ihre Eltern, aber auch der Brauerknecht von der Brauerei Goltz. Sie haben mir deine Blicke beschrieben und das, was sie angerichtet haben. Zwei Frauen hast du schon in deiner Gewalt ... und lehrst sie jetzt deine Hexenkünste. Dein größter Fang ist ein Deutscher Ritter, du weißt, wen ich meine ...»

«Hört auf mit Euren Lügen!»

«Lügen?», blaffte Aufreiter zurück. «Wo halb Rothenburg deine hexischen Gesichte bezeugen kann?»

«Die von Euch kommen ... Ihr habt den bösen Blick! Ihr habt ihn mir Fastnacht letztes Jahr eingepflanzt. Ihr seid ein Hexer, Jacob Aufreiter!»

«Oh ... da bekomme ich aber Angst.» Aufreiter lachte kurz und höhnisch auf. Er rief nach der Eisenmeisterin, die sogleich die Treppe hinaufhastete. «Wenn sie flieht, brennst du mit!» Er stieß sie gegen die Wand, angelte dann in seiner Weste nach einem Geldstück und warf es der Frau zu. «Ich will, dass du gut auf sie aufpasst, verstehst du?»

Krachend flog die Zellentür zu. Die Eisenmeisterin zitterte am ganzen Leib und rührte sich nicht vom Fleck. Erst nach einer Weile löste sie sich aus ihrer Erstarrung.

«Himmel, Hanna Völz. Was hast du ihm getan, dass er dich so hasst?»

«Das frage ich mich auch», wisperte Hanna mit tränenerstickter Stimme.

45

Die einen klatschten, die anderen pfiffen, wieder andere grölten Spottverse über die Truppen des Schwäbischen Bundes. Hanna entging nichts, obwohl sie noch immer in ihrer verriegelten Zelle angekettet war – einer Zelle mit Bett, Tisch, zwei Stühlen, einer Kleidertruhe und einem Waschtisch. Auf dem Tisch stand eine Karaffe Wein mit Gläsern, aber auch eine große Schüssel voller Gebäck. Es duftete nach Weihrauch und Lampenöl, vor einem Bildnis der Muttergottes brannte eine armdicke und hüfthohe Kerze.

Sie hörte ohrenbetäubendes Gelächter aufbranden und kurz darauf, wie Magdalena ins Treppenhaus rief: «Die Stadtbüttel werden gerade abgelöst, hörst du?»

«Ja. Aber nun geht doch nach Haus. Ihr seid schon den ganzen Tag hier, und ich hab doch alles!»

«Erst, wenn Ulrich wieder da ist. Ursula bringt Marie jetzt zurück ins Kloster.»

«Danke, ich liebe euch.»

Stürmisches Händeklatschen ertönte, irgendwer schlug eine Trommel.

«Halt aus, Hanna Völz!»

«Die Haufen der Bauern eilen von Sieg zu Sieg. Bald stehen sie vor Rothenburg.»

«Dann wird alles anders. Goldene Zeiten brechen an.»

Es waren immer dieselben Durchhalteparolen, aber Hanna konnte gar nicht genug davon hören. Sie legte die Hände wie einen Trichter um den Mund und rief: «Ihr allein seid die Aufrechten, liebe Leute. Betet für mich, dass dieser Albtraum zu Ende geht.»

Wie gerne hätte sie all die Menschen gesehen, die sich in der Hofstatt versammelt hatten. Zu Dutzenden belagerten sie den Turm, denn so etwas hatte es seit Gründung der Stadt noch nicht gegeben: dass nämlich ein Deutscher Ritter seine Bediensteten den Weibersturm hochscheuchte, um es der dort Einsitzenden bequem zu machen. Aber es war nicht verboten, selbst hier wenigstens leidlich gut zu hausen. Vorgeschrieben war allein, dass Hanna angekettet und die Tür ihrer Zelle verriegelt blieb. Niemand konnte ihr tagsüber das Rufen verbieten und erst recht nicht, dass sie gut aß und trank.

Hanna versuchte, sich die Menschenmenge vor dem Weibersturm vorzustellen, und erinnerte sich daran, dass sie vor ein paar Stunden sogar Baburs Gebell gehört hatte. Auch Lienhart war dagewesen.

Warum aber war Ulrich immer noch nicht zurück? Er war ins Rathaus geritten, um mit Stephan von Menzingen und Bürgermeister Kumpf zu sprechen. Aber würden sie sich wirklich auf ihre Seite schlagen? Denn auch wenn viele aus der Stadt sie für unschuldig hielten, es gab eine erhebliche Anzahl Rothenburger, die glaubten, ihre rasche Genesung von dem Gottesurteil weise sie als Hexe aus.

Hufschlag riss sie aus ihren Grübeleien.

«Hanna! Hanna, hörst du mich?»

«Ulrich!»

«Ich habe alles versucht. Du musst dich noch etwas gedulden. Wir brauchen Entlastungszeugen. Aber mach dir keine Sorgen.»

«Ulrich, wie lange noch?»

«Hanna, ich liebe dich!»

«Und ich dich!»

Ihre Stimme dröhnte ihr im Kopf, dann brach sie in Tränen aus. Sie warf sich aufs Bett, krümmte sich zu einer Kugel.

Entlastungszeugen!

Dieser von Menzingen war nichts als ein hinterhältiger Bauernfänger. Wahrscheinlich wusste er längst, wie übel all diese Aufstände enden würden. Und da war es eine gute Absicherung, eine vermeintliche Hexe im Turm zu haben. Denn sollte die alte Ordnung wiederhergestellt werden, würde Aufreiter ihm nicht vorwerfen können, sich in seine Belange eingemischt zu haben.

Erschöpft schlief Hanna ein.

Als sie aufwachte, war es bereits dunkel. Alles war still.

46

Die Eisenmeisterin stellte den geleerten Latrineneimer in die Ecke und begann, die Zelle zu fegen. Schweigend sah Hanna ihr eine Weile zu, dann sagte sie, es sei gut. «Iss mit mir, Beate. Trink ein Glas Wein. Ich bin keine Hexe. Wäre ich wirklich eine, wäre ich auf meinem Besen doch den Bütteln davongeflogen und säße jetzt nicht hier.»

«Da sei Gott vor.»

Schnell bekreuzigte sich die Eisenmeisterin. Sie legte den Kopf schief und schaute Hanna mit einer Mischung aus Misstrauen und Angst an. Ulrich nämlich hatte ihr gedroht, sie und ihren Mann von der Hofstatt zu jagen, sollte Hanna sich in irgendeiner Form über schlechte Behandlung beschweren. Schließlich gehörte die Hofstatt dem Deutschen Orden. Wer hier arbeitete, war den Deutschherren zinspflichtig und unterstand deren Gerichtsbarkeit. Weil die Eisenmeisterin aber im Nebenerwerb den städtischen Weibersturm führte, durfte Ulrich ihr hier nichts befehlen. Trotzdem fürchtete Beate Ulrich jetzt kaum weniger als Aufreiter. Immerhin hatte er ihr angedroht, sie an den Pranger zu stellen, sollte er einmal erleben, dass sie, Hanna, nicht angekettet und ihre Zelle unverriegelt sei.

«Zier dich nicht, Beate. Ruf deine Kinder. Sie sollen sich satt essen. Wenn einer weiß, was Hunger heißt, dann ich.»

«Gut. Natürlich weiß ich, dass du keine Hexe bist. Das ist Aberglaube. Denn gäbe es welche, dann könnte alles doch nicht so sein, wie es jetzt ist, oder?»

Wenig später kam sie mit ihrer kleinen Tochter Jenne an der Hand zurück. Zutraulich setzte sie sich auf Hannas Schoß. Jennes Augen wurden groß: So viel leckere Sachen hatte sie noch nie gesehen. Hanna brach einen Butterwecken entzwei, schenkte Milch ein. Es gab alles, was das Herz begehrte: Fruchtmarmelade, Schinken, eingelegtes Gemüse, hartgekochte Eier, Käse, Quark, Schmalzkuchen. Ulrich schickte jeden Morgen eine Detwanger Bäuerin mit einem Korb voller Leckereien in die Hofstatt. Die Eisenmeisterin hatte ihn Hanna zu bringen. Trotz der Düfte, die ihr in die Nase stiegen, hatte Beate bislang nicht ein einziges Mal gewagt, das Tuch zu lupfen.

Hanna freute sich, dass die Eisenmeisterin und Jenne zulangten. Sie wiegte die Kleine auf dem Schoß, schnupperte an ihrem frischgewaschenen Haar und brachte sie mit sanften Ohrhauchern zum Kichern.

«Ach, du hast es gut.»

Hanna lachte lauthals auf: «Ich, die Fußeisen-Hex' vom Weibersturm? Geh, Beate, das glaubst du doch selbst nicht.»

Der Wein aber hatte Beates Zunge gelockert. Leidenschaftlich fuhr sie fort: «Was glaubst du, wie oft ich Lust gehabt hab, in der Kirche falsch zu singen oder zu kreischen wie eine am Spieß? Weil alles so ungerecht ist. Die Männer wenigstens dürfen saufen, was aber darf ich?

Mich hinlegen und warten, bis er wieder runter ist von mir. Himmel, Hanna, du kommst doch bald hier raus. Aber unsereiner? Weißt du, manchmal bekomme ich eine Angst um mich und die Kleinen ... dann kann ich nur noch weinen. Wenn ich aufwache, ist es jeden Tag gerade so, als wäre ich ein Wurm, den man ins Feuer hält.»

Hanna schaute sie betroffen an. Noch nie hatte sie so hoffnungslose Worte gehört. Da zupfte Jenne sie am Ohrläppchen: «Die Mama braucht einen besseren Papa. Weißt du, wie sie einen bekommt?»

«Nein. Aber was machen wir dann mit dem alten?»

«Den legen wir ins Grab.» Jenne gähnte, kuschelte sich in Hannas Arme. «Ich möchte bei dir einschlafen.»

«Das darfst du.»

Dankbar lächelte die Eisenmeisterin sie an. Sie erhob sich, ließ ihren Blick durch die Zelle schweifen. Für einen Moment wirkte sie verträumt, dann umwölkten sich ihre Blicke aber wieder. Ohne noch ein Wort zu sagen, schlurfte sie zur Tür. Bevor sie sie wieder verriegelte, streckte sie noch einmal den Kopf herein.

«Danke dir. Kannst auf mich zählen. Wen die Jenne mag, der ist lieb.»

47

Es war der erste schwüle Tag des Jahres. Hanna glaubte fühlen zu können, wie Bernward schwitzte, mehr noch, ihr war, als stünde sie in einer Wolke aus Pferdeschweiß, Stiefelwichse und verbranntem Schießpulver.

Der Hegemeister stand vor der Zellentür und redete aufgeregt auf sie ein. «Die Haufen haben sich zerstritten.

Die einen wollen das Schloss in Würzburg schleifen, die anderen nicht. Ständig wird gekämpft. Weil es aber nicht richtig vorangeht, laufen etliche Mainzer und Odenwälder Bauern zu unseren tauber-fränkischen Haufen über. Sie wollen sich unsere Geschütze und Büchsen einverleiben. Also geht es jetzt gegen Rothenburg. In der Stadt ist der Teufel los, die Stadttore werden geschlossen.»

«Und was bedeutet das alles für mich?»

«Dass du dabei nicht verlieren kannst. Ich muss weiter, Hanna. Meine Hegereiter fragen nach Befehlen, sie haben Angst. Ich muss mich um sie kümmern.»

«Bernward ...»

«Keine Zeit mehr, Hanna. Es wird alles gut!»

Sie hörte, wie er die Turmtreppe hinabeilte und sein Pferd rief. Irgendetwas klirrte, dann erschallte ein lautes «Hoh!». Der Hufschlag war bald nicht mehr zu hören, dafür wehte der inbrünstige Gesang der Büßerinnen durch den Mauerspalt.

Bleigrau war der Himmel, als Stunden später ein Strom von Betrunkenen, Siechen, Häckern, Bauern, Knechten, Gesellen und auch Bürgern durch das Klosterviertel wogte. Die schwüle Luft schien alle Geräusche zusammenzukleben, verwob Jubelrufe, Grölen, Klirren, Trommeln, Pfeifen und das Läuten der Glocken zu einem brodelnden Klangteppich. Ab und an brüllte irgendwer das Lied der Aufständischen: Spieß voran, aufs Dach den roten Hahn, nirgendwo aber schlugen Flammen aus den Dächern, und statt nach Rauch roch es nur nach Latrine, verschüttetem Wein und Schweiß.

Niemand legte in diesen Stunden Feuer – und das war das eigentliche Wunder von Rothenburg in den Zeiten der Bauernaufstände.

Es bleibt uns erspart, weil sie gar keine Zeit dazu haben, dachte Ulrich. Lieber plündern sie. Jeder will so viel Beute wie möglich machen.

Hilflos stand er mit gezogenem Rapier im Hof des Dominikanerinnenklosters vor Marie und einem Grüppchen Nonnen, von denen eine seine Schwester war. Ihnen Schutz zu bieten, war das Einzige, was er tun konnte, alles andere war sinnlos. «Es wird bei den Franziskanern nicht anders sein», redete er den Nonnen zu. «Das hat er nun davon, der blinde Hans. Mit seinen Hetzreden hat er die Leute zu Bestien gemacht, jetzt verschlingen sie ihn gleich mit. Seid froh, dass sie nur an ihre Bäuche denken.»

Er drehte sich um und steckte sein Rapier in die Scheide. Er wusste selbst, wie schwach seine Worte klangen, aber was hätte er sonst sagen sollen? Nur in einem war er sich sicher: Keine dieser armseligen Gestalten würde ihn angreifen, um sich an einer der Nonnen zu vergehen. Die Plünderer hier waren keine Landsknechte.

Sie haben nur Hunger, dachte er im Stillen. Sie sind von Hunger, Arbeit, Krankheiten und Zinsen niedergedrückt. Sie denken nur an ihren Bauch.

«Ja, aber was ist mit den Stadtbütteln? Warum kommt keiner? Niemand hilft uns. Diese Schande. Aufhängen muss man sie. Alle! Dieses Gesindel!»

Agathe konnte es einfach nicht glauben.

«Auch die Stadtbüttel haben leere Speicher!», antwortete Ulrich ungeduldig. «Manche machen mit den Aufständischen längst gemeinsame Sache.»

«Und unsere Soldaten?»

«Himmel, du hast es doch selbst gesehen! Die Stadt wird von den Taubertaler Haufen belagert. Sie wollen stürmen. Wenigstens das aber lassen Menzingen und Kumpf nicht zu. Alle Soldaten sind auf den Mauern, die Geschütze sind bereit.»

«Und die Ritter?»

«Agathe! Man hasst uns wie die Pest. Wolfgang, Komtur Christian, Arnulf, Robert – sie alle haben sich in ihren Häusern verbarrikadiert. Ist doch klar, jeder denkt jetzt lieber an sich und seine Familie als an Klöster und Kirchen.»

Immer neue Plünderer tummelten sich auf dem Klostergelände und verschwanden in den Kellern. Weinfässer wurden in den Garten gerollt, Kornsäcke aufgeschlitzt. Ein Bettler hatte sich mit Kaminwürsten behängt, ein anderer schleppte einen Zuber voller Salzheringe auf der Schulter.

Da rief Schwester Mathilde, die älteste der Nonnen und dieselbe, die Hanna einst geohrfeigt hatte: «Seht doch, sie gehen an unsere Truhen! Unsere Kleider! Unser Tuch, die Stickereien!»

«Nein, das geht jetzt zu weit!»

Mit gezogenem Rapier stürmte Ulrich auf die Männer zu. Erschrocken ließen sie die Truhe fallen und liefen davon, aber schon kamen die nächsten. Ein Pfiff gellte, plötzlich sah sich Ulrich umstellt. Einer der Plünderer schwang einen Knüppel, ein anderer stürmte von hinten mit einer Mistforke heran.

Ulrich konnte gerade noch zur Seite springen. Der Angreifer rannte ins Leere.

«Versuch's nur, Deutschherr!», brüllte der mit dem Knüppel, eine sehnige Gestalt mit gemeißeltem Gesicht und hassglühenden Augen. «Schlägst du mich tot, bist du der Nächste. Da kannst du Gift drauf nehmen!»

Er schlug sich den Knüppel in die Handfläche. Der mit der Forke stellte sich neben ihn.

Die Lage war gefährlich genug. Ulrich hörte seine Schwester rufen, da spürte er einen Stoß im Kreuz, der ihn einen Schritt vorwärtsstolpern ließ – geradewegs auf die Forke zu. Er schaffte es gerade noch, sein Rapier auf den Stiel der Forke zu schlagen, sodass eine gewaltige Kerbe zurückblieb. Der Mann sprang zurück und brüllte auf vor Wut. Aus dem Augenwinkel nahm Ulrich einen weiteren Angreifer wahr, fuhr blitzschnell herum, wehrte einen harten Knüppelschlag ab und stieß zu. Der Angreifer schrie auf und wankte zurück.

Gelächter ertönte: «Du Hasenfuß! Das war gekitzelt, mehr nicht!»

Ulrich schaute wieder nach vorn – gerade noch rechtzeitig, um einem weiteren Forkenstoß auszuweichen. Mit zwei gekonnten Paraden hielt er sich den Sehnigen mit dem Knüppel vom Leib. Auch der mit der Forke wich jetzt zurück.

«Ulrich, pass auf!»

Doch Agathes Warnung kam zu spät. Von der Seite rannten zwei Männer herbei, der eine sprang mit gezücktem Messer auf ihn zu, der andere schwang ein Fischernetz, das er in dem Moment losließ, als Ulrich sich duckte, um es zu unterlaufen. Doch da verhedderte sich sein Rapier im Netz, und Ulrich strauchelte. Er hörte noch seine Schwester und Marie aufschreien, dann wurde es dunkel um ihn. Der Sehnige mit dem Knüppel hatte ihn an der Schläfe getroffen.

«Nein! Nicht!»

Marie schrie aus Leibeskräften. Tränen spritzten ihr aus den Augen. Agathe raffte ihr Ordenskleid und stürzte auf die Männer zu. Händeringend warf sie sich vor ihnen auf die Knie: «Bitte, schont ihn. Er wollte uns doch nur beschützen!»

Der Sehnige schaute sie an, dann hielt er den mit der Forke zurück.

«Wir sind keine Mörder. Aber diese Abreibung hat er sich verdient, euer Ritter.» Triumphierend schaute er sich zu den anderen Plünderern um, hob seinen Knüppel. «Dafür gehört uns jetzt alles. Alles!»

Die anderen brachen in Jubel aus und hasteten die Kellertreppe hinab, um an die Vorräte zu gelangen. Ulrich aber lag reglos im Gras. Aus einer Platzwunde über seiner Schläfe sickerte Blut. Agathe riss sich Tunika und Skapulier vom Leib, die Tunika faltete sie zu einem Kissen zusammen, das Skapulier drückte sie auf die immer noch blutende Wunde.

«Wir brauchen Wasser.» Die Nonnen nickten, aber keine rührte sich vom Fleck, sie schienen wie gelähmt. «Wasser!», herrschte Agathe sie ein zweites Mal an, doch Marie war schon zu den Zisternen gelaufen, in denen Regenwasser für den Garten gesammelt wurde. Sie füllte eine Gießkanne, musste die Hälfte aber wieder ausgießen, bevor sie sie ächzend zu Agathe schleppte.

Noch immer war es schwül, doch hatte in der Zwischenzeit Nieselregen eingesetzt. Das Grau des Himmels hatte sich tintenblau verfärbt, feine Tropfen schillerten in Ulrichs und Agathes Haar. Da ging die Tür zur Kirchenkapelle auf. Männer mit Kelchen und Messbüchern stürmten heraus, einer hielt eine vergoldete Monstranz in die Höhe, ein anderer schwenkte zwei große Kerzenhalter aus Messing.

Der Nieselregen wurde von Minute zu Minute kräftiger.

Bald gaben sich die Plünderer nicht mehr nur mit Lebensmitteln zufrieden. Sie hielten sich an Bettzeug, Kissen, Decken, ja sogar Pfannen, Teller, Schüsseln, Zangen, Spießgabeln. Zwei Häckerfrauen schoben eine Schiebkarre mit drei ausgegrabenen Obstbäumchen vor sich her, eine dritte trug Kannen, Spaten und Hacken fort.

Die Nonnen rangen die Hände, während Agathe und Marie Ulrich das Blut abtupften. Er war wieder zu sich gekommen und stöhnte leise, seine Lider flatterten.

«Diebe seid ihr, nichts als gemeine Diebe!», gellte es über den Hof.

Schwester Rahel und Gisela versuchten, einem schwitzenden Glatzkopf ein Messgewand zu entreißen. Der Mann war kräftig und zog die Frauen über den Hof, doch als zwei Nonnen den Laienschwestern zu Hilfe eilten und sich in das Messgewand verkrallten, ließ er plötzlich los.

Kreischend purzelten die Frauen rücklings zu Boden. Der Glatzköpfige erging sich in obszönen Gesten und rief den anderen Plünderern zu, es gebe noch viel schöne Sachen in der Kirche: «Heiligenbilder, Altartücher, Messkelche! Himmel, welch ein Protz! Kommt, holen wir es uns!»

Auf der anderen Seite der Stadt hatten sich die Menschen der Hofstatt erinnert: Gab es dort nicht auch Keller? In denen Käselaibe gestapelt waren, Zwiebel- und Knoblauchzöpfe von der Decke hingen, Karotten und Gurken in Sandschütten lagerten?

Bis in Hannas Zelle drangen die Schlachtrufe der Plünderer. Der Hass auf die faulen Deutschherren brach sich Bahn. Scheiben und Flaschen gingen zu Bruch, Fassböden wurden eingeschlagen, Wein versickerte in der Erde.

Plötzlich schrie eine Frau: «Was ist mit dem Weibersturm?»

«Ja, der Weibersturm … wo die Deutschherrn-Hure haust!»

Hanna stockte der Atem. Sie war völlig schutzlos und der Hass der Menschen so groß wie ihre Gier.

Sie werden mich schlagen … tottrampeln.

Sie hörte die Eisenmeisterin rufen, schreien, betteln, dann war sie still.

Die Turmtür flog auf.

Der Turm wird nicht mehr bewacht, durchfuhr es Hanna.

Sie drückte sich in eine Ecke, hörte Schlüsselklirren. Die Zellentür schlug gegen die Wand, je zwei Frauen und Männer stürmten herein.

«Da lebt sie wie die Made im Speck!»

«Ja, so fein wie im Schloss, diese Herren-Hure!»

Die Frau war jung und spargeldürr. Sie ohrfeigte Hanna, ihr Mann stieß ihr einen Fuß in die Rippen. Anschließend schlitzte er ihre Bettdecke auf. Daunen wirbelten durch die Zelle, Hanna hustete, so stickig war die Luft. Der Truhendeckel krachte gegen die Wand. Leibchen, Binden, Waschtücher, Nachthemden wurden herausgerissen, triumphierend ihre Kleider in die Höhe gehalten, während Kinder in die Zelle stürzten und sich um Honig und Butterwecken stritten.

«So eine Süße bist du? Dann musst du nachspülen.»

Der Mann baute sich breitbeinig vor ihr auf. Er nestelte an seinem Hosenlatz, streckte den Unterleib vor.

Hanna hob schützend die Arme vors Gesicht. Alles ist besser als ein glühendes Hufeisen.

Ihre Arme schnellten vor. «Schaut meine Hände an! Wie sie aussehen! Was sie leiden mussten! Ich bin eine von euch, eine Köhlerin. Helft mir lieber!»

Der Mann zögerte, und Hanna blieb diese Erniedrigung erspart.

«Lasst sie. Sie ist gut.» Die Eisenmeisterin schnaufte heran. Sie blutete aus der Nase, ihr Haar war zerzaust, die Haube fehlte. Die kleine Jenne hing greinend an ihrem Rockzipfel und wischte sich damit die Nase. «Sie lügt nicht. Sie ist wirklich eine von uns.»

Hanna warf dem Mann flehende Blicke zu, dann streckte sie ihren Fuß aus.

Die Eisenmeisterin wandte sich ab und zischte: «Los, du hast den Schlüssel. Mach schon.»

Ein Ruck ging durch den Mann.

«Ich war's nicht.» Er bückte sich, schloss auf. Dann holte er aus und verpasste Hanna eine so gewaltige Ohrfeige, dass sie Sterne sah. Ihre Lippe platzte auf, und sie schmeckte Blut. «Sonst wär's aufgefallen, verstehst du?»

Die Eisenmeisterin half Hanna auf.

Hanna wankte zur Tür, ihre Knie zitterten auf der Treppe. Als sie die Turmtür aufzog, schrie sie auf, so grell stach ihr das Licht in die Augen. Doch dann begann sie zu laufen. Erst torkelnd und langsam, dann immer schneller.

Wohin, wusste sie nicht.

Zum Glück fiel ihr ein, dass sie noch etwas Geld bei sich hatte.

48

Wie einfach alles doch war, wenn man Geld in der Schürze hatte. Hanna konnte es noch immer nicht ganz fassen: Sie war frei, niemand fragte nach ihr, jeder ließ sie in Ruhe.

Lächelnd lauschte sie dem Wispern des Windes, der durch ihren Dachverschlag, eine Abseite eines Hauses in der Hirtengasse, zog. Licht und Luft strömten durch die Lüftungsschlitze der niedrigen Kniestockwand, Schwalben, Mäuse und halbzahme Ratten waren hier oben ständige Gäste. Ihre Zufluchtsstätte gehörte der Hirtenzunft, diente als Wollspeicher und Spinnhaus. Außerdem besaß sie einen Versammlungsraum, ein Altenteil und eine Schankstube.

Hanna rümpfte die Nase, noch störte sie der Gestank nicht. Ich habe Stroh, eine Decke und bin im Trockenen, dachte sie. Das zählt. Aber länger als eine Woche würde ich es hier auch nicht aushalten. Dass es vom Kummereck her ständig stinkt, so bestialisch stinkt, ist nicht zu ertragen. Wie mag es hier oben bloß riechen, wenn es richtig Sommer ist?

Sie setzte sich auf, kniff ein Auge zu und spähte nach draußen. Von ihrem Platz aus konnte sie geradewegs auf das Kummereck schauen, den Schutt- und Latrinenabladeplatz der Stadt. Dessen Gestankwolken zogen geradewegs zu ihr, hingegen es in der Schankstube und dem Altenteil gut auszuhalten war – sagte zumindest der Schankwirt.

Bis auf zwei Latrinenfrauen war niemand zu sehen. Hanna legte sich wieder hin. Trotz des Gestanks hatte sie Hunger.

Beeil dich, Jan, rief sie in Gedanken den Sohn des Schankwirts. Nur ein Stück Brot und einen Becher Tee. Nachher dann darfst du dir etwas dazuverdienen.

Nach einer Weile hörte sie Schritte, kurz darauf das viermalige Klopfen.

Sie schob den Riegel zur Seite.

Jan war dreizehn, blauäugig, rotblond und hatte einen Buckel.

«Guten Morgen. Ging's denn?»

«Die Schwalben machen Lärm, die Ratten sind immerzu neugierig. Aber sie sind klug. Ich habe mit ihnen einen Handel abgeschlossen: Ihr bekommt von jedem Bissen etwas ab, dafür beißt ihr mich nicht. Sie haben es sofort begriffen. Und eigentlich sind sie niedlich. Wäre der lange Schwanz nicht, wir würden uns vor ihnen viel weniger so ekeln.»

«Sie riechen, dass du verfolgt wirst. So wie sie. Darum lassen sie dich in Ruh.»

Jan stellte den Krug Kräutertee auf den Boden und reichte ihr einen Viertel Laib Brot, in dem ein Spieß mit einem Wurstzipfel steckte.

Hanna brach ein Stück Brot ab und säbelte mit Jans

Messer auch eine Scheibe Wurst ab. Beides warf sie in die dunkelste Ecke der Abseite.

«Pscht.» Sie legte den Finger auf den Mund. Nach kurzer Zeit waren Trippelgeräusche zu hören, dann war es wieder still. «Das ist mein Abschiedsgeschenk an sie», fuhr sie leise fort. «Sie sollen mich in guter Erinnerung behalten.»

«Werde ich dich auch.»

Jan grinste schief, Hanna kniff ihm in die Wange. Sie nestelte in ihrem Schürzensack nach ihrem Geldsäckelchen, suchte eine Münze und drückte sie Jan in die Hand.

«Dieser Kreuzer ist für dich, wenn du nach Detwang läufst. Dort sagst du, du hättest eine wichtige Botschaft für den edlen Herrn. Aber nur für ihn, verstehst du?»

Jan nickte. «Und welche Botschaft?»

«Dass ich hier bin, mehr nicht. Damit er dir wirklich glaubt, sagst du: Ich hätte gesagt, Mahut sei ein Hasenfuß.»

49

Kichernd schmiegten sie sich in der Kemenate des Detwanger Burgturms aneinander, dann küssten sie sich. Im Kamin prasselte ein kräftiges Feuer, der warme Badezuber verbreitete betörenden Rosen- und Lavendelblütenduft.

«Kleines Liebeshexchen …»

«Zauberritter …»

«Nimmersatt.»

«Das sagt der Richtige …»

Hanna räkelte sich, streckte die Arme nach hinten. Mit geschlossenen Augen ließ sie sich Hals und Brüste küssen, und schon wieder wünschte sie sich mehr. Gleichzeitig blitzten immer auch andere Bilder auf. Sie sah sich wieder als invalide Nonne verkleidet im offenen Zweispänner sitzen, den Arm in einer Schlinge, um den Kopf einen blutfleckigen Verband. Allein diese List hätte genügt, Ulrich aber hatte noch seine Mutter und seine Schwester mit im Wagen, die beide lautstark die Stadtwachen am Klingentor beschimpft hatten, weil sie nichts gegen die Plünderungen der Klöster unternommen hätten.

Sie waren einfach weitergefahren, hinterher hatte sogar Agathe lauthals gelacht.

Aber es war noch nicht ausgestanden.

Sie stöhnte auf, die düsteren Gedanken verflogen. Ulrichs warmer Atem strich kühl über die Innenseite ihrer Schenkel. Er hatte sie mit einem feuchten Kussreigen bedeckt, jetzt wanderten seine Lippen langsam nach oben. Sie verging fast vor Lust, und auch Ulrich schien es zu genießen, so lange, bis sie von seligster Erschöpfung überwältigt wurde.

Dass die Welt unerbittlich nach ihnen griff, bewies der frühe Abend. Einer der Deutschherren suchte Ulrich auf und brachte ihm das Ersuchen des Rates: Er möge bitte bei der Ratsversammlung am nächsten Morgen zugegen sein.

«Und warum das? Der Menzingen und seine Gesellen, Ratsprediger Teuschlin, das böse ABC, der blinde Mönch, unser ehrenwerter Komtur Christian – sie machen doch eh, was sie wollen. Und da ich den Aufreiter und seine sturen bigotten Patrizier genauso verabscheue: Soll ich an seiner Seite etwa gegen den Bauernrat stimmen? Niemals! Ich mache mich mit niemandem gemein!» Ulrich donnerte die Faust auf den Tisch, dass die Gläser klirrten. Er saß vor dem Kamin und stierte ins Feuer, Hanna war bereits zu Bett gegangen. Seine Wangen waren vom Wein gerötet. Der Ärger, dass Komtur Christian die Sache der Deutschherren verraten hatte und zu den Bauern übergelaufen war, kam wieder hoch. «Ich frage dich, Robert: Was ist das für ein Mensch? Ein ehrenhafter Ritter bestimmt nicht. Erst vergewaltigt er eine Frau, dann lügt er den Deutschmeister an, dass sich die Balken biegen, schließlich zahlt er Schweigegeld, und zu guter Letzt geht er auf die Seite der Aufständischen über.»

«Er wollte seine Besitzungen in der Hege schützen, das ist alles. In diesen Tagen ist sich jeder selbst der Nächste.»

«Das habe ich gemerkt. Auch du hast die Nonnen sich selbst überlassen. Wir sind es nicht mehr wert, Robert, Ritter genannt zu werden. Schande über uns.»

Ulrich erhob sich schwerfällig und trat ans Fenster. Er schaute auf den Hof, wo sich der Hufschmied noch mit Frieder, dem Kutscher, unterhielt. Der Hufschmied hielt eine Frau an der Hüfte umfasst, Imke aus Neusitz, wie Ulrich von Hanna erfahren hatte. Imke war überglücklich, dass ihr Mann wieder zurückgekehrt war. Er hatte mit den tauber-fränkischen Bauernhaufen vor Würzburg gelagert, doch die im Umland begangenen grässlichen Plünderungen hatten ihn derart abgestoßen, dass er wieder heimgekehrt war.

Dieser Schmied hat Einsicht gezeigt, dachte Ulrich. Er wenigstens war klug. Wieder musste er an Hannas Vision nach ihrem Hufeisen-Martyrium denken: Sie verbrennen die Fahnen, und ihre Lanzen stechen alles nieder. Es wird ein Blutbad geben, während die Trommeln schlagen und die Kanonen grollen.

«Was hast du?»

«Nichts.»

«Mir kannst du nichts vormachen, Ulrich.» Robert trat

an Ulrichs Seite und schaute ebenfalls aus dem Fenster. «Du denkst an die Gesichte deiner Hanna, hab ich recht?»

Ulrich nickte. «Es wird nicht das Blut der Landsknechte sein, das fließt.»

«Umso besser für uns. Es gibt Gerüchte, Bundeshauptmann Truchseß von Waldburg sei mit einem Heer über Rottenburg und Tübingen gekommen. Angeblich hätten sie aufständische Haufen aus Herrenberg herausgejagt.»

«Und das freut dich jetzt, wie?»

Robert schüttelte sacht den Kopf: «Nichts ist sicher, eins aber gewiss: Jeder glaubt, es richtig zu machen. Warum auch nicht? Du suchst Antworten, weil dich die Visionen deiner Verlobten umtreiben, andere wollen markige Worte hören. Ich war heute in St. Jakob. Da hat der Florian Geyer im Chor die Forderungen der Bauern verlesen. Doch nicht nur das: Er hat die Bürger Brüderschaft mit den Bauern schwören lassen. Die Landsknechte des Truchseß werden sich warm anziehen müssen.»

«Warum hast du das nicht gleich gesagt?»

«Weil ich erst deine Laune herausfinden wollte. Du bist gerade nämlich etwas gallig. Aber das schärft in gewisser Weise auch den Verstand. Und den braucht unsere Stadt nötiger denn je.»

«Und wer hört auf mich?»

Robert zuckte die Schultern. Er trank den Rest seines Weins, dann schnalzte er mit der Zunge.

Ja, es war ein besonderer Tropfen, den der gute Ulrich da ausgesucht hatte. Um wie viel erträglicher die Welt doch war, wenn der Wein schmeckte.

50

Mit wachsendem Ärger verfolgte Ulrich tags darauf, wie es Florian Geyer in einer so aufrührerischen wie drohenden Rede gelang, die Stadt Rothenburg für die Sache der aufständischen Tauberbauern zu gewinnen. Dabei machte er, der Führer des starken Schwarzen Haufens, keinen Hehl daraus, dass er ein Exkommunizierter war und in früheren Jahren als kriegserfahrener Hauptmann erfolgreich für die Fürsten gekämpft hatte. «Wir sind schlagkräftig. Und nicht nur das: Wir sind auch wohlorganisiert. Es bedarf nur eines Winks von mir, und die Haufen vor der Stadt beginnen, die Stadt zu beschießen. Wollt ihr das? Nein? Ich verstehe euch – denn was habt ihr alles zu verlieren! Die Rothenburger Bauern und Häcker, Laienbrüder und Laienschwestern, etliche Bürger und Handwerker haben euch bereits gezeigt, wie ernst es ihnen ist. Sie sind auf unserer Seite – macht also endlich gemeinsame Sache mit denen, die nur Gerechtigkeit wollen.»

«Gerechtigkeit?» Ulrich konnte sich nicht mehr beherrschen. «Ihr führt gute Seelen in den Abgrund mit Eurer Schönfärberei. Und das alles im Namen der Gerechtigkeit! Glaubt mir, die Fürstenheere des Schwäbischen Bundes werden Euch früher, als Ihr es für möglich haltet, zeigen, wer die Gerechtigkeit vertritt.»

«Ach, richtig, Ihr seid ja der gute Ritter mit der geheimnisvollen Köhlerin. Jetzt sagt bitte nicht, Ihr seid deren düsteren Gesichten erlegen. Ritter von Detwang … ich bitte Euch, denkt mal darüber nach, auf wen Ihr Euch da beruft.»

Dröhnendes Gelächter machte die Runde. Ulrich aber ließ sich nicht provozieren. Ruhig ließ er seinen Blick über die grinsenden Gesichter der Ratsversammlung gleiten und rief: «Wohlan, dann stimme ich dafür, dass unser Rothenburg sich von den Hörnern des Geyer'schen Widders in den Abgrund stoßen lässt. Jeder ist sich schließlich selbst der Nächste. Wir, die Besitzenden, fallen vor Euch, Ritter von Geyer, auf die Knie. Denn Ihr bewahrt uns mit Eurem Ehrenwort vor weiteren Plünderungen. Wir dürfen unseren Wein wieder allein saufen, der rote Hahn geht in der Hege schlafen, und in den Klöstern wird wieder gebetet und nicht gebangt.»

Ulrich trat auf Florian Geyer zu und beugte vor ihm das Knie.

Die Ironie seiner Antwort löste ein wüstes Palaver aus. Die einen schrien, er spreche wie ein Narr, was angesichts des Ernstes der Lage eine bodenlose Unverschämtheit sei, anderen lachten so, dass sie sich die Bäuche halten mussten. Der blinde Mönch legte die Hände zusammen und erging sich in einem Preisgebet: dass noch Zeichen und Wunder geschähen, endlich auch die Deutschherren verstünden, welche Politik gut und gerecht sei.

Niemand jedoch wollte die Ohnmacht begreifen, die aus diesen Worten sprach. Ulrich aber war der unsinnigen Beschlüsse müde. Er erhob sich und wollte sich gerade einen Weg durch die Menge bahnen, da zerbarst mit lautem Krachen ein Wasserkrug.

Jacob Aufreiter hatte ihn mitten in die Versammlung geworfen. Wasser und Tonscherben spritzten umher, auch Ulrich bekam etwas davon an sein Wams.

«Ritter von Detwang, Ihr seid ein Teufel! Glaubt Ihr, wir durchschauen diese Eure rhetorischen Kunststückchen nicht? Aus Euch spricht der Verrat! Eure Hexe hat Euch Angstvisionen in die Seele gepflanzt. Wir Aufrechten aber stehen zusammen: Wir fürchten weder die Schwarzen Haufen Ritter Geyers noch Taubertaler Bauern, Häcker oder stinkendes ketzerisches Laienvolk. Wir kämpfen Seite an Seite gegen die, die unser Hab und Gut bedrohen.»

«So? Wo wart Ihr dann, als Wilderer und Strauchdiebe in Steinbach einfielen? Wo war der Schutz Eures stadtrichterlichen Arms, als Eure Schwiegereltern erschlagen wurden, von wem auch immer? Wo waren die Büttel, als unsere Klöster geplündert wurden? Und was sagt Ihr denen, die hinter Eurem Rücken munkeln: Warum blieben eigentlich seine Keller verschont, seine Gehöfte ungeplündert? Heiliger Sankt Florian, verschon mein Haus, zünd' andere an! Damit dies Sprüchlein für Euch wahr werden konnte, habt Ihr vorausschauend in bitteren Notzeiten Korn gespendet. Aber wen habt Ihr bezahlt? Den Gessler-Müller, bekanntlich auch Herren-Müller genannt, weil er für uns Deutschherren Korn mahlt. Dumm nur, dass dieser Gessler-Müller jetzt zum Schwarzen Haufen zählt und das Korn nicht so richtig koscher war. Die Silberpfennige freilich, die Ihr dafür berappt habt, stimmten ihn und seine Mannen milde. Wer weiß: Vielleicht haben die Taubertaler Haufen Euch als Einnahmequelle entdeckt? Nach der Art: Du, Bruder Jacob, du hast doch hier den Hühnerhof und dort die Schweinescheuer … sag mal, was ist dir das eigentlich wert?»

Die Worte sprudelten nur so aus Ulrich heraus. Er klang zu ungestüm und aufgebracht, als dass Aufreiter sich die Blöße gab, ihn zu entkräften. Lächelnd stand er da, schüttelte fassungslos den Kopf und schaute gen Himmel – Gesten, die besagten: Jetzt seid ihr Zeugen ihres verleumderischen Zaubers geworden. Seht ihr, wie sehr sie ihm bereits zugesetzt hat, die Hexe Völz?

Zur selben Zeit schlenderte Hanna durch den Obstgarten des Detwang'schen Guts. Es war windstill und mild, wenn der Himmel auch wie mit grauer Farbe gestrichen aussah.

Zum Ausgleich roch die Luft angenehm würzig, und hier im Obstgarten war sie sogar wunderbar süß. Bienen und Hummeln summten, und als sie einige Gänseblümchen und Butterblumen betrachtete, schien es ihr, als würden sie ihr zulächeln.

Wie friedlich hier alles aussieht, dachte sie. Dabei tobt jetzt woanders der Krieg. Bauern und Häcker sterben, Frauen werden Witwen, Kinder Waisen. Aber des einen Leid ist des anderen Glück. Ohne die Aufstände säße ich noch angekettet im Weibersturm.

Aber keine bösen Gedanken jetzt.

Hanna schnupperte an den Apfelbaumblüten und staunte über das buschig strahlende Weiß eines blühenden Birnbaums. Eine Weile schaute sie dem Gärtner und seinen Burschen zu, die Mist in den Boden einarbeiteten, dann griff sie nach einer Gießkanne und half, die Johannisbeersträucher zu wässern.

Doch bald darauf wurde sie wieder grüblerisch. Alles liegt so nah beieinander, dachte sie. Je mehr Ulrich und ich uns lieben, umso größer ist der Hass von Jacob Aufreiter. Und je erfolgreicher die Aufständischen vor Würzburg kämpfen, umso fürchterlicher wird die Rache der Fürstenheere ausfallen.

Was wird dann aus mir, wenn in Rothenburg die alten Kräfte wieder das Sagen haben?

Für einen Moment glaubte Hanna, Schreien und Stöhnen zu hören. Sie schrak zusammen. Bitte, lieber Gott, kein neues Gesicht! Sie eilte zu einem der Komposthaufen und konzentrierte sich auf den blonden Gärtnerburschen, der gerade Rhabarberstängel zerschnitt.

«Was macht ihr damit?»

«Klein schneiden und dann Wasser drauf. Das gibt eine gute Jauchebrühe gegen Läuse. Riecht einmal, wie bitter und sauer die Stängel sind.» Der Bursche hielt Hanna einen Eimer hin, der zur Hälfte mit den grünroten Stängeln gefüllt war. «Wenn man die Wurzeln zu Brei zerstampft und mit Wasser aufkocht, kann man mit dem Sud auch färben.»

«Und essen?»

«Die Stängel? Ich habe sie mal gekocht. Aber ohne viel Honig ist es unerträglich sauer. Hinterher hatte ich seltsam raue Zähne davon. Also lieber nicht.»

Hanna nickte und lächelte. Wie gut, dass dieser Bursche sie abgelenkt hatte.

«Darf ich Euch etwas fragen?»

«Nur zu.»

«Das tu ich auch nur, weil Ihr anders seid als die edlen Damen, nicht so streng.»

«Jaja, also was?», fragte Hanna ungeduldig.

«Also, was glaubt Ihr wirklich, warum Euch der Aufreiter verfolgt? Eine Hexe nämlich seid Ihr nicht. Die sehen anders aus, alt und schrumpelig, und außerdem riechen sie. Ihr aber duftet. Vor allem aber: Ihr wart doch immer wieder bei den Nonnen. Wie hätte es dort eine Hexe aushalten sollen?»

«Ich danke dir für dein Vertrauen. Aber der Aufreiter hat viel mehr Gründe zusammengetragen, mich zur Hexe zu machen, als wir es uns vorstellen können.»

«Weil er Angst vor Euch hat. Und wer hat Angst? Immer der, der Dreck am Stecken hat.»

«Aber der Stadtrichter kennt mich doch gar nicht!»

«Vielleicht anders, als Ihr glaubt? Nachher erinnert Ihr ihn an jemanden? Dann sieht er in Euch einen bösen Geist.»

«Ja, das tut er wohl. Aber lass es gut sein. Das macht mir nur Angst. Einen schönen Tag dir.»

«Euch auch. Viel Glück.»

51

Die Bemerkung des Gärtnerburschen, Aufreiter sähe in ihr einen bösen Geist, den er vernichten müsse, ging Hanna in den folgenden Tagen nicht mehr aus dem Kopf. Ruhelos ging sie auf dem Gut spazieren, und selbst das jetzt sonnige Wetter konnte ihre Stimmung nicht heben. Wie gern hätte sie sich Ulrich anvertraut, hätte diese Möglichkeit mit ihm durchgespielt. Aber Ulrich hatte jetzt wichtigere Dinge im Kopf. Fast schroff hatte er ihr nach der Ratssitzung bedeutet, sie sei hier in Sicherheit und alles andere jetzt nebensächlich.

Mitte Mai weihte er sie in den Plan ein, gemeinsam mit seinen Ritterbrüdern einen Brief an Markgraf Kasimir zu schreiben: «Wir erklären darin, wir hätten nichts mit Florian Geyer gemein, und schon gar nicht mit dem Rat, der sich nicht entblödet, Rothenburger Geschütze an die Würzburg-Belagerer zu liefern.»

«Tut, was ihr für richtig haltet. Aber liebst du mich noch? Dein Hexchen?»

«Hanna! Du bist alles für mich.»

Innig hatten sie sich im Obstgarten unter einem Apfelbaum geküsst. Nachts hatte Ulrich an ihr Zimmer geklopft und sie wortlos, aber leidenschaftlich geliebt.

Als habe er seine Worte damit beweisen wollen, hatte sie hinterher gedacht. Es war das erste Mal, dass sie nur wenig davon gehabt hatte.

War das jetzt ein Omen?

Sie hatte große Sehnsucht nach dem Wachsenberg bekommen. Wie gerne hätte sie mit Ursula und Magdalena vor der Herdstelle gehockt und getratscht. Aber natürlich war ihre Weiberwirtschaft für sie jetzt viel zu gefährlich.

Wenn selbst Katharina Aufreiter zutraut, dass er mich

wieder gefangen setzt, dachte Hanna, ist es wirklich besser, ich bleibe hier auf dem Gut. Doch Ulrich hatte kaum mehr Zeit für sie. Ständig war er bei irgendwelchen Deutschherren, abends dann kam er erschöpft und missgelaunt nach Hause. Immer drängender wurden die Fragen des Landkomturs: Wann endlich hebt ihr Rothenburger Deutschherren Reisige aus? Wann endlich tretet ihr offen dem Schwäbischen Bund bei? Wann endlich beginnt ihr, gegen die Aufständischen zu kämpfen?

«Katharina, habt Ihr das Gefühl, Ulrich hat sich von mir entfremdet?»

Katharina von Detwang schaute von ihrer Stickerei auf und legte sie schließlich zur Seite. Sie schaute Hanna mitfühlend an, aber dann antwortete sie gleichmütig: «Das musst du ihn schon selbst fragen.»

Beschämt senkte Hanna den Kopf. Seit einer Stunde saß sie mit Ulrichs Mutter in der Stube. Diese hatte ihr weiße Taschentücher hingelegt, die sie mit dem Wappen der von Detwangs besticken sollte. Hanna plagte sich mit der Arbeit. Auch wenn sie am Wachsenberg immer viel mit Nadel und Faden zu tun gehabt hatte, sticken war etwas anderes, als Löcher zu stopfen.

Sie hob noch einmal den Kopf: «Euch hat er also nichts gesagt?»

«Nein, aber auch wenn, Hanna: Ich würde es nicht so ohne weiteres ausplaudern.»

«Ausplaudern? Verzeiht, aber so hätte auch Agathe gesprochen. Ich weiß ja, wer ich bin. Warum muss ich es jeden Tag aufs Neue fühlen?»

«Dummes Ding.» Katharina von Detwang erhob sich und öffnete das Fenster. «Glaubst du wirklich, Ulrich ist jetzt schon wankelmütig? Er hat sich für dich entschieden, Hanna. Zweifel du nicht an ihm.»

«Es ist nur … seit dem Brief an den Markgrafen läuft er herum, wie ich es noch nie bei ihm erlebt habe. Sein Lächeln ist traurig, seine Umarmungen sind verzagt, dann wieder so fest, als wäre es das letzte Mal. Fast habe ich das Gefühl, er geht mir aus dem Weg. Als ob er ein schlechtes Gewissen hätte. Hat Aufreiter ihm gedroht? Oder etwas in der Hand gegen uns, was Ulrich mir nicht sagen will? Wenn er doch bloß etwas erzählen würde! Warum müssen Männer immer alles mit sich allein ausmachen!»

«So sind sie eben. Aber es gibt auch andere.»

«Wen denn?»

«Den Hegemeister zum Beispiel. Er kommt gerade.»

«Ausgerechnet er? Bernward?»

Der Hegemeister schien es mal wieder eilig zu haben, so eilig, dass er sämtliche Formalitäten beiseiteließ. «Frau von Detwang?», kündigte er sein Kommen schon im Hausflur an und rief laut: «Gustav? Schnell, bring mir Wasser und Wein! Ich verdurste!»

Er rannte die Treppe hinauf, räusperte sich und platzte, ohne anzuklopfen, in die Stube: «Zum Henker, ich bin zu alt für diese Zeiten.» Er packte die Lehne eines Stuhls, riss ihn herum und ließ sich hineinfallen. Seine Miene war so grimmig wie verschwitzt, und seine geschwollenen Finger schienen noch immer Zügel umfasst zu halten, so gebogen, wie sie aussahen. «Sie haben meinen Hegereitern die Gäule abgenommen, dann kamen sie zu mir … aber ich lass nun nicht alles mit mir machen. Zwar bin ich mit ihnen in den Stall, aber da mein Brauner noch vom Morgenritt aufgezäumt war … ab durch die Mitte. Einer von den Geyer-Leuten hat einen Huf in … also in die Leiste bekommen. Ich kann nur für ihn hoffen, dass er bereits Vater ist.»

Er lachte schadenfroh, da brachte der Kammerdiener

Wein und Wasser. Bernward stürzte zwei Becher herunter und leckte sich die Lippen.

«Diese Geschichte also wolltet Ihr loswerden.» Ulrichs Mutter lächelte spöttisch. «Vielen Dank. Sonst gibt es nichts zu berichten? Oder anders gefragt: Wer jetzt noch etwas hat, soll den Geyer'schen Haufen wohl freiwillig die Türen aufschließen? Nach der Erkenntnis: Wozu mit Gewalt raffen, wenn jetzt alles im Dienst der gemeinsamen Sache geplündert werden kann? Schließlich hat Rothenburg, wie ich von meinem Sohn weiß, sein Herz endgültig an die Aufständischen verschenkt.»

«Das wäre diesen verblendeten Strauchdieben am liebsten.» Schniefend rieb Bernward sich mit dem Fingerknöchel ein Auge, zwinkerte und blinzelte. «Aber was die meisten von ihnen noch gar nicht wissen: Ich habe zuverlässige Kunde, dass es die ersten großen Gemetzel gegeben hat. Truchseß von Waldburg ist mit viertausend Reitern und etlichen Kanonen gegen die Haufen vor Böblingen und Sindelfingen vorgegangen. Sie sollen dreitausend Bauern hingemäht haben. Aber nicht nur das: In einem Taubenschlag hatte sich einer von den Burschen versteckt, die in Weinsberg Graf Helfenstein durch die Spieße jagten. Ein dummer Junge hat diesen Kerl verraten ...»

Bernward schwieg abrupt. So begeistert er gerade noch geklungen hatte, mit einem Mal sah er grau aus. Von einem Moment auf den anderen schien er um Jahre gealtert. Er schenkte sich nach und trank in großen Schlucken seinen Becher leer.

«Ihr wisst noch mehr, Hegemeister, nicht wahr?»

Hanna hatte sich erhoben und war zur Tür getreten. Sie riss sie auf ... doch Gustav, von dem sie glaubte, dass er lauschte, stand nicht auf dem Flur.

«Ja, schon. Aber das ist nichts für deine Ohren, Hanna, überhaupt für ...» Bernward brach ab und wandte sich Hanna zu. Ein bewunderndes Lächeln stahl sich in sein Gesicht und verscheuchte die Schatten. «Du wirst von Tag zu Tag schöner. Aber das weißt du ja von Ulrich. Aber jetzt beichte ich dir etwas: So eine wie dich hätte ich auch geliebt.» Seine Augen färbten sich dunkel, sein Blick ging nach innen. Er streckte den Arm aus und zog Hanna zu sich. «Einmal möchte ich dich auf meinem Schoß haben … jetzt.»

«Hegemeister, habt Ihr getrunken?», ertönte Katharina von Detwangs strenge Stimme.

Bernward zuckte zusammen. «Ein alter Mann ist immer auch ein alter Narr. Verzeih mir Hanna. Es … es liegt am Tag.»

«Vielleicht, aber es sind wohl mehr die Bilder, die Euch durch den Kopf gehen, nicht wahr?» Bernward riss die Augen auf und nickte schließlich. Hanna dachte an ihr Versteck in der Hirtengasse. Was wäre passiert, wenn Jan sie verraten und an Aufreiter ausgeliefert hätte? «Was haben sie mit ihm gemacht, Bernward? Ich möchte es wissen. Ich habe ein Recht darauf.»

«Hast du nicht.»

Bernward klang barsch, als hätte Hanna ihn beleidigt. Steifbeinig erhob er sich und schaute an ihr vorbei aus dem Fenster. Er atmete tief durch, wandte sich Ulrichs Mutter zu und entschuldigte sich für seinen ungestümen Auftritt.

Er legte die Hand auf die Klinke der Tür und ließ seinen Blick durch die Stube wandern. Bei Hanna angekommen, hielt er inne. Durchdringend schaute er sie an, als erkenne er sie erst jetzt richtig. Verwundert schüttelte er den Kopf, schließlich schlich sich wieder ein Lächeln auf sein Gesicht. «Grüße Ulrich von mir. Und auch Marie. Bist ein gutes Mädchen, Hanna. Man … kann gar nicht anders, als dich lieb zu haben. Au revoir.»

52

Angesichts der apokalyptischen Berichte der folgenden Wochen verlor Hanna zusehends die Kraft zu sprechen. Es war wie ein Rückfall in die Zeit ihrer schwersten Prüfung. Auch wenn ihre Hände nicht mehr schmerzten, gab es Augenblicke, in denen sie das Gewicht des Hufeisens zu spüren glaubte. Sie meinte noch einmal zu durchleben, wie sich ihre Haut unter dessen Glut krümmte und verging.

Verängstigt betrachtete sie dann ihre Hände, bis Ulrich sie an seine Lippen führte und küsste.

«Es sind die bösen Bilder – sie kommen, wenn sie Nahrung finden, sie gehen, wenn du an die Zukunft glaubst. Aber sie werden mit den Jahren blasser, glaube mir. Irgendwann wirst du nur noch den Rahmen erinnern, Farben und Figuren sind dann nicht mehr als eine Silhouette in dichtem Nebel.»

Sie dankte ihm mit Tränen in den Augen. Stumm schaute sie auf die Narben, flüsterte, sie habe nur noch Kraft zum Schweigen.

Mehr noch, sie fiel in eine Art Starre, die selbst bei den Mahlzeiten kaum von ihr abfiel. Wenn sie nicht stumm in der Stube saß und aus dem Fenster schaute, lag sie in ihrem Zimmer und starrte an die Decke.

Die bemalten Holzbalken schwiegen sie an. Doch in ihr dröhnten die Kampfparolen der Aufständischen, das Grollen der Kanonen, das Klirren der bäuerlichen Gerätschaften. Es vermischte sich mit Schmerzensschreien und Röcheln, mit dem Reißen von Stoff und zischenden Hieben blutiger Blankwaffen. Hanna begann zu frieren, manchmal war ihr, als griffe die Todeskälte der Erschlagenen nach ihr. Längst war ihr bewusst, dass all die Gräuel, die in Detwang von Haus zu Haus erzählt wurden, ihre früheren Gesichte nicht nur bestätigten, sondern an Schrecken weit übertrafen.

Da war das grässliche Ende des im Taubenschlag aufgestöberten Pfeifers Melchior Nonnenbacher, der wie sein Führer Jäcklein Rohrbach oder der Schultheiß von Böckingen an einen Weidenbaum gekettet worden war, um den man ein Feuer entzündet hatte: Die Schmerzensschreie der Gerösteten waren mit Trommelschlagen und Pfeifenspiel übertönt worden. Weinsberg selbst wurde an allen vier Seiten angezündet, fünf Dörfer in der Nähe ebenfalls niedergebrannt, vierhundert Bauern erstochen.

Mehrmals heftete Hanna ihren Blick so fest auf die weißroten Blumenornamente der Zimmerdecke, als könne sie durch sie hindurch in den Himmel sehen. Sie wollte Gott in die Augen schauen und ihn um Gnade anflehen, war bereit, allen zu verzeihen, die sie einst verletzt oder beleidigt oder denen sie wehgetan hatte: ihrem Bruder Arndt und dem leidenschaftlich kopflosen Verehrer Valentin, dem aderlassenden Spitalbader, sogar dem Herren-Müller Jobst Gessler oder dem schlagenden Brauer Hans Goltz.

Und was war mit Paul Ickelsheimer oder Jacob Aufreiter?

Nein, sie nicht, dachte sie und bekam sofort ein schlechtes Gewissen. Sie krümmte sich auf die Seite, presste die Fäuste vors Gesicht. Ja, verbesserte sie sich – wenn ich sicher wäre, dass die Fürsten und ihre Landsknechts-Heere Gnade vor Recht ergehen lassen würden.

Aber dies war nur ein schwärmerisches Gedankenspiel. Gott hörte wieder einmal nicht hin, er schaute lieber zu.

Ulrich setzte sich oft neben sie, hielt ihre Hand, streichelte ihr über den Kopf. Allein dafür, dass er sie in diesen Tagen nicht mit Fragen oder beflissenen Aufmunterungen behelligte, sie gar mit Zärtlichkeiten bedrängte, dafür liebte sie ihn.

«Ich werde ja auch wieder genesen», beruhigte sie ihn lächelnd. «Aber es muss erst alles vorbei sein.»

«Alles? Was kommt denn noch? Weißt du etwas?» Sie verzog den Mund, wandte den Kopf ab. Sie zitterte, fürchtete einen Stimmungsumschwung. Stumm zählte sie die Schläge ihres Herzens mit, da hörte sie, wie Ulrich aufseufzte. «Was frag ich dich», flüsterte er. «Wie dumm von mir. Ich weiß es doch selbst. Da haben zum Beispiel schon vor Tagen die Verteidiger des Würzburger Schlosses die Zimmer im Erdgeschoss gegen die Angriffsseite ganz mit Erde gefüllt, daher blieb den Bauern nur der direkte Sturm gegen die Mauern. Sie wollten sie ersteigen, doch da wurden sie von oben mit einem Hagel brennender Pechkränze, mit siedendem Öl und Wasser, Steinen und Sand überschüttet. Trotzdem waren sie so mutig oder eben auch dumm und verzweifelt, noch einmal anzugreifen. Vierhundert Tote lagen da bereits im Schlossgraben. Viele Dutzende wurden beim Sturm erschossen, etliche von ihren Mitkämpfern. Völlig kopflos haben sie die eigenen Mannen getroffen, als die vor ihnen dabei waren, neue Schusslinien aufzustellen.»

Ulrich sprach wie zu sich selbst. Er war immer leiser geworden, kaum noch zu verstehen. Hanna hatte von diesem misslungenen Sturm auf das Würzburger Schloss bereits gehört. Auch, dass die Rothenburger Geschütze vergeblich eingesetzt worden waren und die vom Rat in Marsch gesetzten Rothenburger Reisigen auf den Schlachtfeldern der Aufständischen viel zu spät eingetroffen waren.

53

Als es Juni wurde, hatte Hanna das Gefühl, als sickere die Angst all derer zu ihr durch, die begriffen, dass die Neckartaler und Taubertaler Bauernhaufen verloren waren. Diese Ängste brachten die Farben ihrer erinnerten Visionen zu einem schaurigen Leuchten, und zuweilen wurde der Lärm in ihrem inneren Ohr so laut, dass sie die Hände gegen ihre Ohren pressen musste.

Doch sie konnte sich nicht schützen.

So bildete sie sich ein, aus den Spalten der Deckenbalken würde Blut auf sie herabtropfen, und das Weiß der in den schmerzverzerrten Gesichtern hervorquellenden Augäpfel erschien ihr grell wie das Weiß eines Blitzes.

Es gab Stunden, in denen sie den Verstand zu verlieren drohte.

Priorin Agathe, die in diesen Wochen regelmäßig das Gut besuchte, warnte ihren Bruder am Pfingstmontag nach der Messe, er liefe Gefahr, von Hannas Seelenbrand angesteckt zu werden. Doch als einer der Gärtnerburschen heiser ins Haus rief, er habe schlimme Nachrichten, schlug auch sie erschrocken das Kreuz.

Ulrich eilte nach unten. Schwüle Luft empfing ihn. Die Fliegen waren bereits gierig, auf einem Häufchen zusammengefegter Obstbaumblütenblätter lag eine tote schwarze Amsel. Ihre Kehle war blutig, das Federkleid zerrissen. In einiger Entfernung lag eine Katze, die aufsprang und weglief, als Ulrich ungestüm auf den Gärtnerburschen zulief und ihn an der Schulter packte und schüttelte.

«Von wem weißt du's? Los, rede!»

«Da sind gerade zwei Neusitzer aufgetaucht, Herr, mit Blut an ihren Kitteln. Wie irr haben sie gewirkt. Der eine ist Häcker, von dem anderen weiß ich es nicht. Der eine hat den Reusenmacher hier zum Verwandten und der andere den Wagner. Sie wollen sich bei ihnen verstecken.»

«Und wo sind sie jetzt?»

«In der Kirche, beim Pfarrer.»

Der Gärtnerbursche war wachsbleich, seine Augen vor Schreck geweitet. Er schien kaum begreifen zu können, was er da gerade von den geflüchteten Aufständischen aufgeschnappt hatte.

Ulrich aber zögerte, denn inzwischen waren andere Detwanger mit Frauen und Kindern aus dem Dorf zusammengelaufen. Es war, als wollten sie plötzlich alle bei ihrem Grundherren Schutz suchen. Alle rangen die Hände, eine Frau weinte.

«Was wird mit ihnen, Herr?»

«Kommen jetzt die Landsknechte auch zu uns?»

«Aber wir waren Euch doch treu. Das wisst Ihr.»

«Ja, kaum ein Detwanger hat sich den Haufen angeschlossen.»

«Um des Herren Jesus Christus und Eures Rittertums willen: Erbarmt Euch.»

Es wäre sinnlos gewesen, alle Fragen zu beantworten. Inzwischen waren auch Agathe und Katharina aus dem Gutshaus getreten, ebenso Gustav und alle, die in der Küche zu tun hatten.

«Das Gebet wird ihnen guttun. Sollen sie sich ausweinen.» Katharina von Detwang hatte das Wort ergriffen. «Aber sich hier verstecken dürfen sie nicht. Wenn sich herumspricht, Detwang ist Hort für flüchtige Aufständische, haben wir bald die Häscher des Truchseß hier.»

«Das ist Feigheit! Unserer unwürdig!»

«Nein. Sollen wir uns niederstechen lassen? Oder wie ein Jäcklein Rohrbach verbraten?»

Ulrich forderte Ruhe. Dass seine Mutter recht hatte, stand für ihn außer Frage, aber niemals wollte er sich feige schimpfen lassen – vor allem nicht vor den Kindern des Dorfes. Er überlegte fieberhaft, und als sein Blick auf ein Mädchen fiel, das ihn an Marie erinnerte, hatte er die Idee: «Gott mehr zu gehorchen als den Menschen, ist das Gebot aller Deutschen Ritter.» Er wies auf die Kirche und fuhr mit erhobener Stimme fort: «Also dürfen wir an Leib und Leben Bedrohten helfen. Ich gewähre und verordne unserer Peter-und-Pauls-Kirche Friedensrecht.» Mit ausgestrecktem Arm beschrieb er einen Halbkreis, als wolle er die Kirche segnen. Nun aber drehte er sich zu den Menschen um, legte den Finger auf den Mund und blickte alle verschwörerisch an. Dann hob er noch einmal laut seine Stimme und sagte: «Aber, eingedenk der gerade herrschenden irdischen Zeitläufe: Versprecht mir, dass ihr es nicht weitersagt.»

Lachen mischte sich mit Jubelrufen. Ob Jung oder Alt: Ulrich freute sich über die vielen strahlenden Gesichter um ihn herum. Für einen Moment schien es ihm, als verschmölzen sie alle zu einer einzigen großen Detwanger Familie. Meine Detwanger, dachte er gerührt, ich bin ihr Grundherr, dem sie vertrauen. Bestimmt wissen sie, wie gut sie es mit mir im Vergleich zu anderen ihres Standes getroffen haben. Ich beute sie nicht aus, bemühe mich, ihnen gegenüber so tugendsam wie möglich zu sein, schäme mich noch nicht einmal, ein so weites Herz zu haben, dass ich sogar eine aus dem Volk zur Frau nehmen werde – selbst wenn sie für einige im Ruf steht, eine Hexe zu sein.

Ulrich zog mit seiner Mutter und Agathe zur Kirche, hörte, wie die Detwanger in seinem Rücken Einzelheiten der Schlachten der letzten Tage austauschten. Der Truchseß sei bei Königshofen über die Tauber gekommen und habe die Rückzugslinie der Bauern gegen Würzburg abgeschnitten: «Er hat noch vor dem ersten Hahnenschrei von vier Seiten ihre Lager angegriffen. Das hat die Haufen so sehr erschreckt, dass sie ihre Gewehre und Kanonen gar nicht mehr abgefeuert haben. Diejenigen, die in den Wald geflohen sind, haben Mann gegen Mann gekämpft. Aber die Landsknechte waren stärker und haben sie allesamt niedergestochen. Wer sich auf die Bäume rettete, wurde heruntergeschossen.»

«Ja … und auf den Wiesen haben sie sie mit ihrer Reiterei zertreten. Häcker keltern hieß das bei ihnen», fing Ulrich eine andere Stimme auf.

«Aber sie können doch keine achttausend einfach totmachen!»

«Meine Seel! Hast du's denn nicht begriffen mit deinem Vettelkopf? Von den Königshofenern selbst gibt's niemanden mehr! Das Dorf ist ein Aschehaufen mit abgeschlagenen Köpfen, an denen die Hunde lecken und winseln. Einer von den beiden Neusitzern hat beobachtet, wie die Landsknechte sich totstellende Bauern aufgespürt und ihnen die Kehlen durchgeschnitten haben.»

Der Priesterbruder der Peter-und-Pauls-Kirche lief ihnen entgegen. Er trug Tonsur, sein Schädel glänzte vor Schweiß. Er zeigte gen Himmel, als wolle er Ulrich eigens auf den grauen Wolkenschleier aufmerksam machen. Eine Hornisse schaukelte an seinem Kopf vorbei, ihr tiefträges Summen war Ulrich trotz der Unruhe hinter ihm noch nie so kräftig und laut vorgekommen.

Plötzlich wurde es still.

Der Priester schüttelte besorgt den Kopf: «Was soll ich machen, Ritter Ulrich? Ihnen das Beten verbieten? Sie liegen flach hingestreckt im Chorraum, beten vor dem Kreuzigungsretabel. Sie flehten mich an, ihnen den Kelch an die Lippen zu setzen … Ich hab's getan, denn sie tun mir leid. Denn was sie auch gesündigt haben … und alles falsch gemacht haben … ich darf doch nicht altes Unrecht mit neuem vergelten.»

«Da sind wir uns einig. Was haben sie erzählt?»

Der Priester senkte den Blick und zog Ulrich beiseite. «Sie haben die wirkliche Hölle gesehen», murmelte er und trat mit ihm in die Sakristei, wo sie ungestört waren. «Pfalzgraf Ludwig hat in unserem fränkischen Ingolstadt gezeigt, wie entfesselt die Wut des Adels ist. Im Schlösschen fanden alle den Tod, die sich dort verbarrikadiert hatten. Weit über tausend Ritter und Reisige hat der Pfalzgraf aufgeboten. Sie kannten kein Erbarmen. Wer sich von den Verzweifelten in die Kirche rettete, es half nichts, denn der Pfalzgraf hat sie einfach anzünden lassen.»

«Es gab nirgends Gegenwehr?»

«Doch schon. Vor allem in Königshofen. Einer der beiden Neusitzer war dabei, als der Truchseß im Sailtheimer Wald verwundet wurde. Da haben die Bauern den Landsknechten gezeigt, wie tapfer sie sind. Und das wurde belohnt. Gegen Zusicherung ihres Lebens wurden sie in Königshofen in die Kirche gesperrt, nachts sind sie dann geflohen.»

Ulrichs Herz krampfte sich zusammen. Die Blicke der beiden Männer kreuzten sich. Beiden stand die Sorge ins Gesicht geschrieben.

«Die Truppen werden über unsere Hege kommen wie die Heuschrecken.»

«Wir haben nichts zu befürchten. Dank Eurer Herrschaft über diesen Flecken, Ulrich. Gepriesen und gesegnet seid Ihr.»

Ulrich lächelte schwach und nickte. Er erzählte, dass er beschlossen habe, notfalls Friedensrecht für diese Kirche einzufordern: «Sollte Markgraf Kasimir oder Pfalzgraf Ludwig dies verweigern, stellen sie sich bewusst gegen uns Deutschherren. Das werden sie aber kaum tun. Immerhin stehen viele unserer Ritterbrüder auf Seiten des Schwäbischen Bundes. Und denen wird es schmeicheln, dass sie einen in ihren Reihen haben, der den uralten Leitspruch von uns Deutschrittern noch mit Leben erfüllt. Damit lenken sie von ihrem Versagen ab.»

«Helfen, Wehren, Heilen.» Der Priester lächelte bitter. «Diese Zeiten sind vorbei, Ritter Ulrich.»

«Was geht das die Tugenden an?» Die Tür schwang auf. Ungeduldig winkte Agathe ihrem Bruder.

«Herrgott, was tut ihr hier so lange?» Agathes schrille Stimme gellte durch die Sakristei. «Wo sie jetzt doch auch noch gekommen ist. Aber sie sieht grauenhaft aus, richtig schrecklich. Alle starren sie an.»

«Wen denn?»

«Ja, wen denn wohl? Deine Hanna natürlich!»

Hanna hatte ihr Haar nur unordentlich zusammengesteckt. Die Strähne, die ihr von der Stirn fiel, teilte ihr Gesicht in zwei Hälften. Es war aschfahl und erinnerte Ulrich mit seinen blassroten schmalen Lippen an eine Fastnachtsmaske.

Langsam trat sie auf die Kirche zu. Ihr Schritt war schleppend, ihr Blick dagegen fest. Wie vorher der Priester schaute sie kurz in den grauen Himmel, dann streckte sie beide Arme vor und drehte die Handflächen nach oben.

Die Detwanger bildeten eine Gasse, niemand wagte, auch nur zu flüstern.

«Warum lässt du mich allein?»

«Hanna, dir geht es nicht gut. Du hättest im Bett bleiben sollen.»

Ulrich legte ihr den Arm um die Schultern. Erschöpft lehnte Hanna sich an ihn, schloss die Augen. Sie erinnerte sich, wie sie aus dem Schlaf geschreckt war, daran, dass sie Ulrich wegen eines Albtraums gerufen hatte. Doch im Haus war es totenstill gewesen.

Also war sie aufgestanden. Jetzt war alles wieder gut.

«Geht an eure Arbeit, es gibt hier nichts mehr zu sehen», rief Agathe. Ihre Miene war übellaunig, ihre Nasenflügel bebten vor Empörung über Hannas Auftritt.

Niemand bewegte sich von der Stelle.

Sanft schob Ulrich Hanna vorwärts. Sie schaute in die Gesichter der Detwanger, versuchte zu lächeln. Die Luft war noch stickiger geworden, es roch jetzt nach Rauch, Mist und Kompost. Schwalben schossen im Tiefflug zwischen den Höfen umher, in ihre spitzen Rufe platzte Hühnergackern und wütendes Hundegebell.

Langsam kam Bewegung in das Spalier der Detwanger – da knarrte die Tür zur Sakristei. Ein junger Mann im blutbefleckten Kittel trat heraus, blinzelte, seine Wangen waren tränennass.

«Hanna!»

Sie zuckte wie von einem Peitschenhieb getroffen zusammen und blieb stehen. Langsam drehte sie sich um: «Valentin.»

Zögernd trat er näher. Sein Schafsgesicht war knochig, die Augen heftig gerötet. Leise und im Ton bitterer Anklage rief er: «Wegen dir bin ich in den Krieg gezogen. Wofür Gott mich bestraft hat.»

«Nein, gerettet hat er dich, Valentin Schnitzer.» Ulrich zog Hanna fester an sich. Sie hingegen schaute wie gebannt auf Valentins blutverschmierten Kittel.

«Vielleicht, Ritter von Detwang. Aber wenn Hanna schon Gesichte hat: Warum hat sie mich nicht gewarnt? Warum hat sie uns alle ins Unglück laufen lassen? Waren wir ihr alle so wenig wert?»

«Das ist nicht wahr, Valentin!» Hanna straffte sich und verlieh ihrer Stimme einen festen Klang. «Willst du mir die Schuld für euren wahnsinnigen Aufstand geben? Es gab genügend Menschen, die mir geglaubt haben. Aber für etliche andere war und bin ich bloß eine Hexe, die Angst und Schrecken verbreiten will. Tu nicht so, als ob du das nicht gewusst hättest.»

«Ja, vielleicht bist du ja wirklich eine Hexe», höhnte Valentin. «Denn hier in Detwang, wo du bist, ist alles gut und schön. Alle erliegen deinem Bann …»

Er versuchte sich auf Hanna zu stürzen, wurde aber von ein paar Detwanger Männern festgehalten. Da packte ihn eine solche Wut, dass er wild um sich zu treten begann. Entsetzt sah Hanna zu, wie Valentin völlig außer sich geriet und mit der Kraft eines Rasenden um sich schlug. Fünf Mann schafften es mit Mühe, ihn festzuhalten. Ulrich versuchte, Hanna mit sich zu ziehen. Sie aber trat entschlossen auf Valentin zu: «Deine Eifersucht stinkt zum Himmel, Valentin! Anstelle Gott zu danken, dass er dich verschont …» Mitten im Satz brach sie ab. Wie um sich vor grellem Sonnenlicht zu schützen, riss sie den Arm hoch. Ihre Augen aber standen weit offen. Stumm bewegte sie die Lippen und schüttelte den Kopf. «Nein, dein Gott, Valentin, hat anders entschieden: Damit du auf immer an ihn denkst, wird er dich auspeitschen lassen und dir die Finger deiner Rechten nehmen. Die anderen aber werden ihren Kopf verlieren oder ins Elend geschickt: Der Ratsprediger und der Ritter von Menzingen und viele … viele andere. Beim vierten Streich fliegt der Kopf des blinden Mönchs, und das Blut, das bis in die Schmiedgasse hinabrinnt, ist ein Bach. Und es ist heiß, und die Schreie derjenigen, die geblendet werden, mischen sich mit dem Geflatter der Tauben und dem hellen Stundenschlag von St. Jacob.»

Sie sackte in die Knie, Ulrich konnte sie gerade noch auffangen. Doch jetzt gab es kein Halten mehr: Die Detwanger liefen auseinander, um die grauenhafte neueste Vision Hannas in der Stadt zu verbreiten.

54

Diesmal ließ Hannas Vision niemanden in Rothenburg unberührt. Bislang hatten es nur die wenigsten offen zugeben wollten: Jetzt aber wusste und behauptete jeder, dass die Stadt nicht ungeschoren aus ihrem Bund mit den Bauernhaufen herauskommen würde.

Hannas Worte wanderten von einem Ende zum anderen durch die Stadt. Jeder, der sie hörte, tat das Seinige, um sie auszuschmücken. Wer taub war, ließ sie sich mit Kreide aufs Pflaster schreiben, ein Jahrmarktsänger machte gutes Geld, indem er sie zu einem schaurigen Tombeau auf den nahen Tod der Stadt Rothenburg umdichtete und unter dumpfem Trommelschlag auf der Rathaustreppe vortrug.

Allein der blinde Mönch ließ verlauten, er erfreue sich bester Gesundheit, von derlei geschwollenen Geschichtchen lasse er sich nicht irre machen: «Wer verbürgt sich überhaupt dafür, dass diese Frau wirklich Gesichte hat? Alles ist doch bloß Hörensagen! Angstmache von Patriziern und Deutschherren.»

In einem aber war man sich jetzt einig: Es war endlich an der Zeit, dass sich der Rat dieser seltsamen Frau vom Wachsenberg annahm.

Die Rufe nach dem Stadtrichter wurden lauter, und so beschloss der Rat, Jacob Aufreiter mit einer Untersuchung zu beauftragen: War diese Seherin vom Wachsenberg nun eine Hexe oder nicht? Bislang wusste niemand von jemandem zu berichten, der ihr Schadenzauber vorwarf. Wenn sich freilich herausstellte, dass das Korn, das der

Stadtrichter letzten Winter an die Armen hatte verteilen lassen, von ihr mit einem Hexenspruch besprochen worden war, dann sollte hart mit dieser Köhlerin ins Gericht gegangen werden.

Jacob Aufreiter war am Ziel.

Selbst Lienharts Eltern schlossen sich denjenigen an, die eine Befragung Hannas forderten. Gleichwohl freuten sie sich, wenn Marie bei ihnen über Nacht blieb, schließlich brachte sie immer etwas zu essen mit.

Sie wohnten in der Rosengasse, ganz in der Nähe des Würzburger Tors. Vater Julian war Schuster und Sattler, Lienharts Mutter Silvia arbeitete aushilfsweise in der Meierei der Hofstatt.

Marie war gerne bei ihnen, denn beide waren freundlich und scherzten viel.

Am Ende der ersten Juniwoche war sie wieder einmal zu ihnen gelaufen. Es ging bereits auf den Abend zu: Silvia stand in der Küche und rupfte ein Huhn. Auch heute trug sie wieder Hosen unter dem Rock. Und ihr Gesicht, das stets so aussah, als hätte sie einen Sonnenbrand, schien noch purpurner als sonst. Ein paar Federchen bewegten sich in den hochgesteckten Locken ihres hellblonden Haares, und Marie musste ein Grinsen unterdrücken. Rasch reichte sie Silvia ein Töpfchen Schmalz und drei Zwiebeln.

«Ist aber nicht alles.»

«Wie?» Lienharts Mutter strich ihr über den Kopf. «Jetzt sag nicht, du hast noch etwas in der Schürze?»

«Doch. Denn Ulrich von Detwangs Mutter hat mir eingeschärft: Komme nie mit leeren Händen. Priorin Agathe hat mir heute früh sogar aufgetragen, ich solle Euch zwölf Heller für Babur geben.» Marie schüttelte ihre Schürze und ließ die Münzen klimpern.

«Sie beschämt uns.» Silvia strahlte übers ganze Gesicht. Bislang hatte Marie immer etwas aus der Klosterküche mitgebracht, aber dass es jetzt auch Geld gab ...

«Marie, du bist ein Goldschatz. Gott segne all deine Nonnen. Sie wissen um unsere Not ... gut sind sie, ja, es sind gute Seelen.»

Marie zweifelte, ob sie es ehrlich meinte. Geld lacht eben, sagte sie sich und zählte brav die Münzen in Silvias hohle Hand. Sie weiß schließlich, dass ich Mantelkind eines Ritters bin und Priorin Agathe Ulrichs Schwester. Aber dieses bisschen Scheinheiligkeit verzeih ich ihr. Sie ist gut zu Babur, und was Hanna betrifft, hat sie mir geschworen, sie würde bei Aufreiter für sie sprechen.

«Mama, wir sind bei Torschluss zurück.»

«Ja, ist gut.»

Besitzergreifend legte Lienhart seinen Arm um Maries Schulter und schritt mit ihr in die Stollengasse hinab. Marie ließ ihn eine Weile gewähren, dann schüttelte sie ihn ab. Es war ein goldener Juniabend, die Luft war mild, die Stimmung in der Stadt friedlich, geradezu beschaulich. Noch wusste niemand, dass die Truppenführer des Schwäbischen Bundes nicht nur Landsknechte und Reisige aufgeboten hatten, um die alte Ordnung wiederherzustellen, sondern im Tross auch etliche Scharfrichter mitreisten.

«Lass sie in Ruh, Babur!»

Marie pfiff Babur zurück, weil er einer dreibeinigen Katze nachsetzte. Das schwarze struppige Tier rettete sich mit letzter Kraft in einen offenen Hauseingang. Knurrend blieb Babur vor dem Eingang stehen, Lienhart aber packte ihn am Halsband und zog ihn fort.

Ein Pfiff ertönte, darauf der Ruf: «He, da sind sie!» Zwei Jungen, Martin und Thomas, unterbrachen auf dem Paradiesgässchen ihr Ballspiel und liefen auf Marie und

Lienhart zu. Babur beschnupperte sie, strich ihnen um die Beine und stupste Martin auffordernd an.

«Salve, Lienhart, salve, Marie.»

«Ebenfalls.»

Marie schaute an Martin und dem sehnigen Thomas vorbei. «Da vorne läuft der krumme Gustav», rief sie, «Ulrichs Diener, das seh ich von hier. Was macht der denn hier?»

«Woher sollen wir das wissen. Sag mal, was heißt ‹Salve› eigentlich genau?» Martin, ein stämmiger, kahlköpfiger Junge tätschelte Baburs Hals. Erwartungsvoll schaute er zu Marie hoch, die noch immer Gustav hinterhersah, doch da Marie nicht antwortete, sagte er schließlich: «Du weißt es also auch nicht.»

«Doch. ‹Salve› heißt Gesundheit.»

«Das ist alles?»

«Es ist auch ein lateinischer Gruß. Wie im Salve, Regina: Sei gegrüßt, o Königin, Mutter der Barmherzigkeit. Salve, Regina, mater misericordiae.»

Martin und Thomas wechselten Blicke, weil Lienhart wieder den Arm um Marie legte: «Sollen wir hinterher?»

«Ja, worauf warten wir noch.»

Die Freunde rannten los. Babur schaute ihnen mit lachenden Augen hinterher, als wolle er ihnen erst einmal Vorsprung gönnen. Dann bellte er und rannte los. Am Milchmarkt hatte er zu ihnen aufgeschlossen, entwischte schnell zum Brunnen am Kapellenplatz, schlabberte dort an einer Wasserlache und rannte wieder zurück.

Marie sah Gustav kurz vor dem Marktplatz in die Jacobsgasse biegen, die er trotz seines Alters überraschend zielstrebig durchquerte. Sie schaute sich zu den Jungen um und legte den Finger auf den Mund. Doch eines hatte sie nicht bedacht: dass Babur nämlich eine Nase hatte, die nichts vergessen konnte. Kaum nämlich, als er Gustav gewittert hatte, hetzte er ihm nach – mit einem Gebell, das Marie und Lienhart sofort verriet, dass Babur Gustav nicht gerade schätzte.

Erschrocken schaute sich Ulrichs Diener um. Er riss die Arme hoch, als würde Babur ihn anspringen, doch der drehte kurz vor ihm um und lief zurück.

«Kein guter Hund ist das, Marie!», rief Gustav gereizt.

«Ist er doch. Was tut Ihr denn hier?»

«Frech bist du auch noch!» Gustav, der sich, soweit es ihm möglich war, aufgerichtet hatte, fiel wieder in seine krumme Haltung zurück. Er war frisch rasiert, das grauweiße Haar borstenkurz gestutzt. «Dein Ziehvater sollte dir den Hintern versohlen», fuhr er übellaunig fort. «Leider hört er nicht mehr auf mich. Aber das ist nicht meine Schuld und alles nur, weil deine Schwester ...»

Die letzten Worte waren nur gemurmelt, Marie aber hatte sehr wohl begriffen, auf was Gustav hinauswollte.

«Meine Schwester hat nichts damit zu tun», sagte sie böse. «Lasst sie bloß in Frieden.»

«Sonst?»

Gustav breitete die Arme aus und rief: «Kommt, schaut sie euch an: Das hier ist die Kleine von der Völz. Fragt sie doch einmal, ob ihre Schwester wieder Teufelsgesichte gehabt hat!»

Marie erschrak. Hilfesuchend schaute sie sich nach Lienhart und den anderen beiden Jungen um. Babur begann zu knurren, denn schon liefen die ersten Menschen herbei. Ob es wahr sei, riefen sie Gustav zu, der eifrig winkte. Lienhart hielt Babur am Halsband, Martin und Thomas stellten sich schützend vor Marie. Gustav rief noch einmal, es gäbe Neues von der Seherin, der Hexe, der wundersamen Seherin vom Wachsenberg. Türen und Fenster gingen auf, von allen Seiten liefen die Menschen zusammen. Marie klopfte das Herz bis zum Hals, plötzlich fühlte sie sich in der dämmrigen Gasse wie eine Gefangene.

Lienhart konnte Babur kaum mehr halten, so wütend knurrte er die Menge an. Marie ging neben ihm in die Hocke und redete beruhigend auf ihn ein.

«Kleine, sag ihm, wir tun euch nichts! Aber hast du Neuigkeiten? Du kannst sie uns ruhig erzählen.»

Marie starrte in das Gesicht eines hohlwangigen stoppelbärtigen Schreiners, an dessen verschwitzter Stirn Sägemehl klebte.

«Sie muss uns was erzählen!», rief eine Frau aufgebracht. «Der Hans Goltz hat mir berichtet, wie die Völz die Brandseuche prophezeit hat. Und ich selbst war dabei, als sie im Winter die Plünderung der Kobolzeller Kirche voraussagte.»

«Richtig. Siehst du, Kleine? Was weißt du? Ist deine Schwester gut oder böse? Du kennst doch auch die Geschichte von ihrem Gottesurteil, da soll sie gesagt haben, dass Landsknechte kommen würden und Blut fließen wird. Und jetzt? Wir haben doch nur Gerüchte … was waren genau ihre letzten Worte?» Der Mann packte Marie an der Schulter, schüttelte sie. «Los, mach doch endlich den Mund auf. Du musst doch etwas wissen. Oder ist deine Schwester etwa eine Hexe? Die uns allen nur Angst machen will?»

«Ich habe immer Angst vor ihr gehabt», rief Gustav dazwischen, der immer noch Leute heranwinkte. «So wie sie spricht und auftritt … das tut doch keine, die nur Köhlerin ist. Ist sie dafür nicht viel zu schön? Ich erlebe es jeden Tag: Meinen guten Herren hat sie mir abspenstig gemacht. Den Verstand hat sie ihm aus den Lenden geritten. Von Tag zu Tag wird er schwächer.»

Marie traten Tränen der Wut in die Augen, so hilflos fühlte sie sich. Wie konnte Gustav so etwas Böses erzählen? Was hatte Hanna ihm denn getan? Natürlich kannte sie ihre Gesichte, aber Hanna hatte vor ihr nie ein Aufhebens davon gemacht.

Sie hatte das Gefühl, die Menschen würden sich am liebsten auf sie stürzen, um sie dann so lange zu schütteln, bis Worte und Sätze aus ihr heraussprangen wie Flöhe aus einem Sack.

«Himmel, jetzt sei doch nicht so verstockt!»

«Eben. Oder bist du dumm?»

«Spann uns nicht auf die Folter.»

«Oder hat sie dich auch schon verhext? Weil du den Mund nicht aufkriegst?»

Noch viel mehr Fragen schwirrten durch die Luft. Marie hielt sich die Ohren zu und schlang ihre Arme um Baburs Hals. Doch dann blickte sie auf und rief: «Nein, nein, nein! Meine Schwester ist gut! Das sagt doch sogar der Hegemeister, der sie damals ins Spital bringen ließ.» Sie vergrub ihr Gesicht in Baburs Fell. Ihr Herz klopfte, als wollte es zerspringen. Himmel, ich muss noch mehr sagen, schoss es ihr durch den Kopf. Sie glauben mir nicht. Aber ich kann nicht zulassen, dass sie sagen, Hanna sei eine Hexe.

Marie hob ihren Kopf und rief laut: «Damit ihr es wisst: Meine Schwester ist keine Hexe! Wie hätte sie es sonst bei den Dominikanerinnen aushalten können? Fragt doch dort die Priorin. Hanna ist die liebste und beste Schwester auf der Welt. Für ihre Gesichte kann sie nichts. Und Ritter Ulrich liebt sie wirklich.»

«Ja, aber stimmt das mit dem Blut in der Schmiedgasse? Was hat sie denn nun wirklich gesagt?»

«Dass Valentin aus Neusitz gepeitscht und anderen der Kopf abgeschlagen wird.»

«Ja, wem denn?»

«Dem Ratsprediger und dem Mönch.»

«Dem Teuschlin und Hans Schmidt?»

«Ja.» Marie wurde vor Anspannung ganz schwindelig. Es war gar nicht einfach, sich an alles zu erinnern. Hoffentlich bekam sie nichts durcheinander. Das würde alles nur schlimmer machen. Wie entsetzt sie alle anschauten! «Dann sind da aber noch andere! Und die Glocken von St. Jacob werden läuten.»

«Wer denn, um Himmels willen?»

«Das weiß ich nicht mehr. Aber sie hat auch eine Frau gesehen, die vergiftet ist. Das weiß der Stadtrichter. Und er ist dabei und hilft ihr nicht. Deswegen verfolgt er Hanna ja auch. Er will sie zur Hexe machen, weil er Angst vor ihr hat. Zusätzlich freut er sich, dass der Scharfrichter den anderen die Köpfe abschlägt und die Augen aussticht.»

«Was redest du denn da?»

«Jetzt lügst du doch.»

«Nein, das ist wahr. Ich war dabei, als die Frau gefunden wurde. Die Schwägerin vom Aufreiter. Sie sollte kein Kind bekommen. Damit er alles erbt.»

Gelächter breitete sich aus. «Sie ist doch viel zu klein. Sie spinnt sich was zusammen.»

Marie schossen Tränen in die Augen. Hilfesuchend schaute sie zu Lienhart, der aber war nach wie vor damit beschäftigt, Babur ruhig zu halten. Da sprang sie auf und rief wütend: «Ihr seid doch alle nur blutgierig.»

«Und du nicht ganz richtig im Kopf!»

Ärgerlich liefen die Menschen auseinander. Marie bekam mit, wie sie sich gegenseitig beschimpften, ihr überhaupt zugehört zu haben.

Doch wo war Gustav auf einmal hin? Sie schaute sich um, doch Gustav war nirgends zu sehen.

Ich werde Ulrich erzählen, wie hinterhältig Gustav ist. Immerhin bin ich sein Mantelkind, und er ist nur ein widerlicher Diener. Gott zeichnet die, die böse sind. Und Gustav ist krumm wie ein Haken. Soll Ulrich ihn bloß davonjagen, vorher aber gehört er tüchtig verhauen.

Plötzlich beschlich sie eine böse Ahnung. Ohne sich um Babur und ihre Freunde zu kümmern, rannte sie durch die Jacobsgasse und bog links in die Georgengasse ab. Sie hatte sich nicht getäuscht. Auf der Kreuzung zur Heugasse entdeckte sie Gustav: Sie sah, wie er durch das Tor des großen, hohen Eckhauses schlüpfte. Ein Stadtbüttel bewachte dort den Eingang.

Also wohnte jemand sehr Wichtiges hier.

Marie wartete, bis sie wieder zu Atem kam. «Wer wohnt in diesem Haus?»

«Na, wer schon. Unser Stadtrichter, der Jacob Aufreiter.»

55

Als Gerüchte die Runde machten, Markgraf Kasimir lasse von einem Scharfrichter, der Meister Augustin heiße, Kitzinger Bürgern die Augen ausstechen, schlug die Stimmung wieder zugunsten Hannas um.

Denn hatte sie so etwas nicht auch für Rothenburg prophezeit? Was war, wenn sie wieder genauso recht behielt wie im Fall des Sturms auf die Kobolzeller Kirche?

Ulrich konnte die Angst spüren, als er zur Ratsversammlung ritt. Selbst die Putzflächen der Gefache schienen sich zu krümmen. Und das Ständerwerk schien das Ochsenblut, mit dem es gestrichen worden war, wieder auszuschwitzen.

«Achtung, Unrat.» Ein Fenster flog auf, und der Inhalt eines Nachttopfs platschte auf die Gasse.

Raban wieherte, Ulrich klopfte ihm den Hals. Er sollte es noch zweimal tun müssen.

So was nennt man Schiss haben …

Er betrachtete die Menschenschlangen vor der Marien- und Löwenapotheke. Die Rothenburger deckten sich mit Bilsenkraut und Theriak ein, wer Geld hatte, erstand ein neues Wunderschmerzmittel mit dem Namen Laudanum nach der Rezeptur eines gewissen Paracelsus.

Die Armen werden sich auf den Branntwein stürzen.

Bitte, Hanna, behalte einmal nicht recht!

Er überließ Raban einem Pferdeknecht und betrat das Rathaus. Kaum eine Stunde später wurde er Zeuge, wie die Ratsversammlung beschloss, keinen Widerstand zu leisten, sollten die Truppen des Schwäbischen Bundes vor die Tore der Stadt ziehen.

Ulrich begriff sofort: Rothenburg hatte sich unterworfen – wie zuvor Würzburg, Kitzingen, Mergentheim. Erschüttert hörte er zu, wie der in die Stadt zurückgekehrte Vogt Heinrich Trüb, der bereits Anfang Mai mit seiner Familie aus Rothenburg geflüchtet war, berichtete, dass sich nach den Niederlagen von Königshofen und Ingolstadt neuntausend Aufständische in Würzburg eingeschlossen hätten: «Die meisten von ihnen hat der Fürstbischof nach Hause ziehen lassen, aber für ihre Anführer und Würzburger Gesinnungsgenossen gibt es keine Gnade.»

«Das ist jetzt ein Aufruf zur Flucht, Vogt!» Jacob Aufreiter runzelte die Stirn, andere Patrizier machten ebenfalls ein verdrossenes Gesicht. «Wozu jetzt all die elenden Umstürzler noch warnen?»

«Keine Bange, Stadtrichter. Wer Ehre hat, bleibt – meine Wenigkeit zum Beispiel. Seneca sagt: Sich auf den Tod vorzubereiten heißt, sich auf die Freiheit vorzubereiten.» Stephan von Menzingen reckte das Kinn vor, Komtur Christian applaudierte sacht.

«Nicht nur Ihr, Stephan von Menzingen, habt ein Leben zu verlieren. Viele andere auch.» Ulrich hatte sich von seinem Platz erhoben und bedachte den Rothenburger Bauernhauptmann mit einem anklagenden Blick. «Für einen Ritter ist es ehrenvoll, dem möglichen Tod unerschrocken ins Angesicht zu schauen, aber nur die wenigsten sind Ritter. Die meisten haben sich den Haufen angeschlossen, weil sie keine andere Wahl mehr hatten, teils wurden sie gezwungen. Ihnen aber droht Schlimmeres als nur das Schwert.»

«Soll also jeder für sich entscheiden, ob und wo er bleibt.»

Stephan von Menzingen würdigte Ulrich keines Blicks. Stattdessen schaute er zu seinen Getreuen: dem Komtur Christian, dem blinden Mönch Hans Schmidt, Ratsprediger Teuschlin, Bürgermeister Kumpf, Doktor ABC Andreas Bodenstein aus Carlstadt, dem Schwarzenbronner Haufenführer Lienhart Groß und dem Gymnasialrektor Magister Wilhelm Besenmeyer.

Alle nickten stumm, als wollten sie sagen: Und wenn der Teufel persönlich uns holen wollte – wir bleiben.

Der Vogt räusperte sich: «Ich glaube, damit ist alles gesagt. Wer Ohren hat, der höre, schrieb unser Evangelist Matthäus. So wollen auch wir es halten und die, die berechtigte Ängste hegen.»

Ulrich nickte ihm zu. Der Vogt lächelte schwach, dann verdüsterte sich sein Gesicht wieder. Ihr habt offen genug gesprochen, Vogt, dachte Ulrich. Im Gegensatz zu Männern vom Schlage des Stadtrichters steht Euch nicht der Sinn nach Rache. Aber ob Ihr noch mehr wisst?

Der Vogt bohrte seinen Blick in den Ulrichs. Langsam nickte er.

Dann ist es wahr, durchfuhr es Ulrich. Es wird auch in Rothenburg eine Strafaktion Markgraf Kasimirs geben.

Lieber Gott, lass doch einmal Gnade vor Recht ergehen. Nur einmal.

«Ritter von Detwang?»

Jacob Aufrichter klang aufmüpfig. Seine eisgrauen Augen blitzten, ein bösartiges Lächeln spielte um seinen Mund.

«Ihr wollt wirklich mich sprechen?»

Der Stadtrichter nickte. Verschwörerisch nahm er Ulrich beiseite und raunte ihm ins Ohr: «Ich wollte Euch nur sagen, Ritter, ich glaube, ich hab jetzt genug … genug gegen sie … Versteht Ihr?»

Nachdem Marie berichtet hatte, in wessen Haus Gustav getreten war, machte Hanna sich auf das Schlimmste gefasst. Erst einmal aber schickte sie Marie aus dem Zimmer, als sie Ulrich in den Hof reiten hörte. «Lass mich jetzt mit ihm allein, Liebes, ja? Ich muss ihn trösten, verstehst du? Ulrich wird große Angst um mich haben. Und ohnmächtig fühlt er sich bestimmt auch.»

«Aber er ist doch ein Ritter, Hanna …»

Mit Tränen in den Augen drehte Marie sich noch einmal nach ihr um. Hanna lächelte ihr aufmunternd zu, aber sie musste alle Kraft aufbieten, sich ihre Rührung nicht anmerken zu lassen: Du bist so tapfer, kleine Schwester. Und so klug. Ich wollte, wir könnten endlich wieder zusammen lachen.

Da schallte schon Ulrichs verärgerte Stimme durchs Haus: «Gustav! Wo zum Henker treibst du dich herum? Soll ich mir die Stiefel jetzt allein ausziehen?»

«Geh jetzt», hauchte Hanna.

Marie schloss die Tür und huschte den Flur entlang. Auf der Treppe wäre sie beinah gegen Ulrich geprallt. Er hielt sie fest. «Marie! Kind … was ist? Weinst du?»

«Nein, das war nur der Staub …»

Sie riss sich los und hastete die Stufen hinab.

«Katharina!»

Ulrich entging nicht, wie erstickt Marie klang. Er hörte noch, wie seine Mutter die Stubentür öffnete und sich Marie aufschluchzend in ihre Arme warf.

Dann war es still.

Sein Herz krampfte sich zusammen. Ich werde einen Weg finden, dachte er. Und wenn nicht, mach ich's mit Gewalt.

Hanna hatte sich derweil schnell einen lockeren dicken Zopf geflochten und ihre Lippen mit etwas Rot aufgefrischt. Sie stand am Fenster, als Ulrich eintrat. Das weiße schürzenlose Baumwollkleid, das ihre Figur vorteilhaft zur Geltung brachte, schien zu leuchten.

Für einen Augenblick wirkte Ulrich wie verzaubert.

«Hanna?», fragte er ungläubig, als stünde nicht sie, sondern ein Engel vor ihm.

Mit leichtem Schwung warf sie sich ihm in die Arme, und sie tauschten lange leidenschaftliche Küsse. Als sie sich wieder voneinander lösten, lächelten sie beide so glücklich, als hätten sie sich das erste Mal geküsst.

«Dass Gustav nicht hier ist, hat damit zu tun, dass er sich auf die Seite Frederikes geschlagen hat.» Hanna sprach leise, aber mit fester Stimme. «Deswegen ist er nicht da. Er traut sich nicht mehr zurück.»

«Ich kann es nicht glauben! Wie konnte er so treulos sein? Ich verstehe es nicht. Er hat es immer gut bei uns gehabt.»

«Er hat sich eben eine andere Herrin gewünscht. Eine, die über seinem Stand ist, zu der er aufschauen kann. Bei mir kann er das nicht. Dies lässt sein Stolz nicht zu.»

«Ich werde ihm die Demut schon noch einprügeln …»

«Vielleicht bereut er es ja schon.»

Hanna fasste Ulrich bei den Händen, zog ihn sanft an

sich. «Ich werde hierbleiben. Zu fliehen ist sinnlos und würde von Aufreiter nur gegen mich ausgelegt werden. Es wäre wie ein Schuldeingeständnis.»

«Ich werde kämpfen, Hanna. Diesmal sehe ich nicht zu.»

«Nein.» Hanna küsste seine Hände. «Du musst den Ritter vergessen. Sprich lieber mit Agathe. Wenn sie sich ohne Vorbehalte zu mir bekennt, kann Aufreiter nicht viel ausrichten. Rede mit allen Nonnen. Und besuche Frederike. Sie muss doch noch so etwas wie ein Gewissen haben ...»

«Ich soll ... Niemals. Diese Schlange, die Hölle soll sie verschlingen.»

«Das wünscht sich Jacob Aufreiter für mich.»

«Aber warum? Was hast du ihm getan?»

Hanna holte tief Luft. Sie erzählte Ulrich von dem Verdacht des Gärtnerburschen, dass Aufreiter einen bösen Geist in ihr sehe, und erinnerte Ulrich noch einmal an all ihre Begegnungen. «Je länger ich darüber nachdenke, desto mehr glaube ich, ihm geht es gar nicht darum, mich als Hexe zu überführen. Das ist nur ein Vorwand. Aber er will mich los sein. Seit meinem Gesicht in Steinbach ist er wie besessen von diesem Gedanken.»

«Aufreiters Schwägerin ist verblutet», warf Ulrich nachdenklich ein. «Die Familie damit erloschen. Er erbt jetzt sämtliche Besitzungen seiner einstigen Schwiegereltern. Der Verdacht, dass er in beiden Fällen nachgeholfen hat, stellt sich natürlich. Andererseits frage ich mich: Was hat er davon? Noch mehr Geld, noch mehr Ansehen? Will er Bürgermeister werden? Sich einen Adelstitel kaufen? Ich weiß es nicht.»

«Habgier ist immer ein Grund. Und in der Tiefe meiner Seele weiß ich: Meine Vision in Steinbach hat mit dem Tod von Aufreiters Schwägerin Josepha zu tun gehabt. Er war es, der ihr Gift gegeben hat.» Hanna setzte sich auf die

Bettkante, Ulrich neben sie. Er zog sie an sich, um sie zu trösten, Hanna aber fuhr mit hängendem Kopf fort: «Es waren seine Augen damals. Sie sind schuld an meinen Gesichten. Magdalena hat mich darauf gebracht. Es ist wahr, Ulrich.»

Ulrich wiegte sie sacht hin und her. Wieder spürte er den Anflug seines schlechten Gewissens. Denn sosehr er Hanna liebte, bislang hatte er es von sich gewiesen, sich eingehender mit den möglichen Ursachen von Hannas Gesichten zu beschäftigen. Bislang habe ich immer gehofft, dass es eines Tages damit vorbei ist, dachte er. Anfangs habe ich ihr sogar nicht einmal alles geglaubt. Jetzt ist es zu spät. Warum bloß? Welcher Fluch lastet auf ihr?

Oder auf mir?

56

In den darauffolgenden Tagen überstürzten sich die Nachrichten und Ereignisse. Als es keine Zweifel mehr gab, dass Markgraf Kasimir in Kitzingen wirklich ein Massaker veranstaltet hatte, und die Nachricht Rothenburg erreichte, Bauernführer Florian Geyer sei im Gramschatzer Wald ermordet worden, hatten es auch die unverbesserlichsten Optimisten wie Hans Schmidt begriffen: Die Aufstände der Bauern und Häcker waren gescheitert.

Eine Auswanderungswelle erfasste Rothenburg, selbst Patrizier wie Altbürgermeister Ehrenfried Kumpf flohen aus der Stadt. Denn ob in Bayern oder Württemberg, ob im Fränkischen oder Pfälzischen: Die Scharfrichter kamen mit dem Schärfen der Richtschwerter kaum noch nach. Die Köpfe der Anführer rollten einer nach dem anderen, und diejenigen, die verstümmelt und gebrandmarkt wurden, konnte man schon bald nicht mehr zählen. Nirgends gab es eine Bauernfamilie, die nicht wenigstens ein Opfer beklagte. Rauchschwaden von in Schutt und Asche gelegten Dörfern und Gehöften zogen über Wiesen und Felder. Reisige und Landsknechte der siegreichen Fürstentruppen machten sich einen Spaß daraus, Flüchtlinge niederzustechen oder ihnen das letzte Geld abzupressen, Meldereiter galoppierten an Dutzenden rauchender Scheiterhaufen mit verbrannten Fahnen und Ackergerät vorbei.

Allerorten kreisten Krähen und Raben am milchigen, teils zartblauen Himmel. Süßlicher Verwesungsgeruch lag über den in der Sonne gärenden Schlachtfeldern. Plünderer und Leichenfledderer zogen mit Karren voller blutiger Hemden und Hosen durchs Land, und in den Städten schlugen sich die Armen vor den Drehladen der Klöster um jedes Stück Brot.

Jacob Aufreiter übernahm an der Seite des Vogtes Heinrich Trüb mit einer Schar «Aufrechter» die Macht im Rat – mit der Folge, dass jeder einen Passierschein vorweisen musste, wenn er aus der Stadt herauswollte. Bundeshauptmann Georg Truchseß von Waldburg, den alle nur den Bauernjörg nannten, schickte eine Namensliste – woraufhin die Stadtbüttel als Erstes Stephan von Menzingen und Ratsprediger Teuschlin verhafteten. Selbst ins Franziskanerkloster drangen sie ein, doch Hans Schmidt lachte nur: «Ihr wollt meinen Kopf? Den könnt ihr haben. Aber mein Geist und meine Worte, die leben weiter.»

Wo aber hielt sich Doktor ABC versteckt?

Jacob Aufreiter schäumte vor Wut, denn der böse und für ihn vor allem freche ABC war wie vom Erdboden verschluckt. Er ließ die Leute befragen, aber niemand wollte den Brandredner gesehen haben – bis das Gerücht ging, ein adeliges Fräulein habe ihm zur Flucht verholfen.

Nachts habe sie ihn in einem Korb die Stadtmauer hinabgelassen, längst sei der Herr Doktor über alle Berge …

Kaum einer schmunzelte über diese List, dafür war die Sorge um Leib und Leben zu groß. Denn Markgraf Kasimir machte keinen Hehl daraus, wie seine Rache aussah. Er schickte den Odenwälder Reichsritter Bernhard von Adelsheim ins Gebiet der Rothenburger Landhege und ließ diesen zusammen mit seinen Mannen und einem halben Dutzend treuer Rothenburger Reisigen plündern und brandschatzen. Am zwanzigsten und einundzwanzigsten Juni traf es Lichtel, Rimbach, Wolkersfelsen, Spielbach und Schwarzenbronn, eine Woche später, am achtundzwanzigsten Juni, rückte der Markgraf selbst mit fünfzehnhundert Mann und etlichen Geschützen in Rothenburg ein.

Und wieder ist es Mittwoch, dachte Hanna. An diesem Wochentag wurde ich das erste Mal verhaftet. Eigentlich müssten die Büttel heute noch kommen.

57

Als Bernward tags darauf spätabends zum Wachsenberg ritt, fühlte er sich an Körper und Seele gleichermaßen leer. In seinen Ohren klang das Geschrei von Frauen und Kindern nach, vor seinem geistigen Auge sah er lichterloh brennende Scheunen und Bauernhäuser, Landsknechte mit langen Spießen und geteerten Strohgarben, einen Greis mit gebrochenen Augen, dem das Blut in den Mundwinkeln vertrocknete. Hühnergackern und Schweinequieken verfolgten ihn genauso wie das Kreischen und Weinen der Mägde, die auf dem Dorfplatz in ein Zelt geprügelt worden waren und stillhalten mussten, wenn ihnen ihr Leben lieb war.

Bis in die Knochen erschöpft, rutschte er vor der Köhlerhütte aus dem Sattel. Zum ersten Mal an diesem Tag stahl sich ein Lächeln auf seine Lippen. Der Himmel über der Lichtung schimmerte mattblau, auf den Wipfeln der Bäume lag der Glanz einer goldenen Sonne. Eine Drossel sang ihr Abendlied, als wäre die Welt gerade frisch geboren worden, nach einer Weile gesellte sich das Gurren einer Taube dazu.

Eine Taube … und das an solch einem Tag. Wie sag ich es ihr? Oder ist es ihr bereits egal?

Bernward stapfte zur Tür und klopfte.

«Wer da?»

«Ich, Bernward.»

Ursula riss die Tür auf und warf sich ihm in die Arme: «O Gott, wir waren vor Angst wie gelähmt, als wir ein Pferd hörten … Aber jetzt ist alles gut.»

«Was ist passiert?»

Stumm zeigte Ursula zur Feuerstelle. Bernward riss Mund und Augen auf, alles hatte er erwartet, nur das nicht. Zwei Männer in völlig verdreckter und zerrissener Kleidung saßen in der Hütte, Gesicht und Hände rußverschmiert. Sie hielten einen Becher Bier in der Hand, einer von ihnen lächelte.

«Erkennt Ihr mich noch, Hegemeister?», fragte der eine Mann müde. Bernward nickte. Vor ihm saß Hannas Bruder Arndt, der Mann daneben war Jobst Gessler, der Herren-Müller. Sie sind beide Männer der ersten Stunde, durchfuhr es Bernward. Dass sie noch leben, ist ein Wunder. Ob nach ihnen gesucht wird?

Da Arndt nichts weiter sagte, fuhr Jobst Gessler ironisch fort: «Erst einmal willkommen in der Hütte des Köhlers Völz. Seid Ihr gekommen, um uns zu holen? Oder nur, um uns zu verraten?»

«Weder noch.» Bernward suchte Ursulas Hand, zog sie

neben sich. «Aber für Euch hätte ich trotzdem keine guten Nachrichten.»

«Als da sind?»

«Zum Beispiel, dass Eure Mühle heute Morgen auf Befehl des Markgrafen geschleift und niedergebrannt wurde. Aber deswegen bin ich nicht hier ...» Jobst Gesslers Kopf ruckte hoch. Trotz des schummrigen Lichts in der Hütte war zu sehen, wie er um Fassung rang. Er schüttelte den Kopf und schaute um sich, als wolle er sich vergewissern, dass er sich nicht verhört hatte. Dann nickte er plötzlich schicksalsergeben.

Bernward hatte sich Ursula zugewandt. Flüchtig küsste er sie auf den Mund.

«Welche Nachrichten hast du noch?», fragte sie ängstlich.

«Brettheim und Ohrenbach sind nur noch ein rauchender Trümmerhaufen. Ich war beide Male dabei. Die Dörfer wurden zuvor vollständig ausgeplündert. Wer hinterrücks Brandfackeln und flammende Strohgarben austrat, wurde niedergestochen.»

«Und Simon, mein Mann?», fragte Ursula aufgeregt.

Bernward zuckte zusammen und forschte in Ursulas Augen. Glomm etwa doch noch ein Funken Liebe für ihn darin? Oder war Ursula wirklich frei, wie sie es ihm das letzte Mal versichert hatte?

«Er ist gefallen, Ursula. Ich habe einen Bauern gefragt. Er hat es mir sogar geschworen.»

«Friede seiner Seele.»

Ursula wandte sich ab. Ein Zittern erfasste ihren Körper, doch schon einen Augenblick später fiel sie Bernward aufschluchzend um den Hals. Er brummte beruhigende Worte und drückte sie fest an sich. Magdalena, die in einer Ecke kauerte, schaute ihnen mit versteinerter Miene zu. Als sich ihre und Bernwards Blicke kreuzten, wandte sie den Kopf ab und schlang die Arme um ihre Knie. Arndt und Jobst Gessler schwiegen, Arndt stocherte mit dem Schürhaken im Feuer. Funken stoben auf, blaue Flämmchen zuckten über die verkohlten Scheite.

«Und was ist jetzt?», brach Bernward das Schweigen. Sanft löste er sich aus Ursulas Umarmung. «Gibt es noch ein Plätzchen für mich auf die Nacht, Arndt Völz?»

«Wenn Ihr mir sagt, wie es um meine Schwestern steht …»

«Marie hat mit Katharina von Detwang eine liebevolle Großmutter gefunden. Für die alte Detwang ist die Kleine längst mehr als nur das Mantelkind ihres Sohnes. Sie hat sie angenommen, und das mit ganzer Seele.»

«Und Hanna?»

«Ulrichs Liebe kann sie sich sicher sein. Das Rätsel, warum sie Gesichte hat, bleibt. Dass diese ihr schaden, ist gewiss. Stadtrichter Aufreiter hasst sie. Allerdings bleibt ein Geheimnis, warum.»

«Ja, das bleibt ein Geheimnis», murmelte Magdalena leise, aber nachdrücklich. Sie schaute auf, diesmal aber blieb ihr Blick an dem Bernwards hängen. «Gewiss aber ist, dass Jacob Aufreiter mit seinem bösen Blick die Gesichte bei ihr ausgelöst hat. Hanna ist selbst darauf gekommen. Ich aber sage euch: Aufreiters böser Blick verwandelte sich bei ihr zu einer Gottesgabe. Denn Hannas Seele ist rein. Der Heilige Geist ist über sie gekommen, und das wird Aufreiter zum Verhängnis werden. Und weil er dies weiß, will er Hanna vernichten. An seinen Händen klebt Blut. Er hat gemordet. Ich spüre es … nein, ich weiß es.»

Die letzten Worte waren kaum noch zu verstehen. Magdalena schloss die Augen und begann zu summen. Dabei wiegte sie sich sacht hin und her und schien mit der Zeit alles um sie herum zu vergessen. Das Knistern des Feuers wurde schwächer, schließlich erlosch das erste Scheit. Es wurde still in der Hütte. Draußen war das Licht so schwach, dass in der Hütte nur noch der glutrote Widerschein des heruntergebrannten Feuers die Gesichter erkennen ließ.

Ursula zog Bernward auf ihr Lager. Sie legten sich beide auf die Seite, Bernward schlang einen Arm um ihren Bauch. Sie gehört mir, dachte er zufrieden. Wird es gut haben. Er spürte, wie sein Körper erwachte, und zog Ursula noch enger an sich. Sie seufzte leise, während sie ihr Hinterteil gegen ihn drückte.

Schade, dachte Bernward, wie schade. Er sog den Duft von Ursulas Haar ein, spürte plötzlich, wie müde er war. Hannas Geheimnis, dachte er. Was ist ihr Geheimnis … Dann war er eingeschlafen.

58

Er wusste, dass er träumte, weil man mit einem Pferd nicht fliegen konnte, aber schon im nächsten Moment nahm er die Faustschläge wahr: Wie unerbittlich sie sind, dachte er … sie sind fremd … und sie gehören nicht hierher.

Noch konnte er sich nicht rühren, doch als er Magdalenas Schrei hörte, schreckte er hoch: «Berittene! Söldner … sie wollen uns verbrennen.»

«Nein!» Bernward quälte sich auf die Beine. Arndt und Jobst Gessler kamen gerade zu sich, waren aber schon im nächsten Augenblick aufgestanden. «Ruhig … noch bin ich der Hegemeister.»

Er schob den Riegel zur Seite und trat ins Freie.

In der ersten Sekunde glaubte er, doch noch zu träumen, aber der Geruch von Pferdeschweiß und das Klirren des Zaumzeugs waren zu stark. Alles war wirklich: Die Rothenburger Stadtknechte in ihren Rüstungen, die Fahne, die blinkenden Hellebarden. Vor allem aber die beiden großen Karrenwagen mit den Menschen, denen allesamt die Hände auf den Rücken gebunden waren.

Es waren alles Männer, einer von ihnen musste Valentin Schnitzer sein, der andere der Neusitzer Pfarrer Stöcklein.

Da stutzte Bernward. Es war wie ein Schlag auf den Kopf.

«Hanna!»

«Bernward!»

Ihre Stimme klang hell, weich … schicksalsergeben.

«Lasst sie …» Er wollte auf sie zueilen, doch ein Stadtknecht hielt ihn zurück. Zwei andere waren bereits in der Hütte verschwunden, gleich darauf stießen sie Arndt und Jobst Gessler heraus. «Im Namen des Markgrafen, auf Anordnung des Vogts und des Stadtrichters: Ihr seid verhaftet.»

«Ja, wir! Aber warum sie?», rief Arndt verzweifelt. «Was hat sie denn getan? Sie ist doch selbst eine Gezeichnete! Als ob ihr das nicht wisst! Schaut euch ihre Hände an, wenn ihr es nicht glaubt!»

Niemand antwortete ihm. Die Stadtknechte taten, als hörten sie ihn nicht. Ohne Bernward, Ursula oder Magdalena noch eines Blickes zu würdigen, fesselten sie Arndt und Jobst Gessler die Hände und befahlen ihnen mit einem Wink des Kopfes, auf einen der beiden Karrenwagen zu steigen.

Jetzt sind es zwölf, dachte Bernward, während er und Hanna Blicke tauschten, die für ihn beredter waren als alle Worte. Noch nie war ihm diese Hanna Völz so nah gewesen, noch nie hatte er sich so sehr für sie verantwortlich gefühlt. Schon als er sie und Marie am Kobolzeller Steig vor den Schlägen der Leuzenbronner und Bossendorfer Bauern gerettet hatte, war ihm dies wie seine persönliche Bestimmung erschienen. Später dann hatte es immer wieder Augenblicke gegeben, in denen er hätte schwören können, Hanna bereits seit vielen Jahren zu kennen.

Die laute Stimme des Anführers, der plötzlich den Befehl zum Aufbruch gab, riss ihn aus seinen Gedanken. Die ganze Aktion hatte keine fünfzehn Minuten gedauert. Wie benommen schaute Bernward Hanna nach. Der Anblick tat ihm weh, denn nichts hätte widersprüchlicher sein können: Ein makelloser Himmel wölbte sich über dem Wachsenberg, aus den Hecken erscholl vielstimmiges Vogelgezwitscher, das frische Laub raschelte sanft im Wind, und vom Wald her duftete es nach frischem Gras und sauberem Wasser. Und in all dieser beinah paradiesischen Unberührtheit ruckelte der Karren mit den Gefangenen davon … Hanna hielt ihren Kopf gesenkt.

«Aufreiter wird nicht gewinnen. Das weiß ich.»

Ursulas Stimme. Sie klang fest und bestimmt. Bernward drehte sich zu ihr um und war erstaunt, dass ihr noch immer Tränen übers Gesicht liefen.

Magdalena zog ein Taschentuch aus der Schürze und reichte es ihr. «So viel Platz ist in den Türmen doch gar nicht. Wenn sie die da auch noch alle reinstopfen wollen … Wie soll das gehen?»

«Sei doch still.»

«Nein.» Magdalena riss die Augen auf, als sei sie jetzt diejenige, die von einer Vision heimgesucht werde. «Vier Schwertstreiche, hat sie gesagt, braucht der Scharfrichter für den blinden Mönch. Und das Blut, das bis in die Schmiedgasse hinabrinnt, ist ein Bach … Das hat sie gesagt.»

Magdalena schwieg, ihr Gesicht war weiß vor Grauen.

«Ja, es sind die Scharfrichter, die Platz in den Straftürmen schaffen.» Bernwards dumpfe Stimme wurde von dem Gesang einer Drossel begleitet. Und irgendwo im Gebüsch schlug sogar eine Nachtigall an.

Straßen und Gassen wirkten wie ausgestorben, als die Karrenwagen mit den Festgenommenen durchs Rödertor rollten. Nicht nur auf Hanna wirkte alles seltsam unwirklich: Das Sonnenlicht schien sich an diesem Tag selbst feiern zu wollen, so luftig und hell lag es auf Dächern und Bäumen, Gewerken, Pflaster und Brunnen. Die Stille gehörte den Schwalben und ein paar herumstreunenden Katzen und Ziegen, Hanna aber kam es vor, als würde diese für sie und die Stadt falsche Stille langsam und unerbittlich von den knirschenden Eisenrädern zermahlen.

Und ihr Gefühl trog sie nicht.

Denn plötzlich wehte vom Marktplatz ein Trommelwirbel herüber, dem einen Atemhauch später das dumpfe Raunen aus Hunderten von Kehlen folgte.

«Gott sei seiner Seele gnädig.»

Sie stimmte in den Chor ihrer Mitgefangenen ein. Jeder wusste, was gerade geschehen war.

Stumm tauschte Hanna mit den Gefangenen Blicke. Sie reichten von Fassungslosigkeit bis Abscheu, allein Valentin und Pfarrer Stöcklein, die beiden Neusitzer, stierten ausdruckslos vor sich hin, als ginge sie schon alles nichts mehr an.

Beate, die Eisenmeisterin, wartete vor dem Weibersturm bereits auf sie. Hanna sah sie andeutungsweise nicken, das Gesicht aber wirkte wie erloschen. Allein die kleine Jenne, die sie an der Hand hielt, strahlte übers ganze Gesicht.

«Sei nicht böse, wenn wir in der Zwischenzeit alles wieder verkauft haben.» Sie schloss die Zellentür auf, während Hanna von einem der Stadtsoldaten die Fesseln abgenommen wurden. Bis auf ein frisches Strohlager, einen neuen Latrineneimer und einen Wasserkrug war die Zelle wieder leer. «Wenn du essen möchtest, gib mir einfach wieder Geld.»

Hanna zog ihr Geldsäckchen hervor und drückte Beate vierundzwanzig Kreuzer in die Hand, den Wochenlohn eines Tagelöhners. Beate wurde rot. Sie dankte, dann glitt ihr Blick zum Fußeisen. Unbeweglich starrte sie es an.

Hanna verstand. Seufzend ließ sie sich auf ihr Strohlager nieder. Mit abgewandtem Kopf schloss die Eisenmeisterin sie ins Fußeisen.

«Es geht eben nicht anders», sagte Hanna leise. «Ist ja nicht deine Schuld.»

Die Eisenmeisterin nickte. «Jetzt, auf dem Markt …», sie stockte, sprach schließlich weiter, «da wärst du auch nicht glücklicher. Der Markgraf hat alle Rothenburger Bürger auf den Marktplatz befohlen, wo sie seinen Soldaten ihre Waffen aushändigen müssen. Anschließend, hieß es gestern, würde er eine Strafrede verlesen. Die Bürger sollen einen neuen Eid auf Kaiser und Obrigkeit schwören. Danach soll einer von des Markgrafen Getreuen die Namen aller Aufwiegler verlesen.»

Denen der Scharfrichter jetzt den Kopf abschlägt, ergänzte Hanna im Stillen. Wie viel es wohl sein werden? Sie dachte an ihre Vision. Schemenhaft erinnerte sie sich an die Bilder der Knienden, glaubte den Scharfrichter zu sehen, wie er mit dem breiten Richtschwert ausholte. Kalt lief es ihr den Rücken herunter. Sie sah der Eisenmeisterin nach, lauschte auf das Klirren der Schlüssel und die leiser werdenden Schritte. Heute ist erst der Anfang, der erste Tag, durchfuhr es Hanna. Das Blutgericht wird Tage dauern … und dann, wenn es vorbei ist, wird Jacob Aufreiter sich an mich erinnern.

59

Jeden Tag erstattete die Eisenmeisterin ihr Bericht. Die Namensliste der Enthaupteten wurde immer länger, zählte schließlich über drei Dutzend. Hanna versuchte, sich darauf vorzubereiten, dass Beate eines Tages auch Arndts Namen nannte, doch als der Markgraf Rothenburg nach zwei Wochen wieder verließ, schienen Arndt und Valentin noch am Leben zu sein.

Doch weder Ulrich noch Bernward erfuhren, wo sie festgehalten wurden.

Hanna aber konnte es sich denken. Sie erinnerte sich an ihre Vision, und so betete sie für sie, sooft sie konnte.

Beate trug ihr die immer neuen Forderungen des Markgrafen zu. So sollte nach der Köpforgie jedes Rothenburger Haus sieben Gulden Brandschatzungsgeld entrichten, außerdem hätte die Stadt einhundert Zentner Pulver an den Schwäbischen Bund zu liefern. «Und Häuser, die Sammelplätze der Aufrührer gewesen waren, sollen niedergerissen werden. Der Markgraf will, dass sie zum Zeichen ewiger Verfluchung mit Salz bestreut werden.»

Hanna wollte schließlich nichts mehr hören. Sie sehnte sich nach Marie, aber ihre Schwester durfte sie genauso wenig besuchen wie Ulrich.

So wuchs ihre Einsamkeit von Tag zu Tag. Ihr blieben nur ihre Träume und dann und wann die kurzen Gespräche mit der Eisenmeisterin. Deren Angst vor dem Stadtrichter war gewaltig. Beate blieb wortkarg, obwohl Hanna spürte, dass sie ihr nur allzu gern ihr Herz ausgeschüttet hätte. Doch nach drei langen Wochen war auch die Eisenmeisterin des einsilbigen Redens müde: «Jetzt, wo die Landsknechte fortziehen, will er wieder zu den

Huren! Fremde Frauen kosten, solange sie noch in der Stadt sind – österreichische, italienische und vor allem die Mohrin, über die hier alle hinter vorgehaltener Hand reden. Dieser Schuft! Das sagt er einfach so dahin. Damit ich was lerne, stell dir das einmal vor!»

Mit erstickter Stimme schleuderte sie die Worte hinaus und sank Hanna zu Füßen.

Aufatmend zog Hanna sie an sich. Selbst sie musste jetzt gegen die Tränen ankämpfen: Es tat so gut, wieder jemanden berühren und umarmen zu können. Tröstend strich sie Beate über Kopf und Rücken, drückte sie behutsam an sich. Auch wenn sie nur Eisenmeisterin ist, sie ist mir gerade der wertvollste Mensch, weil sie es ist, die zu mir gekommen ist. Und dass sie mir erlaubt, sie zu trösten, tut mir einfach gut. Denn sie gibt mir damit das Gefühl zurück, nicht widerwärtig zu sein, wie ich mir allmählich schon eingebildet hatte. Wenn also sie mich nicht für eine Hexe hält, werden auch andere es nicht tun. So wird vielleicht doch noch alles gut.

Am nächsten Morgen ließ die Eisenmeisterin endlich wieder die kleine Jenne zu Hanna, was diese als ein glückliches Omen auffasste. Es hätte für sie nicht schöner sein können, und so erzählte sie ihr Geschichten aus der Bibel, ließ sie selbstgestellte Rätsel lösen, herzte die Kleine wieder und wieder und versprach ihr, wenn sie das nächste Mal ein Stück Kreide mitbrächte, würde sie mit ihr Buchstaben malen.

«Das war der schönste Tag, den ich je in diesem vermaledeiten Loch verbringen musste», meinte sie zum Abschied. Dann, als sie wieder allein war, lehnte sie sich an die Wand und schloss die Augen. Sie lauschte auf das Summen zweier Wespen, begann zu dösen – doch plötzlich schreckte sie zusammen: Sie hörte Schritte, ihnen folgte das bekannte Klirren des Schlüsselbundes. Bevor Hanna noch einen klaren Gedanken fassen konnte, schwang die Tür auf, und eine große Gestalt in Schwarz stand im Türrahmen.

Sie trug eine Kapuze und hielt etwas Großes, Rundes an langen Haarbüscheln in der Faust.

Hanna schrie entsetzt auf.

Der Henker präsentierte ihr den Kopf von Paul Ickelsheimer.

«Ich habe den Befehl des Stadtrichters, dir zu sagen: Er war der Letzte.»

Der Henker trat vor. Hanna schrie und schrie, sie bettelte um Erbarmen. Doch der Henker rückte ihr mit dem blutigen Kopf in der Faust immer näher. Erst knapp vor ihren Füßen ging er langsam in die Hocke.

Da endlich wurde es dunkel um sie. Hanna kippte zur Seite. Sie war ohnmächtig geworden.

60

Nach diesem Erlebnis war alles anders. Hanna verbrachte den nächsten Tag so voller Grauen, dass sie nur an die Wand starrte. Weder die Eisenmeisterin noch Jenne vermochten, ihr wieder ein Lächeln zu entlocken.

Am Abend holte eine ihr bekannte barsche Stimme sie aus ihrer Erstarrung: Jacob Aufreiter kam die Treppe herauf. «Du kannst dir vielleicht denken, Hanna Völz, dass die Zeitläufte deinem Prozess entgegenstanden. Aber jetzt, da wieder Ordnung herrscht, hast du die längste Zeit gewartet. Ich dachte, es würde dich freuen, dem hässlichen Paul noch einmal zu begegnen … und zwar auf diese Weise. Hast du das Schandmal auf seiner Stirn gesehen? Nein?»

Hanna schüttelte den Kopf. «Wie geht es meinem Bruder? Bitte, gebt mir eine Antwort.»

«Gerne. Er wurde aus dem Diebsturm entlassen.»

«Gelobt sei Jesus Christus.»

«Wie kannst du es wagen, den Namen des Herren im Munde zu führen!»

«Wie ist es möglich, dass eine angebliche Hexe ihn ausspricht, ohne sich vor Schmerzen zu krümmen?»

Ihre schlagfertige Antwort ließ Aufreiter zurückweichen. Hanna war bereits aufgefallen, wie abgekämpft der Stadtrichter aussah. Sein Bart war mehr weiß als grau, und die tiefliegenden Augen schienen entzündet zu sein. Es zehrt an ihm, dachte sie. Am liebsten würde er mich packen und sofort auf den Scheiterhaufen werfen. So wie er aussieht, ist er krank, und nicht nur am Körper, sondern an der Seele.

Sie hielt seinem forschenden Blick stand. Plötzlich kam ihr ein Gedanke: Was er wohl sagt, wenn ich ihn auf den Tod seiner Schwägerin anspreche?

«Habt Ihr Eurer Schwägerin den Sud aus Angelikawurzel und Arnika eingeflößt? Weil sie nicht verheiratet war?» Stumm schlug Aufreiter ihr ins Gesicht. «Nur zu», keuchte Hanna. «Ich kann viel an Schmerzen vertragen ... sehr viel, wie Ihr wisst.» Doch Aufreiter wusste sich zu beherrschen, es blieb bei einem Schlag. Hanna aber spreizte ihre Finger, als wären es Krallen. Plötzlich empfand sie keine Angst mehr vor Aufreiter. Ihr kam es vor, als habe sie auf einmal Macht über ihn.

Tatsächlich bekreuzigte Aufreiter sich und rief: «Im Namen des Vaters, des Sohnes und des Heiligen Geistes: Geh zugrunde, Teufel!» Er wich bis zur Tür zurück.

«Seid Ihr deshalb gekommen?»

«Fiat iustitia et pereat mundus, Hexe Völz. Es soll Gerechtigkeit geschehen, und gehe die Welt darüber zugrunde. Dies ist mein Wahlspruch. Morgen wirst du auf dem Rathaus deinem Anwalt begegnen. Aber auch deinem Ankläger!»

Aufreiter schlug mit der Faust gegen die Zellentür. Die Eisenmeisterin ließ ihn heraus. Stumm sah sie Hanna an. Wartete.

Erst als sie ihn davonreiten hörten, griff sie in ihre Schürze und zog ein zusammengefaltetes Blatt Papier hervor. «Das wurde meinem Mann zugesteckt. Aus dem Diebsturm.»

Eine Botschaft ... mit Kohle geschrieben, dachte Hanna. Das Papier war zerknittert und voller Flecken. Ein Schauder lief ihr über den Rücken, denn die Flecken waren braunrot, einige verschliert.

Sie hielt das Papier ins spärliche Abendlicht. Die Schrift war ungelenk, die Worte aber deutlich zu lesen: Verzeih mir. Bitte. Valentin.

Hanna begann zu schluchzen. Blitzartig überfiel sie die Erinnerung an ihre Vision vor der Detwanger Kirche. Sie hörte ihre eigene Stimme ... und konnte nichts dagegen tun, dass sie mit bebenden Lippen flüsterte: Und damit du auf immer an Gott denkst, wird er dich auspeitschen lassen und dir die Finger deiner Rechten nehmen.

61

Als sie aus dem Weibersturm trat, schien es ihr, als würde sie im hellen Sommerlicht ertrinken. Geblendet riss sie die Arme hoch, während Marie und Ulrich ihren Namen riefen. Doch als sie sich zu ihnen hinwenden wollte, erhielt sie einen Stoß zwischen die Schulterblätter. Sie taumelte vorwärts, fiel, rappelte sich wieder auf.

Aber kaum, dass ihre Augen sich an das Licht gewöhnt hatten, erhielt sie bereits den nächsten Stoß. «Deine Tage sind gezählt, du Schinder!», hörte sie Ulrich wütend rufen, doch da stolperte sie schon auf die Rampe des Schandkarrens.

Andere lachten, eine grobe Stimme tönte: «Das gehört dazu, Ritter! Erst recht, wenn sie mit dem Teufel im Bund steht.»

Himmel, niemand pfeift ihn aus, dachte Hanna entsetzt. Denken etwa auf einmal alle in der Stadt, ich sei eine Hexe?

Sie spähte durch den vergitterten Ausguck und hoffte, endlich Ulrich und Marie zu entdecken. Aber sie sah nur den Schwanz des eingeschirrten Esels und ein Stück des eisenbereiften Rads. Ein Stadtknecht trat vor, ein zweiter schaute sich um und nickte. Schon knallte die Peitsche, und der Karren ruckte an. Hart stieß sie mit dem Hinterkopf gegen die raue Bretterwand. Lediglich an den Eisenstäben des Ausgucks konnte sie sich für den Rest der Fahrt festhalten.

Wenigstens wirft niemand Dreck oder Steine. Und die Hauptsache ist, dass Ulrich mir einen guten Anwalt stellt. Sie atmete tief durch, schloss die Augen und sagte mehrmals leise vor sich hin: «Ich werde es durchstehen. Durchstehen.»

Auf dem Rathausplatz empfing sie der Geruch von feuchtem Stein und Sand. Eimer schepperten, schwallweise klatschte Wasser aufs Pflaster, die Luft war erfüllt von Schleif- und Schabgeräuschen. Hannas Herzschlag beschleunigte sich, gleichzeitig schnürte es ihr den Hals zu. Etliche Rothenburger Bürger hatten Schrubber in der Hand, einige von ihnen knieten. Langsam, aber sorgfältig wurde jeder Stein gescheuert und der Sand in den Ritzen ausgewaschen.

Sie waschen das Blut ab!

Bis in die Schmiedgasse ist es hinabgeflossen ... wie ich es gesehen habe. Die Eisenmeisterin hat es mir genau so erzählt. Wie viel Blut ist vergossen worden, und jetzt bleibt doch alles beim Alten. Die Großen essen weißes Brot und trinken Wein, die Kleinen saufen Wasser und beißen hartes Körnerbrot.

Vier Stadtknechte schirmten sie ab, als sie mit weichen Knien die Stufen zum Rathaus hochschritt. Sie wagte nicht, sich umzuschauen, aber da hörte sie Ulrich rufen: «Ich bin bei dir.»

Hanna fiel ein Stein vom Herzen. Mit einem Mal fühlte sie sich leicht und fasste neuen Mut. Wie oft hatte sie versucht, sich diesen Tag, diese Stunden vorzustellen. Nie war es ihr gelungen, obwohl Ulrich ihr ein paarmal beschrieben hatte, wie ein solcher Prozess ablaufen würde. Er hatte ihr erklärt, dass Aufreiter sie nicht einfach auf den Scheiterhaufen bringen konnte, sie aber hatte immer ihre Zweifel gehabt. Jetzt aber sah sie, dass Ulrich ihr nichts Falsches erzählt hatte: Erst musste Aufreiter den Prozess gewinnen. Tatsächlich befand nicht er allein über ihr Schicksal.

Hocherhobenen Hauptes trat sie kurz darauf in den Anhörungsraum. Doch der war beinah leer, bis auf einen hakennasigen Mann, dessen Ohren und Haare unter einer eng anliegenden Samtkappe verborgen waren. Mit feinem Lächeln kam er um einen der mit Akten und Schreibzeug beladenen Tische herum, neigte kurz den Kopf und sagte: «Ich bin Euer Anwalt, Hanna Völz. Dr. Martin Gebhardt aus Tübingen, ein Schüler des großen Johannes Reuchlin. Sprecht immer nur dann, wenn Ihr aufgefordert werdet, ja? Kalt Blut und Bedachtsamkeit ist das Beste, verstehen wir uns?»

«Ja, vielen Dank, ich danke Euch.»

Mehr wusste Hanna nicht zu antworten. War für sie wichtig, wessen Schüler dieser Dr. Gebhardt war? Aber da ging schon die Nebentür auf. Nach zwei ihr fremden Männern traten Vogt Heinrich Trüb und Stadtrichter Jacob Aufreiter in den Raum. Geräuschvoll ließen sie sich auf den ledergepolsterten Armlehnstühlen nieder, worauf einer der anderen Männer sofort zu schreiben begann.

Das muss der Gerichtsschreiber sein, dachte sie. Aber wer ist der andere?

Verunsichert suchte sie den Blick ihres Anwalts. Dr. Gebhardt zwinkerte ihr aufmunternd zu, doch als sich der Fremde auf den Stuhl mit der höchsten Lehne setzte, bemerkte sie, wie die Miene ihres Anwalts ernst wurde. Hanna hielt die Luft an, sie spürte, wie sie sich verkrampfte. Was hat das jetzt zu bedeuten? Dann fiel es ihr ein: Natürlich, beruhigte sie sich, Aufreiter kann ja gar nicht auf dem Richterstuhl Platz nehmen. Schließlich ist er derjenige, der mich anklagt.

Sie schloss kurz die Augen und flehte den heiligen Laurentius, den Schutzpatron der Köhler, an, ihr beizustehen. Doch kaum hatte sie die Augen wieder aufgeschlagen, schoss ihr erneut der Schreck in die Glieder, denn Anwalt Dr. Gebhardt machte ein Gesicht, als hätte sie bereits verloren.

Heiliger Laurentius, mach, dass mir der Richter gut ist!

Alle erhoben sich, als dieser aufstand: «Im Namen des Markgrafen: Hanna Völz, Ihr steht unter Verdacht, mit dem Teufel im Bunde zu stehen – darum diese Anhörung. Die Anklage führt hiesiger Stadtrichter Dr. Jacob Aufreiter mit Vogt Heinrich Trüb. Anwalt Dr. Martin Gebhardt hat Eure Verteidigung übernommen. Und damit Ihr wisst, Hanna Völz, wer hier Recht sprechen wird: Ich bin Ritter Hans von Seckendorff.»

Hanna gefror das Blut in den Adern: Hans von Seckendorff war jener Ritter, der den Rothenburgern vor der Hinrichtungswelle die Strafrede gelesen hatte. Sie schwankte, hatte das Gefühl, jeden Moment ins Bodenlose zu fallen. Doch sofort raunzte sie einer der beiden Stadtbüttel an, sich aufrecht zu halten.

Jacob Aufreiter dankte und erhob sich. «Hanna Völz, ich rufe jetzt die Zeugen auf. Als Erstes wird Ritter Ulrich von Detwang sprechen.»

Die Tür ging auf.

«Ulrich!»

Sie stürzte auf ihn zu und warf sich ihm in die Arme. Rüde wurde sie von den Stadtbütteln zurückgerissen.

«Benehmt Euch!», schnarrte der Richter unwirsch. Jacob Aufreiter hingegen bemerkte kalt: «In der Tat, würde eine wahre Verlobte sich wirklich so unsittlich aufführen?»

«Sie ist meine wahre und geliebte Verlobte, Dr. Jacob Aufreiter. Was ich auch gerne vor und für Euch wiederhole, Ritter von Seckendorff.»

Ulrich klang ruhig und zuversichtlich, Hanna hingegen zitterte vor Anspannung. Mit eisernem Griff hielten die Stadtbüttel sie an den Oberarmen, doch Hanna achtete nicht auf die Schmerzen. Wichtig war für sie nur, dass Ulrich sich hier zu ihrer Liebe bekannte.

Jacob Aufreiter griff zu einem Schriftstück. «Ritter Ulrich, ich habe hier die unter Eid aufgenommene Erklärung Frederike von Neustetts, dass Hanna Völz Euch mit teufelsbündnerischen Zauberkräften gebannt hat. Sie hat sich Eure Liebe, die keine ist, weil Ihr nach wie vor unter Bann steht, erschlichen, als Ihr deren kleine Schwester am Wachsenberg vor einer Feuersbrunst gerettet habt. Der Vorwurf ist stichhaltig, weil ihn auch Euer langjähriger Diener Gustav bezeugt.»

Er reichte Ritter von Seckendorff das Schriftstück, das dieser mit kurzem Nicken überflog.

Ulrich bebte vor Zorn. «Es ist die Behauptung einer ehemaligen und jetzt eifersüchtigen Freundin», presste er hervor. «Mehr nicht. Und dass mein Diener gegen mich aussagt, geschieht nur, weil er sich wegen einiger heftiger Rügen an mir rächen will.»

«Jetzt erst? Nach so vielen Dienstjahren? Er sorgt sich um Euch.»

«Ein Hundsfott ist er! Himmel, was sind das alles für verquere Anschuldigungen. Und dann dieser Unsinn, ich sei gebannt!»

«Es gibt Anhaltspunkte, Ritter Ulrich, die Ihr nicht leugnen könnt, und zwar zwei. Erstens: Erklärt uns, wie kam es zur Mantelkindschaft, die Ihr für Marie Völz übernommen habt. Warum? Warum nahmt Ihr sie und nicht ein anderes Mädchen? Zweitens: Ihr wolltet, bevor Ihr der Köhlerin Hanna Völz begegnetet, Frederike von Neustett ehelichen. Warum habt Ihr Euren Plan aufgegeben?»

«Zum Ersten: Mantelkindschaft zu übernehmen ist edelste Rittertradition. Zum Zweiten: Ich hätte einst Frederike von Neustett geheiratet, aber sie wollte es nicht.»

«Sie selbst und ihre Eltern behaupten das Gegenteil.»

«Das ist eine Lüge!»

«Nein, das ist der Bann. Ritter von Detwang, ich danke Euch.»

Die Tür ging auf, zwei Büttel traten ein und forderten Ulrich auf, den Gerichtssaal zu verlassen.

Hanna hätte schreien mögen vor Wut und Ohnmacht. So also sah diese Anhörung aus! Alles wurde verdreht. Und zwar so, dass sie immer als schuldig dastand.

Zum Glück erhob jetzt Dr. Gebhardt seine Stimme: «Ihr habt Ritter von Detwang als Belastungszeugen geladen, Dr. Aufreiter?»

«Ja.»

«Auf meiner Liste steht er als Entlastungszeuge.»

«Das habe ich so entschieden, Dr. Gebhardt», sagte Richter Ritter von Seckendorff freundlich. «Ihr dürft Ritter von Detwang aber gerne noch einmal in Eurem Sinne vorladen.»

«Das werde ich. Da seine Aussagen dann auch entlastend bewertet werden müssen, hebt dies die vermeintliche Belastung wieder auf.»

«Das entscheidet der Richter, Kollege», warf Aufreiter ein, und Ritter von Seckendorff nickte. «Im Übrigen rufe ich Spitalkaplan Ott auf. Es ist müßig, an seine Verdienste zu erinnern, aber ihn traf das Unglück, Hanna Völz auf den rechten Christenweg zurückführen zu wollen: Die Hexe in ihr rächte sich. Mit welchen Folgen, das seht selbst.»

Zwei Franziskaner-Brüder brachten den wirr vor sich hin brabbelnden ehemaligen Spitalkaplan, dessen braune Kutte vom vielen Weihwasser durchfeuchtet war, herein. Als er Hannas ansichtig wurde, hellte ein Lächeln sein übernächtigtes Gesicht auf: «Schöne ... dein Leib ... er steht im Blut ... und ist doch rein. Ich habe dich erkannt, jetzt bist du die Auserwählte, vor deren Macht ich mich beuge.»

Entsetzt wich Hanna zurück. Ott wollte sich ihr zu Füßen werfen, doch die Franziskaner hielten ihn zurück. Ritter von Seckendorff warf Hanna einen vernichtenden Blick zu, Dr. Gebhardt dagegen hatte nur ein Kopfschütteln für diese Vorstellung übrig: «Auch Geistliche sind nicht vor dem Wahn gefeit. Vor allem, wenn sie sich vom Weib angezogen fühlen. Dass Eure Beklagte ihre Reize hat, wer wollte das bestreiten?»

«Reize? Ihr meint wohl dämonische Aura, Dr. Gebhardt», zischte Jacob Aufreiter.

Kaplan Ott wurde wieder hinausgeführt, Hanna standen Tränen in den Augen. Jetzt ist alles entschieden, dachte sie bestürzt. Sie wollen mich als Hexe haben, und das machen sie, indem sie mich als dämonische Verführerin hinstellen. Sollen sie mich lieber wieder in den Turm bringen. Da habe ich meine Ruhe.

Aber es war noch lange nicht vorbei. Im Anschluss reichte Aufreiter Ritter von Seckendorff mehrere Schriftstücke. Zum einen die von etlichen Rothenburgern unterschriebene Erklärung, sie hätte schaurige Hexengesichte verbreitet, anschließend die Erklärung Jobst Gesslers, aus Wut über seine Zudringlichkeit habe sie sein Korn verhext. Hanna glaubte, ihren Augen nicht zu trauen, als ein Dutzend Frauen und Männer eintrat und bezeugte, Opfer ihres verhexten Korns gewesen zu sein.

«Schadenzauber also», fasste Aufreiter zusammen. «Mit der Absicht ausgesprochen, Rothenburger gegen mich aufzuwiegeln.»

«Das möchte ich vom Müller selbst hören.»

«Decollabitur, Dr. Gebhardt», sagte der Richter. «Er wurde zwischenzeitlich als einer der wichtigsten Aufwiegler enthauptet. Womit wir übrigens zu den Beweisen kommen, die eine erhebliche Unterstützung an den Aufständen nahelegen. Unser geschätzter Vogt wird Hanna Völz jetzt dazu befragen.»

Heinrich Trüb nickte verdrossen. Er schlug eine Akte auf und begann, ohne Hanna anzuschauen, monoton zu sprechen: «Unser Stadtrichter bezeugt, dass Ihr dem Schmied Peter Wolff Kohle verkauft habt – zum Waffenschmieden.»

«Vom Waffenschmieden weiß ich doch nichts! Ich habe Peter Wolff Kohle verkauft. Wie mein Vater, Gott hab ihn selig, und mein Bruder es schon seit Jahren taten.»

Der Vogt nickte. «Ihr wollt nichts von Waffen gewusst

haben? Wo doch ein Stephan von Menzingen beim Schmied Peter Wolff aus und ein ging, wie Letzterer erst unter Folter gestand.»

«Vielleicht geahnt. Aber wem bringt der Köhler Kohle? Doch immer zuerst den Schmieden …»

Der Vogt winkte ab. «Wer's glaubt. Aber nun zum Zweiten: Was hattet Ihr während der Plünderung der Kobolzeller Kirche dort zu schaffen?»

«Ich habe gemeinsam mit Ritter von Detwang nach meiner Schwester Marie gesucht, werter Vogt. Dr. Aufreiter wird Euch bestätigen, dass dies die Wahrheit ist.»

«Die Wahrheit, Hanna Völz, ist: dass Jobst Gessler und der blinde Mönch, beide fanden ihr gerechtes Ende, Euch die Hand hingestreckt haben. So hat es der Kobolzeller Pfarrer beobachtet, und ich habe keinen Grund, daran zu zweifeln.»

Aufreiter suchte den Blick Ritter von Seckendorffs, aber auch Vogt Heinrich Trüb nickte.

Trotzig reckte Hanna das Kinn vor: «Ich habe nichts mit der Plünderung zu tun. Jobst Gessler hat sich bei mir für seine Verleumdung, ich hätte sein Korn verhext, entschuldigt. Damals habe ich ihm vergeben. Deswegen kam es zum Handschlag zwischen uns.»

«Wir werden Zeugen brauchen, die dies bestätigen.» Der Vogt schlug die Akte zu und schaute in die Runde. «War es das jetzt für heute?»

Richter von Seckendorff erhob sich. «Ihr sagt es, Vogt.» Darauf wandte er sich Hannas Anwalt zu und sagte in gleichmütigem Ton: «Diese Anhörung hat beeindruckend viele Argumente gebracht, Dr. Gebhardt. Ich werde sie zu bewerten wissen. Damit aber ist Hanna Völz noch nicht der Hexerei überführt. Eine abschließende Beurteilung kann erst erfolgen, nachdem sie auf Stigmata untersucht wurde.»

«Sicher, denn es steht ja bei Lukas und Matthäus geschrieben: Suchet, so werdet ihr finden.»

Dr. Gebhardts Stimme klang wie eingerostet. Seine Stirn war zerfurcht, seine Augen jedoch loderten. Hanna spürte, wie sehr er sich beherrschen musste, nicht ausfällig zu werden, gleichzeitig wurde ihr klar, dass sie alle Hoffnungen aufgeben musste. Dr. Gebhardt ist nur der Form wegen zugegen, dachte sie. Es ist längst alles entschieden. Ulrich und ich werden nie vor den Altar treten, ihm bleibt nur der Gang zu meiner Asche.

Die Stadtbüttel legten ihr bereits wieder die Fesseln an, als der Vogt sich räusperte und hinter ihrem Rücken freundlich sagte: «Dr. Gebhardt, wenn Ihr uns mit den Evangelisten kommt, darf ich Euch mit dem Propheten Amos antworten. Dieser sagt: *Suchet das Gute* und nicht das Böse, auf dass ihr lebet. Dann wird der Herr mit euch sein.»

Ohne aufzublicken, zwängte er sich an Hanna und den Stadtbütteln vorbei. Hanna war es, als netze ein klarer Tropfen Regenwasser ihre Seele.

«Vogt, bitte …»

Ihre Stimme war kaum mehr als ein Hauch, doch Heinrich Trüb hatte sie dennoch vernommen. «Dann wird der Herr mit euch sein», wiederholte er laut.

Mit euch … das heißt mit mir, überlegte Hanna. Tränen traten ihr in die Augen. Wenn es doch nur wahr würde …

62

Noch einmal sehe ich nicht zu. Und wenn ich darüber selbst zum Mörder werde.» Ulrich fegte mit ausgestrecktem Arm über den Tisch. Die Holzschale voller

Erd- und Himbeeren wackelte nur, der irdene Krug und die beiden Steingutbecher dagegen zerbarsten auf den Fliesen. Ein Rest Apfelmost ergoss sich über den Boden, fast gleichzeitig war das Summen einer Wespe im Raum zu hören. Agathe tat, als ginge sie diese wütende Geste ihres Bruders nichts an. Sie stand am Fenster ihrer Stube und schaute blicklos ins gleißende Mittagslicht. Sie fächelte sich Luft zu, denn nicht der Hauch eines Lüftchens wehte über der Stadt. Überall standen die Fenster offen. Und da in den Zellen und Kellern aufgeräumt, repariert und ausgebessert wurde, lag ein schwacher Geruch nach frischem Putz, Farbe und gehobeltem Holz über dem Klostergelände. «Sag endlich was!», raunzte Ulrich hinter ihr. «Und dein gebenedeites Priorinnen-Antlitz darfst du mir auch gerne wieder zuwenden!»

Agathe seufzte kopfschüttelnd, doch tat sie ihrem Bruder den Gefallen, sich umzudrehen. Stumm maßen sie sich mit Blicken und sahen dabei aus, als taxierten sie sich beide mit derselben verletzten Leidenschaft.

«Der Weibersturm wird von zwei Bütteln bewacht, Herzensbruder», brach Agathe schließlich ihr Schweigen und sagte leichthin: «So wie ich dich verstehe, willst du beide also kaltblütig niedermachen und dann die Tür zur Zelle aufbrechen.»

«In der Tat», antwortete Ulrich gereizt. «Hast du einen besseren Vorschlag?»

Agathe legte die Fingerspitzen beider Hände aneinander und sprach im selben Ton weiter. «Dein Herzensweib wird hier versteckt und dann nachts in einem Korb über unsere Klostermauer abgeseilt. Sehr erfindungsreich … Schade nur, dass Doktor ABC und Frau von Badell vor dir auf diese Idee kamen. Ich glaube daher, wir müssen Sorge haben, dass sich jetzt wirklich die Hälfte aller Rothenburger totlacht … nun ja, vielleicht doch nur ein Drittel.»

Agathe lächelte dünn, ihre Augen waren zu Schlitzen verzogen. Langsam trat sie auf ihren Bruder zu und beugte sich zu ihm hinab, indem sie sich an den Armlehnen seines Sessels abstützte. «Der Name unserer Familie würde, in metaphora gesprochen, ebenso mit Salz verflucht werden wie die Aufwieglerstätten dieses Schmieds oder des Tuchscherers Etschlich, Bruder. Dies aber werde ich nicht zulassen. Nicht wegen dieser Frau, dieser deiner lächerlichen Köhlerin mit ihren dämonischen Gesichten.»

Ulrich hielt ihrem Blick stand. Langsam nickte er. «Damals, nach dem Tod meiner Spielgefährtin Barbara, hast du mich wortreich zu trösten verstanden. Glaubst du, dass du es jetzt noch wagen dürftest, mir nur unter die Augen zu treten, wenn …»

«Wenn?»

Agathe war wieder ans Fenster getreten. Sie schaute kurz hinaus, dann wandte sie sich überraschend heftig zu Ulrich um und sagte: «Ich war froh, dass Gott entschieden hatte, sie so früh zu sich zu rufen. Denn sie drohte, dich mir wegzunehmen. Genau wie es jetzt diese Hanna tut.»

«Und eine Frederike – verflucht sei ihr Name und ihre Familie – nicht?»

«Nein. Weil sie nicht zu dir gepasst hätte. Nach wenigen Monaten hättest du dich bei mir ausgeweint, sie wäre gegangen.»

Ulrich rang um Fassung. Noch nie hatte er seine Schwester so kalt erlebt, noch nie aber auch so aufrichtig. «Warum, Agathe, warum bist du so?»

«Weil ich dich liebe, Ulrich.» Sie machte eine lange Pause und schaute ihren Bruder bedeutungsvoll an. Dann senkte sie ihre Stimme und wiederholte mit Tränen in den Augen: «Weil ich dich liebe.»

Sie zog ein Taschentuch und schnäuzte sich. Als Ulrich ihren Blick auffing, begriff er, dass sie die Wahrheit sagte.

Deswegen ist sie ins Kloster gegangen, dachte er erschüttert. Um dieses Gefühl zu sühnen.

Agathe trat zur Tür, legte die Hand auf die Klinke. «Ich werde mich gegen Stigmata aussprechen, Ulrich, sollten bei ihr welche gefunden werden. Ich werde ihr ein frommes Leumundszeugnis ausstellen. Mehr aber kann ich nicht für euch tun.»

Sie trat auf den Flur. Ulrich hörte, wie ihre Schritte immer schneller wurden. Kurz darauf hörte er die Klosterglocke läuten. Ulrich legte die Hände aneinander und betete. Bernward wird mir helfen, dachte er. Und wenn ich die halbe Stadt bestechen muss und uns deswegen ruiniere.

Als er aus dem Haupthaus trat, begegnete er Schwester Mathilde. Er grüßte und fragte nach dem Befinden. Mathilde aber lächelte nur, streckte ihre gichtknotige Hand aus und streichelte Ulrich mütterlich über die Wange.

«Ihr wart heftig zu unserer Priorin, nicht wahr?»

«Ich wollte, es wäre anders gewesen.»

Mathilde nickte. «Eure Hanna habe ich hier einmal gezüchtigt, Ritter. Ich wollte sie damit abhalten, ins Spital zu laufen. Sie bildete sich ein, die Opfer Eures durchgegangenen Hengstes pflegen zu müssen. Aber hätte man Hanna dort nicht sofort festgehalten und dem Stadtrichter überstellt?»

«Das sehe ich genauso, Schwester.»

«Ja. Nun aber hat Gott dafür gesorgt, dass sie trotzdem vor den Aufreiter gekommen ist.»

«Leider.»

«Ich habe mich eingemischt, und doch: Der Mensch denkt, und Gott lenkt.»

«Wenn Ihr es so sehen wollt ...»

«Zählt auf mich. Mein Wort hat Gewicht bei Ritter von

Seckendorff. Ich werde Hanna entlasten. Denn sie ist gut.»

«Danke, Schwester.»

Ulrich spürte, wie sich ein Kloß in seinem Hals bildete. Schnell verabschiedete er sich. Als er vor die Klosterpforte trat, wurde er sofort von einer Schar Bettler umringt. Er gab ihnen, was er an Geld bei sich hatte, dann machte er sich auf den Weg, um Bernward für seinen Plan zu gewinnen.

Zur selben Zeit bogen Babur, Lienhart und Marie von der Rosengasse ins Gebäudegeviert der Hofstatt. Die Hitze war so groß, dass selbst Babur keine Lust hatte, Lienhart den Stock zurückzubringen, den dieser gerade vorausgeworfen hatte. Hechelnd trottete er neben Marie her und schaute sie dann und wann an, als wollte er sagen: Warum gehen wir nicht endlich in den Schatten?

Lienhart hob den Stock auf und schwenkte ihn erneut vor Baburs Nase, dieser aber flüchtete sich in den Schlagschatten eines Hauses und presste sich in voller Länge auf den Boden.

«Dann eben nicht. Ich hab auch Durst.»

«Überall sind die Fenster offen, aber hören tut man nichts.» Marie hockte sich neben Babur und kraulte ihm die Stirn. «Sag mal ehrlich, glaubst du wirklich, sie lässt uns zu ihr?»

«Bestimmt. Niemand wird ihr einen Strick daraus drehen. Nicht mal Aufreiter.»

«Wenn du es sagst …»

Marie erhob sich, da trat vor ihnen die Eisenmeisterin aus einem der Häuser: «Was macht ihr denn hier?»

«Ich möchte so gerne meine Schwester besuchen», bettelte Marie.

«So? Na, dann kommt schnell.» Beate eilte vor zum Weibersturm. Ein gezäumtes Pferd schnaubte vor der Tränke, die Tortür stand offen. Babur begann leise zu knurren, doch von den Stadtbütteln, die Hanna bewachen sollten, war nichts zu sehen. «Wartet.» Beate eilte die Stufen hoch, kurz darauf hörte Hanna, wie die Eisenmeisterin ihren Namen rief.

«Siehst du», rief Lienhart.

«Ja. Los, komm, Babur auch!»

Sie rannten die Stufen hoch – und prallten erschrocken zurück, als sie Jacob Aufreiter vor der offenen Zellentür stehen sahen. «Nur keine Angst. Ich beiße nicht. Euer Hund aber ...» Aufreiter schien Babur mit seinen Blicken durchbohren zu wollen. Babur knurrte furchterregend und fletschte die Zähne. Sein Nackenhaar sträubte sich. Nur unter Aufbietung aller Kräfte gelang es Lienhart, ihn festzuhalten. Mit dem vollen Gewicht seines Körpers krallte er sich in das Halsband, sonst hätte Babur sich auf den Stadtrichter gestürzt. «Zur Hölle mit eurem Viech», schimpfte Aufreiter und trat zur Seite, damit Marie und Lienhart Babur in die Zelle zerren konnten.

Schnell schlug Beate hinter ihnen die Tür zu, Babur sprang an der Innenseite hoch und bellte wütend.

Aufreiter schüttelte den Kopf und musterte die Eisenmeisterin finster. Doch plötzlich erhellte sich sein Gesicht: «Eine Stunde dürfen sie bleiben. Ich bin ja kein Unmensch. Kaum zu glauben, dass die Hexe Völz eine so niedliche Schwester hat. Wir können nur hoffen, dass sie deren teuflischen Einflüsterungen noch nicht erlegen ist.»

«Bestimmt nicht, Herr.» Beate wagte nicht aufzusehen.

«Mistviech.»

Aufreiter stapfte die Stufen herunter, Beate sah ihm nach. Noch immer klopfte ihr das Herz, denn sie hatte gewagt, das Gespräch zwischen Aufreiter und Hanna zu belauschen. Hanna hatte geschluchzt ... hatte sie nicht sogar von einem Muttermal gesprochen? Einen Moment lang herrschte absolute Stille. Dann schwang in Aufreiters heiserer Stimme Begeisterung mit … dafür verspreche ich dir das Schwert, Hanna Völz … nur das Schwert.

Beate ging nach unten und kam mit einem Napf voller Wasser wieder zurück. Jetzt war es still, Babur schien sich beruhigt zu haben. Hanna hockte mit geschlossenen Augen im Schneidersitz. Sie lächelte, im einen Arm hielt sie Marie, im anderen Lienhart. Babur lag vor ihnen, als wolle er alle drei beschützen. Leise begann er zu fiepen, als die Eisenmeisterin ihm den Wassernapf vor die Schnauze stellte.

Aufreiter dagegen war kaum in der Lage, sein Pferd zu besteigen. Eine unsichtbare Kraft schien ihm die Glieder zu lähmen und die Luft zu nehmen. Ihm war, als würde er träumen, doch er wusste genau, dass dem nicht so war. Gleichwohl streckte er, als er im Sattel saß, behutsam die Hand aus. Es sah aus, als wolle er jemand Unsichtbares berühren, noch erstaunlicher aber war das Lächeln, das sich auf seinem Gesicht ausbreitete.

Und wer genau hingeschaut hätte, hätte sogar bemerkt, dass seine Lippen bebten.

«Ihr Mund … Es ist dein Mund.»

Für einen Moment fiel alle Anspannung von ihm ab. Ihm war, als würde er von etwas angehaucht, und plötzlich spürte er jene Sehnsucht, die er für immer glaubte in seiner Seele begraben zu haben.

Ruhig, sie war so aufreizend ruhig.

Jacob Aufreiter schloss die Augen.

Der warme Hauch ihres Atems streifte seine Stirn, seine Nase.

«Einmal nur», hörte er sich heiser flüstern, «einmal.»

Der Wind ließ Apfelbaumblüten regnen.

«Du bist mir ja ein Schelm.»

Ihre Augen wurden groß, dann begann sie zu lachen.

Kichernd küsste sie ihn, küsste ihm das weißrote Blütenblatt von den Lippen, das gerade aus der Krone des Baumes gefallen war.

Es war mein erster Kuss, dachte Aufreiter. Mein erster richtiger Kuss. Endlich durfte ich vergessen: Vater, Mutter, Bruder. Und das Gefühl, immer und immer wieder nur der Zweitgeborene zu sein.

Sein Pferd trottete im Schritt durch Rothenburgs Gassen. Noch immer hielt er die Augen geschlossen.

«Nochmal?», hauchte sie keck.

«Ja.»

Forschend wanderten ihre Lippen über seinen Mund, lockten und zogen sich wieder zurück. Er spürte, wie er vor Erregung erschauerte, erinnerte sich, dass er sie am liebsten an sich gerissen hätte.

Seine Hände ließen die Zügel los, ihm war, als berührten sie jetzt ihre Hüften.

Doch dann erstarrte sein Gesicht.

«Nun ist aber genug!»

Gras raschelte, Zweige knackten.

Und noch bevor er das Bild seines Bruders vor Augen hatte, spürte er, wie seine Hände ins Leere griffen. Denn sie hatte ihn von sich geschoben.

Dafür hörte er ihr Lachen: «Ich hab es geahnt, hab es doch gleich geahnt.»

Sie schlug sich die Hand vor den Mund, während er wieder den Arm seines Bruders fühlte, der sich gönnerhaft um seine Schultern legte.

Und plötzlich waren sie wieder da … Sätze wie Keulenschläge: «Aufreiter-Brüderchen, Hedwig ist meine Braut. Hörst du, meine Braut! So ist es abgemacht. Vater will es so. Sie küsst gut, nicht wahr? Und nun ärgere dich nicht: Auch du gehst schließlich nicht leer aus.»

Wie schalkhaft seine Augen blitzten.

Wie verlogen er lächelte, als er ihm Josepha, Hedwigs taubstumme Schwester, in die Arme schob.

Ihr dummes, naives Lächeln.

Jacob Aufreiter riss die Augen auf. Er war unfähig, sich zu rühren. Doch die Realität von Rothenburgs Marktplatz kam nicht gegen die Erinnerungen an, half nicht gegen die Bilder, in denen sein Zwillingsbruder Hedwig an die Hand nahm und laut auflachend mit ihr über die große blühende Apfelwiese davonrannte.

63

Als Ursula, Magdalena und Imke, die Frau des Neusitzer Hufschmieds, das Detwanger Gutsgelände betraten, stand der herrschaftliche offene Kutschenwagen bereits abfahrbereit im Hof. Dahinter legte ein Bursche einen großen Heuwagen mit Decken aus, während eine Magd an beide Wägen Sommerblumensträuße band.

«Gut so», flüsterte Magdalena. «Blumen sind wie Unschuld.»

Wie Ursula winkte sie Ulrich zu, der neben dem Detwanger Pfarrer und Dr. Gebhardt stand, die gerade beide in einen Brezelkorb langten, den ihnen eine Küchenhilfe hinhielt. Etwas abseits unterhielten sich Ulrichs Köchin und einer der Gärtnerburschen, beide scherzten, als sie sich eine Brezel griffen.

«Holla, da kommen ja drei Feen im Sonntagsstaat», begrüßte Ulrich die drei Frauen launig. Seine Miene aber war grau, und er sah übernächtigt aus. «Wo habt ihr die Prinzessin gelassen?»

«Ihr meint Marie?», fragte Ursula.

«Ja. Wir haben alle darauf gewartet, Baburs Gebell zu hören.» Ulrich half seiner Mutter, in den Wagen einzusteigen, winkte dann dem Pfarrer und Anwalt Dr. Gebhardt. Während sie sich setzten, trabte ein Reiter vor die Hofeinfahrt und schaute unschlüssig in Richtung Wagen. «Wer ist das?»

«Ich weiß es nicht», sagte seine Mutter.

Ulrich winkte, und der Reiter kam näher. «Guten Morgen.»

Da tippte sich Ulrich gegen die Stirn: «Die Überraschung ist Euch gelungen, Bader. Seid mir willkommen. Wollt Ihr auch für Hanna gut Zeugnis ablegen?»

«Das will ich. Immerhin versteh ich was von Blut und Tränen. Und dass Hanna geweint hat, als ich sie zur Ader ließ, das kann ich allemal bezeugen. Richtige Hexen können nicht weinen. Das weiß jedes Kind.»

Ulrich nickte zustimmend. Dann schaute er besorgt um sich. «Was ist denn nun mit Marie?»

«War sie nicht über Nacht im Kloster oder hier bei Euch in Detwang?», fragte Ursula.

«Nein», erwiderte Ulrich. «Ich traf sie gestern am späten Nachmittag mit Lienhart und dem Hund. Sie hatte Hanna besuchen dürfen. Anschließend wollte sie mit Babur zu Lienharts Eltern. Danach wollte sie nach Hause gehen.»

«Da werden Lienharts Eltern sie wohl beredet haben, mal wieder die Nacht bei ihnen zu verbringen», vermutete Magdalena. «Bestimmt will sie das Stadtleben in der Rosengasse genießen: spielen, lachen und überall mal was naschen. Am Wachsenberg gibt es doch nur Kohle, Wald und Langeweile.»

Katharina von Detwang schüttelte fahrig den Kopf. «Nein, so ist es nicht. Das weiß ich. Ulrich, du musst sie finden. Wo ist sie?»

«Mutter, du kennst sie doch. Sie ist ein Wildfang.» Ulrich klang gereizt. Da schlug es halb. Hilflos hob er die Schultern und bestieg den Kutschenwagen. Erst als dieser losrollte, nahmen alle anderen im Heuwagen Platz. Der Bader trottete auf seinem Pferd hinterher, auch er stärkte sich mit einer Brezel.

Flötenspiel und Tamburinscheppern schallten über den Rathausplatz. «Sie kommen!», überschlug sich eine Kinderstimme, und im nächsten Moment schon waren die Detwanger Wagen von Bettlern und hungrigen Kindern umringt. Sie rissen sich die geflickten Mützen vom Kopf und hielten die Hand auf, jeder überschrie den anderen, und natürlich behaupteten alle, für Hanna gebetet zu haben.

Katharina und Ulrich warfen Münzen, Ursula und Magdalena verteilten die restlichen Brezeln. Aus der Hafengasse trabte Bernward heran, hinter dem Rathaus bog der Kutschenwagen mit Agathe und Schwester Mathilde um die Ecke. Zwei Büttel rannten vor der Rathaustreppe vor und zurück, um Platz zu schaffen, aber der Andrang war zu groß: Viel zu viele Menschen waren gekommen, um diejenigen zu sehen, die neben dem verliebten und vielleicht verhexten Ritter und seiner Mutter noch für die Köhlerin Völz sprechen wollten. Pfiffe gellten, selbst ein Spottvers über die Deutschherren machte wieder die Runde. Es gab aber auch Applaus, und ein Chor von Frauenstimmen skandierte: Sie ist Köhlerin, sie bleibt Köhlerin, nur Köhlerin, Köhlerin.

Dass sie auch Seherin war, scheinen sie vergessen zu haben, wunderte Ulrich sich. Er stand im Kutschenwagen auf und schaute über die Köpfe. Wie viele hier wären für sie? Und wie viele gegen sie?, fragte er sich und suchte den Blick von Dr. Gebhardt. Dieser schien dasselbe zu überlegen und wiegte den Kopf.

«Ich werde darauf drängen, alles öffentlich zu machen», zischte er und rieb sich die Hände. Und als er ausgestiegen war, fuhr er fort: «Wir müssen das Volk hinter uns bringen. Vox populi. Auf also, streuen wir Geld.» Er griff in seine Tasche und warf ein paar Münzen in die Menge. «Muss ich euch alle mit Geld bestechen, damit ihr eine Köhlerin nicht vorverurteilt?», rief er pathetisch. «Sie ist doch euer Stand! Herrgott, steht ihr bei! Zeigt wenigstens ihr Erbarmen. Ist nicht schon genug Blut geflossen?»

Sofort erscholl neues Geschrei. Dies aber galt vor allem dem heranrollenden Schandkarren. Nur mühsam gelang es den Bütteln mit Hilfe Bernwards und des Baders, die Menschen zurückzudrängen.

«Sie ist unschuldig», erhob sich eine Frauenstimme. «Schaut sie doch an! Sie ist Seherin.»

«Nein, eine Hexe!»

«Von wegen. Eine Deutschherrnhure.»

Hanna hörte Gelächter, dann stutzte sie. Woher kam das Jaulen? Sie wurde die Stufen hochgeführt. Auf der Treppe reckte sie den Kopf, das Herz schlug ihr bis zum Hals. Das ist doch Babur.

Jetzt hatten es auch andere gehört, da erscholl von der Schmiedgasse her ein Aufstöhnen.

«Babur!» Entsetzt schlug Hanna sich die Hand vor den Mund. Es war Babur … aber wie er aussah! Es war einfach nur grauenhaft. Sein Brustfell war rot verklebt, und in seinen Fängen hing ein blutiges Stück Stoff. Hanna packte ein unsägliches Grauen, denn sie kannte das Muster des Stoffs. Noch weigerte sie sich, es richtig zu begreifen, aber das Schicksal kannte kein Erbarmen: Was Babur da zwischen den Lefzen hing, war ein Stück von Maries Kittel!

Sie sah, wie der Hund mit leuchtenden Augen die Stufen hochfegte. Hanna schrie auf, riss die Arme hoch, die Büttel wichen zur Seite.

Himmel, er will mich beißen!

Doch Babur bremste seinen Lauf hart vor ihr ab und legte ihr winselnd das Stück Stoff zu Füßen. Hanna wagte nicht, es zu berühren. Stattdessen zupfte sie zwei wollige Kletten aus Baburs Fell und zerrieb die violetten körbchenförmigen Blütenstände zwischen den Fingern. Plötzlich aber hielt sie mitten in der Bewegung inne und erstarrte.

Nein, du doch nicht, Babur, doch nicht du!

Tollwütig, er ist tollwütig, durchfuhr es sie. Aber war er nicht schon immer wild gewesen?

Da sprang Babur die Stufen mit zwei Sätzen wieder hinunter. Er drehte sich zu Hanna um, die jetzt den blutigen Fetzen aufhob. Sein Bellen schnappte über. Geifer troff von seinen Lefzen.

«Marie! Er hat sie zerrissen! Er ist eine Bestie!»

Katharina von Detwang schwankte. Sie hatte die Fäuste geballt, ihre Augen traten hervor. Babur indes bellte wie toll und wollte noch einmal die Stufen hochhetzen, doch da hatte einer der Büttel seinen Knüppel gezogen. Babur knurrte, wich zurück, bellte noch einmal – darauf schlug er einen Haken und verschwand mitten durch die Menge.

Nein, das ist alles nicht wahr. Ich habe nur einen Albtraum. Doch schon schossen Hanna die Tränen in die Augen. Wo war Marie? Warum war sie nicht bei Ulrich? Oder auf dem Heuwagen? Bei Agathe und Schwester Mathilde?

«Sag mir doch einer was!», stieß sie verzweifelt aus und zitterte vor Angst. «Bitte, was hat das alles zu bedeuten? Wo ist sie? Marie, meine liebe kleine Schwester!»

«Halt den Mund.» Die Büttel hakten sie unter und zogen sie mit sich. Hanna aber hielt noch immer den blutigen Tuchfetzen in den Händen.

Es gab kein Halten mehr. Die Büttel waren machtlos gegen den Menschenstrom, der das Rathaus stürmte. Binnen weniger Minuten war auf dem Flur vor dem Anhörungsraum kein Durchkommen mehr. Es war ein Poltern und Schnauben, Rufen, Japsen, Kichern, Scharren. Die Luft war zum Schneiden, es stank nach Schweiß und faulen Zähnen, aber niemand störte es. Erwartungsfroh reckten diejenigen, die vor der offenen Tür standen, die Hälse.

Hanna war von vier Bütteln umringt, dicht neben ihnen drängten sich all diejenigen, die für sie sprechen wollten. Sie schaute zu Dr. Gebhardt, der ein verkniffenes Gesicht machte, sah, wie Ulrich seine Mutter an den Schultern umfasst hielt und an sich drückte.

Schon ging die Nebentür auf, und der Gerichtsschreiber, Vogt Trüb und Aufreiter erschienen. Als Letzter kam Ritter von Seckendorff.

«Richter, was hat das zu bedeuten?» Die Stimme eines Einzelnen.

Aufreiter, der über Nacht um Jahre gealtert zu sein schien, schaute zu Ritter von Seckendorff, dieser nickte.

«Eine Entlastungsanhörung sollte dies werden!», rief er laut und zeigte mit großer Geste auf Hanna. «Aber was bleibt mir übrig? Euch allen zu sagen, dass Hanna Völz mit zermalmender Hexenkraft den Lieblingsspielgefährten der kleinen Marie in eine Bestie verwandelt hat. Und warum?» Aufreiter holte Atem, um Hanna anzuherrschen: «Weil das Blut deiner Schwester, das jetzt an deinen Händen klebt, Hexe Völz, dich gegen die Schmerzen des Feuers feien soll.»

«Das ist nicht wahr! Ihr lügt», rief Hanna. «Ihr habt ihr Böses angetan, nicht ich!» Verzweifelt versuchte sie, den Ring der Büttel zu durchbrechen. Doch wie beim letzten Mal hielten diese auch jetzt brutal ihre Oberarme umklammert.

«Wahr ist, dass du eine Hexe bist! Und so haben wir beschlossen, dass der Henker uns jetzt bestätigt, was ich längst weiß, weil du es mir bereits gestanden hast!» Das übernächtigt aussehende Gesicht des Stadtrichters verzerrte sich vor Abscheu. Die Haut schien blutleer, wirkte fahl wie die eines Toten, und die schwarzen Augen lagen tief in ihren rotumränderten Höhlen. Er wandte sich um und rief: «Meister Schwarz, tut, wie Euch aufgetragen ist.»

Die Nebentür schwang auf, und der Henker trat in den Raum. Das Aufstöhnen war noch bis auf den Rathausplatz zu hören.

«Er ist ein Lügner! Ich bin keine Hexe. Jeder hat doch Male!», rief Hanna verzweifelt. Sie trat um sich und ließ sich fallen. Doch wurde sie so brutal hochgerissen, dass Ulrich und Bernward sich nicht mehr beherrschen konnten und sich fluchend auf die Büttel stürzten.

Pfiffe gellten, vom Flur drängten neue Menschen in den Raum. Der Vogt und Dr. Gebhardt rissen Bernward und Ulrich zurück. Sie raunzten die Büttel an, sanfter mit Hanna umzugehen. Für einen kurzen Moment war sie jetzt frei – und zögerte keine Sekunde.

Mit dem Mut der Verzweiflung sprang sie vor Ritter von Seckendorff auf den Tisch und griff in ihr Kittelkleid. «Schaut doch selbst! Es ist nichts als ein Muttermal! Er aber will es zum Hexenmal machen.»

Der losbrechende Lärm und die schrillen Entsetzensrufe der Frauen ließen sie schwindeln. Kaum begriff sie, dass sie ihr Kleid bis zum Rumpfansatz raffte und ein Bein abspreizte. Auf einmal hatte sie ein dumpfes Dröhnen in den Ohren und glaubte, der Tisch bewege sich unter ihren Füßen. Sie spürte, wie sie das Gleichgewicht verlor, und begann, mit einem Arm in der Luft zu rudern. Das Dröhnen nahm zu, plötzlich war ihr, als erhielte sie einen

Stoß gegen die Brust, gleichzeitig wurde ihr schwarz vor Augen.

Es ist egal. Was macht es denn schon …

Noch spürte sie ihre Scham in der hohlen Hand.

Jetzt müssen sie den Fleck sehen … die beiden Ringe … Ulrich hat sie geküsst. Es ist doch nur ein Muttermal.

Lächelnd kippte Hanna nach hinten. Die Stimmen schlugen wie eine Woge über ihr zusammen, ließen sie untertauchen, verhallten in einem vielstimmigen Echo.

Nimm mich auf, Herr, dachte sie und fühlte sich leicht wie noch nie in ihrem Leben. Nichts konnte sie jetzt mehr aufhalten in diesem herrlichen Fall, diesem köstlichen Flug in die Tiefe … nichts, niemand …

«Herrgott, wo ist sie dann?» Ulrich schaute ohnmächtig zum Himmel auf, dann fixierte er wieder Lienhart. Am liebsten hätte er die Antwort aus Maries Freund herausgeschüttelt, aber warum eigentlich sollte er an der Lauterkeit des Jungen zweifeln? Eingeschüchtert sah dieser zu Boden und rang um Fassung. «Also nochmal», fasste Ulrich Lienharts Bericht zusammen. Sein Ton war jetzt wieder freundlich, zuvor hatte er Lienhart und seine Eltern in rüdem Ton bezichtigt, sie hätten nicht auf Marie aufgepasst. «Sie hat sich gestern Abend am Rödertor von dir und Babur verabschiedet, weil sie am Grab ihres Vaters für Hanna beten wollte.»

«Ja. Sie hat gesagt: Wir sehen uns morgen, also heute. Aber sie kam nicht.»

«Und Babur auch nicht.»

«Eben, das ist es ja. Und das ist schon seltsam. Denn wenn Marie und Babur vom Wachsenberg in die Stadt kommen, also dann, wenn sie ins Kloster geht, dann kommt Babur immer zu mir. Aber heute habe ich ihn noch nicht gesehen.»

Ulrich seufzte auf, wuschelte Lienhart durchs Haar. Seine Eltern, die ihren Sprössling zwischen sich auf der Bank hatten, rangen sich ein Lächeln ab. Offenbar war der Herr Ritter ihnen wieder gut. Denn als er vorhin mit seinem Hengst hier vorgeprescht war, hatte er noch ausgesehen, als wolle er alles kurz und klein hauen.

Ein frühabendlich dunkelblauer Himmel beschirmte die Stadt, es roch nach Wein und Apfelmost, noch mehr aber nach gebratenem Fleisch und geröstetem Brot. Im Rosengassen-Viertel am Würzburger Tor standen, wie schon die Abende zuvor, Tische und Bänke vor dem Haus. Es wurde gegessen, getrunken, gewürfelt, gelacht – mit aller Macht wollte man die zurückliegenden grauenerregenden Wochen vergessen.

Ulrich hatte keinen Sinn für diese Idylle. Die Scham darüber, dass Hanna sich vor aller Augen gleichsam entblößt hatte, nagte noch an seinem Stolz, Agathe hatte ihm deswegen vor der Rückfahrt ins Kloster bittere Vorwürfe gemacht. «Unser Ruf ist geschändet! Himmel, was hat sie sich bloß dabei gedacht! Wie kannst du sie jetzt immer noch wollen. Ist es da ein Wunder, dass alle glauben, sie habe dich verhext?»

Agathes Worte waren wie Gift. Ständig kreisten sie ihm im Kopf, und wenn er sie einmal für einen Moment vergaß, schoben sich die anderen Bilder umso mächtiger vor sein inneres Auge: Wie der Vogt Hanna auffing und die Ohnmächtige in den Nebenraum trug, das Gesicht des Henkers, der die Male kurz darauf bestätigte, die triumphierende Miene Aufreiters und die Faustschläge Ritter von Seckendorffs auf den Richtertisch. Wegen des Tumults auf dem Flur hatte er die Anhörung auf den nächsten Tag verschoben, Hanna verbrachte die Nacht jetzt in der Areststube des Rathauses.

«Ritter Ulrich?»

«Ja, Lienhart?»

«Darf ich, wenn Ihr Marie sucht, dabei sein?»

«Ich weiß ja gar nicht, wo ich beginnen soll.»

«Dann müssen wir auf Babur warten.»

Lienhart hatte sich wieder gefangen, er klang zuversichtlich. Seine Mutter küsste ihn auf die Wange, Lienhart verzog das Gesicht. Ulrich nickte nachdenklich. Ein schmerzliches Lächeln umspielte seinen Mund, für einen Augenblick hatte er an Hanna gedacht. Die kommende Nacht hatte er vorgehabt, sie aus dem Weibersturm zu befreien, jetzt hatte sie selbst seine Pläne vereitelt. Er war so wütend gewesen, dass er sich aufs Pferd geschwungen hatte und den ganzen Nachmittag ziellos in der Gegend umhergeritten war – nicht zuletzt in der Hoffnung, irgendwo Marie zu finden.

Und jetzt?

«Wenn Babur hier aufkreuzt, komme sofort mit ihm nach Detwang, hast du verstanden?»

«Verlasst Euch auf mich. Schließlich ist sie meine Marie.»

Als Ulrich in Detwang eintraf, zeigte sich bereits der erste Stern. Es war noch immer warm. Ein leichter Abendwind rauschte in den Bäumen, Fledermäuse jagten pfeilschnell über den Hof. Mit Genugtuung stellte er fest, dass der Kutschenwagen vor dem Haus den Dominikanerinnen gehörte. Ob sich Agathe bei ihm entschuldigen wollte?

«Ritter, Euer Haus ist voll!» Der Pferdeknecht eilte mit einer Laterne herbei, in der anderen Hand hielt er eine Flasche Wein.

«Was sind das jetzt für Sitten?», fragte Ulrich unwirsch. «Wer hat das erlaubt?»

«Der Hegemeister, Ritter.»

«Ach, und wer ist hier der Herr?»

«Ihr.»

Ulrich stutzte. Sein Pferdeknecht klang alles andere als schuldbewusst, im Gegenteil: Er schien sich zu freuen.

«Nun sag schon …»

«Nein, und wenn Ihr mich prügelt.»

Provozierend setzte er die Flasche an und trank sie aus. Dabei musterte er seinen Herrn und hielt ihm die Laterne hin. Ulrich ergriff sie, dann stapfte er kopfschüttelnd ins Haus. Es heißt ja, man soll den Tag nicht vor dem Abend loben, dachte er, aber gilt dies auch umgekehrt? Man soll den Tag nicht vor dem Abend verdammen?

Er trat in den Rittersaal. Im Kamin brannte ein Feuer, um den Tisch herum saßen all diejenigen, die Hanna entlasten wollten. Bis auf Katharina und Agathe hatten alle vom Wein gerötete Gesichter.

Ulrich fing den Blick seiner Mutter auf, er schüttelte den Kopf. Katharina nickte, doch schien sie kaum anderes erwartet zu haben. «Wie schön, dass du endlich kommst. Wir warten seit Stunden.»

«Wenn mir jetzt nicht gleich einer von euch erzählt …»

Bernward erhob sich von seinem Stuhl. Er strahlte übers ganze Gesicht, während er gemessenen Schritts auf Ulrich zuging: «Alles kommt einmal ans Licht, Ulrich. Keine Sünde bleibt unentdeckt. So höre also: Hanna Völz heißt in Wahrheit Hanna Burmeister. Sie ist meine Tochter.» Er wartete ein Weilchen, doch Ulrich brachte keinen Ton über die Lippen. Bernward schob ihm einen Stuhl hin, und während Ulrich sich setzte, fuhr er fort: «Hannas Flecken, ihre Male haben es ans Licht gebracht. Ich habe die gleichen an genau derselben Stelle.»

«Das ist wahr, bei Gott», flüsterte Ursula.

Magdalena begann zu kichern, Agathe kniff empört die Lippen zusammen.

«Und deswegen heißt Hanna jetzt Burmeister. Sehr

überzeugend.» Ulrich hob den Kopf. Was denkt er sich?, fragte er sich. Ist er von Sinnen? Sind hier alle toll? Er spürte, wie die Wut in ihm emporkroch. Es fehlte nicht viel, und er hätte losgeschrien, man solle ihn gefälligst allein lassen.

«Ihr glaubt ihm nicht, Ritter von Detwang?» Schwester Mathilde hatte das Wort ergriffen. «Das könnt Ihr aber. Weil ich es nämlich bezeugen kann.» Es wurde still, bis auf das Knistern des Scheits im Kamin. Ulrichs Wut flaute ab. Neugierig sah er die alte Dominikanerin an. «Einst, als ich noch Pfortenschwester war, klopfte eine Köhlerin bei uns an. Sie war im Spital von Zwillingen entbunden worden, Mädchen. Sie war zerknirscht, wollte sich aussprechen. Ich wollte sie fortschicken, aber sie bestand darauf, dass ich sie anhöre. Nun, ich gab nach. Ich erfuhr, dass die Kinder nicht von ihrem Mann wären, die Male, die sie trügen, verrieten es. Sie beichtete alles: ihren Fehltritt im Wald mit einem Hegereiter, den sie am Karrachgraben traf. Er kühlte einen Wespenstich, man kam ins Gespräch, fühlte sich währenddessen zueinander hingezogen. Was soll schon geschehen, dachte die Köhlerin, ich bin verheiratet, mein Mann wird nichts merken … so müde, wie er immer von der Köhlerei ist.»

«Ich sah diese Frau nie wieder», spann Bernward den Faden weiter. «Ich vergaß sie und bildete mir mit den Jahren ein, ich hätte alles nur geträumt. Dann begegnete ich Hanna auf dem Kobolzeller Steig. Und es war, als würde eine Stimme zu mir sagen: Pass auf sie auf. Ist es nicht seltsam? Es heißt, Muttermale entstünden, wenn eine Frau während ihrer Schwangerschaft unbefriedigte Gelüste habe.»

«Jaja, das erfinden immer Männer», fuhr Schwester Mathilde dazwischen. «Aber nun hört auch noch den Rest, Ritter Ulrich. Ich sprach ja von Zwillingen. Kurzum, mit einem Mädchen kehrte die Köhlerin zu ihrem Mann zurück. Das ist Eure Hanna. Das andere ...»

«... war Barbara. Jetzt verstehe ich.» Ulrich konnte nur flüstern. «Meine erste Liebe, die in Steinbach bei Jacob Aufreiters Schwiegereltern aufwuchs. Aber sie ertrank in der Tauber.» Er schwieg und begann am ganzen Körper zu beben. Aufstöhnend schlug er sich die geballten Fäuste gegen die Stirn. «Ist es denn wahr? Kann es das geben? Dass ich mit Hanna die Frau wiedergeschenkt bekommen habe, die ich einst als Mädchen so liebte?» Er hatte Tränen in den Augen, schüttelte immer wieder den Kopf.

Bernward reichte ihm ein Glas Wein, das Ulrich in einem Zug leertrank. Darauf erhob er sich und umarmte Bernward. Eine ganze Weile standen die Männer so da und sahen sich an. Dann aber brach Ursula die Stille, indem sie fragte: «Und was hat Hanna jetzt davon?»

«Erst einmal ist sie jetzt die Tochter eines Rothenburger Bürgers», warf Bernward ein.

«Was so oder so gut ist.» Agathe erhob sich, Ulrich warf ihr einen misstrauischen Blick zu. «Nein, was besser ist. Schließlich ist es kein Geheimnis, wie ich über die Verbindung eines Ritters mit einer Köhlerin denke. Aber hat sich einer von euch jemals gefragt, was einem Jacob Aufreiter durch den Kopf gegangen sein mag, als er Hanna, dem Geist Barbaras, wiederbegegnete? Warum eigentlich möchte er Hanna bis in den Tod bannen? Denn der Vorwurf der Hexerei ist doch nur ein Vorwand. Was hat ihm einst jene Barbara, ein Kind, angetan? Ich kann es euch sagen – und damit erhärtet sich ein schrecklicher Verdacht.» Sie ging vor dem Kamin auf und ab und tat, als müsse sie sich sammeln und erst die richtigen Worte suchen. Schließlich fuhr sie fort: «Ich bin fünf Jahre älter als mein Bruder und mochte Barbara nicht sonderlich ... vielleicht, weil ich auf ihre Schönheit eifersüchtig war.» Sie blieb stehen und schaute ihren Bruder an. «Es war die Zeit, Ulrich, als Vater dich zur Ritterausbildung nach Mergentheim schickte. Barbara hielt sich viel an eurem Lieblingsplatz auf der steilen Lichtung auf. Eines Tages traf ich sie dann in Steinbach. Ich war zu Besuch, weil ich Hedwigs Eltern überreden wollte, sie auch ins Kloster zu schicken, doch da hieß es: Sie wolle sich mit dem älteren der beiden Aufreiter-Zwillinge verloben. Kurz bevor ich wieder nach Rothenburg aufbrach, wollte Barbara unter vier Augen mit mir sprechen. Was sie erzählte, klang zu ungeheuerlich, als dass ich ihr Glauben schenkte: Sie sei unfreiwillig Zeuge geworden, wie Jacob Aufreiter seinem Zwillingsbruder hinterrücks einen Prügel ins Kreuz geworfen habe, worauf dieser vom Pferd gestürzt sei. Du wirst dich erinnern, Ulrich, dass ich dir schrieb, Aufreiters Zwillingsbruder sei wenige Tage später in seinem Bett verstorben. Der Physicus meinte, an den Rippenbrüchen selbst hätte es nicht gelegen, vermutlich eher an einem Riss eines der großen inneren Organe. Jetzt aber glaube ich auch das nicht mehr. In meinen Augen hat Aufreiter seinen Bruder damals, wie er hilflos im Bett gelegen hat, erstickt.»

«Und Barbara ertrank kurz darauf angeblich in der Tauber ...», fügte Bernward nachdenklich hinzu. «Das stinkt fürwahr zum Himmel. Aufgrund all dessen, was ich gerade gehört habe, wird für mich nun immer wahrscheinlicher, dass Aufreiter die Gunst der aufständischen Zeiten nutzte und seine Schwiegereltern kurzerhand hat umbringen lassen. Möglicherweise weil diese ihn jahrelang erpressten – was sie konnten, weil Barbara sich höchstwahrscheinlich auch ihnen anvertraut hatte.»

«Das sind schwere Anschuldigungen. Aber der Vogt wird uns anhören ... und den Teufel tun, vorschnell zuzulassen, dass Seckendorff Hanna endgültig zur Hexe macht.»

Siegesgewiss schnellte Ulrich von seinem Stuhl und

schlug sich kämpferisch die Faust in die hohle Hand. Doch da schluchzte Katharina auf: «Und wer von euch denkt an Marie? Was hat sie von all euren klugen Vermutungen? Was? Aufreiter hat sie in seiner Gewalt! Jetzt wird er dich erpressen, Ulrich. Hat Hanna ihm nicht im Weibersturm selbst von ihren Malen erzählt? Glaubt ihr, er ist so dumm, nicht längst darauf gekommen zu sein, dass Hanna Barbaras Zwillingsschwester sein muss? Deshalb möchte er sie doch tot wissen. Nur dann, glaubt dieser Schuft, werden ihn endlich die Geister der Vergangenheit in Ruhe lassen.»

64

Lienhart träumte, Marie würde vor ihm davonrennen. Dass sie sogar auf dem Wasser laufen konnte, verwunderte ihn nicht, er konnte es ja auch! Er hörte sie lachen und seinen Namen rufen, und da hatte er wieder dieses süße Gefühl in der Brust, das so ganz und gar unbeschreiblich war.

«Na warte, ich bin schneller.»

Hatte er dies nun gesagt oder nur gedacht?

Er rannte los. Es war einfach herrlich, wie das Wasser ihn trug – und schon hatte er auch zu Marie aufgeholt. Sie schaute sich um, lachte. Und dann ihre Augen … Himmel, das war der Blick eines großen Mädchens, das bestimmt schon zu küssen verstand. Das Herz wollte ihm zerspringen.

Ah, jetzt hatte er sie gleich … schon spürte er den Stoff ihres Kittelkleids …

Plötzlich ein Stoß … und noch einer. Wo war Marie?

Stattdessen bellte ein Hund.

Babur …

Nein, nicht jetzt … nicht …

«Lienhart, komm, wach auf. Was glaubst du, wer da ist?»

Es ist nur Mama. Ich habe geträumt. War es überhaupt schon hell? Und warum war Babur hier?

Er spürte, wie ihm die Decke fortgezogen wurde.

Babur?

Mit einem Schlag war Lienhart hellwach. Er riss die Augen auf und schwang sich aus dem Bett. Mit jedem Augenblick wuchs seine Aufregung. Sein Herz schlug immer schneller, schon hörte er es wieder: das tiefe, grollende Bellen Baburs.

«Himmel, Mama, warum hast du mich nicht eher geweckt? Ich soll doch mit Babur sofort zu Ritter Ulrich kommen! Bestimmt hat er Marie gefunden.»

«Langsam. Weißt du, wie früh es ist? Dein Vater liegt noch im Bett. Die Stadttore sind gerade erst aufgemacht worden. Und bevor du nicht gefrühstückt hast, gehst du nirgendwo hin.»

«Aber Babur …»

«Ich lass ihn herein. Und dann ist es erst einmal gut.»

Lienhart seufzte. Wenn seine Mutter derart entschieden klang, musste er sich fügen. Er hockte sich auf seinen halbvollen Nachttopf, hörte, wie Babur hechelnd ins Haus kam und sich von seiner Mutter das Fell kraulen ließ. Beruhigend sprach sie auf ihn ein und klopfte ihm die Flanke. Lienhart schlüpfte in Hemd und Hose und kletterte die Stiege hinab. Babur schlabberte Wasser, vom Markt her erklang das Stundenschlagen von St. Jakob.

Fünf Uhr, seufzte Lienhart und gähnte ausgiebig. Seine Mutter hatte schon das Frühstück fertig und legte ihm gerade zwei dicke Scheiben dunkles Körnerbrot mit Schmalz an seinen Platz.

«Sei sparsam mit dem Salz. Wenn's mal nur so billig wäre wie all diese hübschen Wollkletten. Baburs Fell ist voll davon.» Lienharts Mutter hockte sich neben ihn und zupfte die Kletten aus dem Fell.

«Warum ist Salz eigentlich so teuer?»

«Weil es jeder braucht.»

Lienhart biss ins Brot und schaute Babur zu, der den Rest Grütze vom Vorabend fraß. Seine Mutter hatte die Lust am Klettenzupfen verloren und war wieder in die Küche gegangen.

«Es müsste einer einmal etwas anderes zu trinken erfinden», sagte er, als ihm seine Mutter einen Becher mit lauwarmem Hagebuttentee hinstellte. «Immer nur Wasser, Milch, Tee oder Wein und Bier. Auf die Dauer wird das langweilig.»

«Zieh hinaus in die Welt. Vielleicht findest du ja was anderes.»

«Schön. Aber nur mit Marie und Babur.»

Lienhart griff ins Salzfässchen und bestreute sich auch die andere Scheibe Schmalzbrot. Was Marie jetzt wohl isst?, fragte er sich. Bekommt sie überhaupt etwas? Vielleicht schläft sie ja auch noch. Irgendwo in einem finsteren Loch und dann noch nackig. Hoffentlich hat sie wenigstens ein Fell zum Draufliegen. Er spürte, wie die Unruhe zurückkam. Babur röchelte leise, während er mit Behagen den Napf mit der Grütze ausleckte. Wenn ein anderer ihn jetzt stören würde, Babur würde wohl sofort zubeißen, überlegte Lienhart. Er kann ja ganz schön wild sein. Ob er jemals auf mich oder Marie losgehen würde?

Lienhart nahm einen letzten Schluck Tee, wartete. Endlich war Babur fertig und der Napf blitzblank geleckt. Anschließend stemmte er die Vorderläufe gerade nach vorn und spannte seinen Leib. Blitzschnell schnappte er nach einer Fliege, jaulte auf, weil er sie verfehlt hatte, und trottete langsam in der Stube herum. Alles wurde beschnüffelt. Als er auf die angelehnte Tür zur Schlafstube zusteuerte, stand Lienhart auf.

«Bloß nicht. Sonst gibt's Ärger, und du bekommst nie mehr was zu fressen.»

Lienhart fasste Babur am Halsband und zerrte ihn zur Tür. Golden lag die frühe Sonne auf den gegenüberliegenden Hausfassaden, wieder kündigte sich ein heißer Sommertag an.

Babur lief in Richtung Galgengasse, hob an der Kreuzung das Bein und schaute dann zum Galgentor. «Nein, wir müssen zum Klingentor. Nach Detwang, zu Ritter Ulrich, verstehst du? Marie suchen.» Babur hob den Kopf. Aufmerksam schaute er Lienhart an. «Ja, Marie. Wo ist sie? Weißt du es?»

Es war, als ginge ein Ruck durch den Hund. Von einem Augenblick auf den anderen war er wie ausgewechselt, er sprang um Lienhart herum und bellte. Mit wenigen Sätzen war er vor dem Galgentor.

Lienhart ballte die Faust. Nicht das jetzt, kein Machtkampf! Er versuchte, Babur am Halsband zu packen, aber der ließ sich nicht mehr fangen. Lienhart blieb nichts anderes übrig, als Babur durch das Galgentor zu folgen.

Doch kaum waren sie vor der Stadt, rannte Babur zurück. Lienhart fluchte, aber dann ging alles gut. Als habe Babur begriffen, dass Tor doch nicht gleich Tor ist, rannte er die Galgengasse hinunter und bog schließlich in die Schrannengasse ein.

Jetzt lächelte Lienhart und begann ihm hinterherzulaufen. Noch war kaum jemand auf den Beinen. Die Uhr schlug dreiviertel. Ein Viertelstündchen später hatten sie bereits das Klingentor passiert.

Lienhart ging langsam die Puste aus. In Detwang bin ich tot. «Babur, warte doch mal!»

Ein offener Kutschenwagen rollte heran, ein Stück weit dahinter wirbelte ein Reiter Staub auf. Lienhart erkannte Priorin Agathe, eine alte Nonne und den Hegemeister.

«Babur ist zurück!», rief er atemlos.

«Wie schön. Und das nächste Mal will ich vorher ein ehrerbietiges guten Morgen hören, Lienhart. Mein Bruder und ich müssen jetzt zum Vogt. Warte mit deinem Hund in Detwang. Lass dir etwas zu essen geben.»

Schon fuhr der Kutschenwagen weiter. Babur war längst nicht mehr zu sehen, zum Glück aber noch zu hören. Sie ist eingebildet, eine richtig blöde Gans … sie gehört nackt in einen Ameisenhaufen gesteckt, ärgerte sich Lienhart.

«Ritter Ulrich!»

«In Detwang, Lienhart! Detwang!»

Schon war er vorbei. Lienhart schluckte. Sein Mund war trocken, und er schmeckte Staub. Verdattert guckte er Ulrich hinterher, und als er sich umschaute, war Babur verschwunden.

Ulrich stieg vor Jacob Aufreiters Haus ab. Der Türklopfer krachte auf den Stift: dreimal, viermal, fünfmal. Ulrich lauschte, seine Hand ruhte auf dem Griff seines Rapiers. Mit jeder Sekunde, die verging, wuchs seine Anspannung, stieg aber auch seine Hoffnung.

Endlich hörte er Schritte im Haus.

Herr, bitte lass ihn nicht da sein! Lass uns recht behalten!

Ulrich hielt den Atem an. Er starrte auf den Türspion, dessen blinde Schwärze sich nach geraumer Weile für einen Augenblick aufhellte.

«Ihr wünscht?», erklang eine so zittrige wie rostige Stimme.

«Ich bin Ulrich von Detwang und möchte deinen Herrn sprechen.»

Ein Schlüsselbund klirrte, die Tür wurde aufgezogen.

Ulrich prallte zurück, er starrte in das verweinte Gesicht seines alten Dieners Gustav. Er stank unangenehm süß-säuerlich und hielt ein Taschentuch in der Hand, sein weißes, fleckiges Hemd hing ihm halb aus der an den Schenkelinnenseiten dunkelfeuchten Hose. «Ich soll hier auf ihn warten», stammelte er leise. «Er ist fort.»

«Wo ist er hin, Gustav?»

Ulrich sprach langsam und beherrscht. Dabei klopfte ihm das Herz bis zum Hals, und er hatte das Gefühl, er würde von Tausenden von Ameisen gleichzeitig gebissen.

Sein Diener sah an ihm herunter, starrte entsetzt auf sein Rapier. Kaum dass Ulrich bemerkte, wie die dunklen Flecken an Gustavs Hose noch breiter wurden, da ging sein Diener vor ihm in die Knie und wollte sich flach vor ihn hinwerfen. Ulrich beugte sich zu ihm nieder und fasste ihn unter die Achseln. Mühsam hob Gustav seinen Kopf, wobei seine Zähne heftig aufeinanderschlugen.

«Wo er ist? Ich weiß es wirklich nicht, Herr. Gestern kam er kurz vor Torschluss wieder. Und war heute früh der Erste. Ich glaube, er hat alles Geld mitgenommen.»

«Weißt du etwas von Marie?»

Gustav schüttelte den Kopf. «Nein. Das schwöre ich, Herr.» Gelbbraun tropfte es aus dem Schritt seiner Hose.

Angeekelt wandte sich Ulrich ab. Genugtuung und Rachegelüste rangen in seiner Brust miteinander. Doch dann meldete sich aus der Tiefe seines Herzens eine Stimme: Helfen, Wehren, Heilen. Das ist der Wahlspruch deines Ordens. Und wenn du besser sein willst als die anderen, dann halte dich daran.

«Sag im Spital, ich hätte dich geschickt. Und wenn du gesund bist, komm zurück.» Er schwang sich wieder in den Sattel und gab Raban die Sporen.

Die heiße, stickige Luft in der Arreststube des Rathauses war zum Schneiden. Hanna fühlte die Stäbe der durchgelegenen Pritsche gegen ihre Hüfte drücken. Sie hatte Kopfschmerzen und einen üblen Geschmack im Mund. Immer wieder fuhr sie sich mit der Zunge über ihre spröden, brennenden Lippen, von Minute zu Minute wurde ihr flauer.

Gleich muss ich mich übergeben, dachte sie. Warum bloß musste alles so weit kommen?

Vorsichtig setzte sie sich auf und wandte den Kopf. Da fiel es ihr wieder ein: Im Lichtschacht hinter ihr verweste eine Katze. Entweder hatte es noch niemand bemerkt, oder es war allen egal.

Wie schön ist es doch im Weibersturm, dachte sie. Ob ich heute wohl wieder dorthin gebracht werde? Geschoren, glatt wie eine Nacktschnecke?

Ulrich, verzeih mir! Ich weiß auch nicht, was über mich gekommen ist. Ich weiß es nicht.

Tränen stiegen ihr in die Augen. Was aber war schlimmer, was wog schwerer? Der Verlust seiner Liebe, oder wenn Marie etwas angetan worden wäre?

Hanna lauschte in sich hinein, doch da erschallten auf einmal Schritte und Stimmen auf dem Gang.

«Ulrich!»

«Hanna!»

Die Tür ging auf, er riss sie an sich.

Es ist ein Traum, dachte sie. Es ist nicht wirklich. Doch die Arme hielten sie fest. Und die Stimmen waren so diesseitig wie die einzelnen Gesichter, die sie nach und nach erkannte – das hochmütig strenge von Agathe, das runzlige von Schwester Mathilde und das glattrasierte, grinsende von Vogt Heinrich Trüb.

«Ihr seid frei, Hanna Burmeister», hörte sie ihn sagen.

Aber ich heiße doch Völz, dachte sie erschrocken. Dann

träume ich also … ich träume. Hanna spürte, wie ihr vor Enttäuschung die Tränen in die Augen stiegen.

Lienhart konnte nur noch taumeln, so entkräftet war er. Ihm glühte der Kopf, und sein Gesicht war schweißüberströmt. Die Zunge klebte ihm am Gaumen, und der Hals tat vom Sommerstaub so weh, dass er kaum mehr schlucken konnte. Wenn er sich trotzdem noch einmal zusammenriss und ein paar Schritte rannte, bekam er sofort Seitenstechen.

«Du Mistviech … Schwein, du …» Als er die Linde erreicht hatte, sackte er in die Knie. Er rieb sich den Schweiß von der Stirn und beschloss endgültig, keinen Schritt weiterzulaufen. Mochte Babur bellen, so viel er wollte. «Du räudiges Aas, keinen Schritt geh ich mehr!» Lienhart legte den Kopf in den Nacken und schloss die Augen. Als er wieder zu Kräften gekommen war, schaute er sich um: Rechter Hand lag ein Haferfeld, links, dort wo Erlen, Hasel und Weiden standen, musste die Tauber fließen. Und was liegt vor mir?, fragte er sich. Eigentlich kann es nur Steinbach sein. An Detwang jedenfalls bin ich längst vorbei.

«Und daran bist du schuld, du Kröte», rief er giftig und warf kraftlos einen Stein nach Babur, der irgendwo durchs Feld streifte – in der Hoffnung, doch noch das Kaninchen zu schnappen, das ihm kurz vor Detwang über den Weg gejagt war. «Du mit deiner Viechnase! Marie sollst du finden, du Affenkopf, und nicht jagen!»

Er lehnte sich an die Linde, die an dieser Stelle den Feldweg beschattete. Lienhart wusste, dass der Weg parallel zum Fahr- und Reitweg verlief, der die Tauberdörfer miteinander verband.

Aber das, dachte er, ist jetzt auch egal. Bleibt ja doch alles an mir hängen. Ritter Ulrich wird ganz schön wütend sein. Er muss denken, ich bin dumm wie Stroh, wenn ich nicht einmal mit einem Hund weggehen kann. Statt auf den Hof zu laufen, bin ich Babur hinterhergerannt, hätte ja sein können, dass ich ihn doch noch am Halsband erwische. Aber immer war er schneller … und ich so verrückt, ihm auf seiner Kaninchenjagd zu folgen.

Er pflückte die Ähren von einer Haferrispe, biss hinein und spuckte sie wieder aus. Eine Wespe flog so dicht vor ihm, dass er den Luftzug ihrer Flügel an der Lippe spürte. Als sie fortflog, hörte er, wie Babur fiepend näher kam.

Lienhart schüttelte den Kopf: nicht mit mir. Stur schaute er geradeaus.

Babur sah ihn von der Seite an, seine Augen leuchteten. Er schien zu grinsen, und als wollte er Lienhart ärgern, reckte er die Schnauze in die Luft und tat, als würde er gerade neu Witterung aufnehmen. Doch dann winselte er verdrossen auf und legte sich neben ihn in den Schatten.

Es war still, bis auf sein Hecheln und das Summen der Insekten.

Langsam wandte Lienhart den Kopf: Baburs Fell war voller Haferrispen, und an seiner Brust hingen mehrere Kletten.

Glaub bloß nicht, ich putz dir jetzt das Fell.

«Und jetzt? Zurück nach Detwang?» Er erhob sich und ging weiter. Nach einer Weile sah er, dass der Feldweg einen Bogen beschrieb und auf die Straße nach Steinbach zuführte.

Babur trottete ihm mit hängendem Kopf hinterher. Es war noch nicht Mittag, aber die Sonne brannte vom Himmel, als wollte sie die Erde rösten. Zum Glück wehte ein leichter Wind, sonst wäre es unerträglich gewesen.

Als sie die Straße erreicht hatten, sah er, wie sich ein Kutschenwagen näherte. Lienhart schluckte, gleichzeitig war er froh. Sollte Ulrich ihn ohrfeigen, Hauptsache, er musste nicht mehr laufen.

Er hob den Arm und winkte. Babur bellte, rannte ein Stück vor und dann wieder zurück.

Lienharts Herz tat einen Sprung: Neben Ulrich saß Hanna, hinter ihnen Katharina von Detwang und der Hegemeister. Klirrend und ächzend kam der Kutschenwagen vor ihm zum Stehen.

«Hatten wir nicht Detwang ausgemacht?», rief Ulrich.

«Er ist mir durchgegangen. Ein Kaninchen … aber Hanna, Ritter, sie ist frei?»

«Wie du siehst.»

«Woher habt Ihr gewusst, dass Babur und ich …»

«Man hat euch gesehen. Nun komm, steig ein.»

«Und Marie?»

«Wir haben in Detwang noch ein paar Kleidungsstücke von ihr. Babur hat ja eine sehr feine Nase, und wenn wir ihm immer wieder etwas zu riechen geben, dann könnte er ihre Spur aufnehmen.»

Lienhart packte Babur am Halsband und schob ihn zwischen die Sitzenden, er selbst drückte sich an Hannas Seite.

Ulrich befahl dem Kutscher, den Wagen zu wenden, und in gemächlichem Tempo ging es zurück nach Detwang. Lienhart fühlte sich jedoch alles andere als wohl. Niemand sprach, alle schienen darüber zu grübeln, wo Marie versteckt gehalten wurde. Um sich abzulenken, riss er ein paar Kletten aus Baburs Fell: «Heute Morgen waren es andere. Sie sind oben so wollig, mit violetten Blütenblättern … so wie die hier.»

Er fand eine, riss sie ab und hielt sie in die Höhe. «Als er mit Maries Kleiderfetzen kam, hatte er etliche davon im Pelz … und Haferrispen.»

Hanna fasste sich ans Herz. Im selben Moment ergriff

Ulrich aufgeregt ihre Hand. «Diese Kletten wachsen seit jeher massenhaft in Steinbach am Wegrain. Und auf den Feldern dort steht Hafer.»

«Das ist es», rief Bernward. «Marie ist in Steinbach! Es ist Aufreiters Gehöft. Schließlich steht es seit dem Mord an seinen Schwiegereltern leer.»

Nie hätte Hanna geglaubt, dass sie so bald wieder zusammen mit Ulrich auf einem Pferd galoppieren würde. Ohne länger zu überlegen, hatte er in Steinbach eines der beiden Zugpferde ausspannen lassen, um die Verfolgung aufzunehmen. Jetzt waren sie kurz vor Bettwar, noch aber gab es von Aufreiter und Marie keine Spur.

Alle waren sich sicher, dass Aufreiters Ziel die Hegegrenze war, um letztlich in Würzburg unterzutauchen. Vielleicht würde er Marie an der Hegegrenze freilassen, denn als Geisel taugte sie nur im Gebiet der Rothenburger Landhege. Aber ein Mann wie Aufreiter, ein Mörder in Panik, war bestimmt auch zu Schlimmerem fähig …

Die Sonne stand hoch am Himmel, und die Hitze wog schwer wie Blei. Ihr Pferd wurde langsamer, es brauchte dringend Wasser.

«Da vorne kommt ein Holzbauer! Wenigstens einer, der unterwegs ist. Ist ja wie verhext.»

Sie zwackte Ulrich sacht in die Seite, er drehte sich um und küsste sie.

«Guter Mann, habt ihr einen Rothenburger Patrizier mit einem kleinen Mädchen hier entlangreiten sehen?»

«Ein kleines Mädchen mit einem Mann, schon. Aber der sah aus wie ein Zimmermann.»

«Und das Mädchen?»

«Na, wie sehen sie schon aus: Kittelkleid, ein bisschen zart vielleicht … hübsch.»

Noch einmal hieb Ulrich seinem müden Pferd die Sporen in die Seite. Schon in der nächsten Biegung begann es zu röcheln. Hanna spürte, wie es zitterte. Ein Schwarm Fliegen und Bremsen umschwirrte sie. Das Pferd litt, und es tat ihr leid, aber Ulrich trieb es wieder und wieder an.

Wie anders war es einst am Wachsenberg, dachte Hanna. Auch da haben wir nach Marie gesucht. Ich wünschte mir damals, bis in alle Ewigkeit so mit Ulrich zu reiten. Jetzt ist alles nur heiß, und die Angst ist noch größer. Unsere Gefühle füreinander sind zwar noch genauso tief, aber was wird sein, wenn Marie ... wenn sie ... Er hat doch die Mantelkindschaft für sie übernommen. Es ist ihm so ernst damit wie sein Versprechen, zu mir zu stehen. Und Katharina liebt sie, als sei sie ihr leibhaftiges Enkelkind.

Endlich hatten sie den Dorfplatz von Bettwar erreicht. Das Dorf war wie das Steinbacher Gut von den Truppen des Markgrafen verwüstet worden. In der Kirche St. Michael waren die Kirchenfenster eingeschlagen.

Wie in so vielen Dörfern der Landhege waren auch hier fast nur Frauen und Alte in den Gärten und auf den Feldern. Überall fehlen jetzt die Männer, dachte Hanna. Wenn sie nicht tot sind, siechen sie verstümmelt in ihren Betten dahin ... Nachts ziehen Trupps von Versehrten und Gebrandmarkten über die Straßen. Ohrenbach und Brettheim gibt es nicht mehr. Wo die Aufstände begonnen haben, rauchen jetzt noch die Trümmer von Hütten und Häusern.

Ihr war, als würden sie im nächsten Moment Bruchstücke ihrer Visionen heimsuchen, doch da eilte eine Gruppe Kinder auf sie zu.

«Ritter, wir haben Wasser!» Zwei von ihnen schleppten einen Eimer, aus dem das Wasser schwappte, ein Mädchen rollte einen Schiebkarren mit Hafer und Grünzeug herbei. «Habt Ihr Geld für uns?»

«Für euch ja.» Ulrich verteilte ein paar Münzen, jauchzend sprangen die Kinder in die Luft. «Sagt mal, habt ihr einen Zimmermann mit einem Mädchen auf einem Pferd hier vorbeireiten sehen?»

«Den Jörg und die Judith? Die wohnen dort vorne.»

Hanna hatte das Gefühl, als würde ihr der Boden unter den Füßen weggerissen. Ulrich stierte die Kinder so wild und entgeistert an, dass sie entsetzt zurückwichen.

Langsam schritt Hanna auf die offenstehende Tür von St. Michael zu. In der Kirche waren die Wände verschmiert, auf dem Boden lag niedergetrampeltes Stroh. Das Altarbild hing in Fetzen, in der Feuerstelle davor lag verkohltes Holz.

Hier ist noch jemand, spürte Hanna intuitiv. Hektisch ließ sie ihren Blick durch den verwüsteten Raum schweifen. Ohne zu wissen, warum sie es tat, trat sie auf den Altar zu und begann, um ihn herumzugehen.

Da setzte ihr Herz für einen Moment aus.

«Marie.»

Sie stürzte neben sie auf die Knie und starrte verzweifelt auf den bewegungslosen Körper. Marie lag zusammengekrümmt auf einem Haufen Stroh, als hätte sie dort jemand achtlos wie ein schmutziges Bündel Tuch hingeworfen und vergessen.

65

Der Duft gerösteten Brots und gebratenen Fleisches … dieser Duft, wie köstlich, wie unsagbar verlockend.

Arndt schreckte aus dem Schlaf. Sofort kamen die Schmerzen zurück. Bestimmt bin ich davon wach geworden, überlegte er und drehte den Kopf, um noch einmal einen Hauch zu erschnuppern. Nein, ich bilde es mir nicht ein. Deswegen habe ich auch gerade geträumt, ich würde mir mit Hanna und Marie zu Hause den Bauch vollschlagen.

Er leckte sich über die Lippen, sein Magen knurrte. Der Nachthimmel über ihm war tiefschwarz. Die Sterne aber blinkten so hell, dass ihm das Auge schmerzte. Angenehm kühl war es hier im Taubergrund hinter Creglingen, die sandige Bucht war ein ausgezeichneter Platz, um den Rest des Sommers zu verbringen. Wenn man sie nicht vorher verjagte, sie, die Vogelfreien.

Wie schön wäre es, hierbleiben zu dürfen. Die Grenze der Landhege war in der Nähe, ein Tagesmarsch nur, und er wäre wieder zu Haus am Wachsenberg. Auch mit einem Auge und einer gesunden Hand kann man köhlern, könnten wir beide köhlern.

Unwilliges Stöhnen neben sich riss Arndt aus seinen Gedanken.

«Nach was riecht's hier? Gut, wie?»

«Und ob.»

«Wollen wir nicht auch was?»

Valentin Schnitzer setzte sich auf, wandte den Kopf. Er grinste nicht, Arndt aber sah das Weiße seines Auges aufleuchten. Wieder beschlich ihn das Gefühl, dass Valentins Hass, der sich seit den Rothenburger Blutgerichtstagen in ihm aufgestaut hatte, nach einem Ventil suchte.

Es ist, als ob er nach etwas sucht, um sich endlich selbst auslöschen zu können, dachte er. Vielleicht sollte ich das auch tun? Valentin ist immerhin der Sohn eines Küsters. Er wird eher wissen, ob es sich noch lohnt, länger dahinzuvegetieren – auch wenn er immer noch so aussieht wie ein Schaf.

«Wenn wir was wollen, wie du es ausdrückst, heißt das, wir müssen es uns holen.»

«Dann tun wir das doch.»

Arndt zögerte, er dachte an Hanna, an Marie. «Sind wir nicht schon genug gezeichnet? Und Schmerzen haben wir auch noch …»

«Du vielleicht. Ich nicht.»

Arndt schüttelte ungläubig den Kopf. Valentin hatte dieselben Verstümmelungen und Brandmarkungen erlitten. Beide waren sie einäugig, beiden fehlten die Finger der rechten Hand, zudem hatte Henker Schwarz ihnen das Ohr geschlitzt. Wie konnte es angehen, dass er nichts spürte?

Valentin stand auf, auch Arndt erhob sich. Beide lauschten sie in die Dunkelheit. Der Halbmond schenkte ihnen etwas Licht, das sich auf dem ruhigen Spiegel der Tauber brach. Ein Käuzchen heulte, irgendwo am Ufer raschelte eine Ratte.

«Der Nase nach?», fragte er.

«Deswegen hat der Henker sie uns nicht abgeschnitten.»

Diesmal grinste Valentin.

Sie griffen nach ihren Knüppeln und suchten sich auf einem Trampelpfad durch das Weidengestrüpp den Weg zur Straße, die nach Weikersheim und Würzburg führte. Nach wenigen Schritten waberten ihnen kräftige Rauchschwaden entgegen. Sie hörten ein Pferd wiehern und stießen bald auf den Schein eines Feuers, das abseits des Wegs vor einer gemauerten Grotte mit dem Standbild des heiligen Kilian, des Apostels des Frankenlandes, brannte.

Arndt und Valentin hielten die Luft an.

Ein Mann hockte zusammengesunken vor den Flammen. Auf einem Rost brieten ein Kanten Brot und eine abgenagte Rippe. Gespenstisch tanzte das Licht der schon schwach züngelnden Flammen über das Standbild. Der heilige Kilian hielt in der einen Hand den Bischofsstab, in der anderen ein Schwert, zumindest noch dessen Griff.

Ihm selbst fehlte die Nase und ein Ohr, auch die großen Zehen waren abgeschlagen.

Hatte der Mann vor dem Feuer zum Heiligen gebetet und war dabei eingeschlafen?

Valentin machte Zeichen, dass sie sich aufteilen sollten. Er würde sich von hinten anschleichen. Arndt nickte. Vorsichtig machte er einen Schritt nach vorn, der Mann aber rührte sich nicht.

War er tot?

Arndt tat noch einen Schritt, derweil huschte Valentin an ihm vorbei und verschwand in der Dunkelheit.

Da sah der Mann auf. Er griff neben sich und hatte ein Rapier in der Hand, dessen Klinge er im Sand verborgen haben musste.

«Komm nur näher ...»

Arndt schluckte. Wie konnte es sein, dass dieser Mann aussah wie der Rothenburger Stadtrichter? Wie war das möglich?

«Ihr seid ...»

«Halt den Mund.»

Der Mann trat auf ihn zu und stieß plötzlich mit dem Rapier zu. Arndt schrie auf, doch der Stoß ging ins Leere. Panik erfasste ihn. Er drehte sich um und flüchtete, doch der Mann verfolgte ihn. Arndt hetzte den Trampelpfad zum Fluss hinab, hoffte, sich schwimmend auf die andere Seite zu retten.

Immer noch war der Mann hinter ihm.

Arndt stolperte über eine Wurzel. Unbarmherzig peitschte ihm ein Weidenzweig ins Gesicht. Es gelang ihm, sich wieder aufzurappeln, doch schon spürte er einen dumpfen Stoß zwischen den Schulterblättern. Er taumelte und platschte der Länge nach ins Wasser. Als er sich umdrehte, sah er den Mann vor sich. Er hielt das Rapier auf seine Brust gerichtet, stieß jedoch nicht zu. Stattdessen ruhte sein Blick auf dem sich im Wasser spiegelnden Mond.

Plötzlich begann er glucksend zu lachen.

«Du bist ja der Bruder. Weißt du, dass ich deine Schwester ertränkt habe? Aber Hexen müssen brennen … sonst kommen sie wieder. Wasser hilft nichts.»

Arndt begriff kaum ein Wort. Rücklings robbte er zur Flussmitte, Aufreiter folgte ihm ohne Scheu. Sein Arm bewegte sich zurück, gleich würde er zustoßen.

Doch Valentin war schneller. Arndt hörte einen dumpfen Schlag, und Aufreiter brach auf der Stelle zusammen. Valentin aber schlug nicht einmal zu, sondern insgesamt viermal.

«Denn eins und zwei und drei und vier sind zehn! Zehn aber steht für das Gesetz. Das Gesetz!»

In den Satteltaschen fanden sie nicht nur Geld, sondern auch Essen, Kleidung und Schnüre. Sie brauchten bis zur Morgendämmerung, um Aufreiters Leiche mit Steinen zu beschweren und in der Mitte des Flusses zu versenken. Die Kleidung vergruben sie an einer schwer zugänglichen Stelle am Fluss, ebenso Sattel und Zaumzeug. Das Pferd ließen sie stehen, irgendwer würde sich seiner schon erbarmen.

Niemand verfolgte sie.

Dass sie aber Vogelfreie waren, Vogelfreie mit Geld, das sprach sich bei ihresgleichen rasch herum.

Epilog

Ulrich hatte sich Hannas Wunsch gerne gefügt: Die Nacht vor ihrer Hochzeit durfte sie in der Köhlerhütte am Wachsenberg verbringen. Abends hatte sie sogar noch einen Meiler angesetzt und ihn über die Nacht nach allen Regeln der Köhlerkunst bedient. Jetzt war es wieder so weit: Sie musste aufstehen, der Meiler wollte seine Herrin sehen.

Der Rauch wurde dichter, und die Wärmeabstrahlung nahm zu, als Hanna die Bretter von den Lüftungskanälen hob – und das war an diesem Novembermorgen durchaus angenehm. Denn es war kalt und feucht, der Himmel nebelverhangen. Träge waberte der Rauch um den Meiler und schien sich erst auf dem Boden ausruhen zu wollen, bevor er sich langsam verzog.

Hanna hüstelte, dann wischte sie sich übers Gesicht.

Du, Meiler, bist mein Abschiedsgeschenk an Hütte und Lichtung, mehr hab ich nicht. Arm ziehe ich hier heute am Tag der heiligen Elisabeth fort, aber jetzt weiß ich, dass es auch eine gute Zeit war. Sie betrachtete ihre Hände, lächelte. So schwarz, wie ihr jetzt seid, werdet ihr hoffentlich nie wieder werden … und, so Gott will, bald ein gesundes Kind halten dürfen.

Sie schaute in den lichter werdenden Himmel, ihre Stimmung hob sich: Freu dich, Hanna! Heute ist Deutschherren-Gedenktag und deine Hochzeit.

Ihr Blick schweifte über die Hütte und das Holzlager, glitt über die im Vorjahr verbrannten Bäume und verweilte schließlich auf der alten Eiche der Lichtung.

Ohne nachzudenken, schritt sie los. Als sie den Kronenrand erreicht hatte, zerriss der Nebel und ließ ein kleines Fleckchen blauen Himmel sehen. Schnell betete sie vor dem Grab ein Ave-Maria und ein Vaterunser, dann trat sie an den Stamm. Auf einmal wusste sie, was sie hier suchte und wollte. Ihr Herz begann schneller zu schlagen, ihre Hände wurden feucht.

Sie lehnte ihre Wange an die Borke und lauschte. Nichts geschah. Auch nicht, als sie zögernd ihre Fingerspitzen in die Spalten steckte und mit den Nägeln an der Borke kratzte. Mal presste sie sich mit dem Rücken an den Stamm, mal umarmte sie ihn und kostete vom gallebitteren Eichenstaub.

Langsam ging sie um den Stamm herum. Als sie ihn umrundet hatte, entdeckte sie Ulrich und Marie, die langsam auf die Lichtung zuschlenderten. Ulrich hatte schützend seinen Mantel um Marie gelegt.

Hanna ging ihnen ein Stück weit entgegen, verharrte dann im Bannkreis der Eichenkrone und betrachtete nachdenklich ihre kleine Schwester, die, seit sie sich von Arndt verabschiedet hatte, deutlich gereift war. Langsam ließ Hanna noch einmal das, was ihr Marie erzählt hatte, vor ihrem geistigen Auge vorüberziehen. Marie war auf Arndts inständige Bitten mit ihm und Valentin bis zur Hegegrenze gezogen, nicht zuletzt, weil sie solche Angst vor der Anhörung gehabt hatte. Babur aber hatte immer wieder versucht, sie davon abzubringen, ihr schließlich in seiner Wut ein Stück Stoff aus ihrem Kittelkleid gerissen. Blutgetränkt war es, weil ein Bauer ein Huhn geköpft hatte: «Arndt und Valentin hatten doch solchen Hunger. Da hab ich eben eins für sie gekauft.»

Schließlich hatte sie sich allein auf den Rückweg gemacht. Um sich vor der Mittagshitze zu schützen, hatte sie sich in die Bettwarer Kirche geflüchtet und war dort eingeschlafen. Hanna lächelte: Sie alle hatten die Zeichen des blutgetränkten Kittelstücks gründlich missverstanden. Jacob Aufreiter hatte Marie nie in seiner Gewalt gehabt, doch er, der sie, Hanna, zur Hexe hatte machen wollen, hatte an dieses blutige Zeichen geglaubt. Als er dann noch die Male wiedererkannt hatte, musste er wirklich überzeugt gewesen sein, sie sei Barbaras Wiedergängerin.

«Ich möchte auch noch einmal unter diesen Mantel.»

«Das wirst du ab heute Mittag doch jeden Tag sein.»

Unbeschwerten Herzens trat Hanna aus dem Bannkreis der Krone. Die Eiche schwieg, sie blieb nichts als eine alte schöne Eiche, deren Laub sich golden gefärbt hatte.

Ulrich streckte huldvoll seinen Arm aus, Marie schaute zu ihm auf, kicherte. Knisternd legte sich der Mantel um die beiden Schwestern. Hanna schloss die Augen. Ich werde keine Gesichte mehr bekommen, dachte sie, es ist vorbei. Und dann begann Ulrich zu singen: «Te Deum laudamus … Dich, Gott, loben wir, dich, Herr, preisen wir. Dir, dem ewigen Vater, huldigt das Erdenrund …»